MARCEL FEIGE

Kalte Haut

GOLDMANN
Lesen erleben

Buch

Berlin wird von einer unheimlichen Mordserie erschüttert. Die Vorgehensweise des Täters ist immer die gleiche: Er entführt seine Opfer, stellt dann Foltervideos ins Internet, auf denen zu sehen ist, wie er ihnen die Haut abzieht. Anschließend lockt er gezielt Journalisten zu den verstümmelten Leichen. Vieles deutet darauf hin, dass die Morde in einem Zusammenhang mit den Ausländerhetzkampagnen des Berliner Innensenators stehen könnten, die das politische Leben in der Stadt vergiftet haben. Bei der Suche nach dem Täter ziehen die türkischstämmige Kommissarin Sera Muth und ihre Kollegen den Polizeipsychologen Dr. Robert Babicz hinzu, der in den USA eine mehrjährige Ausbildung zum Profiler genossen hat. Und tatsächlich kommt Babicz das Vorgehen des Berliner Täters merkwürdig vertraut vor: In den USA hatte er bei der Überführung eines Mörders mitgewirkt, der seine Opfer bei lebendigem Leib häutete. Ist der »Knochenmann« nun zurück?

Autor

Marcel Feige, geboren 1971, arbeitete als leitender Redakteur bei verschiedenen Musik-, Lifestyle- und Stadtmagazinen. Seit 1998 lebt er als Schriftsteller in Berlin. Für seine Biografie »Nina Hagen. That's why the lady is a punk« erhielt er den renommierten internationalen Buchpreis Corine. Weitere Informationen zum Autor unter www.Marcel-Feige.de.

Von Marcel Feige außerdem bei Goldmann lieferbar:

Wut. Thriller (46461)
Gier. Thriller (46580)
Trieb. Thriller (E-Book, 03190)

Marcel Feige

Kalte Haut

Thriller

GOLDMANN

MIX
Papier aus verantwortungsvollen Quellen
FSC® C014496

Verlagsgruppe Random House FSC-DEU-0100
Das FSC®-zertifizierte Papier *München Super* für dieses Buch
liefert Arctic Paper Mochenwangen GmbH.

1. Auflage
Originalausgabe März 2012

Umschlaggestaltung: UNO Werbeagentur, München
Umschlagmotiv: Getty Images/Purestock; FinePic
Redaktion: Susanne Bartel
mb · Herstellung: Str.
Satz: omnisatz GmbH, Berlin
Druck und Bindung: GGP Media GmbH, Pößneck
Printed in Germany
ISBN 978-3-442-47663-3

www.goldmann-verlag.de

Berliner Kurier, Mittwoch, 11. April

Berliner Innensenator fordert hartes Vorgehen gegen kriminelle Ausländer

»Schluss machen mit multikultureller Verblendung!«

Von unserem Chefredakteur Stanislaw Bodkema

Berlin. Es ist kein Geheimnis mehr: Jugendgewalt und Ausländerkriminalität wachsen. Nach dem brutalen Überfall auf einen Rentner in der Berliner U-Bahn fordert Berlins Innensenator Dr. Lothar Lahnstein ein Ende der »multikulturellen Verblendung«.

»Wir haben zu viele kriminelle junge Ausländer«, sagt Dr. Lothar Lahnstein (CDU) im exklusiven Interview mit dem Kurier. Zugleich macht der CDU-Politiker eine seiner Ansicht nach verfehlte Integrationspolitik für Gewaltausbrüche jugendlicher Ausländer verantwortlich. »Null Toleranz gegen Gewalt muss so früh wie möglich beginnen und Bestandteil unserer Integrationspolitik sein«, sagt Lahnstein. »Wir müssen Schluss machen mit der multikulturellen Verblendung und bestimmten Lebenslügen. Die deutsche Position in der Integrationspolitik war lange leider nicht klar genug.«

Der Berliner Innensenator schlägt eine Gesetzesänderung vor: »Ausländische kriminelle Jugendliche sollen sofort abgeschoben werden können.«

PROLOG

Weit nach Mitternacht, die Gespräche in den Gärten und auf den Balkonen waren längst verstummt, die Lichter in den Häusern erloschen, zwängte eine Ratte ihren fetten, behaarten Körper aus der Kanalisation.

Schnell suchte sie Schutz unter den Sträuchern am Straßenrand. Dort stellte sie sich auf die Hinterbeine und reckte ihre spitze Schnauze in den Wind, der ihr den Duft gebratener Koteletts in die Nase trieb. Ihre Lefzen begannen aufgeregt zu zittern. Sie machte einen Satz und trippelte flink über den Bürgersteig, wobei sie die hellen Lichtkegel der Straßenlaternen mied.

Vor dem alten Backsteinhaus am Ende der Straße wurde der Fleischgeruch intensiver. Alle Vorsicht vergessend wühlte sich die Ratte durch ein Blumenbeet. In der Dunkelheit entdeckte sie die Umrisse einer Mülltonne, unter deren schiefem Deckel neben schimmeligem Obst und Kartoffelschalen auch Fleischreste hervorquollen. Gierig setzte die Ratte zum Sprung an – mit einem Knirschen brachen ihre Knochen, als ein Mann mit seinem schweren Stiefel auf sie trat.

Als würde er eine glühende Zigarettenkippe austreten, zermalmte er die Ratte unter seiner Schuhsohle.

»Und tot bist du«, sagte er, während er zufrieden den Klumpen aus Blut und Eingeweiden betrachtete. Dann eilte er zur Haustür und mühte sich mit dem Schloss ab, erst nach einer knappen Minute gab es den Weg in die Loggia frei. Der Mann lauschte. Stille. Niemand war erwacht. Er drückte die Tür zurück in den Rahmen und ging zur Treppe, die ins Obergeschoss führte. Eine der Stiegen knarzte, als er seinen Fuß daraufstellte. Er blieb stehen. Sekunden verstrichen, ohne dass sich etwas im Haus regte. Während er seinen Weg nach oben fortsetzte, bemerkte er, dass noch Reste des Rattenblutes an seiner Stiefelsohle klebten. Es sickerte in den hellen Sisalbelag, mit dem die Treppe ausgelegt war. Wie nachlässig von ihm! Aber es war nicht mehr zu ändern.

Oben gingen fünf Türen von dem schmalen Flur ab, eine zum Bad, eine zum Schlafzimmer, zwei zu den Kinderzimmern. Hinter der letzten Tür, die der Treppe schräg gegenüberlag, befand sich eine winzige Abstellkammer, in der allerlei unnützer Plunder verstaut war: Babyspielzeug, zerschlissene Kinderkleidung, sogar ein zusammengefalteter, löchriger Plastikswimmingpool, der seit Jahren nicht mehr benutzt worden war.

Was für ein Chaos. Die Tür zum ersten Kinderzimmer war nur angelehnt. Lächelnd stieß er sie auf.

Das seidige Dämmerlicht einer Schlummerlampe umschmeichelte das Gesicht des Jungen, der in dem Bett schlief. An der Wand über ihm hingen mehrere gerahmte Bilder. Auf einem der Fotos war der große Bruder des Jungen zu erkennen. Ein anderes zeigte die beiden Jungen zusammen mit ihrer Mutter. Außerdem gab es Poster von Flugzeugen, deren Modellnachbauten sich in einer Vitrine reihten: ein Segelflieger, mehrere Boeings, zwei Düsenjets, ein Rosinenbomber.

Auf Zehenspitzen schlich der Mann um ein Airport-Set und weitere Plastikflieger herum, die auf dem Teppichboden verstreut lagen. Als er vor dem Bett stand, beugte er sich über das Kind. Unter der Decke, die der Junge sich bis ans Kinn gezogen hatte, zuckte es. Wovon er wohl träumte? *Vielleicht von Ratten.* Mit einem Schmunzeln streckte der Mann die Hand nach dem Kind aus. Liebevoll strich er ihm übers Haar.

»Und tot bist du«, flüsterte er.

Die Stimme, die das einlullende Motorengeräusch plötzlich übertönte, riss Dr. Robert Babicz aus dem Traum. Beschämt rieb er sich die Schläfe. »Was sagten Sie?«

Das Polster des Beifahrersitzes knarzte, als sich Harlan Blunt, ein dicklicher Agent des FBI Field Office in Las Vegas, zur Rückbank umdrehte. »Ich fragte: Sind Sie sich wirklich sicher?«

»Bin ich.«

»Nicht zu glauben, dass dieser elende Bastard sich in unserem County versteckt hält.«

»Er versteckt sich nicht. Er lebt hier. Mit seiner Familie.«

»Macht die Sache nicht gerade besser.«

Robert schaute aus dem verdunkelten Seitenfenster. Vor einer Dreiviertelstunde war er auf dem Flughafen von Las Vegas gelandet und Minuten später in Blunts Limousine gestiegen, deren Fahrer mit quietschenden Reifen losgerast war.

Längst war das Glitzern des Zockerparadieses hinter dem Horizont verschwunden. Nichts als karge Wüstenlandschaft glitt an ihnen vorbei. Ab und zu waren im Scheinwerferlicht zwischen welken Sträuchern und dürren Kakteen die Umrisse einiger Wohnwagen auszumachen. Die meisten Trailer waren längst von ihren Besitzern aufgegeben worden. Im staubigen Wind Nevadas verrotteten sie wie Haufen bleicher Knochen.

»Ist es wirklich wahr?«, fragte Blunt. »Er häutet seine Opfer? Bis auf die Knochen?«

»Häuten: ja.« Roberts Blick blieb auf die trostlose Gegend jenseits der Glasscheibe gerichtet. »Bis auf die Knochen: nein.«

»Und weshalb haben Sie ihn dann den ›Knochenmann‹ getauft?«

»Habe ich nicht. Das war die Presse.«

»Verstehe. Hätte ich mir auch denken können.«

Vor ihnen tauchten die ersten Häuser von Boulder City auf. Der Fahrer nahm die nächste Ausfahrt. Ohne das Tempo zu drosseln, jagten sie über die breite Durchgangsstraße. Zu beiden Seiten flogen die flackernden Lichter der Hotels, Motels und Filialen von Fastfood-Riesen an ihnen vorüber.

»Und wie zum Teufel sind Sie dem Mistkerl auf die Schliche gekommen?«, wollte Blunt wissen.

Robert hob die Schultern. »Zufall.«

»Nicht so bescheiden, Kollege«, meldete sich erstmals William K. King zu Wort, Special Agent der FBI-Zentrale in Washington, der sich mit Robert den Rücksitz der Limousine teilte.

King war zweiundfünfzig, dünn, aber nicht mager, und hatte welliges, überwiegend graues Haar. Die meisten grauen Strähnen hatte er in den letzten acht Monaten bekommen, seit er zum Leiter einer Special Unit bestimmt worden war, die sich so lange vergeblich bemüht hatte, den Knochenmann zu fassen.

Der Killer war – seit seinem ersten Mord im Bundesstaat New York – in unregelmäßigen Abständen in Erscheinung getreten: mal in Kalifornien, mal in Arizona, dann in Colorado, in Nevada, später in Virginia, einmal sogar in Kanada. Die Orte, in denen er sein blutiges Handwerk verrichtet hatte, schienen ebenso willkürlich ausgesucht wie seine Opfer. Es hatte sich kein Zusammenhang zwischen den Frauen und Männern feststellen lassen. Abgesehen von den übel zugerichteten Leichen gab es keine Spuren, aus denen sich ein Hinweis auf seine Identität hätte ergeben können. Der Knochenmann war zweifellos ein Profi, ein beängstigendes Phantom – bis vor Kurzem.

»Im Wesentlichen ist es Ihr Verdienst, Dr. Babicz, dass wir ihm auf die Schliche gekommen sind«, sagte King.

»Zufall«, wiederholte der Angesprochene.

King lachte. »Wohl kaum.«

Robert schwieg. Die ganze Sache war ihm unangenehm, sogar unheimlich. Er konnte den Grund dafür nicht benennen, aber sein Unbehagen wuchs mit jeder Meile, die sie sich ihrem Ziel näherten.

King schlug eine Akte auf, während er eine Lesebrille aus der Innentasche seines Jacketts zog. »Sein Name ist Andrew Jacobs, achtunddreißig Jahre alt, verheiratet, zwei Kinder. Er ist Vertriebsleiter in einer kleinen, aber erfolgreichen Softwareklitsche für – aufgepasst! – Krankenhäuser, deshalb auch häufig auf Reisen. Keine Vorstrafen, keine Beschwerden, keine Makel.«

»Also ein stinknormaler Bürger wie Millionen andere auch«, befand Blunt.

»Ein stinknormaler Bürger mit einer ungewöhnlich grässlichen Freizeitbeschäftigung, ja.« King klappte den Ordner wieder zu und schob seine Brille zurück in die Tasche.

Die Limousine sauste vorbei am *Nevada Inn*, einem billigen Motel, dessen meterhohe Leuchtreklame am Straßenrand verkündete: *A Friendly Place To Stay*. Der Halbkreis, zu dem sich die blinkenden Worte verbanden, wirkte auf Robert wie ein Grinsen, das die vorbeifahrenden Beamten verhöhnte.

In einer Seitenstraße bremste der Wagen abrupt ab. Noch bevor die anderen den Türgriff auch nur berührt hatten, stand King bereits auf dem Gehsteig. Neben einem rostigen Hydranten wartete der Einsatzleiter des SWAT-Teams.

»Hallo, Mr. King, wie lautet Ihr Befehl?«

King legte eine schusssichere Weste an. »Holen wir ihn uns!«

Jetzt wusste Robert auch, woher seine Angst rührte. Sein Blick fiel auf das Haus, das in der Dunkelheit lag. Kein Laut war zu hören. Totenstille.

»Hoffentlich kommen wir nicht zu spät«, flüsterte er.

Noch immer schaute der Mann auf das Kind herab, über dessen Brust sich die Decke in ruhigem Rhythmus hob und senkte. Kein Alptraum störte den Schlaf des Jungen. *So friedlich.* Ihn überkam ein schlechtes Gewissen. Noch einmal fuhr er dem Kind über das Haar, dann machte er kehrt.

Plötzlich knirschte ein Spielzeugflieger unter seinem Stiefel.

Der Mann erstarrte. Nichts rührte sich. Abermals ärgerte er sich über seine Unachtsamkeit.

Er schlich, nun auf mögliche Stolperfallen am Boden achtend, in den Flur und folgte ihm zur nächsten Tür. In dem Zimmer dahinter schlief der ältere Bruder des Jungen.

Nach einem kurzen Moment des Zweifels steuerte der Mann auf den gegenüberliegenden Raum zu. Langsam öffnete er die Tür. Durch einen Vorhangspalt fiel das fahle Licht der Straßenlaterne, in dem die Konturen des Schlafzimmers auszumachen waren. An der Längswand stand ein antiker Kleiderschrank, gegenüber duckten sich zwei Nachttischchen und das Bett, in dem sich unter dem Laken ein Körper abzeichnete.

Fasziniert blieb der Mann im Türrahmen stehen. Minutenlang beobachtete er die schlafende Frau. Auf dem Boden neben dem Bett lag ein kleines Döschen mit Schlaftabletten. *Sehr gut.* Das würde die Sache erleichtern.

Der Mann ging neben dem Bett in die Hocke und hob die Decke an. Die Frau trug ein Nachthemd. Er schob dessen Saum über ihre Oberschenkel, bis ihr Po entblößt vor ihm lag. Dann holte er aus seiner Jackentasche einen kalten, scharfen Gegenstand heraus, der in dem schwachen Licht aufleuchtete.

Die Klinge senkte sich auf die nackte Haut, ohne Schaden anzurichten. Aber das sanfte Kitzeln ließ die Frau zucken. Mit einem unwilligen Brummen wälzte sie sich herum, so dass ihm jetzt ihr Bauch zugewandt war.

Entzückt versenkte der Mann die glitzernde Messerspitze in ihren Bauchnabel. Immer tiefer verschwand die Klinge in der schmalen Höhle, bis sie die Haut schließlich aufritzte. Ein winziger Tropfen Blut fiel auf die Matratze und breitete sich auf dem Stoff zu einem kleinen, dunklen Stern aus. Der Mann verstärkte den Druck des Messers, dann ließ ihn ein Geräusch herumfahren.

In der Tür stand der ältere Junge, die Augen weit aufgerissen.

»Papa?«

»Zugriff!«, zischte Special Agent King in das Mikrofon seines Headsets.

Prompt sprangen die Männer hinter den Sträuchern hervor. Gleich darauf wehte der Wind das Geräusch eines leisen, hölzernen Knackens herüber. Das SWAT-Team stürmte zur offenen Tür hinein.

Robert zählte die Sekunden. *Einundzwanzig, zweiundzwanzig.* Vom Highway dröhnte die dumpfe Hupe eines Trucks, das Heulen eines Kojoten antwortete darauf. *Dreiundzwanzig, vierundzwanzig.* Endlich meldete sich eine Stimme aus dem Kopfhörer: »Wir haben ihn.«

Im Gebäude begann ein Kind zu weinen. Nur eins? Augenblicke später fiel eine zweite Kinderstimme ein.

»Gott sei Dank«, entfuhr es Robert.

King schenkte ihm ein Lächeln. »Wir waren also nicht zu spät.«

In den Zimmern des Hauses gingen nacheinander die Lampen an. Das Licht, das nun die Blumenbeete im Vorgarten erhellte, signalisierte allen Beteiligten, dass die Gefahr gebannt war.

Wortlos rannte King in das Gebäude, dicht gefolgt von Robert, der seine liebe Not hatte, mit der schweren, schusssicheren Weste seinem Tempo zu folgen. Auf der Treppe kam ihnen die Psychologin entgegen, die einen der Jungen auf dem Arm hielt. Der Kleine war starr vor Angst. Robert verspürte Mitleid mit dem Kind.

»Wo stecken Sie denn?«, rief King ihm zu.

Robert hatte nicht gemerkt, dass er auf halber Treppe stehen geblieben war. Er löste seinen Blick von dem Kind und eilte in das Schlafzimmer. Auf dem Boden lag ein Mann, die Hände in Handschellen auf dem Rücken, umringt von hünenhaften SWAT-Männern in Kevlarwesten. Auf ihn zeigten die Waffenmündungen, die Männer waren dazu bereit, ihn bei der kleinsten Bewegung mit Schüssen zu durchsieben. Im Bett daneben saß aufrecht eine wimmernde Frau, deren Blick panisch von einem Uniformierten zum anderen hetzte.

»Sie sind Mr. Andrew Jacobs?«, fragte King.

Der Mann antwortete mit einem gequälten Stöhnen.

»Mr. Jacobs!« Kings Stimme wurde lauter. »Sie haben das Recht, die Aussage zu verweigern. Alles, was Sie sagen, kann vor Gericht gegen Sie verwendet werden. Sie haben das Recht, sich einen Anwalt zu nehmen. Sollten Sie sich keinen leisten können, bekommen Sie einen Pflichtverteidiger. Haben Sie alles verstanden?«

Jacobs gab keinen Ton von sich. Ein Bluterguss formte sich bereits auf seiner Stirn, wo ihn die Agenten bei seiner Überwältigung mit Gummiknüppeln getroffen hatten.

»Schafft ihn raus!«, befahl King.

Die Einsatzkräfte halfen dem Mörder auf die Beine. Er war nicht sonderlich groß, von hagerer Gestalt, aber gebräunt von der Sonne Nevadas. Irgendwie wirkte er gar nicht wie einer, der seinen Opfern die Haut vom Leibe schälte. Aber wie sollte so ein Killer auch aussehen?

»Mr. King?«, schallte Blunts Stimme aus dem Erdgeschoss. »Das hier müssen Sie sich ansehen!«

»Gehen wir«, sagte der Special Agent.

Robert folgte ihm. Blunt führte sie hinaus in den Garten zu einem Schuppen, der sich halb verborgen zwischen Sträuchern und Bäumen duckte. Drinnen richtete er seine Taschenlampe auf eine Kiste, deren Schlösser aufgebrochen worden waren. In dem matten Lichtschein konnten sie Messer, Skalpelle, Einweghandschuhe, Plastikplanen und eine Menge anderer medizinischer Utensilien erkennen. Noch eindeutiger aber war der Inhalt einer zweiten Box. Getrocknete Haut, sorgfältig zu einem Stapel aufgeschichtet.

»Wir haben ihn.« Triumphierend marschierte King zurück zur Straße. Inzwischen war das Grundstück abgeriegelt worden. Die Betriebsamkeit der Beamten hatte nun auch die

Nachbarn geweckt. In den Häusern brannte Licht, auf den Veranden herrschte reger Betrieb, und einige besonders Neugierige hatten sich bereits bis zur Absperrung vorgewagt. Das Blinken der Einsatzfahrzeuge warf gespenstische Schatten auf ihre von Sensationslust gezeichneten Gesichter.

»Das war hervorragende Arbeit«, sagte King.

»Ja«, antwortete Robert.

Der Special Agent lehnte sich lässig an den rostigen Hydranten. »Ich wusste, dass Sie gut sind.«

Robert wollte etwas erwidern, doch stattdessen drehte er sich noch einmal zu der rasch größer werdenden Menschenansammlung um. Etwas irritierte ihn. Noch ehe er weiter darüber nachdenken konnte, legte ihm King die Hand auf den Arm.

»Deshalb habe ich Sie vom ersten Tag an unterstützt.«

Robert zwang sich zu einem Lächeln. Gleichzeitig wuchs die Unruhe in ihm.

»Auch in Washington hält man große Stücke auf Sie.«

Robert überflog die Schaulustigen hinter der Absperrung.

»Und nach der Sache heute ...« King deutete zum Haus, aus dem die Psychologin gerade die schluchzende Ehefrau führte, »stehen Ihnen beim FBI alle Türen offen.«

Es waren nicht die unverhohlen sensationslüsternen Blicke der Leute, die die Beklemmung in Robert Babicz erzeugten. *Aber was dann?*

»Trotzdem wollen Sie zurück nach Deutschland?«, fragte King.

Robert schnaufte schwer. Jetzt wusste er es. Jemand beobachtete ihn. Nicht das nächtliche Chaos wie die anderen – sondern ihn. Und zwar jemand, der nicht hierhergehörte.

»Ihr Platz ist hier«, sagte King, während er Robert die Tür zur Limousine aufhielt.

In dem Moment bog ein Transporter der Spurensicherung auf das Grundstück ein. Robert wich dem blendenden Licht der Scheinwerfer aus, wandte den Kopf zur Seite und zuckte vor der Gestalt zurück, die ihm aus dem verspiegelten Limousinenfenster entgegenstarrte. *Herrje, das bist du selbst!* Ihm war, als würde er in das Gesicht eines Fremden blicken.

Robert schüttelte den Kopf. »Danke, aber ich habe den Kollegen in Deutschland meine Rückkehr bereits angekündigt. Es wird Zeit, dass ich heimkehre.«

Berliner Kurier, Donnerstag, 12. April

Trotz Protesten:
Innensenator hält an Forderungen fest

»Wer sich nicht an unsere Regeln hält, ist fehl am Platz!«

Von unserem Chefredakteur
Stanislaw Bodkema

Berlin. Dr. Lothar Lahnstein (CDU), Innensenator der Stadt Berlin, hält trotz zahlreicher Proteste der Ausländerorganisationen an der Forderung nach härterem Vorgehen gegen kriminelle Ausländer fest.

Mehr als 100 Ausländerorganisationen kritisieren die Forderungen des Berliner Politikers nach einem härteren Vorgehen gegen jugendliche Straftäter. Der Vorsitzende der Türkischen Gemeinde in Deutschland, Osman Alpzoman, wirft dem Senator vor, er schüre rassistische Ressentiments in der Gesellschaft.

»Diese Politik sollte mit allen Mitteln verhindert werden«, erklärt Osman Alpzoman, Präsident des Aydinlar Kültür ve Dayanısma Dernegi in Berlin.

Dr. Lothar Lahnstein unterdessen bleibt bei seinen Forderungen: Deutschland habe lange genug ein »seltsames soziologisches Verständnis« für Gruppen aufgebracht, die bewusst als ethnische Minderheiten Gewalt ausüben. Gegenüber dem Kurier bekräftigte der Senator gestern: »Wer sich als Ausländer nicht an unsere Regeln hält, ist hier fehl am Platz!«

1

»Yanıltmaca! Ofsayt!« Das Geschrei in der Diele konnte einem Ohrenschmerzen bereiten. »Schwalbe! Abseits! Schwa…!«

»Eldin!« Heftiger als beabsichtigt stieß Sera Muth das Kartoffelmesser durch die Sucuk. Die Klinge grub sich knirschend in das hölzerne Küchenbrett darunter. »Sei bitte nicht so stürmisch.«

»Evet, Seray Teyze!« Eldin tobte mit noch mehr Radau durch den Korridor. »Ja, Tante Seray!«

Es war nahezu unmöglich, eine Pfanne Melemem zuzubereiten und gleichzeitig einen Jungen im Auge zu behalten, der sich selbstbewusst zum Nachfolger Daniel Güizas erklärt hatte, einem der populärsten Stürmer der türkischen Fußballnationalmannschaft, stark, pfeilschnell und treffsicher. Und zum türkischen Rührei gehörten neben Knoblauchwurst, frischen Tomaten und Paprika auch Zwiebeln, die Sera gerade würfelte.

Während sie gegen das Tränen ihrer Augen ankämpfte, kickte Eldin seinen Tennisball mit dem Feuereifer eines hoch motivierten Sechsjährigen quer durch den Flur. Dessen giftgrüner Teppich erinnerte auch wirklich zu sehr an den Stadionrasen seines Lieblingsvereins Fenerbahçe Istanbul.

Sera beschloss, den abgewetzten Läufer zum Sperrmüll zu geben. *Und zwar gleich morgen früh.* Aber Hand aufs Herz: Diesen Vorsatz traf sie jeden Donnerstagmorgen, wenn sie ihre beiden Schwestern mit den Kindern, ihre Mutter Rukiye und gelegentlich ihre Tanten Fehime und Özge mitsamt Töchtern, Neffen und Nichten zum Frühstück in ihrer Friedrichshainer Wohnung empfing. Am Nachmittag war der Entschluss meist schon wieder vergessen, und der grüne Teppich blieb doch wieder bis zur nächsten Woche liegen.

»Kazanan böyle görünür!«, feuerte Eldin sich selbst an. »So sehen Sieger aus!«

»Mach bitte nichts kaputt.«

»Türkiyem kupaları alda gel!« Er stimmte einen Fangesang an. »Meine Türkei, hole den Pokal und komme zurück!«

»Abla!«, rief Sera nach ihrer großen Schwester Kayra.

Doch Kayra konnte sie nicht hören. Das Geschnatter der Frauen im Wohnzimmer war mindestens ebenso laut wie Eldins Fußballgesänge. Ein Wunder, dass das acht Monate alte Baby von Deniz, Seras jüngerer Schwester, bei dem Lärm überhaupt schlafen konnte.

»Haydi Türkiye!«, brüllte Eldin. »Auf geht's, Türkei!«

»Abla!« Sera bemühte sich verzweifelt, ihren Neffen im Auge zu behalten. Prompt rutschte ihr das Messer von der Zwiebel ab und streifte ihren Zeigefinger. »Aua!«

»Was ist?«, antwortete Kayra.

»Panelti!«, grölte ihr Sohn. »Elfmeter!«

»Eldin soll bitte aufpassen.«

»Das macht er doch.«

»Gol! Gol!«, freute sich der Kleine. »Tor! Tor!«

Nur eine Sekunde später erstarb sein Jubel. Etwas knallte, ein lautes Scheppern folgte, dann war es mucksmäuschenstill in der Wohnung.

Sera legte das Messer beiseite. *Bitte nicht die Vase!* Sie trocknete ihre Augen mit dem Küchentuch. Nur langsam ließ das Brennen nach. Im Korridor fand sie den Tennisball. Vergessen lag er auf dem grünen Teppich, umringt von einem Dutzend weinroter Scherben. Vom Torschützen fehlte jede Spur.

»Seray teyze, neden ağlıyorsun?« Im Durchgang tauchten Alisa und Mina auf, Eldins jüngere und ältere Schwester. Sie trugen Rüschenblusen, Röckchen und Ballerinas. »Tante Seray, warum weinst du?«

Sera hockte neben den Überresten der alten Ochsenblutvase, ein Souvenir von einer spontanen Australienreise vor drei Jahren. Sie wischte sich die Tränen von den Wangen, zählte leise bis fünf und atmete aus. »Weil ich Zwiebeln geschält habe.«

Mina zog die Stirn in Falten. Alisa, deren Nasenspitze mit einem Nutellafleck verziert war, gab sich mit der Antwort zufrieden.

»Bu renk çok güzel.« Sera beugte sich zu den Porzellansplittern hinab. »Das ist eine schöne Farbe.«

»Evet, kırmızı. Bunun neyini güzel buluyorsun?« Mina verdrehte die Augen. »Wirklich? Was ist denn daran schön?«

»Dieses Rot bringt Glück«, erklärte Sera.

»Hm. Seray teyze, ozaman onun şansı yoktu, değil mi?« Alisa rieb mit den Fingern über ihre Nasenspitze und verschmierte die Schokoladencreme über das ganze Gesicht. »Hm. Heute aber nicht, oder, Tante Seray?«

»Jedenfalls weiß ich, wer heute auch kein Glück mehr haben wird.«

»Eldin?«, fragte Mina. Für ihre siebeneinhalb Jahre war sie ganz schön schlau.

Bevor die beiden Mädchen sich an den Scherben verletzen konnten, las Sera sie auf und beförderte sie in den Küchenmülleimer. Dann endlich rührte sie schweigend die Zwiebeln unter das brutzelnde Melemem. Im Wohnzimmer setzten währenddessen die Gespräche wieder ein.

Als das Rührei stockte, bemerkte Sera die kleine und gedrungene Gestalt ihrer Mutter. Sie wusste nicht, wie lange sie schon im Türrahmen gestanden hatte.

»Annecim?«, fragte Sera. »Mama?«

Eldin drückte sich verängstigt an Annecims Hüfte. Die in den blaugelben Vereinsfarben von Fenerbahçe gehaltenen Streifen seines T-Shirts waren von Tränenflecken verunziert. Wie er dort mit verquollenen Augen zitterte, tat er Sera schon wieder leid. Aber so leicht wollte sie ihren Neffen nicht davonkommen lassen. Erwartungsvoll blickte sie auf ihn hinab, während er sich noch fester an den Rock seiner Oma klammerte.

»Jetzt schau ihn nicht so finster an«, tadelte sie Sera. »Eldin ist gekommen, um sich zu entschuldigen.«

Schon möglich, aber warum gab der Knirps dann keinen Ton von sich? Er sah Sera ja noch nicht einmal an.

Annecim streichelte ihm durchs schwarze Haar. »Eldin, nun sag schon.«

»Üzgünüm«, presste der Junge hervor. »Entschuldigung.«

Kaum war das Wort über seine Lippen gekommen, flitzte er ins Wohnzimmer.

»Sei ihm nicht mehr böse«, lächelte ihre Mutter.

»Aber das war meine Lieblingsvase! Aus Australien!«

»Und Eldin ist dein Neffe. Außerdem freut er sich jede Woche auf dich.«

»Weil ich seine Tante bin? Oder weil er meine Wohnung zertrümmern darf?«

»Seray, du weißt, dass …«

»Ja, Annecim, ich weiß.« Sie nahm ihre Mutter in den Arm und drückte sie fest an sich. Sera überragte sie um einen ganzen Kopf, trotzdem hatte sie das Gefühl, als müsse sie zu ihr hinaufschauen. Sie konnte ihrer Mutter einfach nicht böse sein. »Und ja, ich freue mich auch jede Woche auf euch.«

Wirklich, Sera mochte das regelmäßige Beisammensein ihrer Familie, ganz ohne die Männer. Sie genoss den schwarzen Tee, den ihre Mutter aufsetzte; die Oliven und den Schafskäse, den ihre Schwester Deniz frisch vom Gemüsemarkt am Maybachufer mitbrachte; die Sucuk aus der Schlachterei von Kayras Mann und das Fladenbrot aus der Bäckerei, in der Seras Tante Fehime arbeitete. Sie lauschte sogar leidlich interessiert dem Klatsch und Tratsch, den die anderen über Verwandte und Bekannte austauschten.

Aber ebenso froh war Sera, wenn der Trubel am Nachmittag wieder vorbei war und sie in ihr eigenes Leben zurückkehren konnte. Dann störte sie nicht einmal mehr der giftgrüne Teppich, auf dem ihr kleiner Neffe am Morgen noch von einer großen Karriere in der Turkcell Süper Lig geträumt hatte.

»Kinder sind so. Vielleicht solltest du ja auch …?« Annecim entwand sich dem Griff ihrer Tochter, nahm einen Löffel und rührte das Melemem in der Pfanne um. Auch ohne dass sie den Satz beendet hatte, war klar, worauf sie anspielte.

Zum Glück klingelte in diesem Moment Seras iPhone. »Ja, bitte?«

»Gerry hier.«

Du hast mir gerade noch gefehlt.

»Weißt du, worauf ich heute Bock habe?«

2

Um fünf Uhr morgens war Robert plötzlich hellwach. Er wälzte sich noch eine Weile auf der Matratze herum, doch er konnte nicht in den Schlaf zurückfinden. *Verfluchter Jetlag.* Der Flug von Los Angeles nach Berlin hatte offiziell dreizehn Stunden gedauert, während auf seiner Uhr vierundzwanzig vergangen waren. Roberts Zeitempfinden stand kopf.

Irgendwann, vor dem Fenster war es längst hell geworden, sprang er entnervt aus dem Bett, stolperte über seine Schuhe, die mitten im Hotelzimmer lagen, und spähte an der Gardine vorbei nach draußen. Eine dichte graue Suppe hatte sich über der Stadt zusammengebraut.

Er klaubte Klamotten aus seinem Koffer, der nicht groß war, die Auswahl war dementsprechend gering. Robert schlüpfte in T-Shirt, Jeans und Socken vom Vortag und warf sich seine einzige Jacke über. Zum Glück verfügte der dunkelbraune Parka, den er vor ein paar Monaten in einem Schaufenster der

Chinatown in San Francisco entdeckt und gleich gekauft hatte, über eine Kapuze. Draußen fiel Nieselregen auf die Dächer. Genau das richtige Wetter für sein heutiges Vorhaben.

Aber unabhängig davon hätte sich Robert einen angenehmeren Empfang bei seiner Rückkehr gewünscht. Der Sprühregen, der seinen Parka bereits durchnässte, kaum dass er das *Maritim* zur Friedrichstraße verlassen hatte, war nur wenig einladend. Und munter machte er auch nicht. Vielleicht hätte er doch einen Kaffee trinken sollen. Aber er hatte das Frühstücksbüfett verschmäht, weil er keinen Appetit hatte.

Mit einem Gähnen kehrte er bei *Starbucks* ein und fühlte sich sofort in die Staaten zurückversetzt. Der Eindruck verflog so schnell, wie er gekommen war, als die Verkäuferin ihn auf Deutsch nach seinen Wünschen fragte.

Mit einem Deckelbecher mit Kaffee in der Hand eilte er zur S-Bahn-Station, um ein Monatsticket zu lösen. Erst danach entdeckte er den Aushang, dem zufolge die Züge zurzeit nur jede halbe Stunde oder in noch größeren Abständen verkehrten. Der Grund dafür war dort nicht angegeben. Dem *Berliner Kurier*, der an einem Kiosk auslag, entnahm er: *S-Bahn-Desaster: Wird es noch schlimmer?* Die wartenden Reisenden fluchten auf die Bahnmanager, den Berliner Bürgermeister und den Regen, den der Wind fast horizontal über den Bahnsteig fegte.

Robert nippte an seinem Kaffee und wartete. In Amerika war er fast immer Auto gefahren. Was nicht zuletzt daran gelegen hatte, dass außerhalb der Ballungszentren keine öffentlichen Verkehrsmittel existierten. Die Amis liebten es, noch die kleinsten Besorgungen mit dem Pick-up oder einem SUV zu erledigen. Und das, obwohl auch Regen eine Seltenheit war, zumindest in jenen Bundesstaaten, die Robert kennengelernt hatte. Nur ganz am Anfang, als es ihn für ein verlängertes Wochenende nach Kentucky verschlagen hatte, war er in einen heftigen Sturm geraten. Das Unwetter hatte damals alle Spuren am Tatort verwischt; zu dieser Zeit war das FBI noch der Auffassung gewesen, dass der Knochenmann Spuren hinterließ.

Vor Robert kam quietschend eine S-Bahn zum Stehen. Eine Menge gestresster Passagiere ergoss sich auf den Bahnsteig, während sich gleichzeitig durchnässte und schimpfende Pendler in den stickigen Waggon hineinpressten. Robert wünschte sich zurück in sein Hotelzimmer, wo er sich ins Bett legen, ausschlafen und … *Vergiss es, du kriegst eh kein Auge zu.* Er leerte den Kaffeebecher und quetschte sich in den Zug.

Am Zoologischen Garten überraschte es ihn zu sehen, wie sehr der einstige Vorzeigebahnhof Westberlins heruntergekommen war. Alle paar Meter hockten Punker oder Penner. In den Ecken stank es nach Urin. Rasch wechselte Robert in die U2, die Richtung Ruhleben fuhr. Derweil begann es in seinem Magen zu rumoren, doch er war sich nicht sicher, ob der Hunger daran schuld war oder das, was vor ihm lag.

In Neu-Westend stieg er aus und wandte sich nach Westen. Der Regen hatte nachgelassen, doch am grauen Himmel zeichnete sich bereits der nächste Schauer ab.

Robert legte einen Schritt zu, bis er ein gusseisernes Tor erreichte, von dem ausgehend sich nach links und rechts eine triste Steinmauer erstreckte. Er blieb stehen. Nur für einen Moment. Sich sammeln. Kraft tanken. So viel Überwindung es ihn auch kostete, den nächsten Schritt zu gehen – er war unvermeidlich, wollte er nicht von dem ständigen Gefühl begleitet werden, nicht angekommen zu sein.

Jemand räusperte sich. Eine ältere Dame mit leuchtend gelbem Friesennerz und ebenso grellen Plastikstiefeln hielt ihm angestrengt das Tor auf. *Worauf wartest du noch?* Er dankte ihr mit einem Kopfnicken. Der Regen trommelte auf seine Kapuze, während Robert den Friedhof betrat.

Die Bäume und Sträucher, die die Gräber säumten, waren größer, als er sie in Erinnerung hatte, aber das war auch schon die einzige Veränderung, die er feststellen konnte. Das Ensemble trauriger, grauer Flachgebäude des Krematoriums, das sich rechter Hand vom Eingang erstreckte, wurde nach wie vor von ätzend grünen Sonnenblenden verschandelt. An den Gruften und Mausoleen, in denen prominente Berliner seit dem 19. Jahrhundert ruhten, nagte zusehends der graue Zahn der Zeit. Unter seinen Füßen knirschten Kieselsteine. Der Pfad war ihm bestens vertraut, er hätte ihm blind folgen können. Doch die Vertrautheit machte den Weg nicht leichter.

Als er schließlich vor dem schmalen Grab stand, kam es ihm nicht so vor, als sei er tatsächlich vier Jahre lang fort gewesen. Die Ruhestätte war gepflegt, kein Unkraut in der durchnässten braunen Erde. Die Eriken und Narzissen waren frisch gepflanzt. Auf der Steinplatte in der Mitte flackerte ein Grablicht. Auch der Stein wirkte noch wie neu. Selbst den beiden Namenszügen, die in geschwungener Schrift in den Marmor gemeißelt waren, hatte die Zeit nichts anhaben können. Alles wirkte so, als wäre die Beerdigung erst gestern gewesen.

»Elisabeth«, las er flüsternd den ersten Namen. Der Regen wurde heftiger. Das Wasser lief ihm in Strömen übers Gesicht. »Georg.«

Er lauschte in sich hinein, aber da waren nur leise Melancholie und Müdigkeit. *Also stimmt es: Die Zeit heilt alle Wunden.*

Zweifelnd beugte er sich zu einer Narzisse hinab, deren Stängel unter der Wasserlast nachzugeben drohte, als er die Anwesenheit einer anderen Person bemerkte. *Jemand beobachtet dich.* Irritiert hob er den Kopf, sah allerdings nur Regentropfen, die zu endlosen Fäden aneinandergereiht zu Boden strömten. Er wandte sich wieder der Blume zu.

»Du bist wieder da?«, fragte plötzlich eine Stimme hinter ihm.

3

Sera suchte den Blick ihrer Mutter. Doch Annecim rührte mit Hingabe das Melemem, als hinge die Rettung der Menschheit davon ab.

»Tut mir leid«, sagte Sera und presste ihr Handy gegen das Ohr. »Heute ist mein freier Tag.«

»Ist heute Donnerstag?« Gerry überlegte. »Stimmt, hab ich vergessen, da triffst du dich ja mit deiner Familie.«

»Ja, du hast richtig verstanden: Ich stehe heute nicht zur Verfügung.«

»Hm, das ist wirklich schade.«

Gerrys Stimme bekam jenen Klang, der Sera jedes Mal eine Gänsehaut bereitete. Wie sie das hasste! *Wie du das liebst!*

»Soll ich dir trotzdem verraten, worauf ich Bock hätte?«, fragte Gerry.

Untersteh dich!

Annecim beugte sich über das Rührei in der Pfanne, trennte einen Löffel voll ab, probierte. Die gespannte Haltung ihres Körpers verriet ihr neugieriges Lauschen.

Sera zupfte an den Ärmeln ihres schwarzen Kapuzenshirts. »Nein, das kannst du mir auch morgen noch erzählen.«

»Ich könnte mir vorstellen, dass es dir auch gefällt.«

Mistkerl!

»Ganz bestimmt sogar.«

»Schade, aber heute können dir nur meine Kollegen helfen.«

»Mit dir wäre mir das aber lieber.«

»Ja, ich weiß, aber ich bin erst morgen wieder im Dienst. Wiederhören.« Sera schaltete das iPhone aus. Sie atmete durch und betete, dass das heiße Glühen, das sich in ihrem Körper ausbreitete, ihr Gesicht verschonte.

»Mein Kollege, mal wieder typisch«, sagte sie zu ihrer Mutter.

Annecim legte den Löffel beiseite, öffnete den Mund schon zu einer Erwiderung, doch dann überlegte sie es sich anscheinend anders, wandte sich erneut der Pfanne zu und schwieg. *Gott sei Dank.*

Gemeinsam füllten sie das Melemem in eine Schüssel und servierten es Seras Gästen. Als hätten die Frauen den ganzen Morgen noch nichts anderes bekommen, machten sie sich darüber her. Sie lobten Seras Kochkünste in den höchsten Tönen, besonders Eldin schmatzte mit vollem Mund: »Lecker, Seray Teyze, lecker.«

»Freut mich, dass es dir schmeckt.«

Ohne zu kauen, schluckte ihr Neffe den Eierklumpen hinunter, würgte, lief rot an und schaute mit flehendem Blick erst zu seiner Oma, danach zu Sera.

»Seray teyze, ben şimdi futbol izliyebilirmiyin?«, hustete er. »Tante Seray, kann ich dann jetzt Fußball gucken?«

Du gerissener Bengel! Sera bedachte Annecim mit einem strafenden Blick.

»Seray Teyze!«, quengelte Eldin weiter. »Tante Seray!«

»Jetzt geh schon.« Sera knipste den Fernseher an. *Eurosport* brachte eine Wiederholung des Champions-League-Spiels zwischen Galatasaray Istanbul und Hertha BSC. Was das Geplapper der Frauen und der Tennisball kickende Eldin nicht vermocht hatten, gelang jetzt dem Stadionlärm, der aus den Lautsprechern toste: Er weckte Deniz' Baby. Während Alisa und Mina vergnügt um die brabbelnde Kleine im Bett herumscharwenzelten, begannen die Frauen sich von ihren vielen Neffen und Nichten zu erzählen – wer gerade Zähne bekam, lächelte, lief oder erste Worte sprach. Dann wechselten die Themen zu Schulkonzerten, Tanzaufführungen und Fußballspielen. Die Kinder waren der Mittelpunkt ihres Lebens.

Sogar Alisa, von deren Lippen noch Melemem-Reste tropften, verkündete: »Ich möchte auch ein Baby haben.«

Özge stieß ein wieherndes Gelächter aus. Ihr Dutt, den sie

auf der Straße unter einem Kopftuch zu verbergen pflegte, wippte wild auf und ab. »Meinst du nicht, dass du dazu noch etwas zu jung bist?«

»Tabiki, sen kendin hala bir bebeksin!« Auch Mina stemmte entrüstet die Hände in die Hüften. »Jawohl, du bist doch selbst noch ein Baby!«

»Yakında seninle aynı yaştayız«, widersprach Alisa. »Ich bin bald genauso alt wie du.«

»Ozaman ben senden daha yaşlıyım. – Dann bin ich aber schon viel älter.«

»Ozaman benim daha çok çocuğum olacak. – Dann kriege ich noch mehr Babys.«

»Senin okadar çocuklarım olamazki. – So viele Babys wie ich kannst du gar nicht kriegen.«

»Lieber Himmel!« Özge rückte ihren Haarknoten wieder zurecht. »Kinderkriegen ist doch kein Wettbewerb.«

Sera spürte den Blick ihrer Mutter auf sich. *Kinder sind so. Vielleicht solltest du ja auch …?* Schnell griff sich Sera eine Handvoll Weintrauben aus einer Schale und konzentrierte sich auf das Fußballspiel. Hertha hatte gerade ein Gegentor kassiert.

Dann begannen sich die Gespräche um das Thema Urlaub zu drehen. Doch auch dazu konnte Sera kaum etwas beitragen. Ihre letzte Reise war die nach Australien gewesen. *Vor drei Jahren.* Die Erinnerung daran lag jetzt in Scherben im Mülleimer.

Kayra erzählte von ihrem zweiwöchigen Urlaub in Griechenland, zusammen mit ihrem Mann und den drei Kindern. Deniz war kurz vor ihrer Niederkunft nach Zonguldak gereist, einem kleinen Küstenort am Schwarzen Meer, wo sie die Verwandtschaft ihres Gatten hatte kennenlernen dürfen. Seras Eltern waren vor drei Wochen aus Istanbul zurückgekehrt.

»Und wisst ihr, wen wir dort getroffen haben?« Annecim klatschte begeistert in die Hände.

Ein ganzes Bündel Vorschläge wurde in die Runde geworfen: Namen von Cousinen aus Ankara, Halbbrüdern aus Sivas, entfernten Verwandten aus Kahramanmaras.

»Da kommt ihr nie drauf«, lachte Seras Mutter.

»Pek ala söyle«, verlangte Fehime, Seras zweite Tante, eine gut genährte Frau. Es gibt Menschen, deren Stimme nicht im Entferntesten zu ihnen passt. Fehime war eine von ihnen. Ihre Stimme war so hoch, als habe sie als Kind eine Überdosis Helium eingeatmet. »Nun sag schon!«

»Ilhami!«

»Ilhami?« Fehime wuchtete ihren Körper Richtung Sera. »Etwa *der* Ilhami?«

Daher weht also der Wind. Sera spuckte einen Weintraubenkern in ihre Hand. »Ist der nicht schon verheiratet?«

Annecim verzog das Gesicht. »Er ist Ingenieur, erfolgreich und wohlhabend.«

»Das war nicht meine Frage.«

»Und er ist sehr nett«, piepste Fehime. »Du kennst ihn doch.«

Ilhami war der Cousin vom Sohn des besten Freundes von Seras Vater. Sie selbst hatte mit ihm die Schulbank gedrückt, bis er eines Tages mit seinen Eltern zurück in die Türkei gezogen war. »Ich habe ihn seit zwanzig Jahren nicht mehr gesehen.«

Annecim beugte sich geheimnisvoll vor. »Baba hat ihn getroffen und …«

»Und was?« Sera spürte Wut in sich aufsteigen. »Kommt das etwa alles von Baba?«

»Es ist nur ein Vorschlag von ihm.«

Sera setzte zu einer wenig schmeichelhaften Erwiderung an, doch das Türläuten kam ihr zuvor. *Zum Glück.* Annecim war sowieso der falsche Adressat für ihren Zorn. Seras Mutter war, *wie immer*, nur der Bote.

Sie flüchtete in die Diele zur Gegensprechanlage. »Ja, bitte?«

»Sera, ich steh vor deiner Tür.« Es klopfte neben ihrem Ohr.

Neugierig trippelte ihre Mutter in den Flur. »Erwartest du noch wen?«

4

»Max?« Robert starrte seinen Bruder an wie ein Gespenst, das einer der umliegenden Gruften entstiegen war. *Aber warum bist du so überrascht?*

Max schien nicht minder erstaunt. »Robert«, presste er hervor, dann war eine Zeit lang nur das Plätschern des Regens zu hören.

»Es ist lange her«, brach Max schließlich das Schweigen.

»Vier Jahre.«

»Vier Jahre *sind* eine lange Zeit.« Als würde Max diese jetzt rasch überwinden wollen, machte er einen Schritt auf Robert zu.

»Ich habe dir Briefe geschrieben.«

»Und du glaubst, das macht es besser?«

Max hatte sich seit ihrer letzten Begegnung kaum verändert. Er war von schmaler Gestalt, trug Doc Martens und einen Ledermantel, den er schon seit Jahren besaß. Sein Haar war ein bisschen länger, aber die Strähnen konnten nicht jene Sturheit verschleiern, die sich schon in dem blassen Gesicht des Jugendlichen gezeigt hatte. Natürlich gab es für Max' Verbissenheit einen Grund, aber den hatte Robert schließlich auch gehabt, als er gegangen war.

Nun standen unausgesprochene Vorwürfe zwischen ihnen wie eine Mauer.

»Seit wann bist du in Berlin?«, fragte Max.

»Dienstag.«

»Und da hast du dich nicht bei mir gemeldet?«

Robert schüttelte den Kopf.

»Was ist mit Bo? Hast du dich bei ihr ...?«

»Nein, ich habe mich bei niemandem gemeldet. Ich wollte erst«, Robert deutete mit einem Kopfnicken auf das Grab, »zu unseren Eltern.«

Die Miene seines Bruders entspannte sich ein wenig. Max ging vor den Grabpflanzen in die Knie. Mit den Fingern schnippte er das Regenwasser von den Blüten.

Als Roberts Blick über die umliegenden Gräber glitt, fiel ihm eine Veränderung auf. Hinter einer strahlend weißen Buddha-Skulptur blähte sich ein gelber Regenmantel im Wind. Es war die ältere Dame, der Robert am Eingangstor begegnet war. In ihren Plastikstiefeln steuerte sie auf die beiden Männer zu, während sie ihre Augen prüfend auf das Grab gerichtet hielt.

»Es sieht gepflegt aus«, sagte Robert, dem das Schweigen unangenehm wurde.

»Ich kümmere mich jeden Tag darum. Einer muss es ja tun.« Aus einem Strauch hinter dem Grabstein zog Max eine kleine Harke hervor, mit der er demonstrativ die vom Regen lehmige Erde auflockerte.

Derweil marschierte die alte Dame an ihnen vorbei. Sie lächelte mitleidig. Während Robert ihr hinterherguckte, fragte er sich, wessen Grab sie wohl besucht hatte. Wahrscheinlich das ihres Ehemanns, mit dem sie, ihrer faltigen, aber zufriedenen Miene nach zu urteilen, dreißig oder vierzig glückliche Jahre verbracht hatte.

»Und wie ist es dir ergangen?«, fragte Max.

Robert war wieder im Hier und Jetzt. Die alte Frau war zum Ausgang verschwunden. »Hast du meine Briefe nicht gelesen?«

»Doch, natürlich. Aber jetzt ... Jetzt bist du ja wieder da.«

Robert fixierte den flackernden Kerzenschein im roten Grablicht, während er sich seinen Aufenthalt in den Staaten in Erinnerung rief: das FBI, die Begegnung mit William K. King, ihre gemeinsamen Einsätze, irgendwann der Knochenmann und seine abscheulichen Verbrechen. »Es war keine einfache Zeit.«

Max verzog den Mund. Das war nicht die Antwort, die er hatte hören wollen. Er richtete sich auf, nachdem er die Harke zurück in das Gebüsch gelegt hatte. »Du hättest dich bei mir melden sollen, Robert. Aber jetzt ...« Er wischte sich die Hände an einem Taschentuch ab, dann lehnte er sich an den Grabstein, um seine Doc Martens vom Lehm zu säubern. »Weißt du, meine Arbeit ... Ich muss jetzt los.«

»Du hast es geschafft, oder?«

»Du weißt davon?«

Schon als kleiner Junge hatte Max von einer Karriere als Musiker geträumt. Nicht als Popstar oder Rockröhre wie andere Teenager in seinem Alter. Inspiriert von ihrer Mutter, deren Leidenschaft für Beethoven, Haydn und Antonio Salieri sie durch die Kindheit begleitet hatte, war seine Begeisterung für die Kammermusik entfacht worden, für die barocke Polyphonie, die Wiener Klassik, deren Sonaten, das Galante, Empfindsame. Heute gehörte Max als Streicher zum festen Ensemble des Orchesters der Deutschen Oper.

»Internet«, antwortete Robert.

»Ach so.« Max stapfte durch den Regen davon.

Robert wartete darauf, dass sein Bruder sich noch einmal zu ihm umdrehte. Es gab so vieles, was er ihm gerne erzählt hätte. Doch Max war unerbittlich. *Wie immer.* Wenige Sekunden später war er hinter der gusseisernen Friedhofspforte verschwunden.

5

»Ich erwarte niemanden«, sagte Sera.

Ihre Mutter kräuselte die Stirn. »Und wer hat da geklopft?«

Sera öffnete die Tür. Dem schmächtigen Mann im Treppenhaus klebte das wirre, braune Haar nass an der Kopfhaut. Seine Jeans und der Rollkragenpullover waren trocken, dafür hing ein tropfender Regenmantel über seiner Armbeuge. Ungeduldig trat er von einem Fuß auf den anderen.

Annecim musterte ihn skeptisch.

»Das ist mein Kollege, Kriminalobermeister Gesing«, stellte Sera vor. »Werner, das ist meine Mutter.«

»Angenehm.« Der Polizist deutete eine Verbeugung an. »Sera, es ist …«

»… heute der freie Tag meiner Tochter!« Annecim hob tadelnd den Zeigefinger. »Das hat sie Ihnen doch vorhin schon am Telefon erklärt.«

»Vorhin? Am Telefon? Aber ich … Autsch!« Gesing zuckte zusammen. »Sera, warum trittst du mich?«

»Oh, Werner, entschuldige. War das dein Fuß? Den habe ich gar nicht gesehen. Was hast du gesagt, weswegen bist du gekommen?«

»Ich habe noch gar nichts gesagt.« Verstimmt wischte sich Gesing die nassen Strähnen aus der Stirn.

»Kommen Sie doch erst einmal herein.« Annecim trat beiseite. »Sie sind ja ganz durchnässt. Seray, hol für deinen Kollegen ein Handtuch. Und bestimmt hat er Hunger und …«

»Danke, aber so viel Zeit bleibt uns nicht. Wir haben einen dringenden Fall. In *Kreuzberg*.« Er betonte den Stadtteil, als würde das alles erklären.

»Kreuzberg?«, fragte Sera.

»Ja, und der Chef hat ausdrücklich nach dir verlangt.«

»Nach mir? Warum?«

»Na ja, ich weiß nicht, ob ich …« Gesing warf einen entschuldigenden Blick ins Wohnzimmer.

Wie Hühner auf einer Stange hockten die Frauen einträchtig schweigend auf dem Sofa. Auch Mina und Alisa hatten ihre Babypläne einstweilen auf Eis gelegt, und sogar Eldin blinzelte jetzt verstohlen in den Korridor. Hinter ihm plärrte noch immer der Fernseher, aber das Fußballspiel war vergessen. Ein echter, leibhaftiger Polizist war zweifelsohne spannender.

»Warte einen Augenblick!« Sera flitzte ins Schlafzimmer. Ihre beiden Nichten folgten auf dem Fuß.

»Seray teyze, şimdi gitmen gerekiyor mu?« Alisa pulte enttäuscht am Melemem herum, das auf ihrer Bluse trocknete. »Tante Seray, musst du jetzt gehen?«

»Ja, leider.«

»Warum denn?« Eldin lugte um die Ecke.

»Weil ich arbeiten muss.«

»Mit dem Kommissar da vor der Tür?« Ungläubig stieß ihr Neffe die Worte hervor. Dass seine eigene Tante einem Job als Polizistin nachging, schien er bis heute nicht begriffen zu haben. Oder man hatte es ihm noch nicht gesagt.

»Darf ich mitkommen?«, fragte Eldin.

»Bist du denn Polizist?«

Er nickte heftig.

»Ich dachte, du bist Fußballer?«

Eldin zog eine Flunsch.

»Übermorgen siehst du Teyze ja wieder«, mischte sich Seras Mutter ein. Sie überkreuzte die Hände und legte sie auf ihre Brust. »Und wegen Ilhami, Sera, brauchst du …«

»Annecim, bitte!«

»Ich wollte doch nur sagen, dass du nichts überstürzen sollst, aber du weißt, du würdest uns eine große Freude machen, wenn du …«

»Nein!« Sera streifte sich ihre Lederjacke über. »Ich werde mich nicht mit ihm treffen.«

»Aber dann müsstest du nicht mehr arbeiten gehen«, sagte Annecim.

»Ich mag meine Arbeit.«

»Das weiß ich ja, und wir sind auch stolz darauf, wirklich, dessen bist du dir hoffentlich bewusst. Aber schau, du wirst jetzt fünfunddreißig, und …«, sie seufzte, »dein Baba macht sich doch nur Sorgen.«

»Um mich?« Im Flurspiegel richtete Sera schnell noch ihr Haar. Der missbilligende Blick Annecims auf ihre kurzen, dunklen Strähnen, das schwarze Kapuzenshirt und die Lederjacke entging ihr nicht. »Oder was die Nachbarn, die Freunde und die Familie in Istanbul von seiner missratenen Tochter denken?«

»Du weißt, Baba meint es nur gut mit dir.«

»Und du noch viel mehr.« Sera drückte ihr einen Kuss auf die Stirn. Selbst jetzt konnte sie auf ihre Mutter nicht sauer sein. Annecim war nur bemüht, zwischen den Fronten zu vermitteln. Gerne hätte Sera ihr den Kummer erspart. *Bloß wie?*

»Aber am Samstag wirst du kommen, oder?«, flüsterte ihre Mutter.

Übermorgen feierte Seras Vater seinen fünfundsechzigsten Geburtstag. Die ganze Familie war eingeladen worden. »Habe ich denn eine andere Wahl?«

Noch ehe Annecim antworten konnte, war Sera zur Tür hinaus verschwunden und hatte ihre Familie in ihrer Wohnung allein gelassen.

6

»Tania?« Die Stimme aus dem Telefonhörer klang brüchig. »Bist du das?«

»Wer denn sonst?«, antwortete Tania Herzberg gereizt. »Du hast doch meine Nummer gewählt.«

»Hätte ja auch sein können, dass eine deiner Kolleginnen an den Apparat geht.« Ein ersticktes Rülpsen ertönte. »Oder einer deiner Kollegen.«

Tania schickte ihren Blick auf Wanderschaft durch das Großraumbüro, das in der fünften Etage des Verlagsgebäudes am Alexanderplatz die Redaktion des *Berliner Kurier* beherbergte. Die Mehrzahl der Kollegen hockte hinter den Rechnern und brütete konzentriert über ihren Artikeln. Der Rest führte wichtige Telefonate. *Ganz im Gegensatz zu dir.* »Warum rufst du an, Ralf?«

»Warum bist du so genervt?«

»Du hast schon vor einer Stunde angerufen.« *Außerdem gestern Abend. Und vorgestern. Und letzte Woche.*

»Ich muss dir etwas sagen.«

»Und ich habe dir schon mehrmals klargemacht …« Tania schaute sich noch einmal im Büro um. Alle Kollegen waren beschäftigt. Trotzdem dämpfte sie ihre Stimme. Sie wollte nicht, dass Hinz und Kunz sich über ihre privaten Probleme das Maul zerrissen. »Du sollst mich nicht ständig bei der Arbeit stören.« *Und auch sonst nicht.*

»Ich werde doch wohl noch meine Frau anrufen dürfen!«, empörte er sich.

Sie senkte ihre Stimme noch einmal. »Ralf, wir sind getrennt.«

»Ja, aber …« Seine Worte gingen in ein undeutliches Nuscheln über.

»Hast du getrunken?«

»Nur ein bisschen.«

Ein bisschen viel. Tania holte genervt Luft.

Im hinteren Teil der Redaktion trat Stanislaw Bodkema aus seinem Büro. Bevor er sich auf den Weg quer durch den großen Raum machte, wechselte er noch einige Worte mit Emma, seiner Sekretärin, einem blonden, toupierten Püppchen mit Kunstnägeln und French Manicure, das man eher im Vorzimmer eines Schönheitschirurgen als im Sekretariat eines Chefredakteurs erwartet hätte.

»Ich habe gehofft, du würdest dir das mit uns noch einmal durch den Kopf gehen lassen«, hörte Tania ihren Noch-Ehemann sagen.

»Und ich habe gehofft, ich hätte inzwischen ein für alle Mal und unmissverständlich klargestellt, dass ich mich entschieden habe und …«

»Hast du einen anderen? Ist es das? Das ist es doch?« Ralfs Stimme schwoll an. »Dein Chef, oder? Klar, es ist dein Chef, der …«

»Ralf, stopp!« Tania deckte die Telefonmuschel mit der Hand ab.

Ihr Chef, ein gepflegter, großer Mann Ende fünfzig, verheiratet, Vater von zwei Kindern, Großvater einiger Enkel, stand an ihrem Schreibtisch.

»Entschuldige, wenn ich stören muss, aber …«, ungeduldig tippte Stanislaw Bodkema mit dem Finger auf seine Hemdmanschette, »denkst du an den Redaktionsschluss, Tania?«

»Natürlich!«

»War auch nur eine Frage. Karrenbacher meinte vorhin zu mir, du hättest …«

»Was?« Tania konnte nur schwer an sich halten. *Karrenbacher! Das hätte ich mir denken können!* »Was hat er gesagt?«

»Nichts weiter.« Bodkema winkte ab. »Also, was ist mit der Berliner S-Bahn? Hast du rausgefunden, warum der Großteil der Züge stillsteht? Es heißt, die Deutsche Bahn werde noch heute eine Stellungnahme zu dem Chaos abgeben.«

»Wird sie auch. Und ich kann dir schon jetzt sagen, was nicht darin stehen wird.«

»Nämlich?«

»Dass es Schlampereien bei der Wartung gegeben hat. Deshalb ist es nämlich zu technischen Problemen gekommen, und deshalb fährt auch kaum noch eine S-Bahn.«

»Schlampereien bei der Wartung?« Bodkemas Miene hellte sich auf, verzückt angesichts der Schlagzeile, die eine solche Information liefern würde. »Woher weißt du das?«

»Von einer entfernten Bekannten, deren Mann Angestellter der S-Bahnbetriebe ist. Ich warte noch auf seinen Rückruf.«

»Ein Informant aus dem direkten Umfeld der Bahn? Ausgezeichnet! Das gibt morgen einen Aufmacher auf der Titelseite, dreispaltig, mit großem Foto!« Höchst zufrieden marschierte der Chefredakteur in sein Büro zurück.

Bevor die Tür hinter ihm in den Rahmen fiel, erhaschte Tania noch einen Blick auf Karrenbacher, der auf dem Stuhl vor Bodkemas Schreibtisch hockte. *Na super!*

Hans-Peter Karrenbacher war ein alter, knorriger Journalist, der sich einen spärlichen Haarkranz sprießen ließ, um ihn sich über die Glatze kämmen zu können. Obendrein trug er, allen modischen Trends zum Trotz, altertümliche Tweedjacketts und gestreifte Krawatten, die er wahrscheinlich schon besessen hatte, als er vor zwanzig Jahren seinen Dienst beim *Kurier* angetreten hatte. Schlimmer als diese Geschmacksverwirrungen aber war, dass er sich als designierter Nachfolger des scheidenden Leiters im Nachrichtenressort gesehen hatte – bis der Job vor Kurzem überraschend seiner Kollegin Tania Herzberg in Aussicht gestellt worden war.

Karrenbacher hatte sich seinen Unmut nicht anmerken lassen, sondern Tania sogar zu dem in greifbare Nähe gerückten Karrieresprung gratuliert. Hinter ihrem Rücken allerdings spuckte er Gift und Galle und hatte nicht nur die Kollegen damit bereits infiziert.

»Wer war das?«, zischte Ralf aus dem Telefonhörer.

»Das war …« Tania hielt inne. »Das ist doch jetzt völlig egal.«

»Dein Chef, oder? Dieser Bodkema …«

»Ralf, ich habe …«

»Der war schon immer scharf auf dich.«

»Ich habe keine Lust mehr, mich ständig …«

»Nur deshalb hat er dich zum *Kurier* geholt.«

»... mit dir zu streiten.«

»Du kannst es ruhig zugeben. Es weiß sowieso schon jeder Bescheid. Auch deine Kollegen.«

»Ralf, hörst du mir überhaupt zu?«

»Natürlich höre ich dir zu.«

»Gut, bist du jetzt fertig? War es das, was du mir sagen wolltest?«

»Nein.« Er verfiel in Schweigen.

»Was dann?«

»Tania, ich brauche dich«, flüsterte er kleinlaut.

Der plötzliche Stimmungswechsel irritierte sie.

»Und ich weiß, du brauchst mich auch. Ich weiß, wie du dich wirklich fühlst.«

»Ralf, bitte ...«

»Ich kenne dich.« Seine Stimme gewann wieder an Kraft. »Immerhin bist du meine Frau.«

»Ralf, ich muss ...«

»Diese Sache mit deinem Chef, ich weiß, die ist ...«

»... jetzt auflegen.«

»... nicht von Bedeutung. Aber du und ich.« Er wurde lauter. »Wir, das mit uns ...!«

»Ralf!«

»Ich werde«, er schrie jetzt fast, »es nicht zulassen, dass du ... du ...«

Sie legte auf.

»Tania?«, fragte eine leise Stimme hinter ihr.

»Was?«, fauchte sie und wirbelte herum. »Was, verdammt?«

Der kleine, dickliche Mann machte einen erschrockenen Satz zurück. Als würde alle Luft aus ihr entweichen, sank Tania in sich zusammen. Vorsichtig schaute sie sich um. Keiner der Kollegen hatte ihren Ausraster mitbekommen. *Zum Glück.* Oder sie ließen es sich nicht anmerken. *Es weiß sowieso jeder Bescheid. Auch deine Kollegen.*

»Tut mir leid, Hardy. Ich bin gleich wieder da.« Sie sprang auf und eilte zu den WCs.

Am Waschbecken der Damentoilette benetzte sie ihre Unterarme mit kaltem Wasser, dann betupfte sie auch ihr Gesicht. *Ich werde es nicht zulassen, dass du …* Für Sekundenbruchteile glaubte sie, auf ihren Wangen den Schmerz jener Schläge zu spüren, die Ralf … *Nein, daran willst du nicht mehr denken.* Trotzdem ließ der jähe Anflug ihrer Erinnerung sie erzittern. *Warum kann er mich nicht endlich in Frieden lassen?*

Sie ärgerte sich fast mehr über sich selbst als über diesen Scheißkerl von Noch-Ehemann. Wieso hatte sie bloß seinen Anruf entgegengenommen? *Ganz einfach: weil der Scheißkerl von Noch-Ehemann so raffiniert ist und seine Rufnummer unterdrückt.* Hätte sie seine Telefonnummer erkannt, hätte er klingeln können, bis er alt und grau war. Und tot am besten noch dazu!

Sie verließ die Toiletten.

»Alles in Ordnung?« Harald »Hardy« Sackowitz stand noch immer unbewegt neben ihrem Schreibtisch.

Tania zwang sich zu einem Lächeln und deutete auf die Akten, die ihrem Kollegen unter dem Arm klemmten. »Was ist damit?«

»Nun«, druckste er verlegen. »Ich dachte, ich könnte … Also, ich meine, vielleicht … Ach, verflucht! Mein Rechner spinnt mal wieder.«

Es war ein offenes Geheimnis, dass Sackowitz mit der modernen Technik auf Kriegsfuß stand. Alle paar Tage – manche behaupteten spöttisch: *stündlich* – brachte er seinen Computer zum Absturz. »Hast du eine falsche Taste gedrückt?«

»Diesmal ist er wirklich kaputt. Das sagen sogar die Jungs aus der Technik.«

»Und jetzt willst du an meinen?«

»Das wäre ganz toll.« Er strahlte wie ein kleiner, glücklicher Schuljunge.

»Und wie stellst du dir das vor?«

»Wir wechseln uns ab. Erst schreibst du, dann ich. Das dürfte kein Problem sein, ich bin jetzt sowieso erst mal außer Haus. Habe gerade einen Anruf erhalten. In Kreuzberg hat es einen Vorfall gegeben.«

»Einen Vorfall?«

»Die Mordkommission ist schon dorthin bestellt worden.« Er platzierte die Ordner auf ihrem Schreibtisch. »Also, darf ich an deinen Rechner?«

»Ich weiß nicht«, zauderte Tania.

»Ich werde dir auch nicht zur Last fallen, versprochen.«

Keine Bange, das erledigen bereits andere für dich. Tania ließ sich auf ihren Sessel plumpsen.

»Und spätestens am Samstag bist du mich sowieso wieder los«, versprach Sackowitz. »Dann bekomme ich meinen Rechner zurück. Haben mir die Techniker zugesagt.«

»Na gut«, willigte sie ein.

Ihr Handy läutete. Die Nummer des Anrufers war unterdrückt. Tania starrte das vibrierende Mobiltelefon an, als wäre es mit einem bösartigen Virus infiziert.

»Willst du nicht rangehen?«, fragte Sackowitz.

»Wolltest du nicht schon längst weg sein?«

»Ja, ja, ich geh dann mal los.« Er stampfte zu den Aufzügen.

Tania griff zum Handy. »Ja, bitte?«

»Hallo?« Jemand räusperte sich. Es war nicht Ralf. Zum Glück. »Spreche ich mit ... mit Frau Herzberg?«

»Sind Sie es, Herr Haindling?«

»Ja, aber ...«, der Mann schnappte nach Luft, »mein Name darf nicht in Ihrer Zeitung auftauchen, das hat meine Frau Ihnen gesagt, oder?«

»Selbstverständlich, Sie bleiben anonym, das verspreche ich Ihnen.«

»Wenn rauskommt, dass ich Ihnen diese Informationen gesteckt habe, dann ... Aber wissen Sie, diese Schweinerei, die da bei der S-Bahn abgeht, die muss an die Öffentlichkeit. Andererseits brauche ich den Job.«

»Sie haben mein Wort.« Tania klemmte sich das Handy zwischen Schulter und Ohr, während sie nach einem Notizblock mit Kugelschreiber griff. »Also? Ich höre.«

7

»Seray?« Gesing drehte sich mit fragender Miene zum Beifahrersitz.

Sera blinzelte in den Regen hinaus. »So schön wie der Mond selbst.«

»Hä?«

»Sera ist die Kurzform von Seray. Und das bedeutet wiederum: so schön wie der Mond selbst. Es ist der Name meiner Großmutter mütterlicherseits.«

Gesing kicherte. »Also deine Mutter ...!«

»Was ist mit ihr?«

»Vielleicht lieg ich ja ganz falsch damit, aber«, er gluckste, »als ich gerade vor deiner Tür stand, da hat sie mich angesehen, als ob ich, na ja ...« Er blickte Sera bedeutungsvoll an.

Plötzlich deutete sie mit der Hand nach vorne. »Pass auf!«

Auf der Skalitzer Straße zwängte sich ein Lkw aus einer schmalen Hofeinfahrt.

»Verdammt, sieht der denn das Blaulicht nicht?« Gesing trat das Bremspedal durch.

Der Sicherheitsgurt, gegen den sich Seras Brust presste, raubte ihr kurzzeitig den Atem. Erst als Gesing das Martinshorn einschaltete, setzte der Lastwagenfahrer erschrocken zurück. Gesing konnte wieder Gas geben, und der Wagen reihte sich mit einem Satz in den Kreisverkehr am Kottbusser Tor ein. Sera wurde in den Sitz gedrückt und wenig später hin und her gerüttelt, weil ihr Kollege im Zickzackkurs vorbei am dahinzuckelnden Verkehr auf dem Kottbusser Damm raste.

»Du denkst daran, dass ich gerade gegessen habe?«, fragte Sera.

»Schön, dass wenigstens einer von uns Zeit fürs Frühstück hatte.«

»Von dem du gleich auch was hast, wenn ich in den Fußraum kotze.«

Ungeachtet dessen bremste Gesing abermals scharf, weil ein Transporter in zweiter Reihe parkte und sich die Autos auf der freien Spur daneben wie in einem Nadelöhr verkeilt hatten. Kurz entschlossen lenkte er den Passat auf den begrünten Mittelstreifen, von dem er die Hälfte der Pflanzen ruinierte. Dann rumste der Wagen zurück auf den Asphalt, und Seras Kopf knallte gegen die Scheibe.

»Also«, sagte Gesing, »deine Mutter …«

»… wird dich garantiert nie wieder eines Blickes würdigen, wenn ich heute nicht heil nach Hause komme.«

»Kann ich denn was dafür, dass die Leute so beschissen fahren?«

»Apropos: beschissen fahren. Da kenne ich auch noch jemanden.«

»Weißt du was?« Gesing schoss bei Rot über die Kreuzung am Hermannplatz. »Beim nächsten Mal kannst du fahren.«

»Versprochen?«

»Du mich auch!«

Der Kriminalobermeister preschte über die Hasenheide, die sich vor der Kirche am Südstern teilte. Die Straße umschloss das Gotteshaus in einer Ellipse. Glockenläuten mischte sich in überraschender Harmonie mit dem Martinshorn.

»Willst du jetzt wissen, was mit deiner Mutter war oder nicht?«

Sera hielt sich gleichzeitig die schmerzende Brust und die pochende Schläfe. »Mir wäre es lieber, du verrätst mir endlich, warum der Chef mir meinen freien Tag ausgerechnet mit dir verdirbt.«

»Vor einer Dreiviertelstunde ist ein Notruf eingegangen. Eine junge Frau wurde auf offener Straße niedergestochen.«

»Du meinst: eine junge *türkische* Frau?«

Schweigend bog Gesing in die Blücherstraße.

»Verstehe.« Und das tat Sera tatsächlich. Nicht zum ersten Mal war ihr Chef der Auffassung, ihr – wie pflegte er sich auszudrücken? – »kultureller Hintergrund« sei bei der Aufklärung mancher Mordfälle hilfreicher als aller kriminalistischer Spürsinn der Kollegen. *Wenn der wüsste!*

Am Ende der Blücherstraße hielt Gesing hinter einem Sammelsurium chaotisch geparkter Einsatzfahrzeuge. Mit rotweißem Flatterband hatten Streifenbeamte bereits den Bürgersteig vor den unsanierten Altbauten abgeriegelt. Eine wogende Masse von Frauen jeden Alters drängelte sich an die Absperrung, viele davon mit Kopftüchern, unter denen ein schluchzendes Palaver erscholl.

»Adile!« Eine gesetzte Dame in Rock, Strickjacke und Kopftuch hämmerte mit Fäusten auf Streifenbeamte ein, die ihr den Zutritt zum Tatort verweigerten. »Adile! Adile!« Die Sohlen ihrer dünnen Latschen fanden auf dem nassen Bordstein keinen Halt mehr. Die Frau stürzte zu Boden, weinte aber weiter. »Adile! Adile!«

Die anwesenden Journalisten richteten ungeniert ihre Kameraobjektive auf die wimmernde Frau.

Gesing hastete ihr zu Hilfe, doch ehe er sie erreichte, waren schon zwei Türken bei ihr. Die beiden Männer waren Mitte fünfzig, trugen Anzüge, der eine hatte einen dichten grauen Vollbart, leise redete er auf die Frau ein. Der andere, auf dessen Nase eine rahmenlose Brille wippte, versuchte Gesing abzuwehren.

Sera durchforstete ihr Gedächtnis. Sie glaubte, den Mann mit der Brille zu kennen, wusste aber nicht woher. Außerdem lenkte eine heisere Stimme sie ab.

»Frau Muth!«, krächzte es aus dem Reporterpulk. »Frau Muth!«

»Herr Sackowitz.« *Auch das noch!*

»Jemand ist ermordet worden, richtig? Ein Ehrenmord?«

»Können Sie sich erinnern, was ich Ihnen gesagt habe, als wir uns das letzte Mal getroffen haben?«

»Hat das was mit diesem Mord zu tun?«

»In gewisser Weise schon. Ich sagte nämlich«, Sera bückte sich unter dem Flatterband hindurch, »dass Sie sich für Fragen bitte an die Presseabteilung wenden.«

Auf dem Gehsteig, nicht weit von dem Asia-Imbiss *Golden Buddha* entfernt, war ein Sichtschutz errichtet worden, der das Pavillonzelt der Spurensicherung umschloss. Unter dem Plastikdach, von dem der Regen in endlosen Wasserfällen plätscherte, wirkten die Kriminaltechniker in ihren weißen Einwegoveralls wie Schneemänner, die vor einer Überschwemmung bewahrt werden mussten. Ihr Interesse galt der großen Blutlache auf dem Boden und einem blutverschmierten Messer, das einen Meter weiter neben einer Regenpfütze lag.

Im Hauseingang neben dem Restaurant stand ein stämmiger Mann, Mitte dreißig, dichtes und gepflegtes braunes Haar, große Augen, markantes Kinn, breite, gewölbte Brust. Wäre George Clooney ein Boxer, er sähe aus wie dieser Typ. Neben ihm wirkten die Mitglieder der asiatischen Großfamilie, auf die er mit entnervt wirkenden Gesten einredete, wie Zwerge.

»Und?«, fragte Sera ihren Kollegen David Blundermann, Kriminalobermeister in der Mordkommission. »Wo ist die Leiche?«

8

Robert nahm die erstbeste U-Bahn zurück nach Mitte. Er verschloss die Augen vor dem tristen Einheitsgrau, zu dem sich der Regen und die Häuser beiderseits des Bahndamms vermengten. Das gleichmäßige Ruckeln des Waggons machte ihn müde. Er dachte zurück an den Friedhof, an das Grab der Eltern, an die Begegnung mit Max. *Du bist wieder da?*

Die Stimme seines Bruders hallte so laut in seinem Kopf wider, dass Robert erschrocken die Augen öffnete. Sein Blick irrte durch das Abteil, darauf gefasst, Max mit grimmiger Miene auf der Bank gegenüber zu entdecken. Stattdessen hockten dort nur klitschnasse Pendler mit verdrießlichen Gesichtern. Ein Russe mit Tschapka begann schiefe Töne aus seinem Akkordeon hervorzuquetschen.

Robert wünschte sich, die erste Begegnung mit seinem Bruder nach so vielen Jahren wäre erfreulicher verlaufen, aber er konnte Max seinen Groll nicht verübeln. *Vier Jahre sind eine lange Zeit.*

Der Zug hatte inzwischen das Tageslicht der Vororte verlassen und rollte durch den Berliner Untergrund. Die grellen Lampen im Waggon ließen die Gesichter der Reisenden gespenstisch blass erscheinen. Glücklicherweise war der Akkordeonspieler in das nächste Abteil umgezogen, wo er nun neue unfreiwillige Zuhörer marterte. Die nächste Station war die Deutsche Oper.

Du hast es geschafft, oder?

Einem spontanen Impuls folgend stand Robert auf. Während er auf die Einfahrt in den nächsten Bahnhof wartete, dachte er daran, wie Max als kleiner Junge Geige gelernt hatte. Jeden Abend stiefelte er voller Freude ins Wohnzimmer, wo der Notenständer stand, direkt neben der schmalen Leuchte, deren Lampenschirm mit winzigen, fliegenden *Achtelnoten* bestickt war. Dort wartete er darauf, dass ihre Mutter eine Schallplatte auflegte. Während aus den Lautsprechern die ersten Akkorde erklangen, stimmte Max seine Geige. Anfangs hörte sie sich zart und empfindsam an, weich wie die Streicher in *La Chasse*, doch je schneller Max mit dem Bogen über die Saiten strich, desto heller wurde der Ton. Und lauter. Bis er schließlich grell in Roberts Ohren geschrillt hatte.

Aber nein, es waren die Bremsen, die quietschten, während die U-Bahn im Bahnhof Zoo zum Stehen kam. Robert rieb sich verwundert die Augen. Er hatte drei Stationen verpasst. *Herrje, jetzt schläfst du schon im Stehen.*

An einem Bahnsteigkiosk erstand er einen überteuerten, lauwarmen Kaffee, dessen Wirkung ausblieb. In Amerika hatte er so viel Kaffee getrunken, dass sein Körper inzwischen immun gegen Koffein zu sein schien. Enttäuscht kippte er den halb vollen Pappbecher in einen Mülleimer. *Du brauchst keinen Kaffee, du brauchst Schlaf.* Doch wenn er sich jetzt hinlegte, würde er sich nur herumwälzen. Es war paradox, aber nicht zu ändern.

Er stieg in die nächste U-Bahn. Noch einmal Richtung Ruhleben.

9

David Blundermann, Seras Kollege in der Mordkommission, lächelte wehmütig. »Die junge Frau hatte Glück im Unglück. Sie hat überlebt und befindet sich auf dem Weg ins Vivantes-Klinikum.«

Sera wischte sich einen Regentropfen von der Nase. »Und ihr Name ist Adile?«

»Adile Gökcan, vierundzwanzig Jahre, verheiratet mit Aiman Gökcan, beide gemeldet im Schirmvogelweg in Buckow. Allerdings wohnt Frau Gökcan seit drei Wochen bei ihrer

Freundin Eva Fischer hier im Haus. Sie wartet schon in ihrer Wohnung auf dich.«

»War sie Zeugin der Tat?«

»Nein, sie nicht. Aber ...« Mit bäriger Behäbigkeit zeigte Blundermann auf einen der beiden Asiaten.

Der Mann war drei Köpfe kleiner als der Polizist, hatte kurzes, schütteres Haar, schiefe Zähne und hielt eine volle *Lidl*-Tüte wie ein Kleinkind im Arm.

»Das ist Sui Chun Zaoming«, sagte Blundermann. »Er arbeitet als Koch in dem Thai-Restaurant um die Ecke. Er behauptet, alles mitbekommen zu haben. Leider spricht er kaum ein Wort Deutsch.«

Sui Chun Zaoming ließ nicht erkennen, ob er Blundermann verstanden hatte. Noch immer umklammerte er seine Einkäufe, als müsste er fürchten, jeden Moment von den Beamten beklaut zu werden.

»Und das ist Fu Xiang Gang.« Blundermann wies auf den anderen Asiaten, der weder Schuhe noch Socken trug. Sein T-Shirt war mit Resten von süßsaurer Soße verziert. »Herr Gang ist Zaomings Schwager. Ihm gehört das *Golden Buddha*, in dem«, Blundermann deutete auf die übrigen Asiaten: Kinder, Eltern, Großeltern, »fast die ganze Familie arbeitet. Zusammen teilen sie sich eine Wohnung hier im Haus. Herr Gang spricht von allen am besten Deutsch.«

»Nur ein ... bissen«, wiegelte der Thai ab.

»Bissen hin oder her«, befand Blundermann, »wir wollen hier nicht essen, sondern wissen, was passiert ist.«

»Was, bitte?«

Blundermann sprach langsamer, betonte jedes seiner Worte einzeln. »Fragen – Sie – Herrn – Zaoming – bitte, – was – er – gesehen – hat.«

Gang wechselte in schnellem Singsang einige Sätze mit seinem Schwager. Dann übersetzte er: »Sui Chun sagt, er war ... einkaufen.«

Zur Bestätigung hob Zaoming die volle Plastiktüte etwas an. Ein Joghurt fiel heraus.

Sera und Blundermann schnappten danach. *Zu spät.* Der Becher klatschte auf den Boden. Das Plastik zerplatzte, und der Inhalt verteilte sich auf den Fliesen im Hauseingang. Mit verdrießlicher Miene sah Zaoming zu, wie eine der Frauen seiner Familie den Joghurt aufwischte.

»Tut mir leid«, sagte Blundermann.

»Natürlich erstatten wir ihm den Joghurt«, fügte Sera hinzu.

»Nein, Sui Chun sagt, ist gut. Was ist Verlust von Joghurt gegen …« Gang sah scheu zu der alten, schluchzenden Frau hinüber, die noch immer in den Armen der beiden Türken hinter der Absperrung kauerte.

»Ihr Name ist Fatma Alpzoman, eine Großtante des Opfers«, erklärte Gesing, der sich inzwischen zu ihnen in den Hausflur gesellt hatte.

»Und die beiden Männer?«

»Der mit der Brille ist Fatmas Mann, Osman Alpzoman, der andere dessen Bruder Rudank Alpzoman.«

Die Namen sagten Sera nichts. Ihr Blick kreuzte sich mit dem von Adiles Großtante. Fatma Alpzomans rundes Gesicht, umrahmt vom Kopftuch, war von Verzweiflung verzerrt, ihre Wangen von Tränen rot, ihre Augen verquollen, doch es glomm noch etwas anderes als nur Kummer in ihnen.

Sera wandte sich wieder den beiden Thais zu. »Herr Zaoming kam also vom Einkaufen nach Hause?«

»Ja, er hat Haustür aufgeschlossen. Da ruft Frau.«

»Adile?«

»Ja, sie will auch in Haus. Sui Chun hält Tür mit Arm auf. Er hört Auto. Reifen laut.«

»Herrn Zaoming hat also ein Auto gesehen?«

»Nein, Sui Chun *hört* Auto. Nicht sehen. Er aber nichts denken. Dann er hört …« Gang kniff die Augen angestrengt zusammen, während er sein Hirn nach den richtigen Worten zermarterte. »Er hört Schrei. Er dreht um und sieht Mann, der zu Auto rennt.«

»Also hat er das Auto doch gesehen?«, stellte Blundermann grummelnd fest. »Hat er die Marke erkannt?«

»Marke?«

»Was war das für ein Auto? Mercedes?«

»Schwarz. BMW.«

»Das Nummernschild?«

Zaoming zögerte, schüttelte den Kopf. »Es regnet. Alles war schnell.«

»Was ist mit dem Mann?«, fragte Sera. »Hat Ihr Schwager ihn vielleicht erkannt? Kann er ihn beschreiben?«

»Sui Chun sagt, es regnet. Alles war …«

»Ja, ja, das hatten wir schon«, unterbrach Blundermann ungeduldig. »Das heißt also: nein?«

Zaoming entblößte seine krummen Zähne zu einem noch schieferen Lächeln. »Sui Chun glaubt, er weiß wer.«

»Glauben hilft uns wenig«, murmelte Blundermann.

»Was?«

»Ach, vergessen Sie's.«

Die beiden Asiaten wechselten wieder einige Worte. »Frau hat Streit«, übersetzte Gang. »Polizei … seit drei Wochen … immer wieder in Haus.«

»Dann sollten wir jetzt mal mit Adiles Freundin reden.« Sera wandte sich zur Treppe.

»Vorsicht, Sera!«, warnte Blundermann plötzlich.

Fatma Alpzoman, Adiles Großtante, stürmte in den Hausflur. Seras Kollegen packten sie, doch die alte Frau entschlüpfte mit überraschender Wendigkeit ihren Griffen. Schon stand sie vor Sera.

»Senin gibi bayanlar suçludur«, zischte sie und ballte die Faust.

Seras Arm schoss instinktiv nach oben und bremste gerade noch die niedersausende Hand. Fatma Alpzoman heulte auf wie ein Wolf, dann verließen sie die Kräfte. Die Beine gaben unter ihr nach, sie sank zu Boden. Das Kopftuch verrutschte und entblößte langes graues Haar.

»Wie ist die denn an der Absperrung vorbeigekommen?«, wetterte Gesing. Er winkte die Sanitäter herbei, doch Osman und sein Bruder Rudank waren schneller. Sie drängten die Ärzte beiseite, richteten ihre Verwandte auf, stützten sie und führten sie zurück zur Straße.

»Was hat sie gerade gesagt?«, fragte Gesing.

»Hab's nicht verstanden«, sagte Sera. Aber das war gelogen. Senin gibi bayanlar suçludur. *Frauen wie du sind schuld.*

10

Diesmal verließ Robert den U-Bahnhof nach Süden. Durch leichten Nieselregen lief er den Murellenweg bis zur Querstraße entlang, die nach dreißig Metern in den Brombeerweg mündete. Stattliche Einfamilienhäuser mit schmalen, gepflegten Vorgärten säumten einseitig die kleine Straße. Hinter den Grundstücken erstreckten sich zumeist große Gärten, einige sogar mit Pool. Für die Bewohner, von denen der überwiegende Teil täglich zur Arbeit in die Stadt pendelte, war das Viertel ein Refugium der Stille und Erholung. Nicht weit von Berlin, aber trotzdem ein eigener, friedlicherer Kosmos.

Doch die Gegend besaß einen Makel: jenes Grundstück, vor dem Robert jetzt hielt. Früher hatte neben der niedrigen Holztür, durch die man in den Vorgarten gelangte, ein Schild gestanden: *Zu verkaufen*. Der Anschlag war entfernt oder – wie das ganze Gelände – von wildem Gestrüpp überwuchert worden. Auch von dem Haus selbst ragte nur noch der Dachfirst aus der grünen Hölle wie ein schiffbrüchiger Kahn, der kopfüber im Ozean versank.

»Interessieren Sie sich dafür?« Schritte patschten durch Pfützen auf dem Gehweg. Den Regenschirm in der einen, eine Leine, an der ein Dobermann zerrte, in der anderen Hand schlurfte ein älterer Mann heran.

Robert erkannte Reginald von Deese sofort, obwohl die Jahre Spuren hinterlassen hatten. Sein Gesicht war faltiger, die Haare grauer und lichter geworden, und trotzdem bemühte sich von Deese um eine distinguierte Haltung, ganz wie es sich für einen Offizier a. D. der NVA geziemte. Er hatte schon damals einige Häuser weiter gewohnt, zusammen mit seiner Ehefrau, drei Papageien und einem Boxer. Letzterem war augenscheinlich das muskulöse Hundeungetüm nachgefolgt. Ob die Vögel und die Ehefrau noch lebten?

»Vielleicht«, log Robert.

»*Dafür* haben sich schon einige interessiert.« Von Deese hob die Hand wie zum Appell. Er zeigte auf das Grundstück. Die Schnauze des Dobermanns näherte sich Roberts Hosenbein.

Robert trat unauffällig einen Schritt beiseite. »Aber eingezogen ist bis jetzt niemand?«

»Nein, daraus ist nie etwas geworden.«

»Wann gab es denn die letzten Interessenten?«

»Vor vier, fünf Jahren.« Der Dobermann trottete unter einen der Sträucher und krümmte seinen Rücken. Ein mächtiger Haufen plumpste ins Unterholz, und ein übler Gestank wehte zu Robert hinüber. »Seitdem tut sich hier nichts mehr.«

»Warum nicht?«

»Ich weiß es nicht. Aber um ehrlich zu sein: Hier tut sich nichts, seit …« Von Deese hielt inne und neigte fragend den Kopf. »Kann es sein, dass ich Sie kenne?«

Der Dobermann hockte sich wieder neben sein Herrchen und folgte dessen Beispiel. Mit großen Augen glotzte er Robert an.

Robert zögerte. »Nicht dass ich wüsste.«

»Sie kommen nicht zufällig aus der Gegend?«

»Nein.«

»Sie waren auch nicht in der Armee?«

»Ich war in Amerika.«

»Oh!« Von Deese war beeindruckt. »Da war ich noch nie.«

»Was ist denn mit den alten Besitzern passiert?«, fragte Robert.

»Sie sind tot. Seit mehr als dreißig Jahren. Aber manchmal, da habe ich das Gefühl, als wäre ... Ach!« Der alte Offizier fuchtelte mit der Hand, und der Vierbeiner sprang alarmiert auf. »Meine Frau sagt immer, ich rede zu viel.«

Robert schwieg.

»Ich finde nur, es ist schade um das schöne Grundstück.« Von Deese ließ seinen Blick über die herrschaftlichen Häuser in der Straße schweifen, eines gepflegter als das andere. »Interessiert es Sie wirklich?«

»Ich glaube nicht.«

Von Deeses Gesicht bekam einen traurigen Ausdruck. »Schade. Ich hätte Ihnen die Adresse des Maklers besorgen können.«

Er linste unter seinem Schirm zum Himmel empor, und seine Miene hellte sich auf. Der Regen hatte aufgehört. Der Offizier a. D. klappte seinen Schirm akkurat zusammen und hängte ihn sich am Griff über den Arm.

»Wohlan«, sagte er und gab seinem Hund einen Befehl zum Aufbruch, dem dieser nur widerstrebend Folge leistete. »Einen schönen Abend noch.«

Seite an Seite marschierten Hund und Herrchen zu ihrem eigenen Grundstück zurück.

Nachdem der alte Mann außer Sichtweite war, suchte Robert im Unterholz, möglichst weit entfernt von der dampfenden Hinterlassenschaft, nach einem schweren Stock. Mit ihm schlug er sich dort, wo die Sträucher nicht so dicht beieinanderstanden, einen schmalen Pfad durch das Dickicht. Er war nicht der Erste, der diesen Weg wählte. Abgesehen von den Hundehaufen, von denen einige ziemlich frisch aussahen, war der Boden übersät mit angeschlagenen Bierflaschen, verrosteten Coladosen, Zeitungspapier und einem verschimmelten Rucksack. Neben einer *Aldi*-Tüte entdeckte er auch das zerbrochene *Zuverkaufen*-Schild.

Schließlich stand er vor dem Haus. In Wahrheit war es nur noch eine Ruine, in seinem Mauerwerk fanden sich Löcher, als hätte es über Wochen hinweg den starken Beschuss durch von Deeses einstige Kompanie ertragen müssen. Die wenigen unversehrten Stellen waren mit nur schwer leserlichen Graffiti beschmiert, die meisten Glasscheiben eingeschmissen. Bizarrerweise hingen in den Fenstern noch immer Vorhänge.

Robert spähte in eines der Zimmer im Erdgeschoss. Drinnen regte sich nichts. Trotzdem umrundete er zur Sicherheit das Gebäude, bis er wieder vor der Haustür stand. Dann brach er mit einem beherzten Tritt das Schloss auf. Nur wenig Tageslicht fiel in den muffigen Flur, aber es genügte, um die Schatten der Ratten zu erkennen, die, von der Störung aufgeschreckt, Reißaus nahmen. Auf der Treppe hatten daumengroße Spinnen ihre Netze gesponnen. Die Stufen waren morsch, einige von ihnen zerbrochen.

Ein Knacken aus dem Wohnzimmer ließ Robert aufhorchen. »Hallo?«

Niemand antwortete.

»Ist da jemand?«

Draußen raschelten die nassen Sträucher. Wahrscheinlich tropfte Regenwasser von ihnen hinab.

Während Robert sich vorsichtig dem Wohnzimmer näherte, fiel sein Blick auf einen Bilderrahmen, der vor der Kellertür lag. Er beugte sich nieder. Das Glas war zersprungen, das Foto vergilbt, aber die Person darauf noch deutlich zu erkennen. Der kleine Junge, damals keine zehn Jahre alt, streckte dem Fotografen die Handfläche entgegen.

Robert schmunzelte.

Monatelang hatte Max damals versucht, ihm den Vulkaniergruß beizubringen, doch sosehr er sich auch bemüht hatte, seine Finger waren nicht voneinander zu lösen gewesen. Ständig hatte er die flache, gestreckte Hand erhoben, bis sein Bruder irgendwann entnervt aufgegeben und notgedrungen diese einfachere Geste zu ihrem Gruß erklärt hatte.

»Erinnerst du dich noch daran?«

11

»Es war ihr Mann, dieses kranke Schwein!« Die junge Frau tigerte wutentbrannt in ihrer Küche auf und ab. »Aber wahrscheinlich wird er wieder behaupten, ich sei schuld.«

Sera zog einen Stuhl unter dem Tisch hervor. »Setzen Sie sich doch, Frau Fischer. Wie meinen Sie das?«

»Wie ich schon sagte«, fauchte die zurück. »Ich bin schuld. An allem. Weil ich mit Adile befreundet bin. Weil ich ein schlechtes Vorbild abgebe. Weil sie deshalb nicht mehr macht, was er will. Weil sie ihn verlassen hat.« Frustriert schlug sie gegen die Kühlschranktür.

Sera nahm eins der Fotos, die mit bunten Magneten am Kühlschrank befestigt waren, in die Hand. »Ist das Adile?«

»Ja.«

Eine junge Frau mit spitzen Lippen, feiner Nase, mandelförmigen Augen und einem halbdunklen, orientalischen Teint lachte sie an. Sie trug ihr langes schwarzes Haar offen und hatte die Hand eines kräftigen, hellhäutigen Mannes ergriffen.

»Das ist aber nicht Adiles Mann, oder?«

»Nein.«

»Sondern?«

»Was spielt das denn jetzt für eine Rolle? Finden Sie ihren

Mann, dieses Arschloch ... Den hätten Sie schon viel früher einsperren sollen. Dann wäre es nie so weit gekommen. Aber das kennt man ja!« Sie funkelte Gesing an, der sich lässig gegen die Anrichte lehnte. »Die Polizei kann erst tätig werden, wenn etwas ... etwas passiert ist.«

»Es tut mir leid«, sagte Gesing.

»Ihr Mitleid können Sie sich sonst wohin stecken!«

Gesings Gesicht zuckte bedrohlich.

»Arschloch!« Eva sank auf den Stuhl.

Gesing setzte zum Protest an, doch Sera bat ihn mit einem raschen Blick, die Beleidigung zu überhören. Sie setzte sich Eva gegenüber.

In den Augen von Adiles Freundin glitzerten Tränen. »Manchmal glaube ich sogar, dass er recht hat.«

»Das dürfen Sie nicht sagen!«

»Aber ich habe ihr ...«

»Sie haben ihr als Freundin beigestanden«, unterbrach Sera. *Frauen wie du sind schuld.* »Das dürfen Sie sich nicht vorwerfen.«

»Das meinte ich auch nicht.« Evas Kinn sank auf die Brust. Tränen rannen jetzt in Strömen ihre Wangen hinab.

Sera reichte ihr ein Päckchen Papiertaschentücher. »Möchten Sie, dass wir jemanden verständigen?«

»Ich habe ... habe ...«, sie schluckte schwer, »vorhin schon meinen Bruder angerufen.«

»Ist er auf dem Weg zu Ihnen?«

Ihre Antwort war nicht zu verstehen, da sie gleichzeitig sprach und sich in ein Taschentuch schnäuzte. Ihre Augen fielen auf das Foto der Freundin und bekamen einen verträumten, entrückten Glanz. Dann wurde ihr Blick wieder klar. Abrupt zerknüllte sie das Tuch und schleuderte es in den Mülleimer. »Sie wollte doch nur ihre Ruhe haben.«

»Adile hat sich vor drei Wochen von ihrem Mann getrennt?«

»Ja, endlich ... viel zu spät. Diese Ehe war doch sowieso

eine Schnapsidee – von Anfang an. Adile hat Amiel in der Disko kennengelernt. Sie war ziemlich verschossen in ihn. Klar, er ließ ja auch den Charmeur raushängen. Als er dann Adile fragte, ob sie ihn heiraten würde, hat sie sofort eingewilligt. Ich habe sie gewarnt; und nicht nur ich, auch ihre Geschwister und sogar ihre Eltern, die sehr aufgeschlossene Türken sind, haben ihr abgeraten. Auch wenn das nicht jedem in der Familie gefallen hat, vor allem nicht der Verwandtschaft der Mutter …«

»Zum Beispiel den Alpzomans, dem Großonkel Osman und seiner Frau Fatma«, sagte Gesing. »Wir haben sie gerade kennengelernt.«

»Ja, sie kommen mit dem modernen Lebenswandel der Verwandtschaft nicht zurecht. Aber Adiles Vater ist davon unbeeindruckt geblieben. Er hat immer gesagt, seine Töchter sollen selbst herausfinden, welchen Weg sie im Leben gehen wollen. Adile wollte studieren, Lehrerin werden und …«

Eva ging zum Kühlschrank, entnahm ihm eine Dose *Cola light*.

»Als ich sie warnte, hat sie gelacht, wirklich, sie hat gelacht. Sie meinte sogar, ich sei nur eifersüchtig, weil Amiel doch so nett, gut aussehend und betucht ist. Sein Vater ist ein erfolgreicher Geschäftsmann, betreibt Bäckereien und so eine Teestube. Aber Amiel? Amiel ist doch nur ein Blender. Der hat nichts aus eigener Kraft geschafft, stattdessen hat er im Knast gesessen. Irgendwas mit einem Wettbetrug. Aber Adile war so verliebt, sie wollte nichts davon hören. Sie sagte, Amiel habe nichts mehr damit am Hut, er habe sich gebessert.«

Sie schnaubte abfällig. »Er half in den Bäckereien seines Vaters aus. Da konnte er den großen Zampano raushängen lassen, der Juniorchef.« Zischend öffnete sie die Getränkedose und sah dann die Beamten an. »Entschuldigung, möchten Sie auch?«

Sera und Gesing verneinten dankend.

Nachdenklich betrachtete Eva die Cola. Ohne einen Schluck genommen zu haben, erklärte sie: »Schon bald nach der Hochzeit begann er Adile zu drangsalieren. Zuerst ging es ums Weggehen. Er wollte nicht mehr, dass sie die Disko besucht. Er behauptete, das würde sich für seine Ehefrau nicht schicken.«

Eva lachte, aber in ihrem Gesicht spiegelte sich keine Freude.

»Dass er sie in der Disko kennengelernt hatte, spielte plötzlich keine Rolle mehr für ihn. Er selbst ging natürlich weiter aus, wann und wohin es ihm passte. Später machte er ihr Vorschriften, was ihre Kleidung betraf, das Studium und die Arbeit, Freunde und Freundinnen, Zukunftspläne. Von Monat zu Monat wurde es schlimmer. Er wollte auch nicht, dass sie mich weiterhin trifft. Ich hätte einen schlechten Einfluss auf sie. *Ich als Deutsche.* Also haben wir uns nur noch heimlich gesehen. Wenn er dahinterkam, hat er sie geschlagen. Auch wegen anderer Sachen, die ihm nicht an ihr passten.« Sie knirschte mit den Zähnen. »Es hat lange gedauert, aber vor drei Wochen hat sie ihn endlich verlassen.«

Gesing beugte sich vor. »Wie hat er reagiert?«

»Er hat sie angerufen, manchmal fünfzig Mal am Tag. Er hat ihr E-Mails geschickt, bis ihr Postfach voll war. Er hat ihr aufgelauert, und …«, sie hielt inne, fuhr mit den Händen nervös über ihre Jeans, »und dann hat er die Sache mit Basti herausgefunden.«

»Ist das Basti?« Sera tippte auf den kräftigen, hellhäutigen jungen Mann hinter Adile auf dem Foto.

»Ja, das ist Sebastian, mein Bruder.« Evas Finger schabten noch schneller über ihre Hose. »Ich glaube, ich allein hätte Adile niemals die Kraft geben können, die sie brauchte, um diesen Scheißkerl zu verlassen. Aber Basti …« Sie machte eine Pause, rang mit sich, ob sie die ganze Wahrheit erzählen sollte, dann krallte sie die Finger in die Jeans. »Die beiden hatten sich verliebt. Eigentlich sollte niemand davon erfahren. Deshalb ist Adile ja auch erst einmal zu mir gezogen. Aber als ihr Mann dahinterkam … Erst die Trennung, dann auch noch ein deutscher Freund. Da sind bei ihm alle Sicherungen durchgebrannt. Er warf ihr vor, sie habe seine Ehre verletzt. Fast jeden Abend war die Polizei bei uns. Wir haben eine Anzeige erstattet, weil ihr Mann, der war … der war ja nicht mehr richtig im Kopf. Immer wieder diese Drohungen … und jedes Mal krasser. Aber die Polizei …« Ihre Stimme wurde von einem Gurgeln erstickt. Wieder flossen Tränen.

Als Eva sich beruhigt hatte, fragte sie: »Verstehen Sie jetzt? Wenn sie mich nicht gekannt hätte und über mich nicht meinen Bruder, dann … dann wäre es vielleicht nie so weit gekommen.«

»Mag sein, aber wer hätte ihr dann in ihrer Not beigestanden?«

Die Lippen von Adiles Freundin bebten, aus ihren Augenwinkeln rannen neue Tränen. Dann nickte sie.

Sera nahm das Foto von Adile und Sebastian vom Kühlschrank. »Darf ich das mitnehmen?«

»Wozu?«

»Nur zur Sicherheit.«

12

Robert wirbelte herum. Im dunklen Durchgang zum Wohnzimmer stand sein Bruder. »Musst du mich so erschrecken?«

Robert glaubte, über Max' Lippen ein Lächeln huschen zu sehen, vielleicht war es aber auch nur eine Täuschung. Als Max ins Licht trat, wirkte seine Miene angestrengt wie meistens. Er deutete auf den Bilderrahmen, den Robert noch immer in den Händen hielt. »Erinnerst du dich?«

»Na klar.« Robert reckte die flache Hand empor, doch sein Bruder erwiderte den Gruß nicht. Er ließ den Arm sinken. »Ich dachte, du musst zur Arbeit?«

»Das war gelogen.«

»Bist du nicht mehr …?«

»Doch, aber die Proben beginnen erst am Mittag.«

»Du bist mir gefolgt?«

Max schüttelte den Kopf. Eine Strähne fiel ihm in die Stirn. »Nein. Ich dachte mir, dass du zum Haus fährst.«

»Eigentlich hatte ich es nicht vor.«

»Und trotzdem bist du jetzt hier.« Mit einer raschen, trotzigen Handbewegung fegte Max die Haare aus seinem Gesicht. »Ich hatte also recht.«

Robert betrachtete den Bilderrahmen erneut. Sein Bruder machte keinerlei Anstalten, das Gespräch fortzusetzen, sondern vergrub die Hände in den Taschen seines Ledermantels. Eine Geste, mit der er seinen Groll zügelte. *Er hat sich keinen Deut verändert.* Mit seinen Doc Martens kickte er einen Steinbrocken über die dreckigen Dielenbretter.

Staub wirbelte auf. Als er sich gelegt hatte, fragte Max: »Warum bist du hierhergekommen? Obwohl du es doch nicht wolltest?«

Robert leckte sich die Lippen. Staubig. »Ich weiß nicht. Plötzlich war es mir wichtig.«

»So wie das Grab?«

Robert nickte. »Und warum bist *du* zum Haus gekommen?«

»Ich wollte nicht, dass du hier allein bist.«

»Hast du dir Sorgen um mich gemacht?«

»Vier Jahre lang.«

Max drehte sich um und stapfte ins Wohnzimmer oder das, was es einst gewesen war. Verschiedenfarbige Tapetenreste und senkrechte Narben, wo Trennwände herausgerissen worden waren, ließen die Umrisse früherer Zimmer erkennen. Jemand hatte begonnen zu sanieren, aber mittendrin aufgehört. Nichts deutete darauf hin, dass die Arbeiten demnächst wieder aufgenommen würden, nur ein zerbrochener Hammer lag einsam im Raum herum.

In den Ecken zerrissene Einkaufstüten, ein Schlafsack, eine Isomatte – und zu Roberts Überraschung auch Möbelstücke von früher. Er entdeckte das verbogene Metallgestell eines Notenständers. Nicht weit davon entfernt lag der schmale, mit Notenschlüsseln verzierte Lampenschirm. Achtelnoten. Die Einzelteile des Plattenspielers waren wie Knochen zwischen Mörtel und Beton verstreut worden.

»Und?«, fragte Max.

Im ersten Moment wusste Robert nicht, was sein Bruder meinte.

»Wie geht es dir jetzt?«

»Ich bin müde.«

»Müde?«

»Der Jetlag!«

»Ach so«, sagte Max. »Aber das habe ich nicht gemeint. Ich wollte wissen, wie du dich fühlst, jetzt, nachdem du zurück in Berlin bist, vor dem Grab gestanden und das Haus besucht hast?«

Roberts Blick fand unwillkürlich das milchige Foto zwischen seinen Händen. Dann betrachtete er das verfallene Zimmer. Warum war die Sanierung abgebrochen worden? *Du weißt die Antwort!*

Selbst der Obdachlose, der irgendwann vorübergehend hier Zuflucht gefunden hatte, hatte das Weite gesucht, noch dazu augenscheinlich überstürzt, da er seine Tüten, den Schlafsack und die Isomatte zurückgelassen hatte. Sogar die obszönen Graffiti, die jugendliche Einbrecher an die verbliebenen Wände gesprüht hatten, wirkten seltsam unfertig. *Aber manchmal, da habe ich das Gefühl, als wäre …* Robert ahnte, was Reginald von Deese hatte sagen wollen. *… als wäre das Haus ver-*

flucht. Niemand hielt es hier lange aus. Die Vergangenheit lag wie ein langer, dunkler Schatten über dem Haus.

Robert lauschte in sich hinein. Aber da war nichts außer Müdigkeit – und Hunger. *Das meinte ich nicht*. Nein, keine Angst. Keine Trauer. *Die Zeit heilt alle Wunden*. »Ich glaube, es ist vorbei.«

»Du glaubst?«

»Mehr noch.« Er holte tief Luft. »Es ist vorbei.«

Max schaute ihn aufmerksam an. »Das freut mich.«

»Ich bin mir nicht sicher, ob es mir genauso geht.«

Sein Bruder schnaufte verächtlich. »Willst du jetzt etwa trauern, weil du nicht mehr trauern kannst?«

Robert schwieg.

»Unsere Eltern würden das nicht wollen.« Max zog die Hände aus der Jackentasche, breitete die Arme aus. »Sie würden wollen, dass du endlich wieder lebst.«

»Wahrscheinlich hast du recht.«

»Ich habe immer recht.« Jetzt lächelte Max tatsächlich. »Weil ich dein großer Bruder bin.«

Bei diesen Worten überkam Robert das schlechte Gewissen. Vier Jahre waren wirklich eine lange Zeit. Und er war einfach abgehauen. Er setzte zu einer Entschuldigung an.

Sein Bruder winkte ab, als wüsste er um Roberts Gedanken. »Wo wohnst du?«, fragte er.

»Im *Maritim*. An der Friedrichstraße.«

»Du willst nicht bleiben?«

»Doch, ich wollte mich morgen um die Wohnung kümmern.«

»Wirst du wieder in deinem alten Job arbeiten?«

»Nicht sofort. Aber«, Roberts Magen knurrte, »demnächst wieder, ja.«

»Sehr gut«, fand Max, und seine Miene hellte sich auf. Er ging zum Ausgang, drehte sich aber noch einmal um, bevor er in den verwilderten Garten hinaustrat.

»Robert!«, rief er und streckte die Handfläche zum Gruß. »Schön, dass du wieder hier bist.«

13

»Gegensätze ziehen sich an«, sagte Gesing.

Sera schaute von dem Foto auf, das die Türkin Adile mit ihrem deutschen Freund Sebastian zeigte. »Wen meinst du damit?«

»Uns natürlich!«, maulte Gesing und schaltete den Scheibenwischer auf die niedrigste Stufe. Der Regen hatte nachgelassen. »Nein, die Gegend hier. In Buckow stehen sie quasi Haus an Haus.«

»Selbstverständlich stehen Häuser Haus an Haus.«

»Nein, ich meine die Gegensätze.«

»Verstehe.«

»Wirklich?«

Gesing japste, als Sera ihm einen Klaps auf den Oberarm gab.

Gerade eben waren sie noch über die Buschkrugallee gefahren, eine breite Ausfallstraße, die auf beiden Seiten von kastenförmigen Mietskasernen und Sozialbauten mit aschfahlen Fassaden flankiert wurde. Jetzt, nur eine Nebenstraße weiter, glitt der Wagen vorbei an hübschen, kleinen Einfamilienhäusern.

Gesing hielt nach einigen Metern im Schirmvogelweg. »Wusste gar nicht, dass hier so viele Türken wohnen.«

»Ja, kaum zu fassen, nicht? Wir leben nicht alle am Kottbusser Tor!«

Buckow gehörte seit Jahren zu den Bezirken Berlins, in denen sich bevorzugt wohlhabende Türken mit ihren Familien niederließen. Die nassen Dächer ihrer teuren Autos, die am Straßenrand parkten, reflektierten die Laternenlichter.

Sera stieg aus dem Wagen, blickte sich um und überquerte die Straße.

»Wohin willst du?«, rief Gesing.

Sie steuerte einen rostigen Honda Civic an, dessen Scheiben von innen beschlagen waren, klopfte an die Fahrertür und drückte ihren Dienstausweis gegen das Fenster. Langsam glitt das Glas hinunter. Zwei grimmig dreinblickende Männer hockten auf den Vordersitzen. Die Atmosphäre war merklich angespannt.

Sera fixierte den Fahrer. »Sebastian?«

»Woher wissen Sie …?«

Sie hielt das Bild aus der Wohnung seiner Schwester hoch. »Sie haben doch hoffentlich keine Dummheiten vor, oder?«

Er wich ihrem Blick aus.

»Fahren Sie ins Krankenhaus. Adile braucht Sie. Mehr denn je.«

Er rührte sich nicht.

»Fahren Sie schon!«

Er schaute auf. »Sie schnappen diesen Mistkerl doch, oder?«

»Natürlich werden wir das.«

Widerwillig startete er den Honda, und Sera wartete, bis dessen rote Rücklichter in der Rudower Straße verschwunden waren.

Gesing baute sich säuerlich neben ihr auf. »Würdest du mich beim nächsten Mal bitte darüber informieren, was du vorhast? Sonst ist es nämlich ein bisschen schwierig, dir zur Seite zu stehen.«

»Wieso? Da stehst du doch?«

Er wollte protestieren, beließ es dann aber bei einem schicksalsergebenen Seufzen. »Wir sollten Sebastian Fischer trotzdem im Auge behalten.«

»Ja, du hast recht. Ruf bitte David an. Er soll dem Kollegen im Krankenhaus Bescheid geben, der zum Schutz von Adile abgestellt worden ist. Wenn ihr Freund in einer Stunde nicht bei ihnen aufgetaucht ist, sollen sie uns verständigen.«

Gesing nahm sein Handy und rief Blundermann an, während Sera von außen das Haus von Amiel Gökcan inspizierte. In keinem der Zimmer brannte Licht. Sie drückte die Klingel, hatte aber wenig Hoffnung, dass jemand öffnete.

»Sera?« Gesing reichte ihr sein Mobiltelefon. »David für dich.«

»Mag er lieber mit mir reden?«

»Bild dir bloß nichts ein.«

»Zofft ihr euch mal wieder?«, drang es aus dem Handy. Es klang nicht sonderlich besorgt.

Als Blundermann vor zwei Jahren zur Mordkommission gestoßen war, hatte er sich die ersten Wochen entsetzt gezeigt über die ständigen Sticheleien zwischen Sera und Gesing. Für Uneingeweihte klang es tatsächlich so, als seien sie sich spinnefeind. Doch der Eindruck täuschte. Gesing war zwar ab und zu schwer von Begriff – einige im Dezernat bezeichneten ihn als phlegmatisch –, aber er war aufrichtig, was Sera an ihm am meisten schätzte. Außerdem besaß er Humor, und so konnten sie untereinander Bissigkeiten austauschen, die ihnen halfen, den Widrigkeiten ihres Berufs zu trotzen.

Nach einer Weile hatte auch Blundermann das erkannt. Er selbst war der Handwerker unter ihnen. Sein Ding waren Recherchen, Vernehmungen, Befragungen und deren Koordination. Manchmal reichte schon seine hünenhafte George-Clooney-Erscheinung, um Leute zum Reden zu bringen.

»Ich habe Eva Fischers Aussage überprüft«, sagte er. »Tatsächlich wurde in den vergangenen drei Wochen mehrfach eine Streife in die Blücherstraße gerufen, nicht nur von Frau Fischer, sondern auch von anderen Hausbewohnern, die besorgt waren. Amiel Gökcan hat seine Ehefrau wiederholt belästigt, einige Nachbarn bezeugen sogar, dass er sie unverblümt bedroht hat. Frau Gökcan hat Anzeige gegen ihn erstattet, aber …«

»Ich weiß, so etwas dauert.«

»Und? Ist Gökcan zu Hause?«

Sera spähte durch die Fenster im Erdgeschoss. Viel war in der hereinbrechenden Dunkelheit nicht zu erkennen. Der Esstisch war nicht abgeräumt, eine Blumenvase lag am Boden, der Teppich schlug Falten. Es herrschte kein Chaos, aber jemand schien es ziemlich eilig gehabt zu haben.

»Habt ihr was in den Bäckereien erreicht?«, fragte Sera.

»Ich habe Beamte in die Läden zur Mitarbeiterbefragung geschickt. Aber auch dort weiß niemand, wo Gökcan steckt.«

»Dann schreiben wir ihn zur Fahndung aus. Kümmer dich um ein Bild von ihm, schick es an die Presse raus, und«, Seras iPhone klingelte, »und sorge bitte auch dafür, dass sein Haus observiert wird.« Sie warf Gesing sein Handy zu und presste schnell ihr eigenes ans Ohr. »Ja, bitte?«

»Weißt du, worauf ich noch mehr Lust hätte?«

Sera machte einen Satz über eine Pfütze. »Nicht jetzt!«

»Wieso? Ist deine Familie immer noch da?«

»Ich bin nicht mehr da.«

»Was heißt das? Wo steckst du?«

»Wo wohl?« Sie ließ sich auf den Beifahrersitz fallen.

»Aber heute ist dein freier Tag«, bemerkte Gerry.

Danke, dass du mich daran erinnerst. »Glaubst du, die Verbrecher in Berlin kümmert das?«

»Also sehen wir uns heute nicht mehr?«

»Lass uns später reden.« Sie beendete das Gespräch und schlug die Tür zu.

Gesing startete den Wagen. »Dein Freund?«

»Nein.« Sera nagte an ihrer Unterlippe. Sie hasste es, wenn sie das tat, es war ein untrügliches Zeichen ihrer Nervosität.

»Also, um noch mal auf deine Mutter zurückzukommen«, begann Gesing wieder.

Sera drückte sich tiefer in den Sitz.

»Was ich heute Mittag schon sagen wollte: Ich hatte den Eindruck, deine Mutter dachte, ich sei dein Freund.«

»Schon möglich.«

»Aber wie kommt sie denn darauf? Das ist ja … Also nein!«

Sera fragte sich, ob ihre Mutter das Schauspiel am Morgen in der Küche, nach dem Anruf von Gerry, nicht doch durchschaut hatte. Manchmal glaubte sie, dass Annecim etwas ahnte. *Nichts Genaues zwar, aber so ein Gefühl … Sagt man nicht, Mütter hätten eine Antenne dafür?* Falls ja, war Sera ihr sehr dankbar dafür, dass Annecim bisher kein Wort darüber verloren hatte.

»Obwohl«, kicherte Gesing, »wenn ich mir das so vorstelle, du und ich …«

»Träum weiter!«

14

Tania hatte den Bericht fast fertig geschrieben, als sich unvermittelt eine Hand auf ihre Schulter legte.

»Ich soll dir das hier geben. Ist gerade reingekommen.« Karrenbacher reichte ihr ein Fax.

Ohne ihn weiter zu beachten, überflog Tania das Schreiben. Es war eine Agenturmeldung zur Stellungnahme der Deutschen Bahn zum S-Bahn-Chaos. Der zufolge hatte das Unternehmen deshalb so viele Züge stilllegen müssen, weil vom Hersteller fehlerhafte Waggons geliefert worden waren.

»Kommst du voran?« Karrenbacher linste verstohlen auf ihren Monitor.

Tania legte das Fax beiseite. »Bestens. Solange man mich nicht stört.«

»Ach«, Karrenbacher zuckte mit den Schultern, »Stan wird gerne dafür sorgen, dass du …«

»Dass ich was?«, blaffte Tania.

Das Grinsen ihres Kollegen erlosch. »Ach, nichts.«

»Gut.« Tania widmete sich wieder ihrem Rechner, und Karrenbacher suchte das Weite. Sie wusste, was er hatte sagen wollen. *Stan wird gerne dafür sorgen, dass du demnächst dein eigenes Büro hast.* Aber sie hatte es nicht hören wollen. Es reichte, wenn sie es täglich an den vorwurfsvollen Mienen der Kollegen ablesen konnte.

Sie nahm sich die Agenturmeldung noch einmal vor, und ihre Laune hob sich schlagartig. Die Presseerklärung war erstunken und erlogen. Seit ihrem Telefonat mit dem Informanten kannte Tania die wahren Gründe für das S-Bahn-Chaos, und morgen, mit dem Erscheinen ihres Artikels, würde auch ganz Berlin davon erfahren. *Auf der Titelseite des Kurier!*

Am liebsten hätte Tania es in das Großraumbüro gebrüllt, damit es jeder hörte, vor allem aber Karrenbacher. *Seht her: Genau deshalb kriege ich den Job!*

»Du siehst aus, als hättest du etwas auf dem Herzen.« Sackowitz schlurfte heran.

Tania zerknüllte das Fax und warf es im hohen Bogen in den Papierkorb. »Wie lange bist du schon zurück?«

»Seit einer halben Stunde oder so.«

»Hab dich gar nicht kommen sehen.«

»Ist mir aufgefallen. Da ist ein Anrufer.«

»Was für ein Anrufer?«

»Na, ein Gespräch für dich.«

»Wie?« Tania sah zu ihrem Telefon, dessen Hörer sie schon vor einer ganzen Weile neben die Gabel gelegt hatte, um ungestört arbeiten zu können.

»Nein, nicht an *deinem* Apparat.« Sackowitz deutete zu seinem chaotischen Schreibtisch hinüber. Auf der Tischplatte gab es einen einzigen freien Flecken, wo sein Computer gestanden hatte. »Weil die Zentrale bei dir nicht durchgekommen ist, hat sie das Gespräch zu mir durchgestellt.«

»Wer ist es denn?«

»Er hat seinen Namen nicht genannt.«

»Hat er gesagt, worum es geht?«

»Er meinte nur, es sei wichtig.« Sackowitz wackelte mit dem Kopf. »Aber ich glaube, es ist dein Mann.«

Das nächste Problem. Tania rieb sich den Nacken. Wenn sie zu lange konzentriert und in falscher Haltung vor dem Computerbildschirm hockte, verspannten sich ihre Schultern. Dann kroch ein spitzer Schmerz hinauf in ihren Kopf und verhakte sich dort wie eine Klette für den Rest des Tages. *Eine kleine Verschnaufpause täte dir gut, aber …* Der Redaktionsschluss rückte näher. Außerdem gab es nur wenig, was sie mit ihrem Gatten zu besprechen hatte, und rein gar nichts, was sie mit ihm besprechen wollte.

Trotzdem ging sie zu Sackowitz' Platz hinüber. »Was ist?«

»Warum gehst du nicht an deinen Apparat?« Ralf brachte das Kunststück fertig, gleichzeitig zu rülpsen und sie anzuschreien.

»Ich habe dir gesagt, du sollst mich nicht mehr stören.«

»Als dein Ehemann störe ich dich, wann und wo ich …«

Tania knallte den Hörer auf die Gabel. Auf dem Weg zurück zu ihrem Schreibtisch mied sie Sackowitz' Blick.

»Brauchst du noch lange?«, fragte er.

»Warum?«

»Ich muss noch meinen Text schreiben.«

»Dann musst du eben warten.«

»Aber …«

»Ich dachte, du wirst mir nicht zur Last fallen?«

»Es geht um diesen türkischen Ehrenmord.«

»Welcher Ehrenmord?«

»Um die Sache in Kreuzberg, von der ich dir erzählt habe.« Sackowitz hielt ihr das Foto eines jungen Mannes unter die Nase. »Hier, hab ich gerade bekommen. Das ist der Mann, der heute seine Ehefrau niedergestochen hat, weil sie ihm abgehauen ist. Die Polizei schreibt ihn gerade zur Fahndung aus.«

Ein kalter Schauder ließ Tania frösteln. Sie versuchte sich

auf ihren Artikel zu konzentrieren, doch es fiel ihr schwer, wieder einen Einstieg zu finden. Nur mit Mühe konnte sie den Text beenden. Anschließend merzte sie noch zwei, drei Tippfehler aus, überflog den Artikel ein weiteres Mal und war verblüfft, wie flüssig er sich trotz ihrer Schwierigkeiten las. Dann mailte sie ihn endlich an Bodkema und die Layouter, die eine Etage tiefer arbeiteten.

Anschließend rief sie ihre E-Mails ab. Der Posteingang verzeichnete ungewöhnlich viele. Eine dunkle Ahnung beschlich sie, aber als sie die Absender überprüfte, waren nur drei von ihrem Ehemann. Im Wortlaut waren sie sich ähnlich: Er beschwor sie, es sich noch einmal zu überlegen, er bräuchte sie doch genauso wie sie ihn, und er würde es nicht zulassen, dass … Tania löschte die Nachrichten, dann nahm sie erstaunt den Empfänger der übrigen Mails zur Kenntnis. »Hey, Hardy, ich bekomme deine E-Mails!«

»Habe ich dir das nicht gesagt?«

»Nein, was soll das?«

»Ich habe die Jungs aus der Technik gebeten, dass sie meine Mails auf deinen Account umleiten.« Sackowitz hob demütig die Hände. »Ich kann doch nichts dafür. Mein Rechner ist kaputt. Und irgendwo muss ich meine Mails doch lesen.«

»Das könntest du auch online tun.«

»Hab ich eine Ahnung, wie das geht? Ich bin ja schon froh, endlich gelernt zu haben, wie man einen Computer einschaltet.«

»Ist das vielleicht der Grund?«

»Der Grund wofür?«

»Dafür, dass dein Rechner nicht funktioniert. Weil du den Einschaltknopf nicht gefunden hast?«

Sackowitz hob den Mittelfinger und verschwand auf die Toilette. Tania packte ihre Handtasche, doch bevor sie sich zum Fahrstuhl begab, aktivierte sie an ihrem Computer noch schnell den Bildschirmschoner.

Als sie in den Aufzug trat, konnte sie Sackowitz' verzweifelte Stimme hören: »Hey, wie kriege ich diesen blöden Bildschirmschoner weg?«

Als kleine Rache präsentierte ihm Tania nun ihrerseits den Mittelfinger, dann glitten die Fahrstuhltüren vor ihr zusammen. Schmunzelnd fuhr sie ins Erdgeschoss, die Kabbelei mit Sackowitz hatte ihr gut getan. Auf der Straße atmete sie die frische, feuchte Abendluft ein, die sich mit dem Geruch des spanischen Restaurants *Café Hermano* mischte. Mit dem würzigen Duft in der Nase und dem lebendigen Rauschen des Feierabendverkehrs im Ohr fiel langsam die Anspannung von ihr ab. Sogar den Kopfschmerz spürte sie nicht mehr so stark.

Beschwingt reihte sie sich in die Schlange der Passanten ein, die an der Ampel über die Karl-Liebknecht-Straße strömte. Während sie sich auf dem Alexanderplatz an einer munteren Horde Punks mit ihren Hunden vorbeischlängelte, griff sie zum Handy.

»Tania, mein Schatz!«, säuselte es nach wenigen Freizeichen aus dem Hörer. »Schon Feierabend?«

»Gerade eben. Sehen wir uns heute?«

»Gerne. Bei dir?«

»Nein, Hagen, lieber bei dir.«

»Wieder so schlimm?« Er stöhnte. »Mensch, du musst deinem Mann endlich sagen, dass er ...«

»Was meinst du, wie oft ich das schon getan habe? Er kapiert es einfach nicht.« Neben ihr rollte ein Teenager mit ratterndem Skateboard über die Pflastersteine. Tania schritt auf die Straßenbahnhaltestelle zu. »Ich habe Hunger.«

»Worauf hast du Appetit?«

»Wie wäre es mit ... Autsch, verdammt!« Ein Passant war mit voller Wucht gegen ihre Schulter geprallt. Schmerz schoss siedend heiß durch ihren Körper, das Mobiltelefon entglitt ihrer Hand und krachte auf den Asphalt.

»Oh, Entschuldigung.« Der Passant hob das Handy auf.

Tania rieb sich das pochende Schultergelenk und nahm das Telefon entgegen. »Danke.«

»Kein Problem.« Ralf lächelte sie an.

15

Das Schild an dem Haus schräg gegenüber vom Hermannplatz, quasi am Rockzipfel des Kottbusser Damms, war schon von Weitem auszumachen. *Kuskayasi e.V.* prangte in großen gelben Lettern quer über Tür und Schaufenster.

Gesing legte den Kopf in den Nacken. »Was bedeutet das?«

»Kuskayasi ist eine Stadt am Schwarzen Meer«, erklärte Sera.

»Hm, ich hätte auf ein türkisches Gericht getippt.«

»Die meisten Teestuben sind nach den Heimatorten ihrer Besitzer benannt. Die Vereine gründen sie, um öffentliche Gelder zu kassieren.«

»Wusste ich gar nicht.«

»Deswegen sag ich's dir ja.« Sie trat zur Eingangstür. Dichter Qualm umnebelte die Männer in dem Raum.

Die Einrichtung von *Kuskayasi e.V.* unterschied sich nur marginal von der anderer Teehäuser: Linoleum am Boden, Holzverkleidung an den Wänden, nicht weit von der Eingangstür stand eine provisorische Theke, auf der es aus einer Caydanlik, einer Teekanne, dampfte. Es roch nach schwarzem Tee und Zigarren. Unter der Decke, in den Rauchschwaden kaum auszumachen, hingen zwei Bildschirme, auf denen ein Fußballspiel flimmerte.

Sera hatte noch nie verstanden, was die Männer an so einem kargen Ambiente faszinierte. *Wahrscheinlich, dass hier eben nur Männer anzutreffen sind.*

Ihre Landsleute verteilten sich auf zwei Tische. An einem konzentrierten sich die Altvorderen auf ihr Elibir, ein Kartenspiel ähnlich dem Rommé, am anderen palaverten die Jugendlichen angeregt über Tavla, der türkischen Variante von Backgammon.

Als die Gäste die beiden Neuankömmlinge bemerkten, kehrte Stille ein. Alle Augen richteten sich auf die durchnässten Polizisten. Sera entging nicht, wie sich Gesings Körperhaltung anspannte.

»Guten Abend«, sagte er und zeigte seinen Dienstausweis. »Kriminalpolizei. Ich bin Kriminalobermeiser Gesing, und dies ist meine Kollegin, Kriminalhauptkommissarin Sera Muth.«

Sera blickte in die Runde. »Wer von Ihnen ist Sehmus Gökcan?«

»O benim.« Als hätte er nur darauf gewartet, dass sein Name fiel, tauchte ein Mann in einem winzigen Durchgang auf, der in den rückwärtigen Teil der Räume führte. Er war klein, sonnengebräunt, mit runzeligem Gesicht, hatte dunkle Augen und einen Walrossbart. »Ne yapabilirim sizin için?«

»Sprechen Sie bitte Deutsch«, sagte Sera. »Sonst kann mein Kollege Sie nicht verstehen.«

Der Mann lächelte entschuldigend, was noch mehr Falten zur Folge hatte. Die Hände in den Hosentaschen seines Anzugs vergraben wandte er sich demonstrativ an Gesing. »Ich bin Sehmus Gökcan. Womit kann ich Ihnen helfen?«

Gesing überflog die konzentrierten Gesichter der Männer an den Tischen. »Es wäre besser, wir sprechen allein.«

»Tun Sie sich nur keinen Zwang an.« Gökcan zog seine Hand zu einer gönnerhaften Geste aus der Tasche.

Wie auf ein Kommando setzten die Gespräche wieder ein, und die Spiele wurden fortgeführt, dennoch blieb die Aufmerksamkeit der Männer unverhohlen weiter auf die Beamten gerichtet. Auf Sera. Eine Frau, eine türkische Frau in einer Teestube. *Zwar kein Sakrileg, aber nahe dran.*

Der Zigarrenqualm kratzte in Seras Hals. »Es geht um Ihren Sohn, Amiel Gökcan.«

»Der ist nicht hier.«

»Wissen Sie, wo wir ihn finden können?«

»Um diese Zeit wahrscheinlich zu Hause.«

»Von dort kommen wir gerade.« In Seras Jackentasche vibrierte das iPhone. Sie ließ es unbeachtet. »Dort ist er nicht.«

»Dann in der Backstube.«

»Auch dort haben wir ihn nicht angetroffen.«

»Dann kann ich Ihnen nicht weiterhelfen.«

Die Antwort kam zu plötzlich. Sera legte sich sorgsam ihre nächsten Worte zurecht. »Jemand hat heute Mittag versucht seine Frau Adile zu ermorden.«

»Das tut mir leid.«

Seinen Worten zum Trotz bemühte sich Gökcan nicht einmal, den Anschein von Überraschung oder gar Betroffenheit zu erwecken.

»Der Vorfall scheint Sie nicht sonderlich zu berühren«, stellte Gesing fest.

»Sie hat sich von meinem Sohn getrennt.« Der Vater sagte es, als sei damit alles erklärt, und Sera wusste, dass ihm nicht mehr zu entlocken war. Es machte sie zornig. Da wäre beinahe eine junge Frau gestorben, *seine Schwiegertochter*, und es kümmerte ihn einen Dreck.

Als Sehmus Gökcan sie herausfordernd ansah, wich Sera dem Blick nicht aus, sondern nahm das waffenlose Duell an. Nach und nach verklangen die Gespräche, bis eine unangenehme Stille herrschte, in der ein fallendes Streichholz wie ein Donnerschlag geklungen hätte.

»Gehen wir«, brach Gesing schließlich das Schweigen.

Sera nickte und folgte ihm nach draußen.

»Ben senin Mergim amcani taniyorum!«, rief Gökcan ihr hinterher.

»Onunla ne âlâkasi var?« Ohne nachzudenken, hatte Sera auf Türkisch geantwortet.

»Er würde sich für dich schämen!«

Sie, Herr Gökcan, sollten sich schämen – für Ihren Sohn. Sera ließ den stickigen Dunst der Teestube hinter sich. Draußen brachen die Wolken auf und enthüllten Aberdutzende von Sternen am dunklen Himmel. Erleichtert atmete Sera die frische Luft ein.

In den Pfützen am Randstein glitzerten die Leuchtreklamen der Geschäfte, die den Kottbusser Damm säumten. Türkische Reisebüros, Handyshops, eine Buchhandlung mit Harry Potter auf Türkisch und daneben der Titel *Das Wesen des Islam*, Dönerbuden, Schawarma-Imbisse, Obstläden. Der Frucht- und der Gemüsehandel waren in Neukölln fest in türkischer Hand.

»Was hat er damit gemeint?« Gesing hatte Mühe, mit Sera Schritt zu halten. »Er würde sich für dich schämen?«

»Vergiss es.« Sie schaute auf ihr Handy. Eine SMS von Gerry war eingetroffen. *Meld dich einfach, wenn du magst. G.* Sera plumpste auf den Beifahrersitz.

»Gökcan hat gelogen«, knurrte Gesing.

»Ja.«

»Er hat sich nicht einmal danach erkundigt, warum wir seinen Sohn suchen.« Gesing hämmerte mehrmals mit der flachen Hand aufs Lenkrad. »Weil er schon wusste, was passiert ist. Und ganz sicher weiß er auch, wo sein Sohn sich versteckt hält. Wir müssen die Teestube unter Beobachtung stellen und sein Haus gleich mit dazu.«

»Kümmerst du dich darum?«

»Und was machst du?«

»Hast du das etwa vergessen?« Sera tippte eine Textnachricht in ihr iPhone. *Komme nachher zu dir. S.* »Heute ist mein freier Tag.«

»Wohl eher: war dein freier Tag.«

»Du mich auch.« Sie drückte auf Senden.

Zwanzig Minuten später setzte Gesing sie vor ihrer Haustür ab. Diesmal waren sie zügiger durch den Verkehr gekommen. Sera wartete, bis die roten Rücklichter des Passats verschwunden waren, dann überquerte sie die Straße zu einem Golf der zweiten Generation, dessen Grünmetallic im Licht der Straßenlaterne fast magisch glänzte. Sie hatte ihn sich im Anschluss an ihr Studium vom ersten Gehalt gekauft. Damals war sie stolz gewesen – der Wagen war ein Symbol für ihr Leben, das sie fortan aus eigener Kraft steuern würde. Doch damals hatten auch die Probleme begonnen.

Ben senin Mergim amcani taniyorum, hatte Sehmus Gökcan gerufen. *Ich kenne Mergim, deinen Onkel! Er würde sich für dich schämen.*

Sera startete den Golf.

16

»Hast du mir aufgelauert?« Mit einer Mischung aus Entsetzen und Abscheu starrte Tania ihren Ehemann an.

Ralf lächelte. »Nur auf dich gewartet.«

»Warum?« Sie rieb sich die Schulter, obwohl sie den Schmerz vor Zorn kaum spürte. »Um mir wehzutun?«

»Jetzt weißt du immerhin, wie ich mich fühle!«

»Du spinnst doch!« Tania überprüfte das Handy, dessen Display schwarz war. Sie drückte den Akku, der beim Aufprall verrutscht war, zurück in die Fassung, stopfte sich das Telefon in die Handtasche und ging weiter zur Straßenbahnhaltestelle.

Ralf hielt sie am Ärmel zurück. »Hast du gerade mit deinem Chef telefoniert?«

»Lass mich los!«

»Du lässt dich von ihm ficken, oder?« Seine Finger krampften sich wie ein Schraubstock um ihren Arm.

»Du tust mir schon wieder weh!«

Die Köpfe der umstehenden Passanten fuhren neugierig herum. *Ein Ehedrama auf offener Straße. Gratis zum Feierabend.* Tanias Schmerz im verspannten Nacken entflammte von Neuem und wanderte wie ein spitzes Messer hinauf in ihren Kopf. Eine Straßenbahn ratterte heran.

Als Ralf ihrem Blick folgte, schien er langsam zur Besinnung zu kommen. Sein zorniges Gesicht entspannte sich, seine Hand löste sich von ihrem Arm, und seine Stimme bekam einen sorgenvollen Klang. »Tania, was ist mit dir? Hast du Angst?«

Ich werde nicht zulassen, dass du … Tania schüttelte den Kopf. *Zeig ihm nicht deine Angst.* Zugleich kamen ihr Sackowitz' Worte in den Sinn. *Ein Mann hat seine Ehefrau niedergestochen, weil sie ihm abgehauen ist.* Es fiel ihr immer schwerer, ihre Furcht zu verbergen.

»Das brauchst du nicht.« Ralfs Schultern sackten nach unten. »Ich liebe dich doch. Ich könnte dir niemals … etwas antun.«

»Aber du hast mir gerade wehgetan. Zwei Mal sogar.«

»Das war … das wollte ich nicht. Ich wollte doch nur … mit dir … für dich … damit wir beide …« Tränen schossen ihm in die Augen.

Sein plötzliches Gejammer entfachte Tanias Wut. *Besser als Angst!* »Wir beide werden gar nichts mehr! Nie mehr! Geht das nicht in deinen Schädel rein? Gar – nichts – mehr!«

»Aber du«, er schüttelte so heftig den Kopf, dass er wankte, »du …«

»Lass mich endlich in Ruhe!«

»Aber du liebst mich doch!« Er sah sie wehleidig an.

Es war hoffnungslos. Er kapierte es nicht. Er würde es nie kapieren. *Was soll ich bloß tun?* Tania hastete zur Haltestelle, an der die Straßenbahn gerade stoppte. Menschen strömten heraus, andere drängelten hinein. Tania ließ sich mittreiben. Das alltägliche Chaos hatte auch seine Vorteile – in der Menge fühlte sie sich sicher.

Die Tür schloss sich hinter ihr. Erst als die Bahn anfuhr, wagte Tania zurückzusehen. Von Ralf keine Spur mehr. Als wäre er niemals da gewesen. *Wenn es doch nur so wäre.*

17

Robert kehrte bei einem kleinen, gemütlichen Italiener unweit der Friedrichstraße ein. Bis auf einen beengten Platz am Kamin waren alle Tische besetzt. Er quetschte sich in die Nische und genoss das knisternde Feuer. Die Wärme verstärkte seine Müdigkeit so wie die Fahrstuhlmusik, die aus Lautsprechern rieselte, die in den Blumentöpfen raumhoher Bambuspalmen versenkt waren.

Als der Kellner die Speisekarte brachte, beschloss Robert, nur einen gemischten Salat zu bestellen. *Danach verschwinde ich ins Bett.* Die Vorstellung, für ungewisse Zeit auf ein Abendmenü zu warten, behagte ihm nicht. Doch mitten in der Nacht mit knurrendem Magen zu erwachen war auch nicht gerade verlockend. Also änderte er seine Meinung und bestellte Garnelen im Kartoffelmantel als Entrée, als Hauptspeise Saltimbocca alla romana und zum Dessert Tiramisu mit hausgemachtem Mandeleis und Sauerkirschen. Dazu wählte er eine Karaffe Cabernet Sauvignon.

In den USA war ihm nur selten die Gelegenheit zu einem ausgedehnten Abendessen vergönnt gewesen. Nicht, weil er dafür keine Zeit gehabt hätte, die Staaten verfügten einfach über keine erwähnenswerte Esskultur, wenn man von den Ballungszentren einmal absah. Die meisten Orte schienen aus breiten Durchfahrtsstraßen zu bestehen, an denen sich eine Fastfood-Klitsche an die nächste reihte.

Hatte Robert doch mal irgendwo ein Restaurant ausfindig machen können, das mehr als nur French Fries und Burger,

Chicken Wings oder Tacos offerierte, war ihm beim Betreten sofort ein Platz zugewiesen worden. Und kaum, dass man das Essen gebracht hatte, lag auch schon die Rechnung neben dem Teller – selbstredend mit fünfzehn Prozent Aufschlag für den Service. *Welchen Service?*

Der Ober servierte die Garnelen. Sie schmeckten ausgezeichnet. Die Kalbsschnitzel waren etwas versalzen, aber im Vergleich zu den Rinderlappen in Amerika trotzdem noch ein Genuss. Außerdem glich die süße Nachspeise alles wieder aus. Danach fühlte Robert sich zehn Pfund schwerer, träge und erschöpft. Der Rotwein ließ seine Gedanken verschwimmen. *Diese Nacht wirst du hervorragend schlafen.* Schon jetzt konnte er die Augen kaum noch offen halten.

Der Kellner brachte die Rechnung. Als Robert in seiner Jackentasche nach der Geldbörse tastete, streiften seine Finger ein Foto. Nachdem er gezahlt hatte, legte er die Aufnahme vor sich auf den Tisch. Sie stammte aus dem kaputten Bilderrahmen. Er hatte sie daraus entfernt, bevor er seinem Bruder aus der Ruine in Ruhleben gefolgt war.

Robert betrachtete den kleinen Jungen, der sich vergeblich am Vulkaniergruß versuchte. *Schön, dass du wieder hier bist.*

»Wie bitte?« Der Kellner trat an seinen Tisch.

Hatte er laut gesprochen? Robert steckte das Bild zurück in die Tasche und stand auf. Als er vor das Restaurant trat, erwartete ihn eine fast klare Nacht. Nur wenige Wolken zogen rasch über den Himmel, Sterne glitzerten im orangefarbenen Dunst über der Stadt und verhießen für morgen einen prächtigen Frühlingstag. *Passend zu deiner Stimmung!*

Die kurze Strecke bis zum Hotel würde er zu Fuß zurücklegen. Er passierte die Hochhäuser in Mitte, spazierte am Reichstagsufer entlang der Spree und reihte sich in die Touristenscharen ein, die noch einen Abendspaziergang machten. Robert ließ sich wie von einer Welle mitreißen, trieb in ihrer Mitte bis zur Friedrichstraße und darüber hinaus. Auf der anderen Straßenseite glitt das *Maritim* an ihm vorbei, aber für den Augenblick fühlte er sich in dem ausgelassenen Gewimmel der Passanten wohl.

Unsere Eltern würden wollen, dass du endlich wieder lebst.

Er schwamm durch Straßen, Gassen und Wege, Verästelungen, die kreuz und quer schier unüberschaubar in alle Himmelsrichtungen und neue Stadtteile führten, in denen man sich wie in einem Irrgarten verlaufen konnte, wenn man nicht aufpasste, welche Straße man wählte.

Die Kräfte verließen ihn, und er sank am Bordstein auf den Rand eines Blumenkübels. Vor ihm erstreckte sich die Französische Straße, in seinem Rücken erhob sich die herrschaftliche, mit Stuck verzierte Fassade eines Altbaus. Der Anblick war ihm vertraut. Er sah zu den hell erleuchteten Zimmern in der vierten Etage hoch. *Was ist mit Bo? Hast du dich bei ihr …?*

Robert hielt den Atem an, als die Silhouette einer schlanken Frau in einem Rechteck aus Licht erschien. Sie musste es sein, vorausgesetzt sie war nicht weggezogen. Robert trat auf die Haustür zu, um die Klingelschilder zu inspizieren, doch Schritte auf dem Asphalt ließen ihn zurückzucken. Warum? Wovor hast du Angst? Es waren nur Passanten, die lachend an ihm vorbeischlenderten.

In der Wohnung oben war das Licht in diesem Moment erloschen. Roberts Armbanduhr zeigte kurz nach halb elf. *Zu spät!* Aber nicht nur deshalb wäre es der falsche Zeitpunkt gewesen.

Langsam ging er zurück zum Hotel. Als er die Lobby des *Maritim* betrat, war er wieder hellwach. Auf seinem Zimmer entkleidete er sich, streckte sich auf dem Bett aus und verschränkte die Hände hinter seinem Kopf. In dieser Haltung wartete er auf den Schlaf.

18

Als Kind hatten Sera und ihre Geschwister allerhand abwechslungsreiche Stunden mit Mergim, seiner Frau Özge und deren Kindern verbracht. In Seras Erinnerung war ihr Onkel trotz seines enormen Körpervolumens zu den ulkigsten Verrenkungen fähig gewesen. An lauen Sommerabenden waren sie alle ans Ufer des Landwehrkanals gegangen, der mit seinen Pappeln und Birken einer malerischen Promenade ähnelte und gleich vor seiner Haustür lag. Dort hatte Mergim für die Kinder Köfte und marinierte Lammkeulchen auf dem Mangal, dem Holzkohlegrill, zubereitet. Zum Abschied hatte es immer Lokum gegeben, süße Konfektmasse mit Pistazien, Mandeln und Nüssen.

Dann war Sera älter geworden, zur Schule gegangen, hatte Abitur gemacht, ihr Studium begonnen und sich, anders als ihre Schwestern, immer seltener mit der Verwandtschaft ihres Vaters getroffen. Anfangs hatte ihr die Uni wenig Zeit dafür gelassen, später der ständige Stress bei der Polizei. Zumindest war das Seras Erklärung ihrem schlechten Gewissen gegenüber gewesen. Aber natürlich waren das nicht die einzigen Gründe.

»Hosch gel-di-niss!« Ihr Onkel breitete die Arme aus, als er Sera im Hausflur erkannte. »Die Freude ist gekommen.«

Er war noch immer korpulent, aber in seinem Maßanzug und den nagelneuen Lederschlappen wirkte er wie ein Anwalt oder Geschäftsmann. Seine dunklen Haare trug er sorgfältig gescheitelt. Nichts erinnerte mehr an den Onkel, der liebevoll mit seinen Nichten herumgealbert hatte.

»Hosch bul-dug, dayi«, entgegnete Sera. »Ich habe die Freude gefunden, Onkel.«

»Wie geht es dir?« Er umarmte sie und küsste sie rechts und links auf die Wangen.

»Mir geht es gut, danke, Onkel.« Sie wollte nicht mit der Tür ins Haus fallen.

Sera entledigte sich ihrer Schuhe und schlüpfte in Plastiklatschen, die unter einer Zimmerlinde paarweise aufgereiht standen. Das Wohnzimmer war vollgestopft mit Häkeldeckchen und goldbestickten Kissen. Gemeinsam setzten sie sich zu einer Wasserpfeife, die am Boden stand. Die goldenen Bilderrahmen an der Wand zeigten neben Aufnahmen aus der Mittelmeerregion Mugla vor allem Fotos unzähliger Enkel, Nichten und Neffen. Es gab auch eine Aufnahme von Sera: Als kleines Mädchen stand sie neben ihren Schwestern Kayra und Deniz.

Früher hatte Sera das Wohnzimmer ihres Onkels als gemütlich empfunden, als einen Ort, an dem sie sich mit ihren Geschwistern gerne aufgehalten hatte. Jetzt fühlte sie sich unwohl, und das lag gewiss nicht an dem großen, modernen Plasmaschirm an der Wand, auf dem eine Folge von *Kurtlar Vadisi* lief, eine in der Türkei beliebte Mafia-Soap. Für viele Türken gehörte Fernsehen zur Grundversorgung, und manchen war das TV-Programm der Heimat sogar Verpflichtung.

Mergim griff zur Fernbedienung, die in eine dünne Folie gehüllt war, und stellte den Ton leiser. Ein Ausschalten kam nicht infrage. Er wartete, bis Özge den Tee serviert und die Caydanlik vor sie abgestellt hatte. Bevor sich die Tante wieder in die Küche begab, zwinkerte sie Sera zu.

Der Geruch von Mantı stieg Sera in die Nase, eine Speise aus Joghurt und Paprika. Augenblicklich begann ihr Magen zu knurren. Sie hatte seit dem Frühstück nichts Anständiges mehr gegessen, scheute aber davor zurück, sich selbst einzuladen.

»Ich frage mich, ob es wirklich schlimmer wird.«

Zunächst wusste Sera nicht, was ihr Onkel damit meinte, dann bemerkte sie auf dem Tischchen neben seinem Sessel die Zeitung vom Vortag, bei deren Lektüre sie ihn mit ihrem Besuch anscheinend unterbrochen hatte. Deren Schlagzeile lautete: *Berliner Innensenator fordert hartes Vorgehen gegen kriminelle Ausländer: »Schluss machen mit multikultureller Verblendung!«*

Sie wollte schon zu einer Antwort ansetzen, als sie den Zeigefinger ihres Onkels über einem anderen Artikel kreisen sah. *S-Bahn-Desaster: Wird es noch schlimmer?*

»Nun, wenn es nicht besser wird, wird Berlin einen Verkehrsinfarkt erleiden«, sagte Sera.

»Ich habe heute zwei Stunden bis zur Arbeit gebraucht. Kannst du dir das vorstellen?«

»Sehr gut sogar.«

»Da wünsche ich mich gleich wieder zurück in den Urlaub.«

»Özge erzählte heute Morgen, dass ihr in Mugla gewesen seid?«

»Ja, du warst auch schon einmal dort.«

»Als Kind.« Seras hungriger Magen knurrte lauter. Das unverbindliche Geplauder nervte sie, aber die Höflichkeit verlangte es. »Ich kann mich kaum noch daran erinnern.«

»Die Gegend ist wunderbar. Sie würde dir noch immer gefallen, und deinem Vater würde sie guttun.«

»Ja, das würde sie bestimmt.«

Mergim führte die Teetasse an seine Lippen, trank einen Schluck. »Wie geht es dir, Seray?«, fragte er.

Sera drehte die rechte Hand im Halbkreis, als wollte sie einen Wasserhahn aufdrehen. »Geht so.«

Mergim lächelte mitfühlend. »Deine Tante sagte mir, du hast viel zu tun. Du musstest heute sogar das Frühstück verlassen.«

»Deswegen bin ich hier.«

»Die Frühstückszeit ist aber schon lange vorbei.«

Sera lächelte höflich. »Es geht um den Fall, zu dem man mich gerufen hat.«

»Und wie soll ich dir dabei helfen können?«

»Ich habe Sehmus Gökcan getroffen.«

Ihr Onkel hob die Tasse wieder an. »Ich weiß.«

»Dachte ich's mir, dass er dich sofort anruft. Was wollte er von dir?«

Mergim trank seinen Tee in ruhigen Schlucken. Für eine Weile tat er so, als folge er dem Geschehen auf dem Bildschirm. In Kurtlar Vadisi bekam Ali Candan vom Staat gerade eine neue Identität verpasst. Als Polat Alemdar wurde er in den inneren Kreis der Mafia eingeschleust. In die Mitte der Wölfe. Kurtlar Vadisi.

»Wusstest du, dass sogar Sharon Stone eine Gastrolle in der Serie hat?«

»Ich habe davon gehört«, sagte Sera.

»Du siehst, die Türkei ist ein offenes Land.«

»Ich habe nie das Gegenteil behauptet.«

»Du weißt auch, dass dein Vater stolz auf dich ist.«

»Ja«, gab Sera knapp zurück.

»Aber es gibt Menschen, die ihn nicht verstehen. Die ihn fragen, wieso er stolz auf so jemanden wie dich sein kann.«

Sera verspürte einen Stich im Herzen. »Auch das weiß ich.«

»Er antwortet ihnen immer, sie brauchen ihn nicht zu verstehen. Sie sollen dich nur respektieren. Du hast dich für dieses Leben entschieden.«

So wie ihr Onkel dieses Leben aussprach, klang es abfällig. Sera wollte ihn fragen, ob es nicht ein Widerspruch war, die offene Haltung der Türkei hervorzuheben, aber im gleichen Atemzug Seras Leben zu kritisieren. *Frauen wie du sind schuld.* Sie schwieg.

Mergim beugte sich vor, suchte, ohne seinen Blick von ihr abzuwenden, mit einer Hand die Untertasse und stellte die Tasse darauf ab. »Aber genauso musst du respektieren, dass es Leute gibt, die sich für ein anderes, ein frommes Leben entschieden haben. Eins, das die Tugend der …«

»Tugend?« Sera konnte nicht mehr an sich halten. »Was soll es mit Tugend zu tun haben, eine Frau zu töten, nur weil sie ihren Ehemann verlassen hat? Einen Ehemann, der sie jahrelang misshandelte!«

»Seray, ich kenne die Einzelheiten nicht.« Als würde er seine Unschuld beteuern wollen, breitete ihr Onkel die Arme aus.

»Kennst du sie tatsächlich nicht? Oder willst du sie nicht kennen?«

Empört straffte Mergim seinen Körper. Für einen Augenblick blitzte seine frühere Wendigkeit auf. »Bist du gekommen, um deinen Onkel zu beleidigen?«

»Nein, entschuldige.« Sera senkte demütig den Kopf. »Ich bin gekommen, weil ich dich um einen Gefallen bitten möchte.«

»Sprich!«

»Du kennst Sehmus Gökcan. Rede bitte mit ihm. Du musst ihm klarmachen, dass sein Sohn Amiel durch eine Flucht seine Lage nur verschlimmert.«

»Sehmus wird nicht auf mich hören.«

»Aber wenn nicht auf dich, auf wen dann? Du bist Präsident ...«

»Vizepräsident!«

»... im *Aydinlar Kültür ve Dayanısma Dernegi.*«

Als in den späten Achtzigern die einstmals große, einflussreiche türkische Gemeinde Berlins zu zerbrechen begann, hatte sich Mergims Zusammenschluss mit seinen vier Grundpfeilern Religion, Politik, Gesellschaft und Kultur – und in genau dieser Reihenfolge und keiner anderen – als ein Sammelbecken derer erwiesen, die die Fahnen der Tradition schwenkten.

»Ja, sie hören auf mich. Aber nur, weil ich die Wurzeln ihrer Herkunft respektiere.« Ihr Onkel beugte sich zu seinen Latschen hinab und fuhr mit dem Finger über das schwarze Leder. Nachdem er ein unsichtbares Staubkorn entfernt hatte, sagte er: »Verstehst du? Das ist es, was ich dir begreiflich zu machen versuche: Man kann über die Art, wie Sehmus und seine Familie ihr Leben gestalten, denken, wie man will. Aber es ist ihr Wunsch gewesen und …«

»Und wo bleiben die Wünsche von Frauen wie Adile?«

»Was immer auch geschehen ist, es war Amiel, der beschlossen hat, das zu tun, was er für richtig hielt. Sein Vater Sehmus wird diese Entscheidung respektieren. Und ich werde – ob sie mir gefällt oder nicht – Sehmus' Entscheidung respektieren.«

Mergim meinte es ernst. In seinen Augen glänzte reine, ungebrochene, idiotische Entschlossenheit. Es hätte Sera nicht überrascht, wenn ihr Onkel noch hinzugefügt hätte: *Und das ist auch gut so.*

Beim Aufstehen streifte ihr Blick erneut den Kurier-Aufmacher. *Schluss machen mit multikultureller Verblendung.* »Dir ist hoffentlich bewusst, dass eine Tat wie die von Amiel, das Schweigen seines Vaters und auch dein Verhalten, Onkel, der Kampagne des Innensenators in die Hände spielt?«

»Er wird mit seiner Politik nicht durchkommen!«

»Und was, wenn doch? Was wird mit Alpa passieren?«

Mergim fuhr erbost auf. »Sprich du nicht von Alpa!«

»Hast du einen Gedanken daran verschwendet, was es für Alpa bedeuten könnte?«

Alpa war der Neffe von Mergims Halbbruder und saß in Untersuchungshaft. Die Staatsanwaltschaft warf ihm gefährliche Körperverletzung in zwei Fällen vor. Sollte der Senator mit seinen Forderungen durchkommen, drohte Alpa die Abschiebung.

»Das werden wir nicht zulassen!«, grollte Mergim.

»Ihr? Mit eurem Verein?« Sera konnte ein Lachen nicht unterdrücken. »Und wie? Indem ihr den Verbrecher deckt? Eher werdet ihr …«

»Willst du mir drohen?« Mergim funkelte sie böse an.

»Nein, nicht ich.« Sie griff nach der Zeitung und hielt sie

ihm vors Gesicht. *Berliner Innensenator fordert hartes Vorgehen gegen kriminelle Ausländer.* »Er.«

Ihr Onkel schlug den *Kurier* wütend beiseite. »*Er* weiß nicht, wie es ist, wenn man sein Kind verliert.«

»Darüber kann er sich ja jetzt mit den Eltern von Adile unterhalten. Oder, was meinst du, wäre …«

»Sei still, Seray!«

Sera hatte genug. Genug von Mergims Widersprüchen, seiner Willkür, der Verbohrtheit und Arroganz. Aber das alles war nicht neu. Wütend feuerte sie die Zeitung zurück auf den Schemel.

Sera hatte bereits die Latschen ausgezogen, als ihr noch ein Gedanke kam. Auf Socken kehrte sie zurück in das Wohnzimmer. Ihr Onkel saß unverändert in seinem Sessel.

»Kennst du Osman Alpzoman?«, fragte sie. »Das ist der Großonkel von Adile, dem Mädchen, das …«

»Ich weiß, wer Osman ist. Er ist der Präsident von *Aydinlar Kültür ve Dayanısma Dernegi.*«

Die Antwort überraschte Sera nicht. *Im Gegenteil: Sie macht einiges klarer.*

Zurück auf der Straße schenkte sie dem Schawarma-Imbiss an der Ecke zum Kottbusser Damm keine Beachtung mehr. Der Appetit war ihr vergangen.

Berliner Kurier, Freitag, 13. April

Innensenator sieht sich
nach Beinahe-Ehrenmord bestätigt:

Türkin von Ehemann niedergestochen!

Von Harald Sackowitz

Berlin. Gestern Mittag stach Amiel G. seine Ehefrau nieder. Der versuchte Ehrenmord an der schönen Adile (24) erschüttert Berlin. Der Täter ist auf der Flucht.

Erstochen vom eigenen Mann. Nur weil sie sich nach einem selbstbestimmten Leben sehnte. »Sie mochte die westliche Lebensart«, sagt eine Bekannte, die mit ihr die Berufsschule besuchte. Aber ihr Leben hatte ein anderes zu sein. Weil sie sich weigerte, sollte sie sterben.

Unterdessen sieht sich Innensenator Dr. Lothar Lahnstein durch den tragischen Vorfall bestätigt: »Bestimmte Verhaltensweisen sind in der Vergangenheit toleriert worden, die inzwischen zu hoch explosiven Gruppen-Aggressionen führen.« Er wiederholt seine Forderung: »Wer sich als Ausländer nicht an unsere Regeln hält, ist hier fehl am Platz!«

Ausländerverbände empören sich und werfen ihm Polemik vor. Wie der Kurier erfahren hat, gibt es sogar Morddrohungen gegen den Senator. Er hat Polizeischutz erhalten.

19

Eine junge Frau steht am Fluss. Die Wellen plätschern leise und verspielt ans Ufer. *Du musst sie warnen.* Sie setzt einen Fuß in das Wasser. Stück für Stück geht sie der Flussmitte entgegen. *Du musst ihr helfen!* Doch ihre Rufe bleiben ungehört. Das Mädchen ist viel zu weit weg, als dass sie ihre Worte verstehen könnte. *Du kommst zu spät!* Der Wasserpegel steigt an. Der Fluss tritt rauschend über seine Ufer. *Frauen wie du sind schuld.* Die Frau schlägt um sich, als könnte sie die wilden Wellen auf diese Weise vertreiben. Ihr Gesicht ist …

»Hey, es ist alles in Ordnung«, flüsterte eine Stimme aus dem Nichts.

Sera schlug die Augen auf.

»Es war nur ein Traum.« Gerry streichelte behutsam ihre Wange.

Sie bettete ihr Gesicht auf seine Hand. »Du bist kalt.«

»Ich war Brötchen holen.« Aus der Küche erklang ein Surren. »Und der Kaffee ist auch schon wach.«

Sera richtete sich auf. Ihre Decke rutschte ein Stück hinab und entblößte ihre Brüste.

Gerry beugte sich vor. »Du hast im Schlaf gesprochen.«

»Ehrlich?«

Abwechselnd küsste er ihre Brustwarzen. »Ja, so was wie: *Mach's mir, Baby, sofort, ich …*«

Sie schlug ihm lachend das Kissen auf den Kopf. »Hat dir letzte Nacht nicht gereicht?«

»Mir schon, aber … Was ist mit dir?« Er rieb sich das zerzauste Haar. »Ich hatte das Gefühl, du warst nicht ganz bei der Sache.«

»Blödsinn!« Sie zog die Decke wieder höher und sank zurück aufs Kissen.

Gerry legte sich neben sie. »Du bist in der Zeitung.«

»Ich?«

Er griff neben das Bett und brachte den aktuellen *Kurier* zum Vorschein. Das Thema der Titelstory war der versuchte Mord an Adile Gökcan. *Beinahe-Ehrenmord: Türkin von Ehemann niedergestochen.* Zwei Seiten weiter war ein Foto abgedruckt, das Fatma Alpzoman zeigte, Adiles Großtante, wie sie aus dem Haus der Blücherstraße geführt wurde, kurz nachdem sie auf Sera zugestürmt war. Die Beamtin war im Hintergrund zu erkennen, zwar etwas pixelig, aber dennoch deutlich genug.

»Also ehrlich, in natura bist du definitiv schärfer.« Gerrys Hand glitt zwischen ihre Schenkel.

Sie schlug danach. »Du denkst auch nur an das eine.«

»Wenn du nackt neben mir liegst – natürlich!«

»Dann ziehe ich mich jetzt an.« Sie schwang die Beine aus dem Bett.

Gerry umklammerte sie. »Nichts da!«

Sera schlüpfte zurück unter die Decke und schmiegte sich an ihn. Er hatte sich bereits geduscht und rasiert, der herbe Duft seines Aftershaves umgab ihn. Sera mochte den Geruch, er erinnerte sie an Urlaub, irgendwo am Meer, endlose Dünen, Hügel, Küstenstreifen, Strand und Wasser. *Wilde Wellen. Reißender Strom.*

»Jetzt aber mal ernsthaft«, sagte Gerry. »Du hast wirklich im Schlaf gesprochen. Ziemlich deutlich sogar. Und ziemlich wütend. Dabei hast du mehrfach einen Satz wiederholt: Frauen wie du sind schuld. Wovon hast du geträumt?«

Sera versuchte sich an ihren Traum zu erinnern, aber es flatterten nur noch wirre Bilder durch ihr Gedächtnis. Bilder von Wasser und Wellen. Und einem Gesicht. *Wessen Gesicht?* Sera schauderte.

»Kann ich dir irgendwie helfen?« Gerry streichelte ihre Gänsehaut.

Sie legte ihren Kopf in seine Armbeuge. »Dabei kannst du mir nicht helfen.«

»Geht es wieder um deinen Vater?«

»Nein, um eine dumme Sache in meinem Job.«

Mit der freien Hand hielt er den *Kurier* hoch. »Um diesen Ehrenmord?«

»Warum eigentlich Ehrenmord?«

»Was? Wie meinst du das?«

»Ach, vergiss es. Ist schon okay.«

»Nein, ist es nicht.« Er musterte sie eingehend. »Das sehe ich dir doch an.«

Sera wich seinen forschenden Augen aus. *Wie gut er mich kennt.* Sie genoss das Gefühl der Vertrautheit, der Nähe, *ja, auch des Verliebtseins,* so wie sie es fürchtete. Es machte alles komplizierter.

Schnell flüchtete sie unter die Dusche.

20

»Ein Bericht, der den Schlampereien bei den Berliner S-Bahn-Betrieben auf den Grund geht, hat nicht nur *meine* volle Rückendeckung, auch die Verlagsleitung würde ihn begrüßen. Du weißt ja, diese renditesüchtigen Betriebswirtschaftler freuen sich über jedes Thema, das unsere Auflage um ein paar tausend Exemplare hebt. Allerdings bedarf es, bevor so ein Artikel erscheint, klarer Fakten.« Stanislaw Bodkema sprach mit betonter Gleichgültigkeit, als unterhielte er sich über das Wetter.

Anders als am Vortag strahlte heute die Sonne auf das erwachende Berlin und hatte den meisten Leuten, denen Tania auf der Fahrt zur Arbeit begegnet war, ein fortwährendes Lächeln entlockt.

Dass Bodkema verärgert war, verriet nur das leichte Beben seiner Unterlippe. Außerdem klopfte er wiederholt auf die aktuelle Ausgabe, deren Titelschlagzeile lautete: *Türkin von Ehemann niedergestochen!*

»Ist das der Grund, warum mein Bericht heute nicht erschienen ist?«

Bodkema fuhr in seinem Monolog fort, als habe er ihre Frage nicht gehört. »Du weißt, ich schätze deine Arbeit«, sagte er, »und ich finde es beachtlich, dass du jemanden aufgetrieben hast, der uns mit Informationen aus dem direkten Umfeld der Bahn versorgt. Sehr gut.«

Tania nickte dankend, verstand aber noch immer nicht, warum ihr Chef sie vor fünf Minuten in sein Büro zitiert hatte. Und noch weniger wusste sie, warum ihr Text nicht wie versprochen die Titelseite zierte, warum er überhaupt nicht gedruckt worden war.

»Zugegeben, die Aussagen deines Informanten sind starker Tobak«, erklärte Bodkema weiter. »Jahrelange Missachtung der Sicherheitsbestimmungen. Unvollständige, unverständliche, längst überholte oder sogar falsche Arbeitsanweisungen für die Wartung der Bremsen. Keinerlei Qualitätskontrollen. Und das alles, weil der Bahnvorstand Sparmaßnahmen angeordnet hat.«

»Diese Schlampereien sind auch der Grund für die zwei S-Bahn-Unfälle, bei denen es kürzlich siebenunddreißig Verletzte gab. Es ist nur einem Zufall zu verdanken, dass keine Toten zu beklagen waren.«

»Ja, ja«, machte Bodkema ungeduldig. »So steht es in deinem Text. Trotzdem bin ich froh, dass ich ihn vor der Drucklegung noch gelesen und gestrichen habe. Zum Glück hatten wir Hardys Story über den Ehrenmord in Kreuzberg, mit der wir die Lücke auf der Titelseite füllen konnten.«

»Habe ich dich gerade richtig verstanden?«, wandte Tania ein. »Dir fehlen die Fakten in meinem Text?«

Abermals ließ Bodkema ein verdrießliches Brummen hören. Dann öffnete er die oberste Schublade seines Schreibtischs und holte eine Schachtel Marlboro hervor. »Zigarette?«

»Hab aufgehört.«

»Echt? Wann?«

»Vor zwei Wochen.«

»Respekt.« Er schnippte eine Marlboro heraus, klemmte sie sich zwischen die Lippen und entzündete sie. Nachdem er den Rauch inhaliert und wieder ausgestoßen hatte, umgab der Qualm sein Gesicht wie eine Gewitterwolke, aus der gleich ein Blitz auf Tania hinabfahren würde. »Was ich sagen will: Ein anonymer Zeuge ist absolut in Ordnung, aber das setzt voraus, dass wir Belege für seine Aussagen haben. Kopien dieser unvollständigen, unverständlichen, überholten oder falschen Arbeitsanweisungen zum Beispiel. Haben wir die?«

»Nein.«

»Und deswegen habe ich deinen Text gestrichen. Denn wäre er in der jetzigen Form erschienen, hätten wir längst eine Nachricht von den Anwälten der S-Bahn GmbH erhalten, inklusive einstweiliger Verfügung, Klage und Schadensersatzforderung. Der ganze kostspielige Dreck eben, den die Rechtsverdreher in so einer Situation auffahren. Und wie *das* bei unseren renditesüchtigen Betriebswirtschaftlern im Verlagsvorstand angekommen wäre, das kannst du dir ja ausmalen.«

Bodkema nahm einen weiteren Zug von der Zigarette.

»Dein Artikel ist gut geschrieben, sogar ein stilistisches Glanzstück, aber inhaltlich besteht er nur aus Behauptungen, für die wir keinerlei Beweise haben – bis auf die Aussage eines anonymen Informanten. Das ist Rufschädigung …«

»Für Rufschädigung sorgt die Bahn doch seit Tagen selbst.«

»Mag sein, aber das eine hat mit dem anderen nichts zu

tun.« Er stieß den Rauch aus und wedelte ihn mit einer raschen Handbewegung fort. »Das sollte ich dir als Journalistin eigentlich nicht erklären müssen.«

Tania schluckte.

Bodkema drückte die Marlboro im Aschenbecher aus, überkreuzte die Arme und beugte sich, die Ellbogen auf den Schreibtisch stützend, vor. »Wenn dein Artikel erscheinen soll, musst du Beweise auftreiben – schwarz auf weiß. Und zwar schnellstmöglich. Am besten noch heute, bevor andere Zeitungen sie finden und uns die Story wegschnappen.«

»Ich kümmere mich darum«, versprach Tania.

Bodkema spitzte die Lippen und zupfte nachdenklich mit den Fingern daran. Sein Blick ging auf Wanderschaft durch das Zimmer, durch den Zigarettenqualm hindurch, glitt über die Wände, an denen Bilder seiner Tochter und seiner Enkelkinder hingen, und weiter über Regale voller Bücher, bis er schließlich wieder an Tania haften blieb.

»Wie geht es dir?«

»Gut«, erwiderte sie.

»Wirklich?«

»Wieso fragst du?«

»Brauchst du vielleicht ein paar Tage Urlaub?«

»Was soll die ganze Fragerei?«

»Wenn du Urlaub brauchst, ist das kein Problem. Jemand anderes könnte diesen S-Bahn-Skandal …«

»Nein!«, fuhr sie auf. »Das ist meine Story. Und nein, ich brauche keinen Urlaub.«

Bodkema neigte skeptisch den Kopf. »Die Sache mit deinem Mann … Wir wissen, dass die Trennung dich belastet.«

»Sie belastet mich nicht«, widersprach Tania.

»Aber sie belastet deinen Mann. Und er wiederum belastet dich.«

Sie schwieg.

»Tania, alle haben inzwischen mitgekriegt, was zwischen

dir und deinem Mann läuft. Du bemühst dich zwar, es von der Arbeit fernzuhalten, aber … sie leidet darunter.«

Tania presste stumm die Lippen aufeinander.

»Oder hast du gestern daran gedacht, dir von deinem Informanten die Beweise aushändigen zu lassen?«

Nein, sie hatte nicht daran gedacht. Und ja, das war ein peinlicher Anfängerfehler. Aber allein die Vorstellung, daheim herumzusitzen und nichts zu tun, war unerträglich.

»Ich brauche keinen Urlaub. Ich habe einen blöden Fehler gemacht, aber ich kriege das wieder hin.«

»Das weiß ich«, sagte Bodkema. »Deshalb habe ich dich auch für den Job vorgeschlagen. Aber als künftige Ressortleiterin«, er sah sie eindringlich an, »darf dir so etwas nicht noch einmal passieren.«

Er griff nach den Unterlagen, die sich auf seinem Schreibtisch türmten, und begann darin zu blättern. Für ihn war das Gespräch beendet.

Während Tania Bodkemas Büro verließ und den verstohlenen Blicken ihrer Kollegen auswich – *Na? Heute wieder beim Chef Süßholz geraspelt?* –, wählte sie auf dem Handy die Nummer ihres Informanten. Sie war sich keineswegs sicher, dass Haindling bereit war, ihr die geforderten Unterlagen zu beschaffen, aber jemand anderes fiel ihr in der Eile nicht ein, und jetzt ging es vor allem um eins: Schnelligkeit. *Verdammt, nur der Anrufbeantworter!*

»Hallo, Herr Haindling«, sprach sie auf das Band. »Ich bin es noch einmal, Frau Herzberg vom *Kurier.* Es geht um das Chaos bei der S-Bahn. Ich muss Sie deswegen unbedingt noch einmal sprechen. Bitte rufen Sie mich doch zurück. Danke.«

Dann lenkte sie ihre Gedanken zu Ralf. Bodkema hatte recht. Die ständigen Dispute mit ihrem Noch-Ehemann, seine Nachstellungen, die Bedrohungen, das alles ging nicht spurlos an ihr vorüber. *Es belastet dich.* In den zurückliegenden Wochen hatte sie alles versucht, doch Ralf wollte einfach nicht kapieren. *Allerdings …* Seit der unglücklichen Begegnung gestern Abend auf dem Alexanderplatz hatte er sich nicht mehr bei ihr gemeldet. *Wir beide werden gar nichts mehr! Nie mehr. Gar – nichts – mehr!* Sie wagte kaum zu hoffen: Hatte Ralf endlich begriffen?

»Da bist du ja«, murrte Sackowitz, der vor ihrem Computer hockte. Der Monitor war dunkel.

»Was ist mit meinem Rechner?«, fragte Tania. *Nicht auch noch das.* »Hast du den jetzt auch kaputt gemacht?«

»Nein, er ist nur noch nicht an.«

»Und warum hast du ihn nicht eingeschaltet?«

»Weil ich nichts kaputt machen wollte.« Ihr Kollege lächelte verlegen. »Bevor ich es vergesse: Gerade eben hat jemand für dich angerufen.«

Zu früh gefreut? »Wer?«

»Auf jeden Fall nicht dein Mann.«

»Wer dann? Hat er sich vorgestellt?«

»Er sagte, er habe wichtige Informationen für dich. In Sachen S-Bahn-Skandal.«

»Und warum hast du mich nicht gleich gerufen?«

»Na ja, du warst beim Chef drin. Da störe ich nur ungern. Aber der Anrufer meinte, er würde sich später noch einmal melden.«

Tania startete erfreut den Computer. *Manchmal lösen sich Probleme auch von selbst.*

21

»Diese ganze Geheimniskrämerei, die geht mir ganz schön auf den Geist.« Gerry stand im Türrahmen zum Bad und beobachtete Sera, die sich in der Duschwanne abtrocknete.

»Wir waren uns doch von Anfang an einig, wie wir unsere«, sie band das Handtuch um ihre Brust und malte mit den Fingern Anführungszeichen in die Luft, »Beziehung gestalten werden.«

»Ja«, sagte Gerry und schwieg.

Sera hatte ihn eines kalten Herbstnachmittags vor sechs Monaten kennengelernt, nach einem erschreckenden Mordfall in Mitte. Eine vierundsiebzigjährige Rentnerin war von ihrem Enkel wegen zehn Euro Taschengeld erschlagen worden. Im Anschluss an die Tatortbegehung hatte sich Sera mit Gesing und Blundermann in einem Café am benachbarten Hackeschen Markt aufwärmen wollen. Es trug den skurrilen Namen *Ernie & Bert*, gerade richtig, um sie von dem Schock über die Brutalität des Jungen abzulenken. Gemeinsam hatten sie über den zunehmenden Hang der Berliner zu absurden Kneipennamen wie *Hühnchen ohne Abitur*, *Binh(s) anderen Laden*, *Das Narkosestübchen* oder eben *Ernie & Bert* gewitzelt.

Irgendwann hatten sich die Kollegen verabschiedet, nur Sera war noch eine Weile geblieben und hatte sich an der lauschigen Atmosphäre, den entspannten Leuten und dem guten Latte macchiato erfreut. Dann war sie von Gerry angesprochen worden. Sein Vater war Ire, seine Mutter Deutsche, er selbst, wie sich später herausstellte, der Besitzer von *Ernie & Bert*.

Als sie ihn gefragt hatte, woher der Name stammte, hatte Gerry erzählt: »Die Tochter meines Geschäftspartners hat in einem Moment der Unachtsamkeit etwas auf den Pachtvertrag gekritzelt. Als wir sie fragten, was um Himmels willen das darstellen soll, hat sie mit zuckersüßem Lächeln erklärt: Ernie und Bert.«

Anfangs hatte Sera sich gegen sein Flirten zur Wehr gesetzt, aber Gerry war charmant, witzig und unnachgiebig geblieben. Und mit dem rötlich blonden Haar, den unrasierten Wangen, dem muskulösen Nacken, der kleinen Narbe an seiner linken Schläfe direkt unterhalb des Haaransatzes, die von einem

Fahrradunfall in seiner Kindheit stammte, war auch sein Äußeres nicht ohne Wirkung auf sie geblieben. Vor allem aber hatte seine dunkle, immer leicht verrucht klingende Stimme für ein anhaltendes Prickeln auf ihrer Haut und in ihrem Magen gesorgt.

Bei ihren ersten Verabredungen hatte er wie jemand gewirkt, der ständig zwischen verschiedenen Welten wechselte. Ständig enthüllte er neue Facetten an sich, ohne dabei plump den neuesten Moden hinterherzulaufen. Manche hätten ihn vielleicht als ruhelos bezeichnet, Sera faszinierte sein ständiger Wandel. Sie hatte ein ganz anderes Problem mit ihm: Er war verheiratet und Vater von zwei Kindern. Und es war damals nicht die Tochter des Geschäftspartners, sondern seine eigene gewesen, die den Pachtvertrag bekritzelt hatte. Aber das alles hatte er ihr erst verraten, als es schon um sie geschehen war.

Seitdem trafen sie sich regelmäßig in den Räumen über dem Café, in denen er ein Büro mit Schlafraum eingerichtet hatte. Das *Ernie & Bert* war häufig bis in die frühen Morgenstunden geöffnet. Wenn Gerry die Müdigkeit überkam oder er mit Stammgästen zu tief ins Glas geguckt hatte, musste er daheim nicht Frau und Kinder wecken, sondern konnte sich gleich hier schlafen legen – oder sich eben mit Sera treffen, ohne dass jemand Verdacht schöpfte, weder seine noch ihre Familie.

»Das mit uns läuft jetzt schon ein halbes Jahr so«, klagte Gerry.

»Und es hat sich nichts verändert«, hielt Sera dagegen.

»Doch, eine Menge.«

Sie presste Lotion aus einer Tube und cremte sich das Gesicht ein. »Nämlich?«

»Ich liebe dich!«

Sera hielt inne und schaute ihn vorwurfsvoll an. »Sag so etwas nicht!«

»Aber es ist die Wahrheit!«

»Das …« Das Handtuch drohte, ihr vom Körper zu rutschen. Schnell umklammerte sie den Stoff mit ihren Armen. »Das ist Scheiße.«

»Was ist denn das für eine Aussage?« Gerry folgte ihr ins Schlafzimmer. Er wollte sie umarmen, doch sie entwand sich seinen Händen. Stattdessen schlüpfte sie in ihre schwarze Unterwäsche, die im Raum verteilt lag.

»Ich könnte mich von meiner Frau trennen«, schlug er vor.

Wortlos streifte Sera sich das Kapuzenshirt über den Kopf.

»Du weißt, dass eine Scheidung nicht so einfach ist.«

Sie setzte sich auf die Bettkante und griff nach ihrer Jeans. »Siehst du: Und bei mir ist es dasselbe – nicht einfach.«

»Aber du hast mir doch erzählt, dein Vater sei stolz auf dich und auf das, was du erreicht hast. Er hat eine selbstständige Tochter mit einem respektablen Beruf.«

»Ja, darauf ist er auch stolz, manchmal zumindest … Ach, was weiß ich denn.« Sie strampelte wütend mit den Beinen, um in die Hose zu schlüpfen. »Aber eins weiß ich ganz sicher: Darauf, dass ich in meinem Alter noch unverheiratet und kinderlos bin, darauf ist er alles andere als stolz. Und was glaubst du, was er sagen wird, wenn er hört, dass seine Tochter mit einem verheirateten Deutschen …«

»Deutscher Ire, bitte! … Aua!« Er ächzte, als ihn ein Schlag in die Seite traf. »Wie kann er sich außerdem beschweren: Du hast doch gesagt, er war selbst zwei Mal verheiratet, hat vier Kinder von zwei Frauen und …«

»Das ist nicht das Gleiche!«

»Beim besten Willen: Das verstehe ich nicht.« Gerry ließ die Schultern hängen.

Sera fischte nach den Socken, die unter der Tageszeitung lagen. *Beinahe-Ehrenmord: Türkin von Ehemann niedergestochen!* Sie dachte an Amiel, den gekränkten Ehemann. Sehmus, seinen Vater. Fatma, die Großtante von Adile. *Frauen wie du sind schuld.* Mergim, ihr eigener Onkel, kam ihr in den

Sinn. Und immer wieder ihr Vater. *Baba meint es nur gut mit dir.*

Sie ging in die Küche, wo Gerry den Frühstückstisch gedeckt hatte. Auf ihrem Teller lag eine Rose. Sie schnupperte daran. Sie duftete frisch, süß – und nach Aftershave.

Seras Blick fand die Narbe auf Gerrys Stirn, ein winziger Streifen in der Form eines Seepferdchens. Sie wollte Gerry umarmen, blieb aber stehen. »Ich verstehe es auch nicht.«

22

Robert schlug die Augen auf und stöhnte. Grelles Licht fiel durch einen Spalt in der Gardine. Er vermied einen Blick auf die Uhr. Der Stand der Sonne reichte aus, um einzuschätzen, wie spät es war. *Weit nach Mittag.* Was ihn kaum verwunderte. Er war viel zu spät eingenickt. *Herrje, wie lange soll das noch so weitergehen?*

Mit pochenden Schläfen schleppte er sich unter die Dusche, wo er kaltes Wasser auf seinen Körper prasseln ließ. Die Kopfschmerzen vertrieb er auf diese Weise zwar nicht, aber er fühlte sich frischer – zumindest vorübergehend. Er streifte die zerknitterten Klamotten vom Vortag über, noch immer die einzige Kleidung, die er besaß. Es war höchste Zeit, sich endlich um neue Hosen und Hemden zu kümmern. *Zuvor aber um die Wohnung.* Er schnürte seine Schuhe. *Und davor um ein Frühstück.* Mit dem Koffer in der Hand ging er in den Speisesaal. Das Büfett war abgeräumt.

»Besteht noch die Chance auf ein Frühstück?«, erkundigte er sich an der Rezeption, während er auscheckte.

Die uniformierte Dame hinter dem kirschholzfarbenen Tresen sah ihn mit großen Augen an. »Wissen Sie, wie spät wir es haben?«

»Ja.«

Seine Antwort brachte sie aus dem Konzept.

»Und Kaffee?«, hakte er nach.

»Ja, natürlich, an der Bar.«

An der Bar? »Wissen Sie, wie spät wir es haben?«

Robert wartete ihre Reaktion gar nicht erst ab, sondern marschierte stattdessen schnurstracks zum Ausgang.

Auf der Friedrichstraße hielt er Ausschau nach einem Café. Bei *Starbucks* und *Dunkin' Donuts* hatte er in den Staaten zu oft gefrühstückt, zumindest wenn man so nachsichtig sein wollte, das klebrige, fettige Zeug als Frühstück zu bezeichnen. Bei einem Bäcker im Bahnhof erstand er eine belegte Käseschrippe und einen Kaffee. Er stürzte die lauwarme Brühe hinunter, wie immer ohne belebende Wirkung. Er fühlte sich, wie seine Klamotten aussahen: zerknittert und verbraucht.

Um sich von dem Schmerz hinter den Schläfen abzulenken, kaufte er am benachbarten Kiosk für einen Euro die Tageszeitung. Als er den *Berliner Kurier* auseinanderfaltete, sprang ihm die Schlagzeile auf der Titelseite direkt ins Auge. *Türkin von Ehemann niedergestochen!* Ohne einen weiteren Blick klappte er die Zeitung zusammen und warf sie zurück auf den Stapel.

Der Verkäufer, ein beleibter Mann, dem der fleischige Bauch zwischen Hosenbund und einem absurd pinken Hemd hervorquoll, grinste. »Jefallen Ihnen die Nachrichten nich?«

Robert vergrub die Zähne in dem zähen Brötchen.

»Jekooft is aba jekooft.«

»Behalten Sie das Geld.«

Der Händler beugte sich über die Kasse, als würde er sie unter seinem Fettwanst in Sicherheit bringen wollen. »Sicha?«

»Klar doch.«

Die nächste S-Bahn ließ eine halbe Ewigkeit auf sich warten. Das Wetter hatte sich im Vergleich zum Vortag gebessert, die Laune der Pendler nur wenig. Die Abteile waren genauso überfüllt und aufgeheizt und rochen nach den verschiedensten körperlichen Ausdünstungen. *Ein SUV hat auch seine Vorteile.* Zum Glück dauerte die Fahrt bis zum Ostkreuz nur wenige Minuten.

Die Gegend rings um den Bahnhof hatte sich in den letzten vier Jahren stark verändert. Fast zwei Jahrzehnte lang waren die Altbauten von den Eigentümern vernachlässigt worden, so dass der Bahnhof mit seinen brüchigen Bahnsteigen ein Schandfleck unter vielen anderen gewesen war. Niemand hatte sich an der Hässlichkeit des Viertels gestört, denn die Mieten waren billig gewesen. Auf die vielen Studenten, die hierhergezogen waren, hatte die Verkommenheit sogar einen ganz eigenen, kreativen Charme ausgeübt. Immer mehr Kneipen und Clubs waren eröffnet worden, und auch Geschäfte hatten sich angesiedelt, die den entsprechenden urbanen Lifestyle verkauften. Über Nacht war die Gegend plötzlich angesagt gewesen. Als auch noch die Bahn beschlossen hatte, den Bahnhof endlich zu sanieren, waren die Mieten explodiert. Ein Haus nach dem anderen war renoviert worden. Heute erinnerten nur noch die Graffitischmierereien – ein letztes Aufbäumen der alternativen Szene – an die vergangenen Tage am Ostkreuz.

Robert schlenderte zu einem Altbau in der Weichselstraße. Das Haus war um die Jahrhundertwende gebaut worden und ebenfalls komplett saniert. Dass die Miete bezahlbar geblieben war, lag an den Straßenbahnen, die den ganzen Tag und die halbe Nacht auf der Straße direkt vor dem Haus vorbeirumpelten.

Max lehnte mit ernster Miene an der bunt beschmierten Wand. Seine Hände hatte er tief in den Manteltaschen vergraben. »Du kommst spät.«

»Waren wir verabredet?«

»Das hast du wohl vergessen.«

Robert stellte den Koffer ab und rieb sich die Schläfe. Allmählich ließen die Kopfschmerzen nach. »Entschuldige, ich hatte eine lange Nacht.«

»Hast du getrunken?«

»Nur zwei, drei Gläser Rotwein.«

»Allein?«

»Ja.« Robert wollte noch etwas hinzufügen, aber das Dröhnen der Straßenbahn erstickte seine Worte.

Sein Bruder neigte fragend den Kopf. »Aber da ist noch etwas anderes, was dich beschäftigt, oder?«

Robert dachte an seinen abendlichen Spaziergang zurück, der ihn in die Französische Straße geführt hatte. *Was ist mit Bo? Hast du dich bei ihr …?* Fast hätte er bei ihr geklingelt. *Aber nur fast.*

»Das wird schon wieder«, sagte Max.

»Was?«

»Das mit dem Jetlag.«

Robert stöhnte.

»Bei den meisten Leuten legt der sich nach zwei Wochen.« Max nahm seine Hände aus den Taschen.

»Zwei Wochen?«

»Freu dich! Drei Tage davon sind schon vorbei.«

Robert schnitt eine angesäuerte Grimasse und deutete zum Hauseingang. Quer über die schwere Holztür hatte jemand eine riesige Fratze gesprüht. »Sollen wir?«

»Tut mir leid, aber für mich ist es zu spät. Gleich beginnt meine Probe. Eigentlich hätte ich schon längst los gemusst.«

»Schade.« Robert trat auf die Klingelschilder zu. Sein Finger näherte sich dem Namen *Kornfeld*.

»Robert?«, sagte sein Bruder.

Die Hand gefror in der Bewegung.

»Bist du dir sicher? Willst du wirklich wieder in diese Wohnung?«

Zum ersten Mal fiel Roberts Blick auf das schmale Schild an der Mauer neben der Tür. Unter den Graffiti war die Aufschrift fast unleserlich, trotzdem erinnerte er sich natürlich daran, was dort stand. *Wirst du wieder arbeiten? Nicht so bald. Aber …*

»Ja«, sagte er und drückte den rauen, abgegriffenen Klingelknopf.

23

Sera wartete geduldig, bis der Pförtner am Eingang des Vivantes-Klinikums endlich den diensthabenden Arzt erreicht hatte. Dieser ließ ausrichten, dass er vor dem Eingang zur Intensivstation auf sie warten würde. Obwohl ihr der Pförtner den Weg dorthin beschrieb, verlief sich Sera zwei Mal in den verzweigten Gängen des V-förmigen Gebäudes.

Auf einer Bank vor der Schleuse zur Intensivstation traf sie auf Eva Fischer und deren Bruder Sebastian. Adiles Freunde sahen bleich und übernächtigt aus.

»Haben Sie das Arschloch gefunden?«

»Nein, noch nicht«, gab Sera zu.

»Aber Sie werden ihn schnappen?«

»Davon gehe ich aus.«

Sebastian rieb sich die müden Augen. »Das klang gestern aber noch überzeugter.«

Sera ignorierte den unterschwelligen Vorwurf. »Wie geht es Ihnen?«

»Das spielt doch keine Rolle«, sagte der junge Mann.

»Ich möchte es aber gerne wissen.«

»Wie würde es Ihnen denn nach so etwas gehen?«

»Beschissen!«

»Dann wissen Sie ja jetzt, wie wir uns fühlen.«

Die Schleusentür öffnete sich, und ein hagerer Arzt, der einen grünen Kittel, grünen Mundschutz und das Haar unter einer grünen Haube verborgen trug, trat in den Flur. Mit einer

Hand nestelte er nervös an seinem Pager, während er mit der anderen die Tür einen Spalt offen hielt.

»Sie sind die Polizistin?«

»Sera Muth, Kriminalhauptkommissarin.« Sie zückte ihren Ausweis.

»Dr. Rösner.« Er nickte den Geschwistern zu, eine Geste, die wohl Zuversicht vermitteln sollte, bevor er Sera in die Schleuse winkte. An der Wand waren Kleiderhaken angebracht, an denen Kittel und Mundschutze für Besucher aufgereiht hingen. Weiter vorne, neben der zweiten Tür, die in die Krankenstation führte, gab es ein kleines Waschbecken mit einem Desinfektionsmittelspender.

Sera streifte sich die vorgeschriebene Schutzkleidung über und folgte Dr. Rösner einen Gang entlang, von dem alle paar Meter Krankenzimmer abzweigten. Ärzte, Pfleger und Besucher eilten hektisch umher. Es war nicht genau zu unterscheiden, wer zu welcher der Gruppen gehörte. Intensivstationen wurden nicht umsonst als Stroke Units bezeichnet. Sie waren geschlossene Abteilungen, eine sterile Welt für sich, der Gerichtsmedizin nicht unähnlich. Und für viele Verbrechensopfer war die Intensivstation nur ein Zwischenstopp auf dem Weg dorthin.

»Ich weiß nicht, was Sie sich von dem Besuch erhoffen«, sagte der Arzt.

»Ich möchte Frau Gökcan sehen.«

»Sie wird nicht mit Ihnen reden können. Hat man Ihnen das nicht gesagt?«

»Doch.«

Dr. Rösner war sichtlich irritiert, fragte aber nicht weiter nach. Vor dem Zimmer, das er ansteuerte, gähnte ein Polizeibeamter mit grünem Kittel, grüner Haube und grünen Füßlingen. Er sprang alarmiert auf, entspannte sich aber, als er Sera in der Maskerade erkannte, und hielt ihr die Tür zum Krankenzimmer auf.

Adile wirkte klein, zerbrechlich und verloren zwischen den unzähligen medizinischen Geräten, an die sie angeschlossen war. Um sie herum surrte und fiepte es ununterbrochen, während die Maschinen Herz, Kreislauf und Lunge, Blutdruck, Sauerstoffgehalt, Atmung und Körpertemperatur überwachten, die Funktion der Organe unterstützten und die erforderlichen Medikamente exakt dosierten. Aus aufgehängten Plastiksäcken floss eine klare Flüssigkeit durch Schläuche, die in einer Vene an Adiles Arm verschwanden. Ein rot glimmendes Lämpchen war an ihrem rechten Zeigefinger befestigt.

»Wir haben dreizehn Stich- und Schnittverletzungen bei ihr festgestellt«, erklärte der Arzt. »Zum Glück sind keine lebenswichtigen Organe verletzt worden. Sie wird also überleben.«

»Ist sie bei Bewusstsein?«

»Nein, und wie ich schon sagte, wird das noch eine Weile dauern. Wir haben eine Sedierung vornehmen müssen.« Nun schwang doch Unmut in Dr. Rösners Stimme mit.

Sera konnte ihn verstehen: Er hatte zweifellos Wichtigeres zu tun, als eine Polizeibeamtin zu einer komatösen Patientin zu geleiten. Von ihm gab es nichts zu erfahren, was nicht auch dem offiziellen Krankenbericht zu entnehmen gewesen wäre, der mit Sicherheit längst auf Seras Schreibtisch im Präsidium lag.

Aber darum geht es nicht! Oder doch? Sera blickte auf die junge Frau hinab. Jetzt, da sie vor dem Krankenbett stand, war sie sich nicht mehr sicher, warum es sie hierhergezogen hatte. Als sie sich vorhin, nach dem Frühstück, von Gerry verabschiedet hatte, war unvermittelt der Wunsch in ihr erwacht, Adile im Krankenhaus aufzusuchen – egal ob diese davon etwas mitbekam oder nicht. Für Sera war der Besuch eine Form von Anteilnahme, von Verantwortung.

Ihr Traum der letzten Nacht fiel ihr wieder ein. Der reißende Fluss, die Ertrinkende im Wasser, die Verzweiflung. Und: *Frauen wie du sind schuld.*

Der Pager des Arztes meldete sich. »Wenn Sie mich nicht mehr brauchen …«

»Nein, ist schon in Ordnung.« Sera folgte ihm auf den Gang hinaus. »Ich muss sowieso aufs Präsidium.«

24

Robert wartete eine Minute, ohne dass ihm jemand öffnete. Dann drehte er sich nach seinem Bruder um. Max lief bereits Richtung Ostkreuz.

Robert griff nach seinem Koffer. Wenn er sich beeilte, konnte er ihn noch einholen und ihn zur Deutschen Oper begleiten, ihm möglicherweise sogar bei den Proben zuhören. Ihm gefiel der Gedanke, sich den Nachmittag mit der Musik seines Bruders zu vertreiben. Während seiner Reisen in Amerika war die Auswahl an guter Musik nicht groß gewesen: Egal in welchen Landstrich es ihn auch verschlagen hatte, entweder spielten die Sender Hardrock oder dudelten ohne Unterlass Country.

Robert malte sich aus, wie er in wenigen Minuten mit seinem Bruder die Deutsche Oper betreten würde. Drinnen würde Max dann seinen Platz im Orchestergraben einnehmen. Wie damals, als er noch ein kleiner Junge gewesen war und sich mit seiner Geige zum Üben vor dem Plattenspieler aufgestellt hatte, würde er über die Saiten streichen. Vorsichtig, als könnte er die dünnen Fäden mit einer unbedachten Bewegung seines Bogens zerreißen. Mit jedem neuen Ton würde Max an Sicherheit gewinnen, bis er schließlich Beethovens anrührende, kraftvolle, erhebende Ouvertüre zur Oper Fidelio spielen würde, als hätte er sein Leben lang nichts anderes getan.

Als Kind war Robert neidisch auf das Talent seines Bruders gewesen. Er selbst hatte nie ein Instrument erlernt. Zwar hatte er sich bemüht, aber es war ihm schwergefallen, Noten zu lesen, wie ein Musiker ihre Melodie zu spüren, den Rhythmus zu finden und …

»Mensch, Püppi!«, blaffte eine Stimme. »Haste wieda den Schlüssel vajessen?«

Robert wandte sich wieder dem Haus zu.

»Du und deine Pediküre«, bellte es weiter aus der Gegensprechanlage. »'n Wunder, dass de dein eijenen Kopp noch nich vajessen hast.«

»Hier ist Babicz.«

»Wat? Wer?«

»Ich möchte bitte zu Frau Kornfeld.«

»Haben Se doch jrade jehört: Meene Frau is nich da.«

Meine Frau? Jene Frau Kornfeld, die Robert anzutreffen gehofft hatte, war zwar tatsächlich schusselig gewesen, aber obendrein dreiundsiebzig Jahre alt und seit mehr als fünfzehn Jahren Witwe. »Mit wem spreche ich?«

»Na, mit Kornfeld, da ham Se doch jrade jeklingelt.« Ein genervtes Schneuzen ertönte. »Und wer sind Sie?«

»Babicz, Dr. Robert Babicz. Ihr Mieter.«

»Wat?« Kornfeld prustete. »Det wüsst ick aba.«

»Ich wohne in der Wohnung im Vorderhaus, Parterre rechts. Die mit der kleinen Praxis. Dr. Robert Babicz. Diplom-Psychologe.«

»Ach, Sie sind det?«

Der Summer ging, und die Tür zum Treppenhaus sprang auf. Fidelio begrüßte Robert, bis das Rumpeln einer Straßenbahn die Musik überlagerte. Als der Lärm leiser wurde, hallten die blechernen Stimmen eines Fernsehers aus dem ersten Eingang, der von den schwarzen und weißen Marmorfliesen, die in einem Schachbrettmuster gelegt waren, links abzweigte. *Ich habe dir immer gesagt, du sollst auf das Baby aufpassen … Habe ich, aber seit du dich wie ein Arschloch verhältst … Selber Arschloch!* Früher waren die Sinfonien berühmter Komponisten aus der Wohnung durch das Treppenhaus erklungen – einer der Gründe, weshalb Robert sich für das Haus entschieden hatte.

»Ach, Sie sind det«, wiederholte der Mann, der in Feinripp-unterhemd und Jogginghose im Türrahmen erschien. Er stank nach erkaltetem Zigarettenqualm, sein Gesicht war rotfleckig, die Haare so zerzaust, als sei er eben erst aufgestanden.

War es etwa denkbar, dass Frau Kornfeld auf ihre alten Tage noch einmal …? *Nein, unmöglich!* Sie war eine vornehme, belesene, gemütliche Ärztin im Ruhestand gewesen. Ihre Wohnung besaß dank einer Ottomane, eines Rokoko-Sofas, goldbestickter Tagesdeckchen und eines Rundfunkempfängers des VEB Sachsenwerk einen rustikalen, aber kultivierten Charme. Der Anschaffung eines Fernsehers hatte sie sich vehement verweigert, und einen Typen wie diesen hätte sie vermutlich nicht einmal als Patient geduldet.

Als hätte er Roberts Gedanken gelesen, stemmte Kornfeld die Hände in seine speckige Hüfte. »Ick bin ihr Sohn.«

Das erklärt natürlich einiges. Und warf dennoch allerhand Fragen auf. Robert reichte ihm die Hand. »Und Ihre Mutter? Ist sie unterwegs?«

Kornfeld lachte wiehernd. »Nee, det mit Sichaheit nich. Mutta is jestorben. Vor anderthalb Jahren schon.« Eine vorbeifahrende Straßenbahn unterbrach ihn. Als das Scheppern verklang, fügte er hinzu: »Det Haus jehört jetzt mir.«

»Ich habe Ihrer Mutter meine Wohnungsschlüssel gegeben und sie gebeten, sie bis zu meiner Rückkehr aufzubewahren.«

Kornfeld kratzte sich skeptisch am Kopf. »Ja, ick jloobe, det hat se mal erwähnt. Aba …«

»Ich hatte Ihre Mutter auch darum gebeten, in meiner Wohnung gelegentlich zu lüften und die Blumen zu gießen.«

»Daran kann ick mir nich mehr erinnern. Hab mich nur immer jewundert, wieso da niemand ein und aus jeht. Fand ick merkwürdig.« Er zuckte mit den Achseln, aus denen dichte Haarbüschel sprossen. »Aber solange die Miete jezahlt wird …«

»Das hatte ich mit Ihrer Mutter so abgemacht. Und auch die Nebenkosten habe ich …«

»Det war ja ooch det Mindeste.« Kornfeld nieste und wischte sich mit dem Handrücken die feuchte Nase. »Andernfalls hätt ick die Wohnung längst neu vermietet.«

»Ich hätte jetzt gerne die Schlüssel zurück.«

Kornfeld rührte sich nicht. Nur sein Gesicht nahm einen überraschten Ausdruck an. »Wat? Die muss ick erst mal suchen.«

25

Im dritten Stock des Polizeipräsidiums am Alexanderplatz roch es nach frischgebackenem Kuchen. Der zimtsüße Duft verbesserte schlagartig Seras Laune. Sie musste sogar lachen, als sie im Vorzimmer der Büros auf ihre Kollegen traf. Gesing und Blundermann kämpften mit einem undefinierbaren weißen, wackelnden Brei, den sie auf Untertellern weit von sich streckten, als handelte es sich dabei um einen Haufen sich windender Maden.

»Was ist denn das?«, fragte Sera.

»Ritas neueste Kreation.« Blundermann schüttelte seinen kräftigen Leib. »Apfel-Quark-Torte mit Zimt und Zucker.«

»Zumindest hat sie das behauptet.« Gesing schielte zum Konferenzraum, in dem Geschirr klapperte. »Aber es schmeckt wie …«

»… getragene Schuheinlagen, sag's ruhig«, fiel Blundermann ihm ins Wort.

»Nur gut, dass ich bereits gefrühstückt habe«, erklärte Sera.

Gesing grinste. »Du glaubst doch nicht etwa, dass Rita sich mit einer derart billigen Ausrede abspeisen lässt?«

»Du weißt doch, wie sie ist.« Blundermann bleckte die Zähne zu seinem George-Clooney-Grinsen. »Ohne zu probieren, kommst du nicht an ihr vorbei.«

»Und wehe, du hast deinen Teller nicht …« Gesing verstummte.

Trippelnden Schrittes kam eine kleine, wohlgenährte, in grünem Wickelrock und Rüschenbluse gekleidete Mittfünfzigerin aus dem Nebenzimmer. »Na, Jungs, schmeckt es euch?«

»Bestens!« Die Kollegen nickten artig. »Der beste Kuchen seit Langem, Rita.«

Rita Barnitzke strahlte. Sie war offiziell die Sekretärin, verstand sich aber als gute Seele des Morddezernats, ständig um das Wohlergehen der Kollegen bemüht. Seelisch wie körperlich. Kuchen, frisch und selbst gebacken, gehörte unbedingt dazu. *Ein Tag ohne Kuchen ist ein verlorener Tag*, so Ritas Devise.

Gesing hielt – allerdings nur, wenn er sicher sein konnte, dass sie außer Hörweite war – dagegen: *Ein Tag ohne Kuchen ist Urlaub für den Hüftspeck.*

»Guten Morgen, Sera«, grüßte Rita. »Wie geht es dir? Ein Stück Kuchen?«

»Danke, aber …«

Rita schleifte sie bereits in das Nebenzimmer. Gesing und Blundermann feixten still in sich hinein, während ihre Kollegin zähneknirschend einen Teller mit weißem Brei entgegennahm. Innerlich seufzend sank sie auf einen der Stühle im Konferenzraum, der seinen Namen nicht verdiente. Es handelte sich um eine Platzangst auslösende, enge Kammer mit einem Tisch, vier Stühlen aus Eiche rustikal, zwei Hockern vom Trödelmarkt, Holzfurnier an den Wänden, einer Pinnwand aus Kork und einem uralten Videorekorder nebst ebenso betagtem Fernseher. Das mit Abstand Wertvollste in dem Zimmer war die Kaffeemaschine.

Die Heizung funktionierte seit einer gefühlten Ewigkeit

nicht mehr. Obwohl sie auf der niedrigsten Stufe stand, bollerte sie, was das Zeug hielt. Im Winter war das erträglich gewesen, aber jetzt, bei den frühlingshaften Temperaturen draußen, glich die Kammer einer Sauna. Kriminalrat Dr. Dietmar Salm, leitender Dezernent des Kriminalkommissariats Berlin-Mitte, war demzufolge der Aufgießer.

»Muth? Können wir beginnen?« Der Chef rauschte mit flatterndem Schlips herbei und knallte seine Tasche auf den Tisch. Das Geschirr, das Rita darauf verteilt hatte, klirrte. »Grundgütiger, was ist denn das?«

»Apfel-Quark-Torte mit Zimt und Zucker«, erklärte Sera.

»Also, für mich sieht das aus wie ...«

»Probieren Sie doch erst einmal«, meckerte Rita. »Danach können Sie immer noch ...«

»Ist ja schon gut. Geben Sie mal her.« Unter den entgeisterten Blicken aller Anwesenden griff der Dezernatsleiter nach einer Gabel. »Bin heute nämlich noch nicht zum Frühstück gekommen. Und wissen Sie warum?«

Er nestelte in seiner Tasche, bis er die aktuelle Ausgabe vom *Kurier* in der Hand hielt. *Beinahe-Ehrenmord: Türkin von Ehemann niedergestochen!* »Sie ahnen sicherlich, wie der Herr Innensenator die Nachricht von diesem Vorfall aufgenommen hat. Noch letzte Nacht hat er mit dem Polizeipräsidenten telefoniert, der ja ... Ah, Dr. Bodde, da sind Sie ja! Endlich!«

»Bin ich zu spät?« Dr. Franziska Bodde blieb im Türrahmen stehen.

Der Dezernatsleiter blickte prüfend auf seine Uhr. »Um genau zu sein: einundzwanzig Minuten.«

Schulterzuckend setzte sich die Leiterin des Tatort- und Erkennungsdienstes vom LKA, das in Berlin für die Kriminalpolizei die Spurensicherung übernahm, auf den letzten freien Platz. Rita schob ihr sofort einen Kuchenteller unter die Nase.

»Ich wollte den Kollegen gerade erklären, dass mich mein Schwager, der Polizeipräsident, heute in aller Herrgottsfrühe angerufen hat«, setzte Dr. Salm seine Ausführungen fort. »Der Innensenator, so sagte er mir, verlange alles über diesen Vorfall zu erfahren. Es kann ja nicht angehen, dass ein Ehrenmord …«

»Beinahe-Ehrenmord«, korrigierte Rita.

»Familientragödie.« Sera fächelte sich mit der Hand frische Luft zu.

»Also bitte, Muth, ersparen Sie uns diese Wortklauberei.« Der Dezernatsleiter schaufelte sich einen Quarkhaufen auf seinen Teller. »Entscheidend ist doch vielmehr: Der Innensenator möchte, dass der Täter rasch gefunden wird. Wie stehen wir denn da, wenn wir für einen so brisanten Fall Ewigkeiten brauchen?«

Wir? Seras gute Laune verflüchtigte sich. *Oder der Polizeipräsident? Dr. Salms Schwager? Dessen direkter Vorgesetzter der Innensenator ist.*

»Als würden wir ein Verbrechen wie dieses hier«, der Chef pochte mit der Gabel auf die Tageszeitung und spritzte Quark auf das Papier, »womöglich dulden. Und als wären die politischen Forderungen des Herrn Innensenators nur hohle Phrasen.«

So viel zum viel beschworenen Wir.

»Nein, es muss ganz klar sein: Wer sich als Ausländer nicht an unsere Regeln hält, der ist hier fehl am Platz.«

Der Dezernatsleiter war bekannt dafür, sich immer wieder gerne die Forderungen seiner politischen Fürsprecher zu eigen zu machen. Dass er sie aber gleich wörtlich zitierte, war eine neue Dimension.

Sera griff nach dem Selters, das in der Tischmitte stand. Die Flasche fühlte sich zwischen ihren Fingern angenehm kühl an.

»Also, Muth, wie ist der Stand der Dinge? Hat Frau … wie heißt sie noch gleich? Ist sie inzwischen befragt worden?«

»Nein, Adile Gökcan ist noch nicht bei Bewusstsein.«

Grummelnd schob sich der Chef den Kuchen über die Lippen. »Und was ist mit ihrem Mann, dem Täter?«

Rita entnahm den Unterlagen einige DIN-A4-Blätter, die sie an die anwesenden Beamten verteilte. Sie enthielten einen Lebenslauf, zusätzlich war ein Foto angeheftet. »Amiel Gökcan, neunundzwanzig Jahre alt, hat vorzeitig die Schule verlassen, arbeitet heute in den Bäckereien seines Vaters in Neukölln, Kreuzberg und Treptow. Seit drei Jahren ist er vorbestraft, hat ein Jahr im Gefängnis gesessen. Er war in diesen Berliner Wettskandal verwickelt, bei dem es um Betrug im deutschen Fußball ging, ihr erinnert euch? Ihm wurden Bestechung, Bedrohung sowie Körperverletzung in einem schweren und einem minder schweren Fall nachgewiesen.«

»Interessant.« Dr. Salm führte einen neuerlichen Breiklumpen zum Mund. Dem Schmatzen nach zu urteilen, schmeckte ihm Ritas neue Kreation. »Also gibt es keinen Zweifel an seiner Täterschaft?«

26

»Scheiße!« Tania fluchte.

Zwei Stunden waren mittlerweile verstrichen, aber der unbekannte Anrufer hatte sich nicht wieder gemeldet. Ihr Optimismus schwand mit jeder Minute, die verstrich und ihr weniger Zeit bis zum Redaktionsschluss ließ.

»Was maulst du denn rum?«, brummte Sackowitz, der im Ein-Finger-Suchsystem auf die Tastatur ihres Rechners einhieb.

»Bist du sicher, dass es Herr Haindling war, der angerufen hat?«

»Ich sagte doch, er hat seinen Namen nicht genannt.«

»Und er hat dir auch nicht verraten, worum es geht?«

»Doch, um das S-Bahn-Desaster.«

»Und sonst?«

»Nee, sonst nichts.« Sackowitz tippte schwerfällig weiter. »Na ja, außer dass er mit dir darüber reden wollte.«

Frustriert durchforstete Tania ihr Adressbuch. Doch alle Kontakte, die ihr hätten weiterhelfen können, weil sie in irgendeiner Beziehung zur Deutschen Bahn oder den Berliner S-Bahn-Betrieben standen, hatte sie bereits abtelefoniert – ohne brauchbares Ergebnis. Entweder wusste tatsächlich niemand von den skandalösen Vorgängen, die zum beinahe kompletten Stillstand der S-Bahn-Flotte geführt hatten, oder niemand wollte deswegen seinen Kopf riskieren.

Tania schnappte sich ihre Handtasche, Jacke sowie Notizblock und stapfte zu den Aufzügen. Sie wollte raus auf die Straße, zur nächsten S-Bahn-Station, mit einem Bahnhofsvorsteher reden, einem Zugbegleiter, einem Kontrolleur oder wem auch immer. Das hatte sie zwar gestern schon vergeblich versucht, aber vielleicht hatte sie heute mehr Glück.

Als sie die Fahrstuhlkabine betrat, rief ihr Sackowitz aus der Redaktion hinterher: »Tania, dein Telefon!«

Schon schoben sich die Aufzugtüren vor ihr zusammen. Gerade noch rechtzeitig sprang Tania durch den schmalen Spalt zurück in den Flur. Hastig durchquerte sie das Großraumbüro und griff keuchend nach dem Telefon. »*Berliner Kurier*, Herzberg.«

Niemand meldete sich.

»Hallo?«

Schweigen.

»Ralf, bist du das?«, zischte Tania.

»Wer ist Ralf?« Es klang amüsiert.

»Wer sind Sie?«

»Das ist egal.« Die Stimme klang seltsam blechern. Sie hallte in der Leitung.

»Haben Sie vorhin schon mal angerufen?«

»Ja, ich habe …« Der Rest vom Satz ging in Sackowitz' Gebrüll unter.

»Tania! Tania!«, rief er. Und noch einmal: »Tania!«

»Hast du sie nicht mehr alle, Hardy? Ich telefoniere!«

»Ja, ja, ich weiß, aber …« Aufgelöst zeigte er auf den Computerbildschirm. »Das hier ist … das ist …«

»Das ist mir gerade völlig egal, was du mit meinem Rechner anstellst. Lass mich in Ruhe telefonieren!«

Doch Sackowitz ließ sich nicht abwimmeln. »Nein, nein …«

»Dann ruf meinetwegen die Techniker an. Die werden dir schon weiterhelfen.« Sie presste den Hörer ans Ohr. »Entschuldigung.«

Ein leises Kichern drang aus der Muschel. »Kein Problem.«

»Also?«

»Ich hörte, Sie arbeiten an der S-Bahn-Sache.«

»Hat Ihnen Herr Haindling von mir erzählt?«

»Auch das spielt keine Rolle. Man sagte, Sie suchen Beweise.«

»Schwarz auf weiß. Und zwar schnell.«

»Ich denke«, der Mann lachte, »ich habe da was für Sie.«

»Treffen wir uns in der Redaktion?«

»Auf keinen Fall.« Der Anrufer wurde wieder ernst. »Kommen Sie nach Friedrichshain. Am nördlichen Ende der Revaler Straße liegt eine alte, verlassene Lagerhalle. Sie ist einfach zu finden, es gibt nur die eine. Gehen Sie einfach hinein. Ich werde dort auf Sie warten.«

Tania notierte sich die Adresse. »Ist das nicht ein bisschen … übertrieben?«

»Wollen Sie die Informationen nun oder nicht?«

Auf einmal war sich Tania nicht mehr sicher. *Allein mit einem Unbekannten in einer alten Lagerhalle?* Grund genug für ein mulmiges Gefühl. Dass Sackowitz neben ihr in immer hektischere Betriebsamkeit verfiel, machte sie zusätzlich nervös.

Als ahnte er ihre Bedenken, sagte der Anrufer: »Und bringen Sie einen Fotografen mit.«

»Ich dachte, Sie …«

»Sie werden wohl kaum einen Kopierer oder einen Scanner mitschleppen wollen.« Er amüsierte sich erneut. »Der Fotograf kann alles Wichtige ablichten.«

Tania entspannte sich. »Dann sehen wir uns in einer Stunde.«

Der Vorschlag war zwar reichlich unorthodox, aber zumindest kam sie auf diese Weise darum herum, allein zum Treffen in Friedrichshain gehen zu müssen.

Der Anrufer hatte bereits ohne Verabschiedung aufgelegt.

Als hätte er nur darauf gewartet, japste Sackowitz: »Tania, jetzt schau dir das endlich an!«

Schicksalsergeben wandte sie sich dem Kollegen zu. »Nun sag schon, was hast du mit meinem Computer angestellt?«

»Gar nichts! Aber gerade ist diese E-Mail reingekommen.«

»Apropos E-Mails«, unterbrach sie ihn, »ich finde es nach wie vor nicht gut, dass mein Account für deine … Meine Güte, was ist das denn?«

»Ich sagte doch, da war diese Mail und dieser …«, Sackowitz fuhr sich durch sein graues Haar, »wie nennt man das noch mal?«

»Ein Link?«

»Ja, genau, ich habe auf den Link geklickt. Und dann …« Hilflos hob er die Schultern.

Dann hatte sich der Browser geöffnet und die Internetseite aufgebaut. Es handelte sich um ein Forum. Oder eine Community. Um welche genau, war schwer zu beurteilen, die Worte auf dem Bildschirm bestanden aus kyrillischen Schriftzeichen. Umso eindeutiger war der Film, der in die Website eingebettet war.

Tania beugte sich näher an den Monitor. »Was ist das denn für ein kranker Spielfilm?«

»Nein«, ächzte Sackowitz, »das ist kein Spielfilm. Das ist echt.«

27

»Ja, Amiel Gökcan, der Ehemann, steht unter dringendem Tatverdacht.« Blundermann streckte sein Kreuz. Die Hitze in dem Konferenzraum machte ihm sichtlich zu schaffen, auf seiner Stirn glänzte der Schweiß. »Unabhängig voneinander haben mehrere Nachbarn gegenüber den Vernehmungsbeamten bestätigt, dass er seiner Ehefrau wiederholt aufgelauert und gedroht hat, ihr etwas anzutun, seit sie vor drei Wochen bei ihm aus- und bei ihrer Freundin Eva Fischer eingezogen ist.«

»Ja, ja, das ist schön … Also, ich meine, nein, das ist natürlich nicht schön.« Dr. Salm leckte sich Quarkreste von den Fingern. »Aber ein bisschen mehr braucht der Staatsanwalt schon, um einen Haftbefehl zu beantragen.«

»Nun, Amiel Gökcan befindet sich seit gestern auf der Flucht.« Blundermann durchforstete die Ermittlungsakte. »In seinem Büro, das sich in der Bäckerei in Treptow befindet, wurde er gestern zuletzt um Viertel nach zehn vormittags gesehen. Um etwa halb elf war er bei seinem Bruder, Ahmet Gökcan. Dessen Nachbarn konnten sich an ihn erinnern, weil Amiel vor dem Haus lautstark herumgebrüllt hat. Sie haben ihn auf der Straße gesehen. Etwas mehr als eine Stunde später, um elf Uhr siebenundvierzig, wurde schließlich seine Ehefrau Adile vor dem Haus ihrer Freundin niedergestochen.«

Der Chef langte nach einer Wasserflasche. Es zischte, als er den Deckel abschraubte und Selters in sein Glas einschenkte. »Worum ging es bei dem Streit zwischen den beiden Brüdern?«

»Das haben die Nachbarn leider nicht verstanden.«

»Dann fragen Sie den Bruder.«

»Haben wir.« Blundermann hob bedauernd die breiten Schultern. »Er behauptet, es sei um etwas Geschäftliches gegangen, habe mit der Eröffnung einer weiteren Bäckerei zu tun gehabt. Das kann man glauben oder nicht ... Überhaupt hat sich niemand aus dem direkten Umfeld des flüchtigen Ehemanns während der Befragungen sonderlich gesprächsbereit gezeigt – um es mal vorsichtig auszudrücken. Keiner will Amiel Gökcan seit der Tat gesehen haben, alle bestreiten, seinen Aufenthaltsort zu kennen, und niemand hat auch nur eine Idee, wo er sich aufhalten könnte.«

»Wir sind allerdings davon überzeugt, dass zumindest sein Vater Sehmus Gökcan weiß, wo er steckt«, fügte Gesing hinzu.

»Wie kommen Sie darauf?«

Gesing sah Hilfe suchend zu Sera. Diese fischte nach einer Gabel und stocherte widerstrebend in dem Brei herum, der sich allmählich der Schwerkraft ergab und inzwischen den halben Teller bedeckte. »Nur eine Vermutung.«

Dr. Salm leerte sein Glas in einem Zug. »Eine Vermutung hilft uns nicht weiter.«

»Ja, aber seien wir doch mal ehrlich.« Gesing warf einen Blick in die Runde. »Wenn er unschuldig ist, gibt es für Amiel Gökcan doch überhaupt keinen Grund unterzutauchen.«

»Ja, aber seien wir doch mal ehrlich«, wiederholte der Dezernatsleiter und fuhr einige Sekunden mit der Zunge zwischen den Zähnen umher. »Es wird keinen Richter geben, der Ihnen diese tolle Argumentation abkauft.«

»Äh?«, machte Gesing.

»Werner!« Sera schlug grimmig die Arme übereinander. »Was Herr Dr. Salm damit sagen möchte, ist, dass wir uns zwar alle darüber einig sind, dass Amiel Gökcan versucht hat, seine Ehefrau Adile zu ermorden, er aber straffrei bleiben wird, wenn wir keine eindeutigen Beweise gegen ihn in der Hand haben. Und das wäre ganz bestimmt nicht«, sie räusperte sich, zögerte, konnte dann aber nicht widerstehen, »im Sinne des Innensenators.«

»Genau!« Der Dezernatsleiter hob die Hände, als wollte er applaudieren.

Sera stach auf den Quarkkuchen ein. *Genau!* Es war nicht nur die stickige Hitze, die ihr zunehmend aufs Gemüt schlug.

»Aber es gibt einen Zeugen.« Blundermann rieb sich das unrasierte Kinn. »Ein gewisser Sui Chun Zaoming, ein Nachbar. Allerdings … ist er sich nicht ganz sicher.«

»Wie soll uns dann dieser Zeuge helfen?«, wetterte Dr. Salm.

»Herr Zaoming hat einen schwarzen BMW gesehen, mit dem der Täter geflüchtet ist, und genau so ein Modell ist auf Amiel Gökcan zugelassen.«

»Ist das Ihr Ernst?« Der Dezernatsleiter verschluckte sich und würgte. Dann lief er rot an. »Jeder dritte Türke in Berlin, der etwas auf sich hält, fährt einen schwarzen BMW.« Er hustete einige Male lautstark. »Und ich gehe doch recht in der Annahme, dass Sie mir damit durch die Blume sagen möchten, dass der Zeuge das Nummernschild nicht erkannt hat?«

Blundermann zog es vor zu schweigen.

»Das ist also alles?«, polterte der Chef. »Ein Zeuge, der weder Täter noch Fluchtfahrzeug eindeutig identifizieren kann, aber einen schwarzen BMW gesehen hat? Und weil Gökcan einen schwarzen BMW fährt, ist er der Täter? Damit lacht uns doch jeder Richter aus. Frau Dr. Bodde, haben wenigstens Sie irgendetwas, das uns weiterhilft?«

Die LKA-Beamtin entledigte sich ihres Jacketts, unter dem sie nur ein T-Shirt trug. Sie hatte dichtes, schwarzes Haar, das ihr zu beiden Seiten auf die Schultern fiel. In ihrer Jeans und den Sportschuhen hätte man sie nicht für die Leiterin einer kriminaltechnischen Abteilung gehalten.

»Nicht viel«, gestand sie und entnahm ihrer Tasche einige Fotos, die sie auffächerte und vor ihrem Gesicht schwenkte. »Das wenige, was wir vorfanden, das Messer, das Blut, beides ermöglicht uns, den Tathergang so nachzuvollziehen, wie er von Ihrem Zeugen geschildert wurde.« Sie breitete die Bilder nun vor sich auf dem Tisch aus und drehte sie, damit jeder der Umsitzenden einen Blick darauf werfen konnte. »Was aber direkt verwertbare Spuren betrifft, zum Beispiel Fingerabdrücke am Messer, Schuhspuren auf dem Bürgersteig – tut mir leid. Das schlechte Wetter, der Regen, die Pfütze, in der das Messer gelandet ist, hat nahezu alles zerstört.«

»Na toll«, prustete der Chef verärgert.

»Ich sagte: *nahezu*. Denn am Messer haben wir eine DNA-Spur sicherstellen können. Die Auswertung läuft. Das Ergebnis dürfte innerhalb der nächsten vierundzwanzig Stunden …« Dr. Bodde hielt mitten im Satz inne, weil es klopfte.

Ein leicht ergrauter Schädel erschien zwischen Tür und Angel.

»Paul!«, rief Rita erfreut.

»Kalkbrenner!«, donnerte Dr. Salm. »Wieder genesen?«

»Darüber möchte ich mit Ihnen reden.«

Der Chef verzog das Gesicht. »Dann müssen Sie warten. Sie sehen ja, dass wir beschäftigt sind.«

Kalkbrenner, selbst Kriminalhauptkommissar, allerdings zurzeit außer Dienst, schloss die Tür, um sie gleich darauf wieder zu öffnen. »Habt ihr das von der Entführung gehört?«

»Kalkbrenner, bitte.« Dr. Salm brauste auf. »Können wir das nicht später …«

»Es läuft in den Nachrichten rauf und runter. Offenbar ist sogar ein Film im Internet aufgetaucht.«

»Was denn für ein Film?« Schlimmes befürchtend sank der Dezernatsleiter auf seinem Stuhl zurück. »Und wer zum Geier ist entführt worden?«

28

Robert fand sich in einer Ansammlung hässlicher Ikea-Kollektionen wieder, die durchdrungen waren von Zigarettenqualm und Bierdunst. Auf dem zerkratzten Glastisch standen zwei geöffnete Dosen *Hansa* neben einem überquellenden Aschenbecher. Im Fernseher stritten *Zwei bei Kallwass* lautstark um den Unterhalt für ihr Baby.

Bist du dir sicher? In Robert wuchsen Zweifel. *Willst du wirklich wieder in diese Wohnung?*

Ohne den Lautstärkepegel zu verringern, suchte Kornfeld in den Schubladen der Schrankwand nach den Schlüsseln. Er grunzte verärgert, weil er nicht fündig wurde, und schlug dann eine Schranktür zu. Polternd kippte das dreibändige Bertelsmann-Volkslexikon auf dem Schrank um. Dem gelbstichigen Papier nach zu urteilen, stammte das Nachschlagewerk aus Vorwendezeiten. Vermutlich ein Erbstück der Mutter, eines der wenigen, das nicht entsorgt worden war. Als Kornfeld die Bücher wieder aufrichtete, klirrten die Kristallfiguren und Schneekugeln in der Vitrine daneben. Kitschige Schwäne glitzerten im TV-Licht.

Über dem Fernseher, einem alten Röhrengerät, hingen Fotos in schlichten Holzrahmen. Eine der Aufnahmen zeigte Kornfeld und seine wohlgenährte, blondierte, toupierte und pedikürte Gattin. *Püppi*, Arm in Arm vor dem Brandenburger Tor. Auf einem anderen Bild war Kornfelds Mutter zu erkennen. Die Schwarz-Weiß-Fotografie war in dem Wohnzimmer das Einzige, was noch an sie erinnerte.

»Woran ist sie gestorben?« Robert musste schreien, um sich über das Plärren des Fernsehers hinweg verständlich zu machen.

»Am Alta!«

»Ach so.«

»Is halt so.« Endlich griff Kornfeld nach der Fernbedienung und drehte die Lautstärke runter. Danach straffte er den Rücken, als habe er eine wichtige Wahrheit zu verkünden. Sein Bauch wölbte sich über den Bund der Jogginghose. »Irjendwann jehen die Eltern von uns. Det is normal im Leben, wa?«

»Ja.« *Nicht immer.*

»Obwohl …« Kornfeld hustete, bevor er sich zu ihm umwandte. »Sie als Psychata …«

»Psychologe!«

Kornfeld winkte ab. »Sie haben sichalich mit vielen Leuten zu tun, deren Leben …«, sein nikotingelber Finger kreiste neben seiner Schläfe, »na, Sie wissen schon, nich so normal is, oda?«

Das Stehen strengte Robert an. Unaufgefordert ließ er sich auf das Sofa nieder, Typ *Lövås* oder *Håvet*. So genau war der Unterschied nicht auszumachen, wohl aber, dass es Kornfeld gewesen war, der die Möbel ausgewählt hatte. Die grässliche Couchgarnitur, die schmucklose Schrankwand, der Teppich unter dem Glastisch, alles zeugte vom – vorsichtig ausgedrückt – schlichten Geschmack eines schlichten Mannes. *Und eines enttäuschten, verbitterten, zornigen Sohnes obendrein.* Warum sonst hätte er alle Spuren der verblichenen Kornfeld senior aus der Wohnung tilgen sollen?

Robert hatte, nachdem er seine Mutter zu Grabe hatte tragen müssen, solange wie möglich ihre Sachen aufbewahrt. *Aber sie ist auch nicht am Alter gestorben.* »Wer entscheidet schon, was normal ist und was nicht.«

Kornfeld spitzte die Lippen. Für einen Augenblick schien es, als würde er über Roberts Worte nachdenken. Dann schüttelte er den irritierenden Gedanken ab wie eine lästige Fliege und fragte: »Wollnse wat trinken? 'n kühlet Bier?«

Wissen Sie, wie spät wir es haben? Robert verneinte.

»Wat anderes? 'nen Kurzen?«

»Auch nicht, danke.«

»Wasser? Oder Cola?«

Nur die Schlüssel, bitte. Robert schüttelte den Kopf.

Kornfeld setzte ein breites Grinsen auf. »Na, solche Gäste wie Sie dürfen gerne öfters kommen.«

Er begann wieder mit der Suche, während Robert sich dem Fernseher zuwandte. Der Psychologentalk war unterbrochen, eine Sondersendung kurzfristig ins Programm geschoben worden. Jemand war entführt worden, ein Film mit dem Entführungsopfer im Internet aufgetaucht.

Kornfeld folgte seinem Blick. »Det is nicht normal, wa?«

Jefallen Ihnen die Nachrichten nich? »Nein.«

Robert löste seine Augen von dem TV-Gerät und hielt in dem Zimmer nach etwas Ausschau, das ihm besser gefiel, zumindest für den Moment. *Wirst du wieder arbeiten? Nicht so bald.* Er dachte an Max. Der Gedanke, dass sein Bruder es an die Deutsche Oper geschafft hatte, machte ihn stolz. Robert beschloss, noch heute eine Karte für seine Auftritte zu kaufen. *Eine Dauerkarte!* Keines der Konzerte seines Bruders wollte er versäumen. Inzwischen bewunderte er Max' Talent.

»Nee«, grunzte Kornfeld etwas später, »ick kann die Schlüssel wirklich nich finden.«

»Ist schon okay.« Alles andere wäre auch eine Überraschung gewesen.

Kornfeld setzte sich ihm gegenüber und langte nach dem Hansa. »Wollnse wirklich keens?«

»Danke, aber ich möchte gerne in meine Wohnung.«

»Ick werde dann später noch mal nach den Schlüsseln suchen.«

»Ich denke, es ist besser, ich rufe den Schlüsseldienst.«

Die Bierdose erstarrte auf dem Weg an Kornfelds Mund. »Aber det kostet doch!«

»Das ist kein Problem. Das übernehme ich. Ich lasse dann auch gleich ein neues Schloss einbauen.«

Auf Kornfelds Gesicht zeigte sich ein glückliches Lächeln. »Na, det nenne ick doch mal 'nen fairen Mieter.« Er nahm einen ordentlichen Schluck Hansa, bevor er sich eine Zigarette anzündete. »Tja, Herr … Wie war noch gleich Ihr Name?«

»Babicz.«

Kornfeld pustete ihm den Qualm ins Gesicht, während er ihm die Hand entgegenstreckte. »Ick bin Anton.«

»Robert«, sagte Robert, während er ein Husten unterdrückte.

»Also, Robert.« Kornfeld prostete ihm kumpelhaft zu. »Willkommen daheim. Und wenn de Lust uff 'nen Schwatz hast, kommste einfach rüba, wa?«

29

Kalkbrenner machte einen Schritt in den stickigen Konferenzraum. »Frank Lahnstein, der Sohn des Innensenators, ist entführt worden.«

Für Sekunden herrschte Stille in der Kammer. Nur das Rauschen der Heizung war zu hören. Die Hitze war plötzlich greifbar.

Sera wischte sich mit dem Handrücken über die Stirn. »Bist du dir sicher?«

»Wie ich schon sagte: Die Meldung läuft in den Nachrichten rauf und runter.«

»Seit wann ist das bekannt?«

»Seit einem Journalisten vor einer halben Stunde dieser Film per E-Mail zugespielt wurde. Ihr kennt den Reporter, er arbeitet beim *Kurier* – Harald Sackowitz!«

»Grundgütiger, der Schlimmste aller Schmierfinken!«, ächzte der Dezernatsleiter. Er griff nach der Zeitung und fächerte sich frische Luft zu. »Und was hat es mit dem Film auf sich?«

»Was Genaues weiß ich nicht. Ich habe davon nur im Radio gehört, auf der Fahrt hierher.«

»Barnitzke, machen Sie den Fernseher an!«, befahl der Chef.

Dienstbeflissen sprang die Sekretärin auf. Nur wenige Sekunden später klebten die Blicke aller Anwesenden an dem kleinen Bildschirm. N24 brachte eine Sondersendung. Der

Kommentator informierte über den neunundzwanzigjährigen Frank Lahnstein, einen DJ, der mit dem *Fotomodell* Jasmin P. zusammenlebte. Ihre Berufsbezeichnung sprach er dabei aus, als wäre etwas anderes gemeint als das, was man landläufig darunter verstand. Dann wurde der Internetfilm gezeigt.

Viel war zum Glück nicht zu sehen. Dunkelheit. In der Mitte ein Lichtfleck. Ein Tisch. Darauf ein junger Mann, bis auf eine Unterhose nackt, gefesselt an Armen und Beinen, die Haut blutig, ein rot getränkter Knebel im Mund. Die Angst in seinem Gesicht war nicht zu übersehen. Die Lippen zitterten, die Augen waren weit aufgerissen, die Pupillen flackerten. Ein dumpfes, verzweifeltes Stöhnen erklang.

»Unzweifelhaft«, keuchte Dr. Salm. »Das ist Frank Lahnstein, der Sohn des Innensenators.«

»Aber warum?«, presste Rita hervor.

Weil er nicht weiß, wie es ist, wenn man sein Kind verliert. Sera spürte einen Kloß im Hals.

»Das fragen Sie noch?« Der Dezernatsleiter sprang auf. Sein Stuhl kippte nach hinten, krachte vor Kalkbrenners Füße. »Das ist doch ganz offensichtlich.«

Kalkbrenner bückte sich und richtete das Sitzmöbel wieder auf. »Sie glauben, die Entführung ist …«

»… politisch motiviert? Selbstverständlich!«

»Aber das da hat doch nichts mit Politik zu tun.« Rita vermied es, den Fernseher anzuschauen, wo das Video erneut gezeigt wurde.

»Was man hiervon auch behaupten kann.« Der Chef schwenkte noch immer den *Kurier*, damit jeder die Schlagzeile lesen konnte. »Und dennoch, dieser … Ehrenmord ist ein Politikum, heute mehr denn je.« Wütend feuerte er die Zeitung zurück auf den Tisch und schaute zum Fernseher. »Damit darf niemand durchkommen.«

Er verpasste der Zeitung einen Stoß, so dass sie über den Tisch rutschte und vor Sera liegen blieb. Dann pochte er mit dem Zeigefinger auf die Überschrift. »Muth, ich verlasse mich ganz auf Sie.«

Wenn das so einfach wäre. Voller Unbehagen setzte Sera zu einer Antwort an, aber der Dezernatsleiter hastete bereits aus dem Raum.

30

»Respekt? Haben Sie schon mal davon gehört?« Der ältere Herr, der sich vor Tanias Schreibtisch aufbaute, schnaubte vergrätzt.

Er hatte sich als Peter Veckenstedt vorgestellt, Kriminalhauptkommissar und Leiter der Ermittlungsgruppe, die vor einer Viertelstunde in dem Entführungsfall Lahnstein gebildet worden war.

»Ich wüsste nicht, was das jetzt mit dem Kidnapping zu tun hat«, entgegnete Bodkema.

»Habe ich mir schon gedacht«, grummelte Veckenstedt. »Aber ich will es Ihnen gerne erklären: War es wirklich nötig, den Film zu veröffentlichen?«

»Was glauben Sie denn, warum ihn uns die Entführer geschickt haben? Damit wir ihn veröffentlichen natürlich.« Bodkema kreuzte die Arme vor seiner Brust. *So einfach ist das.*

»Ah ja, und weil der Entführer das möchte, tun Sie es auch? Bemerkenswerte Logik! Aber wenn ich mich nicht täusche, sind Sie eine Zeitung und kein Fernsehsender.«

Weshalb Bodkema auch entschieden hatte, den Film auf der Website des *Kurier* zu zeigen, aber das erwähnte der Chefredakteur wohlweislich nicht. Auch Sackowitz und Tania hielten geflissentlich den Mund.

Verstimmt über das Schweigen der Reporter grunzte der Polizist in seinen Schnauzbart. Mit seinen grauen Haaren und dem von Falten gezeichneten Gesicht wirkte der Kriminalhauptkommissar auf den ersten Blick wie ein Mann, der sich mit aller Gemütlichkeit auf die Pension vorbereitete. Aber es steckte noch eine Menge Leben – und Zorn – in ihm.

»Haben Sie dabei vielleicht mal an die Eltern gedacht?«, fragte er. »Wie es ihnen geht, wenn sie auf diese Weise von der Entführung ihres Sohnes erfahren?«

»Soweit ich weiß, wird der Innensenator schon in wenigen Minuten vor der Presse eine Erklärung an die Entführer abgeben.«

»Das ist keine Antwort auf meine Frage!«

Bodkema hob bedauernd die Hände. »Wir konnten ja nicht ahnen, dass der Innensenator …«

»Ach, bitte, ersparen Sie mir das Theater!« Veckenstedt wandte sich angewidert ab. »Wenn Sie sich an menschliche Mindeststandards gehalten und sich wenigstens mit dem Senator – oder der Polizei – in Verbindung gesetzt hätten, *bevor* Sie den Film veröffentlichten, hätten Sie erfahren, dass bis zum Auftauchen des Videos noch niemand von der Entführung wusste.«

»Haben sich die Entführer denn in der Zwischenzeit mit der Familie Lahnstein in Verbindung gesetzt?«, wollte Sackowitz wissen.

»Das geht Sie einen Scheißdreck an!« Der Polizist stapfte zu den beiden Beamten, die sich seit ihrer Ankunft mit einem Laptop an Tanias Rechner zu schaffen machten. »Und?«

»Soweit wir feststellen können, befand sich das Video auf einem russischen Filesharing-Server.«

»Was heißt befand?«, argwöhnte Bodkema, noch ehe Veckenstedt dazu kam, etwas zu erwidern. Der Polizist funkelte den Chefredakteur böse an.

»Das Video wurde offenbar keine fünf Minuten später wieder gelöscht.«

»Nur fünf Minuten«, wiederholte Veckenstedt gallig. »Aber

die haben natürlich ausgereicht, um die Mail zu empfangen, auf den Link zu klicken, das Video anzuschauen, es zu kopieren und auf die eigene Website zu stellen.« Sein zorniger Blick streifte die Journalisten. »Und selbstverständlich auch noch eine Pressemitteilung über dieses sensationelle Foltervideo an alle Radio- und Fernsehstationen rauszugeben. Exklusiv beim *Kurier.*«

»Das ist eine böswillige Unterstellung«, empörte sich Bodkema.

Veckenstedt winkte ab, bevor er zu Tania sagte: »Und wohin wollen Sie?«

Die Journalistin hatte ihre Jacke gerafft, die Handtasche geschultert und sich den Aufzügen zugewandt. »Ich habe einen Termin.«

»Hat der mit der Entführung zu tun?«

»Nein.«

»Sondern?«

Bodkema sprang ihr bei. »Ich glaube nicht, dass das …«

»O doch!«, blaffte Veckenstedt.

Tania wechselte einen Blick mit dem Chefredakteur, der nickte. »Es geht um die S-Bahn-Probleme.«

Veckenstedts Miene hellte sich unerwartet auf. »Ja, das hingegen ist ein Thema, bei dem sich Ihre Zunft zur Abwechslung mal nützlich machen kann.«

»Ersparen Sie uns Ihren Sarkasmus«, beschwerte sich Bodkema.

Der Polizist überging die Bemerkung, seine Augen waren noch immer unverwandt auf Tania gerichtet. »Ich hoffe nur für Sie, dass es keine Lüge ist, die Sie mir da auftischen. Andernfalls muss ich Sie wegen Behinderung der polizeilichen Ermittlungsarbeit belangen.«

»Das wird nicht nötig sein«, entgegnete Tania. »Und jetzt entschuldigen Sie mich bitte, ich muss mich nützlich machen.«

31

Sera verharrte auf ihrem Platz im Konferenzraum, während die Kollegen vor der Bullenhitze flohen. *Und vor den Fernsehnachrichten.* Auf dem TV-Schirm flimmerte nach wie vor die Sondersendung zur Entführung. Abermals wurde das Video gezeigt, und schon wieder leierte der Moderator Informationen herunter, die eigentlich nur auf Spekulationen beruhten. *Mehr ist nicht bekannt.*

Und Sera wollte auch gar nicht mehr erfahren. Jede neue Information hätte ihre Beklommenheit nur verstärkt. *Mach dich jetzt bloß nicht verrückt!*, rief sie sich zur Ordnung.

Ritas Stimme drang zu ihr durch. »Möchtest du noch etwas?«

Sera schaltete den Fernseher aus. Der Quark hatte sich auf ihrem Teller verflüssigt. »Danke, ich habe noch.«

»Und du, Paul? Was ist mit dir?«

Im Türrahmen stand Kalkbrenner. »Du weißt doch, ich darf nicht.«

Rita brummelte angesäuert, während sie den Tisch abräumte. Kalkbrenner schmunzelte, doch sein Lächeln täuschte. Seine Augen verrieten Wehmut, als würde er Zerstreuung suchen – und wenn es nur die Arbeit war.

Seras iPhone meldete sich mit einem kurzen Signalton. Eine SMS war eingegangen. *Heute sind die Kinder dran. Vielleicht sehen wir uns am Wochenende? 1000 heiße Küsse – lass dich nicht unterkriegen. G.*

Unvermittelt packte Sera Wut. Sie konnte nicht einmal sagen weshalb. *Oder auf wen.* Sie ergriff ihren Teller. »Gehen wir.«

»Nur wenn ich dich nicht störe«, sagte Kalkbrenner.

»Tust du nicht.« Die Wahrheit war: Eine Plauderei würde auch sie ablenken.

Seras Büro lag am Ende des Korridors. Aus den benachbarten Zimmern erklangen die geschäftigen Stimmen von Gesing und Blundermann.

Die Einrichtung der Räume stammte wie die im Konferenzraum noch aus DDR-Zeiten. Sie war hässlich, aber praktisch. Der Veloursboden war mit schwarzen Schlieren übersät, doch die verqualmten Wände hatten vor geraumer Zeit einen neuen, helleren Anstrich erhalten, der zumindest bei Neuankömmlingen einen freundlicheren Eindruck hinterließ. Wer dagegen hier arbeitete, ließ sich nicht täuschen und wusste, welch alter Mief unter der Farbe lauerte.

Sera klemmte sich hinter ihren Schreibtisch. Den Kuchen stellte sie neben den PC. »Darfst du wirklich nicht?«

»Na ja, eigentlich war's nur 'ne kleine Notlüge. Aber bitte nicht verraten.« Kalkbrenner tätschelte sich den Bauch. »Seit ich krankgeschrieben bin, habe ich fünf Kilo abgenommen. Ich würde mir wünschen, dass es dabei bleibt.«

»Und wie lange wirst du noch fehlen?«

32

Im Foyer des Verlagshauses hielt Tania Ausschau nach dem Fotografen, der sie zu ihrem Termin begleiten sollte. Doch an seiner Stelle kam Jens Kramer auf sie zu, ein kleiner, schmächtiger Auszubildender, der erst seit einem Dreivierteljahr in der Bildredaktion des *Kurier* arbeitete.

»Hallo, Frau Herzberg.«

»Wo ist Rüdiger?«, wollte Tania wissen, obwohl sie bereits eine düstere Vorahnung hatte.

»Der muss zu einer Pressekonferenz.« Jens pfriemelte an seiner Kamera, die ihm an einem breiten, neonfarbenen Band um den Hals baumelte. »Wegen dieser Entführung.«

»Hast du ein Auto?«

»Hallooo? Ich bin Azubi. So toll zahlt der *Kurier* auch wieder nicht.«

Notgedrungen schleifte Tania den Jungen mit sich raus auf die Straße und winkte einem Taxi. Die Zeit wurde immer knapper. Sie nannte dem Fahrer die Adresse. »Und beeilen Sie sich.«

»Um diese Zeit? Bei dem Verkehr?« Der polnische Fahrer lachte.

»Es ist mir egal wie, aber sorgen Sie dafür, dass wir in spätestens zwanzig Minuten da sind.«

Tatsächlich schafften sie die Strecke in einer Viertelstunde und erreichten die Ecke Modersohnstraße, Revaler Straße fünf Minuten vor dem vereinbarten Zeitpunkt. Sie fanden auf Anhieb die Adresse, die der Anrufer genannt hatte. Zügig schritten sie eine Kieseinfahrt hinauf, die sich durch Gestrüpp auf ein lehmiges, sandiges Grundstück wand.

Jens kramte eine zerknitterte Schachtel R6 aus seiner Hosentasche und steckte sich eine Zigarette an. »Auch eine?«

»Hab aufgehört.«

Der Junge stieß den Rauch in kreisrunden Wolken aus. »Was wollen wir hier eigentlich?«

»Hat dir Rüdiger nichts gesagt?«

»Nee, er meinte nur, dass ich um halb auf Sie warten soll.«

»Wir treffen uns mit einem Informanten.«

Auf dem Grundstück lagen wild verstreut verrostete Tonnen, zerbrochene Kaminaufsätze, Zaunpfähle und Planen herum. Die Sonne spiegelte sich in öligen Pfützen. Das Lagerhaus am anderen Ende des Grundstücks wartete seit Jahren auf den Abriss, seine Fensterscheiben waren eingeschmissen, die Backsteinwände mit mehrschichtigen Graffiti besprüht.

»Und wir treffen uns mit dem Informanten *hier*?«, zweifelte Jens.

Tania studierte ihren Notizblock, in dem sie sich die Wegbeschreibung notiert hatte. »Ja, hier sind wir richtig.«

»O Gott«, stöhnte der Junge. »Und ich hatte gehofft, endlich mal einen gescheiten Termin zu bekommen, ein Aufmacherfoto, was für die Titelseite oder so. Als Azubi darf ich sonst ja nur den allerletzten Müll fotografieren.«

»So, wie's ausschaut, wird's heute auch nicht besser.« Tania passierte ein aufgeschlitztes Sofa, aus dem die Federn herausgesprungen waren und das halb von Unkraut überwuchert wurde.

Jens stolperte über eine ausrangierte Autobatterie. »Danke, darauf wäre ich allein nie gekommen.«

Hinter einem mit dichten Sträuchern und Unkraut bewachsenen Zaun, wo der Bahndamm verlief, ratterte in dieser Sekunde eine überfüllte S-Bahn Richtung Ostbahnhof.

»Ist aber noch nicht lange her, dass jemand hier war«, sagte Jens und deutete auf die frischen Reifenspuren im Schlamm.

Tania trat auf das windschiefe Tor zu, das in das Gebäude führte.

»Hallo?«, rief sie.

Ihre Stimme hallte von den hohen Wänden wider. Ansonsten war nichts zu hören.

»Ist da jemand?«

Stille im Innern.

Auf dem Fußboden bemerkte Tania Schuhabdrücke, die in das Gebäude führten. Sie gab sich einen Ruck. »Gehen wir rein.«

33

Kalkbrenners Lächeln erlosch. Als er zu dem Hocker ging, der gegenüber von Seras Schreibtisch stand, fiel ihr auf, dass er humpelte.

Vor anderthalb Jahren waren in fast regelmäßigen Abständen tote Prostituierte in Mitte gefunden worden. Bis auf die Tatsache, dass sie Huren waren, hatte es keinerlei Verbindung zwischen den Opfern gegeben. Eines Abends hatten Sera und Kalkbrenner noch einen Zeugen befragen wollen. Dummerweise war bei diesem ausgerechnet zu jener Zeit ein Drogendealer zu Besuch gewesen, mit dem er sich zuvor Unmengen Koks und Speed in den Schädel gepfiffen hatte. Die beiden Typen waren derart im Vollrausch gewesen, dass sie durchdrehten, als die Polizei an ihrer Tür klingelte.

Sera hatte es rechtzeitig hinter einen Verschlag geschafft, doch Kalkbrenner war zu langsam gewesen. Drei Kugeln hatten ihn niedergestreckt – zwei trafen ihn in den Arm, eine ins Bein. Letztere hatte nur knapp die Hauptarterie verfehlt. Zwei oder drei Millimeter weiter rechts, und jede Hilfe wäre zu spät gekommen.

Kalkbrenner sank auf den Hocker und streckte sein lädiertes Bein. »Es geht mir besser.«

»Das war nicht meine Frage.«

»Aber meine Antwort.«

Sera wollte ihren Kollegen nicht bedrängen. Weil ihr nichts weiter einfiel, nahm sie ihr Mobiltelefon zur Hand. Gerrys SMS wartete noch darauf, beantwortet zu werden. Ihr Blick fiel auf den Teller. *Jetzt ist sogar Ritas Kuchen die angenehmere Alternative.* Sie legte das Handy beiseite und probierte ein Stück.

Kalkbrenner lächelte. »Und? Schmeckt's?«

»Schmeckt gewöhnungsbedürftig. Wenn auch nicht gerade nach Schuheinlage.«

»Was schmeckt nicht nach Schuheinlage?« Rita stand plötzlich im Raum.

Kalkbrenner unterdrückte ein Kichern. Sera errötete. Wortlos ließ die Sekretärin einen Stapel Ausdrucke auf ihren Schreibtisch fallen.

»Was ist das?«

»Die Passagierlisten der Flughäfen Tegel und Schönefeld

von gestern«, klärte Rita auf. »Ich habe mir heute Morgen gedacht, dass es nicht schaden könnte, sie anzufordern. Vor einer halben Stunde sind die Daten eingetroffen. Ach so, und ganz unten findest du außerdem sämtliche Buchungen, die gestern bei der Deutschen Bahn an den Berliner Bahnhöfen getätigt wurden.«

Bei allem zweifelhaften Enthusiasmus für Kuchen, den sie ihren Kollegen aufdrängte, wurde oft vergessen, dass die Sekretärin auch eine vortreffliche Mitarbeiterin war.

»Rita, hast du die Unterlagen überprüft?«

»Habe ich Kuchen aus Schuheinlagen gebacken?«

Kalkbrenner lachte.

»Rita, bitte, das hast du falsch verstanden. Im Gegenteil: Mir schmeckt dein Kuchen.« Sera zwang sich zu einem weiteren Stück. »Siehst du?«

»Und wem schmeckt er nicht?«

»Allen schmeckt er, das hast du doch mit eigenen Ohren gehört. Sogar dem Chef.«

Die Sekretärin zeigte sich besänftigt. Sie nahm den Papierberg wieder an sich. »Ja, ich habe die Daten durchgesehen. Tatsächlich hat Amiel Gökcan gestern Morgen gegen zehn Uhr einen Last-Minute-Flug in die Türkei gebucht.«

»Das war kurz bevor er sich mit seinem Bruder gestritten hat. Und wann ging der Flug?«

Rita blätterte zügig durch die Ausdrucke, bis sie eine markierte Stelle fand. »Um elf nach eins. Mit *Ryanair*. Ab Tegel. Allerdings hat er nicht eingecheckt. Er könnte also nach wie vor noch in Berlin untergetaucht sein.«

»Oder er ist mit dem Auto aus der Stadt geflohen«, warf Kalkbrenner ein.

Sera stimmte ihm zu. »Wir werden die Observierung der Wohnungen und Häuser fortführen.«

»Schlimme Sache«, sagte Kalkbrenner, nachdem die Sekretärin gegangen war.

»Ja, Kuchen ist für Rita wie …«

»Nein, nicht der Kuchen. Dieser Ehrenmord.«

»Familientragödie!«, verbesserte Sera.

»Wie meinst du das?«

»Tötet ein Türke seine türkische Ehefrau, ist das gleich ein Ehrenmord. Tötet ein Deutscher eine deutsche Frau, nennt man das eine Familientragödie. Warum?«

»Du hast doch selbst die deutsche Staatsbürgerschaft.«

»Du antwortest einfach nicht auf meine Fragen.«

»Du hast ja recht.«

»Womit genau?«

»Sowohl als auch.« Kalkbrenner lächelte. »Vor allem in Bezug auf den Ehrenmord und die …«

»Sera! Sera!« Gesing kam ins Büro gestürmt und stolperte über Kalkbrenners ausgestrecktes Bein. »So eine Scheiße!« Er japste nach Luft, während er sich gleichzeitig bemühte, die Balance zu halten. »Sera, sie haben ihn gefunden!«

34

Tania trat durch das Tor. Jens hielt sich dicht hinter ihr. Im Inneren war das Gebäude ebenso verfallen wie von außen. In einem kleinen Vorraum stand ein zersplitterter Schreibtisch, auf dem Boden daneben fristeten ein ausgeweideter PC und ein implodierter Monitor ihr trauriges Dasein. Die beiden Schränke an der Wand waren von Randalierern unfachmännisch zerlegt worden.

»Sieht nicht so aus, als wäre jemand hier«, flüsterte Jens.

Hinter ihnen raschelte es. Trippelnde Schritte entfernten sich durch den Staub.

»Außer Ratten.«

Zweifel beschlichen Tania. Weibliche Intuition und Reporterinstinkt waren sich einig: *Du bist reingelegt worden.* Aber aus welchem Grund? Sie lief weiter in die Haupthalle. Vielleicht hatte sich ihr Informant nur verspätet? *Was nachvollziehbar ist, wenn er mit der S-Bahn kommt.* Sie schmunzelte.

Die Halle war gefüllt mit Unmengen zerbrochener Regale, dem rostigen Skelett eines Gabelstaplers und anderem undefinierbaren, da verwitterten Müll. Das Dach war zum Teil eingefallen. Einzelne Sonnenstrahlen fielen durch den Krater im Gebälk, vertrieben aber nur spärlich die Schatten, die im Gebäude nisteten. In den finsteren Ecken raschelten Nagetiere, die immer wieder fiepende Laute ausstießen.

»Wow!«, entfuhr es Jens. »Das nenne ich ja mal eine abgefahrene Location.«

Er begann Fotos zu schießen. Sein Blitzlicht riss grelle Momente in die Dunkelheit.

Tania ließ ihn gewähren. *Wenigstens einer, der zufrieden ist.* Sie schlenderte durch die Hinterlassenschaften, die an florierende Zeiten erinnerten. Aber diese lagen lange zurück. Zu lange. Der Kamerablitz enthüllte nichts als Staub, Abfall und Sperrmüll.

Ungeduldig blickte Tania auf die Uhr. Weit mehr als eine Stunde war vergangen, seit der Unbekannte sie angerufen hatte. Inzwischen war sie sich sicher, dass er nicht mehr auftauchen würde. Entweder war ihm etwas dazwischengekommen, oder es hatte sich tatsächlich jemand einen Scherz mit ihr erlaubt.

Zum Beispiel Ralf. *Aber nein!* Ihr Mann hatte längst den Punkt der Dummejungenstreiche überschritten. Dann vielleicht Karrenbacher? *Ja, das passt zu dem alten Scheusal.* Wenn ihr Kollege tatsächlich hinter dieser …

»Hey, Frau Herzberg!«, hallte Jens' Stimme durch das Lagerhaus.

»Was ist?«

»Ich glaube, mehr als einen Penner werden wir heute hier

nicht antreffen. Hier in der Ecke ist übrigens einer. Er schläft und ...« Die Stimme des Azubis erstarb mit einem Würgen. »Oh, Scheiße!«

»Jens, wo steckst du?« Tania setzte sich in Bewegung.

Der Junge tauchte aus der Dunkelheit auf und gestikulierte wild in Richtung einer hüfthohen Mauer, deren Umrisse sich als Schatten hinter ihm abzeichneten. »Da ist ... da ...«

»Was ist da?«

Er presste die Hand auf den Mund, stürmte an ihr vorbei, verfing sich in einem Draht und torkelte gegen eine Wand, an der er sich übergab. Das Erbrochene fiel klatschend auf den Boden.

Während er noch immer würgte, schritt Tania in Richtung der schmalen Mauer. Ihr Herz schlug schneller. Ihre Bewegungen wurden langsamer. Sie entdeckte ein nacktes Paar Füße, die hinter der Mauer hervorragten, dann zwei nackte Beine, einen blutigen Oberkörper und – Tania schrie auf, als wie aus dem Nichts ein Schatten neben ihr aufragte.

»Ist das ...?« Jens wischte sich die verschmierten Lippen ab.

Tania ging näher an den Toten heran. Sein Körper war übersät mit grauenvollen Wunden und Blut, nichts als Blut. Sein Mund war zu einem nie endenden Schrei erstarrt, die Augen waren vor Schmerz weit aufgerissen.

»Ja, das ist er.« Mit grummelndem Magen wandte Tania sich von der Leiche ab. »Jens?«

»Ja?«

»Gib mir eine Zigarette!«

Er drückte ihr die zerknitterten R6 in die Hand. Tania rannte aus dem Gebäude in die blendende Sonne. Sie kam ihr heiß vor, unglaublich heiß. Tania schnappte nach Luft. Die Übelkeit ließ nach, aber den verstümmelten Körper hatte sie noch immer vor Augen, als hätte sich dessen Anblick in die Netzhaut gebrannt.

Tania kramte ihr Handy hervor. Sie brauchte zwei Anläufe,

bis sie es in ihrer Tasche zu fassen bekam. Als sie es endlich in der Hand hielt, hörte sie in der Lagerhalle den Verschluss der Kamera klicken. *Schaut so aus, als hätte es heute doch noch mit dem Aufmacherfoto geklappt.* Sie schmeckte Galle an ihrem Gaumen.

Das herbe Aroma der Zigarette überdeckte den bitteren Geschmack. »Jens!«

Der Azubi stolperte aus dem Gebäude. Er war kreidebleich. »Was ist?«

»Du solltest jetzt verschwinden.«

»Wieso?«

Tania ahnte, was die Polizei unternehmen würde, wenn sie einen Fotografen bei der Leiche vorfand. Aber sie wusste auch, was Bodkema davon halten würde, wenn die Beamten Jens' Fotos beschlagnahmten. *Als künftige Ressortleiterin darf dir so etwas nicht noch einmal passieren.*

»Fahr zur Redaktion und gib Bodkema deine Fotos. Beeil dich!«

Sie wartete, bis Jens das Grundstück verlassen hatte, dann wählte sie mit zitternden Fingern den Notruf.

35

»Schmeißfliegen!« Schimpfend lenkte Gesing den Passat in die Revaler Straße. »Gib ihnen eine Leiche, und nach wenigen Minuten schwirren sie in Massen um dich herum.«

»Wovon redest du?«, fragte Sera.

»Na, schau doch selbst!«

Seit ihrem überstürzten Aufbruch vom Polizeipräsidium war noch keine halbe Stunde verstrichen, und trotzdem wimmelte es vor der Zufahrt zur Brache in Friedrichshain von Journalisten. Die Fotografen und Kameramänner unter ihnen hatten bereits die Dächer ihrer Pkws erklommen, von wo aus sie sich um Bilder vom Geschehen hinter der Polizeiabsperrung bemühten. Auch auf der Modersohnbrücke, die hundert Meter weiter über den Bahndamm führte, blitzten Objektive in der Mittagssonne auf.

Sogar ein Eisverkäufer hatte sich eingefunden. Aus dem Kübel seines bunt bemalten Fahrradanhängers versorgte er die Reporter mit kühlen Snacks.

Gesing parkte den Wagen am Straßenrand. »Wie finden diese Aasgeier das bloß immer so schnell heraus?«

»Was denn jetzt: Schmeißfliegen oder Aasgeier?«

»Als wenn das eine Rolle spielen würde.«

Stimmt! In Seras Kopf kreisten ganz andere Gedanken, um ein Vielfaches unangenehmer als das ganze Reporterpack. Sie wehrte sich dagegen – vergeblich. *Das alles gefällt mir nicht!*

»Was ist los?« Blundermanns breiter Schädel tauchte neben dem Beifahrerfenster auf. Er war ihnen mit einem zweiten Einsatzfahrzeug gefolgt. »Worauf wartet ihr noch?«

»Auf den echten George Clooney.« Gesing zog den Zündschlüssel. »Der würde uns wenigstens die Presse vom Hals halten.«

»Ich gebe mein Bestes«, versprach Blundermann und schlug ihnen mit seinem hünenhaften Körper eine Schneise durch die Journalistenmeute. Doch vor deren Fragen, die in wilden Wortkanonaden auf sie einprasselten, konnte er sie nicht bewahren.

»Ich habe gehört, es ist …?«

»Ist es richtig, dass …?«

»Wissen die Eltern schon …?«

»Wie ist die Reaktion des …?«

»Wer, glauben Sie, steckt hinter …?«

Das Durcheinander nahm erst ein Ende, als die drei Polizisten die Absperrung hinter sich ließen. Während sie über die Kieseinfahrt auf das Grundstück schritten, wischte sich Gesing mit einem Taschentuch fluchend Stracciatella-Eis von seiner Jacke. Blundermann sprach unterdessen mit einem Streifenbeamten, der sich um eine junge Frau sorgte. Inmitten von Bauschutt und Unkraut kauerte sie auf einem ausgeweideten Sofa. Der Schock stand ihr ins Gesicht geschrieben. Nervös zog sie an einer Zigarette.

»Das ist Tania Herzberg«, erklärte Blundermann, als er zurückkehrte. »Journalistin beim *Kurier*. Sie hat die Leiche gefunden.«

Sera nahm das Gelände in Augenschein. Es lag nicht erst seit gestern brach. »Und was hat Frau Herzberg ausgerechnet heute in diese Ruine verschlagen?«

»Sie hat einen Anruf erhalten. Man versprach ihr wichtige Informationen für ihre Recherchen. Das Treffen sollte hier stattfinden. Aber anstelle eines Informanten fand sie, na ja ...« Blundermann wies beklommen zum Lagerhaus.

Aus dem Tor, das wie ein schiefes Maul in der Mauer klaffte, kam in diesem Moment Dr. Franziska Bodde und schälte sich aus ihrem weißen Plastikoverall.

Sera trat zu ihr. »Ist er es wirklich?«

»Ja.« Die LKA-Beamtin zerknüllte den Plastikanzug. »Und ich kann Ihnen schon jetzt noch etwas anderes mit ebensolcher Sicherheit sagen: Auffindungsort und Tatort sind nicht identisch.«

»Sind die hier vom Täter?« Gesing beäugte interessiert Schuhabdrücke und Reifenspuren im sandigen Lehm vor dem Tor, die die Kriminaltechniker bereits gesichert hatten. Einige der Vertiefungen waren mit Gips ausgegossen.

»Ja, sie stammen mit großer Wahrscheinlichkeit vom Täter«, bestätigte Dr. Bodde.

»Nur einer?«, hakte Sera nach.

»Das war jetzt nur so dahergesagt. Dazu kann ich mich im Augenblick noch gar nicht äußern. Es können natürlich auch mehrere Täter gewesen sein. Aber vielleicht kann Ihnen Dr. Wittpfuhl weiterhelfen. Er ist drinnen bei der Leiche.«

Sera streifte sich weiße Plastikstulpen über die Schuhe. Während Blundermann noch einmal die Journalistin befragte, folgte Gesing seiner Kollegin durch den Vorraum in die eigentliche Lagerhalle. Der blaue Himmel blinzelte durch die Lücken im Dach, doch das grelle Licht in der Halle stammte von den Scheinwerfern, die von der Spurensicherung rings um eine halbhohe Betonmauer aufgestellt worden waren.

Dahinter kniete Dr. Wittpfuhl, der Gerichtsmediziner. Sein Einwegoverall raschelte, als er aufschaute. Sein Gesicht war vom Solarium tiefbraun. »Übel, sehr übel.«

»Was ist mit ihm passiert?«, fragte Sera und zögerte.

»Er ist ermordet worden.«

»Was Sie nicht sagen!«, ätzte Gesing.

»Und vorher hat er ziemlich leiden müssen.«

»Alle Achtung, Dr. Wittpfuhl, das nenne ich mal präzise Angaben.«

Der Rechtsmediziner bedachte Seras Kollegen mit einem giftigen Blick. »Präziser kann ich es Ihnen erst nach der Obduktion erklären.«

»Dennoch ist Ihnen bereits etwas aufgefallen«, sagte Sera.

»Das haben Sie bemerkt?« Jetzt schwang Anerkennung in der Stimme des Gerichtsmediziners mit.

Sera versuchte ihren Magen zu ignorieren und schlug einen Bogen um die Mauer. Der Anblick schnürte ihr die Kehle zu. *Übel ist noch untertrieben.* Das Rattern der S-Bahn, das der Wind durchs Dach hereinwehte, klang dumpf in ihren Ohren.

»Ich habe Sie gewarnt«, sagte der Arzt.

Sera zwang sich, den Leichnam ein zweites Mal anzusehen. »Was ist Ihnen aufgefallen?«

»Ich bin mir nicht sicher, ob es von Bedeutung ist, aber vielleicht haben Sie davon … Herrgott, was ist denn da los?«

Draußen war plötzlich ein Tumult unter den Journalisten ausgebrochen.

36

Eine Stunde, ein verspätetes Frühstück und etliche Tassen Kaffee in der *Dachkammer*, einem benachbarten Restaurant, später, empfing Robert den Schlüsseldienst, der keine zwei Minuten brauchte, um das Schloss auszuwechseln.

Die Luft in der Wohnung roch abgestanden. Anscheinend war seit dem Tod der Vermieterin tatsächlich nicht mehr gelüftet worden. Roberts Nase witterte allerdings noch etwas anderes. *Feuchtigkeit*. Eine böse Ahnung trieb ihn rasch in den ersten Raum, der von der Diele abzweigte: das Behandlungszimmer.

Robert zog den Vorhang beiseite und riss das Fenster auf. Licht flutete die Praxis und offenbarte zentimeterdicken Staub auf den Möbeln, einem Schrank mit Patientenakten und einem schmalen, zweckmäßigen Schreibtisch. Darauf standen ein mittlerweile hoffnungslos veralteter PC, das verjährte Kalendarium und ein Telefon mit Anrufbeantworter, dessen Anzeige wild blinkte: *Speicher voll!* Der Kaktus auf dem Tisch hatte der Dürre wahrscheinlich lange Zeit trotzen können und erst vor Kurzem den Überlebenskampf eingestellt. Die Zimmerpalme in der Ecke war hingegen bis zur Unkenntlichkeit vertrocknet.

Ansonsten wirkte der Raum so, wie Robert ihn vor vier Jahren verlassen hatte. Die beiden Sessel auf dem Läufer in der Zimmermitte waren einander gegenüber positioniert, als würden die Personen, die hier zuletzt ein Therapiegespräch geführt hatten, jeden Moment wieder ihre Plätze einnehmen.

Robert ging zurück in die Diele. Nicht nur das Plärren des Fernsehers aus der Nachbarwohnung wurde lauter, auch der muffige Geruch nahm zu.

Er steuerte die Küche an. Der Kühlschrank war nicht in Betrieb, der Pott mit dem Filterkaffee leer, das Haltbarkeitsdatum der Nudel- oder Suppentüten in den Schränken seit Jahren abgelaufen. In einem Glas, in dem er Mehl aufbewahrt hatte, ringelten sich Maden. Robert nahm den Behälter mit ins Badezimmer, wo der Gestank schier unerträglich war. Die Zimmerdecke wölbte sich unter einem rissigen, schwarzen Schimmelfleck. Schwer zu sagen, wann es in der Wohnung darüber einen Wasserschaden gegeben hatte, aber es konnte noch nicht allzu lange her sein. *Willkommen daheim!*

Robert schüttete das Mehl und die Maden ins Klo und spülte. Er wollte sich gerade auf den Weg zum Vermieter machen, um den Schaden zu melden, da läutete es an der Tür. Das konnte nur Kornfeld sein. *Auch gut!* Dann könnte er sich die Bescherung im Badezimmer gleich anschauen.

Als Robert die Wohnungstür öffnete, huschte eine junge Frau mit klatschenden Flip-Flops durchs Treppenhaus.

»Guten Morgen!«, grinste sie.

Guten Morgen? Roberts Uhr zeigte kurz vor vier. *Wissen Sie, wie spät wir es haben?* »Haben Sie bei mir geklingelt?«

»Nee, wieso sollte ich?« Sie hielt ihren klirrenden Schlüsselbund hoch.

In dieser Sekunde schellte es erneut.

»Ihr Übeltäter steht noch immer unten vor der Haustür.« Die Frau verschwand winkend in der ersten Etage.

Robert zögerte. Nur wenigen Leuten war bekannt, dass er nach Berlin zurückgekehrt war, aber buchstäblich niemand wusste, dass er sich in seiner Friedrichshainer Wohnung aufhielt. *Außer Max.* Aber der war bei seiner Probe in der Oper.

Er nahm den Hörer von der Gegensprechanlage. »Ja, bitte?«

»Robert?«

Er erkannte die Stimme auf Anhieb, drückte den Summer. Im Treppenhaus kam ein vertrauter, kahl rasierter Schädel zum Vorschein.

»Hagen«, sagte Robert, »was für eine Überraschung!«

37

Das Reportergeschrei auf der Straße vor der Lagerhalle steigerte sich zu einem wüsten Orkan.

»Lassen Sie mich in Frieden!« Eine Stimme erhob sich laut und durchdringend über alle anderen. »Und Sie, Sie gehen mir jetzt aus dem Weg.«

»Tut mir leid, Sie bleiben draußen!« Das war Blundermann, nicht minder lautstark.

»Haben Sie eine Ahnung, wer ich bin?«

»Und selbst wenn Sie der Kaiser von China wären, Sie haben in dem Lagerhaus nichts zu suchen.«

»Ich möchte auf der Stelle den Ermittlungsleiter sprechen.«

»Frau Muth wird Ihnen auch nicht helfen können.«

»Sofort!«

Stille.

»SOFORT!«

Zehn Sekunden später tauchte Blundermann in der Lagerhalle auf. »Sera? Draußen steht der Innensenator.«

»Was hat der denn hier zu suchen?«, grummelte Gesing.

Sera knirschte mit den Zähnen. »Was er hier sucht, müsste selbst dir klar sein – mich würde aber interessieren, wer ihm Bescheid gegeben hat.«

Dr. Lothar Lahnstein wartete mit zwei Sicherheitsbeamten und einem schlaksigen, rothaarigen Begleiter, offenbar sein Berater, in der Kiesauffahrt. Hektisch strich er immer wieder seinen Anzug glatt. Sein silbernes Haar hing ihm in wirren Strähnen ins hochrote Gesicht. Sein Blick richtete sich auf Sera, hetzte dann aber voller Furcht, Verzweiflung und einem Funken Hoffnung zum Lagerhaus. »Leiten Sie die Ermittlungen?«

»Ja, Kriminalhauptkommissarin Muth.«

»Gut, Frau Muth, ich möchte …«

»Nein, Herr Dr. Lahnstein, das geht nicht. Sie wissen so gut wie ich, dass nur dem Staatsanwalt oder Ermittlungsrichter der Zutritt erlaubt ist.«

»Ja, verdammt, ich weiß. Dann machen Sie eben eine Ausnahme.«

»Ich halte das für keine gute Idee.«

Lahnsteins Augen lösten sich von dem Gebäude und trafen Seras Blick. Leise fragte er: »Also stimmt es? Sie haben meinen Sohn gefunden?«

Sera suchte einige Sekunden nach den richtigen Worten: »Ich befürchte, das haben wir, ja.«

Was immer die Nachricht in dem Politiker auslöste, er ließ es sich nicht anmerken. Er straffte seine Haltung, sogar sein silbernes Haar saß jetzt wieder einigermaßen geordnet. »Ich möchte ihn sehen!«

»Tut mir leid, aber …«

»Ich – möchte – ihn – sehen.«

Sera wechselte einen Blick mit ihren Kollegen. Beide schauten so unglücklich drein, wie sie sich fühlte.

»Hören Sie, Frau … Frau …«

»Muth!«

»Frau Muth, Sie sagten, Sie befürchten, dass es sich um meinen Sohn handelt. Aber sind Sie sich wirklich sicher? Was, wenn Sie sich täuschen?«

Der schlaksige, schmallippige Mann neben ihm nickte übertrieben hastig. »Herr Dr. Lahnstein muss ihn identifizieren.«

»Das muss er nicht«, widersprach Sera. »Wir können das über einen DNA-Abgleich erledigen.«

»Ja, verdammt, auch das ist mir bekannt!«, donnerte der Senator. »Trotzdem möchte ich es selbst übernehmen.«

Sera gab nach. Lahnstein würde keine Ruhe geben, und sie konnte ihn verstehen. »Meinetwegen. Aber nur Sie dürfen in das Gebäude. Niemand sonst. Und nur auf dem ausgewiesenen Weg.«

Blundermann beauftragte die Kriminaltechniker, einen sicheren Pfad in das Gebäude zu markieren. Dr. Wittpfuhl breitete bis zum Hals der Leiche eine Folie aus, so dass nur noch der Kopf herausragte. Dann führte Sera den Senator in die Halle.

Je näher er der Leiche kam, desto verhaltener wurden Lahnsteins Schritte, als beschlichen ihn auf den letzten Metern doch noch Zweifel an seinem Vorhaben. Doch er gab sich einen Ruck. Zügig schritt er bis zu der Betonmauer. Als er scharf Luft in seine Lungen sog, gaben die Beine unter ihm nach. Blundermann fing ihn auf.

»Lassen Sie mich los!« Lahnstein hatte sich wieder gefangen. Er stieß den Polizisten beiseite und rang um Fassung. Möglicherweise war er den Tränen nahe, aber es war unwahrscheinlich, dass ein Mann wie er Fremden – und erst recht der Öffentlichkeit, die vor dem Gebäude in Scharen lauerte – seine echten Gefühle zeigte. »Wer hat ihm das angetan?«

38

Hagen sprang von schwarz zu schwarz über die Schachbrettfliesen. Dicht vor Robert blieb er stehen. Schweigend musterten sie sich. Zwei alte Freunde, die sich vier Jahre lang nicht gesehen und nicht gesprochen hatten.

Hagen war etwas fülliger geworden, aber trotzdem nicht dick. In seinem Alter, er war Ende dreißig, konnte ein Mann mit ein paar Pfunden zu viel auf den Hüften durchaus attraktiv wirken. Zudem bekam sein Gesicht dank der Brille, die Robert noch nicht kannte, einen dynamischeren Ausdruck. Sie hatte einen breiten schwarzen Rahmen. Nicht dass Hagen diese Veränderungen nötig gehabt hätte. Anders als Robert waren ihm schon immer die Frauenherzen zugeflogen. Er hatte sich nicht einmal viel Mühe geben müssen. Sein Privatleben war wie eine Wolke, auf der er entspannt und vergnügt dahinschwebte, von einer Beziehung zur nächsten, leidenschaftlich, aber unverbindlich.

»Wie lange bist du schon hier?«

»Anderthalb Stunden«, erklärte Robert.

»Nein, wie lange bist du schon in Berlin?«

»Seit Dienstag.«

»Also stimmt es, was man mir ...« Das Dröhnen einer Straßenbahn verschluckte Hagens Worte.

»Von wem hast du es erfahren?«, rief Robert. »Von Max?«

»Wie bitte?«, schrie sein Freund gegen den Lärm an.

Eigentlich spielt es auch keine Rolle. »Schön, dich zu sehen.«

»Geht mir genauso: Schön, dass du wieder hier bist.« Hagen hängte seine Jacke an die Garderobe.

Er schaute sich in der Diele um, als betrachtete er das Mobiliar zum ersten Mal. Dabei hatte er beim Einzug geholfen, die Möbel zu schleppen.

»Puh, hier stinkt's.« Hagen rümpfte die Nase.

»Ein Wasserschaden.«

»Hast du nicht gesagt, du bist erst seit eben hier?«

Robert zeigte ihm das Übel im Badezimmer. »Ist während meiner Abwesenheit passiert.«

»Und niemand hat sich darum gekümmert?«

»Ich wollte gerade den Vermieter informieren.«

»Die alte Kornfeld?« Hagen prustete. »Lebt die noch?«

»Nein, sie ist vor anderthalb Jahren gestorben. Jetzt gehört das Haus ihrem Sohn.«

Robert schritt voran ins Wohnzimmer, in dem ein alter, englischer Sekretär mit klassischer Strenge und klarer Eleganz alle anderen Möbelstücke dominierte. Zwei Bilderrahmen standen auf einem hohen Regal, flankiert von zwei Kerzen in schlichten Haltern.

Robert kippte das Fenster, aber der frische Wind, der vom

Bürgersteig hereinwehte, machte den muffigen Gestank nur wenig erträglicher. Hagen sank auf den Sessel, Robert auf das Sofa, so wie sie immer gesessen hatten, abends nach der Arbeit, am Wochenende, bei einem Glas Wein, einem selbst gebackenen Imbiss, dazu Musik von Tangerine Dream.

»Ich würde dir gerne etwas anbieten. Aber ...«

»Kein Problem, Robert.«

»Wie ich schon sagte, ich bin gerade erst gekommen.«

»Ist ja schon häufiger passiert.« Hagen lächelte nachsichtig. »Dein Kühlschrank war nie sonderlich voll, wenn ich spontan vorbeigekommen bin.«

»Stimmt«, gestand Robert.

»Bleibst du länger?«

»Wieso fragst du?«

Hagen wies auf den kleinen Koffer, der in der Diele lag. »Ist das alles, was du an Gepäck dabeihast?«

»Den Rest habe ich in den Staaten gelassen.«

»Weil du irgendwann zurückfliegst?«

»Nein, weil ich hier neu anfange.«

Hagen beugte sich vor. »Also geht es dir besser?«

39

Sera zögerte mit der Antwort. »Das können wir noch nicht sagen.«

»Hat er gelitten?«, wollte der Innensenator wissen.

Erneut vergingen einige Sekunden. »Auch das müssen wir noch herausfinden.«

Ihr kurzes Innehalten genügte. Lahnstein hatte es plötzlich eilig, aus dem Gebäude zu gelangen.

Draußen neigte sich der Nachmittag dem Ende zu, die Schatten wurden länger. Die Fotografen glotzten von den Dächern ihrer Autos aus über die Hecke, ihre Blitzlichter leuchteten wie Sterne auf, die schnell verglühten.

In dem Flackern machte Sera ihren Kollegen Peter Veckenstedt aus, der zwischenzeitlich eingetroffen war. Der Kriminalhauptkommissar hatte die Ermittlungsgruppe im Entführungsfall geleitet, jetzt würde die Arbeit an die Mordkommission übergehen. Sera winkte ihn zu sich.

Unterdessen meinte der Rotschopf an der Seite des Innensenators: »Kommen Sie, Herr Dr. Lahnstein. Ich bringe Sie nach Hause.«

»Vorher möchte ich noch mit Ihnen reden«, sagte Sera.

Der Berater schüttelte entschieden den Kopf. »Ich denke nicht, dass dies der richtige Zeitpunkt ist.«

»Ich nehme doch an, auch Ihnen ist daran gelegen, dass wir den Mörder seines Sohnes schnellstmöglich überführen?«

Mörder! Lahnsteins Bewegungen gefroren auf der Stelle. Seine Miene war starr und undurchdringlich, die routinierte Maske eines Politikers. Lediglich seine Augen schimmerten glasig, ließen den Schock und die Trauer, die ihn bewegten, erahnen. »Was möchten Sie wissen?«

Sera legte sich ihre Worte zurecht. Im Grunde war die Befragung reine Routine. *Möglicherweise aber auch nicht!* »Wer könnte Ihrem Sohn das angetan haben?«

»Was für eine Frage!«, mischte sich der Rotschopf neben Lahnstein wieder ein. »Das ist doch ganz offensichtlich.«

»Darf ich fragen, wer Sie sind?«

»André Benninger, der persönliche Referent des Senators. Und ich frage Sie: Haben Sie«, Lahnstein legte ihm beruhigend eine Hand auf den Arm, doch Benninger war nicht zu stoppen, »die letzten Tage keine Zeitung gelesen?«

»Doch, natürlich.«

»Dann müssen Sie auch wissen, was los ist. Herrn Dr. Lahnsteins Forderungen sind bei einigen, ich sage mal, Mitbürgern unserer Stadt auf wenig Begeisterung gestoßen.«

»Mitbürgern?«, fragte Sera nach, obwohl sie wusste, wen Benninger meinte, und obwohl sie es eigentlich gar nicht hören wollte.

»Na ja«, druckste der Referent, »bei Ausländern. Migranten. Deren Vereinigungen und Organisationen. Denen geht es nicht mehr um eine sachliche Auseinandersetzung über das von Herrn Dr. Lahnstein angestoßene Thema. Die bombardieren ihn ja nur noch mit Beschimpfungen und Hasstiraden – und Morddrohungen.«

»Ja, ich hab davon gehört. In welcher Form? Briefe? E-Mails? Anrufe?«

»All das. Und natürlich immer anonym.«

Nein, das gefällt mir ganz und gar nicht. Sera nagte an ihrer Unterlippe.

»Wir brauchen die Briefe und E-Mails«, sagte Gesing.

»Die haben wir bereits Ihren Kollegen ausgehändigt.«

Sera sah Polizeihauptkommissar Veckenstedt an, der bestätigend nickte. »Ja, das stimmt. Allerdings haben Sie nicht mir die Unterlagen gegeben, sondern dem Verfassungsschutz – schon vor Tagen.«

»Wie allgemein üblich in solchen Fällen«, erklärte Benninger.

»Demnach wurde der Senator also nicht zum ersten Mal bedroht?«, fragte Sera.

»Sie würden staunen, wie oft das bei Politikern vorkommt – eigentlich immer, wenn sie die unangenehme Wahrheit aussprechen.«

»Als würden Drohungen etwas an der Wahrheit ändern«, warf Lahnstein ein.

»Meist stecken irgendwelche Spinner, Verrückte oder Wichtigtuer dahinter«, fuhr Benninger fort. »Und meist denken sie nicht im Traum daran, ihre Drohung in die Tat umzusetzen. Sie wollen lediglich ihren Unmut kundtun. Oder Frust abladen.«

Sera musterte die beiden Sicherheitsbeamten, die den Senator begleitet hatten. »Aber diesmal haben Sie die Drohungen ernst genommen?«

»Ja. In den letzten Tagen hat sich die Stimmung gegen Herrn Dr. Lahnstein ziemlich aufgeheizt. Selbstverständlich haben er und seine Familie Polizeischutz erhalten.«

Sera sah Lahnstein an. »Und wie konnte dann Ihr Sohn entführt werden?«

»Weil mein Sohn, er …« Verbitterung schwang in seinen Worten mit. »Wissen Sie, Frank mochte diese Einschränkungen nicht. Er bestand auf seinem eigenen Leben. Er wohnte mit seiner Freundin, diesem Model, Jasmin Peters …« Verdruss mischte sich bei ihrem Namen in seine Stimme. »Er wohnte mit ihr zusammen. In der Simplonstraße. Am Ostkreuz. Nicht weit von hier.«

»Natürlich bekam er trotzdem Polizeischutz«, fügte Benninger schnell hinzu. »Unauffällig, diskret im Hintergrund.«

Gesing räusperte sich. »Was ja offenbar in die Hose ging.«

»Ich weiß. Franks Lebenswandel war, na ja, was soll ich dazu sagen?« Benninger senkte den Kopf.

»Stürmisch, sagen Sie es ruhig! Es ist … Ich meine, es war nicht einfach mit ihm.« Lahnstein wollte noch etwas hinzufügen, doch das Rattern der S-Bahn auf dem Bahndamm brachte ihn zum Schweigen.

Als der Lärm in der Ferne verklungen war, sagte Veckenstedt: »Folgendes konnten wir in der Kürze der Zeit in Erfahrung bringen: Frank Lahnstein ist gestern Abend aus gewesen. Er arbeitete als DJ in Diskotheken, in denen es schwer ist, die Übersicht zu behalten. Sie sind dunkel, vernebelt. Manchmal haben die Personenschützer Frank aus den Augen verloren. So anscheinend auch letzte Nacht.«

»Wann haben sich die Entführer mit dem Herrn Senator in Verbindung gesetzt?«, fragte Sera.

»Gar nicht«, antwortete Lahnstein.

»Es gab keine Forderung?«

»Nein.«

»Und wie haben Sie von der Entführung erfahren?«

»Als ich wie Millionen anderer ...« Er hielt inne. Der Leichentransporter der Rechtsmedizin rollte über den knirschenden Kies auf das Grundstück. Lahnstein folgte ihm mit seinem Blick und senkte die Stimme. »Als wir uns dieses grässliche Video im Fernsehen anschauen mussten.«

»Vorher hat ihn niemand vermisst?«

Zwei Männer in schwarzen Anzügen zogen einen Kunststoffsarg aus dem Kofferraum. Lahnstein flüsterte: »Nein.«

»Nicht einmal seine Freundin?«

»Nein. Oder doch. Ja. Aber ...« Der Sarg wurde in das Gebäude getragen. Die Stimme des Senators war kaum noch zu hören, dennoch sprach aus ihr seine ganze Verzweiflung. »Ich weiß es nicht.«

Sera drehte sich zu Veckenstedt um.

Der Kollege zuckte hilflos mit den Schultern. »Wir sind noch nicht dazu gekommen, die Freundin zu befragen. Wir wollten gerade zu ihr, als wir von dem Leichenfund erfahren haben.«

40

»Ja, mir geht es gut«, sagte Robert, und das war nicht einmal gelogen. *Die Zeit heilt alle Wunden.* »Ich bin nur noch etwas müde vom Flug ... Aber reden wir nicht von mir. Was ist mit dir? Wie geht es dir?«

Hagen lehnte sich auf dem Sofa zurück und vergrub die Hände in den Hosentaschen. »Ein ständiges Auf und Ab, du weißt ja, wie das bei mir ist.«

Er war Schriftsteller, seit ihm vor vielen Jahren mit dem Krimi *Das Opfer* ein beachtlicher Bestseller geglückt war. Seither schrieb er alle paar Jahre einen neuen Roman: *Der Feind*, *Die Gefahr* und *Der Saboteur*. Die Bücher hatten sich mittelprächtig verkauft, aber nicht an den Erfolg seines Debüts anknüpfen können, und mit jedem Roman wurden die kreativen Löcher, in die Hagen fiel, häufiger und tiefer. Manchmal war sich Robert weniger wie sein bester Freund, sondern mehr wie sein Therapeut vorgekommen.

»Es hat sich also nicht viel verändert«, stellte Robert fest.

»Nein, irgendwie nicht.« Hagen zog die Hände aus den Taschen. Seine Finger spielten mit einem Schlüsselanhänger, einer mattsilbernen, quadratischen Scheibe.

Wieder fuhr rumpelnd eine Straßenbahn vorbei. Hagen lächelte. »Ich frage mich selbst heute noch, wie du das bloß aushältst.«

Robert stand auf und verschloss das Fenster. Eine Klasse der Schule in der Nähe hatte wohl gerade Schluss, die Straße war plötzlich voller Teenager, die eimerweise Pommes aßen. Einige tauschten Kopfhörer und hörten Musik, andere standen neben einer Telefonzelle, die nicht mehr wie eine Telefonzelle aussah, sondern wie ein silberner Balken mit einem lilafarbenen Ring.

»Der Lärm von draußen stört mich nicht. Er hat es auch früher nie getan, und wenn du ...« Das Läuten eines Telefons hallte durch die Wohnung. Robert sah seinen Freund erwartungsvoll an.

»Mein Handy ist das nicht«, sagte Hagen.

»Aber ich habe keins.« Robert hatte den Vertrag seines US-Mobiltelefons bereits vor Wochen gekündigt. Erst in den nächsten Tagen wollte er sich einen neuen deutschen Anbieter aussuchen.

»Und was ist es dann?«

Erst jetzt erkannte Robert den Klingelton. »Das ist mein Telefon in der Praxis.«

»Und? Willst du nicht rangehen?«

Wirst du wieder arbeiten? »Meine Praxis ist noch geschlossen.«

Weil Robert die gespeicherten Nachrichten auf dem Anrufbeantworter noch nicht gelöscht hatte, sprang das Gerät nicht an. Irgendwann hörte das Läuten auf, und Robert zuckte mit den Schultern.

»Und wenn du ...?« Hagen drehte das silberne Quadrat noch immer zwischen seinen Fingern.

»Wenn ich was?«

»Du wolltest etwas sagen, bevor der Anruf dich unterbrochen hat: Und wenn du ...«

»Ja, stimmt, ich wollte sagen: Und wenn du wie ich in Motels gleich neben einem Highway übernachtet hast, auf dem ein Truck nach dem anderen vorbeidonnert, dann wirst du niemals mehr Probleme mit dem öffentlichen Nahverkehr in Berlin haben.«

Hagen lachte. »Dafür haben wir mit dem öffentlichen Nahverkehr andere Probleme!«

»Habe ich mitbekommen.«

»Ein Chaos. Seit Wochen schon. Kann mir nicht vorstellen, dass es so etwas in den Staaten gibt.«

»Dort gibt es aber auch keine S-Bahn.«

»Gar keine?«

»Doch, natürlich, aber nur in den Großstädten.«

Hagen verdrehte die Augen. »Und was, bitte schön, ist Berlin?«

Lachend stand Robert auf und durchquerte den Raum zu einem CD-Regal. Die meisten Alben hatten seiner Mutter gehört. Max hatte nach ihrem Tod nur wenige davon behalten wollen. Robert zog wahllos eine aus der Sammlung und sah nicht auf das Cover, als er die CD in den *Player* legte. Kurz darauf zischelten die ersten verwobenen Sequenzen von *Logos* aus den Lautsprechern. Eins der frühesten elektronischen Live-Alben von Tangerine Dream.

Für eine Weile war es wie damals. Die Musik. Das entspannte Gespräch. Fehlte nur das Glas Wein und der kleine Snack.

Unvermittelt wurde Hagen ernst. »Warum bist du damals abgehauen?«

Das Gefühl war verflogen.

41

Sera benötigte zu Fuß keine zehn Minuten von dem Lagerhaus bis zu dem Altbau in der Simplonstraße, wo Gesing bereits mit dem Wagen wartete. Sie hatte sich die Beine vertreten wollen. Auch hier lauerten Journalisten. Nicht ganz so viele wie in der Revaler Straße, aber genug, dass Streifenbeamte zum Schutz der Angehörigen notwendig waren.

Das junge Mädchen, das Sera und Gesing auf ihr Klingeln hin ins Haus ließ, sah tatsächlich aus wie ein Model: lange Beine, volle Brüste, gertenschlanker Körper, wie trotz des Schlabberpullis unschwer zu erkennen war, makellose Haut und braune Haare bis zu den Schultern.

»Jasmin Peters?«

»Nein, ihre Freundin, Gerlinde Heeb.«

»Wir möchten Frau Peters einige Fragen stellen.«

»Ich weiß nicht, ob sie im Moment in der Lage ist, die zu beantworten.«

»Es ist wichtig.«

Gerlinde warf einen kurzen Blick über die Schulter. Aus der Wohnung erklang ein leises Wimmern. »Na gut, kommen Sie rein.«

Das Wohnzimmer wurde durch hohe Flügeltüren zweigeteilt. Im vorderen Bereich gaben Fenster den Blick auf die Straße frei. Die Vorhänge waren offen, am Horizont sammelte sich das letzte Tageslicht. Ein Mischpult, zwei Plattenspieler und überdimensionierte Lautsprecher standen vor der Fensterbank. Unzählige Schallplatten waren in beschriftete Kisten einsortiert.

Zum Hinterhof hin lag der eigentliche Wohnbereich. Statt Bildern waren Plattencover an die Wand genagelt. Laurent Garnier, Roland Casper, Len Faki. Mit keinem der abgebildeten Musiker konnte Sera etwas anfangen. Ein großes Ecksofa nahm den Großteil des Zimmers ein, außerdem gab es zwei riesige Sitzsäcke aus Leder und einen langen, schmalen Holztisch. Aus einem Aschenbecher kräuselte Qualm. Es roch nach Haschisch.

Die junge Frau auf der Couch war genauso hübsch wie Gerlinde, hatte aber lange blonde Haare und verquollene Augen. Sie schnäuzte sich in ein Taschentuch.

»Frau Peters, es geht um gestern Abend.« Sera versank knisternd in einem der Sitzsäcke.

Jasmin schaute mit trübem Blick auf. »Gestern Abend?«

»Herr Lahnstein hat uns erzählt, Frank sei mit Ihnen ausgegangen. Ist das richtig?«

Unvermittelt gab Jasmin einen Ton von sich, der irgendwo zwischen Schluchzen und Schnauben lag. Sie sprang auf und rannte aus dem Zimmer. Die Badezimmertür fiel krachend ins Schloss, dämpfte ihr Heulen aber kaum.

»Es ist wegen … seinem Vater.« Gerlinde strich sich eine braune Strähne von der Wange. »Der Senator mochte Jasmin vom ersten Tag an nicht.«

»Gab es dafür einen Grund?«

Gerlindes Blick folgte den feinen Rauchschwaden, die noch immer aus dem Aschenbecher aufstiegen. »Weil sie …«

»Weil ich Stripperin war.« Jasmin war wieder ins Zimmer gekommen. Zorn hatte sich rot auf ihren Wangen breitgemacht.

Gerlinde nahm ihre Hand und zog ihre Freundin neben sich auf die Couch. »Komm her, Schatz.« Zu den Beamten sagte sie: »Aber das war sie nur ein paar Monate!«

»Auch ein paar Tage wären zu lang für ihn gewesen. Also

für Franks Vater.« Jasmins Lippen zitterten. Die Wut lenkte sie von ihrer Trauer ab.

Ihre Freundin schüttelte den Kopf. »Ich glaube, der Senator hätte nicht einmal ein Problem damit gehabt, wäre nicht die Presse dahintergekommen, dass Jasmin im *Café Hermano* getanzt hat. Kennen Sie den Laden?«

Das *Hermano* war eine berüchtigte Schickimicki-Kneipe am Alexanderplatz, nur einen Steinwurf vom Präsidium entfernt. Der Szenetreffpunkt war vor Jahren bei einem Brand zerstört worden, aber inzwischen hatte der Besitzer, eine Berliner Milieugröße, den Laden längst wieder restauriert und neu eröffnet.

»Die Medien haben das natürlich ausgeschlachtet: *Lahnstein junior liebt Stripperin!* Diese Sorte Presse, mitten im Wahlkampf, gefiel dem Senator natürlich überhaupt nicht. Eine Stripperin, ausgerechnet in seiner tugendhaften Familie, o Gott!« Gerlinde kramte in ihrer Handtasche. »Verstehen Sie, was ich meine?«

Vermutlich besser, als Sie ahnen. Sera bejahte.

»Es ist ständig zu Streit gekommen«, fuhr Jasmin fort.

»Aber nicht nur wegen ihr!« Gerlinde schnippte eine Kippe aus einer Zigarettenschachtel und entzündete sie mit einem Feuerzeug. »Auch wegen Frank selbst. Er war DJ. Nicht eben das, was sich sein Vater vorgestellt hat. Aber Frank wollte sein eigenes Ding durchziehen. Hat er dann ja auch.«

Seras Handy klingelte. Ein rascher Blick auf das iPhone: Es war ihre Mutter. Sera drückte das Gespräch weg. »Frau Peters, wusste Ihr Freund von den Morddrohungen gegen seinen Vater?«

»Er hat es ihm gesagt.« Jasmin zog die Beine an den Körper und umklammerte sie mit den Armen. »Aber Frank wollte davon nichts hören. Er hat nur gesagt: ›Was habe ich damit zu tun? Bin ich der Politiker oder du?‹ Irgendwie hatte er ja auch recht.«

»Wusste Frank von der Überwachung?«

Jasmin riss ihre geröteten Augen auf. »Überwachung?«

»Er hatte Polizeischutz.«

»Nein, davon hatte er keine Ahnung.« Ihre Worte gewannen an Heftigkeit. »Was soll das auch für ein Schutz gewesen sein?« Sie schluchzte. Tränen rannen ihre Wangen hinab. Gerlinde legte den Arm um sie.

Erneut läutete das Mobiltelefon. Abermals Annecim. Sera schaltete das Gerät ab. »Wo hat sich Ihr Freund gestern Abend aufgehalten?«

»Am Anfang im *Lovelite.*« Das *Lovelite* war eine Diskothek, ebenfalls nicht weit von der Simplonstraße entfernt. Gerlinde zog an der Kippe, während sie ihre Freundin weiter im Arm hielt. Eine Qualmwolke nebelte die beiden Frauen ein. »Er hat dort als DJ aufgelegt.«

»Haben Sie ihn begleitet?«

»Ja, wir waren beide dabei.«

»Hat er gestern Abend etwas gesagt?«, erkundigte sich Gesing.

Durch den Zigarettenqualm sahen ihn die beiden Frauen verwirrt an.

»Zum Beispiel, dass ihm etwas merkwürdig vorkam.«

Sie verneinten.

»Und was ist mit Ihnen? Ist Ihnen etwas aufgefallen? Vielleicht jemand, der Ihren Freund bedroht hat? Längere Zeit angestarrt? Oder verfolgt?«

»Nein«, sagte Jasmin.

»Nein«, bestätigte Gerlinde.

»Überlegen Sie genau«, bat Gesing. »Jede Beobachtung könnte wichtig sein.«

»Nein, wirklich, ich ... ich ...« Jasmin brach ab und setzte neu an. »Es war alles wie immer.«

Gerlinde drückte ihre Freundin fester an sich. Auch ihr traten jetzt die Tränen in die Augen. »Du darfst dir keine Vorwürfe machen, Schatz. Wir können nichts dafür.«

Sera schaute aus dem Fenster. Die Nachmittagssonne verschwand gerade hinter den Dächern und ließ dunkle Schatten zurück. Auf den neuen Bahnsteigen des Ostkreuzes gingen die Lichter an. Etwas weiter westlich lag der Beginn der Revaler Straße. Bis zu dem Fundort von Frank Lahnsteins Leiche waren es nur ein oder anderthalb Kilometer. Nicht viel weiter als bis zum *Lovelite*.

»Sie sagten, Sie seien anfangs im *Lovelite* gewesen«, sagte Sera. »Wo sind Sie dann hin?«

Jasmin setzte zur Antwort an, aber ihre Stimme versagte. Sie hustete.

»Nachdem Frank mit seinem DJ-Set fertig war, sind wir ins *Rosies* gelaufen.« Eine weitere Diskothek im Kiez. Gerlinde drückte ihre Zigarette im Aschenbecher aus. Wieder stieg Sera der Geruch von Haschisch in die Nase. »Später sind wir in die *Panoramabar* gefahren. Gegen sechs heute Morgen sind wir nach Hause.«

»Und Frank war nicht bei Ihnen?«

»Doch, aber am Ostkreuz hat er sich verabschiedet. Er wollte noch einmal zum *Lovelite*, seinen Plattenkoffer abholen, und anschließend nach Hause kommen.«

Jetzt erklang das Klingeln von Gesings Handy. Er warf einen Blick auf das Display und nahm dann stirnrunzelnd das Gespräch entgegen.

Sera wartete, bis ihr Kollege das Zimmer verlassen hatte. »Sie haben sich keine Sorgen gemacht, als Frank nicht nach Hause kam?«

Jasmin atmete durch. »Wir dachten, dass er vielleicht unterwegs noch Freunde getroffen hat …«

»… und mit ihnen auf einer After-Hour-Party gelandet ist«, ergänzte Gerlinde.

»Ohne Ihnen Bescheid zu geben?«

»Das wäre …« Jasmin putzte sich die Nase. »Das wäre nicht das erste Mal gewesen.«

»Deshalb haben wir uns schlafen gelegt«, sagte Gerlinde.

»Bis um … um ein Uhr mittags unsere Freunde anriefen. Sie waren ganz aufgeregt und haben uns von diesem … diesem schrecklichen Video erzählt.«

Gesing kam zurück ins Wohnzimmer. Er machte ein Zeichen zur Tür. *Es ist wichtig.* Sera verabschiedete sich schnell von den beiden Frauen.

Im Treppenhaus klärte ihr Kollege sie auf: »Das war gerade Dr. Salm. Er konnte dich nicht erreichen.«

Sera schaltete ihr iPhone wieder ein. Annecim hatte es ein drittes Mal versucht, und auch ein Anruf vom Chef war eingegangen. Außerdem wartete Gerrys SMS noch immer auf Beantwortung.

»Was wollte er?«

»Er meinte, wir sollen sofort zu dem Lagerhaus in die Revaler Straße zurückfahren.«

»Und wozu?«

»Das hat er nicht gesagt.«

42

Robert hatte gehofft, Hagen würde ihm die Frage ersparen. *Warum bist du damals abgehauen?* Aber nun, da er sie ausgesprochen hatte, wunderte es ihn, dass sein Freund ihn erst so spät damit konfrontierte. Plötzlich fühlte Robert sich wieder müde und ausgelaugt.

»Es war eine Chance«, erklärte er.

»Eine Chance?«

»Ja, eine berufliche Chance.«

Hagen wirkte nicht überzeugt. »War das der einzige Grund?«

Robert löste sich von der Stereoanlage und ging zu dem alten, englischen Sekretär hinüber. Eins der Fotos auf dem Kabinett zeigte seine Mutter. *Irjendwann jehen die Eltern von uns. Det is normal im Leben, wa?* Ein anderer Bilderrahmen enthielt eine Aufnahme von Max, wenige Wochen vor seiner Abiturprüfung. Damals hatte er sein Haar noch kürzer getragen, was seinem Gesicht einen noch strengeren Ausdruck verlieh. Schon als er jung war, hatte er, wenn ihm etwas zuwider war, die Hände stur in seinen Manteltaschen vergraben.

Robert entnahm seiner Jacke die vergilbte Aufnahme aus der Ruine in Ruhleben. Er lehnte sie gegen den Sekretär, dann drehte er sich langsam um, setzte zu einer Erklärung an.

Hagen kam ihm zuvor. »Wovor bist du geflohen?«

»Ich bin nicht geflohen.«

»Also, auf mich hat das ...« Das neuerliche Klingeln des Praxistelefons brachte Hagen zum Verstummen. Er betrachtete den kleinen, glänzenden Schlüsselanhänger in seiner Hand.

Robert wartete, bis das Läuten aufhörte. »Es ging nicht anders.«

»Es geht immer anders.«

»Damals nicht.«

»Du hättest nur ein Wort sagen müssen. Ich hätte dir geholfen.«

»*Dabei* hättest du mir nicht helfen können. Ich wollte ... Ich musste verstehen, wie die Menschen ticken.«

»Ich dachte, das wäre dir längst gelungen. Deswegen hast du doch Verhaltensforschung und Psychologie studiert.«

»Es hat nicht funktioniert. Oder nur bis zu einem gewissen Grad.« Robert lauschte den verträumten Melodien von Tangerine Dream, die sich aus den Lautsprechern woben, ohne jedoch die vertraute, entspannende Wirkung zu entfalten. »In den Staaten konnte ich Dinge ...«

»Dinge?«

»... Menschen ... Gewalttäter, Verbrecher, Mörder studieren, von deren Psyche man sich hierzulande keine Vorstellung machen kann.«

»Das ist doch krank!«

»Nein, das ist eine Gelegenheit, die nicht jeder bekommt.«

Hagens Finger krampften sich um seinen Schlüsselanhänger. »Falls du es vergessen hast: Du warst nicht der Einzige, der gelitten hat.«

»Es tut mir leid, wenn ich dich …«

»Es geht nicht um mich!«, warf Hagen ein. »Es geht um Bo.«

Was ist mit Bo? Hast du dich bei ihr …? »Was hat sie damit zu tun?«

»Das fragst du mich noch?«

Robert holte Luft. *Schön, dass du wieder hier bist.* »Warum bist du vorbeigekommen, Hagen? Um mir Vorwürfe zu machen?«

»Nein, weil wir miteinander reden müssen.«

»Wir reden die ganze Zeit.«

»*Ich* muss mit dir reden.«

»Ich höre.«

»Es stimmt nicht ganz, was ich vorhin zu dir gesagt habe.« Hagen schob den Schlüsselanhänger zurück in die Hosentasche und faltete die Hände wie zum Gebet in seinem Schoß. »Es hat sich einiges verändert.«

»Ja, vier Jahre sind eine lange Zeit.«

»Und in dieser Zeit … Ach, verdammt!« Hagen warf die Hände empor, weil das klingelnde Telefon abermals seinen Redefluss gestoppt hatte. »Geh jetzt endlich ran, sonst gibt das verfluchte Teil überhaupt keine Ruhe mehr.«

Robert rührte sich nicht vom Fleck.

»Mir scheint, es ist dringend«, sagte Hagen.

Widerstrebend trottete Robert in die Praxis, wo er nach dem Telefonhörer griff. »Hallo?«

»Dr. Babicz, sind Sie das?« Die Stimme des Anrufers kam ihm entfernt vertraut vor. »Endlich erreiche ich Sie. Wir brauchen Ihre Hilfe.« Im selben Moment klingelte es an Roberts

Tür. »Das wird der Wagen sein, den ich Ihnen geschickt habe. Bitte, machen Sie sich sofort auf den Weg.«

43

Die Reihen der Reporter vor der Brache in Friedrichshain hatten sich gelichtet. In der Lagerhalle selbst, nun auch von außen durch Lichtmasten hell bestrahlt, arbeiteten nach wie vor die Kriminaltechniker. Bis ihre Untersuchungen endgültig abgeschlossen waren, würden noch Stunden vergehen. Bei all dem Müll, der herumlag, vielleicht sogar Tage.

Vom Dezernatsleiter war weit und breit nichts zu sehen. Sera nutzte die unverhoffte Pause, griff zum Handy und wählte die Nummer ihrer Mutter. Annecim nahm den Anruf so rasch entgegen, als hätte sie neben dem Apparat gewartet. *Wahrscheinlich hat sie genau das getan.*

»Seray, können wir uns heute treffen?« Ihr hektischer Wortschwall verriet Erregung.

»Nein, heute nicht mehr.« Sera zog den Reißverschluss ihrer Lederjacke hoch. Seit die Sonne untergegangen war, hatte der Wind aufgefrischt.

»Aber ich muss mit dir reden, unbedingt!«

»Ich habe leider nicht viel Zeit.«

Lautes Geplärre erscholl am anderen Ende der Leitung. »Eldin!«, rief Annecim. »Lass das sofort sein!« Sie legte die Hand über das Telefon. Ihre Stimme klang dumpf wie aus weiter Entfernung. »Ich sagte, du sollst deine Schwester nicht ärgern!« Dann war sie wieder ganz nahe. »Baba ist wütend.«

Baba ist immer wütend. Sera schwieg. Die Scheinwerfer erhellten die Zufahrt zum Grundstück, auf der zwei Limousinen heranrollten.

»Seray, hast du mich verstanden?«

»Ja. Warum ist er wütend?«, fragte Sera, obwohl sie die Antwort kannte.

»Du bist bei Onkel Mergim gewesen.«

»Was ist so schlimm daran, dass ich meinen Onkel besuche?«

»Er sagt, du hast ihn beleidigt.«

Ich habe nur die Wahrheit gesagt. Die beiden Pkws hielten dicht vor Sera. Aus dem Fond des einen sprang Dr. Salm. Seine Schuhsohlen versanken knirschend im Kies.

»Annecim, ich muss auflegen.«

»Seray, am Samstag feiert Baba seinen Geburtstag. Du solltest ...«

»Ja, ich werde heute Abend zu Mergim fahren.«

»Schön.« Seras Mutter hauchte einen erleichterten Seufzer ins Telefon. »Also wirst du dich bei ihm entschuldigen.«

Nein, das werde ich nicht. Aber das sagte Sera nicht. Die Wahrheit würde ihre Mutter früh genug erfahren. Sie beendete das Gespräch.

»Muth!« Der Dezernatsleiter hatte einen Mann im Schlepptau, dem Hose und Jacke zerknittert am Leib schlotterten. Sein Gesicht machte einen ähnlich mitgenommenen Eindruck. »Das ist Dr. Babicz. Er ist Psychologe. Er stand uns bereits einige Male als Fallanalytiker zur Seite.«

»Ja, ich weiß«, sagte Sera.

»Tatsächlich?« Dr. Salm war überrascht.

»Vor einigen Jahren, bei der Sache mit dem Kindermörder. Die Pädo-Kreise.«

»Ich erinnere mich.« Der Psychologe reichte ihr die Hand.

»Muth, Kriminalhauptkommissarin. Und das ist mein Kollege, Kriminalobermeister Gesing.«

»Freut mich.«

»Wie auch immer.« Der Chef fuchtelte ungeduldig mit den Händen. »Der Fall Lahnstein ist von dringender Natur, da sind sich alle einig. Es werden daher alle Kräfte eingesetzt, die verfügbar sind ...«

»Und was ist mit dem Fall Gökcan?«, warf Sera ein.

Dr. Salm machte eine wegwerfende Bewegung. »Der muss erst einmal warten.«

»Das ist nicht Ihr Ernst, oder?«

»Sehe ich so aus, als würde ich scherzen? Kollege Berger wird sich darum kümmern. Er kommt morgen aus dem Urlaub zurück. Der Fall Lahnstein ist …« Er atmete geräuschvoll aus. »Na, wie ich schon sagte: von dringenderer Natur. Deshalb steht Ihnen und Ihrer SOKO ab sofort auch Dr. Babicz als Berater zur Seite. Er ist erst dieser Tage aus den Staaten zurückgekehrt, wo er an der FBI-Akademie in Quantico eine Profiler-Ausbildung absolviert hat – als einer der wenigen Europäer.«

»Auch das ist mir bekannt«, knurrte Sera.

»Ach ja?«

»Dr. Babicz erwähnte es damals, kurz vor seiner Abreise.«

Der Psychologe lächelte. »Ich würde mir gerne den Tatort anschauen.«

»Wir sind hier nicht am Tatort«, verbesserte Gesing. »Hier wurde die Leiche nur gefunden.«

»Dann möchte ich mir den Fundort ansehen.«

»Genau!« Der Dezernatsleiter klatschte in die Hände. »Deswegen haben wir uns ja auch hier getroffen.«

In der Lagerhalle war das Licht der Scheinwerfer noch greller und unangenehmer. Babicz kniff die Augen zu schmalen Schlitzen zusammen, während er die Nische hinter der Betonmauer begutachtete. Die Leiche war mittlerweile in die Gerichtsmedizin verfrachtet worden. Auf dem staubigen Boden trocknete zwischen den Kennzeichnungen und Nummerierungen der Spurensicherung das geronnene Blut.

Sera beobachtete den Psychologen. Er schritt die Umgebung ab, verlor kein Wort. Zwei oder drei Mal blieb er stehen, gähnte, rieb sich die Augen, beugte sich hinab. Dann blickte er missmutig zu den Löchern im Dach hinauf. Draußen war es dunkel. Selbst das Licht des Mondes wirkte mürrisch.

Sera hatte einiges über Profiler gelesen, nicht nur in Krimis, sondern auch in der Fachpresse. Angeblich konnten manche anhand des Tatorts oder der Leichenfundorte Rückschlüsse auf den Mörder, sein Profil, die Motive oder sonstige Umstände der Taten ziehen.

Besaß auch Babicz diese Fähigkeiten? Wenn ja, was würde er in der Lagerhalle entdecken? Was, wenn er Spuren fand, die ... *Nein, daran darfst du nicht denken.*

Der Psychologe kam gähnend zu den Beamten zurück. »Jetzt würde ich mir gerne die Leiche ansehen.«

44

Heutzutage glaubten die Leute, ein Profiler könne, indem er einen Tatort – oder auch nur den Fundort – einer Leiche betrachtet, den Hergang eines Verbrechens erklären. An dieser Vorstellung waren unsägliche Fernsehserien schuld. Natürlich war das völliger Unsinn. Wenn sogar schon die Kriminaltechniker mit ihrer Hightech-Ausrüstung Schwierigkeiten hatten, irgendwelche Spuren zu finden, wie sollte Robert dann mit bloßem Auge etwas erkennen?

Missmutig verbrachte er die Fahrt auf dem Rücksitz des Passats. Auf den Straßen herrschte Chaos, weshalb Kriminalobermeister Gesing, der den Wagen lenkte, mehr als eine Stunde bis zum rechtsmedizinischen Institut der Charité brauchte.

»Geht es Ihnen nicht gut?«, fragte die Kommissarin, nachdem sie das Gebäude in Moabit unweit des Tiergartens betreten hatten.

»Alles okay.«

»Sie sehen blass aus.«

»Muss an dem Licht liegen.« Robert nickte in Richtung der Neonröhren, die die weißen Fliesen im Gang erhellten.

»Mhm«, machte Muth wenig überzeugt.

»Nein, im Ernst«, korrigierte Robert mit einem dünnen Lächeln. »Der Jetlag macht mir zu schaffen. Seit meiner Rückkehr habe ich kaum geschlafen.«

»Das kenne ich. Nach meinem Urlaub in Australien hat es auch drei Wochen gedauert, bis mein Körper sich wieder an die Zeitumstellung gewöhnt hatte.«

»Drei Wochen?« Robert japste. »Jetzt machen Sie mir aber Hoffnung. Mein Bruder meinte, zwei Wochen wären üblich.« Er atmete aus. »Na ja, egal ... Um ehrlich zu sein, hatte ich gehofft, nach meiner Rückkehr etwas mehr Zeit bis zu meinem ersten Fall zu haben.«

»Tut mir leid«, bedauerte Muth. Es klang aufrichtig.

»Ist nicht Ihre Schuld.«

»Ich weiß.« Die Kommissarin öffnete ihm die Tür zum Obduktionssaal. »Dr. Salm kann manchmal unerbittlich sein. Vor allem, wenn er mit seinem Schwager gesprochen hat.«

»Seinem Schwager?«

»Er ist der Polizeipräsident.«

»Verstehe«, sagte Robert, dessen Unwohlsein sich beim Anblick der Metallbahren im Obduktionssaal verstärkte.

Nur die Erschöpfung, beruhigte er sich. *Und das schlechte Gewissen.* Als er in den Streifenwagen gestiegen war, den Dr. Salm ihm zu seiner Wohnung geschickt hatte, war nicht einmal mehr genug Zeit geblieben, um das Gespräch mit Hagen zu einem ordentlichen Abschluss zu bringen. Was hatte sein Freund ihm mitteilen wollen?

»Dr. Babicz!« Die Stimme von Dr. Wittpfuhl hallte durch den großen Raum. Der Gerichtsmediziner wusch sich gerade die Hände an einem Spülbecken. »Habe schon gehört, dass Sie wieder im Dienst sind. Wie war's bei den Kollegen vom FBI?«

»Lehrreich.«

»Nun mal nicht so bescheiden. Meinen Glückwunsch zu dieser Sache mit dem Knochenmann.«

»Sie wissen davon?«

»Aber selbstverständlich.« Ein Strahlen erhellte Dr. Wittpfuhls gebräuntes Gesicht. »Ich war vor Kurzem beim Weltkongress der American Academy of Forensic Sciences in Seattle. Es gab kaum ein anderes Thema. Ihre Arbeit in diesem Fall wurde in den höchsten Tönen gelobt.«

Robert bemerkte den Blick der Kommissarin. Sie wartete auf weitere Einzelheiten, doch er deutete nur auf die Metallbahre, auf der sich unter weißem Leinen die Konturen eines Körpers abzeichneten. »Ist das Lahnsteins Sohn?«

Während der Arzt sie zu der Bahre begleitete, streifte er sich einen Einweghandschuh über. Mit der geschützten Hand tastete er nach dem Tuch, zog es aber noch nicht fort. »Ich bin gespannt auf Ihr Urteil, Dr. Babicz.«

»Schlimmer als das, was ich in Quantico gesehen habe, kann es nicht sein.«

»Ich wäre mir da nicht so sicher«, meldete sich Muth.

»Ich habe etwas anderes gemeint.« Dr. Wittpfuhl zog das Leinen beiseite, langsam wie ein Zauberkünstler, der einen Vorhang vor dem gespannten Publikum hob.

Die Kommissarin sog hörbar die Luft ein. *Und das, obwohl sie den Toten schon einmal gesehen hat.* Oder was von ihm übrig geblieben war.

Robert war keine äußerliche Reaktion anzumerken. Sein Magen dagegen rumorte. »Erzählen Sie.«

»Da ich bisher nur die äußere Leichenschau vorgenommen habe, kann ich Ihnen natürlich nichts Endgültiges sagen«, begann der Gerichtsmediziner. »Aber einiges ist, nun ja, offensichtlich.« Er ging zur Seite der Metallbahre und breitete die Arme aus. Seine Hände schwebten wie die eines Magiers über den Extremitäten des Toten. »Dem jungen Mann wurden Arme und Beine fixiert, was die Striemen erklärt, die Sie hier und hier erkennen können. Die Lederfesseln haben tief in seine Haut geschnitten, während er sich dagegen wehrte, dass man ihm, vermutlich mit einem Holzhammer, die Hände und Füße brach – obwohl er davon nicht sehr viel gespürt haben dürfte.«

»Er war betäubt?«

»Eine erste Blutprobe erbrachte Hinweise auf ein Gemisch aus Ecstasy und Kokain. Auch Rückstände lokaler Anästhetika, sogenannter Aminoamide, konnten festgestellt werden. Deren Wirkung tritt zügig ein, lässt aber ebenso schnell wieder nach – nach etwa dreißig bis sechzig Minuten.«

»Sollte er überleben?«, fragte Muth.

»Angesichts dessen, was danach mit ihm geschehen ist, neige ich zu der Vermutung, dass er nur *lange genug* überleben sollte.«

»Und leiden«, fügte Robert hinzu.

»Ja, darum ging es wohl. Das Opfer sollte Schmerzen empfinden. Große Schmerzen. Und so wie es aussieht«, Dr. Wittpfuhl umkreiste die Bahre, bis er an ihrem Kopfende stand, »hat der junge Mann furchtbar gelitten. Der Täter scheint wie von Sinnen vorgegangen zu sein.«

»Könnten es auch mehrere Täter gewesen sein?«, warf die Kommissarin ein.

»Ausschließen möchte ich das nicht. Aber egal, ob ein oder mehrere Täter, die Brutalität, die angewandt wurde, zeugt …«

»… von einer ziemlichen Wut«, beendete Robert den Satz.

Der Gerichtsmediziner breitete das Laken wieder über die Leiche. »Aber – zum Glück, möchte man fast sagen – wurden die Schmerzen übermächtig, als die Wirkung des Anästhetikums nachließ. Der Mann erlitt einen Schock und verlor das Bewusstsein. Schließlich ist er am Blutverlust gestorben.«

»Das ist tatsächlich schlimmer, als ich erwartet hatte. Allerdings …« Robert war leiser geworden.

»Allerdings?«, wiederholte Muth.

Dr. Wittpfuhl lächelte. »Verstehen Sie, worauf ich hinauswill?«

»Ja, Sie haben recht«, antwortete Robert. »Die Parallele ist … erstaunlich.«

45

Schon seit dem Mittag hatte Sera mit einem unguten Gefühl gekämpft. Jetzt kam auch noch Gereiztheit hinzu – die ständigen Andeutungen der beiden Ärzte frustrierten sie.

»Dr. Babicz, was wollen Sie damit sagen?«, fragte sie. »Welche Parallele ist erstaunlich?«

Der Psychologe reagierte nicht. Er war in sich gekehrt, dachte nach. *Worüber?* Sera sah Hilfe suchend zu Dr. Wittpfuhl, doch der streifte sich nur das Latex von der Hand und beförderte es in einen Mülleimer, dessen Klappe er geräuschvoll mit dem Fuß öffnete.

Babicz ging langsam zum Ausgang des Obduktionssaals. »Es gab da einen Fall in den USA. Einen Serienmörder.«

»Der Knochenmann«, warf der Gerichtsmediziner ein.

Der Psychologe verzog abfällig den Mund. »Er hieß Andrew Jacobs.«

»Der Knochenmann?« Sera hatte noch immer keinen blassen Schimmer, worüber die beiden Männer sprachen.

Babicz verharrte einige Sekunden vor der Tür zum Korridor. Es hatte nicht den Anschein, als würde er sich weiter erklären wollen. Stattdessen hielt er die Hände ineinander verschränkt und knetete unablässig seine Finger, als stimmte ihn etwas nervös.

»Sie werden's ohnehin über ViCLAS herausfinden«, sagte Dr. Wittpfuhl.

ViCLAS war die Abkürzung für *Violent Crime Linkage Analysis System* und stand für ein Analysesystem zum Verknüpfen von Gewaltdelikten; eine internationale Datenbank, in der Tatort- und Opfermerkmale eingetragen wurden, damit ein Zusammenhang zwischen Serienstraftaten effektiv und schnell hergestellt werden konnte.

»Jacobs hat seinen Opfern die Haut vom Leib gezogen«, rang sich der Psychologe doch schließlich zu einer Erklärung durch. »Ein Journalist der *New York Times* kam auf die Idee, ihm diesen Namen zu verpassen: der Knochenmann. Er hat seine Opfer gehäutet. Bis auf die Knochen sozusagen. Die Bezeichnung las sich besser in den Überschriften.«

Unwillkürlich drehte Sera sich noch einmal zu der Bahre im Obduktionssaal um. Unter dem weißen Laken zeichnete sich der geschundene Leichnam des Politikersohns ab. »Dr. Wittpfuhl, war es das, was Ihnen bereits heute Mittag in dem Lagerhaus an der Leiche aufgefallen ist?«

»Ja, es machte mich stutzig.« Der Gerichtsmediziner stieß die Tür zum Flur auf. Das grelle Licht, das sich auf den sterilen Fliesen spiegelte, schmerzte in den Augen. »Sie können sich denken, dass ich schon viele Leichen auf meinem Tisch liegen hatte. Aber eine, der man die Haut vom Körper gezogen hat …«

»Vom Torso!«, verbesserte der Psychologe.

»Ja, genau, vom Hals über die Schulter bis hinunter zum Beckenkamm – vom Leib gezogen wie ein Overall. So etwas hatte ich noch nie. Als ich dann heute Mittag plötzlich die Leiche vom jungen Lahnstein gesehen habe, musste ich unweigerlich an den Knochenmann denken. Der Fall wurde ja mehrfach und ausführlich von den Kollegen in der Fachpresse erörtert.«

Ein Mann mit Koteletten und gewaltigem Bauch, über den sich sein weißer Kittel wölbte, watschelte über den Flur auf sie zu. Leise wechselte er einige Worte mit Dr. Wittpfuhl, der eine Unterschrift leistete, bevor der Mann sich wieder davonmachte.

»Dr. Babicz«, begann Sera, »denken Sie etwa, Jacobs …«

»Nein!«, unterbrach der Psychologe. »Er ist gefasst worden.«

»Woran Sie einen nicht unwesentlichen Anteil hatten«, lobte der Gerichtsmediziner.

Sera schaute die beiden abwechselnd fragend an, während sie den Obduktionssaal verließen.

Es war Dr. Wittpfuhl, der erklärte: »Dr. Babicz war in die Ermittlungen des FBI involviert.«

»Jacobs sitzt jetzt hinter Schloss und Riegel«, sagte Babicz, während er weiterhin seine Finger massierte. »Die Verhandlung beginnt demnächst. Ihn erwartet die Todesstrafe.«

»Also kann er es nicht gewesen sein«, stellte der Gerichtsmediziner fest.

Sie erreichten den Ausgang. Die andächtige Stille im Rechtsmedizinischen Institut wurde abrupt durch den Großstadtlärm draußen abgelöst. Der Totenstille folgte die Geräuschkulisse der Industriegesellschaft: ratternde S-Bahnen, quietschende Taxen, Busse und Autos, Touristengruppen.

Der Wind trieb eine Einkaufstüte über den fast leeren Parkplatz. Gesing lehnte amüsiert an der Stoßstange des Passats. Blundermann, der inzwischen eingetroffen war, erzählte ihm einen Witz.

Sera war nicht nach Lachen zumute. »Dennoch ist auch Ihnen eine Ähnlichkeit zu Jacobs' Morden aufgefallen, Dr. Babicz, oder?«

»Ja und nein.« Der Psychologe löste endlich seine Finger voneinander, knöpfte seinen Parka zu und vergrub die Hände in den Taschen. »Wie ich schon sagte, die Parallele ist ungewöhnlich, geradezu erstaunlich. Deshalb stimme ich Herrn Dr. Wittpfuhl zu: Wir sehen viel in unserem Beruf, aber auf einen Killer, der sein Opfer häutet, treffen wir äußerst selten. Das stimmt nachdenklich.«

»Wie nachdenklich?«, hakte Sera ungeduldig nach.

»Nun ja, es gibt schon einen entscheidenden Unterschied

zwischen den Opfern: Jacobs war Mediziner, ein ehemaliger Schönheitschirurg. Bei seinen Taten ging er wie ein professioneller Chirurg vor.« Babicz hob die Schultern bis an die Ohren und rollte mit dem Kopf, als wollte er Verspannungen im Nacken lösen. »Und nicht zu vergessen: Jacobs hat seine Opfer nicht gefoltert. Er tötete sie, indem er ihnen die Kehle durchschnitt, bevor er sie fachmännisch häutete.«

»Was war sein Motiv?«

»Bei den Vernehmungen hat er kein Wort darüber verloren. Wir wissen aber, dass er vor Jahren aufgrund eines Kunstfehlers seine Approbation verloren hat. Er behauptete, es sei unverschuldet gewesen. Wie auch immer, er durfte nicht mehr praktizieren. Vermutlich war dies der Auslöser für seine Morde – er wollte den Beweis liefern, dass er als Chirurg sehr wohl etwas taugte.«

»Was man von dem Mörder des jungen Lahnstein aber kaum behaupten kann«, fügte Dr. Wittpfuhl hinzu. »Seine Häutung ist stümperhaft ausgeführt worden. Man hat ihm die Haut regelrecht vom Leib gerissen.«

Sera schluckte, bevor sie konstatierte: »Also reden wir hier, wenn überhaupt, von einem Nachahmungstäter, richtig?«

Der Psychologe bejahte. »Die Sache mit Jacobs ging weltweit durch die Presse. Außerdem liegt der Fall noch nicht lange zurück. Gut möglich, dass Ihr Täter dadurch beeinflusst wurde. Es wäre nicht das erste Mal, dass ein Mörder von den Taten eines früheren Serienkillers, insbesondere eines zu so trauriger Berühmtheit gelangten, inspiriert worden ist.«

»Möglich«, stimmte Sera ihm zu und lief die Treppe zum Parkplatz hinab. »Allerdings haben wir es hier offenbar nicht mit einem Serienkiller zu tun. Alles deutet bisher auf eine«, sie holte Luft, ihr Unbehagen wuchs mit jeder Stufe, die sie nahm, »politisch motivierte Tat hin.«

»Ja, weswegen die Parallele auch einfach nur ein Zufall sein könnte«, schlug der Gerichtsmediziner vor.

»Was glauben Sie?«, entgegnete Babicz und sah dabei Sera an.

Was ich glaube? »Glauben gehört nicht zu meinem Job«, sagte sie, und obwohl dagegen schwerlich etwas einzuwenden war, fühlte sie sich unwohl, als sie fortfuhr. »Ich halte mich lieber an die Fakten.«

Ihre Antwort schien dem Psychologen zu gefallen. Er nickte lächelnd. »Dann erzählen Sie mir doch bitte, was Sie bisher an Fakten haben.«

46

»Fassen wir zusammen, was wir bisher wissen!« Bodkema sah in die Gesichter der Redakteure, die sich in seinem Büro versammelt hatten. Zuletzt fiel sein Blick auf Tania. Sie hatte sich auf einem Stuhl niedergelassen, die Beine übereinandergeschlagen, die Arme um die Brust geschlungen. »Uns wurde eine E-Mail mit dem Link zum Foltervideo geschickt, danach wurden wir zum Fundort der Leiche bestellt.«

»Wer auch immer also für die Entführung und den Mord verantwortlich ist, er sucht die Öffentlichkeit«, stellte Sackowitz fest.

»Natürlich ist die Polizei nicht glücklich darüber.« Bodkema erlaubte sich ein kurzes, bedauerndes Lächeln. »Das ist sie in solchen Fällen nie.«

»Wobei *solche* Fälle auch eher eine Seltenheit sind«, bemerkte Georg Harzer, der bald scheidende leitende Redakteur des Nachrichtenressorts.

»Richtig«, räumte Bodkema ein, »aber so entsetzlich diese Tat auch ist, meine Damen und Herren, werden wir morgen damit aufmachen, ganzseitig, vierspaltig – und mit den Fotos.« Er hielt nach dem Azubi Ausschau. »Wo ist Jens?«

»Ich habe ihn nach Hause geschickt«, sagte Harzer. »Dem ist der Fund ganz schön auf den Magen geschlagen.«

»Verständlich«, meinte Bodkema. »Richte ihm bitte aus, dass seine Fotos gut sind. Sehr gut sogar, bedenkt man, unter welchen Umständen sie gemacht wurden!«

»Und was sagt die Polizei zu den Fotos?«, gab Sackowitz zu bedenken.

»Nichts«, antwortete Bodkema.

»Nichts?«

»Weil die Polizei von den Fotos noch nichts weiß.«

»Oh.«

»Und bitte, natürlich werden wir die Bilder von der Leiche in vollem Respekt abdrucken, darüber sind wir uns doch einig.« Bodkema hüstelte. »Schließlich wollen wir der Polizei keinen neuerlichen Grund zur Verärgerung geben. Aber veröffentlichen werden wir die Fotos, oder ist jemand dagegen?«

Niemand erhob Einspruch.

»Gut, dann wird Hardy, der heute Mittag als Erster von der Entführung erfahren hat, die Berichterstattung zu dem Fall koordinieren.«

Sackowitz nickte diensteifrig. Tania wollte jetzt doch Einspruch erheben, aber der Chefredakteur begegnete ihrem Blick und deutete ein Kopfschütteln an.

»Alle anderen arbeiten Hardy zu«, fuhr er fort. »Und geht schon mal davon aus, dass wir eine lange Nacht und ein arbeitsreiches Wochenende vor uns haben.«

Die Journalisten verstreuten sich in der Redaktion, hasteten an ihre Rechner, griffen zu den Telefonen, setzten Kaffee auf. Als alle das Büro verlassen hatten, schloss Bodkema die Tür. Tania saß noch unverändert auf ihrem Stuhl.

»Wie geht es dir?«, fragte der Chefredakteur.

»Gut.«

Das war eine glatte Lüge. Denn der Anblick der Leiche in dem Lagerhaus wollte sich partout nicht aus ihrem Kopf verbannen lassen. Dabei war es nicht das erste Mal, dass sie einen Toten gesehen hatte. Sie hatte schon andere Mordopfer zu Gesicht bekommen. Zwei oder drei vielleicht, nicht mehr, weil Gewaltverbrechen in Berlin, anders als hin und wieder behauptet wurde, keineswegs zur Tagesordnung gehörten.

»Tania?«

Sie schreckte aus ihren Gedanken auf. »Wie bitte?«

»Ich sagte, du sollst nach Hause gehen. Es reicht für heute. Ruh dich aus.«

»Und was ist mit der S-Bahn?«

»Ich setze einen Kollegen darauf an.«

»Nein«, gab sie entrüstet zurück, »das ist meine Story. Ich werde morgen früh ...«

»Morgen früh«, Bodkema ließ sie nicht ausreden, »sehen wir dann weiter.«

Der Gedanke behagte ihr nicht, aber es fiel Tania schwer, ihrem Chef etwas entgegenzusetzen. *Er hat doch recht – du bist völlig fertig!* Resigniert nickte sie und schleppte sich zu ihrem Schreibtisch. Um sich abzulenken, griff sie zu ihrem Handy.

»Na, mein Schatz«, säuselte es nach wenigen Freizeichen aus dem Hörer, »gerade erst musste ich wieder an dich denken. Weißt du, mit wem ich heute ...?«

»Können wir das bitte später bereden?«

»Entschuldige, natürlich, du bist im Stress. Der Kurier hat ja heute das große Los gezogen.«

»So kann man das auch sehen.«

»Rufst du an, weil es spät wird?«

»Nein, Hagen, ich fahre jetzt heim.«

»Geht es dir nicht gut?«

»Ach ...«

»Oder ist wieder was mit deinem Mann?«

»Nein, Ralf hat sich zum Glück nicht mehr gemeldet. Der hätte mir heute gerade noch gefehlt.«

»Was ist denn dann los?« Hagen klang aufrichtig besorgt.

Die Trennung belastet deinen Mann. Und er belastet dich.
»Mein Chef glaubt, dass ich Ruhe brauche.«

47

Sera lehnte sich an den Kotflügel des Passats. In ihrem Magen ging es drunter und drüber. »Zur Stunde fehlen uns handfeste Hinweise, die Aufschluss über den oder die Täter geben könnten. Wir erwarten erste Ergebnisse der Spurensicherung sowie den Bericht der Obduktion morgen früh um neun – werden Sie an der Konferenz teilnehmen, Dr. Babicz?«

»Wenn Sie das möchten.«

»Bitte, ja. Bis dahin, so hoffe ich, haben wir mehr Informationen. Im Augenblick können wir lediglich aufgrund dessen, was wir über den Innensenator und die jüngsten Vorfälle in seinem Umfeld in Erfahrung haben bringen können, Vermutungen anstellen.«

»Ich habe darüber in den Zeitungen gelesen«, sagte der Psychologe. »Dr. Lahnstein hat Morddrohungen erhalten.«

»Und das nicht zum ersten Mal.« Blundermann öffnete eine Akte, deren Inhalt er kurz überflog. »Nachdem er vor einem Vierteljahrhundert sein zweites juristisches Staatsexamen abgelegt hatte, wurde er Leiter des Jugendamtes. Schon damals fuhr er eine harte, nicht unumstrittene Linie, die ihm eine Menge Widersacher beschert hat. Dennoch blieb er seinem Kurs nach dem Wechsel in die Senatsverwaltung für Integration, Arbeit und Soziales treu. Nebenher war er politisch aktiv, wurde Parteivize der CDU Berlin, dann Senatsabgeordneter und gab schließlich den Job für die politische Karriere auf. Nach dem Sieg der Christdemokraten bei der letzten Senatswahl übernahm er den Posten des Innensenators. Mit seinen Äußerungen stand er häufiger im Kreuzfeuer der Kritik.«

»Weshalb die Familie des Innensenators unter Polizeischutz gestellt wurde«, führte Gesing weiter aus. »Das Verhältnis zwischen Vater und Sohn ist schon immer distanziert gewesen, deshalb wurde Frank Lahnstein ohne sein Wissen überwacht. Dummerweise verloren ihn die Beamten, die ihm Polizeischutz gewähren sollten, wiederholt aus den Augen. So auch heute Morgen, als man ihn entführte. Wann genau … Ja, bitte?«

Babicz hatte sich mit Handzeichen zu Wort gemeldet. »Was ich mich gerade frage: Wussten der oder die Täter von der geheimen Überwachung? Oder wieso haben sie es geschafft, Frank Lahnstein ausgerechnet in jenem Augenblick zu verschleppen, in dem er seine Beschützer verloren hatte?«

»Vielleicht hatten sie einfach Glück?«, schlug Blundermann vor.

»Möglich. Aber unwahrscheinlich.« Babicz hob seinen Blick zum Himmel, wo sich das Rotorenrattern eines Hubschraubers näherte.

»Okay, gehen wir also davon aus, dass die Entführer Frank Lahnstein seit geraumer Zeit beobachtet haben«, konstatierte Blundermann, »und sie ganz genau wussten, dass sie ihn irgendwann ohne seine Beschützer erwischen würden.«

Babicz legte seinen Kopf in den Nacken, neigte ihn nach rechts, dann nach links. Es war nicht erkennbar, ob er Verspannungen löste oder nur nach dem Hubschrauber Ausschau hielt. »Dann wundert es mich allerdings, dass diesen sogenannten Beschützern nicht aufgefallen ist, dass auch andere ein Auge auf Frank Lahnstein geworfen hatten.«

»Die Entführer dürften sehr raffiniert vorgegangen sein«, vermutete Gesing.

Der Psychologe schüttelte zweifelnd den Kopf. »Unwahrscheinlich. Die Art der Verletzungen deutet nicht auf Raffinesse hin.«

Der Hubschrauber – helle Positionslichter am dunklen Himmel – donnerte über sie hinweg. Als das Rattern verklungen war, herrschte zwei oder drei Sekunden lang atemlose Stille. Als wäre die Zeit in diesem Augenblick stehen geblieben. Sera genoss den Moment.

Dann hüstelte Dr. Wittpfuhl, und gleich darauf bretterte eine S-Bahn durch die Nacht. Pkws rauschten über die Stadtautobahn. Am Flughafen setzte in diesem Moment bestimmt ein Flieger zum Start an. Das Vibrieren war bis nach Moabit zu spüren. Oder war es nur Seras Magen, der rumorte?

»Was sagt das Umfeld von Frank Lahnstein?« Sie wandte sich an Blundermann. »Ist jemandem in letzter Zeit etwas Ungewöhnliches aufgefallen?«

»Die Vernehmungen seiner Freunde laufen zur Stunde noch. Aber nach derzeitigem Stand scheint niemand etwas bemerkt zu haben.« Blundermann schlug einen Notizblock auf und überflog die hingekritzelten Sätze. »Ansonsten bestätigen sie das, was die Freundin von Frank Lahnstein erzählt hat: Um sechs Uhr haben sie sich vor dem Ostkreuz verabschiedet. Frank ist noch einmal zum *Lovelite* gelaufen, um seinen Plattenkoffer zu holen. Ich habe vorhin zwei Beamte zur Befragung des Diskothekenbetreibers geschickt. Dieser hat bestätigt, dass Frank Lahnstein die Platten um etwa halb sieben morgens bei ihm in Empfang genommen hat. Die beiden stießen noch mit zwei Jägermeister an, anschließend verließ Frank den Club. Angeblich wollte er direkt nach Hause – knapp anderthalb Kilometer Fußweg.«

»Gegenwärtig durchkämmt eine Einsatzhundertschaft der Bereitschaftspolizei die Straßen, die vom *Lovelite* zur Wohnung Frank Lahnsteins führen, nach Spuren«, sagte Gesing. »Sie befragen die Gäste der Bars und die Anwohner, aber bislang gibt es niemanden, der heute Morgen den jungen Lahnstein oder einen verdächtigen Vorfall gesehen hat.«

»Wenn überhaupt, dann hat sich die Entführung vor acht Uhr vollzogen«, erklärte Dr. Wittpfuhl. »Der Todeszeitpunkt liegt zwischen neun und zehn.«

»Und wieso acht Uhr?«, fragte Gesing.

Der Psychologe unternahm einen zum Scheitern verurteilten Versuch, seine Hose zu glätten, dann lehnte er sich neben Sera an den Wagen. Er rieb sich die Schläfe und runzelte die Stirn, als fiele es ihm schwer, die Augen offen zu halten. »Weil das Ausmaß der Verstümmelungen mindestens eine Stunde Zeit erforderte«, antwortete er Gesing.

»Also hat man Frank Lahnstein schon kurz nach der Entführung getötet?«, bemerkte Blundermann.

»Ja, zu dieser Erkenntnis sind wir schon bei der Leichenschau gekommen.« Babicz gähnte.

»Daraus ergibt sich eine neue Frage«, sagte Sera. »Warum schicken die Entführer um ein Uhr mittags noch ein Video an die Presse? Da war Frank Lahnstein doch schon fast vier Stunden tot. Was sollte dieses vermeintliche Lebenszeichen dann noch?«

»Eine berechtigte Frage.« Der Psychologe nickte. »Bei klassischen Entführungen wollen die Täter ihren Forderungen mit einem solchen Lebenszeichen Nachdruck verleihen. Das gelingt ihnen am besten, wenn sie es über die Medien veröffentlichen. Das garantiert höchstmögliche Aufmerksamkeit.«

»Es gibt da nur ein Problem«, unterbrach Sera. »Es handelt sich um keine Entführung im klassischen Sinne. Denn es gab überhaupt keine Forderung. Und schon eine Stunde nach dem Auftauchen des Videos, um kurz vor zwei Uhr nachmittags, wurde eine Journalistin des *Berliner Kurier* zu dem Lagerhaus in Friedrichshain gelockt, wo sie, wie von dem Mörder oder den Mördern beabsichtigt, die Leiche fand.«

»Hm«, machte der Psychologe. Sonst sagte er nichts.

Sera atmete durch. »Wenn ich also all das miteinander in Verbindung bringe: der frühe, gezielt herbeigeführte Tod des Opfers, das spektakuläre Video an den *Kurier*, das zügige Auffinden der Leiche, erneut durch die Presse«, schaudernd hielt sie kurz inne, »dann ging es wohl einzig darum sicherzustellen, dass das Sterben und der Tod des jungen Lahnstein größtmögliche Aufmerksamkeit erfahren.«

»Und wozu?«, fragte Gesing.

Sera hatte eine Ahnung, schwieg aber.

Der Psychologe stieß sich von der Autokarosse ab. »Schauen Sie sich den Zustand des Toten genau an. Aus seinen Verstümmelungen spricht Wut. Bedenken Sie dann den naheliegenden Hintergrund seiner Entführung. Die Politik seines Vaters.« Babicz breitete die Arme aus. »Mir scheint, jemand wollte ein Exempel statuieren.«

48

Im Treppenhaus stellte Robert die Tüte mit Einkäufen aus dem Spätshop ab. Er zückte den Schlüsselbund, als sein Vermieter aus der Wohnung gegenüber hervorlinste.

»Hallo, Robert.« Kornfeld trug wie am Nachmittag Jogginghose und Unterhemd. »Noch einkoofen jewesen?«

Unschwer zu sehen. »Ja.«

Der Nachbar beäugte prüfend den Tetrapak Orangensaft, die Flasche Mineralwasser, ein Roggenbrot, Butter, Erdbeermarmelade, Klopapier und Waschpulver.

»Schön«, stellte er fest. Aus seiner Wohnung dröhnte das TV-Gerät. Ein Nachrichtensprecher kommentierte die jüngsten Ereignisse in der Stadt. *Mord an Senatorensohn. Eine politische Tat? Polizei tappt im Dunkeln.*

»Bevor ich es vergesse«, sagte Robert. »Ich habe einen Wasserschaden in meiner Wohnung.«

Kornfelds Gesichtszüge entgleisten. Plötzlich schien er es eilig zu haben, zurück in seine Wohnung zu gelangen. »Wasserschaden? Herrjott, wat haste denn jemacht?«

»Nicht ich. Nicht heute. Sondern in der Wohnung über mir. Während meiner Abwesenheit.«

»Ach, det! Die Sache bei der Blum!« Der Vermieter grinste sichtlich entspannt. Offenbar war die Angelegenheit damit für ihn erledigt.

»Das Wasser ist bis in mein Badezimmer gelaufen. Die Decke ist ganz schwarz vor Schimmel.«

»Da soll sich die Versicherung der Blum drum kümmern. Ick sach ihr Bescheid.«

Robert dankte ihm und schleppte die Einkäufe in seine Wohnung. Noch einmal warf er einen Blick ins Badezimmer. Wenn er das Licht ausgeschaltet ließ, war der Schaden kaum zu erkennen. Er drehte den Wasserhahn der Badewanne auf. Während das Wasser plätschernd einlief, räumte er die Tüten aus, danach raffte er im Schlafzimmer aus dem Kleiderschrank, der vier Jahre lang nicht geöffnet worden war, einige seiner müffelnden Hosen und Hemden und stopfte sie in die Waschmaschine.

Im Wohnzimmer legte er eine CD in die Stereoanlage. *Falstaff ossia Le tre burle*. Antonio Salieris Komposition war das erklärte Lieblingsstück seiner Mutter gewesen. Während der erste Akt gegen den Lärm des Fernsehers aus der Nachbarwohnung ankämpfte, wurde Robert bewusst, dass er es versäumt hatte, eine Karte für die Deutsche Oper zu kaufen.

Verstimmt öffnete er den Tetrapak Orangensaft. Mit der Ermittlungsakte, die ihm die Kommissarin zum Studium überlassen hatte, setzte er sich aufs Sofa. Ein fester Gegenstand presste sich in seine Pobacke – ein flacher, silberner Schlüsselanhänger. Der musste Hagen am Mittag aus der Hosentasche gerutscht sein. Zum Glück ohne Schlüssel.

Robert ließ das kleine Schmuckstück in seinen Fingern kreisen. Auf der Vorderseite, *oder der Rückseite, das liegt im Auge des Betrachters*, war ein Datum eingraviert: 12. November. Das war nicht Hagens Geburtstag. Sondern? Erneut meldete sich Roberts schlechtes Gewissen. Was hatte Hagen ihm am Mittag erzählen wollen? Er würde seinen Freund morgen anrufen und sich mit ihm verabreden, um das Gespräch fortzusetzen.

Draußen rumpelte die Straßenbahn vorbei, drinnen näherte sich Salieris Drama mit Klarinette, Violoncello und Violine dem ersten Höhepunkt. Robert verstand inzwischen, was seine Mutter an den beiden Akten so fasziniert hatte. Die Oper stellte die bemerkenswerte künstlerische Raffinesse des Komponisten unter Beweis. Sie war, mit einem Wort, genial.

Robert steckte den Anhänger in die Hosentasche, überzeugte sich davon, dass das Badewasser noch eine Weile brauchte, und begann mit dem Studium der Ermittlungsakte. Die Berichte waren wegen der Kürze der Zeit nicht ausführlich, gingen aber auf die E-Mail ein, die zu einem neuseeländischen Freemail-Service zurückverfolgt worden war, der anonyme Postfächer anbot. Das Video hatte auf einem russischen Filesharing-Server gelegen.

Einige Bilder aus dem Film waren beigeheftet, aber diese betrachtete Robert nicht. Er hatte das Video bereits am Nachmittag im Fernsehen gesehen, das reichte ihm. Stattdessen las er die Schilderungen der kurzen Suche nach dem entführten Sohn, die endete, noch ehe sie richtig begonnen hatte. *Es handelt sich um keine Entführung im klassischen Sinne.* Nur eine Stunde nach Auftauchen des Videos war die grässlich zugerichtete Leiche bereits gefunden worden. Die Hände und Füße zerschmettert, der Oberleib gehäutet. *Die Parallele ist … erstaunlich.*

Er fand ein Befragungsprotokoll der Journalistin, die zu dem alten Gebäude in Friedrichshain geführt worden war und dort … Robert stutzte. Er las die detaillierte Abschrift der Befragung, die Kriminalobermeister Blundermann vorgenommen hatte, noch einmal, dann legte er die Akte beiseite. Etwas kam ihm merkwürdig vor.

Nachdenklich stemmte er sich von der Couch hoch. Auf dem Weg ins Bad knöpfte er sich sein Hemd auf. Als er, auf dem Rand der Wanne sitzend, sich die Hose über die Knöchel schieben wollte, klingelte es an der Tür. Es war kurz nach elf. Wer zum Teufel mochte das so spät noch sein?

Ungehalten drehte er das Badewasser ab und zwängte sich wieder in Hemd und Hose. Während er in die Diele stolperte, hoffte er auf seinen Bruder, fürchtete aber den Vermieter. Im Türrahmen stand jedoch die junge Frau vom Nachmittag. Mit der einen Hand raffte sie die Strickjacke am Kragen zusammen, die andere hielt sie scheu hinterm Rücken.

»Ich bekenne mich schuldig«, sagte sie.

»Wie bitte?«

»Diesmal habe tatsächlich ich Sie geweckt.«

Er folgte ihrem Blick auf seine zerknitterten Klamotten. Jetzt dämmerte es ihm auch, warum sie ihn am Nachmittag mit »Guten Morgen!« gegrüßt hatte. Er lächelte. »Sieht man mir das tatsächlich an?«

Obwohl sie sich bemühte, konnte sie ihr Grinsen nicht unterdrücken. Sofort bereute Robert es, ihr geöffnet zu haben. Er schämte sich auch ein bisschen für seinen ramponierten Aufzug. Zum Glück füllte das Bollern der Straßenbahn das nachfolgende Schweigen.

»Ich wohne in der Wohnung über Ihnen«, sagte sie, als der Lärm nachließ.

»Sie sind Frau Blum?«

»Nadine, bitte.«

Robert nannte ihr seinen Vornamen. »Also, Nadine, dann warst du das mit dem Wasserschaden?«

»Noch einmal schuldig auf ganzer Linie. Aber«, sie holte eine Flasche *Rotkäppchen* hinter ihrem Rücken hervor und drückte ihm den Sekt in die Hand, »ich wollte mich entschuldigen. Ist dumm gelaufen.«

»Was ist passiert?«

»Der Kornfeld war vor wenigen Minuten bei mir und sagte, du hättest dich …«

»Nein, nein, ich meine, wie ist der Schaden passiert?«

»Der Schlauch meiner Waschmaschine war wohl nicht richtig angeschlossen. Ist es denn sehr schlimm bei dir?«

»Kaum der Rede wert.«

»Ehrlich?«

»Überzeug dich selbst.« Er führte sie ins Badezimmer.

»Oh«, sagte sie, als sie die mit dampfendem Wasser gefüllte Wanne bemerkte. »Ich wollte nicht stören.« Dann entdeckte sie den schwarzen Schimmelfleck an der Decke. Die Farbe wich aus ihrem Gesicht. »Kaum der Rede wert? Also, das ist …«

»… ganz schön übel, ja.«

»Kein Wunder, dass du dich bei Kornfeld beschwert hast.«

»Ich habe mich nicht beschwert. Nur darauf hingewiesen. Das ist als Mieter schließlich meine Pflicht, oder?«

Skeptisch strich sie sich eine Strähne aus der Stirn. Ihr braunes Haar hatte sie zu einem Zopf gebunden. Ihr Gesicht war schmal, die Wangenknochen hoch, die Nase geschwungen, jedoch keine Stupsnase. Die leicht schräg stehenden Augen hatten eine helle, klare Farbe, getrübt nur durch ihre Zweifel, die aber der Erleichterung wichen, als sie erkannte, dass er nicht scherzte.

Das tat Robert tatsächlich nicht. Der Wasserschaden an der Zimmerdecke sah zwar übel aus, aber es gab keinen Grund, ihr deswegen böse zu sein. *Und selbst wenn, du könntest ihr nicht böse sein, sei ehrlich!*

Als hätte sie seine Gedanken erraten, errötete Nadine und wich seinem Blick aus. Ihre Augen fanden den Behandlungsraum gegenüber. »Du bist Arzt?«

»Psychologe. Und was machst du?«

»Ich tanze. Ballett. Aber noch nichts Großes, nur eine kleine Bühne. Ein Hinterhof im Prenzlauer Berg. Wirklich klitzeklein.« Als wäre es ihr peinlich, wechselte sie schnell das Thema. In einer eleganten Bewegung schwang sie den Kopf zum Wohnzimmer. »Ist das Salieri?«

»*Falstaff oder Die drei Streiche.*«

»Ich liebe Salieri.«

»Du machst Witze.«

»Warum sollte ich? Gehst du oft in die Oper?«

»Nein, nicht wirklich. Zumindest nicht in den letzten Jahren, weil ich nicht in Deutschland war. Aber jetzt möchte ich wieder öfter hin. Mein Bruder spielt im Orchester der Deutschen Oper. Er ist sehr gut.«

»Echt?« Sie klang aufgeregt, als hätte er ihr eine Sensation berichtet. »Das ist … toll!«

Stille kehrte ein, erfüllt von *Falstaff*.

Verlegen hob Robert die Flasche. »Magst du einen Schluck trinken?«

»Wolltest du nicht in die Badewanne?«

»Nein«, hörte er sich zu seiner eigenen Überraschung sagen und zog den Stöpsel. »Ich war schon fertig.«

49

»Hoşgeldiniz!« Mergim schien überrascht. Trotzdem umarmte er seine Nichte und küsste ihre Wangen. »Die Freude ist gekommen.«

»Hoş bulduk, dayı.« Sera ließ die Begrüßung über sich ergehen. »Ich habe die Freude gefunden, Onkel.«

»Nasılsınız?« Er gab ihr ein Zeichen, ihm ins Wohnzimmer zu folgen. »Wie geht es dir?«

»Kendimi hiç iyi hissetmiyorum.« Sera streifte ihre Schuhe von den Füßen und schlüpfte in die bereitstehenden Plastikschlappen. »Mir geht es nicht so gut.«

Die Antwort folgte nicht den gewohnten Regularien, doch ihr Onkel ging mit einem nachsichtigen Nicken darüber hinweg und ließ sie vor einem dritten Teegedeck Platz nehmen. Die Tasse und der Teller standen auf dem Wohnzimmertisch, als hätten Mergim und Tante Özge Seras Besuch erwartet. Demnach war seine Überraschung nur geheuchelt. Ihre Mutter hatte sie wahrscheinlich angekündigt. Wenn es daran noch einen Zweifel gab, bereinigte ihn der große Flatscreen-Fernseher – er war ausgeschaltet.

»Seray!« Mergim lächelte zufrieden. »Dein Vater hat also mit dir geredet.«

»Nein.«

»Nein?« Erstaunt schlug er die Beine übereinander und wippte mit seinen nagelneuen Lederschuhen. »Also bist du nicht gekommen, um dich …?«

»Nein!«

Mergims Lächeln gefror. Verärgerung glitt über sein Gesicht. »Weshalb dann?«

»Weil wir noch einmal miteinander reden müssen.«

»Wenn es wegen der Gökcans ist, dann habe ich dir gestern …«

»Nein, Onkel, nicht wegen der Gökcans. Damit habe ich nichts mehr zu tun.« Auch Sera konnte ihren Groll nicht länger verbergen. »Hast du dir heute schon die Nachrichten angeguckt?«

»Dazu hatte ich noch keine Zeit. Der Fernseher war heute noch nicht an.«

Er lügt! Die rote Stand-by-Diode glomm noch rechts unten am TV-Gerät. Der Monitor knisterte statisch. »Das wundert mich. Du bist doch sonst immer so gut informiert.«

Ihr Onkel senkte den Blick, inspizierte seine Pantoffeln. Keinerlei Schmutz war auf ihnen zu entdecken, nicht einmal ein Stäubchen. Seine Miene allerdings war so düster, als hätte er daumennagelgroße Löcher entdeckt.

»Frank Lahnstein, der Sohn des Innensenators, ist ermordet worden.«

Mergim blickte nicht auf, aber Sera wusste, dass er sie gehört hatte.

»Das ist schlimm, findest du nicht?«

»Bist du gekommen, um mir das zu erzählen?« Seine Stimme gewann an Schärfe. Er hob sein Gesicht.

»Ich leite die Ermittlungen in diesem Mordfall, Onkel. Noch habe ich keine Ahnung, was tatsächlich vorgefallen ist. Aber ich weiß, dass seit einigen Stunden Beamte in den Ausländervereinen und -organisationen dieser Stadt unterwegs sind. Sie befragen Funktionäre und Mitglieder, suchen nach Hinweisen, Spuren und möglichen Verdächtigen. Ich bin hier, weil ich nicht irgendwann erfahren möchte, dass …« Sera verstummte.

Plötzlich war ihr Mund staubtrocken. Zweifel überfielen sie. *Warum bist du hergekommen?* Doch für Reue war es nun zu spät.

Also sagte sie: »Diese Politik sollte mit allen Mitteln verhindert werden.«

»Was soll das heißen?«

»Mit diesen Worten hat Osman Alpzoman auf die Forderungen des Innensenators reagiert. Alpzoman ist der Präsident deines *Aydinlar Kültür ve Dayanısma Dernegi.*«

Onkel Mergims Gesicht färbte sich zornig rot. »Was spielt das für eine Rolle?«

»Eine verdammt große, wenn ich …«

»Seray, ich sagte dir schon gestern, dass du ohne Respekt mit mir redest.«

»Nein, gestern Abend hast du zu mir gemeint …«, Sera sog Luft in ihre Lungen, »mir scheint, jemand wollte ein Exempel statuieren.« Sie stieß den Atem wieder aus. »Du hast gemeint, der Senator wüsste nicht, wie es ist, ein Kind zu verlieren.«

Wutentbrannt sprang ihr Onkel vom Sessel auf. »Seray, verlasse sofort dieses Haus!«

»Onkel …«

»Ich sagte, verlasse mein Haus!«

Sera erhob sich. Sie zitterte. Unten auf dem Bürgersteig blieb sie stehen. Schwere Wolken waren aufgezogen und verhüllten die Sterne.

Was um alles in der Welt hatte sie sich von dem Gespräch mit ihrem Onkel erhofft? Etwa ein Geständnis, dass sein Verein in den Tod des jungen Lahnstein verwickelt war? Dass Mergim womöglich sogar selbst seine Finger im Spiel hatte? Der Verdacht war aberwitzig. *Aber was heißt hier Verdacht?* Es war nur eine Vermutung. Eigentlich nicht mal mehr als ein schlimmer Gedanke. *Schlimm genug!*

Im Auto überfiel Sera die Erschöpfung. Sie steckte den Schlüssel in die Zündung, wollte aber nicht starten und nach Hause fahren. Was erwartete sie dort? Leere. Sie drehte das Radio auf. Brachialer Rammstein-Rock hämmerte aus den Lautsprechern. *Sehnsucht versteckt sich wie ein Insekt, im Schlafe merkst du nicht, dass es dich sticht.*

Sie überflog noch einmal die SMS von Gerry, die er ihr am Mittag geschickt hatte: *Heute sind die Kinder dran. Vielleicht sehen wir uns am Wochenende? 1000 heiße Küsse – lass dich nicht unterkriegen. G.*

Als sie vom Mobiltelefon aufsah, eilte ihr Onkel aus dem Haus.

50

In ihrer Wohnung schlug Tania der würzige Duft brutzelnder Steaks entgegen. Schon bei dem Gedanken an das blutige Fleisch drehte sich ihr der Magen um.

»Du kommst genau richtig. Das Essen ist fertig.« Hagen empfing sie freudestrahlend in der Diele.

Mit einem schwachen Lächeln folgte Tania ihrem Freund in die Küche. Er hatte das Licht gedimmt. Auf dem gedeckten Tisch flackerten Kerzen in einem kunstvoll verzierten Leuchter. Auf dem Herd zischelte es aus Töpfen und Pfanne.

Tania hatte seit dem Frühstück nichts mehr gegessen. Seit den Ereignissen am Mittag war ihr jedweder Appetit vergangen, und auch jetzt, mit dem Abstand einiger Stunden, mochte sich der Hunger selbst beim Anblick der vor sich hin köchelnden Speisen nicht einstellen. Andererseits wollte sie Hagen nicht enttäuschen, er hatte sich so viel Mühe gegeben.

Er servierte das gebratene Fleisch in einer selbst kreierten Rahmsauce, dazu gab es Kartoffeln und Gemüse vom Frischemarkt. Die Komposition sah appetitlich aus, doch nach dem ersten Bissen rebellierte Tanias Magen. Lustlos stocherte sie auf dem Teller herum, tunkte die Kartoffeln in die Sauce, drapierte sie ums Steak. Schließlich legte sie resigniert die Gabel auf den Teller und schob diesen beiseite.

Hagen sah sie fragend an.

»Tut mir leid, habe heute einfach keinen Hunger«, entschuldigte sie sich.

»Und ich dachte schon, es liegt an meinem Essen.«

»Nein, ganz bestimmt nicht.« Tania langte über den Tisch und ergriff seine Hand. Es rührte und erstaunte sie immer wieder aufs Neue, wie sehr Hagen sich um sie bemühte.

Er räumte die Teller und Töpfe in die Spülmaschine und schaltete sie ein. Während das Gerät rumpelte, setzte er sich zurück an den Tisch. Erneut hing sein Blick erwartungsvoll an ihr.

Aber Tania wollte nicht reden. »Wollen wir einen Film gucken?«

»Meinetwegen.«

Sie wechselten von den Küchenstühlen zur ungleich bequemeren Couch. Hagen trug die Kerzen hinüber ins Wohnzimmer, wo er sie auf einen Glastisch stellte. Die flackernden

Flammen erzeugten ein Spiel aus Licht und Schatten, es beruhigte Tania.

»Was möchtest du sehen?«, wollte Hagen wissen.

Tania schaltete den Fernseher ein. »Was läuft denn?«

In einer Nachrichtensendung wurde über den Mord an Frank Lahnstein berichtet. Prompt wurde es Tania wieder flau im Magen. Schnell zappte sie auf einen anderen Kanal. Dort lief *The Beach*. Leonardo DiCaprio lag behaglich ausgestreckt am sandig weißen Strand einer karibischen Insel. Genau das Richtige, um auf andere Gedanken zu kommen. Dummerweise währte die paradiesische Ruhe nicht lange. *Das tut sie nie!*

»Wie hast du das am Telefon genannt?«, fragte Tania. »Das große Los?«

»Das war nur ein dummer Scherz.«

»Aber du hast ja recht. Dieser Mord ist natürlich ein großes Thema für den Kurier.«

»Passiert ja auch nicht alle Tage, dass Entführer dafür sorgen, dass Journalisten die Leiche des Opfers finden, das außerdem der Sohn eines umstrittenen Politikers ist.«

Auf dem TV-Schirm sprang Leonardo DiCaprio in die Meeresbrandung, in der bereits eine junge Frau im verführerischen Bikini auf ihn wartete. Wendig wie Delfine glitt das Paar unter Wasser, genoss das Prickeln der Strömung, die sie forttrieb an einen Ort, der eine böse Überraschung für sie bereithielt.

»Weißt du eigentlich, wer heute Mittag die Leiche gefunden hat?«, fragte Tania.

Hagen schüttelte den Kopf. »Sie haben's in den Nachrichten nicht gesagt …« Er stutzte, dann begriff er. »Scheiße!«

Das bringt es treffend auf den Punkt. Tania kuschelte sich an ihren Freund, und die Müdigkeit schwappte wie eine wilde Brandung über sie hinweg. Wie an einem paradiesischen Strand der Karibik. Doch als sie die Augen schloss, sah sie wieder die Leiche in der Lagerhalle vor sich.

Zu allem Übel begann in dem Moment auch noch ihr Handy zu klingeln. Widerwillig kramte Tania das Telefon aus ihrer Handtasche. Die Nummer auf dem Display war unbekannt.

»Ralf?«, erkundigte sich Hagen.

Tania stöhnte.

»Dann geh nicht ran.« Er streckte die Hand nach dem Telefon aus. »Oder lass mich mit ihm reden.«

»Damit er sich noch mehr aufregt? Auf keinen Fall.« Unschlüssig drehte sie das Handy in ihren Fingern. Schließlich nahm sie den Anruf an. »Ja?«

»Sie haben nichts in Ihrer Zeitung gebracht!«, polterte eine Stimme.

Tania brauchte einen Moment, bis sie den wütenden Anrufer erkannte. »Herr Haindling?«

»Warum ist Ihr Bericht nicht erschienen?«

Tania war müde, und ihr war noch immer schlecht. Trotzdem stemmte sie sich empor. »Ihre Aussage allein genügt nicht.«

»Was wollen Sie denn noch?«

»Ich brauche Beweise. Kopien der falschen, unvollständigen Arbeitsanweisungen zum Beispiel.«

»Und ich soll Ihnen die beschaffen?«

»Sie haben selbst gesagt, dass diese Schweinerei öffentlich gemacht werden muss.«

»Ich riskiere bereits meinen Job, nur weil ich mit Ihnen rede.«

»Bitte!«

Haindling antwortete nicht. Derweil sah sich im Fernsehfilm Leonardo DiCaprio bereits mit den heimtückischen Gefahren der Insel konfrontiert.

»Na gut«, flüsterte Haindling. »Kommen Sie vorbei.«

»Jetzt?«

»Natürlich.«

Tania legte auf, verharrte auf dem Sofa. *Kommen Sie vorbei.* Langsam griff sie nach ihren Schuhen, zog sie an.

»Was hast du vor?«, erkundigte sich Hagen.

»Ich muss noch mal los.«

»Hältst du das für eine gute Idee?«

»Ich halte es für meinen Job.« Sie drückte ihm einen Kuss auf die Lippen und ging in die Diele. »Außerdem bringt es mich auf andere Gedanken.«

51

Reflexartig warf Sera das noch leuchtende iPhone in den Fußraum, duckte sich hinters Steuer und schaltete sogar das Radio aus. *Weshalb versteckst du dich?* Ihr Onkel wusste doch nicht einmal, dass sie überhaupt ein Auto besaß, geschweige denn hätte er ihren Golf erkannt.

Sie richtete sich wieder auf.

Onkel Mergim eilte über das Paul-Lincke-Ufer. Das schnelle Laufen bereitete dem korpulenten Mann sichtlich Mühe. Er strauchelte, stolperte über das unebene Straßenpflaster. Ein paar Meter weiter wäre er kopfüber in den Landwehrkanal gestürzt.

Im Winter war der Kanal bei Selbstmördern beliebt. Einmal drin war es fast unmöglich, über die glatten, steilen Wände wieder hinauszukommen. Für beleibte Menschen würde auch ein Aprilabend dafür ausreichen.

Ihr Onkel hetzte Richtung Kottbusser Damm. War es nur ein Zufall, dass er das Haus ausgerechnet nach ihrem Besuch verließ? *Unmittelbar nach deinen unangenehmen Fragen?* Wohin wollte er zu dieser späten Stunde?

Sera hob ihr Mobiltelefon auf. Das Displaylicht war erloschen. *Du solltest heimfahren.* Aber dort erwarteten sie ein kaltes Bett, eine stille Wohnung, eine kaputte Vase – und eine Nacht voller quälender Gedanken. *Der Senator weiß nicht, wie es ist, ein …* Kurz entschlossen stieg sie aus dem Wagen, verriegelte die Tür und heftete sich an die Fersen ihres Onkels.

Am Kottbusser Damm wandte Mergim sich nach links, Richtung Neukölln, in eine andere Welt, die von blinkenden Neonreklamen auf beiden Seiten der Straße erhellt wurde. Trotz der nachtschlafenden Zeit herrschte reger Betrieb.

Vor den Spielhallen und Dönerbuden lungerten junge Türken und Araber in Baggy-Jeans, in denen neben ihrem Hintern locker auch noch ein Bierkasten Platz gefunden hätte. Manche spielten sich mit vulgären Sprüchen auf. Als Sera die Halbwüchsigen mit einem scharfen Blick zur Räson brachte, verlor sie ihren Onkel fast aus den Augen. Sie ärgerte sich, weil sie einen so großen Abstand zu ihm gehalten hatte, und sie fluchte, weil sie sich erneut fragte, was um alles in der Welt sie hier eigentlich tat.

Dann sah sie Mergim wieder, und plötzlich war ihr klar, welches Ziel er ansteuerte. Er ging schräg zum Hermannplatz. *Kuskayasi e. V.* leuchtete an der Fassade des Hauses. Ihr Onkel betrat die Teestube. Das Geschnatter der Männer hallte bis auf die Straße, bevor die zufallende Tür es wieder dämpfte. Drinnen begrüßte Sehmus Gökcan ihren Onkel mit ritueller Herzlichkeit. *Küsschen links, Küsschen rechts. Small Talk.*

Sera suchte Deckung in einem Dönerimbiss. Obwohl sie keinen Hunger verspürte, bestellte sie ein Dürüm. In der Teestube konnte sie die beiden Männer miteinander reden sehen. Sie gestikulierten wild, stritten sich, besänftigten sich durch Schulterklopfen. Nach wenigen Minuten verließen sie gemeinsam das Gebäude.

Wieder überkamen Sera Zweifel. Sie hielt Ausschau nach Observierungsbeamten, die sich mit Sehmus Gökcan in Bewegung setzten. Aber standen die Gökcans überhaupt noch unter Beobachtung? *Der Fall Lahnstein ist dringlicher.* Und Berger kam erst morgen aus dem Urlaub zurück.

Die beiden türkischen Männer steuerten auf die Sonnenallee zu, gingen Richtung Mezarlik-Moschee. Das Gebetshaus, zugleich Heimstatt des Verbandes der Islamischen Kulturzentren, war in dem Reihenhaus mit trister Rauputzoptik kaum als solches zu erkennen. Zudem verdeckte ein Baugerüst die Fassade. Hinter den Fenstern herrschte Dunkelheit.

Seras Onkel und Sehmus Gökcan eilten an der Eingangstür vorbei. Ein Stück weiter bogen sie in die Reuterstraße. Hier war der Verkehr nicht mehr so dicht, dementsprechend kompliziert wurde es für Sera, unbemerkt zu bleiben, erst recht, als die Männer in eine Gasse wechselten, die sich vorbei an Hinterhöfen schlängelte. Ohne das spärliche Licht, das aus einigen Fenstern fiel, hätte Sera die Hand vor Augen nicht gesehen. Kindergeschrei wechselte sich mit Fernsehplärren ab. HipHop von Bushido pumpte durch das Halbdunkel. *Wo wollen die beiden Männer hin?*

Im spitzen Winkel ging ein schmaler Pfad ab, zu dessen beiden Seiten sich verwilderte Gärten erstreckten. Lichter brannten hier kaum noch. Hinter einigen Zäunen kläfften oder knurrten Hunde. Sehmus Gökcan ereiferte sich über die Köter, während Onkel Mergim nur ein angestrengtes Schnaufen über die Lippen brachte.

Als Sera hinter einer Biegung Schlüssel rasseln hörte, blieb sie stehen. Rostige Angeln knarzten, eine Tür fiel ins Schloss. Vorsichtig spähte Sera um die Ecke.

Weiter vorne befand sich der Zugang zu einem Gebäude. In einem der oberen Stockwerke flammten nach ein paar Sekunden Lichter auf. Überrascht stellte Sera fest, dass sie vor der Rückseite der Moschee stand. Weshalb haben sie nicht die Vordertür benutzt?

Sera stemmte sich gegen die Tür. Sie war verriegelt. Ein Zeichen, wahrscheinlich war jetzt der beste Zeitpunkt umzukehren. *Oder die Kollegen zu rufen!* Aber was sollte sie ihnen erklären? Außer ein paar unbedachten Bemerkungen und etwas Geheimniskrämerei, die alle möglichen Ursachen haben konnte, hatte sie nichts in der Hand. *Es wird keinen Richter geben, der Ihnen diese tolle Argumentation abkauft.*

Einem Impuls folgend hangelte sie sich auf das Gerüst, das an der Fassadenmauer errichtet worden war. Von weiter oben würde sie vielleicht einen Blick in die Fenster der Moschee werfen können. Sie setzte ihren Fuß auf die erste Planke. Das Holz gab unter ihr nach.

Sera unterdrückte einen Schrei, als sie zu Boden fiel, doch das laute Krachen, mit dem das Gerüst in sich zusammenstürzte, konnte sie nicht verhindern. Eine Holzplanke verfehlte knapp ihren Kopf, dafür knallte eine Metallstrebe auf ihre Rippen. Der Schmerz, der in ihrer Brust explodierte, verschlug ihr den Atem. Ihr wurde schwarz vor Augen.

Die Hunde in den benachbarten Gärten kläfften wild. Aus der Moschee näherten sich aufgeregte Stimmen.

52

Robert führte seine Besucherin ins Wohnzimmer. Da der schimmelige Geruch noch immer im Raum hing, öffnete er das Fenster.

»Du arbeitest noch so spät?« Nadine hatte die Akte auf dem Sofa erblickt.

Rasch packte er die Unterlagen zusammen. »Normalerweise schlafe ich um diese Zeit schon.«

»Stimmt, da war ja noch was. Vielleicht sollten wir das mit dem Sekt lieber …«

»So war das nicht gemeint.«

»Nicht?«

Statt einer Antwort holte er Gläser aus der Küche. Nadine betrachtete unterdessen die Fotos auf dem alten, englischen Sekretär.

Sie tippte auf eins der Bilder. »Dein Bruder?«

»Max.«

»Auf dem Foto guckt er sehr ... ernst.«

»Er guckt immer sehr ernst.«

»Aber jemand, der so zauberhafte Musik spielt, hat doch eigentlich keinen Grund dazu.«

»Das ist eine lange Geschichte.«

Nadine wartete darauf, dass er weitersprach, aber Robert füllte schweigend die Gläser mit *Rotkäppchen*.

Sie nahm die vergilbte Aufnahme in die Hand. »Und das bist du?«

»Vor dreißig Jahren.«

»Wo ist das Foto entstanden? Hier in Berlin?«

»Vor dem Haus unserer Eltern in Ruhleben.«

»Du bist in Ruhleben aufgewachsen?«

»Nein!« Die Schärfe in seiner Stimme ließ ihn selbst zusammenzucken.

Nadine musterte ihn verunsichert, während sie das Bild beiseitelegte. Robert reichte ihr eins der beiden Sektgläser und lächelte entschuldigend.

»Worauf stoßen wir an?«, wollte sie wissen.

»Auf trockenere Zeiten.«

»Auf trockenere Zeiten.« Ihr Lachen klang hell und einnehmend. Leider ging es im Lärm der Straßenbahn unter, und fast hätte Robert dabei auch das Türläuten überhört. Während die Bahn draußen vorbeiratterte, stellte er das Glas auf den Tisch, deutete eine Entschuldigung an und ging in die Diele zur Gegensprechanlage.

Es war Max. Roberts Bruder blieb auf dem Schachbrettmuster im Treppenhaus stehen. »Du hast Besuch!«

»Woher weißt du das?«

»Dein Fenster ist gekippt.«

»Es ist nur meine Nachbarin. Sie wollte sich für den Wasserschaden im Bad entschuldigen.«

Max machte kehrt. »Dann will ich nicht weiter stören.«

»Aber du störst nicht!«

»Robert, genieße einfach den Abend.«

»Aber es ist nur meine Nachbarin.«

»Ist sie wenigstens nett?« Max zwinkerte. *Unsere Eltern würden wollen, dass du endlich wieder lebst.* Noch ehe Robert antworten konnte, war sein Bruder auf die Straße verschwunden. Mit einem Klacken glitt die Tür hinter ihm ins Schloss.

Kopfschüttelnd kehrte Robert ins Wohnzimmer zurück.

Nadine sah ihn mit großen Augen an. »Hat es geklingelt? Ich habe gar nichts gehört.«

»Es war Max.«

»Dein Bruder? Warum ist er nicht hereingekommen? Ich hätte ihn gerne kennengelernt.«

Er wollte nicht stören. »Er war müde.«

Über Nadines Gesicht huschte Irritation. »Hat es wirklich geklingelt? Oder versuchst du mir gerade durch die Blume zu erklären, dass ich langsam gehen sollte?«

»Wieso sollte ich?«

»Du würdest mir sagen, wenn ich dich von der Arbeit abhalte, oder?« Sie nippte am Sekt.

Roberts Blick fand die Akte. »Manchmal lasse ich mich auch ganz gerne von der Arbeit abhalten.«

»Gibt es so viele Patienten …? Sagt man das? Patienten?«

Er bejahte.

»Gibt es also so viele Leute in Berlin, die therapeutische Hilfe benötigen, dass sie dich sogar noch am späten Freitagabend beschäftigen?«

»Offen gestanden habe ich im Augenblick überhaupt keine Patienten. Gegenwärtig ist meine Praxis geschlossen.«

»Und woran arbeitest du dann?«

Er dachte an die verstümmelte Leiche des jungen Lahnstein. *Man hat ihm die Hände und Füße gebrochen, danach die Haut vom Leib gezogen.* Ja, die Parallele war wirklich erstaunlich.

Etwas an seinem Blick schien Nadine schon wieder zu verunsichern. »Entschuldige, ich wollte nicht neugierig sein.«

»Nein, nein, das warst du nicht«, beruhigte er sie. In Wahrheit versuchte er gerade seine eigene Besorgnis zu besänftigen, aber ein Rest Nervosität blieb, und der Grund dafür war nicht die Anwesenheit Nadines. *Aber ein bisschen schon, sei ehrlich!*

»Manchmal helfe ich der Polizei«, sagte er mit einem Lächeln.

»Bist du ein … Profiler?«

Robert blendete routiniert das Bild des toten Mannes aus. *Und die Parallelen sind einfach nur ein Zufall!* Der Knochenmann saß hinter Schloss und Riegel, die Verhandlung begann demnächst, ihn erwartete die Todesstrafe. *Was sollen also die Zweifel?*

»In Deutschland nennt man mich Fallanalytiker«, sagte Robert. »Und in der realen Welt ist das nicht ansatzweise so aufregend wie im Fernsehen.«

»Auch nicht in den USA? Dort warst du doch, oder? Zumindest hat mir das Frau Kornfeld erzählt.«

»Püppi?«

»Gott bewahre, nein.« Nadine lachte. »Ich meinte die alte Frau Kornfeld.«

»Du kanntest sie?«

»Ja, ich bin schon vor zweieinhalb Jahren in die Wohnung eingezogen. Eine nette, alte Dame. Mir hat gefallen, wie sie lebte. Und ihr Musikgeschmack. Ihr Sohn dagegen ist ein …« Sie hüstelte despektierlich.

»Sag es ruhig.«

»Ein Prolet vor dem Herrn.« Sie kicherte. »Oder wie würdest du als Psychologe ihn bezeichnen?«

»Manchmal ist die einfachste zugleich die treffendste Bezeichnung.«

»Die du aber bitte für dich behältst.«

»Selbstverständlich.« Er hob die flache Hand zum Schwur. »Ärztliche Schweigepflicht.«

Nadines mitreißendes Lachen erfüllte den Raum. Robert hätte ihm gerne noch länger gelauscht, doch die junge Frau leerte ihr Glas und erhob sich mit einem Ruck. »So, jetzt sollte ich mich aber wirklich auf den Weg machen.«

»Stimmt, du hast es noch weit.«

»Genau achtundzwanzig Stufen!« Im Treppenhaus blieb sie noch einmal stehen. »Was hältst du davon? Magst du morgen Abend mit mir essen?«

»Wenn es wegen dem Wasserschaden ist, dann ...«

»Natürlich, was denkst du denn?«

»Ich dachte, der Sekt war schon die Wiedergutmachung?«

Sie schmunzelte. »Der war nur ein Aperitif. Also morgen Abend? Sagen wir, um achtzehn Uhr?«

»Nur, wenn ich dich einladen darf!«

»Aber ...«

»Einverstanden?«

»Einverstanden.« Ihr Lächeln war hinreißend.

»Sehr schön«, befand Robert. »Dann freue ich mich auf morgen.«

53

Die Finsternis vor Seras Augen verflog nur zögerlich. Mühsam kämpfte sie sich auf die Knie, dann katapultierte sie der höllische Schmerz in ihrer Brust wieder zurück zu Boden. Doch für Wehklagen würde später noch genug Zeit sein. Aus der Moschee näherten sich unaufhaltsam Schritte.

Du musst hier weg!

Sera stolperte über klirrendes Metall. Überall aufgeregte Hunde. Sie zwang sich auf die Beine, taumelte vorwärts, sprang durch die erstbeste Hecke – und prallte gegen einen Maschendrahtzaun, der hinter dem Gestrüpp nicht zu erkennen gewesen war.

Verdammt!

Sera hangelte sich an ihm empor. Immer wieder schlugen ihr Äste und Blätter ins Gesicht, raubten ihr die Sicht, doch sie ließ sich nicht beirren. Fast hatte sie den Zaun überwunden, da verfing sich ihre Lederjacke in einer der Maschen. Fluchend griff sie nach dem tückischen Draht. Als das Leder sich nicht lösen wollte, zerrte sie mit aller Gewalt daran. Am Tor zur Moschee rasselten Schlüssel, jetzt ganz nahe. Seras Bemühen freizukommen wurde immer verbissener, verzweifelter.

Verdammt, jetzt lass endlich los! Mit einem lauten Ratsch riss die Jacke und gab Sera frei. Der Aufprall, mit dem sie auf der anderen Seite landete, erschütterte ihren ohnehin schon schmerzenden Körper. Sie japste nach Luft.

Los, beweg dich!

Sie hastete in das nächstbeste Gebüsch, robbte durch das Unterholz. Erst jetzt fielen ihr die Hunde ein. Was, wenn in diesem Garten …? *Blödsinn, dann wäre der Köter längst über dich hergefallen!* Erleichtert presste sie sich auf den Boden. Ihre Rippen protestierten.

Für einen kurzen Moment schloss sie die Augen, um das Schwindelgefühl zu bekämpfen. Als Sera sie wieder öffnete, wurde gerade das Tor entriegelt. Aus der Moschee flutete Licht und erhellte den Pfad.

Seras Onkel war in der plötzlichen Helligkeit nur als Silhouette zu erkennen, ein mächtiger, schwarzer Fleck. Er schien sich genauestens umzusehen. Schließlich beugte er sich zu dem Gerüst hinab. Schnaufend verharrte er in dieser Stellung, zog etwas aus dem Durcheinander hervor und hielt es vor sich in der Hand. Einen Zettel? Sera hielt die Luft an. *Habe ich den verloren?*

Mergim spähte in die umliegenden Gärten, in deren Finsternis die Hunde sich allmählich beruhigten. In der Moschee scharrten hektische Schritte, eine Tür schlug zu. Ein paar Sekunden lang passierte nichts. Als jemand nach Seras Onkel rief, warf der den Zettel wieder auf die Überreste des Gerüsts, nachdem er ihn zerknüllt hatte. Dann kehrte er in das Gebäude zurück und schloss das Tor hinter sich.

Erleichtert rang Sera nach Luft. Sie wartete noch einige Minuten, in denen sie ihre Rippen untersuchte. Zum Glück schien es nur eine Prellung zu sein, aber es fühlte sich an, als wäre ihr ganzer Brustkorb entzweigebrochen. Durch das Rauschen in Seras Ohren sickerte ein Signalton. Eine SMS. *Verdammt!*

Wie auf ein Kommando erlosch in der Moschee das Licht. Überstürzt schaltete Sera ihr Handy aus. Sie wagte kaum zu atmen. Wieder wurde das Tor geöffnet, und wieder trat ihr Onkel ins Freie. Er verriegelte das Tor, bevor er zügig den Pfad zur Straße zurückschritt. Sehmus Gökcan war nicht bei ihm.

Sera schaute ihrem Onkel hinterher. Als er verschwunden war, rang sie nach Luft.

Was ging in der Moschee vor? Und was hatte das Türknallen zu bedeuten gehabt? War jemand geflohen? Etwa Sehmus Gökcan, zusammen mit seinem Sohn Amiel? Der Gedanke lag nahe. *Aber vergiss nicht: Inzwischen geht es um mehr als nur Amiel Gökcan!*

Sera hangelte sich über den Zaun zurück. Jede Bewegung war eine Qual. Sie hockte sich neben die Trümmer des Gerüsts und fischte den zerknüllten Zettel hervor. In krakeliger Schrift hatte jemand geschrieben: *Gerüst bitte nicht betreten! Noch nicht gesichert!* Wäre der Schmerz in ihrer Brust nicht so heftig gewesen, Sera hätte gelacht.

Für den Weg zurück zum Landwehrkanal brauchte sie eine halbe Ewigkeit. Um sich abzulenken, schaltete sie ihr Handy wieder ein. Die SMS stammte von Gerry. *Und? Was ist mit morgen? G.*

Sera tippte eine Antwort. *Am Wochenende ist schlecht. Du weißt doch: Mein Vater feiert Geburtstag. S.*

Dann dachte sie an das morgige Fest. Ihre ganze Familie würde anwesend sein, ihre Geschwister, die Nichten und Neffen. Auch Mergim. *Dein Onkel.* Sera wollte ihre Antwort-SMS schon löschen und eine neue schreiben, doch als sie ihren Wagen am Paul-Linke-Ufer erreichte, schaute sie hoch zur Wohnung von Mergim und ihrer Tante. Hinter den Fenstern brannten keine Lichter mehr. *Er ist in etwas verstrickt!* So viel war sicher. Aber in was? Was genau? *Und wie gehst du damit um?*

Klar, sie musste mit ihren Kollegen darüber reden. Und mit ihrem Chef, Dr. Salm. Doch – trotz allem war Mergim auch ihr Onkel. Der Bruder ihres Vaters. *Ach, verdammt! Verdammt, verdammt!*

Sera stöhnte. Dann drückte sie auf *Senden.*

Berliner Kurier, Samstag, 14. April

Täter lockten Kurier-Reporter zur Leiche

Sohn von Innensenator kaltblütig ermordet!

Von Harald Sackowitz

Berlin. Frank Lahnstein, Sohn des Berliner Innensenators Dr. Lothar Lahnstein, wurde gestern Opfer eines tödlichen Gewaltverbrechens. Kurier-Reporter entdeckten seine Leiche. Sehen Sie exklusive Fotos in der heutigen Ausgabe.

Zuerst schockierte gestern ein Foltervideo den Berliner Innensenator Dr. Lothar Lahnstein: Sein Sohn Frank (29) war entführt worden. Nur eine Stunde später bekam der Kurier einen Anruf und wurde zur Leiche des jungen Mannes geführt.

Der Politiker war bis zum Redaktionsschluss zu keiner Stellungnahme bereit. Unterdessen erklärte der leitende Oberstaatsanwalt Jürgen Heindl: »Die Polizei geht von einer politisch motivierten Tat aus.«

Tatsächlich hatte es im Anschluss an die Forderungen des Innensenators nach einer restriktiven Politik gegen kriminelle junge Ausländer (der Kurier berichtete) nicht nur eine Vielzahl an Protesten der Ausländerverbände gegeben, sondern auch Morddrohungen gegen seine Familie.

54

Robert fühlte sich gerädert, als hätte er die gesamte Nacht über kein Auge zugetan. Was hatte die Kommissarin in punkto Zeitumstellung gesagt? *Drei Wochen Jetlag?* Ihm wurde ganz anders bei dem Gedanken.

Weil bis zur Konferenz auf dem Polizeipräsidium noch Zeit war, er aber wenig Lust verspürte, sich bis dahin schlaflos im Bett herumzuwälzen, ging er unter die Dusche. Anschließend nahm er die Wäsche vom Kleiderständer, sie war noch nicht ganz trocken, aber es würde gehen. Mit dem guten Gefühl frischer Klamotten am Leib trat er auf die Straße.

Der Kiez erwachte gerade zum Leben. Herausgeputzte Jungunternehmer ließen Obdachlose links liegen, die Mülleimer nach Pfandflaschen durchwühlten, während gleich daneben die Hunde der Punks ihr Geschäft erledigten. Derweil entluden türkische oder japanische Großhändler Lkws vor Döner- und Sushibuden. Auf der Frankfurter Allee staute sich der Berufsverkehr.

Im Stadtpark an der Möllendorffstraße schlug Robert seinen alten Joggingpfad ein. Die Sonne schob sich langsam über die Baumwipfel. Da das Licht blendete, erkannte er seinen Bruder nicht auf Anhieb.

»Du joggst noch immer?«

»Klar«, keuchte Max und trabte auf der Stelle. »Und du?«

Früher war Robert jeden Morgen durch den Stadtpark gejoggt. Manchmal hatte Max ihn begleitet.

Auch in den USA hatte Robert fit zu bleiben versucht, aber die Steppen und Wüsten Arizonas und Nevadas hatten ihm mit ihrem heißen, drückenden Klima den Sport verleidet.

»Warum … bist du … so früh … schon … auf den Beinen?«, fragte Max.

»Konnte nicht schlafen.«

»Der Jetlag?«

»Nicht nur der.«

»Dachte ich's … mir …« Max grinste breit. »War also … doch … ein netter … Abend.«

Robert verdrehte die Augen.

»Hey, immerhin habt ihr Sekt getrunken.«

»Woher weißt du das?«

Max verlangsamte seine Bewegungen, dehnte die Waden. »Ich habe dir doch gesagt, dass das Fenster gekippt war.«

»Und ich habe dir gesagt, dass sie nur vorbeigekommen ist, um sich zu entschuldigen.«

»Ach so.« Max beugte den Oberkörper vor und berührte mit den Fingerspitzen die Schnürsenkel seiner Schuhe. Plötzlich hielt er inne und schaute schelmisch schmunzelnd zu seinem Bruder auf. »Und wann triffst du Nadine das nächste Mal?«

»Weißt du was? Du bist wirklich … Moment mal, woher weißt du ihren Namen? Hast du etwa am Fenster gelauscht?«

»Du hast ihren Namen gestern Abend erwähnt, Robert. Jetzt red keinen Unfug.«

»Der Einzige, der Unfug redet, bist du!«

Max schüttelte missbilligend den Kopf. »Du hast dich doch mit ihr verabredet, oder nicht?«

Robert blieb die Antwort schuldig.

»Ha! Wusste ich's doch! Du hast dich mit ihr verabredet.« Max klatschte triumphierend in die Hände. »Ich weiß gar nicht, warum du dich so anstellst.«

»Ich stelle mich gar nicht an. Es ist nur …«

»Was?«, unterbrach ihn Max scharf. »Plagt dich etwa dein schlechtes Gewissen? Wegen Bo?«

Robert seufzte. »Fang du nicht auch noch damit an!«

»Wer hat denn damit angefangen?«

»Hagen war gestern da.«

»Hagen?« Max nahm seine Dehnübungen wieder auf. »Und? Was wollte er?«

»Ich weiß nicht. Ich musste weg.«

Ein älterer Herr schlenderte mit einem Bobtail heran. Ausgelassen tollte der Hund über die Wiese. Kurz bevor der Mann sie passierte, rief er den Vierbeiner zu sich. Im Vorbeigehen deutete er leicht einen Gruß an.

Als Herrchen und Hund im angrenzenden Seniorenstift verschwunden waren, sagte Max: »Du hast wieder mit der Arbeit begonnen, nicht wahr?«

»Woher weißt du das schon wieder?«

»Ich erkenne es an deinem Blick.«

Es war erstaunlich, wie leicht Max ihn durchschaute. *Weil ich dein großer Bruder bin.* Allerdings war es auch ein gutes Gefühl, jemanden an seiner Seite zu wissen, dem man derart vertraut war – und dem man vertrauen konnte.

Max begann auf der Stelle zu tänzeln. »Ich dachte, du wolltest noch eine Weile warten.«

»Wollte ich auch.«

Max verzog sein Gesicht, dann joggte er wortlos zum Parkausgang. Robert wandte sich zur S-Bahn-Station.

»Robert!« Max hatte kehrtgemacht und war jetzt kurz hinter ihm. »Weißt du, ich könnte verstehen, wenn dich die Sache mit Bo noch beschäftigt. Immerhin warst du mit ihr verlobt.«

»Richtig, ich war mit ihr verlobt. Bis sie mich verlassen hat.«

»Du trauerst ihr nicht mehr hinterher, oder?«

»Nein.«

»Dein Nein kam aber ziemlich schnell.«

Die Zeit heilt alle Wunden. »Wirklich nicht.«

Max blieb vor ihm stehen. Er musterte Robert. Manchmal war die Intuition seines Bruders auch ein Fluch. Er ist so stur und verbissen. Aber Robert konnte ihm nie lange böse sein.

Er mochte Max, egal wie dickköpfig er war. Im Gegenteil: Gerade diese Beharrlichkeit war es, die Robert von klein auf an seinem Bruder bewundert hatte und mit der dieser ihn immer wieder angespornt hatte, wenn Robert in der Patsche steckte und glaubte, nicht mehr weiterzukönnen. Jene unerschütterliche Konsequenz, die sich Robert irgendwann selbst zu eigen gemacht hatte. Um genau zu sein: vor vier Jahren.

»Versprich mir«, sagte Max, »dass die vier Jahre nicht vergebens waren.«

»Das waren sie nicht«, beteuerte Robert.

Sein Bruder hob die flache, durchgestreckte Hand zum Gruß.

Robert erwiderte das Zeichen. »Versprochen!«

55

Auf dem Polizeipräsidium steckte Sera den Kopf in das Büro ihres Kollegen. Das Licht war aus, der Schreibtisch aufgeräumt. *Das kann nicht sein!* Kriminalhauptkommissar Berger verwandelte jeden Raum, in dem er sich länger als fünf Minuten aufhielt, in ein heilloses Chaos, das nur er durchblickte.

»Rita«, rief Sera ins Vorzimmer, »ist Sebastian noch nicht da?«

»Erst einmal guten Morgen«, rüffelte sie die Sekretärin, während sie sich in aller Seelenruhe am Kühlschrank zu schaffen machte.

»Ist er nun da oder nicht?«

»Sebastian kommt erst morgen.«

»Dr. Salm sagte aber, dass er heute aus dem Urlaub zurückerwartet wird.«

»Richtig. Aber sein Dienst beginnt erst morgen.«

Aufgebracht schlug Sera die Tür zu Bergers Zimmer zu. Sie

spürte den Knall in ihrer Rippe und hielt inne. *Auf wen bist du eigentlich so wütend?*

Sera gähnte. Die zurückliegende Nacht war unruhig und voller Schmerzen gewesen. *Von den quälenden Gedanken ganz zu schweigen.*

»Also gibt es nichts Neues im Fall Gökcan?«, fragte sie.

»Die Fahndung nach dem Ehemann läuft nach wie vor«, ließ Rita wissen.

»Wird die Familie noch observiert?«

»Das musst du Dr. Salm fragen.«

Na toll! Und der Dezernatsleiter würde von Sera natürlich wissen wollen, wieso sie sich für einen Fall interessierte, mit dem sie nichts mehr am Hut hatte. Dann müsste sie ihm von ihrem Onkel erzählen. *Aber willst du das? Oder besser: Kannst du das?* Noch immer hatte sie nur Fragen parat, keine Antworten.

Sie begab sich in ihr Büro. Bei jedem Schritt strahlte der Schmerz der Rippenprellung in den ganzen Körper aus. Mit verkniffenem Gesicht griff sie nach der Ermittlungsakte im Mordfall Lahnstein, die auf dem Schreibtisch lag.

Der Ordner enthielt einen ersten Stapel Befragungsprotokolle. Kriminalbeamte hatten sich seit dem gestrigen Nachmittag bei den Funktionären und Mitgliedern der Berliner Ausländervereine und -organisationen umgehorcht. Es war erstaunlich, wie viele Verbände in der Hauptstadt aktiv waren.

Während Sera durch die Papiere blätterte, ging eine SMS auf ihrem iPhone ein. *Guten Morgen. Vielleicht magst du ja heute nach der Geburtstagsfeier vorbeikommen? 1000 heiße Küsse. G.*

Noch eins ihrer Probleme. Sie stopfte das Handy zurück in die Hosentasche und kämpfte sich weiter durch die Akte. Sie hielt Ausschau nach Vereinen und Namen, die ihr bekannt vorkamen. *Sei ehrlich, du suchst einen ganz bestimmten Namen.*

»Wow!«, machte Blundermann, dessen kantiger Schädel zwischen Tür und Angel erschien.

»Hä?«

»Heute ganz in Rot!«

Sera strich über den roten Pullover, für den sie sich nach dem Aufstehen beim Ankleiden entschieden hatte. *Eine feierliche Farbe.* Ihr grauste vor dem Geburtstag, doch sie würde nicht kneifen. *Jetzt erst recht nicht.*

Sie hielt die Ermittlungsakte hoch. »Schon gelesen?«

»Ja.«

»Gib mir eine Zusammenfassung.«

»Nichts«, brummte Blundermann verdrossen. »Keine nennenswerten Hinweise. Allerdings werde ich das Gefühl nicht los, dass Dr. Babicz etwas herausgefunden hat.«

»Ist er schon hier?«

»Wartet im Konferenzraum.«

Ungeachtet der Tropenhitze hockte der Psychologe vor dem Fernseher. Der Videorekorder surrte und spielte den Film ab, der gestern im Internet und auf allen Sendern zu sehen gewesen war: der dunkle Raum, ein heller Lichtstrahl, Frank Lahnstein gefesselt auf einem Tisch, auf seinem nackten Körper Blut, in seinem Gesicht panische Angst.

»Beim besten Willen«, bedauerte Babicz, »aber daran fällt mir nichts auf, was uns weiterhelfen könnte.«

»Aber Ihnen ist etwas aufgefallen?«, fragte Sera.

Der Psychologe deutete auf die Ermittlungsakte in ihrer Hand. »Ich habe die Berichte gelesen und bin bei den Befragungsprotokollen über etwas gestolpert.«

Vorsichtig setzte sich Sera neben den Psychologen. Er wirkte nicht viel ausgeruhter als gestern. Sein müdes Gesicht ließ nicht erkennen, was genau er beim Aktenstudium bemerkt hatte, aber in Seras Gedanken formulierte er bereits erste Fragen. *Frau Muth, sagt Ihnen eigentlich* Aydinlar Kültür ve Dayanısma Dernegi *etwas? Und handelt es sich bei der Na-*

mensgleichheit um einen Zufall, oder ist Mergim Muth mit Ihnen verwandt?

Sera spürte einen Kloß im Hals.

Im Flur näherten sich stampfende Schritte. Dr. Wittpfuhls gebräuntes Gesicht leuchtete rot vor Zorn. »So ein Bockmist! Da fährt man mal mit der Bahn, weil der Wagen in der Inspektion ist, und dann …«

»Kein Vergnügen zurzeit«, räumte Blundermann ein.

»Was Sie nicht sagen!« Der Gerichtsmediziner pfefferte einen BVG-Plan neben die Kaffeemaschine. »Zurück nehme ich mir ein Taxi. Und die Rechnung kriegt der Chef.«

»Eher ruft er Ihnen den Leichenwagen, als dass er Ihnen das Taxi bezahlt«, unkte Gesing, der sich zu ihnen gesellt hatte.

Hinter ihm trat Dr. Franziska Bodde in den Raum. »Ist die Rede von Dr. Salm?«

»Achtung, er kommt!«, warnte Rita. »Heute mit Verstärkung.«

Im Gefolge des Dezernatsleiters befand sich der leitende Oberstaatsanwalt Jürgen Heindl, der keine Worte an eine Begrüßung verschwendete. »Bitte, meine Damen und Herren«, sagte er, knöpfte sein Jackett auf und hängte es über die Stuhllehne, »lassen Sie kein Detail aus. Darüber, was der Presse mitgeteilt wird, entscheiden wir später.«

Die Anwesenden setzten sich auf ihre Plätze um den Tisch. Einige Sekunden lang herrschte Schweigen. Nur das Gluckern der Heizung war zu hören. Sera kämpfte nicht nur mit dem Schmerz, sondern auch mit der Hitze, die ihr den Schweiß auf die Stirn trieb. Sie beobachtete Babicz, der in der Ermittlungsakte blätterte. *Was ist ihm aufgefallen?*

»Wir haben in dem Lagerhaus in Friedrichshain eine Menge unterschiedlicher Spuren vorgefunden«, begann Dr. Bodde. »Unter anderem Kaugummireste, Speichel, Urin, Haare, Schuhabdrücke, Faseranhaftungen und Hautpartikel – was man in einer verlassenen Lagerhalle eben so findet. Dementsprechend alt sind die Spuren auch. Das gilt übrigens genauso für den Großteil der latenten Fingerabdrücke: fast dreißig in der Lagerhalle, weitere zwanzig im Vorraum. Viele davon sind verwittert, durch Staub und Dreck überlagert oder unvollständig. Eine Verbindung zum Tod von Frank Lahnstein dürfte aufgrund des Alters der Spuren ausgeschlossen sein.«

»Verstehe ich Sie richtig?« Dr. Salm klang nicht sonderlich erbaut. »Die Täter haben keine Spuren hinterlassen?«

»Keine Spuren? Das wäre ein Ding der Unmöglichkeit.« Mit einem nachsichtigen Lächeln langte die Kriminaltechnikerin nach einer Flasche Selters und füllte mit dem sprudelnden Wasser ihr Glas. Sie trank einen Schluck, seufzte leicht. Auch ihr machte die Hitze zu schaffen. »Ich möchte es mal so formulieren: Die Täter, so wir es denn mit mehreren zu tun haben, hinterließen nicht mehr Spuren als unvermeidlich war.«

»Entnehme ich Ihren Worten die Vermutung, dass es sich doch um nur einen Täter handelt?«

»Der Reihe nach«, bremste die Kriminaltechnikerin und leerte ihr Glas mit einem weiteren Zug. »Wir haben in der Lagerhalle auch frische Fingerabdrücke sicherstellen können. Sie lassen sich einwandfrei jenen beiden Personen zuordnen, mit denen wir zwei der drei frischen Schuhspuren in Verbindung bringen können. Eine der beiden Schuhspuren gehört der Reporterin, Frau Herzberg.«

»Und die andere Person ist ihr Fotograf, habe ich recht?« Grimmig hob der Dezernatsleiter die aktuelle Ausgabe vom *Kurier* in die Höhe. Die Titelseite zeigte ein groß aufgemachtes, glücklicherweise verpixeltes Bild des toten Lahnstein. »Dem Hinweis unter dem Foto zufolge ein gewisser Jens Kramer.«

»Von ihm dürfte auch das Erbrochene stammen, das wir in einer Ecke des Lagerhauses gefunden haben«, erklärte die LKA-Beamtin.

»Aber was ist mit der dritten Schuhspur? Ist es die des Täters?«

»Die Abdrücke wurden zweifelsfrei von jener Person hinterlassen, die die Leiche in das Lagerhaus geschleppt hat. Ich habe die Abdrücke mit der Profilmustersammlung für Schuhprofile beim BKA abgleichen lassen. Sie wurden der Marke *Adidas Superstar* in der Größe dreiundvierzig, vierundvierzig zugeordnet. Auf Anweisung des Polizeipräsidenten, der ja die Bedeutsamkeit dieses Falls betont hat, haben wir ein anthropologisches Gutachten an der Uni Potsdam in Auftrag gegeben. Da die Methodik leider einige Zeit erfordert, hat mir eine Kollegin freundlicherweise vorab Daten einiger Vergleichsfälle zur Verfügung gestellt. Diese legen den Schluss nahe, dass die fragliche Person zwischen einem Meter achtzig und einem Meter neunzig groß und etwa achtzig Kilogramm schwer sein dürfte. Und falls Sie gleich fragen wollen: Ja, die Person war vermutlich allein vor Ort.«

»Aber es könnte doch noch eine weitere Person im Auto gewartet haben?«, gab Gesing zu bedenken. »Hinterm Steuer, für den Fall, dass die Täter schnell hätten verschwinden müssen.«

»Unwahrscheinlich«, erwiderte Dr. Bodde. »Der Pkw, der Spurbreite zufolge ein Mittelklassewagen, aber die Analysen zur genaueren Identifizierung laufen noch, ist rückwärts an das Lagerhaus herangefahren. Dies belegen sowohl das Abdruckprofil der Reifen – Michelin ZX 15 Zoll, Laufleistung etwa fünfundzwanzigtausend Kilometer – als auch die Rußpartikel, die wir im Sand unmittelbar vor dem Tor sicherstellen konnten. Und die Schuhspuren, die vom Wagen in die Halle und von dort wieder zurückführen, befinden sich auf der linken Pkw-Seite – der Fahrerseite.«

»Jawohl, dies deckt sich auch mit meinem Befund«, ließ sich Dr. Wittpfuhl vernehmen. »Ich habe während der Obduktion keinerlei Hinweise auf die Einwirkung mehrerer Täter entdeckt. Die Schläge, mit denen dem Opfer Hände und Füße zertrümmert wurden, die Einschnitte in seinen Brustkorb – sie weisen allesamt die typischen Merkmale eines Linkshänders auf. Selbst die Spritze, mit der ihm die lokalen Anästhetika verabreicht wurden, ist ohne Zweifel linkshändig gesetzt worden. Konkret wurden dem jungen Mann Lidocain und Mepivacain gespritzt, zwei Aminoamide, deren Wirkung zügig eintritt, aber ebenso schnell wieder nachlässt – nach etwa dreißig bis sechzig Minuten. In dieser Zeit wurden ihm Hände und Füße mit einem handelsüblichen Holzhammer zertrümmert.« Der Mediziner brachte aus seiner Tasche einen Stapel Fotos zum Vorschein. Einige Abzüge mit Detailaufnahmen der Verletzungen hielt er hoch. »Sehen Sie sich die wuchtigen Abdrücke an, wo die Bahn des Hammers auf die Gelenke traf.«

Er legte die Bilder beiseite und präsentierte einen Satz neuer Fotos. »Anschließend hat man seinen Torso gehäutet. Wie ich einigen von Ihnen gestern schon erklärt habe, deutet alles darauf hin, dass die Taten in rasender Wut erfolgten, plump, grobschlächtig und ...«

»Ja, ja, das reicht jetzt«, unterbrach Dr. Salm angeekelt. »Auch ohne Ihre unappetitlichen Schilderungen dürfte uns klar sein, worum es geht.«

»Ach ja?«, schnappte der Gerichtsmediziner vergrätzt. »Dann habe ich möglicherweise eine Überraschung für Sie.«

»Was soll das heißen?«

»Wenn Sie mich nicht unhöflich unterbrochen hätten, wüssten Sie es bereits. Ich sagte: Es deutet alles darauf hin. Das heißt aber nicht, dass es tatsächlich so ist.«

Oberstaatsanwalt Heindl verschränkte die Arme vor der Brust. In den Hemdfalten unter seinen Achselhöhlen hatten sich Schweißflecken gebildet. »Was meinen Sie damit?«

Eine durchaus berechtigte Frage. Sera griff nach einer Flasche, goss sich das Selters ins Glas und genoss das frische Prickeln in der Kehle. *Worauf will Dr. Wittpfuhl hinaus?* Augenblicklich schien das Wasser wieder aus ihren Poren zu quellen. War es tatsächlich so warm in dem Raum, oder lag es nur an ihren Sorgen? Aus den Augenwinkeln beobachtete sie den Psychologen. *Und was weiß Dr. Babicz?*

Der Gerichtsmediziner sortierte seine Fotos, schichtete sie zu einem ordentlichen Haufen, den er aufnahm und an der Tischplatte geradeklopfte. Dann breitete er ihn zum Fächer aus und wedelte sich damit frische Luft zu.

»Wie ich schon sagte: Die Verletzungen erwecken den Eindruck, als hätte man dem jungen Mann grobschlächtig die Haut vom Körper gerissen. Sehen Sie die Einschnitte hier und hier …« Er blätterte durch die Fotos, bis er die richtigen Bilder gefunden hatte. »Als wäre mit dem Messer wie von Sinnen herumgeschnitten worden. Aber bei genauerem Hinsehen zeigt sich, dass das Gegenteil der Fall ist. Der Täter wusste sehr genau, was er tat und wie er es zu tun hatte.« Jetzt zeigte er zwei hochaufgelöste Makroaufnahmen. »Schauen Sie hier: Die Häutung ist überaus geschickt durchgeführt worden.«

»Überaus geschickt? Das kann doch nicht Ihr Ernst sein!« Dr. Salm ächzte.

Ausnahmsweise musste Sera dem Chef beipflichten. Der Anblick des blutroten Fleisches auf den Fotos ließ wahrlich keine besondere Raffinesse des Mörders erkennen. *Aber bist du Ärztin?*

Der Gerichtsmediziner nickte. »Ich verstehe Ihre Zweifel, ich habe mich ja selbst zunächst täuschen lassen. Aber schauen Sie, nur die Epidermis, Dermis und Subcutis sind grob verletzt – die Faszie der Muskeln aber ist erhalten geblieben. Darauf ist akkurat geachtet worden.«

»Jetzt bitte noch einmal ohne Latein!«, schimpfte der Chef.

Babicz antwortete ihm: »Im Klartext: Die Haut- und die darunter liegende Fettschicht sind beschädigt worden, aber nicht das Muskelgewebe. In dieser Weise werden auch Tiere fachmännisch gehäutet. Wer immer für diese grässliche Tat verantwortlich ist, er versteht sein Handwerk. Und mehr als das, er war sogar in der Lage, sein Können zu verschleiern.«

»Moment, verstehe ich Sie richtig?« Sera atmete hörbar durch. »Der Täter möchte uns glauben machen, der Mord an dem jungen Lahnstein sei von Leuten verübt worden, die wütend auf den Innensenator sind? Die ihn so sehr hassen, dass sie ihn und seine Familie nicht nur mit dem Tod bedrohen, sondern ihre Drohung sogar realisieren?«

»Ja«, gab Babicz knapp zurück.

In ihrer Verwirrung vergaß Sera sogar den Schmerz in ihrer Brust. Wenn das die Erkenntnis war, die der Gerichtsmediziner bei der Obduktion gewonnen hatte, was mochte Babicz dann in den Akten entdeckt haben? *Wie passt das zu deinem Verdacht?*

»Nun«, wandte der Staatsanwalt ein. »Wenn der Täter aber doch, wie Sie behaupten, Experte in dem Fach ist, muss ihm doch auch klar gewesen sein, dass diese ›Verschleierung‹ spätestens bei der Obduktion auffliegt.«

»Stimmt, das wird ihm von Anfang an bewusst gewesen sein«, gab Babicz zu.

Heindl sah ihn irritiert an. »Ja, aber wozu dann der ganze Aufwand?«

56

»Hast du die Nacht etwa im Verlag verbracht?« Tania beugte sich über ihren Schreibtisch, auf dem Hardy Sackowitz' Oberkörper ruhte.

Ihrem Kollegen stand das Haar struppig zu Berge, seine Hose war fleckig, von seinem Hemd ging der schale Geruch erkalteter Pizza aus. Der Karton mit der abgenagten Rinde ragte aus dem übervollen Papierkorb.

»Tania«, rief Sackowitz überrascht, »was machst *du* hier?«

»Das frage ich *dich*!«

»Was denkst du denn?« Müde lächelnd beschrieb er mit der Hand einen Kreis durch das Großraumbüro.

Obwohl es Samstag war, herrschte in der Redaktion des *Berliner Kurier* reger Betrieb. Üblicherweise bedeutete ein Sonnabend für die Journalisten einer Tageszeitung eine Produktion mit halber Kraft, weil sonntags keine Ausgabe erschien. Andererseits wurde nicht jeden Tag der Sohn eines Politikers entführt und grausam ermordet – und dann auch noch quasi frei Haus in die Redaktion geliefert.

»Das ist mir schon klar«, sagte Tania. »Was ich eigentlich wissen wollte: Was hast du an *meinem* Rechner zu suchen?«

»Du hast doch gesagt, das sei in Ordnung.«

»Du hast gesagt, am Samstag sei dein Rechner wieder repariert.«

»Ist er leider noch nicht.« Sackowitz fuhr sich mit fettigen Fingern durchs Haar, was seiner borstigen Frisur einen feuchten Glanz verlieh. »Außerdem meinte Stan vorhin, du hättest das Wochenende über frei.«

»Das hat er gesagt?«

»Ja, wegen gestern und …«

Den Rest bekam Tania schon nicht mehr mit, weil sie durch die Großraumredaktion stürmte und in Bodkemas Vorzimmer platzte. Emma, die Sekretärin, schrak zusammen. Der Pinsel, mit dem sie gerade vorsichtig Nagellack auf ihre Fingernägel hatte auftragen wollen, hinterließ einen krakeligen Streifen auf der Schreibtischunterlage. Verdattert flog ihr Blick zwischen Farbe und Tania hin und her, unschlüssig, ob sie erst die Bescherung wegwischen oder den Störenfried aufhalten sollte.

Tania nutzte ihre Verwirrung und fiel in Bodkemas Büro ein. »Wieso habe ich das Wochenende frei?«

»Entschuldige, Stan«, Emma stöckelte aufgebracht hinter ihr her, »aber …«

»Ist schon gut.« Der Chefredakteur winkte die Blondine hinaus.

Tania durchbohrte Bodkema mit einem bösen Blick. »Ich höre!«

»Das haben wir doch gestern alles besprochen.«

»Nein«, meckerte Tania, »das haben wir nicht. Wir haben gesagt: Morgen früh schauen wir weiter.«

»Und warum bist du dann heute hier?«

»Nein, *gestern* hatten wir gesagt, *morgen* schauen wir weiter. Also heute.« Tania stöhnte entnervt auf.

Bodkema rieb sich die Nasenwurzel. »Entschuldige, aber wir hatten eine lange Nacht.«

»Nicht nur ihr.«

Er sah sie prüfend an. »Wie geht es dir?«

»Besser.« Tanias Schlaf war zwar kurz und unruhig gewesen, und nach wie vor ließ sich das schockierende Bild der Leiche nur mühsam aus ihren Gedanken vertreiben, aber letztlich war es nur etwas wie aus einem Traum, *oder einem Albtraum*, keine reale Bedrohung.

Sie strich ihren Rock glatt. Heute Morgen hatte sie sich für ein Kostüm mit roten Pumps entschieden, das signalisieren sollte: *Es geht mir gut. Ich kann arbeiten.*

»Dann schließ dich bitte mit Hans-Peter kurz«, sagte Bodkema.

»Hans-Peter?«

»Ja, Karrenbacher arbeitet jetzt an der S-Bahn-Geschichte.«

»Karrenbacher? Aber warum?« Tania zog aus ihrer Handtasche einen Schnellhefter heraus, den sie vor Bodkema auf den Schreibtisch schmiss. »Ich habe doch schon alles beisammen.«

»Hast du?« Der Chefredakteur zog skeptisch die Augenbrauen zusammen, während er durch den Ordner blätterte, der einige Kopien der Arbeitsanweisungen enthielt, die Tanias Informant gestern aus einem Wartungsbetrieb der Berliner S-Bahnen beschafft hatte. Einige Einträge waren mit Filzschreiber angestrichen – die fehlerhaften Aufträge.

»Sehr gut«, sagte Bodkema, und seine Miene entspannte sich.

»Also? Was ist? Schreibe ich jetzt den Text?«

»Ja, zusammen mit Hans-Peter.«

»Das ist wohl nicht dein Ernst?«

»Doch«, herrschte der Chefredakteur sie an. »Ich habe Hans-Peter gestern Abend an die Story gesetzt und kann sie ihm ja schlecht einen halben Tag später wieder entziehen.«

»Ach? Aber mir hättest du sie …«

»Tania, bitte, erspare mir die Revierkämpfe, dafür habe ich heute einfach keinen Kopf. Du weißt am besten, was seit gestern hier los ist.« Er wandte sich seinem Computer zu. »Schlimm genug, dass ich heute Abend noch nach Monte Carlo fliegen muss. Dieses dämliche Interview mit den Schumachers …«

Tania interessierte sich weder für Monte Carlo noch für dämliche Interviews oder die Schumachers. »Was ist mit meinem Rechner?«

»Was soll damit sein?«

»Hardy blockiert ihn seit Tagen, weil seiner in Reparatur ist.«

»Dann teilst du dir eben den PC mit Hans-Peter. Macht sowieso Sinn, wenn ihr beide an der gleichen Story schreibt.« Bodkema konzentrierte sich wieder demonstrativ auf seinen Computerbildschirm. Eine weitere Störung würde er nicht dulden.

Zornig suchte Tania ihren Kollegen auf. Hans-Peter Karrenbacher empfing sie mit einem flüchtigen Lächeln. »Tut mir leid, Tania, ich wollte dir die Story nicht wegnehmen, aber …«

»Du hast sie mir nicht weggenommen«, sagte Tania. »Wir schreiben sie zusammen.«

»Also, ich weiß nicht, ob …«

»Hast du denn schon etwas rausgefunden?«

»Na ja, also …«

»Gut. Ich nämlich schon.« Betont lässig ließ sie die Mappe auf den Schreibtisch fallen.

Karrenbacher prüfte die Unterlagen. »Wie bist du denn daran gekommen?«

»Durch *gute* Arbeit!« Tania konnte sich ein triumphierendes Lächeln nicht verkneifen.

Das Telefon kam Karrenbachers Erwiderung zuvor. Er nahm den Hörer ab und reichte ihn gleich darauf an Tania weiter. Es war Bodkema.

»Die Polizei will dich sprechen«, sagte der Chefredakteur. »Es geht noch mal um gestern. Den jungen Lahnstein.«

»Aber ich habe der Polizei doch schon alles gesagt.«

»Das habe ich denen auch erklärt«, Bodkema schnaufte. »Es ist wohl auch nicht die Polizei selbst.«

»Sondern?«

Bodkema nannte ihr einen Namen.

Im ersten Moment glaubte Tania, ihn nicht richtig verstanden zu haben. »Wer, sagtest du?«

Er wiederholte den Namen. In Tanias Magen begann es zu brodeln. Auch das noch!

Bodkema war ihre Reaktion nicht entgangen. »Soll ich ihm sagen, dass es dir nicht gut geht?«

»Nein, kein Problem«, versicherte Tania.

»Dann bring ich ihn zu dir.«

Tania legte auf. Karrenbacher sah sie neugierig an. Schnell zupfte sie Fusseln von ihrem Blazer und strich ihn glatt. Schritte näherten sich. Sie legte sich einige Worte zur Begrüßung zurecht.

Doch als sie sich umdrehte, war das Einzige, was sie über die Lippen brachte: »Du?«

57

Mit wachsender Besorgnis verfolgte Sera den Schlagabtausch zwischen dem Staatsanwalt und Dr. Babicz. Sie musste an den … *Wie hatte die amerikanische Presse den Killer getauft?* Ja, sie musste an den Knochenmann denken. Plötzlich glaubte sie, das Pochen ihrer Prellung wieder bis hinauf in die Schläfen zu spüren.

Der Psychologe stöberte in den Fotos des Gerichtsmediziners, bis er die richtigen Aufnahmen fand. »Werfen wir noch einmal einen Blick auf die Leiche. Dem Mann wurden die Füße zertrümmert. Das könnte ein Symbol sein für: *Du kannst nicht wegrennen.* Ihm wurden die Hände gebrochen: *Du kannst dich nicht wehren.* Diese Verletzungen sind grobschlächtig – und das höchstwahrscheinlich mit Absicht. Sie stehen stellvertretend für die Wut, die den Täter zur Tat antrieb. Nachdem er sein Opfer auf diese Weise hilflos gemacht hatte, häutete er es. Er hat den jungen Lahnstein quasi entblößt. Und warum entblößt man einen Menschen? Um ihm zu zeigen, dass man ihn kontrolliert. Dass man Macht über ihn besitzt.«

»Macht über Frank Lahnstein?«, zweifelte Dr. Salm. »Einen jungen DJ?«

»Vielleicht. Vielleicht aber auch über mehr als nur über seine eigene Person.«

»Also über seine Familie, seinen Vater, den Innensenator«, zählte der Staatsanwalt auf. »Dann geht es also doch um Politik.«

Babicz schüttelte den Kopf. »Finden Sie nicht auch, dass das alles viel zu groß und kompliziert für einen politischen Mord ist? Üblicherweise wird jemand, der aus politischen Beweggründen umgebracht wird, kurzerhand erstochen oder erschossen, meinetwegen auch in die Luft gesprengt, aber doch nicht auf diese Weise gefoltert. Und kein politischer Mörder verschleiert die Todesursache anschließend derart raffiniert. Sehen *so* gemeine politische Taten aus?«

»Sie glauben also, es stecken andere Motive hinter diesem Verbrechen?« Dr. Salm stöhnte wehleidig.

Sera lehnte sich zurück. *Soll ich jetzt erleichtert sein? Mord bleibt Mord.* Trotzdem war sie froh, mit niemandem über ihren Verdacht gesprochen zu haben. Nur ihre Brust bereitete ihr noch Schmerzen.

»Ja und nein«, sagte der Psychologe. »Die Motive von Mördern, die derartige Taten begehen, entspringen nicht selten ebenfalls Wut oder Rachedurst. Allerdings meucheln sie nicht einfach drauflos, sondern folgen bei ihren Morden einem geschickt ausgearbeiteten Plan – so wie in diesem Fall.«

»Oder wie beim Knochenmann«, fügte Dr. Wittpfuhl hinzu.

»Wenn Sie so wollen.« Babicz stellte eine unglückliche Miene zur Schau, als würde ihm die Erwähnung des Namens nicht behagen.

»Wer, zum Geier, ist denn nun schon wieder der Knochenmann?«, fragte Dr. Salm.

Der Psychologe guckte noch gequälter. »In den USA war ich in die Ermittlungen an einem Fall von Häutungen involviert.«

»Es war ein Serienkiller«, konkretisierte Dr. Wittpfuhl.

»Ein Serienmörder?«, schnappten der Dezernatsleiter und der Staatsanwalt unisono entsetzt.

»Er ist überführt worden und sitzt in Haft«, beschwichtigte Babicz.

»Dennoch ist die Parallele erstaunlich – das waren Ihre Worte«, erinnerte Sera. »Handelt es sich also doch um einen Nachahmungstäter?«

»Parallele? Nachahmungstäter? Halten Sie es etwa für möglich, dass dies der Auftakt zu einer Reihe von Morden ist?« Dr. Salm klang, als stünde er kurz vor einem Herzinfarkt.

Babicz schüttelte entschieden den Kopf. »*Darauf* habe ich bisher keinen Hinweis finden können.«

»Gott sei Dank. Wenn ich mir vorstelle ... Nein, das möchte ich mir lieber nicht vorstellen.« Der Dezernatsleiter schüttelte verzweifelt den Kopf.

Sera war auch diesmal die Betonung von Babicz' Worten nicht entgangen. »*Worauf* haben Sie denn dann einen Hinweis gefunden?«

»Auf die Journalistin. Frau Herzberg.« Babicz deutete auf die Ermittlungsakte.

Dr. Salm winkte ab. »Aber das wissen wir doch längst: Frau Herzberg wurde vom Täter kontaktiert, weil sie beim *Kurier* arbeitet. Damit sie als Journalistin der Tat höchstmögliche Aufmerksamkeit garantiert.«

»Stimmt, deswegen kontaktierte er sie. Aber was genau hat er ihr gesagt?«

Blundermann, der Frau Herzberg am Vortag befragt hatte, meldete sich zu Wort: »Er wollte sich mit ihr ... Herrgott, ja, Sie haben recht! Frau Herzberg bekam schon morgens ein Telefonat. Der Anrufer gab sich als Informant aus, der ihr bei einer Reportage helfen wollte. Es ging dabei um einen Korruptionsfall bei den Berliner Verkehrsbetrieben.«

Babicz nickte. »Frau Herzberg wurde nach Friedrichshain gelockt, indem ihr etwas versprochen wurde, das sie unbedingt haben wollte – nämlich wichtige Informationen für ihre Reportage. Auf diese Weise war gewährleistet, dass sie dorthin fährt, kein Kollege, kein Redaktionsleiter, kein Chefredakteur. *Sie!*«

»Sie glauben also, Frau Herzberg wurde bewusst ausgesucht«, stellte Dr. Salm fest.

»Es spricht einiges dafür«, bestätigte der Psychologe. »Andernfalls hätte ein schlichter Anruf bei der Zeitung mit dem kurzen Hinweis auf den Fundort der Leiche ausgereicht. Die Boulevardjournalisten beim Kurier hätten sich diese Story niemals entgehen lassen, sie hätten sich auf jeden Fall sofort auf den Weg gemacht. Stattdessen aber diese merkwürdige Finte.«

»Und warum fällt uns das jetzt erst auf?« Dr. Salm hämmerte mit der Faust auf den Tisch. »Die Journalistin ist doch schon gestern befragt worden, oder?«

Schlagartig kehrte Schweigen in den Konferenzraum ein. Auch Sera rührte sich nicht. Zumindest wusste sie, weshalb es ihr nicht aufgefallen war. *Weil du mit deinen Gedanken ganz woanders warst.*

»In welcher Beziehung steht Frau Herzberg zum Innensenator?«, wollte der Staatsanwalt wissen.

»Sie ist Journalistin«, meinte Blundermann. »Nach eigenem Bekunden kennt sie ihn nicht persönlich, hat ihn aber auf Pressekonferenzen, Empfängen und bei ähnlichen Anlässen getroffen.«

»Und zu seinem Sohn?«

»Dazu hat sie nichts gesagt.«

»Wir sollten sie noch einmal befragen«, schlug Sera vor.

»Eine sehr gute Idee!« Der Sarkasmus triefte förmlich aus Dr. Salms Stimme.

Der Psychologe räusperte sich. »Frau Muth, haben Sie etwas dagegen, wenn ich Sie zu dem Gespräch begleite?«

»Wissen Sie was, Herr Dr. Babicz?« Mit einem entschlossenen Ruck erhob sich der Dezernatsleiter von seinem Stuhl. »Warum übernehmen Sie nicht gleich das Gespräch? Und Sie, Blundermann, begleiten ihn und knöpfen sich diesen Fotografen vor. Derweil fahren Sie, Muth, raus nach Grunewald und befragen den Innensenator, ob er oder sein Sohn diese Journalistin näher kennen.« Er hüstelte. »Oder kannten.«

58

»Du?«, sagte auch Robert.

Nach der Konferenz auf dem Polizeipräsidium war ihm das Gespräch mit der Journalistin dringend vorgekommen. Er hatte sich einiges davon erwartet, aber sicherlich nicht das.

»Bo«, sagte er und hielt Ausschau nach dem Beamten, der ihn zum *Kurier* begleitet hatte. Doch Blundermann war mit dem Aufzug bereits eine Etage höher in die Fotoredaktion gefahren, wo er Jens Kramer anzutreffen hoffte. »Also, ich meine … Tania.«

»Ihr kennt euch?«, staunte der Chefredakteur, der von einer blonden, toupierten Sekretärin als Stanislaw Bodkema vorgestellt worden war.

»Ja«, bestätigte Robert.

»Ja«, wiederholte Tania.

Bodkema schaute von ihr zu Robert und zurück. Als sich keiner der beiden zu einer Erklärung bemüßigt fühlte, verkündete er: »Gut, dann gehe ich mal.«

Er trat einen Schritt vor, zog sich dann aber wieder zurück, als müsse er befürchten, Tania mit der kleinsten Berührung zu erschüttern. »Das schaffst du, oder?«

In einer fahrigen Geste strich sie sich den Rock ihres Kostüms glatt. »Selbstverständlich.«

»Wenn was ist, gib Bescheid.«

»Danke, Stan.«

Der Chefredakteur nickte Robert zum Abschied zu, dann ging er in sein Büro.

»Jetzt verstehe ich, was …« Tania stockte. »Ach, egal.«

Sie warf einen Blick auf den Kollegen neben ihr am Schreibtisch. Der grimmige Mittfünfziger trug eine scheußliche Krawatte und ein noch scheußlicheres Tweedsakko. *Hässlich* war noch eine freundliche Umschreibung.

»Komm mit!« Tania winkte Robert in eines der angrenzenden Zimmer. Ihre schmalen, bordeauxroten Pumps klackerten vorwurfsvoll auf den Fliesen.

Der Konferenzraum bestand aus einem kleinen Verschlag, dessen vier nüchterne Wände man mit etlichen Titelseiten in Bilderrahmen aufgehübscht hatte.

Tania schloss die Tür und ließ sich auf einen Stuhl sinken. Nervös spielte sie mit einem Bleistift. Das Licht der Neonröhre brachte ihre Blässe und Erschöpfung noch stärker zum Ausdruck. Das blonde Haar fiel ihr glanzlos auf die Schultern. Das Kostüm, das sie trug, wirkte viel zu groß an ihr. *Sie sieht schlecht aus.* Aber das war wenig erstaunlich angesichts ihres gestrigen Erlebnisses. Ein Wunder, dass sie es überhaupt zur Arbeit geschafft hatte.

Aber so ist sie früher schon gewesen, unerbittlich und zäh.

»Bo«, begann Robert, hielt aber inne, als er sie den Kopf schütteln sah. »Tania, ich wusste nicht, dass du … Stimmt, du heißt jetzt nicht mehr Bolt?«

Bolt war ihr Familienname gewesen, Bo sein Kosename für sie.

Sie legte den Bleistift auf den Tisch und wickelte eine Strähne ihres Haares um den Zeigefinger, eine Geste, die ihm noch immer vertraut war. »Ich habe geheiratet.«

Obwohl es auf der Hand lag, überraschte ihn das Geständnis noch mehr als die unerwartete Begegnung. War es das, was Hagen gestern gemeint hatte? *Es hat sich einiges verändert.*

»Das freut mich«, sagte Robert.

»Die Ehe hat sich schon wieder erledigt.« Sie kreuzte die Beine. »Ich habe mich vor sechs Monaten getrennt.«

Er sah sie fragend an.

»Es war eine Dummheit.«

Er nickte, als verstünde er. »Aber du wohnst noch in deiner alten Wohnung, oder?«

»Mein Mann ist damals bei mir eingezogen.« Sie lächelte gequält. »Jetzt ist er wieder ausgezogen.«

Robert erwiderte das Lächeln. Das Neonlicht sirrte, während sie schwiegen. Tania schaukelte mit einem ihrer roten Pumps.

Ab und an drang ein Telefonklingeln aus der Redaktion nebenan zu ihnen durch. In den Bilderrahmen an der Wand schrien die Schlagzeilen: *Killerschüler in Berlin: »Klar, dass der mal austickt!«* Daneben: *Nicht einmal die Polizei ist sicher: Blutiges Fiasko.* Und ein Stück weiter: *Vater und Mutter im Schlaf erstochen – Endlich: Schwester von Elternmörder redet.*

Eins begriff Robert allerdings noch immer nicht. »Du bist nicht mehr beim *Tagesspiegel*?«

»Wie du siehst.«

»Warum?«

Sie lächelte wieder, noch verzweifelter. »Ich habe nicht nur eine Dummheit begangen.« Sie holte tief Luft, und das Lächeln erlosch. »Damals.«

Vor vier Jahren, wollte sie hinzufügen, schluckte aber die Worte hinunter. Sie hielt den Blick gesenkt, als schämte sie sich.

Robert wollte etwas erwidern, als es klopfte. Ein kleiner, dicklicher Mann mit wirrem Haar tauchte zwischen Tür und Angel auf. »Ah, hier bist du, Tania.« Sein Blick fiel auf Robert. »Kenne ich Sie nicht?«

»Kann sein.«

»Was gibt es, Hardy?«, fragte Tania, während sie die Haarsträhne, mit der sie gespielt hatte, wieder hinters Ohr klemmte.

»Es ist wegen der ... S-Bahn-Geschichte.« Seine Augen hafteten nach wie vor an Robert. »Ich müsste dich was Wichtiges fragen, du weißt schon ...«

»Ich komme gleich«, schnitt Tania sein Gestammel ab.

»Ja, bitte, es ist wirklich wichtig.«

Die Tür fiel in den Rahmen.

»Nun«, sagte Tania, während ihre Finger sich wieder mit

dem Bleistift beschäftigten. »Ich freue mich, dich zu sehen. Und dass es dir gut geht.« Sie deutete zum benachbarten Großraumbüro. »Aber wie du mitbekommen hast, habe ich noch einiges zu tun. Wenn also nichts Wichtiges anliegt, dann ...«

»Doch«, unterbrach er. »Ich muss mich mit dir unterhalten.«

»Robert, die Sache damals ... Ich möchte nicht mehr darüber reden.«

»Nein, Bo ... Entschuldige, Tania ... Aber deswegen bin ich nicht hier.«

Irrte er sich, oder huschte ein Anflug von Enttäuschung über ihr abgespanntes Gesicht? *Als hätte sie sich gewünscht, dass du deswegen hier bist.*

»Weswegen dann?«

Er zögerte. *Wenn Sie recht haben ...* Wenn er recht hatte, dann behagte ihm die Vorstellung keineswegs, dass ausgerechnet Tania in den Mordfall verwickelt war. *Der Täter hat sie nicht nur absichtlich ausgesucht, er wusste auch einiges über sie.*

Sein Blick fixierte ihre bordeauxroten Pumps, und er entsann sich des kleinen Rings, den sie früher an einem ihrer Zehen getragen hatte. Welcher Zeh es gewesen war, wollte ihm nicht mehr einfallen. Wohl aber, dass der Ring ein Souvenir aus dem gemeinsamen Urlaub in Ägypten gewesen war. Merkwürdig, dass er gerade jetzt daran dachte.

»Ich arbeite an dem Fall Lahnstein«, sagte er.

»Dazu hat man mich gestern doch schon ausführlich befragt.«

»Ich weiß. Aber dabei ist leider etwas Wichtiges übersehen worden.«

Ihr Körper spannte sich an. »Und das wäre?«

59

»Was weißt du über diesen Knochenmann?«, fragte Gesing.

Er steuerte den Passat über die Bismarckallee. Herrschaftliche Villen säumten die Prachtstraße, die das Promiviertel Grunewald in zwei Filetstückchen teilte. Gesings Tempo war der Umgebung angemessen beschaulich, fast behäbig.

Sera legte das dünne Büchlein mit dem Stadtplan beiseite, in dem sie seit ihrem Aufbruch vom Präsidium ziellos geblättert hatte. »Nicht mehr als das, was in der Konferenz über ihn gesagt wurde.«

»Und woher weißt du überhaupt von ihm?«

»Er kam gestern schon zur Sprache.«

»Hältst du es für möglich? Könnte es in unserem Fall auch ein …?«

Sera ließ ihn nicht ausreden. »Du hast gehört, was Dr. Babicz gesagt hat. Es gibt keine Hinweise darauf.«

Gesing bog in die Richard-Strauss-Straße. In einem der prächtigen Häuser, Sera wusste nicht genau in welchem, hatte seinerzeit Harald Juhnke gewohnt. Als sie es erwähnte, staunte ihr Kollege. »Alle Achtung!«

»Und die Brahmsstraße ist durch Hildegard Knef berühmt geworden.« Sera deutete auf das Straßenschild, an dem sie vorbeifuhren.

Gesing gab ein anerkennendes Pfeifen von sich, das sich mit dem fröhlichen Zirpen von Seras Handy mischte. Weil ihre Rippen immer noch schmerzhaft brannten, brauchte sie eine Weile, bis sie das iPhone aus der Jackentasche gekramt hatte.

Blundermann hatte einige Informationen über die Journalistin zusammengetragen. »Tania Herzberg, geborene Bolt, ist achtundzwanzig Jahre alt. Seit dreieinhalb Jahren mit Ralf Herzberg verheiratet.«

»Irgendwelche Auffälligkeiten? Oder Vorstrafen?«

»Nein, nichts dergleichen. Ich habe ihren Namen mal gegoogelt. Unter Tania Bolt findet man noch eine Menge Berichte in der Online-Ausgabe und dem Archiv vom *Tagesspiegel*, bei dem sie bis vor drei Jahren gearbeitet hat. Seitdem ist sie beim *Kurier*, auch auf dessen Internet-Präsenz gibt es jede Menge Artikel von ihr unter Tania Herzberg. Ansonsten verschiedene Schnipsel auf unterschiedlichen Seiten, mal zu einem Seminar, mal zu einer Podiumsdiskussion. Privates über sie ist im Netz so gut wie gar nicht zu finden. Nur eine spärliche Biografie, die zu einem Workshop veröffentlicht wurde, an dem sie teilgenommen hat: geboren in Charlottenburg, Abitur, Studium der Wirtschafts- und Gesellschaftskommunikation an der Hochschule der Künste, danach ein Stipendium in London.«

Sie beendeten das Gespräch, weil die Villa des Innensenators in Sicht kam. Das Grundstück, vor dessen Einfahrt Journalisten campierten, lag am Ende einer langen Reihe mit stolzen Herrenhäusern in der Hagenstraße.

»Das passt ja«, erklärte Sera.

»Was?«

»Heinrich Himmler hat auch in der Hagenstraße gewohnt.«

»Also, wirklich, was du alles weißt – erstaunlich!«

»Warum? Dürfen Türken so etwas nicht wissen?«

»So war das doch nicht gemeint«, beschwichtigte Gesing.

»Sondern?«

»Ich wollte damit … also …«

Grinsend warf ihm Sera das kleine Buch mit dem Stadtplan in den Schoß. Dessen Anhang enthielt Wissenswertes über die verschiedenen Berliner Stadtbezirke und ihre Straßen.

Lahnsteins Haus duckte sich unter ausladenden Tannen. Eine Mauer umgab das Anwesen, Kameras beäugten die Flächen rings um das Grundstück. Von dieser Umgebung aus ließ sich freilich Politik betreiben, die fern von der Realität in Neukölln oder Kreuzberg lag.

»Haben Sie eine Spur?«, war die erste Frage, die Dr. Lothar Lahnstein den beiden Beamten stellte.

»Deswegen sind wir hier.«

»Kommen Sie herein.«

Unter verschnörkeltem Deckenstuck verloren sich eine Biedermeier-Couchgarnitur und ein massiver Mahagonisekretär in dem weitläufigen Wohnzimmer. Folianten schmückten die Regale. In einem großen, schweren Holzrahmen an der Wand strahlte die Sonne über einem idyllischen Flusstal. Wenn Sera die Signatur richtig deutete, war das Bild ein echter Renoir. In seiner antiquierten Einrichtung glich der Raum auf beängstigende Weise dem Wohnzimmer ihres Onkels.

»Ist Ihnen der Name Tania Herzberg bekannt?«, fragte sie.

»Oder Tania Bolt, das ist ihr Mädchenname?«, ergänzte Gesing.

»Hat sie etwas mit dem Tod meines Sohnes zu tun?«

»Das versuchen wir herauszufinden.«

»Sie sagten, Sie hätten eine Spur.«

»Herr Dr. Lahnstein«, hakte Sera nach, »habe ich Sie richtig verstanden: Sie kennen Frau Herzberg nicht?«

»Nein, wer soll das sein?«

»Sie ist Journalistin beim *Kurier.*«

»Ich kenne den Chefredakteur, Herrn Bodkema. Ich habe einige Interviews mit ihm …«

»Die ich gelesen habe, ja. Aber um noch einmal auf die Journalistin …«

»Ich sagte doch schon, ich kenne sie nicht.« Der Senator durchmaß den Raum mit großen Schritten und zeigte keine Anstalten, sich zu beruhigen. »Haben Sie eine Ahnung, wie viele Reporteranfragen ich tagtäglich bekomme? Die, die vor meinem Büro hausieren, nicht eingerechnet … Schauen Sie sich das Spektakel draußen auf der Straße doch mal an – widerlich! Immer dort, wo es Mord und Totschlag gibt, lauern sie wie die Aasgeier!«

Aasgeier? Eine bemerkenswerte Wortwahl für jemanden, der mit dem Boulevard Hand in Hand arbeitete, um Zustimmung in der Bevölkerung für seine Politik zu mobilisieren! »Vielleicht hat Ihr Referent ja mal mit der Journalistin gesprochen?«

Lahnstein bedachte Sera mit einem missbilligenden Blick. »Das müssen Sie ihn fragen.«

»Könnten Sie ihn bitte anrufen?«

Der Senator drehte sich um die eigene Achse. »Margot?«, rief er ins Foyer. »Weißt du, wo das Telefon ist?«

Absätze klackerten herbei. Eine ältere Frau im schwarzen Kostüm brachte Lahnstein den Apparat. Die Augen hatte sie hinter einer Sonnenbrille verborgen.

»Meine Gattin«, stellte Lahnstein vor. »Das sind Hauptkommissarin Muth und ihr Kollege ... Entschuldigen Sie, ich habe Ihren Namen vergessen.«

»Gesing!«

Margot Lahnstein murmelte eine leise Begrüßung, bevor sie wieder aus dem Raum stakste. Ihr Mann hatte unterdessen seinen Referenten erreicht: »Herr Benninger, die Polizei ist bei mir. Sie fragt mich nach einer gewissen Frau Bolt ...«

»Herzberg!«, verbesserte Gesing.

»Nein, nicht Bolt. Herzberg. Frau Herzberg. Sie ist Journalistin beim *Kurier*. Sie kennen sie? Aber nicht persönlich, na gut. Sie haben nur von ihr gelesen. Sie hat sich also nie bei Ihnen gemeldet? Nein? Gut, danke.« Lahnstein legte auf. »Also, ich denke, Sie haben alles Nötige mitbekommen? Schön. Hätten Sie jetzt bitte die Güte, mir zu erklären, was es mit dieser Frau Herzberg auf sich hat?«

»Entschuldigen Sie.« Mit gedämpfter Stimme trat Margot Lahnstein wieder in den Raum. Sie nahm die Sonnenbrille ab. Ihre Augen waren gerötet. »Wie war der Name dieser Frau?«

»Tania Herzberg.«

»Nein, der andere Name.«

»Bolt. Tania Bolt. Das ist ihr Mädchenname.«

Die Senatorengattin sank auf die Couch. Die alte Garnitur knarzte. »Frank … also unser Sohn …« Sie kniff die Augen zusammen, atmete durch. »Er ist mit einer Tania Bolt zur Schule gegangen.«

»Sind Sie sich sicher?«

Margot Lahnstein erhob sich und ging in ein benachbartes Zimmer. Wenige Sekunden später kehrte sie mit einer Zeitschrift zurück. *Die Abi-Zeitung* prangte in großen schwarzen Lettern auf der Titelseite des Heftes.

»Sie müssen meinen Mann entschuldigen, dass er sich nicht erinnert hat. Er war schon immer viel beschäftigt.« Die Erinnerung entlockte ihr ein versonnenes Lächeln. Es erlosch so rasch, wie es gekommen war. »Franks Erziehung lag in meinen Händen.«

Sie schlug das Heft bis zur Übersicht der Abiturienten auf. Sera konnte ein Bild von Frank Lahnstein erkennen. Damals hatte er eine schräge Popperfrisur getragen. Unter dem Foto stand: *Der Draufgänger. Will Rockstar werden.*

Margot Lahnstein tippte auf ein Foto daneben: Tania Bolt. *Die Eiserne. Will Journalistin werden.*

Drei Zeilen darunter sprang Sera ein weiterer bekannter Name ins Auge: Jasmin Peters.

60

Tania wartete auf eine Antwort. *Aber dabei ist leider etwas Wichtiges übersehen worden.* Robert allerdings schwieg, als würde es sich um ein Rätsel handeln, dessen Lösung sie kennen müsste.

Doch seit er aufgetaucht war, kostete es sie Mühe, einen klaren Gedanken zu fassen. *Ausgerechnet Robert!*

Selbstverständlich hatte sein Besuch nichts mit ihrer gemeinsamen Vergangenheit zu tun, er war beruflich hier. Aber das machte die Sache nicht gerade einfacher, denn damit zwang er Tania, sich an den gestrigen Tag zu erinnern, den sie heute bisher erfolgreich verdrängt hatte.

»Also, was ist übersehen worden?«, fragte sie schließlich.

Robert knetete seine Finger. Das hatte er früher schon getan. Ein Zeichen seiner Anspannung. Obendrein wirkte er übernächtigt, als hätte er tagelang nicht geschlafen.

»Hat es beim *Berliner Kurier* ungewöhnliche Vorfälle gegeben?«

»Was denkst du denn?« Tania unterdrückte den Impuls zu lachen. Sie zeigte auf die Bilderrahmen an der Wand. *Vater und Mutter im Schlaf erstochen – Endlich: Schwester von Elternmörder redet.* »Hier gibt es ständig ungewöhnliche Vorfälle. Ungewöhnliche Vorfälle sind unser Job.«

»Auch Tote, zu denen du gelockt wirst?«

»Es war nicht das erste Mal, dass ein Journalist zu einem Mordopfer geführt wird. Das solltest du am besten wissen.«

»Ja, aber ich weiß auch, dass so etwas nicht an der Tagesordnung ist.«

Tania seufzte. »Warum sagst du mir nicht einfach, weshalb du gekommen bist?«

»Es deutet einiges darauf hin, dass der Mörder …«

»Ihr geht jetzt von *einem* Mörder aus?«, fiel sie ihm ins Wort und wunderte sich noch in derselben Sekunde über sich selbst. So mies sie sich auch fühlte, ihr journalistischer Instinkt funktionierte einwandfrei.

Robert schien nicht erfreut über die Unterbrechung. Unwillig verzog er sein Gesicht. »Es deutet einiges darauf hin, dass der Verantwortliche – oder die Verantwortlichen – für diese schreckliche Tat dich ausgewählt …«

»Ja, Robert«, unterbrach sie abermals, »das habe ich schon begriffen. Der Mörder oder …«, sie schrieb mit den Fingern Anführungszeichen in die Luft, »die Verantwortlichen wählten mich aus, weil ich Journalistin bei einem Boulevardblatt bin. Sie wollten, dass ich die Leiche finde, weil sie größtmögliche Öffentlichkeit suchten. Auch das ist nicht untypisch für ein politisches Verbrechen.«

»Mag sein, aber sie wollten nicht irgendeine Journalistin. Sie wollten *dich*!«

»Vielleicht, weil ich eine gute Journalistin bin?«

»Beim *Kurier*?«

»Okay, das reicht jetzt!« Tania stemmte sich aus dem Sessel. Die widerspenstige Strähne löste sich hinter ihrem Ohr und fiel ihr ins Gesicht. »Ich habe weder die Zeit noch die Lust, mich mit dir …«

»Entschuldige«, sagte Robert. »Bitte setz dich und hör mir zu.«

Tania ließ sich zurück auf den Stuhl fallen, klemmte die Strähne wieder zurück hinters Ohr.

Robert beugte sich über den Tisch. Seine Finger waren ineinander verknotet. »Der oder die Täter, er hat … sie haben … Ach, verdammt! Man hat dir Insider-Infos für deine andere Reportage versprochen, richtig? Aber woher hat der Anrufer gewusst, woran du arbeitest?«

»Weil er die Zeitung gelesen hat? Ich schreibe schließlich seit mehreren Tagen über dieses S-Bahn-Chaos und …«

»Nein, nein, du verstehst nicht, worauf ich hinauswill.«

»Dann erkläre es mir endlich!«

Angesichts der Schärfe in ihrer Stimme wich Robert zurück. »Man hat sich mit dir auseinandergesetzt. Wenn man einfach nur einen Journalisten gebraucht hätte, der die Leiche findet, Herrgott, dann hätte man sagen können: *Kommen Sie hierhin, dort finden Sie Frank Lahnstein*. Jedem halbwegs fähigen Journalisten hätte das doch gereicht, um daraus eine Top-Story für sein Blatt zu machen. Aber nein, man lockte ausgerechnet dich mit einer solchen Finte zum Fundort. Findest du das nicht merkwürdig?«

Von dieser Warte aus hatte Tania die Sache noch gar nicht betrachtet. *Wie ist das mit deinem journalistischen Instinkt?* Dennoch blieb eine Frage: »Warum ausgerechnet ich?«

»Um das herauszufinden, bin ich hier.«

»Ich habe keine Ahnung. Vielleicht war es nur ein Zufall?«

»Nein, ich bin davon überzeugt, dass du …«

»Dass ich was?« Tania fuhr auf, und die Strähne fiel vor ihre Augen. Sie fegte sie beiseite. »Dass ich etwas mit dem Mord zu tun habe?«

»Möglicherweise ist jemand wütend auf dich, weil du Berichte über ihn verfasst hast.«

»Aber hätte er dann nicht *mich* umgebracht?«

»Hast du über den Senator oder seinen Sohn geschrieben?«

»Mit denen habe ich nichts am Hut.« Erschöpft sank sie auf ihren Stuhl zurück. »Bis auf die Tatsache, dass ich gestern die Leiche gefunden habe. Und ich will ehrlich zu dir sein: Auf dieses Erlebnis hätte ich gerne verzichten können.«

»Bo, bitte, die Zeit drängt und …«

»Ist schon wieder jemand entführt worden?«

»Nein.«

»Aber ihr geht davon aus, dass es so kommen wird?«

»Bo, du weißt, dass ich dir nichts über die laufenden Ermittlungen verraten kann.«

»Gut«, schnaubte sie. »Denn ich kann dir auch nichts verraten. Weil ich nichts weiß.«

»Bo, ich denke …«

»Und nenn mich nicht ständig Bo, Robert. *Das* ist vorbei.«

»Entschuldige, aber alles, was ich möchte, ist herausfinden, wer den Mord an Frank Lahnstein begangen hat.« Er erhob sich. »Wenn dir noch etwas einfällt, dann …«

Sie zupfte an ihrer Haarsträhne. »Dann melde ich mich, ja.«

61

Aus dem Wohnzimmer wummerte laute Technomusik. Der monotone Bass stampfte durch den Magen, Seras Prellung pochte dazu im Takt. Zum Glück nahm Jasmin Peters den Tonarm von der Schallplatte, als ihre Freundin Gerlinde die beiden Beamten hereinführte. Die abrupte Stille rauschte förmlich in den Ohren.

»Entschuldigung«, sagte Jasmin.

»Solange es die Nachbarn nicht stört.« Sera zuckte mit den Schultern, was sie sofort bereute. Schmerz.

»Das war Franks Lieblingslied. Anthea & Celler. Der *Ceadmon Loop*.« Die junge Frau hatte schwarzes Mascara aufgetragen, das von den verquollenen Augenlidern ablenkte. Sie wirkte gefasster.

Sera bemerkte den überquellenden Aschenbecher. Es roch noch immer nach Haschisch. »Ich kenne mich da nicht aus.«

»Die Platte hat er jede Nacht mehrmals gespielt.« Jasmin hob die Vinylscheibe vom Plattenteller und schob sie in eine Hülle. Anschließend ließ sie sich auf der Couch nieder.

Sera setzte sich wie am Vortag in einen der ledernen Sitzsäcke. »Kennen Sie Tania Herzberg?«

»Nein.« Jasmin sah ihre Freundin an. »Du?«

Gerlinde, die am Fenster stand, schüttelte den Kopf.

»Hat Ihr Freund Frank Tania Herzberg gekannt?«

Jasmin überlegte. »Nicht dass ich wüsste. Er hat den Namen zumindest nicht erwähnt. Aber … in der Clubszene begegneten ihm so viele Leute, wer weiß, vielleicht hat er sie tatsächlich mal getroffen. Wer soll das sein?«

»Frau Herzberg ist Journalistin.«

»Frank hat einige Journalisten gekannt. Überwiegend Musikredakteure.«

»Frau Herzberg arbeitet beim *Berliner Kurier*. Sie ist die

Journalistin, die gestern die Leiche Ihres Freundes gefunden hat.«

Abrupt senkte Jasmin ihren Blick.

»Tania Herzbergs Mädchenname ist Bolt.«

»Tania Bolt?« Jasmin hob den Kopf. Ihre Augenwinkel füllten sich mit Tränen. »Ja, ich erinnere mich – Tania war in unserer Jahrgangsstufe. Sie war ...« Ihre Stimme wurde leiser. Mit den Tränen, die ihre Wangen hinabrannen, zerlief auch die Schminke. »Sie sagten, Tania hat Frank gefunden?«

»Ja, nicht weit von hier, in der Revaler Straße.«

»Aber ...?« Jasmin rieb sich die Augen und verschmierte nun auch noch den Kajal. Ihre Freundin beugte sich zu ihr und wischte ihr mit einem Taschentuch die schwarze Farbe von der Haut.

Dann hielt Gerlinde in der Bewegung inne. »Wollen Sie damit andeuten, es ist kein Zufall, dass Frau Bolt ... Herzberg ... wie auch immer ... dass sie Frank gefunden hat?«

»Möglicherweise.«

»Das verstehe ich nicht«, flüsterte Jasmin.

»Kann es sein, dass Ihr Freund Frau Herzberg in letzter Zeit getroffen hat?«, fragte Gesing.

»Erwähnt hat er es nicht.«

Gesing räusperte sich. »Gäbe es vielleicht einen Grund, es Ihnen zu verschweigen?«

»Moment!« Gerlindes Stimme gewann an Schärfe. Wie eine Drohung streckte sie das Taschentuch mit der schwarzen Schminke den Beamten entgegen. »Ich weiß nicht, worauf Sie damit anspielen wollen, aber ...«

»Tut mir leid«, fiel Sera ihr ins Wort. »Wir müssen nur jede Eventualität in Erwägung ziehen.«

»Ja, dann ziehen Sie mal fleißig – am besten gleich Leine!«

Sera wartete schweigend, bis die junge Frau sich beruhigt hatte. »Frau Peters, hat es einen Grund gegeben, warum Ihr Freund Kontakt zu Frau Herzberg gehabt haben könnte?«

»Nein, zu ihr ganz bestimmt nicht.«

»Warum?«

»Tania war eine …« Ihre Schultern sackten nach unten. »Ach, ich weiß doch auch nicht.«

»Die Eiserne?«, fragte Sera.

»Wie bitte?«

»Sie war die Eiserne. So wurde sie in Ihrer Abiturzeitschrift charakterisiert.«

Über Jasmins Lippen glitt der Hauch eines Lächelns. »Ja, kann sein. Hat uns nicht sonderlich interessiert, dieser ganze Kram. Aber die Eiserne? Ja, das passte zu ihr und ihrer Clique. Alles Streber. Spießer. Die waren damals nicht unser Fall.«

Und heute? Heute schien es eine Verbindung zu geben. *Bloß welche?* Sera betrachtete die Plattencover an der Wand. Ein greller Feuerball zog ihren Blick auf sich. *Brain Crash* hieß das Album eines gewissen DJ Hardsequenzer. Daneben hing *L'Esperanza* von Sven Väth. Zumindest von dem hatte Sera schon mal gehört.

Sie verabschiedete sich von den beiden Frauen und ging mit Gesing zurück zum Auto.

»Glaubst du, Frank Lahnstein hat Frau Herzberg gekannt?«, fragte ihr Kollege.

»Natürlich hat er sie gekannt – zu Schulzeiten. Aber die Frage ist, ob er sie in jüngerer Zeit getroffen hat. Und falls ja, aus welchen Gründen auch immer er seiner Freundin nichts davon erzählt hat.«

»Okay, angenommen, dem ist so, warum hat uns Frau Herzberg ihre Verbindung zu Frank Lahnstein bisher verschwiegen?«

»Dr. Babicz hat hoffentlich Antworten darauf.« Kurz entschlossen rief Sera auf dem Präsidium an. »Ist der Psychologe von der Befragung der Journalistin schon zurück?«

»Nein, noch nicht«, teilte ihr Rita mit.

»Können wir ihn irgendwo erreichen?«

»Nur in seiner Praxis. Ein Handy mit deutscher Nummer hat er noch nicht.«

Doch in Babicz' Praxis sprang nur der Anrufbeantworter an. Nach dem Signalton ertönte sofort das Besetztzeichen.

»Und jetzt?«, fragte Gesing.

Der Himmel färbte sich dunkelrot. Mit großen Schritten hielt der Abend Einzug in der Stadt. »Jetzt kannst du mich bitte bei meinen Eltern absetzen!«

62

In der dritten Etage des Präsidiums glitten die Aufzugtüren vor Robert auseinander. Beim Anblick des abgewetzten Linoleums, mit dem sich der Flur vor ihm erstreckte, beschlich ihn Ernüchterung. Müde schleppte er sich zu den Büros. Außer Frau Barnitzke war niemand mehr anwesend.

»Frau Muth hat nach Ihnen gefragt«, informierte ihn die Sekretärin.

»Ich werde mich bei ihr melden.«

»Soll ich sie gleich anrufen?« Sie griff zum Telefonhörer.

»Später«, antwortete er. *Und dann?*

Das Gespräch mit Tania Herzberg hatte keinerlei Informationen erbracht. Und es war auch nicht das gewesen, was Robert üblicherweise unter einer professionellen Befragung verstand. Wer hatte denn auch wissen können, dass es sich bei der Journalistin ausgerechnet um Bo – *das ist vorbei!* –, dass es sich ausgerechnet um Tania handelte?

Aber war das schon ein Grund gewesen, sich zu derart unbedachten Äußerungen hinreißen zu lassen? *Ihr geht von einem Mörder aus? Ist schon wieder jemand entführt worden? Aber ihr habt Angst davor?* Nein, das hätte ihm trotz allem nicht passieren dürfen. Er verspürte den Wunsch, sich zu ohrfeigen. *Warum hast du nicht gleich eine Presseerklärung rausgegeben!*

Im Konferenzraum schenkte er sich Kaffee ein, auch wenn er wusste, dass der ihn nicht wacher und seinen Kopf nicht klarer machen würde. Vor seiner Nase materialisierte sich ein Sahneberg.

»Etwas Quarkkuchen zum Kaffee?«

Robert nahm die Kalorienbombe vom Tablett. Erst als er den ersten Bissen nahm, fiel ihm ein, dass er später noch zum Essen mit Nadine verabredet war. *Verdammt!* Daran hatte er gar nicht mehr gedacht. *Obwohl …*

»Schmeckt der Kuchen?«

Robert aß eine weitere Gabel voll. »Selbst gebacken?«

»Mein Kuchen ist *immer* selbst gebacken.« Rita Barnitzke machte ein entrüstetes Gesicht.

Robert schaute verlegen auf die Uhr und erschrak, wie viel Zeit vergangen war. Er dachte daran, Nadine abzusagen. Plötzlich war ihm die Lust auf ein Date mit ihr verflogen. Er war müde, der verfluchte Jetlag machte ihm zu schaffen. *Nur der Jetlag?* Oder war es das unerwartete Wiedersehen mit Tania? *O ja, und was für ein Wiedersehen!*

Verärgert spülte Robert die Sahne mit dem Rest Kaffee hinunter und stellte die Tasse zurück auf den Schrank. Neben der Kaffeemaschine lag der BVG-Faltplan von Dr. Wittpfuhl. Aus dem Netz grüner, roter, blauer und brauner Linien stach die Haltestelle *Deutsche Oper* hervor.

»Ich bin dann mal weg!«, rief er der Sekretärin zu.

»Und was ist mit Frau Muth?«

»Ich melde mich später bei ihr.« Zuvor wollte er allerdings noch einmal über das Gespräch mit Tania nachdenken, und das konnte er genauso gut auf der Fahrt zur Deutschen Oper tun, wo er sich endlich eine Dauerkarte kaufen würde.

Man hat Tania nicht nur bewusst ausgesucht, man wusste auch einiges über sie, dachte er, während der Fahrstuhl ihn hinab ins Erdgeschoss beförderte. Oder verhielt es sich doch so, wie Tania gesagt hatte? *Vielleicht ist alles nur ein Zufall.* Nein, wohl kaum. *Aber was dann?* Was steckte hinter dem grausamen Mord, dem Folterfilm, dem merkwürdigen Anruf in der Redaktion, dem Fundort der Leiche und … *Verdammt!*

Er hätte dafür sorgen müssen, dass das Gespräch mit seiner Exverlobten sachlich blieb. Er hätte verhindern müssen, dass sie die Nerven verlor. Natürlich war ihr schroffes Verhalten seiner plötzlichen Anwesenheit geschuldet gewesen. *So ist sie schon immer gewesen.* Stur, dickköpfig, unnachgiebig. *So wie Max.* Wahrscheinlich hatte er Bo deshalb geliebt.

Das ist vorbei. Tania hatte geheiratet. Lebte in Trennung. Hatte einen neuen Job. *Es hat sich einiges verändert.* Robert konnte nicht verstehen, warum sie vom seriösen *Tagesspiegel* zu einem der übelsten Boulevardblätter der Stadt gewechselt war. *Habe Dummheiten gemacht.*

Wie vom Donner gerührt blieb Robert auf dem Alexanderplatz stehen. Die nachfolgenden Passanten rempelten ihn an, aber er beachtete ihr Schimpfen nicht. Langsam setzte er sich wieder in Bewegung.

Habe Dummheiten gemacht!

Bei den Worten regte sich etwas in ihm, als enthielten sie eine verborgene Botschaft. Sie war zum Greifen nahe. Sie war – verschwunden, als sich eine kräftige Hand auf seine Schulter legte. »Das ist aber ein Zufall.«

Robert wandte sich um. »Herr von Deese!«

Sein einstiger Nachbar ragte vor ihm auf. »Du bist es doch, oder? Ich habe dich am Donnerstag nicht gleich erkannt. Das Wetter, der Regen, und meine Augen sind auch nicht mehr die besten.« Er tätschelte Robert tadelnd den Oberarm. »Hast mich ganz schön an der Nase herumgeführt. Aber später, da fiel es mir wieder ein. Du bist der kleine Robert, der Sohn von …«

»Ja«, unterbrach Robert.

Falls von Deese die Schärfe in seiner Stimme gehört hatte, ließ er es sich nicht anmerken. Die Pendler, die sich murrend an ihnen vorbeischoben, entgingen ihm allerdings nicht. Er setzte sich in Bewegung, schritt an Roberts Seite die Stufen zum U-Bahnhof hinab.

»Ich hab mich immer gefragt, was aus dir geworden ist. Nach der Sache mit deinen Eltern …« Er hielt inne, betrachtete Robert. Als der nicht reagierte, fuhr von Deese fort: »Na ja, damals ging alles ziemlich schnell.«

»Ja.«

Eine U-Bahn rauschte in den Bahnhof. Als sie hielt, sagte von Deese: »Und jetzt interessierst du dich also für euer altes Haus?«

»Nein.«

»Na, wirklich nicht? Ich habe dich doch gestern Abend noch einmal auf dem Grundstück gesehen, als ich mit dem Hund draußen war.«

»Das war ich nicht.«

Der alte Mann sah ihn zweifelnd an. »Ich gebe zu, es war spät und dunkel, aber …«

»Ich war nicht in Ruhleben.«

»Hm, ich war mir sicher, ich hätte dich erkannt.«

Das Türsignal dröhnte, und kurz darauf rauschte die U-Bahn in den Tunnel davon. »Vielleicht haben Sie meinen Bruder gesehen.«

Der alte Mann rieb sich die Augen, nicht gewillt zu glauben, dass sie ihm einen Streich gespielt hatten. »Max?«

»Oder einen Landstreicher. Kinder, die Unfug treiben. Irgendjemand, der dort herumgeschlichen ist.«

»Das kann natürlich sein«, räumte von Deese stirnrunzelnd ein. »Und es wäre weiß Gott nicht das erste Mal. In jüngster Zeit zwar nicht mehr so häufig, aber früher …«

Robert blickte ungeduldig auf die Uhr.

»Ich möchte dich nicht länger aufhalten.« Von Deese schüttelte ihm die Hand. »Und wenn es dich doch noch mal nach Ruhleben verschlägt, also wegen dem Haus … Wie ich schon sagte, ich kenne den Makler.«

»Ja, danke«, antwortete Robert ihm knapp. »Aber ich bin an dem Haus nicht interessiert.«

Dann lenkte er seine Gedanken wieder zurück zu dem Gespräch mit Tania. Was auch immer da gerade für eine Idee aus seinem Unterbewusstsein aufgestiegen war – jetzt hatte sie sich verflüchtigt. Und für einen Abstecher zur Oper war es nun auch zu spät, es sei denn, er sagte das Abendessen ab. Er seufzte.

63

Seras Mutter schaute aus dem Fenster, als Gesing am Bordstein hielt.

»Danke fürs Bringen.« Sera drückte sich rasch aus dem Sitz, aber der Schmerz in ihrer Brust war wie eine Wand, gegen die sie prallte. Mit einem unterdrückten Stöhnen sank sie zurück.

»Sag mal, geht es dir gut?«, sorgte sich ihr Kollege.

»Noch ja.«

Annecim watschelte bereits über den Bürgersteig heran, und Sera gab sich einen Ruck. Diesmal schaffte sie es aus dem Sitz und dem Auto. »Seray! Schön, dass du gekommen bist. Und wie schick du ausschaust.« Bewundernd strich sie über Seras roten Pullover. »Baba wird sich freuen.« Glücklich drückte sie ihre Tochter an sich. Sera verkniff sich einen Schmerzenslaut. »Komm herein!«

Die hell erleuchteten Fenster in der Erdgeschosswohnung verliehen dem Reihenhaus in der Falkensteinstraße einen Glanz, den es bei Tageslicht nicht ausstrahlte. Sera konnte sich nicht daran erinnern, wann der Eigentümer die graue Fassade zuletzt hatte streichen lassen. Als Kind war ihr das nie aufgefallen. *Aber damals hast du dich von vielen Dingen noch nicht stören lassen.*

»Und was ist mit deinem Kollegen?« Seras Mutter sah in Richtung Passat. »Möchtest du ihn nicht hereinbitten?«

»Er wollte gerade fahren.«

»Aber er ist doch dein Kollege.«

»Ebendeshalb«, sagte Sera. »Er muss noch arbeiten.«

»Aber er muss doch mal eine Pause machen.«

»Also, ich weiß nicht?« Gesing schielte unsicher zu Sera.

»Kommen Sie!« Annecim lächelte einnehmend. »Es gibt zu essen und zu trinken.«

Was ist gegen derlei überzeugende Argumente auszurichten? Sera gab sich geschlagen. Vielleicht war es sogar ganz gut, dass Gesing sie begleitete. Seine Anwesenheit würde sie bei der Begegnung mit einigen Leuten – *Onkel Mergim!* – vielleicht zügeln.

Bereits im Hauseingang hallten ihnen die Stimmen der Verwandtschaft entgegen. Kindergeschrei übertönte das laute Palaver der Erwachsenen. Seras Mutter ging voraus ins Wohnzimmer.

»Also«, zischte Gesing und blieb in der Diele stehen. »Kann es nicht doch sein, dass sie mich tatsächlich für deinen, also, ich meine ...«

»Hoffentlich nicht«, knurrte Sera.

Ihr Neffe Eldin, der kleine Chaosfußballer, baute sich breitbeinig vor Gesing auf. »Du bist der Polizist.«

»Ja, der bin ich.«

»Kommst du, um jemanden zu verhaften?«

»Wieso?« Gesing lachte. »Gibt es hier denn jemanden zu verhaften?«

Seras Blick fiel unwillkürlich ins Wohnzimmer, wo sie Onkel Mergim am Tisch entdeckt hatte. Während die Familie munter durcheinanderschnatterte, brütete er über seinem Çay.

Was immer Sera erwartet hatte, Erleichterung verspürte sie bei seinem Anblick nicht. Schon möglich, dass sie sich in ihm geirrt und Mergim nichts mit dem Tod von Frank Lahnstein zu tun hatte. *Dennoch ist er nicht frei von Schuld.*

»Herr Gesing, wo bleiben Sie denn? Ich stelle Ihnen die Familie vor.« Annecim nahm ihn in Beschlag.

»Abla!«, rief Kayra aus der Küche. »Hilf mir doch, bitte.«

Sera eilte zu ihrer großen Schwester. Gemeinsam hievten sie ein Tablett voller Baklava aus dem Backofen. Baklava war Annecims Spezialität. Blätterteig und gehackte Walnüsse, am besten serviert mit schwarzem Mokka.

»Wen hast du denn da mitgebracht?«, flüsterte Kayra.

»Das ist ein Kollege von mir.«

»Ein Kollege?«

»Ja, nur ein Kollege. Da brauchst du gar nicht mit den Augen zu rollen.«

»Ich meine ja nur: Was wird Baba dazu sagen?«

»Wo ist er überhaupt?«

»In deinem Zimmer.«

Im Gegensatz zu den Räumen ihrer Schwestern Kayra und Deniz, die von Baba nach deren Auszug zu Gästezimmern umfunktioniert worden waren, hatte er Seras Kinderzimmer bis heute unberührt gelassen. *Wenn Kinder zu Besuch kommen, können sie darin spielen*, wurde Annecim nicht müde zu erklären. Die Wahrheit war wohl eher folgende: Solange Sera nicht wie ihre Schwestern verheiratet war und Kinder geboren hatte, solange also ihr Leben nicht in geordneten Bahnen verlief, würde es für ihren Vater keinen Grund geben, ihr Kinderzimmer aufzugeben.

Er saß auf Seras altem Jugendbett und las Alisa und Mina aus dem *Einäugigen König* vor, einer Sammlung türkischer Märchen von Özdemir Basargan. Gebannt hingen Seras Nichten an seinen Lippen. Er schaute von dem Buch auf, ohne in seiner Erzählung innezuhalten. Nach all den Jahren kannte er sie auswendig. Die Sätze wanden sich schillernden Wortgirlanden gleich um seine Lippen, die von einem dichten grauen Vollbart umrahmt wurden.

Sera ließ sich neben den Mädchen nieder. Es dauerte nicht lange, und sie war wie Alisa und Mina von der Geschichte gefangen. *Er besitzt dieses Talent noch immer.* Als Sera ein kleines Kind gewesen war, hatte sie nichts lieber gemocht, als Babas Märchen zu lauschen. Ihr Vater hatte eine tiefe, sonore Stimme, die Zuhörer vom ersten Satz an fesselte – manchmal mehr als die Geschichte selbst. In diesem Punkt, zugegeben einem nicht unerheblichen, war er Gerry sehr ähnlich. *Sollte mir das zu denken geben?*

Als Baba endete und das Buch zuklappte, zogen Seras Nichten lange Gesichter. Er vertröstete sie auf später. Die beiden Mädchen zogen enttäuscht von dannen.

»Doğum günün kutlu olsun.« Sera umarmte ihren Vater. »Alles Gute zum Geburtstag.«

»Seray, danke.«

»Ich hoffe, du hattest einen schönen Tag.«

»Es ist ein Tag der Familie.«

Sera war sich nicht sicher, ob das eine Anspielung sein sollte. *Besser, du gehst nicht darauf ein.* Zwischen ihnen breitete sich eine Stille aus, die auch das Palaver aus den anderen Räumen nicht mit Leben füllen konnte. Im Wohnzimmer saß Gesing auf dem Sofa eingequetscht zwischen Özge und Fehime, Seras Tanten, die ihn mit Lokum mästeten. Als er Seras Blick bemerkte, winkte er. *Was er wohl sieht?* Wahrscheinlich Vater und Tochter, die einen vertrauten Augenblick teilen. Nur aus der Nähe betrachtet boten sie dasselbe Trauerspiel wie seit Jahren.

»Du bist in Begleitung?«, fragte Baba.

»Es ist nur Werner Gesing, ein …«

»Annecim hat ihn mir bereits vorgestellt.«

»Ein Kollege, der mich hergefahren hat.«

»Ein Polizist also wie du.« Die Missbilligung in seiner Stimme war nicht zu überhören.

Es klingelte an der Tür. Kayra öffnete einem großen, untersetzten Mann im Anzug. Annecim begrüßte ihn mit überschwänglicher Freude, während sie ihn zu den anderen ins Wohnzimmer schob. Dann kam sie zu ihnen ins Kinderzimmer geeilt.

»Seray, Seray, hast du gesehen, wer gekommen ist?«

64

Punkt achtzehn Uhr klingelte es an Roberts Tür. Er stand noch vor dem Kleiderschrank und rätselte, welches der frisch gewaschenen Hemden er anziehen sollte. Das dunkelblaue mit dem Button-Down-Kragen? *Nein, zu förmlich.* Er entschied sich für ein schlichtes weißes Hemd, auf dessen Brusttasche ein gesticktes Golfsymbol prangte. Während er es eilig zuknöpfte, fiel ihm ein, dass das Hemd vor fünf Jahren ein Geschenk von Tania gewesen war.

Prompt beschlichen ihn wieder Zweifel. Vielleicht sollte er das Essen doch absagen? *Weil du Tanias Hemd trägst? Nun mach dich mal nicht lächerlich!*

Robert hastete in die Diele, öffnete die Tür und war sprachlos. Nadine trug ein sommerliches schwarzes Kleid mit Spaghetti-Trägern, dessen Saum ihr knapp über die Knie reichte. Der Ausschnitt war dezent und ließ viel Spielraum für Fantasie. Das Haar trug sie heute offen, es fiel ihr bis auf die Schultern, umrahmte ihr schmales Gesicht, in dem ein warmes Lächeln leuchtete.

»Und? Gehen wir?«

»Also, äh …« Er räusperte sich.

»Ja?« Ihr Lächeln wurde unsicher.

»Wenn ich ehrlich sein soll, ich …«, sagte er und holte tief Luft.

Die Wahrheit war: Tania schien in einen Mordfall verwickelt zu sein, und Robert machte sich Sorgen. Nicht weil Tania seine ehemalige Verlobte war oder weil er ein schlechtes Gewissen hatte, *das ist vorbei,* sondern weil es sein Job war.

Er ahnte, was Max davon halten würde, wenn er das Abendessen mit Nadine cancelte – ausgerechnet wegen Tania. *Versprich mir, dass die vier Jahre nicht vergebens waren!*

»Robert?«

»Wenn ich ehrlich sein soll, habe ich mir noch keine Gedanken gemacht, wo wir essen gehen.«

»Und ich dachte schon, du wolltest mir absagen.«

»Wie kommst du denn darauf?«

»Was weiß ich, welche Akten du heute noch zu studieren hast.«

»Na ja.« Er gönnte sich einen raschen Blick auf ihre schlanken, nackten Unterschenkel und die schmalen Füße, die in Riemchensandaletten steckten. »Ich sagte doch, es gibt Sachen, von denen lasse ich mich gerne abhalten.«

»Worauf warten wir dann noch?« Als sie sich bei ihm unterhakte, stieg ihm der angenehm süße Duft ihres Parfüms in die Nase.

»Wie wäre es mit der *Dachkammer*?«, schlug er vor. »Ein kleines Restaurant, ist nicht weit von hier.«

»Ich habe davon gehört, aber ich war noch nie dort.«

»Das Essen ist hervorragend.«

Das Restaurant war gut gefüllt, aber trotzdem bekamen sie noch einen Platz am Fenster. Robert bestellte für sich in Aromaten gebratene Maispoulardenbrust, Nadine entschied sich für hausgemachte Gnocchi mit sautierten Cherrytomaten und Feldsalat. Als Vorspeise wählten sie Tatar vom Wiesenrind mit gebackenen Wachteleiern.

Während sie das Tatar aßen, sprachen sie über Nadines

Arbeit, das Ballett. Vergnügt erzählte sie von ihren ersten Gehversuchen als Grundschülerin, dem ernsthaften Bemühen während des Abiturs und dem Entschluss, das Tanzen irgendwann zu ihrem Beruf zu machen, allen Widrigkeiten zum Trotz.

»Widrigkeiten?«, fragte er.

»In Berlin gibt es zu viele Künstler, Kreative, Musiker, Schriftsteller, Maler, Tänzer …«

»… Psychologen und Therapeuten«, führte er ihre Aufzählung lächelnd fort.

»Tatsächlich?«

»Es gibt ein geflügeltes Wort unter Berliner Psychologen: Jedes Problem hat seinen eigenen Therapeuten.«

»Beim Ballett kommen auf jede freie Stelle mindestens zwanzig Bewerber. Ein Engagement zu bekommen ist so wahrscheinlich wie … wie«, sie gluckste, »wie eine pünktliche S-Bahn. Im Moment jedenfalls. Dein Bruder kann von Glück reden, dass er einen Job als Musiker gefunden hat.«

»Ein bisschen Können gehört auch dazu.«

»Entschuldigung, natürlich, das wollte ich damit nicht bezweifeln.« Sie guckte nachdenklich. »Nur Können allein reicht leider nicht immer.« Ihre Miene hellte sich wieder auf. »Aber was jammere ich hier herum? Ich habe eine erste Anstellung, nur eine klitzekleine, aber ich verdiene damit Geld. Anderen geht es schlechter. Ich habe keinen Grund, mich zu beschweren.« Sie prostete ihm mit einem Glas Rotwein zu. »Und was ist mit dir? Bist du deshalb Profiler, ich meine, Fallanalytiker für die Polizei geworden?«

65

»Wer war das?« Wie aus dem Nichts tauchte Sackowitz an Tanias neuem Arbeitsplatz auf.

Kollege Karrenbacher war vor wenigen Minuten mit knurrendem Magen in Richtung Kantine verschwunden. Tania hatte darauf verzichtet, ihn zu begleiten. Der Hunger war ihr vergangen und offenbar jegliche Inspiration.

Seit geraumer Zeit brütete sie jetzt schon über der Einleitung für einen neuen Text über das S-Bahn-Desaster. Sie gelang ihr nur leidlich, weil die Verspannungen im Nacken zunahmen, der Kopf schmerzte und ihre Gedanken zudem ständig um das unverhoffte Aufeinandertreffen mit Robert kreisten. Sie spürte, wie sich zu dem Schädelpochen Wut gesellte.

»Und?« Sackowitz sah sie unentwegt an.

»Was denn?«, fauchte sie. »Willst du jetzt vielleicht auch noch Karrenbachers Computer in Beschlag nehmen?«

»Nein, ich wollte wissen, wer das vorhin war.«

»Das weißt du doch längst!«

»Okay, eins zu null für dich.«

»Hardy!« Tania ließ von der Tastatur ab und drehte sich auf ihrem Stuhl zu ihrem Kollegen um. »Soll das ein Wettbewerb werden?«

Sackowitz hob beschwichtigend die Hände. »Der Polizeipsychologe hat mit dir über den Fall Lahnstein gesprochen?«

»Frag nicht so scheinheilig. Auch darüber bist du inzwischen informiert. Deswegen bist du doch vorhin überhaupt in das Gespräch geplatzt.« Sie schnaubte wütend. »Von wegen S-Bahn-Skandal! Und was Wichtiges wissen!«

»Na ja, auf die Schnelle ist mir nichts Originelleres eingefallen«, gab Sackowitz kleinlaut zu.

»Glaubst du etwa, er hat nicht bemerkt, dass du scharf auf Informationen zu dem Mordfall warst?«

»Und?« Sackowitz wischte sich über die Stirn. Sein Haar stand ihm noch immer struppig und fettig vom Kopf ab. »Hat er dir denn etwas über den Stand der Ermittlungen verraten?«

»Na also, endlich kommst du zur Sache.« In Tania wuchs der Zorn. Allerdings war ihr nicht klar, auf wen sie so wütend war. Auf Sackowitz? Der fragte sie zwar geradezu unverfroren direkt aus, aber das war sein Job – sie hätte es an seiner Stelle nicht anders gemacht. Oder auf Robert, der ihr unterstellt hatte, in den Mord verwickelt zu sein? *Genau das hat er nämlich getan!* Oder dass er überhaupt aufgetaucht war, einfach so, urplötzlich? *Wie ein Gespenst! Das eines Toten.* Sie schauderte.

Kein Wunder, dass ihr Gespräch von unbehaglichem Schweigen und einer gereizten Stimmung gekennzeichnet gewesen war. Was tauchte er auch einfach so auf? *Nach vier Jahren!* Und unterstellte ihr noch dazu solch haarsträubende Dinge?

»Also, was ist?«, drängelte Sackowitz. »Hat er oder hat er nicht?«

»Die Polizei glaubt, etwas übersehen zu haben.«

»Übersehen? Und deshalb fragt sie dich?«

»Ich weiß es doch auch nicht. Aber … wenn ich ihn richtig verstanden habe, geht die Polizei inzwischen von nur einem Täter aus.«

»Nur ein Täter?« Sackowitz kratzte sich die Stirn, bis rote Striemen auf der Haut erschienen.

»Und offenbar befürchten sie, es könnte nicht bei der einen Entführung bleiben.«

»Was? Eine weitere Entführung?« Sackowitz' Augen leuchteten. *Journalistenfieber.* »Hat er gesagt, warum sie davon ausgehen? Oder wer in Gefahr schwebt? Hat die andere Entführung auch etwas mit den umstrittenen Äußerungen des Senators zu tun?«

»Nein, dazu hat er nichts gesagt.«

Enttäuscht drehte Sackowitz sich um. Nach wenigen Metern blieb er stehen. »Du kennst diesen Dr. Babicz besser, oder?«

Tania klemmte sich hinter den PC. Ihr Kollege wartete geduldig. Als sie auch nach einer Minute nicht reagiert hatte, trollte er sich beleidigt von dannen.

Sie starrte auf den Monitor. Die Buchstaben des Textdokuments verschwammen zu einem chaotischen schwarz-weißen Muster, aus dem sich schließlich eine Frage formte. *Du kennst diesen Dr. Babicz besser, oder?* Die Antwort fiel ihr nicht leicht. *Es gibt mehr als eine Antwort*. Weshalb sie irgendwann aufgehört hatte, darüber nachzudenken.

»Tania?« Eine Stimme drang in ihr Bewusstsein. Ihr Blick klärte sich. Bodkema stand neben ihr. Hinter ihm wartete Karrenbacher. »Alles in Ordnung?«

»Natürlich.«

»Du siehst fertig aus«, stellte der Chefredakteur fest.

»Danke, sehr charmant von dir.«

»Du solltest für heute Schluss machen. Und morgen bleibst du bitte auch zu Hause.«

Sie schüttelte den Kopf, was ihr nicht nur die Strähne wieder ins Gesicht fallen ließ, sondern prompt den Kopfschmerz verstärkte. Sie kniff die Augen zusammen, aber das linderte die Pein nur mäßig.

»Ruh dich aus«, sagte Bodkema.

»Und wegen der S-Bahn-Sache«, meldete sich Karrenbacher, »mach dir mal keine Gedanken. Darum kümmere ich mich gerne.«

Was Tania ihm aufs Wort glaubte. Spielte da nicht sogar ein Grinsen um seine Mundwinkel? *Arschloch!*

»Komm, ich begleite dich nach unten«, schlug Bodkema vor.

»Brauchst du nicht.« Tania klemmte die Haarsträhne wieder hinters Ohr und schulterte ihre Tasche.

»Ich weiß, aber ich muss jetzt auch nach Hause.«

»Ich dachte, du fliegst nach Monte Carlo?«, fragte Tania auf dem Weg zu den Aufzügen.

»Der Flug geht erst um halb elf. Vorher bin ich mit meiner Tochter noch zum Abendessen verabredet.«

Sie schwiegen, während der Fahrstuhl sie ins Erdgeschoss trug. Als Tania aussteigen wollte, griff Bodkema nach ihrem Arm. »Mach dir keinen Kopf wegen der Sache.«

»Wieso sollte ich?«, gab sie süffisant lächelnd zurück. »Hans-Peter kümmert sich doch gerne um die S-Bahn-Story.« *Und wird danach munter verbreiten, dass ich es vergeigt habe.*

»Ich meinte den Posten als Ressortleiterin«, sagte Bodkema. »Du bist für den Posten vorgesehen, weil ich glaube, dass du dafür geeignet bist. Und ich will, dass du weißt, dass ich meine Entscheidung nicht revidieren werde, nur weil du gerade eine schwierige Phase durchmachst.«

»Das ist nett, aber ich möchte nicht, dass man denkt …«

»Blödsinn, das geht auch wieder vorbei.«

»Ja«, sagte Tania. *Trotzdem wird man denken, dass ich …*

»Nimm die nächsten Tage frei, erhol dich, und dann starte mit neuer Kraft durch. Wie klingt das?«

»Gut.«

»Soll ich dich nach Hause fahren?«, erbot sich Bodkema.

»Bis zur Französischen Straße? Quatsch, ich laufe. Außerdem wird mir ein bisschen frische Luft guttun.« Tania eilte davon.

Draußen ging die Sonne langsam unter. Der lange Schatten des Fernsehturms fiel wie ein schwarzer Balken quer über den Alexanderplatz.

Tania lief gen Westen, kreuzte die Karl-Liebknecht-Straße zur Marienkirche, wo sie den Anblick des dichten, frischen Grüns genoss, das rings um den Neptunbrunnen spross. Ein Kleinkind planschte mit seinen Füßen in der Wasserfontäne, während sich Touristen auf den Bänken ringsum von den Strapazen des Sightseeings erholten.

Tania atmete tief ein, und die Verspannung in ihrem Nacken löste sich ein wenig. Sie kramte die Zigarettenschachtel aus ihrer Handtasche und entzündete eine *Lucky Strike*. Der herbe Geschmack brachte noch mehr Entspannung.

Rauchend bog sie in die Rathausstraße. Junge Pärchen schlenderten ins Steakhaus an der Ecke zum Nikolaiviertel. An der Baustelle am Schlossplatz herrschte weniger Betrieb. Nur vereinzelt erklang ein helles Lachen – dann hörte sie Schritte hinter sich.

Tania warf einen Blick über die Schulter, aber da war niemand. *Du hast dich geirrt!* Sie lief weiter. Das Staatsratsgebäude war ins Zwielicht des anbrechenden Abends getaucht, gegen das die Straßenlaternen, die hier weit voneinander entfernt standen, nur mühsam etwas ausrichten konnten. Die Schatten behagten ihr nicht. Die Schritte, die immer näher kamen, noch viel weniger.

Abrupt warf Tania die Zigarette in den Rinnstein und drehte sich um. Natürlich war da kein Verfolger, nur Roberts Stimme in ihrem Kopf. *Möglicherweise ist jemand wütend auf dich, weil du Berichte über ihn verfasst hast*. Blödsinn! Sie rief sich zur Ordnung. *Dreh jetzt nicht durch!*

Trotzdem beschleunigte sie ihre Schritte und eilte der Brücke am Kupfergraben entgegen. Als sie sie zur Hälfte überquert hatte, vernahm sie erneut das Klappern auf dem Asphalt, bedrohlich nahe diesmal.

Im selben Moment erkannte sie ihren Fehler.

66

Sera nahm den neuen Gast ins Visier. »Wer soll das sein?«

»Gefällt er dir?«, entgegnete ihre Mutter freudestrahlend.

»Würdest du mir bitte sagen, wer das ist?«

»Er ist nett.«

»Und er ist dick!«

Unbemerkt hatte sich Baba vom Bett erhoben. »Trotzdem kann er nett sein. Und er hat es weit gebracht.«

Sera wandte sich ihrem Vater zu. »Ist das Ilhami?«

»Also hast du ihn doch erkannt!«

Nein, ich habe es nur befürchtet. Sie traute Baba vieles zu. »Aber du hast ihn nicht extra aus der Türkei einfliegen lassen, oder?«

»Er verbringt einige Tage in Berlin«, erklärte Annecim. »Als wir davon erfuhren, haben wir ihn eingeladen.«

»Wir?« Sera musste lachen. »Oder Baba?«

»Sprich doch erst einmal mit ihm«, maulte ihr Vater.

Schon schob Annecim ihre Tochter ins Wohnzimmer. Inzwischen hatte Ilhami die Verwandtschaft begrüßt. Überrascht stand er vor Sera. »Seray?«

»Ja, das ist meine hübsche Seray«, frohlockte ihre Mutter. »Du kennst sie noch, oder?«

»Es ist lange her.«

»Ja, fast zwanzig Jahre«, grummelte Sera.

»Wie geht es dir?«

»Ihr geht es gut«, versicherte Annecim. »Sie ist jetzt Polizistin.«

»Polizistin? Wow ...«

»Und du, du bist erfolgreicher Ingenieur. Erzähl ihr doch von dir.«

In Ilhamis Miene spiegelte sich Irritation. Die Gespräche im Wohnzimmer waren nach und nach verklungen. Er schlackerte verlegen mit den Armen. Auf einmal wirkte er wie früher in der Schule, als ihn der Lehrer vor versammelter Klasse zu einer Rechenaufgabe an die Tafel gerufen hatte.

Sera fühlte mit ihm. Selbst Gesing hörte auf, sich schmatzend über das Lokum herzumachen. Stattdessen starrte er seine Kollegin an, der das Blut in den Kopf stieg.

»Entschuldigt!« Sera machte auf dem Absatz kehrt.

Sie fand sich im Badezimmer wieder. Im Wohnzimmer hatte das Palaver wieder eingesetzt. Die Wohnung war erfüllt vom lauten Durcheinander unterschiedlichster Geschichten und Anekdoten. Und seit heute war der Familienfundus um eine Anekdote reicher.

Was um alles in der Welt hat Baba sich dabei gedacht?

Sera tröpfelte kaltes Wasser auf ihre Unterarme, aber selbst das half kaum gegen die Hitze, die auf ihren Wangen brannte. Das arrangierte Treffen war allein schon Grund genug, sauer zu sein. Aber dass ihr Vater sie vor versammelter Verwandtschaft – *und meinem Kollegen!* – blamiert hatte …

Es klopfte. Sera trocknete sich die Hände und öffnete die Tür. Vor ihr stand Onkel Mergim. *Der hat mir gerade noch gefehlt!* Aber sie wich seinem eisigen Blick nicht aus.

»Bist du gekommen, um mich zu verhaften?« Bei dem Lärm, der aus dem Wohnzimmer drang, war er kaum zu verstehen.

»Falls du es vergessen hast: Baba hat heute Geburtstag.«

»Und was hat dann dein Kollege hier zu suchen? Soll er mich jetzt überwachen?«

»Es war nicht meine Idee, ihn hereinzubitten.«

»Natürlich, Seray, aber was für eine Tochter wärst du, wenn du die Gastfreundschaft deiner Mutter vergessen hättest.«

»Einem Verbrecher würde Annecim jedenfalls keinen Unterschlupf gewähren.«

Der schwere Leib ihres Onkels blähte sich auf. »Was willst du damit andeuten?«

»Überleg mal!«

»Seray, genug!« Baba trat zornig in den Flur. »Es ist das eine, dass du keinen Sinn für Familie zeigst, wie ich es mir von meinen Töchtern wünsche, aber es ist etwas anderes, wenn du die Familie beleidigst. Das werde ich nicht …«

Im Durchgang tauchte Deniz mit ihrem Baby auf. Seras

Schwester schob sich an dem Onkel vorbei ins Badezimmer und legte Sera das Kind in die Arme. »Hier, halt die Kleine bitte kurz.«

Das Baby strampelte vergnügt. Sein Fuß traf Seras Brust.

Deniz blieb wie angewurzelt stehen. »Seray, was ist mit dir?«

67

Die Frage überraschte Robert. *Bist du deshalb Fallanalytiker geworden?* Er griff nach seinem Wein. »Weshalb?«

»Weil es in Berlin mehr Psychologen als Patienten gibt?«, fragte Nadine.

»Nein, ich mache den Job, weil ich …« Seine Finger, die das Glas umfassten, verkrampften sich. Er löste die Hand davon, bevor das Glas unter dem Druck zerbrach. »Ich versuche zu verstehen.«

»Die Verbrecher? Die Mörder?«

Der Schatten, der sich auf sein Gesicht legte, entging ihr nicht. Besorgt flackerten ihre großen Augen. Robert griff wieder nach dem Weinglas, führte es an den Mund und trank einen Schluck. In seinem Kopf rauschte es.

Nadines Stimme war so leise, dass er sie kaum verstand. »Das ist nicht einfach irgendein Beruf für dich, oder?«

Robert ertappte sich dabei, wie er an Tania dachte und daran, dass es sich nicht gehörte, zwei Frauen miteinander zu vergleichen. Aber nachdem er Tania heute wiedergetroffen hatte, konnte er nichts dagegen tun. Und das Ergebnis fiel eindeutig aus: Mit Nadine war alles irgendwie anders – besser.

Eine Stimme in ihm lachte. *Ihr kennt euch doch gerade erst einen Tag.* Aber genau das war es, was Robert faszinierte. Obwohl er und Nadine sich erst vor einem Tag begegnet waren, wusste sie bereits mehr über ihn, als Tania in fast drei Jahren herausgefunden hatte. *Das ist nicht einfach irgendein Beruf für dich, oder?* Er war froh, dass er das Abendessen nicht abgesagt hatte.

»Und wie hat es dir in Amerika gefallen?« Sie wechselte das Thema, und in ihren Augen erblickte er wieder dieses humorvolle, Behaglichkeit verbreitende Leuchten.

»Das Land ist phänomenal. Viele Leute sprechen von unendlichen Weiten, wenn sie über die USA reden, aber ich glaube, die wenigsten von ihnen haben eine Vorstellung davon, was das wirklich bedeutet. Wie auch, wenn man, ich sage mal, nur die Mark Brandenburg als Beispiel für unendliche Weite kennt.«

»Und unendliche Eintönigkeit!«, warf Nadine ein.

»Ja, genau. Aber eintönig ist Amerika ganz sicher nicht. Wenn du von der Westküste, zum Beispiel von San Francisco aus, mit dem Auto ins Landesinnere fährst, dann bist du schon nach kürzester Zeit inmitten schneebedeckter Berge. Wenig später durchstreifst du die heißeste Wüste der USA, das Death Valley, und nur wenige Meilen später durchkreuzt du schon wieder Berge, Steppen ... Der Begriff *unendliche Weiten* ist, wenn überhaupt, dann nur geschaffen für Amerika.«

»Das Land hat dir gefallen?«

»Das Land ja.«

»Die Leute nicht?«

»Sie sind freundlich, keine Frage«, versicherte Robert. »Beinahe *zu freundlich*.«

Der Kellner servierte ihnen das Essen. Als er die Gnocchi vor Nadine absetzte, schwappte die Sauce über den Tellerrand auf die Tischdecke.

Nadine blickte dem Ober hinterher, der ohne eine Entschuldigung davonschlurfte. »Die Berliner könnten sich in Sachen Freundlichkeit aber eine Scheibe abschneiden.«

Robert lächelte. »Ich kann dir versichern: Die Freundlichkeit der Amis nervt auf Dauer. Ständig will dort jeder wissen, wie es einem geht. Im Supermarkt. Im Restaurant. Beim Arzt. Die Kollegen. Selbst Passanten auf der Straße erkundigen sich, wenn man sie nur nach dem Weg fragt: *Hey, guys, how are you?* Ich glaube, das sind die ersten Worte, die jedes Kind dort drüben lernt. Dummerweise wird ihnen nicht beigebracht, sich auch für die Antwort zu interessieren.«

»Natürlich ist es nur eine Floskel«, stimmte Nadine zu, »aber wenigstens erweckt sie den Anschein von Freundlichkeit und Höflichkeit.«

»Mag sein, aber da ist mir die Ruppigkeit, die bei den Berlinern von Herzen kommt, allemal lieber.«

»Bist du deswegen wieder zurück nach Deutschland gekommen?«

»Nein, ich war vier Jahre dort, habe vieles gelernt, erlebt …« Er dachte an das FBI, die abscheulichen Verbrechen, den Knochenmann. *Ich versuche zu verstehen.* »Es war der richtige Zeitpunkt für eine Heimkehr.«

»Verstehe«, sagte sie, und seltsamerweise hatte er das Gefühl, dass das Wort keine Floskel war. Auch das Schweigen, das sich jetzt zwischen ihnen ausbreitete, war nicht unangenehm, sondern passte zu dem Moment.

»Gehen wir noch ein bisschen spazieren?«, fragte Nadine, als sie aufgegessen hatten.

»Gerne.« Als Robert nach dem Kellner Ausschau hielt, erweckte ein Mann fünf Tische weiter seine Aufmerksamkeit. Zuerst hielt er es für einen Irrtum, doch als er die Rechnung beglich, fand sein Blick wieder den älteren Herrn.

»Wen guckst du an?«, fragte Nadine.

»Der Mann dort drüben …«

»Die Frau an seiner Seite ist ziemlich jung.«

»Wahrscheinlich seine Tochter.«

»Oh, natürlich.« Nadine errötete. »Wie dumm von mir. Meine Freundin sagt immer, ich …«

Während sie zum Ausgang des Restaurants gingen, vermischten sich Nadines Worte mit dem Gemurmel der anderen Gäste. Der Mann drüben am Tisch war der Chefredakteur vom *Kurier*. Wie war noch gleich sein Name gewesen? *Egal!* Denn zugleich bohrte sich ein anderer Gedanke in Roberts Schädel. *Wie dumm von mir*, hatte Nadine gesagt.

»Robert?«, fragte Nadine.

»Äh, tut mir leid«, sagte er. »Ich war in Gedanken.«

»Was ist denn?«

Habe Dummheiten gemacht! Das hatte Tania heute Mittag in der Redaktion erklärt, ohne es näher zu erläutern. *Ist es möglich, dass der Verbrecher nicht aus ihrem beruflichen Umfeld stammte, sondern …* Natürlich, es lag auf der Hand.

Er folgte Nadine auf die Straße. »Sei mir bitte nicht böse, aber …«

»Habe ich etwas Falsches gesagt?«

»Nein, nein, aber mir ist etwas Wichtiges eingefallen. Es hat mit dem Fall zu tun, an dem ich gerade arbeite.«

»Ehrlich?«

»Ehrlich!« Ihr trauriges Gesicht ließ ihn seinen Entschluss bedauern. Wollte er den Abend, der so vielversprechend begonnen hatte, wirklich so abrupt beenden? Und alles nur, weil … *Du deinen Job erledigen musst! Deshalb!*

»Wie wäre es mit einem Frühstück?«, schlug er vor. »Morgen um zehn? Bei mir?«

»Aber nur, wenn du das wirklich …«

»Und ob ich das will!«

»Gut, dann bringe ich Brötchen mit.«

»Abgemacht.« Er machte einen vorsichtigen Schritt auf sie zu. »Danke für den schönen Abend.«

Noch ehe er sich versah, beugte sie sich vor und hauchte ihm einen Kuss auf die Wange. »Danke, gleichfalls.«

68

Tania blieb mitten auf der Brücke stehen. Es waren nur noch wenige Meter bis zum anderen Ufer des Kupfergrabens, aber dort befand sich nur die Friedrichswerdersche Kirche und dichtes grünes Buschwerk. Sie konnte keine Menschenseele entdecken. Weil die Straßenlaterne ausgefallen war, türmten sich die Schatten zu einem finsteren Tunnel auf. *Oder einer tödlichen Falle.*

Aber Umkehren war unmöglich. Von hinten nahte ein Verfolger, daran gab es keinen Zweifel mehr, auch wenn von ihm in dieser Sekunde nichts mehr zu hören war. Nur das Rauschen des Verkehrs zwei, drei Straßenblöcke weiter klang in ihren Ohren. Viel zu weit.

Lauf!

Tania rannte los. Über die Brücke. Vorbei an der Kirche. Mehr als einmal stolperte sie. Die Pumps mochten zwar geeignet sein, den Chef davon zu überzeugen, dass man gesund und fit war, aber für einen Sprint waren sie eindeutig die falsche Wahl. Sie hechtete weiter. Das Blut pulsierte hinter ihren Schläfen, der Schmerz ging wie ein schwerer Hammer auf ihre Schädeldecke nieder. Dennoch nahm sie die Schritte wahr, die ihr folgten, immer schneller, immer näher. Geradewegs in den schwarzen Schlund hinein.

Ein Stück weiter die Straße hinauf, jenseits der Dunkelheit, erspähte sie einen Wagen, der aus einer Hauseinfahrt herausfuhr.

»Hilfe!«

Tania winkte dem Fahrer, aber er war zu weit entfernt. Er sah sie nicht oder ignorierte sie.

Tania spurtete, legte ihre letzten Kräfte in jeden Schritt. Um sie herum wurde es heller. Die ersten Häuser tauchten auf, das Licht der Französischen Straße, das rosa Leuchten einer *Tele-*

kom-Reklame. Doch Tania hörte erst auf zu rennen, als sie den Gendarmenmarkt erreichte.

Sie rang um Atem, keuchte und hustete. Unter den herausgeputzten Menschen, die zur Samstagabendvorstellung ins Konzerthaus schlenderten, fühlte sie sich sicher. Unterdessen hielt sie Ausschau nach ihrem Verfolger. *Einem Mörder!* Aber in dem Gewimmel der Konzertgäste fiel ihr niemand auf, der ihren Verdacht erregte. *Woran erkennt man einen Mörder?*

Was hatte Robert ihr damals erklärt, als sie noch zusammenlebten? Nun, viel hatte er nicht erzählt, das war eins ihrer Probleme gewesen. Nur ab und zu hatte er ein paar Worte über seine Arbeit verloren, eher zufällig oder unbedacht. *Dass man nämlich nur selten einen Mörder auf Anhieb erkennt.*

Ihr Körper verspannte sich. Schmerz kroch über den Nacken hinauf in ihren Kopf und mit ihm die Erkenntnis: *Möglicherweise ist jemand wütend auf dich, weil du Berichte über ihn verfasst hast.* Aber sie hatte keinen Artikel geschrieben über jemanden, der deshalb sauer auf sie sein könnte. Und auch über den Innensenator und seine Kampagne gegen Ausländer hatte sie kein Wort verloren. Aber sie hatte sich von einem Mann getrennt, der partout nicht begreifen wollte, dass endgültig Schluss zwischen ihnen war. *Ich werde nicht zulassen, dass du …* War es möglich, dass Ralf …? *Nein, das ergibt doch keinen Sinn!*

Sie wischte sich den Schweiß von der Stirn. Erst jetzt bemerkte sie die Strähne, die sich wieder gelöst hatte und ihr ins Gesicht hing. Sie klemmte sie hinters Ohr. Allmählich beruhigte sich ihr Herzschlag. In der sicheren Umgebung der anderen Menschen, mitten im gleißenden Scheinwerferlicht, das von dem altehrwürdigen Konzerthaus über den Platz strahlte, kam ihr die Panik von gerade eben nur noch albern vor. Sie hatte sich von Roberts Worten verrückt machen lassen.

Die Gespräche der Leute drangen an ihr Ohr. Bekannte Gesichter, Sportler, Musiker, Politiker, die nur ein einziges Thema kannten. *Der arme Senator. Wie es ihm wohl geht? Er hat es ja herausgefordert. Aber so etwas hat niemand verdient. Habt ihr das Foto im* Kurier *gesehen?*

Einige erkannten Tania und grüßten förmlich. Mit einem argwöhnischen Blick auf ihr verschwitztes Äußeres fragten manche, ob sie denn auch zur Aufführung wolle. Tania ertappte sich dabei, wie sie die Promis in vornehmer Abendgarderobe musterte. Über wen hatte sie kritisch geschrieben? Wer hatte einen Grund, sie ... *Hör auf!*, ermahnte sie sich. *Werde jetzt bloß nicht paranoid!*

Nach einer Weile lichtete sich der Trubel auf dem Gendarmenmarkt. Die Vorstellung im Konzerthaus begann. Auf der anderen Straßenseite schlenderte eine Gruppe ausgelassener Japaner. Tania heftete sich an ihre Fersen, mit etwas Distanz, um nicht aufdringlich zu erscheinen, aber auch nicht zu weit entfernt, als dass man sie im Notfall nicht hören würde.

An der Friedrichstraße verschwanden die Touristen in der U-Bahn-Station, aber das machte nichts – hier herrschte genug Betrieb. Erst als sie das hintere Ende der Französischen Straße erreichte, lief sie wieder schneller. Hierher verirrten sich nur wenige Passanten, und an den Altbauten haftete die Nacht.

Mach dich nicht verrückt, warnte sie sich erneut. Auf den letzten Metern bis zum Hauseingang kramte sie in ihrer Handtasche nach dem Schlüssel. Unter das Rasseln mischten sich Schritte, hinter ihr, ganz nah. Neben ihr tauchte eine Gestalt auf.

Tania schrie.

69

Heißer Schmerz durchfuhr Seras Körper. Sie kämpfte dagegen an, während sie Mergims befremdeten Blick auf sich spürte. Sie konnte das Rattern förmlich hören, mit dem seine Gedanken wie Zahnräder ineinandergriffen. *Gestern Abend. Unterschlupf. Gerüst. Verletzung. Überleg mal!* Er wandte sich ab.

Baba sah ihm verwundert hinterher. »Mergim?«

»Frag Seray!«, zischte der Onkel.

»Seray?«

Wortlos drückte Sera ihrem Vater das Baby in den Arm. Von der Last befreit stolperte sie in die Küche, wo sie keuchend auf einem Stuhl darauf wartete, dass der Schmerz und die Wut nachließen. Irgendwann hörte sie eine Stimme hinter sich.

»Tut mir leid. Ich wusste nicht, dass du … Also, ich meine, dass du hier …« Ilhami fuchtelte verzweifelt mit den Armen.

»Was denkst du denn? Natürlich bin ich hier. Es ist Babas Geburtstag.«

»Ja, aber …« Ilhamis beinahe rührende Hilflosigkeit besänftigte sie. »Wenn ich gewusst hätte, dass die Einladung deiner Eltern nur dazu diente, dass wir … also ich dich … und du mich … dann wäre ich nicht gekommen.«

Als wenn das den Abend leichter gemacht hätte. Sera zwang sich zu einem Lächeln. »Dann hättest du das beste Baklava der Welt versäumt.«

»Mag sein, aber ich hätte mir – und dir – diese Peinlichkeit erspart.«

»Stimmt, das wäre ein guter Grund gewesen.« Das Hämmern des Schmerzes wurde schwächer. Sie beugte sich zu dem Tablett, schaufelte etwas Teiggebäck auf einen Teller und reichte ihn Ilhami. »Aber wo du schon mal da bist, kannst du ja auch etwas essen.«

Er strich sich mit der Hand über den dicken Bauch. »Sehe ich so aus, als hätte ich es nötig?«

»Du siehst aus wie ... Na ja, wie ein erfolgreicher Ingenieur eben.«

Er lachte. »Und? Bist du beeindruckt?«

»Sollte ich das sein?«

»Wenn es nach deinem Vater ginge ...«

Geht es aber nicht! Sera stocherte lustlos im Baklava herum. Im Wohnzimmer stimmten die Frauen ein Lied an. *Sürer mi böyle camdan cama. Soluyor güller zamanı kolla.*

»Und wer fragt nach meinen Wünschen?«

»Ehemann und Kinder gehören nicht dazu?«, wollte Ilhami wissen.

»Doch, schon, aber ... nicht jetzt – und nicht mit einem Mann, den mein Vater für mich ausgesucht hat.«

»Hast du denn schon den richtigen gefunden?«

Sera erlaubte sich einen Gedanken an Gerry. Diese ganze Geheimniskrämerei ... die geht mir ganz schön auf die Nerven.

»Deute ich dein Schweigen richtig?« Ilhami schmunzelte. »Du hast ihn gefunden, aber du bist dir nicht sicher, ob dein Vater ihn akzeptieren würde.«

»Ich bin mir sogar sehr sicher«, obwohl der Gesang in der Stube lauter wurde, flüsterte Sera, »dass er ihm nicht gefallen würde.«

»Tja«, machte Ilhami. »Irgendwie entscheidet dein Vater am Ende doch über deine Zukunft.«

Sera schüttelte den Kopf, dann nickte sie. Aus dem Wohnzimmer erklang ein weiteres Lied. *Asmam çardaktan, syu bardaktan. Bir yol öpüverde gocman gız. Iliman yanaktan amanın iliman yanaktan.* Sera erkannte die Strophe. Sie stammte von Özay Gönlüm, einem Barden, dessen Volkslieder Annecim in Seras Kindheit gern gesungen hatte.

Der ausgelassene Gesang mischte sich mit dem Klingeln

von Seras Handy. Eine unbekannte Nummer wurde auf dem Display angezeigt. »Hallo?«

»Babicz hier!«

70

»Tania, ich bin's nur!« Roberts Stimme war ein leises Flüstern. Er wollte Tania nicht noch einmal erschrecken.

Trotzdem zuckte sie vor ihm zurück. Die Handtasche glitt von ihrer Schulter. Robert machte einen Schritt nach vorne, das Laternenlicht traf ihn wie ein Scheinwerfer, als er die Tasche auffing.

»Robert?« Tania stieß die Luft aus den Lungen. »Bist du denn bescheuert?«

»Tut mir leid, ich wollte dir keinen Schrecken einjagen.«

»Das hast du aber.« Wütend entriss sie ihm die Handtasche. »Warum schleichst du die ganze Zeit hinter mir her?«

»Die ganze Zeit? Was meinst du damit? Ich warte hier seit einer Dreiviertelstunde auf dich.«

Sie schaute die Straße zurück, entdeckte aber nur alte, trutzige Häuser auf beiden Seiten. »Hast du mich nicht verfolgt?«

»Du bist verfolgt worden?«

»Warst du das oder nicht?«

»Ich sagte dir doch, ich warte genau hier seit fast einer Stunde.«

Tania lehnte sich an die Eingangstür. »Und was willst du?«

»Noch einmal mit dir über den Mord an Frank Lahnstein reden. Es muss ...«

»Was?« Sie fuhr sich entnervt durchs Haar. »Was willst du von mir hören?«

Die Wahrheit! Denn er hatte einen vielversprechenden Abend mit einer bezaubernden Frau Knall auf Fall beendet, nur um einen Mörder zu fassen, der aus einem unbekannten Grund auch ein Interesse an Tania hatte. *Also wäre ein bisschen Entgegenkommen nicht schlecht!*

»Erzähl mir bitte einfach, was passiert ist. Und zwar von Anfang an. Als ihr das Video bekommen habt.«

»Meine Güte, wir haben per E-Mail den Link zu dem Video bekommen, ich habe den Anruf von diesem vermeintlichen Informanten erhalten, der hat mich zu der Leiche gelockt und …«

»*Ihr* habt den Link erhalten?«

»Mein Kollege Hardy. Also, Harald Sackowitz. Aber …«

Obwohl Tania im Schatten stand, konnte Robert erkennen, wie sie erbleichte. Ein heller Fleck in der Dunkelheit. »Aber?«

»Aber eigentlich ist es mein Rechner gewesen. Mein Account.«

»Also war die E-Mail – genauso wie der Anruf – an dich gerichtet?«

»Woher soll ich das wissen?«

»Hat niemand darauf geachtet?«

»Wozu denn? Das Video war wichtig, nicht die Mail.«

Robert rief sich den Ermittlungsbericht ins Gedächtnis. Auch die Beamten hatten nur den Absender der E-Mail zurückverfolgt, ein anonymes Postfach in Neuseeland. Für den Empfänger hatte sich niemand interessiert. *Wozu denn auch?*

»Vielleicht hat der Mord doch nichts mit dem Innensenator zu tun«, sagte er und ließ einen Moment verstreichen. »Und auch nichts mit deinem Job.«

Tania zog aus ihrer Handtasche eine Schachtel Lucky Strike. Sie schnippte eine Zigarette hervor, die zwischen ihren zitternden Fingern hindurchglitt und auf den Bürgersteig fiel, genau vor ihre staubigen, bordeauxroten Pumps.

Plötzlich fiel es Robert wieder ein. *Sie trug den Ring am mittleren Zeh des rechten Fußes.* Auf dem Straßenbasar in Kairo hatten sie dafür ein halbes Vermögen ausgegeben.

»Du hast vorhin gesagt, du hättest einige Dummheiten gemacht«, sagte Robert.

Tania kickte die Zigarette in den Rinnstein, fischte eine neue aus der Schachtel und zündete sie sich an.

Ihr Schweigen war Antwort genug. »Ist es dein Mann? Bedroht er dich? Verfolgt er dich?«

Ihre Finger umkrampften die glühende Zigarette.

»Wie groß ist er?«

»Robert, das ist …«

»Wie groß, Tania?«

»Er ist einen Meter sechsundachtzig.«

»Und welche Schuhgröße hat er?«

»Zweiundvierzig.«

Das passt! »Was macht er beruflich?«

»Er ist … Er war Arzt.«

Ein Arzt, o Gott! »Wieso war?«

»Alkohol.« Tania zog nervös an der Zigarette. »Seine Patienten haben es bemerkt. Ich nicht.« Sie schnippte Asche zu Boden. »Aber ich kann mir nicht vorstellen, dass …«

»Kannst du dich erinnern, was ich dir mal gesagt habe?«

»Dass man einen Mörder nur selten auf Anhieb erkennt?«

»Ja.«

»Aber der Anrufer am Freitag, das war nicht Ralf.«

»Es gibt Mittel und Wege, eine Stimme zu verfremden. Manche sind ganz einfach.«

»Aber selbst wenn er der Anrufer war«, Tania nahm einen weiteren Zug, pustete hustend den Qualm aus, »warum sollte er Frank … Lahnstein …?«

Ihr kurzes Zögern ließ Robert erneut aufhorchen. »Du hast Frank Lahnstein gekannt?«

»Ja«, antwortete sie leise.

Robert schlug sich mit der flachen Hand gegen die Stirn. »Warum hast du mir das heute Mittag nicht gesagt? Ich habe dich extra danach …«

»Nein, das hast du nicht!«, rief sie und fuchtelte mit der glühenden Zigarette vor seinem Gesicht. »Du hast mich gefragt, ob ich etwas über den Senator oder seinen Sohn geschrieben habe. Und ich sagte dir …«

»… mit denen hast du nichts am Hut, ja, ich erinnere mich sehr gut. Trotzdem hättest du mir, nein, du hättest schon der Polizei bei der ersten Befragung sagen müssen, dass du ihn kennst.«

»Meine Güte, ich war mit ihm auf dem Gymnasium. Aber das ist ewig her. Seit damals habe ich ihn nicht mehr gesehen.«

»Stimmt das?«

»Ja, Robert. Aber das ergibt doch alles keinen Sinn.«

»In den Augen eines Mörders ergibt die Tat immer einen Sinn, so unsinnig sie für Außenstehende auch erscheinen mag.« Er knetete angestrengt die Hände. »Und damit will ich nicht sagen, dass dein Mann die Tat tatsächlich begangen hat. Aber es wäre nachlässig, der Sache nicht nachzugehen. Wo wohnt er?«

Sie nannte eine Straße in Charlottenburg, dann standen sie sich wortlos gegenüber – bis ihr Handy klingelte. Sie drehte sich von Robert weg, trotzdem konnte er das Gespräch mitverfolgen. »Nein, ich bin noch nicht zu Hause. Du bist auch noch unterwegs? Ja, es ist wirklich alles okay. Nein, ich bin nur erschöpft. Lass uns später telefonieren.« Sie legte auf.

»Dein neuer Freund?«, fragte Robert.

»Und wenn?«

»Tania, du verstehst mich falsch. Ich mache mir doch nur Sorgen.«

»Jetzt auf einmal? Nach vier Jahren?«

»Ich dachte, die Sache sei vergessen?«

»Ja, war sie auch. Bis du wieder aufgetaucht bist.« Sie warf die Zigarette auf den Bürgersteig und zertrat die Glut. Danach kramte sie den Schlüssel aus ihrer Handtasche und entriegelte die Haustür.

»Weiß dein Mann von deinem neuen Freund?«, rief Robert.

»Keine Ahnung. Ich glaube nicht. Ich habe es jedenfalls nicht an die große Glocke gehängt.«

»Ihr solltet trotzdem aufpassen. Du bleibst besser nicht hier. Übernachte bei einer Freundin oder – bei deinem Freund. Und wenn du morgen in die Redaktion …«

»Morgen bleibe ich zu Hause. Ich bin sozusagen beurlaubt.« Sie klang wenig erfreut.

Aber Robert war erleichtert. Tania verharrte auf der Stelle, schien darauf zu warten, dass er noch etwas sagte. Vielleicht dachte sie aber auch nur über seine Worte nach. Schließlich ließ sie die Haustür wieder ins Schloss fallen, trat an die Bordsteinkante und winkte einem Taxi.

Robert sah dem Wagen hinterher, bis er Richtung Leipziger Straße abbog. Plötzlich glaubte er, eine Gestalt hinter sich zu spüren.

Warum schleichst du die ganze Zeit hinter mir her?

Er wirbelte herum, aber da war niemand. Nur der leere Bürgersteig. Das Gefühl einer Präsenz, das er eben noch so deutlich gespürt hatte, war verklungen.

Fröstelnd lief er zur U-Bahn-Station Friedrichstraße. Von einer Telefonzelle aus wählte er die Handynummer der Kommissarin.

»Hallo?«, meldete sie sich. Im Hintergrund war lauter, türkischer Gesang zu hören.

»Babicz hier.«

»Warten Sie.« Eine Tür schlug zu. »So, jetzt ist es leiser.«

»Störe ich Sie auf einer Party?«

»Die Party ist längst vorbei.« Aus Muths Worten sprach Verbitterung. »Dr. Babicz, haben Sie etwas herausgefunden?«

»Können Sie bitte einen gewissen Ralf Herzberg überprüfen? Er ist der Ehemann der Journalistin.«

»Was hat er mit dem Fall zu tun?«

»Das weiß ich noch nicht. Aber er lebt getrennt von ihr. Er verfolgt sie. Und er ist … er war Arzt.«

Die Kommissarin schwieg einen Augenblick. »Wo wohnt er?«

»In Charlottenburg.«

»Treffen wir uns dort.«

71

Tania klemmte ihr Handy ans Ohr. »Hagen, wo bist du?«

»Ich sitze in der *Morena* und versuche noch ein paar Zeilen aufs Papier zu bringen.« Tania konnte laute Musik scheppern hören. Nirvanas *Come As You Are*. »Und was machst du?«

»Ich bin auf dem Weg zu dir.«

»Echt?«

»Ich bleibe über Nacht.«

»Hey, das freut mich! Magst du mir vorher in der Kneipe noch ein bisschen Gesellschaft leisten?«

Der Gedanke, den Abend in einer Kneipe zu verbringen, gefiel ihr nicht wirklich, aber sie wollte auch nicht allein in Hagens Wohnung warten.

»Kommst du nach Hause?«, bat sie.

»Ich habe mir gerade erst Essen bestellt. Hast du keinen Hunger?«

»Nein, aber ...« Tania wehrte sich gegen die Angst, die Besitz von ihr zu ergreifen drohte. »Na gut. Ich komme vorbei und warte, bis du gegessen hast. Dann gehen wir aber, ja?«

Sie legte auf, bevor er Einspruch erheben konnte. Sie lotste den Taxifahrer zu der Eckkneipe am Spreewaldplatz, direkt gegenüber vom Görlitzer Park, die in ihrer Kreuzberger Stillosigkeit faszinierend war – zünftig und neomodern nicht nur das Ambiente, auch die Musik, die aus Lautsprechern plärrte. *Watch That Man,* warnte David Bowie, als Tania eintrat.

Hagen saß an einem kleinen Tisch am Fenster, einen Block

vor sich aufgeschlagen, das halbe Papier mit Notizen vollgekritzelt. Tania küsste ihn und ließ sich auf den Stuhl fallen.

»Was ist passiert?«, fragte Hagen.

»Wie kommst du auf die Idee, es sei etwas passiert?«

Er strich ihr durchs Haar. »Weil man dir das ansieht.«

»Noch so ein Charmeur.«

»Wer denn noch?«

Sie winkte ab. Die Strähne fiel ihr in die Augen. Sie wischte sie beiseite.

Die Kellnerin servierte einen Putenburger mit Pommes, Hagens Lieblingsspeise in der *Morena.* Tania bestellte ein Glas Wasser und klaute zwei der knusprigen Fritten vom Teller, aber Hunger mochte sich trotzdem nicht einstellen. Hagen machte sich mit umso mehr Appetit über den Burger her. Geradezu kunstfertig presste er ihn sich zwischen die Zähne.

Aus den Lautsprechern rappten die Beastie Boys. *She knows what she's talking about. And for a moment I know. What it was all about.*

»Robert ist zurück«, sagte Tania. »Er war heute in der Redaktion.«

Hagen kaute und nickte zugleich, als überraschte ihn die Information nicht.

»Er arbeitet wieder für die Polizei. Und er hält es für möglich, dass Ralf Frank Lahnstein ermordet hat.«

Hagen verschluckte sich. »Dass was?« Er hustete und ließ den Burger mit hochrotem Gesicht auf den Teller zurückplumpsen. »Dein Mann hat Lahnstein ermordet?«

Zum Glück wandte sich keiner der neben ihnen sitzenden Gäste um.

»Langsam«, beschwichtigte Tania. »Robert hält es für möglich. Sicher ist er sich nicht.«

»Ich dachte, es war eine politische Tat?«

»Die Polizei muss jedem Hinweis nachgehen.«

»Und welcher Hinweis führt ausgerechnet zu deinem … Nein, stopp, ich kann's mir denken.«

Schön. Denn Tania verspürte wenig Lust, noch einmal alles zu erklären.

»Und du?«, wollte Hagen wissen. »Was denkst du?«

Tania hatte sich den Kopf darüber zerbrochen, seit sie in das Taxi gestiegen war, ohne jedoch zu einem Ergebnis zu gelangen.

»Also ja«, grummelte Hagen, »du traust es ihm zumindest zu.«

»Aber selbst wenn, darum geht es doch nicht.«

»Sondern?«

Sie rieb sich den Nacken, weil die Kopfschmerzen einfach nicht nachlassen wollten. Die Kellnerin servierte ihr das Glas Wasser, Tania leerte es in einem Zug. »Isst du deinen Burger nicht mehr?«

»Was soll das denn jetzt?«, wunderte sich ihr Freund.

»Ja oder nein?«

Er schob den Teller beiseite. »Nein, mir ist der Appetit vergangen.«

»Können wir dann jetzt bitte gehen?«

Zähneknirschend beglich Hagen die Rechnung. Tania hakte sich bei ihm unter, und sie schlenderten schweigend die zwei Blöcke bis zur Liegnitzer Straße.

Dort hauste Hagen seit Jahren in einer kleinen Einzimmerwohnung, seiner ehemaligen Studentenbude, obwohl er sich nach seinem Erfolg mit *Das Opfer* durchaus eine größere, geräumigere Bleibe hätte leisten können. Irgendwie hatte er diesen Schritt nie gewagt, aus Angst vor schlechten Zeiten, wie er zu betonen pflegte, und weil seine Nachfolgekrimis sich nur noch mäßig verkauften.

»Also *ich* halte es für möglich«, begann er, nachdem sie ihre Jacken abgelegt und sich auf der Couch niedergelassen hatten. »Dein Ehemann …«

»Er mag ein Arschloch sein, aber er hat keinen Grund, Frank Lahnstein umzubringen! Robert hat heute Mittag erklärt, die Polizei geht davon aus, dass der Täter …«

»Ralf!«

»… wieder töten wird.« Sie schüttelte abwehrend den Kopf. »Wenn es Ralf ist.«

»Du zweifelst daran?«

»Ich sagte doch, das ergäbe überhaupt keinen Sinn.« Sie kramte die Schachtel *Luckys* aus der Handtasche und entnahm ihr eine Zigarette.

»Hey, er hat dich geschlagen. Du hast ihn angezeigt. Du hast ihn verlassen. Er ist verzweifelt, und er verfolgt dich.«

»Aber wieso bringt er dann den jungen Lahnstein um? So ein Blödsinn. Ich habe Frank seit der Schule nicht mehr gesehen.«

»Wirklich nicht?«

»Fang du nicht auch noch damit an!« Erzürnt sprang Tania auf, trat ans Fenster, öffnete es und zündete sich die Zigarette an.

Hagen sah schweigend zu, wie sie inhalierte und einen Moment wartete, bevor sie den Qualm in einer dichten Wolke ausstieß. »Ich dachte, du hättest aufgehört?«

»Hatte ich auch. Und jetzt habe ich wieder angefangen.«

Sie wappnete sich gegen eine weitere kritische Bemerkung ihres Freundes, doch stattdessen stand er auf, kam zu ihr herüber, fischte die Zigarette zwischen ihren Fingern hervor und nahm selbst einen Zug. Sie rauchten abwechselnd, bis nur noch ein Stummel übrig war. Hagen schnippte ihn im hohen Bogen aus dem Fenster. Funken wirbelten wie ein kleines Feuerwerk am Nachthimmel.

Tania verriegelte das Fenster und setzte sich zurück aufs Sofa, das zugleich Schlafcouch war und den Großteil des Zimmers einnahm.

»Ich habe Angst«, platzte es aus ihr heraus.

»Das brauchst du nicht. Ich bin bei dir.« Hagen setzte sich neben sie. »Und Robert kümmert sich um den Rest.«

»Ja«, sagte sie, schüttelte aber den Kopf. Da war noch etwas anderes, was sie beunruhigte. Es fiel ihr schwer, diese Sorgen in Worte zu fassen. Sie waren wie ein Nebel, der sie umgab, nicht greifbar, aber bedrohlich.

»War es das, was du mir gestern erzählen wolltest?«, fragte sie.

»Was?«

»Dass du Robert getroffen hast?«

»Mhm.«

»Du hast ihm nicht von uns …?«

»Nein, ich bin nicht dazu gekommen«, warf Hagen ein. »Als ich davon angefangen habe, wurde er zu einem Einsatz gerufen. Wahrscheinlich der Mord an Lahnstein.« Hagen rutschte zu ihr, begann ihren Nacken zu massieren. »Hast *du* es ihm erzählt?«

»Nein.« Tania gab sich dem sanften Kneten seiner Hände hin. Sie schloss die Lider, aber sofort tauchten die blutigen Bilder wieder in ihren Gedanken auf, als hätten sie an der Grenze ihrer Wahrnehmung nur auf die Chance gewartet. Schnell öffnete sie die Augen. »Was meinst du, wie er reagieren wird?«

»Ich weiß es nicht. Aber er muss sich damit abfinden. Es ist nun mal so, wie es ist …«

»Er ist dein bester Freund«, gab Tania zu bedenken.

»Ich kann es nicht ändern.«

»Würdest du denn etwas ändern wollen?«

»Es hat sich bereits vieles verändert.«

»Das ist keine Antwort auf meine Frage.«

Hagen beugte sich über sie und küsste sie. »Wirklich nicht?«

72

»Was um alles in der Welt machst du da?«, beschwerte sich Sera.

»Das siehst du doch!« Mit der einen Hand lenkte Gesing den Passat über die Potsdamer Straße, mit der anderen drehte er am Radio herum. »Ich stelle den Sender ein.«

»Das versuchst du, seit wir von meinen Eltern aufgebrochen sind.«

»Weil ich dachte, dass dich ein bisschen Musik ablenkt.«

»Ich brauche keine Ablenkung.«

Aus den Lautsprechern heulte Michael Jackson. *Every time I wanna say it, it is just too much for me.* Gesing musterte sie skeptisch.

»Mir kommt es eher so vor, als bräuchtest du etwas Zerstreuung«, sagte sie.

»Ich? Warum?«

»Weil dir die Sache bei meinen Eltern peinlich war.«

»So ein Blödsinn. Ist mir doch egal, wen deine Eltern mit dir verkuppeln möchten. Andererseits«, er kicherte, »für so ein leckeres Essen stünde sogar ich als Ehemann zur Verfügung.«

»Danke, Vorschlag zur Kenntnis genommen – und abgelehnt.«

»Scherz beiseite. Ich finde, wenn deine Eltern schon so etwas arrangieren, sollten sie es in einem diskreteren Rahmen machen.«

»Sie sollen gar nichts arrangieren!« Grollend betrachtete Sera die Kuppel des Sony-Centers, die wie ein blauer Teller am Abendhimmel strahlte.

Irgendwie … entscheidet dein Vater am Ende doch über deine Zukunft. Ja, das war ein Dilemma. Aber es ging um mehr. *Es ist das eine, dass du keinen Sinn für Familie zeigst! Wenn Baba bloß wüsste!*

Sera dachte an Adile Gökcan, die im Koma auf der Intensivstation lag – und sie verspürte ein schlechtes Gewissen. *Das ist absurd!* Sera trug keine Schuld am Zustand der jungen Türkin. Aber vielleicht daran, dass deren Ehemann sich noch immer auf freiem Fuß befand. *Wie lange willst du deine Vermutungen noch für dich behalten?*

Babicz wartete an der Ecke Paulsborner, Friedrichsruher Straße. Schnell stieg er ein und quetschte sich auf den Rücksitz. »Guten Abend, was haben Sie über Ralf Herzberg herausgefunden?«

»Wie Sie gesagt haben: Er ist Arzt.«

»Zahnarzt«, korrigierte Gesing.

Sera öffnete den Browser ihres iPhones. Eine Website ploppte auf. Unter einer fetten Überschrift war das Bild eines schlaksigen, bleichen Mannes zu erkennen. Sera vergrößerte die Ansicht. »Ich habe bei Google einen Artikel gefunden: Demnach hat Herzberg seine Praxis vor ein paar Monaten schließen müssen. Es gab wiederholt Beschwerden seiner Patienten. Alkohol war im Spiel. Irgendwann hat die Ärztekammer einen Riegel vorgeschoben.«

»Laut Polizeicomputer sind seine Eltern gestorben. Seine Schwester Christina Ângelo lebt in Barcelona«, ergänzte Gesing. »Verheiratet ist er seit drei Jahren mit Tania Herzberg, der Journalistin. Sie hat ihn ein Mal wegen häuslicher Gewalt angezeigt. Allerdings wurde die Anzeige wieder zurückgezogen.«

»Sie hat ihn vor etwa sechs Monaten vor die Tür gesetzt«, sagte Babicz. »Das hat er offenbar nicht verkraftet.«

»Hat er sie bedroht?«

»Mehrmals. Nach dem, was sie mir erzählt hat, scheint es sich um einen eindeutigen Fall von Stalking zu handeln.«

»Kommt mir bekannt vor«, murmelte Gesing.

»Entschuldigung?« Der Psychologe sah ihn irritiert an.

Gesing schilderte in wenigen Worten den Fall Adile Gökcan.

»Es gibt allerdings einen Unterschied«, bemerkte Babicz. »Im Fall Lahnstein war nicht die Ehefrau das Opfer, sondern ein alter Bekannter von ihr. Frank Lahnstein ist nämlich …«

»Ja, ein ehemaliger Mitschüler von Frau Herzberg. Das haben wir inzwischen auch herausgefunden«, erklärte Gesing. »Sie sind zusammen aufs Gymnasium gegangen. Jetzt fragen wir uns natürlich: Haben die beiden sich in jüngster Zeit getroffen?«

»Nach Aussage von Frau Herzberg nicht«, sagte Babicz. »Sie hat jetzt übrigens einen neuen Freund.«

»Aber sie hält es für möglich, dass ihr Mann den Mord begangen hat?«

»Sie wollte es nicht ausschließen, aber es ergibt keinen Sinn für sie.«

»Und was glauben Sie, Dr. Babicz?«, erkundigte sich Sera.

»Das fragen ausgerechnet Sie mich?« Babicz deutete ein Lächeln an. »Also erst einmal: In den Augen eines Mörders macht die Tat immer einen Sinn, so unsinnig sie für Außenstehende auch erscheinen mag.«

»Klingt wie aus einem Psychologie-Lehrbuch.«

»Ist es auch.«

»Und was ist Ihre persönliche Erfahrung?«

»Ralf Herzberg passt in das Täterprofil: Darf ich Sie an das erinnern, was ich Ihnen heute Morgen während der Konferenz erklärt habe? Die Motive des Täters scheinen Wut und Rache zu sein. Er möchte mit seinen Taten Macht demonstrieren. Und genau das ist auch das Ziel eines Stalkers: Er möchte Macht und Kontrolle über sein Opfer erlangen. Außerdem … Nach Angaben seiner Frau ist Ralf Herzberg einen Meter sechsundachtzig groß und trägt Schuhgröße zweiundvierzig – das deckt sich mit den Spuren, die die Kriminaltechniker am Fundort der Leiche vorfanden. In der Summe machen ihn diese Fakten zumindest verdächtig.«

Sie parkten vor einem grauen Haus unweit der S-Bahn-Station

Hohenzollerndamm. Die Lampe über der Tür war defekt, die Klingelschilder mehrfach überklebt, der Name *Herzberg* nur schlecht zu lesen. Auf ihr Läuten hin öffnete niemand. Gesing versuchte es bei den Nachbarn.

»Ja?«, hustete es aus dem Lautsprecher.

»Polizei. Würden Sie bitte aufmachen?«

»Endlich kommt mal jemand«, schimpfte die heisere Stimme.

In der zweiten Etage empfing sie eine gebrechliche alte Frau mit schiefer Nase, löchrigem Gebiss, lilafarbener Küchenschürze und ungepflegten Gamaschen. »Ich habe mich schon so oft über den Müll beschwert.«

Im Flur stapelten sich Pappkisten. Aus einem der Kartons quollen Kleidungsstücke, neben einem anderen ringelten sich Maden. Gesing streifte sich Handschuhe über und klappte die Kiste auf. In zerbrochenen Konservengläsern hatte sich eine regelrechte Kolonie von Insektenlarven häuslich eingerichtet.

»Und das gehört Herrn Herzberg?«, fragte Sera.

»Können Sie nicht lesen?«, wetterte die Frau. »Steht doch da an der Tür … *Herzberg*! Der wohnt schon ein halbes Jahr hier, aber glauben Sie, der würde vielleicht mal den Müll wegräumen?«

»Bei wem haben Sie sich beschwert?«

»Na, bei der Hausverwaltung. Aber die interessiert sich ja für nichts. Was glauben die denn? Nur weil das Sozialwohnungen sind, brauchen sie sich nicht kümmern und …«

»Kennen Sie Herrn Herzberg?«, warf Babicz ein.

»Nee, ich habe ihn nur ein paarmal gesehen. Aber wissen Sie was? Ich bin ganz froh darüber. Er hat mir Angst gemacht …« Sie trat näher an die Beamten heran. »Kann gut verstehen, dass ihn seine Frau vor die Tür gesetzt hat.«

»Er hat von seiner Frau gesprochen?«

»Er hat sie mal erwähnt. War nicht gut auf sie zu sprechen.«

»Was hat er gesagt?«

»Nichts Bestimmtes.« Sie blickte Sera, Gesing und Babicz nacheinander an. »Aber sagen Sie mal, was hat das mit dem Müll zu tun?«

Sera ignorierte die Frage. »Wann haben Sie Herrn Herzberg zum letzten Mal getroffen?«

»Das weiß ich nicht. Ist jedenfalls schon etwas her, er hat sich schon seit Tagen nicht mehr blicken lassen. Der kommt und geht ja immer zu den unmöglichsten Zeiten. Ich glaube, der hat keine Arbeit mehr.«

»Ist Ihnen sonst noch etwas an ihm aufgefallen?«

»Nein, was sollte mir denn aufgefallen sein?«

Sie bedankten sich und strebten dem Ausgang zu.

»Und was wird jetzt mit dem Müll?«

»Wir kümmern uns darum«, versprach Gesing. Im Auto sagte er: »Ich gebe Frau Herzberg recht, Sera. Das ergibt keinen Sinn.«

»Wie meinen Sie das?«, fragte der Psychologe, der wieder auf dem Rücksitz Platz nahm.

»Nun, Dr. Babicz, wenn Ihr Verdacht stimmt und Ralf Herzberg für den Mord verantwortlich ist – wie passt der Sohn des Senators dann in dieses Bild?«

»Sind Sie also der Ansicht, Stalker würden sich ausschließlich am Objekt ihrer Begierde vergreifen?«

»Nein, aber doch auch nicht an komplett Unbeteiligten! Warum schnappt er sich nicht Frau Herzbergs neuen Freund? Würde das nicht mehr Sinn ergeben?«

»Im Prinzip schon. Aber ein Stalker kann Macht und Kontrolle über das Objekt seiner Begierde auch indirekt ausüben, indem er sich zum Beispiel – wie Ralf Herzberg – einen alten Bekannten seiner Frau schnappt und die Medienöffentlichkeit benutzt, um psychischen Druck auf sie auszuüben. Und schauen Sie sich das Ergebnis an: Tania Herzberg ist verunsichert. Sie hat Angst. Ihr Leben steht kopf.«

Gesing hielt vor der Ampel zur Kaiser-Friedrich-Straße.

Wieder drehte er am Radio herum. Für eine Weile lauschten sie Tears For Fears. *Shout. Shout. Let it all out. These are the things I can do without. Come On.*

Sera grübelte, während sie gedankenverloren mit ihrem iPhone herumspielte. Irgendwann tippte sie eine SMS an Gerry. *Komme nachher ins Ernie & Bert. Okay? S.*

Dann schickte sie die Nachricht ab und drehte sich zu Babicz um. »Oder Frau Herzberg lügt!«

Die Ampel sprang auf Grün. Gesing gab Gas. Sie bogen in die Bismarckstraße ein, in weiter Ferne, noch hinter dem Ernst-Reuter-Platz und der Siegessäule, erstrahlte – nicht sichtbar für sie – das Brandenburger Tor im Scheinwerferlicht.

»Sie meinen, Frau Herzberg hat eine Affäre mit Frank Lahnstein gehabt?«, fragte Babicz. »Und die hat sie uns verheimlicht?«

»Es wäre nicht das erste Mal, dass sie uns etwas verschweigt.«

»Aber spielt das noch eine Rolle?«, warf Gesing ein. »Frank Lahnstein ist tot und …«

»Entschuldige, Werner, aber eine Affäre ist ein Motiv für einen Mord. Und uns dies zu verschweigen, nun ja … Wir sollten noch einmal mit ihr reden.«

»Halten Sie doch bitte an!«, bat der Psychologe plötzlich.

»Hier?«

73

»Ja, bitte, dort vor der Deutschen Oper.« Der Wagen stand noch nicht still, da hastete Robert bereits über den Bürgersteig auf das Opernhaus zu, als befände er sich auf der Flucht. Und in gewisser Weise stimmte das sogar.

Oder Frau Herzberg lügt!

Was, wenn Tania tatsächlich die Unwahrheit gesagt hatte? *Habe Dummheiten gemacht!* Wenn sie damit nun nicht, wie von ihm angenommen, ihre Ehe mit Herzberg gemeint hatte, sondern Lahnstein? Warum hatte er selbst nicht die Möglichkeit in Erwägung gezogen, dass sie log? Vielleicht einfach nur, weil *er* das nicht wollte?

Er stolperte zum Eingang des quaderförmigen Opernhauses. Scheinwerfer strahlten die Fassade an, vor der wie ein Paillettenkleid ein dünnes Netz mit goldenen Tellerchen im Wind schaukelte. Das Plakat oberhalb der gläsernen Eingangstür pries *Die Frau ohne Schatten* an, eine Oper in drei Akten von Richard Strauss.

Die Aufführung war gerade zu Ende gegangen. Leute in vornehmer Abendgarderobe strömten ihm entgegen. Robert drängelte sich an ihnen vorbei ins Innere. Die Kasse war geschlossen. *Verkauf bis eine halbe Stunde vor Vorstellung.* Enttäuscht kehrte er zum Wagen zurück.

»Was hatten Sie vor?«, fragte die Kommissarin.

Gesing fädelte den Passat wieder in den fließenden Verkehr ein. Aus dem Autoradio dudelte Sasha. *There she goes, like a miracle on the road.*

»Eine Eintrittskarte kaufen. Eine Dauerkarte. Das versuche ich schon seit Tagen. Aber es ist wie verhext – jedes Mal kommt etwas dazwischen.«

»Das tut mir leid.«

»Kein Problem.«

Als Gesing am Holocaust-Denkmal in die Behrenstraße nach links bog, Richtung Alexanderplatz, setzte Musik von U2 ein. *City of Blinding Lights.*

Muth drehte leiser. »Sie mögen klassische Musik?«

»Mögen trifft es nicht ganz«, antwortete Robert. »Ich liebe sie. Und mein Bruder spielt sie.«

»In der Deutschen Oper?«

»Ja.«

»Warum fragen Sie nicht Ihren Bruder, ob er Ihnen die Karte besorgen kann?«

»Ich würde Max mit meinem Besuch gerne überraschen. Er hat lange auf dieses Engagement hingearbeitet. Eigentlich seit seiner Kindheit. Wenn Sie so wollen, hat er sich seinen Kindheitstraum erfüllt.«

»Das ist … toll.«

»Mögen *Sie* Klassik?«, fragte Robert.

»Ganz ehrlich? Nein.« Die Polizistin schmunzelte. »Sehe ich so aus?«

Stimmt, wenigstens das habe ich gemerkt. »Ist nicht jedermanns Geschmack.«

Aus dem Radio krächzte jetzt Robbie Williams. *And I got raped down a layline. Got a day. What a day.*

Robert rutschte tiefer in den Rücksitz und beobachtete, wie die alten DDR-Bauten, die mit ihrem stalinistischen Zuckerbäckerstil die Frankfurter Allee säumten, an ihm vorbeizogen. Er gähnte.

»Immer noch nicht besser?«, fragte Muth. »Der Jetlag?«

Nein, ich bin müde, ich bin ausgelaugt, und außerdem ist mir schlecht. Aber war das der Grund, weshalb ihm Fehler unterliefen? Oder war es vielleicht mehr als nur Erschöpfung? *Nein, das ist Blödsinn!*

Eine leise Stimme wisperte in seinem Hinterkopf: *Und wem versuchst du etwas vorzumachen?* »Waren Sie es nicht, die mir erklärt hat, es würde drei Wochen dauern?«

Die Kommissarin schenkte ihm ein bedauerndes Lächeln. »Wir bringen Sie nach Hause. Legen Sie sich schlafen.«

»Und was ist mit Herzberg?«

»Wir lassen seine Wohnung überwachen.«

»Und seiner Frau?«

»Wie gesagt, wir werden noch einmal mit ihr reden. Bis dahin … Oder meinen Sie, wir sollten sie unter Schutz stellen? Wie schätzen Sie die Lage ein?«

»Ich habe ihr geraten, bei einer Freundin zu übernachten. Oder bei ihrem Freund.«

»Demnach ist sie in Sicherheit?«

»Fürs Erste, ja«, sagte Robert.

In der Weichselstraße dankte er den beiden Polizisten fürs Heimbringen und verließ den Wagen. Weil aus der Nachbarwohnung ausnahmsweise kein Fernsehlärm schallte und gerade auch keine Straßenbahn vorbeirumpelte, hörte er das Telefonläuten in seiner Praxis bereits, als er das Haus betrat.

Er hastete in die Wohnung. Kaum dass er den Telefonhörer in der Hand hielt, erstarb das Klingeln. Der Anrufer hatte aufgelegt. *Auch gut.* Eine Nachricht war nicht hinterlassen worden. *Aber wie denn auch?* Die Anzeige des Anrufbeantworters blinkte noch immer: *Speicher voll.* Robert hatte bisher nicht die Zeit gefunden, ihn abzuhören. *Wie wichtig sind schon vier Jahre alte Nachrichten?* Er löschte den Speicher mit einem Klick.

»Jawohl, so ist's richtig: Weg mit der Vergangenheit!«, lobte Max.

74

Im *Ernie & Bert* herrschte an diesem Abend nur mäßiger Betrieb. Dennoch wählte Sera den kleinen Tisch in der hinteren Ecke, der von den meisten Gästen gemieden wurde – von den Touristen, weil der Tresen die Schaufenstersicht auf die Gaukler, Feuerspucker und aufgebrezelten Huren am Hackeschen Markt versperrte, von Berlinern, weil er das Mitte-typische Gebaren vom Sehen und Gesehenwerden aufs Gröbste vereitelte.

Sera jedoch mochte den Platz, weil er sie vor den Blicken anderer Gäste schützte.

»Na, was darf's sein?« Gerry kam hinterm Tresen hervor und beugte sich zu einem Kuss hinab. »Zwei doppelte Orgasmen mit einem ...«

»Gerry, bitte nicht hier!« Rasch wandte sie den Kopf ab.

Er ließ sich die Enttäuschung nicht anmerken. »Einen Milchkaffee wie immer?«

»Ja, danke.«

Das *Ernie & Bert* war ein perfektes Abbild von Gerrys Persönlichkeit. Wie er selbst hatte auch die Kneipe unzählige, immer wieder neu zu entdeckende Details. Die Regale waren vollgestopft mit Souvenirs von seinen Reisen rund um die Welt. Manche hielten die Kneipe deshalb für stillos. Anderen, vor allem den Berlinern, gefiel der Stilmix, weil er so kunterbunt war wie ihre Stadt. *Oder wie Gerry.*

»Sehen wir uns heute?«, flüsterte Sera, als er den Kaffee brachte.

»Wir sehen uns doch gerade.«

»Blödmann!«

»Oha, entnehme ich deinen Worten etwa Sehnsucht?«

Sera vermied es, ihn anzuschauen. Gerry folgte ihrem Blick. Tony, der Barkeeper, lehnte gelangweilt am Tresen und wartete auf neue Bestellungen der wenigen Gäste. Aus den Lautsprecherboxen tönte Tom Jones. *I just need your body, baby, from dusk till dawn.*

»Wenn es so bleibt, kann Tony den Laden für den Rest der Nacht allein schmeißen. Dann können wir uns nachher gerne verdrücken.« Gerry zwinkerte, und die Narbe an seiner Schläfe tanzte.

Sera hätte jetzt gerne die kleine Hautfalte berührt, mit den Fingern die feinen Verästelungen nachgezeichnet, das pulsierende Blut in ihnen gespürt, das Leben, die Wärme, die Nähe. Stattdessen leerte sie ihre Kaffeetasse, und ihr Blick glitt über die anderen Gäste. Niemand nahm Notiz von ihr. *Schön.* Sie stand auf und schlich die Treppenstufen hoch in Gerrys Wohnung. Wie immer würde er erst frühestens nach einer halben Stunde folgen.

Sera musste eingenickt sein, denn plötzlich war da wieder die junge Frau am Fluss. Wellen schlugen über ihrem Kopf zusammen. *Du kannst ihr nicht helfen.* Mit Macht trat der Fluss über seine Ufer. Wellen türmten sich auf, höher und immer höher. *Du musst dir selbst helfen.* Die Frau verschloss die Augen vor den Wassermassen …

Als Sera ihre wieder öffnete, lag Gerry neben ihr. *Was für ein blöder Traum!* Er zerfiel zu einem diffusen Dunst aus Kneipe, Bier und Zigaretten. Er störte sie nicht mehr, auch nicht, als Gerry sie küsste. Das prickelnde Gefühl, als seine Zunge sich zwischen ihre Lippen bohrte, war ein guter Beweis dafür, dass der Traum zu Ende war. Doch als sich seine Hand auf ihre Brust legte, zuckte sie zusammen.

»Was ist los?«

»Ich habe mich gestern gestoßen.«

»Lass sehen.« Er hob ihren Pulli an und betrachtete die Prellung zwischen ihren Brüsten. »Autsch, das sieht übel aus.«

Dann bist du noch nie bei Dr. Wittpfuhl gewesen. »Ist nicht so schlimm.«

»Na, ich weiß nicht …«

Sie nagte an ihrer Unterlippe. »Ich glaube, oben ist heute tabu für dich.«

»Damit kann ich leben. Andere Dinge reizen mich viel mehr …«

»Ach ja? Davon merke ich aber wenig.«

»Doch, ehrlich. Ich mag …« Er neigte den Kopf, während er auf sie hinabsah. Seine Finger glitten über ihre Wangen. Wie eine Katze räkelte sie sich der Berührung entgegen. »Zum Beispiel die Fältchen um deine Augen.«

»Und ich mag das blaue Auge, das ich dir gleich schlage.« Sie grinste.

»Nein, ehrlich, sie gefallen mir.«

»Du stehst auf alte, runzelige Frauen?«

»Nein, auf erfahrene. Wusstest du das nicht? Falten zeugen von Klugheit. Meine Mutter zum Beispiel …«

»Deine Mutter?«, japste Sera. »Vergleichst du mich jetzt etwa mit deiner Mutter?«

»Manchmal erinnerst du mich an sie.«

»Na toll!« Gerry verglich sie also mit seiner Mutter. *Und du vergleichst ihn mit deinem Vater.* Gerechtigkeit musste sein.

Gerry lachte. »Vielleicht liebe ich dich ja deshalb so sehr.«

Heute erhob Sera keinen Einspruch. Stattdessen schloss sie die Augen. *Und wer fragt nach meinen Wünschen?*

Durch die Dielenbretter erklang von unten Robbie Williams. *That echoes in your ear. Saying love will stop the pain. Saying love will kill the fear.*

»Wie war es bei deinem Vater?«, fragte Gerry.

»Reden wir lieber nicht davon.«

Als sie die Augen wieder öffnete, sah Gerry sie erwartungsvoll an. Erneut dachte sie: *Wie gut er mich kennt.* Denn tatsächlich war es genau das, was sie in diesem Moment wollte: mit jemandem darüber sprechen. Diesmal sperrte sie sich nicht gegen das Gefühl der Vertrautheit, sog es stattdessen in sich auf wie ein Kraftfeld. Es vertrieb ihre Müdigkeit, ließ sie den Schmerz, die Zweifel, das schlechte Gewissen und sogar Onkel Mergim vergessen. Sie lachte, während sie Gerry von der Begegnung mit Ilhami erzählte.

»Muss ich mir jetzt Sorgen machen?«, fragte Gerry. »Sieht er gut aus?«

»Nicht nur das. Er ist außerdem Ingenieur und sehr erfolgreich.«

»Als wenn es darauf ankommt.«

»Für meine Eltern schon.«

»Und für dich?«

Für mich? Für Sera war alles furchtbar kompliziert. *Irgendwie … entscheidet dein Vater am Ende doch über deine Zu-*

kunft. Sie rutschte näher an Gerry heran, schmiegte sich an seine Schulter. Gerrys Hand streichelte ihren Rücken. Der Pullover knisterte unter seinen Fingern.

»Was mir aufgefallen ist«, sagte er, »du bist heute richtig farbenfroh gekleidet.«

»Gefällt dir das Rot?«

»Unbedingt.«

Sera knöpfte ihre Jeans auf. »Dann bin ich gespannt, was du zu meiner Unterwäsche sagst.«

75

Robert drehte sich erstaunt zu seinem Bruder um.

»Deine Wohnungstür stand offen«, entschuldigte sich Max.

Robert sah zur Tür. Jetzt war sie zu.

»Soll ich sie wieder öffnen?«, bot Max an. Im Wohnzimmer entdeckte er auf dem Tisch die Sektflasche mit den zwei Gläsern vom vorigen Abend. »Erwartest du noch jemanden?«

»Ich wüsste nicht wen.« Robert räumte die Überreste vom Vorabend in die Küche. Während er den Sekt in den Kühlschrank stellte, rief Max aus dem Wohnzimmer: »Hast du was zu essen da?«

»Brot.«

»Mit Wurst wäre toll.«

Robert legte einige Scheiben Brot, Butter und Aufschnitt, Teller und Messer auf ein Tablett und brachte seinem Bruder das karge Abendmahl. Draußen ratterte eine Straßenbahn vorbei. Das Dröhnen ließ das Besteck auf dem Teller klirren. Robert schob eine CD in die Hi-Fi-Anlage, aus der wenig später eine leise, verträumte Stimme klang. *Licht überm See*, sang sie, *ein fließender Glanz, schnell wie ein Vogel. Die Wipfel der Nacht von oben erhellt, eine Feuerhand will fassen nach mir.*

»Die Frau ohne Schatten?« Max' Miene hellte sich auf. »Die spielen wir in der Oper. Magst du nicht zu einer Vorstellung kommen?«

Das versuche ich seit Tagen. Robert ging in die Küche zurück, wo er zwei Gläser mit Orangensaft füllte, bis der Tetrapak fast leer war. Auf dem Weg ins Wohnzimmer hörte er ein Klopfen an der Tür. Mit dem Ellbogen drückte er die Klinke hinunter.

»Hallo!«, lächelte Nadine.

»Funktioniert die Klingel nicht?«

»Doch, bestimmt. Aber ich dachte, falls du schon schläfst, wecke ich dich lieber nicht.«

»Bin gerade nach Hause gekommen.«

»Der Fall ist abgeschlossen?«

»Schön wär's.«

»Dann hat sich …« Nadine bemerkte die zwei Gläser in seiner Hand, kurz darauf die Opernmusik. *Ach! Schönheit ohnegleichen! Ein blitzendes Feuer! Oh! Oh! Meine Tochter, vor wem stehen wir?*

»Komme ich ungelegen?«

»Nein, nein, mein Bruder ist da.«

»Oh.« Sie trat einen Schritt zurück. »Das ist mir …« Ihre Stimme wurde zu einem Wispern. »Das ist mir unangenehm.«

»Was?«

Sie nestelte an ihrem Kleid. »Eigentlich wollte ich nicht stören.«

»Das tust du nicht. Komm doch herein!«

»Ich wollte nur eine Frage stellen. Aber das kann ich auch morgen früh noch.«

»Morgen früh?«

»Das Frühstück. Es bleibt doch dabei, oder?«

»Ach so, natürlich«, beeilte er sich zu sagen. »Um zehn Uhr.«

Sie lächelte erleichtert. »Bis dahin.«

Er schaute ihr hinterher, wie sie die Stufen hoch zu ihrer Wohnung erklomm. Der Saum ihres schwarzen Sommerkleides umflatterte ihre Beine, die Absätze der Riemchensandaletten klackerten auf den Stufen. Sie sah hinreißend aus, und Robert freute sich auf das Frühstück. Auch wenn er es fast vergessen hätte. *Du Hornochse!*

»Deine Nachbarin?«, fragte sein Bruder, als Robert sich endlich zu ihm ins Wohnzimmer gesellte. »Also hast du doch noch Besuch erwartet?«

»Sie hatte nur eine Frage.«

»Na klar«, lächelte Max. »Und da hast du dich gleich mit ihr zum Frühstück verabredet.«

»Nein, das hatte ich bereits und … Ach, was erzähle ich dir eigentlich davon? Verrate du mir lieber, warum du abends in unserem Haus in Ruhleben herumschleichst.«

»Wer? Ich?«

»Von Deese hat dich gesehen.«

»Der alte Kommisskopf? Auf dem Grundstück? Was sollte ich dort wollen?«

»Das frage ich dich.«

»Wen auch immer der Mann dort gesehen hat, ich war es jedenfalls nicht.« Verwundert schüttelte Max den Kopf. »Würde mich allerdings interessieren, wer sich dort herumtreibt.«

»Mich nicht«, sagte Robert. »Mir reicht schon, dass ich Bo …« *Halt bloß den Mund!*

»Du hast Bo getroffen?«, fragte Max vorwurfsvoll.

Robert nahm einen Schluck vom Orangensaft. »Wegen meiner Arbeit.«

»Was hat Bo mit deiner Arbeit zu tun?«

»Die Polizei hat mich um Hilfe im Mordfall Lahnstein gebeten. *Deshalb* musste ich mit ihr reden.«

Max überkreuzte die Arme. »Na, da bin ich aber mal gespannt.«

»Du weißt, dass ich über meine Arbeit nicht reden darf.«

»Jetzt sag schon!«

Robert sank in die Couch. *Sag's ihm, sonst gibt er keine Ruhe.* Außerdem war Max sein Bruder. *Mein großer Bruder.*

Robert schilderte ihm die Ereignisse der letzten beiden Tage. Max lauschte, ohne ihn zu unterbrechen. Doch je mehr Robert erzählte, umso mehr verdüsterte sich die Miene seines Bruders. Robert beendete seine Ausführungen mit dem ergebnislosen Besuch vor Herzbergs Charlottenburger Wohnung.

»Aber das allein ist es nicht, oder?«, stellte Max fest.

Manchmal fand Robert es beängstigend, wie leicht sein Bruder ihn durchschaute. »Die Kommissarin glaubt, Tania lügt.«

»Und du ärgerst dich jetzt, weil du selbst diesen Gedanken nicht in Erwägung gezogen hast?«

»Ja.«

»Warum eigentlich nicht?«

Robert schwieg.

»Weil es Tania ist?«

»Max, bitte!«

»Glaubst du nicht, dass der Fall dadurch für dich irgendwie, nun, persönlicher geworden ist?« Max streckte den Rücken durch, was ihn gleich einen Kopf größer erscheinen ließ. Er schaute auf Robert hinunter. »Selbst wenn, Zweifel gehören zu deiner Arbeit.«

»Du brauchst mir meinen Job nicht zu erklären.«

»Vielleicht doch, wenn du deinen Job nicht richtig machst.« Max ballte die Hände zu Fäusten. »Wie gut kennst du Tania?«

»Ich war ...«

»... drei Jahre mit ihr zusammen, ja, das ist mir bekannt.« Max vergrub die Fäuste in den Manteltaschen, ein deutliches Zeichen, dass er sauer war. »Aber dann hat sie dich verlassen. Okay, sie hat Stein und Bein geschworen, dass es keinen anderen Mann gegeben hat, aber was habe ich dir immer gesagt? Und du wolltest nichts davon hören. Stattdessen hast du Reißaus genommen und bist in die USA verschwunden.«

Aus der Hi-Fi-Anlage erscholl *Die Frau ohne Schatten. Triefäugige Weiber, die Sprüche murmeln, keifte eine dunkle, raue Stimme, haben nichts zu schaffen mit meinem Leib.*

Max nickte grimmig. »Wer sagt dir, dass dieser Herzberg nicht der Typ ist, mit dem sie dich damals betrogen hat? Und ihn wiederum mit Lahnstein? Eine dieser Dummheiten, die sie begangen hat?«

Robert presste die Lippen aufeinander. *Es wäre nicht das erste Mal, dass sie uns etwas verschweigt.*

»Und jetzt? Was glaubst du jetzt? Dass, nur weil sie dir in einem Anflug von Reue ihre Dummheiten gestanden hat, alles zwischen euch wieder in Ordnung ist?«

»Darum geht es doch gar nicht.«

»Sondern?«

Robert wollte seinem Bruder von Nadine erzählen, dem Abendessen mit ihr, dem warmen Gefühl der Vertrautheit, das er in ihrer Anwesenheit verspürte. Und dass Tania keine Rolle mehr spielte. *Das ist vorbei!* Nur – warum fiel ihm dann das Naheliegende nicht ein?

»Siehst du!«, brummte Max und erhob sich vom Sofa. »Genau das meine ich!«

Obwohl er die Tür nicht ins Schloss fallen hörte, wusste Robert, dass Max die Wohnung verlassen hatte. Das Glas mit dem Orangensaft hatte er nicht angerührt, sich nicht einmal eine Stulle mit Wurst geschmiert. Es war fast, als wäre er nie da gewesen. Nur seine Worte hingen noch im Raum, zornig untermalt von der Opernarie.

Robert räumte alles in die Küche, bevor er sich zu Bett begab. Er zog die Decke bis ans Kinn und knipste das Licht aus.

Max mochte die Klassik, seine Violine, die Deutsche Oper haben, aber dies, die Analytik eines Mordes, war Roberts Talent. *Du darfst dich nur nicht davon ablenken lassen.*

Online-Ausgabe der Berliner Zeitung, 15. April

Polizei schweigt im Mordfall Lahnstein – aber die Sorge wächst:

Schlägt der Mörder bald wieder zu?

Von Harald Sackowitz

Berlin. Zwei Tage nach dem schrecklichen Mord an Frank Lahnstein (29), Sohn des Berliner Innensenators Dr. Lothar Lahnstein, hat die Polizei offenbar eine heiße Spur: Der Mörder soll ein Einzeltäter sein.

Kriminalhauptkommissarin Sera Muth, leitende Beamtin der SOKO, erklärte: »Wir gehen einigen Hinweisen nach.« Aus ermittlungstaktischen Gründen könne man aber noch keine Einzelheiten bekannt geben, schränkte der leitende Oberstaatsanwalt Jürgen Heindl ein.

Damit bleibt weiterhin unklar, ob die Tat tatsächlich politisch motiviert war. Innensenator Dr. Lothar Lahnstein stand nach Aussagen zum Umgang mit jugendlichen, kriminellen Ausländern (der *Kurier* berichtete) im Kreuzfeuer der Kritik Berliner Ausländerverbände. Seine Familie hatte Morddrohungen erhalten.

Zuverlässigen Quellen des *Kurier* zufolge geht die Polizei inzwischen von einem Einzeltäter aus. Die Ermittler halten es außerdem für möglich, dass der Mörder schon bald wieder zuschlägt.

76

Verärgert klickte Sera den Zeitungsartikel auf ihrem iPhone weg. *Die Polizei geht inzwischen von einem Einzeltäter aus.* Wie zur Hölle hatte dieser Sackowitz nur davon erfahren?

Das Quietschen von Sandalen lenkte Seras Aufmerksamkeit zurück ins Jetzt. Sie saß auf einer Bank im Vivantes-Klinikum, vor der Schleuse zur Intensivstation. Die Krankenschwester, die um die Ecke bog, lächelte so mitfühlend, wie sie gelernt hatte zu lächeln, wenn sie Angehörigen begegnete. Dann quietschte sie weiter in den nächsten Gang, und mit ihr verschwand auch alle Anteilnahme. Irgendwo im Krankenhaus jammerte ein Mann vor Schmerzen. Ab und zu kam ein weiterer Pfleger vorbei, noch seltener Angehörige, die Kranke besuchten.

»Frau Hauptkommissarin?«

Vor ihr stand ein Mann in legerem Jackett, Jeans und Golfschuhen. Er kam Sera entfernt bekannt war, aber sie konnte ihm keinen Namen zuordnen.

Als wüsste er um ihre Not, lächelte er. »Es ist jedes Mal das Gleiche: In Zivil erkennen mich die Leute nicht.«

Sera stellte sich ihn in Haube, Mundschutz und Kittel vor. »Dr. Rösner?«

»Treffer, versenkt.« Er reichte ihr die Hand. »Was machen Sie hier?«

Gute Frage. Eigentlich hätte Sera nach dem gemeinsamen Frühstück mit Gerry aufs Präsidium fahren müssen. Dr. Salm verlangte einen Zwischenbericht, weil der leitende Staatsanwalt eine Presseerklärung herausgeben wollte. Doch unterwegs hatte sie sich innerhalb weniger Sekunden umentschieden und eine Abzweigung nach Kreuzberg genommen.

»Wie steht es um Frau Gökcan?«, fragte sie.

»Sie ist noch nicht vernehmungsfähig, wenn Sie das meinen.«

»Nein, ich wollte mich nur erkundigen, wie es ihr geht.«

»Sind Sie mit ihr verwandt?« Der Arzt zog die Augenbrauen hoch.

Sera verneinte.

»Beruflich ist Ihr Besuch aber auch nicht wirklich?«

Ja und nein. Schon wieder bekam Sera ein schlechtes Gewissen. »Sagen wir mal so: Ich mache mir einfach Sorgen.«

»Es ist selten, dass Polizisten sich für das Wohlbefinden der Opfer interessieren. Meist geht es denen nur um die Täter.«

»Ausnahmen bestätigen die Regel.«

»Verstehe.« Sein Gesicht ließ keinen Zweifel, dass er genau das nicht tat. »Aber Ihre Sorge ist unbegründet. Frau Gökcan ist auf dem Weg der Besserung. Wenn alles gut läuft, werden wir die Sedierung schon morgen früh absetzen können.«

Sera nickte erleichtert. »Werden die Verletzungen denn Beeinträchtigungen hinterlassen?«

»Sie wird einer Phase der Rekonvaleszenz bedürfen, aber nein, sie wird keinerlei körperliche Einbußen erleiden. Was dagegen die seelischen Schäden betrifft …« Er hob hilflos die Schultern. »Frau Hauptkommissarin, kann ich sonst noch etwas für Sie tun?«

Sera verneinte, bedankte sich und verließ mit gemischten Gefühlen das Krankenhaus. Auf dem Parkplatz gönnte sie sich einige Minuten im warmen Sonnenschein des erwachenden Tages. Ein kleiner Kahn schipperte auf dem Landwehrkanal, an dessen Ufer das Klinikum lag.

Die Großstadtidylle wurde durch einen rostigen Honda Civic gestört, der röhrend vorfuhr. Eva Fischer, Adiles Freundin, und ihr Bruder Sebastian stiegen aus dem alten Wagen und steuerten sofort auf Sera zu.

»Waren Sie bei Adile?«, wollte der junge Mann wissen.

»Ich habe mit ihrem Arzt gesprochen.«

»Sie ist auf dem Weg der Besserung.«

»Ja, das sagte auch Dr. Rösner.«

Der Lastkahn tauchte unter der Brücke an der Admiralstraße ab. Nach etwa fünfhundert Metern würde er das Paul-Lincke-Ufer und den Hauseingang von Onkel Mergim passieren. Sera spürte die erwartungsvollen Blicke der Geschwister auf sich.

Sebastians Schultern sackten enttäuscht nach unten. »Sie haben ihn noch nicht gefasst?«

»Tut mir leid.«

Sein Blick suchte Seras Augen. »Erinnern Sie sich, was Sie mir versprochen haben?«

77

Tania las die Zeitung, die Hagen vom türkischen Sonntagsbäcker mitgebracht hatte. *Die Ermittler halten es für möglich, dass der Mörder schon bald wieder zuschlägt.* Prompt verstärkte sich ihr Unbehagen, und sie schob den *Kurier* beiseite. Sie hätte auf die Lektüre verzichten sollen.

»Ruf Robert an«, schlug Hagen vor, dem ihre Sorge nicht entging. »Vielleicht haben sie Ralf inzwischen gefasst.«

»Vorausgesetzt, er hat den Mord begangen.«

»Dann erkundige dich eben, was die Polizei herausgefunden hat.« Ihr Freund schnitt eine Ecke vom Butterwürfel ab und schmierte sie auf sein Brötchen.

Tania zog die Zeitung noch einmal zu sich herüber und überflog den Text. Zu ihrer Angst gesellte sich jetzt noch schlechtes Gewissen. *Keine gute Mischung.* »Ich bin mir nicht sicher, ob Robert mir noch etwas verraten wird.«

»Warum nicht?«

»Ich glaube, Hardy Sackowitz hat hier etwas geschrieben«, Tania tippte auf den *Kurier,* »das nicht für die Öffentlichkeit bestimmt war.«

»Aber was hat das mit dir zu tun?«

»Er hat die Info von mir bekommen. Und ich hatte sie wiederum von Robert.«

Hagen legte eine Scheibe Wurst auf seine Brötchenhälfte. »Er hätte dir die Details wohl kaum verraten, wenn sie von der Polizei nicht freigegeben worden wären.«

»Mag sein«, zweifelte Tania und dachte an ihr Gespräch mit Robert gestern Mittag in der Redaktion zurück. »Allerdings war er ziemlich durch den Wind.«

Hagen biss in das Brötchen, kaute langsam und bedächtig. »Durch den Wind?«

»Robert war äußerst überrascht über unsere Begegnung. Er schien mir irritiert und, ich glaube, sogar etwas enttäuscht.«

»Als wenn er einen Grund dazu hätte.« Hagen schnaubte abfällig, und Krümel verstreuten sich rings um sein Frühstücksbrettchen.

Tania betrachtete die kleinen braunen Krumen. Jetzt, mit dem Abstand eines Tages, schämte sie sich für ihre Reaktion auf Roberts unerwartetes Auftauchen. Sie war unbeherrscht und unfreundlich gewesen. Dabei hatte er nur seinen Job erledigen wollen. *Den Mörder von Frank Lahnstein finden.*

Hagen warf das zweite Brötchen, das er aus der Tüte geholt hatte, auf seinen Teller, dann zog er die Zeitung zu sich und studierte den Artikel.

»Du hast mich gestern gefragt«, sagte er schließlich, »ob ich etwas ändern wollen würde. Was ist mit dir? Würdest du?«

»Was soll diese Frage denn jetzt?«

»Nein, sag es mir: Wenn du könntest, würdest du die Uhr zurückdrehen?«

»Das sind schon zwei Fragen.«

»Die auf die gleiche Antwort hinauslaufen.«

»Nein, ganz und gar nicht«, gab Tania zurück. »Es ist ein Unterschied, ob ich die Uhr zurückdrehe, um etwas ungeschehen machen zu können, oder ob ich an meiner Situation hier und heute etwas ändern möchte.«

»Und? Was von beidem trifft auf dich zu?«

Tania überlegte. Natürlich, stünde sie heute noch einmal vor der Wahl, würde sie vieles anders machen – oder ungeschehen. Die unselige Ehe mit Ralf zum Beispiel. Und die frustrierende Beziehung mit Robert, mit der überhaupt erst alles begonnen hatte. *Ich habe Dummheiten gemacht.*

Aber ihre Situation heute? *Hier und jetzt?* Würde sie daran etwas ändern wollen? Ihr war klar, woher Hagens Fragen rührten, doch seine Sorge war unbegründet. Sie hätte nur zu gern einige Aspekte ihres Lebens geändert: keine missgünstigen Kollegen mehr, keine böswilligen Gerüchte, weniger Stress und keine Angst. Die Beziehung zu Hagen war jedoch das Beste, was ihr seit Langem passiert war.

Im Wohnzimmer begann ihr Handy zu läuten. Sie holte das Telefon und ging ran. »Ja, bitte?«

Niemand antwortete. Nur Atemzüge waren zu hören. Leise und regelmäßig.

Eine Gänsehaut kroch über Tanias Körper. »Ralf? Bist du das?«

78

Sera betrat das Präsidium. Der Beamte am Empfang schmunzelte. Die zwei Polizisten, die den Fahrstuhl verließen, lächelten. Als im zweiten Stock ein Vernehmungsbeamter zustieg, grinste er wie ein Honigkuchenpferd. Verwundert verließ Sera den Aufzug in der dritten Etage. War heute ein Virus spontan guter Laune ausgebrochen? *Nein, wohl doch nicht.* Im Konferenzraum hörte sie eine laute Stimme wüten, unverkennbar die von Dr. Salm. Blundermann antwortete leise und defensiv. *Das sieht ihm gar nicht ähnlich.*

Im Vorzimmer hockte Gesing auf Ritas Platz und zog den Kopf ein. »Dicke Luft.«

»Den Eindruck hatte ich bisher nicht.«

»Kann ich mir denken.«

»Wieso? Was ist los?«

Nun griente auch Gesing. »Hängen die Bilder nicht mehr?«

»Wo hängen welche Bilder?«

»Unten, hinterm Eingang, am Schwarzen Brett.«

»Darauf habe ich nicht geachtet.«

Die Tür zum Konferenzzimmer flog krachend auf, und der Dezernatsleiter polterte heraus. »Wenn so etwas öffentlich wird – wie stehen wir als Polizei denn dann da? Ein Beamter als Nacktmodell!«

Erst nachdem der Chef im Treppenhaus verschwunden war, traute sich Blundermann aus dem Konferenzraum. Schweiß tropfte ihm von der Stirn. Sera sah ihn fragend an.

»Was ist?«, blaffte er sie an. »Haben wir nichts Wichtigeres zu tun?«

Sera wechselte einen Blick mit Gesing. Der hob die Schultern und erklärte: »Die Wohnung von Ralf Herzberg wird seit gestern Abend observiert. Bisher ist er dort nicht aufgetaucht.«

Blundermann wischte sich mit einem Taschentuch den Schweiß vom Gesicht.

»Ich habe vorhin Beamte zur Befragung seiner Nachbarn rausgeschickt. Aber so, wie es bisher ausschaut, haben ihn nur die wenigsten näher kennengelernt.«

Sera musterte ihren Kollegen. *Ein Beamter als Nacktmodell?* Aber wenn er nicht darüber reden mochte, wollte sie Blundermann nicht dazu zwingen. »Was ist mit seiner Schwester in Barcelona? Vielleicht weiß sie ja, wo ihr Bruder steckt.«

»Ich kümmere mich darum.« Blundermann marschierte in sein Büro.

Vier Zimmer weiter vorne kauerte Kriminalhauptkommissar Sebastian Berger hinter seinem Schreibtisch, auf dem sich die Akten türmten. Nichts deutete mehr darauf hin, dass er jemals im Urlaub gewesen war.

»Ah, Sera! Gut, dass ich dich sehe.« Er nieste.

»Geht es dir gut?«

»Hab mir eine Erkältung eingefangen. Im Urlaub. Ist das zu glauben?«

»Hast du dich trotzdem erholt?«

»Falls ja, ist die Erholung jedenfalls schon wieder futsch!« Als wäre es Seras Schuld, warf er ihr einen düsteren Blick zu.

Erinnern Sie sich, was Sie mir versprochen haben? »Gibt es etwas Neues im Fall Gökcan?«

»Warte, ich muss mal sehen.« Berger putzte sich die Nase, bevor er durch die Ordner zu wühlen begann. Es dauerte eine Weile, bis er über einer Mappe verharrte. Schniefend schlug er sie auf, runzelte die Stirn, legte die Akte beiseite und nahm dann eine andere zur Hand. Er überflog die abgehefteten Seiten, schaute auf, rieb sich die tränenden Augen. »Ich hatte eigentlich gehofft, *du* könntest mir was über diesen Fall erzählen.«

Na toll. »Werden die Gökcans noch observiert?«

»Nein, nicht mehr. Du weißt ja, im Augenblick genießen andere Fälle eine höhere Priorität. Dementsprechend niedrig ist mein Personalkontingent.« Berger schob weitere Akten hin und her, las mal hier, mal dort ein paar Zeilen.

Er fügte sich nahtlos in das Chaos ein, das er schuf. Der beige Anzug schlotterte ihm am Leib, sein Haar war struppig, dunkelbraun und von grauen Strähnen durchzogen. In scharfem Kontrast dazu stand der bis zur Perfektion nach alter preußischer Tradition kunstvoll gezwirbelte Schnauzbart.

Was machen Sie dann noch hier? »Sebastian, falls du Zeit hast …«

»Sera!«, rief Blundermann über den Flur. »Ich habe Christina Ângelo am Apparat, Herzbergs Schwester.«

»Ich komme gleich.« Sera wandte sich wieder Berger zu. »Was ich sagen wollte: Falls du Zeit findest, dann ...« Sie zögerte.

»Dann was?«

»Schau dir doch bitte die Mezarlik-Moschee am Hermannplatz mal genauer an.«

Berger öffnete den Mund für weitere Fragen, doch Sera hatte den Raum bereits verlassen. In ihrem Büro blieb sie stehen und horchte in sich hinein. Da war kein schlechtes Gewissen mehr, nur noch ein leichtes Schuldgefühl.

Das Telefon klingelte. »Hallo?«

»Hallo?«, klang es verunsichert aus dem Hörer.

»Frau Ângelo? Ich heiße Muth. Kriminalhauptkommissarin Muth. Ich möchte mit Ihnen über Ihren Bruder sprechen.«

»Was ist mit ihm? Ihr Kollege wollte mir nichts sagen. Ist ihm etwas passiert?«

»Wir müssen unbedingt mit ihm reden.«

»Ist er verschwunden?«

»Ja.«

Christina Ângelo seufzte. »Ich wusste, dass es ... nicht gut enden wird mit ihm.«

»Wie meinen Sie das?«

»Sie haben sicherlich mit seiner Frau gesprochen. Mit Tania. Dann wissen Sie auch, wie es um ihn bestellt ist. Ich hatte gehofft, die Ehe würde ihm helfen, aber ... Es hat mich nicht überrascht, als ich hörte, dass sie ihn vor die Tür gesetzt hat. Ich hätte ihm so gerne geholfen. Mein Mann war zwar nicht begeistert von der Idee, aber ich habe Ralf angeboten, zu uns nach Barcelona zu kommen. Doch ...« Es knirschte in der Leitung.

»Frau Ângelo?«

»Ja, ich hätte ihm gerne geholfen, aber er wollte nicht. Was sollte ich tun? Ihn zwingen? Ich konnte ja noch nicht einmal nach Berlin kommen. Ich habe meine eigene Familie hier zu versorgen. Und Ralf hat darauf bestanden, in Berlin zu bleiben. In Tanias Nähe. Er wollte sie nicht aufgeben und … Hat er etwas angestellt?«

»Halten Sie das für möglich?«

Wieder knisterte es einige Sekunden lang. »Er ist mein Bruder. Was wollen Sie von mir hören?«

»Einen Hinweis darauf, wo wir ihn finden können.«

»Ich habe ihn seit Wochen nicht mehr gesprochen.«

»Sie haben also wirklich keine Idee, wo sich Ihr Bruder aufhalten könnte?«

»Nein. Die wenigen Freunde, die er zum Schluss noch hatte, hat er mit seinem Verhalten nach der Trennung von Tania vergrault. Eigentlich …«

»Frau Ângelo, jeder Hinweis kann uns weiterhelfen.«

»Na gut. Wir haben ein kleines Häuschen in der Uckermark, auf dem Grundstück unserer Großeltern. Die Datsche ist ziemlich heruntergekommen. Unseren Eltern fehlte immer das nötige Kleingeld für die Renovierung. Und Ralf und ich, wir brachten es auch nicht übers Herz, sie zu verkaufen …« Sie machte eine Pause, diesmal länger als zuvor. Es knackte und fiepte in der Leitung. »Vielleicht ist er ja dort.«

79

»Ralf, wo bist du?«, rief Tania in ihr Handy.

Als Antwort kam nur ein Kichern.

Tanias verzweifelter Blick kreuzte sich mit Hagens. Ihr Freund saß am Küchentisch und sah sie mit großen Augen an. Seine Lippen formulierten eine stumme Frage.

»Ralf, was willst du?«

Das Kichern am anderen Ende der Leitung erstarb. Stattdessen war nur noch ein Schnaufen zu hören.

Hagen fuchtelte jetzt aufgeregt mit den Händen. Brötchenkrümel flogen über den Tisch. Tania begriff nicht, was er ihr sagen wollte.

»Ralf, was soll das?«, flüsterte sie.

Keine Reaktion. Nur das schwere Atmen, fast noch widerlicher als das gehässige Kichern zuvor.

»Hast *du* Frank getötet?«

Hagen schüttelte entsetzt den Kopf. *Nein, nein, nein!*, formte sein Mund. *Frag ihn etwas anderes. Frag ihn …*

»Ralf, sag mir bitte, wo du steckst.«

Jetzt hatte auch das Schnaufen aufgehört, aber die einsetzende Stille war schlimmer als jede direkte Drohung.

Tania war mitten in der Küche erstarrt. »Ich habe der Polizei von dir erzählt.«

Schweigen.

»Sie weiß Bescheid. Über alles.«

Nichts.

»Die Beamten suchen dich.«

Hagen sprang von seinem Platz auf, umrundete den Tisch, griff nach dem Telefon, aber Tania schubste ihn weg.

»Du machst es nur noch schlimmer!«

Ein spöttisches Glucksen ertönte aus dem Hörer. Es klang nicht nach Ralf. Sie hatte sein Lachen anders in Erinnerung. *Es gibt Mittel und Wege, eine Stimme zu verfremden, manche sind ganz einfach.*

Tania schauderte, als die fremde Stimme plötzlich zu ihr sprach.

»Was?«, rief Tania.

Dann knackte es in der Leitung, und das Gespräch war beendet. Noch immer rührte Tania sich nicht von der Stelle. Sekunden summierten sich zu Minuten, ohne dass sie sich bewegte. Erst als ihr Arm zu schmerzen begann, ließ sie das Handy sinken. Es entglitt ihrer Hand und fiel auf den Tisch. Ihre Finger zitterten. Ihr Atem ging stoßweise.

Sie machte einen vorsichtigen, tastenden Schritt nach vorn, dann noch einen. Langsam kehrte das Leben in sie zurück. Sie setzte sich auf einen Stuhl.

»Was hat er gewollt?« Hagen ging vor ihr in die Hocke, hielt ihre Hände fest.

»Ich weiß es nicht.«

»Er muss doch etwas gesagt haben!«

Tania nickte und klopfte ihre Jeans nach Zigaretten ab. Die Hosentaschen waren leer.

»Und? Was?«

Auch auf der Küchenanrichte fand sie die *Lucky-Strike*-Schachtel nicht. Sie stand auf, stolperte auf wackeligen Beinen ins Wohnzimmer, wo sie ihre Handtasche durchstöberte.

»Tania, was tust du da?«

Sie drehte die Decken auf der Schlafcouch um. Ihre Suche wurde immer verbissener. »Wo sind die verdammten Zigaretten?«

»Hier in der Küche. Auf der Mikrowelle.«

Tania eilte nach nebenan und steckte sich mit zitternden Händen eine Zigarette an. Sie inhalierte den Rauch und konzentrierte sich auf den herben Geschmack.

»Jetzt sag endlich«, drängelte Hagen. »Was hat er gemeint?«

Sie stieß den Qualm aus. *Hat er tatsächlich mit mir gesprochen?* Und hatte sie ihn richtig verstanden?

»Er hat mir eine Frage gestellt.«

»Was für eine Frage?«

Widerstrebend fiel Tanias Blick auf den Fernseher im Wohnzimmer. »Heute schon Nachrichten geguckt?«

80

Dort, wo die Prenzlauer Promenade in die Autobahn überging, inmitten der Betonwüste Pankows, flatterten zwei Fotos in Seras Schoß.

»Von wegen Nacktmodell!« Blundermann, der auf dem Rücksitz saß, brummte missmutig. »Ich hatte Unterwäsche an.«

Gesing, der den Wagen steuerte, schielte verstohlen auf die Bilder. Sie zeigten seinen Kollegen, ein paar Jahre jünger und ein paar Pfunde leichter. Die Ähnlichkeit mit George Clooney war noch frappanter.

»Wie lange ist das her?«, fragte Sera.

»Zehn oder elf Jahre. Ich stand damals Modell für einen Unterwäschekatalog. Das war ein Gag unter Kumpels. Keiner traute mir das zu. Ich hatte die ganze Sache längst vergessen.«

»Bis die Aufnahmen heute Morgen am Schwarzen Brett hingen.«

»Was weiß ich, welcher Witzbold sie dort aufgehängt hat. Wenn ich dieses Arschloch erwische!« Blundermann hieb seine Faust in die flache Hand. »Der Chef war von den Bildern wenig erbaut.«

»Was nicht zu überhören war«, feixte Gesing und nahm die Abzweigung auf den Berliner Ring. Häuserreihen und Laubenpieperkolonien säumten die Stadtautobahn.

»Was hat Dr. Salm gesagt?«, wollte Sera wissen.

»Dass ich froh sein kann, dass er die Bilder rechtzeitig entfernt hat.«

Rechtzeitig? Sera entsann sich der Heiterkeit unter den Beamten im Präsidium. Sie schwieg.

Die Stadt blieb hinter ihnen zurück, links und rechts der Straße erstreckte sich das endlose Feldermeer der Mark Brandenburg, aus dem in regelmäßigen Abständen stillstehende

Windräder wie schlafende Riesen ragten. Nach zehn Minuten wechselten sie auf die Landstraße. Knappe fünf Kilometer weiter erreichten sie ein kleines Dorf, das nur aus wenigen Häusern, einer Kirche und einem Fleischerladen bestand. Bald darauf war es nur noch ein kaum erkennbarer Punkt im Rückspiegel.

Gesing bog auf einen holprigen Feldweg. Nach ein paar Dutzenden Metern vorbei an dicht stehenden, hohen Pappeln versperrte ihnen ein Tor die Weiterfahrt. Ungezähmt wucherten Sträuche und Büsche über die brüchige Steinmauer, die das Grundstück umgab.

Sera betätigte die Klingel, die neben dem Tor in die Mauer eingelassen war. Außer zwitschernden Vögeln und zirpenden Grillen war nichts zu hören. Von irgendwoher wehte der Wind das Knattern eines Traktors.

Blundermann spähte über die Mauer. »Scheint niemand da zu sein.«

»Siehst du ein Auto?«, fragte Sera.

»Nein, nicht einmal ein Fahrrad.«

»Irgendein anderes Lebenszeichen?«

»Das Haus erweckt nicht den Eindruck, als würde hier noch jemand leben wollen.«

»Gehen wir rein«, beschloss Sera.

»Wie? Ohne Durchsuchungsbeschluss?« Gesing kratzte sich das Kinn. »Glaubst du, das ist eine gute Idee?«

»Ich glaube, es ist Gefahr in Verzug.«

Ohne Gesings Antwort abzuwarten, schwang sich Sera über das Tor. So langsam bekam sie Routine darin. Die geprellte Rippe meldete zwar Protest an, aber der Schmerz war erträglich. Ihre beiden Kollegen folgten.

Blundermann hatte nicht übertrieben. Das Gebäude war alt und verwahrlost, die Steinwände fahl, rissig und durchdrungen von Feuchtigkeit, die Dachziegel an vielen Stellen von stürmischen Herbstwinden abgetragen.

»Jemand zu Hause?« Blundermann klopfte.

Knarzend schwang die Holztür auf. Abgestandene Luft schlug den Beamten entgegen. Mit gerümpften Nasen betraten sie die Datsche. Staub wirbelte auf, Sand knirschte unter ihren Schuhsohlen. Ein Großteil der Fliesen im Flur war zerbrochen. Die Einrichtung der links liegenden Küche schien mehrere hundert Jahre alt zu sein. Die Bierflaschen, die auf dem Boden standen, waren allerdings eindeutig neueren Datums. Was auch für die Essensreste galt, die auf dem Tisch verschimmelten. Es stank nach Alkohol, Dreck, Schweiß und Exkrementen.

Sera hielt sich die Nase zu.

Blundermann warf einen angewiderten Blick in das Badezimmer, aus dem der Fäkaliengeruch drang. »Der hätte ja wenigstens mal spülen können.«

»Lieber hat er in die Ecke gepinkelt.« Gesing wies auf einen gelben Fleck vor der Anrichte. In der Küchenspüle stapelte sich gebrauchtes Geschirr. »Scheint noch nicht lange her zu sein, dass er sich hier aufgehalten hat.«

»Zwei, drei Tage«, vermutete Sera.

»Guckt euch das mal an!« Blundermann war bis ins Wohnzimmer vorgestoßen. »Dagegen sind meine Bilder ja gar nichts.«

An den alten, feuchten Wänden klebten Dutzende von Fotos. Jede der Aufnahmen zeigte Tania Herzberg in unterschiedlichsten Momenten: am PC, am Backofen, auf dem Fahrrad, in einer Kneipe, erheitert, angestrengt, nachdenklich, lasziv, intim.

Auf dem Boden, zwischen dem durchgesessenen Sofa und dem alten Fernseher, verteilten sich Ausgaben von *Tagesspiegel* und *Kurier*. Artikel, die Tania Herzberg verfasst hatte, waren markiert, ausgeschnitten und sorgfältig beschriftet worden. Zudem gab es etliche Stoffpuppen, die vermutlich ihr gehört hatten, Kleidungsstücke, die sie getragen hatte. Dazu ein unüberschaubarer Wust anderer bizarrer Memorabilien – Schmuck, Bücher, CDs, Lebkuchenherzen, sogar ein Vibrator.

»Ist das Liebe?«, rätselte Blundermann.

»Das ist krank«, diagnostizierte Gesing.

»Keine Frage«, Blundermann öffnete die Hintertür und trat in den Garten, »aber angesichts dieser verwahrlosten Datsche frage ich mich doch: Haust so ein raffinierter Killer?«

»Ich bin gespannt, was Dr. Babicz davon hält«, sagte Sera. »Ich könnte mir vorstellen, dass er …«

Ihr Handy klingelte. Es war Dr. Salm. »Muth, haben Sie einen Fernseher in der Nähe?«

»Ich weiß nicht, ob das Gerät funktioniert.«

»Schalten Sie ihn ein! Schauen Sie die Nachrichten!«

81

Robert duschte abwechselnd heiß und kalt, um wach zu werden.

Als er sich in frische Klamotten warf, spürte er einen harten Gegenstand in der Hosentasche. Es war Hagens Schlüsselanhänger. Im Schein des Badezimmerlichts blitzte die Gravur auf: *12. November.* Abermals fragte er sich, was das Datum zu bedeuten hatte. Ihn quälte ein schlechtes Gewissen, weil er Hagen noch immer nicht angerufen hatte.

Robert steckte den Anhänger zurück in die Hosentasche und ging zum Telefon in der Praxis. Nachdem er Hagens Nummer gewählt hatte, wartete er auf das Freizeichen, aber der Anrufbeantworter sprang sofort an.

»Ich bin es, Robert«, sagte er. »Ich wollte mich schon gestern bei dir melden, bin aber nicht dazu gekommen. Hatte viel zu tun, du weißt schon, mein Job. Aber vielleicht finden wir ja bald etwas Zeit, um zu reden? Heute Abend? Wie wäre es? Melde dich einfach!«

Dann eilte er zum Kiosk um die Ecke und kaufte abgepackten Käse, Konfitüre und ein Glas Honig. Wieder daheim setzte er Kaffee auf. Das Gurgeln der Maschine übertönte das Fernsehplärren aus der Nachbarwohnung. *Die Flippers* sangen vergnügt von der Sonne auf Barbados.

Robert fühlte sich zwar nicht ausgeruht, auch in der vergangenen Nacht war sein Schlaf unruhig gewesen, aber als um zehn die Klingel ging, hob sich seine Laune. Selbst in weiter Jogginghose, einem Boxershirt und Flip-Flops sah Nadine großartig aus. Mit strahlendem Lächeln schwenkte sie eine Tüte frischer Brötchen in der Hand.

»Man riecht den Wasserschaden kaum noch.«

»Stimmt«, stellte er fest. Das war ihm gestern Abend nach seiner Heimkehr gar nicht aufgefallen. *Da hattest du auch andere Sorgen.*

»Hat sich der Gutachter meiner Versicherung noch nicht gemeldet?«

»Heute ist Sonntag!«

»Und gestern?«

»Gestern war Samstag.« Der gedeckte Küchentisch leuchtete einladend im Licht der Sonnenstrahlen, die durchs Fenster fielen. »Ich weiß nicht. Ich war gestern den ganzen Tag unterwegs.«

»Nicht dass du mich falsch verstehst. Ich möchte nicht drängeln, aber Kornfeld stand gestern Abend noch einmal bei mir auf der Matte.«

»Gestern Abend?«

»Ja, als ich von unserem Essen heimkam. Er will den Schaden so schnell wie möglich behoben haben. Bevor die Substanz des Hauses angegriffen wird, sagt er.«

»Hast du deshalb gestern Abend bei mir geklopft?«

»Nein, deswegen nicht.« Sie ließ sich auf einem der Küchenstühle nieder. Dabei fielen ihr einige Haarsträhnen ins Gesicht. Sie trug das Haar erneut offen, was ihr, wie Robert fand, eindeutig besser stand als zu einem Zopf gebunden.

»Vielleicht meldet sich der Gutachter morgen.«

»Ja, hoffentlich.« Sie legte die Tüte mit den Schrippen auf den Tisch. »Frühstücken wir? Ich habe einen Bärenhunger.«

»Geht mir nicht anders.« Nadines Anwesenheit wirkte belebend auf ihn.

»Fein!« Sie riss die Tüte entzwei, und ein Berg Brötchen quoll auf den Tisch. »Ich habe Schrippen für ein ganzes Bärenrudel gekauft.«

Robert nahm die Kaffeekanne aus der Maschine. »Mit Milch und Zucker?«

»Danke, ich bin keine Kaffeetrinkerin.« Nadine schirmte ihre Tasse mit der Hand ab.

»Etwas anderes?«

»Wenn du hast.«

»Orangensaft.« Er entnahm dem Kühlschrank den Tetrapak, in dem aber nur noch ein kleiner Rest schwappte. »Oh, tut mir leid.«

»Dann eben etwas Wasser.«

Er blickte noch einmal in den Kühlschrank. »Oder Sekt?«

»Klar, warum nicht.« Sie lächelte.

»Ich habe nur gescherzt«, sagte er.

»Ich nicht.« Sie grinste frech. »Also, ein Sektfrühstück?«

Robert wiegte die Flasche in der Hand. Den Tag mit Alkohol zu beginnen, war bestimmt nicht das, was sich für einen Psychologen geziemte, nicht nach dem gestrigen Abend. *Siehst du! Das meine ich!* Andererseits: Es war ja nur ein Schluck.

Er klaubte zwei saubere Gläser aus dem Schrank und schenkte ein, danach stießen sie miteinander an. Während sie die Brötchen belegten, sagte Nadine: »Also, das gestern Abend … Du hältst mich jetzt bestimmt für verrückt.«

»Verrückt?«

»Na ja, oder schüchtern.«

Das mit Sicherheit nicht. »Warum?«

»Es geht um deinen Bruder.«

Jetzt hob er doch überrascht die Augenbrauen.

»Ich hatte dir doch gestern Abend von der Situation für Künstler, Maler, Musiker in Berlin erzählt. Und, na ja, eine Freundin von mir spielt Cello. Sie hatte bereits einige Engagements, aber seit einem Jahr läuft es nicht mehr so gut. Und da dachte ich, vielleicht könntest du deinen Bruder mal fragen, ob …« Sie verstummte, weil das Telefon in der Praxis klingelte.

Robert beachtete das Läuten nicht. »Warum hast du ihn gestern nicht selbst gefragt? Er war doch da!«

Sie knabberte an ihrem Brötchen. »Ich weiß nicht. Es war mir unangenehm, peinlich. Wir kennen uns noch nicht so lange und …«

Der Anrufbeantworter war angesprungen. Aus dem Lautsprecher schallte die Stimme der Kommissarin durch die Diele. »Dr. Babicz? Sind Sie da? Schalten Sie bitte den Fernseher ein. Sofort! *n-tv!*«

82

Sera wollte schon auflegen, da knackte es in der Leitung.

»Frau Muth?«

»Dr. Babicz, haben Sie meine Nachricht gerade gehört?«

»Ja, ja, warten Sie. Ich muss das Telefon nur hinüber ins …« Seine Worte gingen in einem atmosphärischen Knistern unter.

»Dr. Babicz, sind Sie noch dran?«

»Moment, das Kabel klemmt.«

»Beeilen Sie sich.« Seras Blick war starr auf den Fernseher in der vermüllten Datsche gerichtet. Die TV-Kiste war zwar alt, funktionierte aber tadellos. Sera wünschte sich, sie täte es nicht.

Gesing, der neben ihr stand, war wie gefesselt von dem, was auf dem Bildschirm ablief. »Ist das nicht …?«

»So, jetzt!«, sagte Babicz. »Jetzt bin ich am Fernseher. Um was geht … Oh, verdammt, ich sehe es!«

Dabei war nicht einmal viel zu erkennen. Die gleiche widerwärtige Szenerie wie vor zwei Tagen. Ein düsterer Raum, ein heller Lichtfleck. Der Gestalt, die blutüberströmt auf dem Tisch lag, waren Hände und Füße gefesselt. Ein Knebel verschloss ihren Mund. Trotz des grellen Lichts waren ihre Augen weit aufgerissen.

»Das ist Stanislaw Bodkema«, erklärte Sera dem Psychologen. »Er ist Chefredakteur vom *Berliner Kurier*.«

»Wann ist er entführt worden?«, fragte Babicz.

»Gestern Abend, irgendwann zwischen zwanzig und zweiundzwanzig Uhr. Soweit wir das in der Kürze der Zeit in Erfahrung bringen konnten, hat er um neunzehn Uhr mit seiner Tochter gegessen. Um zwanzig Uhr haben die beiden sich voneinander verabschiedet, und Herr Bodkema machte sich auf den Weg zum Flughafen, von wo aus um halb elf sein Flug nach Monte Carlo ging. Allerdings hat er in Tegel nicht eingecheckt.«

»Und in Monaco? Hat ihn dort niemand erwartet? Oder vermisst?«

»Er hat den Termin zuvor abgesagt.«

»Abgesagt?«

»Wahrscheinlich hat man ihn dazu gezwungen«, mutmaßte Sera. »Und seine Familie hat natürlich geglaubt, er sei in Monte Carlo – bis sie bei *n-tv* den Film sahen.«

»Sera!«, brüllte Blundermann plötzlich aus dem Garten der Datsche. »Komm mal raus!«

Sera winkte ungehalten ab, blickte weiter unverwandt auf den Fernseher. Der Film aus dem Folterraum, der auf dem Nachrichtenkanal in einer Endlosschleife zu laufen schien, war zu einem Quadrat in der oberen Bildschirmecke reduziert worden. Den Großteil des Fernsehbildes nahm jetzt ein Nachrichtensprecher ein, der die Zuschauer darüber in Kenntnis setzte, dass der Folterfilm dem Sender vor wenigen Minuten zugespielt worden sei und dass die schockierenden Bilder außerdem eine klare Parallele zum Mordfall Lahnstein aufweisen würden. *Überzeugen Sie sich selbst: Nachfolgend zeigen wir Ihnen noch einmal das Video mit dem Sohn des Innensenators.*

»Dr. Babicz, ergibt das einen Sinn?«, wollte Sera wissen.

»Bodkema ist der Chef von Frau Herzberg. Die Verbindung zu ihr ist offenkundig.«

»Aber passt das zu einem Stalker?«

»Sie haben keine Ahnung, wie weit manche Stalker gehen. Haben Sie noch etwas über Frau Herzbergs Ehemann herausfinden können?«

»Sera!«, schrie Blundermann erneut.

Sie schaute zum Fenster hinaus. Ihr Kollege stand gebückt zwischen den Sträuchern. Er fuchtelte so aufgeregt mit den Händen, dass Sera Gesing einen Wink gab, der daraufhin folgsam nach draußen trottete.

»Wir befinden uns gerade in seinem Haus in der Uckermark«, sagte sie.

»Er hat ein Haus dort?«, wunderte sich Babicz.

»Eine alte Datsche, die seinen Großeltern gehörte. Seine Schwester hat es mir gesagt.« Sera berichtete dem Psychologen von den Fotos, den Andenken, dem erschreckenden Kult, den Ralf Herzberg um seine Ehefrau betrieb.

»Sera!« Gesing tauchte am Fenster auf.

»Warten Sie mal kurz, Dr. Babicz.« Sera hielt das iPhone auf Distanz. »Werner, was ist los?«

»Wir haben ein Problem.«

»Ja, das haben wir!« Genervt deutete sie auf den Fernseher.

»Nein, nicht das.« Gesings Finger deutete in den Garten. »Das hier draußen.«

»Dr. Babicz, ich melde mich wieder bei Ihnen.« Sera brach die Verbindung ab und verstaute das Telefon.

Während sie das Wohnzimmer zur Gartentür durchquerte, verfing sich ihr Schuh zwischen den Zeitungen, die auf dem Boden verstreut lagen. Ein Artikel fiel ihr ins Auge, weil er mit gelbem Edding markiert worden war. *S-Bahn-Desaster: Wird es noch schlimmer? Von Tania Herzberg.* An die zweite, ungleich größere Schlagzeile daneben konnte Sera sich ebenfalls noch erinnern. *Berliner Innensenator fordert hartes Vorgehen gegen kriminelle Ausländer: »Schluss machen mit multikultureller Verblendung!«*

Gesing schritt durch das Dickicht voran. »David hat hier Stofffetzen entdeckt«, im Unterholz flatterten grüne Streifen, »dort im Gras ist Blut und ...«

Seras Nackenhaare richteten sich auf. »Was noch?«

Ihr Kollege schob einen Busch beiseite. Blundermann kniete auf einem kleinen, nur mit Gras bewachsenen Fleck. Vor ihm lag eine leblose Gestalt in einer eingetrockneten, hellroten Lache von Blut, das aus ihrem Mund gesickert war.

83

Das Taxi hielt in zweiter Reihe vor dem Verlagsgebäude des *Kurier* am Alexanderplatz. Sofort erscholl ein Crescendo aus ungeduldigem Hupen hinter ihm.

Tania kramte hastig in ihrer Geldbörse nach Kleingeld, um den Fahrer zu bezahlen, als Hagen, der neben ihr auf der Rücksitzbank saß, ihren Arm berührte.

»Ich bleibe dabei: Das ist Wahnsinn, was du vorhast.«

Tanias Hand sank mit dem Portemonnaie in den Schoß. »Du klingst, als würde ich gleich Amok laufen.«

»Wundern würde es mich nicht.«

»Ich möchte nur in die Redaktion.«

»Das habe ich verstanden. Aber was ich nicht verstehe, ist, was du dort willst.«

Nicht zum ersten Mal seit ihrem Aufbruch in Kreuzberg vor einer halben Stunde bereute es Tania, ihren Freund mitgenommen zu haben. Aber als sie ihm ihren Entschluss mitgeteilt hatte, war Hagen nicht davon abzubringen gewesen, sie zum Verlag zu begleiten. Auf keinen Fall hatte er sie allein durch die Stadt fahren lassen wollen. Anfangs hatte seine Sorge sie gerührt, seine Nähe sie sogar beruhigt, aber inzwischen begann sein übertriebener Beschützerinstinkt sie zu nerven.

»Wie oft soll ich dir das noch erklären? Ich kann nicht untätig zu Hause sitzen, während ein Kollege … mein Chef … Stan in Lebensgefahr schwebt. Ich muss etwas unternehmen!«

»Das ist Sache der Polizei.«

»Aber es ist *mein Mann*, der ihn gefangen hält!«

Hagen fiel resigniert in sich zusammen. Der Taxifahrer räusperte sich. Hinter ihnen hupte es in einem fort. Tania bezahlte und beugte sich zu ihrem Freund. »Bitte, pass auf dich auf.«

»Na klar«, grollte er. »Während du …«

Sie ließ ihn nicht ausreden, umarmte ihn und sprang dann aus dem Wagen, um ins Gebäude zu eilen.

Die Stimmung unter den Kollegen war gedrückt, das Entsetzen stand ihnen ins Gesicht geschrieben. Vor Bodkemas Büro stieß Tania auf Sackowitz, der argwöhnisch drei Zivilbeamte im Auge behielt, die den Raum einer genaueren Prüfung unterzogen. Falls ihr Kollege sich über ihr Auftauchen wunderte, ließ er es sich nicht anmerken.

»Schon komisch«, sagte er nur.

»Was?«

»Unser Job ist es, darüber zu schreiben, wenn so etwas anderen Leuten passiert. Dann fällt es uns ganz leicht. Aber heute hat es einen von uns erwischt.« Traurig sah er Tania an. »Was machen wir jetzt?«

Ohne ihre Antwort abzuwarten, schlurfte er in einen der nahen Konferenzräume. Während Tania ihm bestürzt folgte, ging ihr auf, dass sie zwar in die Redaktion gekommen war, um etwas zu tun, Hagen aber nicht ganz unrecht mit seinen Einwänden gehabt hatte: *Wie* konnte sie denn schon helfen?

In dem Zimmer standen die Redakteure des Nachrichtenressorts beisammen, niemand hatte die Ruhe, sich hinzusetzen. Die Atmosphäre im Raum war angespannt, drohte sich jeden Augenblick zu entladen.

»Was machen wir?«, wiederholte Sackowitz.

»Wir werden über die Entführung berichten!«, verkündete Georg Harzer, der leitende Redakteur des Nachrichtenressorts. »Wir können gar nicht anders, die anderen Medien werden es auch tun.«

»Erst recht, weil Stan ein Kollege von uns ist«, fügte Hans-Peter Karrenbacher hinzu. »Wir müssen alle Möglichkeiten, die uns zur Verfügung stehen, ausschöpfen, damit er heil aus der Sache herauskommt. Meinetwegen werden wir den Mörder in die Enge treiben – wenn es die Polizei schon nicht schafft.«

»Wir müssen der Öffentlichkeit klarmachen, dass Verbrechen wie diese gezielte Schläge gegen die Pressefreiheit sind«, sagte Sackowitz. »Medien müssen über Politiker berichten dürfen, egal, wie umstritten ihre Äußerungen sind.«

Die Kollegen brummten zustimmend.

»Warum gehst du eigentlich noch immer davon aus, dass es sich um eine politische Tat handelt?«, wandte Karrenbacher ein.

»Hans-Peter«, sagte Sackowitz, »darüber sollten wir jetzt nicht …«

»Doch, darüber müssen wir jetzt reden.« Karrenbacher vergewisserte sich, dass ihm die Aufmerksamkeit aller zuteil war, dann drehte er sich zu Tania um. »Hardy sagte, gestern sei die Polizei noch einmal bei dir gewesen.«

»Ja.« Das war schwer zu leugnen.

Karrenbacher kniff den Mund zusammen. Offenbar hatte er sich mehr von ihrer Antwort erhofft. »Weshalb?«

»Das hat Hardy dir nicht gesagt?«

Karrenbachers Wangen röteten sich. »Ich habe mich mal ein bisschen schlau gemacht.«

Tania wusste, was jetzt kommen würde, und es wunderte sie nicht, dass es Karrenbacher war, der diesen ersten Schritt tat.

»Du warst mit Frank Lahnstein in der Schule. Ihr kanntet euch.« Es war keine Frage, sondern eine Feststellung, deren frostiger Tonfall keinen Widerspruch duldete. »Ein Informant der Polizei hat mir außerdem gesteckt, dass man dort glaubt, es habe einen Grund, warum man gerade dich zu Lahnsteins Leiche gelockt hat.«

Tania schrumpfte unter den Blicken ihrer Kollegen zusammen.

»Und Stanislaw ist dein Chef. Man hat so einiges gehört, und …«

»Hans-Peter«, mahnte Sackowitz.

Doch Karrenbacher ließ sich nicht beirren. »Die Probleme mit deinem Mann sind uns hinlänglich bekannt.«

Nun also war der Moment gekommen. Sosehr sie Karrenbacher auch dafür verabscheute, dass er sie hier vor versammelter Mannschaft bloßstellte – in der Sache konnte sie ihm nicht widersprechen. Und Tania war in die Redaktion gefahren, um zu helfen. *Bitte schön, jetzt kannst du deinen Kollegen helfen.*

Aber was sollte sie sagen? Dass ihr Ehemann ein mutmaßlicher Killer war? Abgesehen davon, dass Karrenbacher sicher längst von diesem Verdacht erfahren hatte, konnte Tania selbst es immer noch nicht recht glauben.

Es klopfte an der Tür, und ein stämmiger Mann mit breiten Schultern schob sich in den Raum. »Frau Herzberg?«

Tania rührte sich keinen Zentimeter.

»Ich bin Kriminalobermeister Blundermann. Kann ich mit Ihnen kurz sprechen?« Er warf einen Blick in die Journalistenrunde, die angespannt den Atem anhielt. »Allein?«

84

»Frau Muth, wirklich, bei aller Liebe, aber diese Leiche war absolut kein Grund, mich an einem Sonntag aus der Stadt in diese gottverlassene Einöde hier zu locken!« Dr. Wittpfuhls zornige Stimme dröhnte aus dem Handy.

Sera schaltete ihr iPhone auf Freisprechen. Sie befand sich mit Gesing bereits auf der Rückfahrt nach Berlin.

»Es tut mir leid, aber wir müssen so schnell wie möglich mehr über die Todesumstände erfahren.«

»Da gibt es nicht viel, was für Sie von Belang sein dürfte. Der Mann ist ohne jede Gewalteinwirkung gestorben.«

»Sind Sie sich sicher?«

»Wie oft soll ich Ihnen das noch erklären? Sicher bin ich mir immer erst nach der Obduktion.« Dr. Wittpfuhl brummte verstimmt. »Aber die Spurensicherung hat mir gerade die Datsche gezeigt, und es scheint, als habe Herr Herzberg dem Alkohol etwas zu rege zugesprochen. Alles deutet auf eine Ösophagusvarizenblutung hin.«

»Eine was?«

»Die Blutung ist eine nicht seltene Todesursache bei Alkoholikern. Ihr geht eine durch eine Leberzirrhose mit Pfortaderhochdruck hervorgerufene Venenerweiterung in der Speiseröhre voraus, verstehen Sie?«

»Offen gestanden, noch immer nicht.«

»Sei's drum, es würde mich sehr wundern, wenn sich diese Venenerweiterung bei der Obduktion von Herrn Herzberg nicht bestätigen sollte. Sie führt zum Tod, wenn man durch übermäßigen Alkoholkonsum erbricht und dadurch die Venenerweiterung platzt. Der Blutverlust ist nicht mehr zu stoppen, wenn nicht binnen kürzester Zeit ärztliche Hilfe eintrifft. Herr Herzberg hat sich offenbar nur noch in den Garten hinausschleppen können, wo er dann zusammengesackt ist.«

»Und wie lange, schätzen Sie, ist das her?«

»Dem Zustand der Leiche nach zu urteilen mindestens zweieinhalb, wenn nicht sogar drei Tage.«

Eine Bodenwelle erschütterte den Wagen. Sera spürte wieder ihre geprellte Rippe. Mit verkrampfter Miene betrachtete sie die Pankower Betonbauten, die sie in Berlin empfingen. *Zurück auf Start.*

Sie wählte Dr. Babicz' Nummer. Diesmal meldete er sich sofort. Während sie ihm die Aussagen des Gerichtsmediziners weitergab, wurden seine Antworten immer einsilbiger. Am Schluss war er in brütendes Schweigen verfallen. Sera lauschte dem Rattern der Reifen auf dem brüchigen Asphalt der Prenzlauer Allee.

»Also habe ich mich geirrt«, gestand Babicz ein. Seine Beklommenheit war förmlich durchs Telefon zu spüren. »Herr Herzberg kommt als Mörder nicht infrage.«

Seras Blick fiel auf den *Kurier* in ihrem Schoß. Sie hatte ihn aus der Datsche mitgenommen. »Wir müssen Schluss machen mit multikultureller Verblendung!«

»Wie bitte?«

»So lautet die Überschrift eines Interviews mit Innensenator Lahnstein im *Kurier* – geführt vor vier Tagen von Stanislaw Bodkema.«

»Sie denken, die Taten sind doch politisch motiviert?«

»Offenkundig sind der *Kurier* und dessen Interviewreihe mit dem Senator Dreh- und Angelpunkt der beiden Taten. Ich habe schon Beamte zur Befragung in die *Kurier*-Redaktion und zu Bodkemas Familie geschickt. Möglicherweise hat er ebenfalls Morddrohungen erhalten.«

»Aber davon hätten wir erfahren, meinen Sie nicht auch?«

»Wahrscheinlich«, gab Sera zu.

»Dann bleibt trotzdem noch die Frage: Wie passt Frau Herzberg da rein? Warum hat der Täter ausgerechnet sie ausgewählt?«

Sera faltete missmutig die Zeitung zusammen. »Vielleicht doch einfach nur ein Zufall?«

»Wer hat denn diesmal die E-Mail mit dem Link erhalten?«

»Ein Redakteur bei *n-tv*.«

Sie waren am Alexanderplatz. Die Sonne hatte ihren höchsten Punkt erreicht und funkelte wie ein goldener Aufsatz des Fernsehturms.

»Und wenn Frau Herzberg, ihr Gatte und deren Eheprobleme zum Plan des Mörders dazugehörten?«, fragte der Psychologe.

»Eine gezielt falsch gelegte Spur des Mörders?«

»Ja. Um Frau Herzberg zum Fundort der Leiche zu locken, hat der Täter sich über sie kundig gemacht. Darüber sind wir uns ja einig. Dann aber wird dem Täter die Sache mit ihrem Ehemann nicht verborgen geblieben sein. Für den Mörder war Ralf Herzbergs manische Besessenheit von seiner Frau eine gute Gelegenheit, uns auf eine falsche Fährte zu locken.«

»Das würde bedeuten, dass der Täter noch wesentlich raffinierter vorgeht, als wir bisher angenommen haben.«

»Ja, und es deckt sich mit dem, was ich gestern während der Konferenz erklärt habe: Die Entführungen, die Foltervideos und die grausamen Morde stehen symbolisch für die Botschaft des Täters: Es geht ihm um Macht und Kontrolle.«

»Moment mal!«, warf Gesing ein. »Wieso eigentlich Morde? Bis zur Stunde gibt es nur *einen* Mord.«

»Wenn hinter der Entführung von Bodkema der gleiche Täter steckt – und davon gehen wir aus –, und wenn dieser Mörder außerdem bei seinem Schema bleibt – wozu Serienmörder in der Regel neigen –, dann ist der Chefredakteur längst tot.«

Babicz ließ die Worte auf die Beamten wirken. »Und in nicht einmal einer Stunde wird seine Leiche gefunden, von ebenjenem *n-tv*-Redakteur, der auch die Mail bekommen hat.«

85

Weil die Kommissarin auf seine Ausführungen nicht reagierte, fragte Robert: »Was haben Sie jetzt vor?«

»Wir werden dem *n-tv*-Reporter, der den Link erhalten hat, einen Besuch abstatten«, sagte Muth.

»Soll ich Sie zu dem Gespräch begleiten?«

»Dazu müssten wir Sie abholen. So viel Zeit bleibt uns nicht.«

Zeit wofür? Hatte die Kommissarin denn noch immer nicht begriffen? »Glauben Sie etwa, der Chefredakteur lebt noch?«

Die Polizistin schnaubte in den Hörer, ein dumpfes, verbittertes Geräusch. »Nein, wenn es sich, wie Sie sagen, um den gleichen Täter handelt, dann ist Bodkema jetzt tatsächlich schon tot. Aber ich möchte unbedingt vermeiden, dass die Presse wieder die Leiche findet. Deshalb zählt jede Minute.«

»Natürlich, Sie haben recht.«

»Ich gebe Ihnen Bescheid, sobald wir mehr in Erfahrung gebracht haben oder …« Sie ließ den Satz unvollendet.

Robert fiel noch etwas anderes ein. »Weiß Frau Herzberg schon vom Tod ihres Mannes?«

»Zur Stunde noch nicht.«

»Soll ich das übernehmen?«

»Danke, aber das ist nicht nötig. Herr Blundermann ist bereits auf dem Weg zur Redaktion, um ihr die Nachricht zu überbringen.«

»Gut.«

»Oder glauben Sie, sie benötigt psychologischen Beistand?«

Robert überlegte. »Nein, ich glaube, sie wird froh sein, dass es zu Ende ist.«

Er legte den Telefonhörer zurück auf die Gabel und drehte den Lautsprecher des Anrufbeantworters leiser. Danach richtete er den Blick auf den flackernden TV-Schirm.

n-tv zeigte erneut das Video, aus dem Off erklang die Stimme des Nachrichtensprechers. *Es hat eine weitere Entführung gegeben. Ein Foltervideo wurde uns zugespielt. Diesmal wurde der Chefredakteur vom* Berliner Kurier *verschleppt.* Details, die er zum x-ten Mal herunterbetete.

»Ist das etwa der Fall, an dem du beteiligt bist?« Nadine stand im Türrahmen. Auch ihr Blick war auf den Fernseher gerichtet.

Robert musste an ihr gestriges Date in der *Dachkammer* denken. Beim Verlassen des Restaurants war ihm Bodkema mit seiner Tochter aufgefallen, da war der Chefredakteur noch wohlauf gewesen. Und nur kurz darauf war der Journalist nach Tegel aufgebrochen, wo er niemals angekommen war. Irgendjemand hatte ihn auf dem Weg zum Flughafen abgefangen, entführt, gefoltert …

»Ja.«

»Musst du jetzt los?«

»Die Polizei wird mich dann anrufen. Frühstücken wir zu Ende.«

Die Sonne hatte sich verzogen, die Küche wirkte jetzt düster und kalt. Robert ließ sich am Tisch nieder und trank einen Schluck seines Kaffees, der nur noch lauwarm war.

Nadine schob ihren Teller beiseite. »Mir ist der Appetit vergangen.«

»Mir auch«, gab er zu.

»Und wegen deinem Bruder – das hat keine Eile.«

»Ist schon gut, ich kümmere mich darum.«

»Ich verstehe aber gut, wenn du jetzt andere Dinge um die Ohren hast.«

»Nein, nein«, wehrte Robert ab, »das ist kein Problem. Wenn ich Max das nächste Mal sehe, werde ich ihn fragen.«

Im Wohnzimmer ging der Nachrichtensender dazu über, seinen Zuschauern den offenkundigen Zusammenhang zur Entführung und Ermordung von Frank Lahnstein zu erläutern. *Die Parallele ist … erstaunlich.*

»Müssen die das zeigen?«, fragte Nadine.

»Medien halt.«

»Aber warum?«

»Gut für die Quote.«

»Und die, die den Mann entführt haben? Das sind doch die, die auch den Politikersohn auf dem Gewissen haben, oder?«

»Eigentlich darf ich nicht darüber reden«, sagte Robert, ging nach nebenan und schaltete auf einen anderen Kanal. Bei MTV wummerte deutscher Hip-Hop. Bushido. *Sieh mal unter der Sonne, ob in Dörfern oder Städten, gibt es Mörder trotz Gesetzen, denn ein Spinner sieht rot.*

»Ist das eine politische Tat?«

Roberts Finger pickten die Brötchenkrumen auf, die um seinen Teller verstreut lagen.

»Es ist nur … Ich habe dein Telefonat mitbekommen.«

Er leckte die Krümel von der Fingerspitze.

»Tut mir leid.«

»*Mir* tut es leid«, sagte Robert. »Weil unser Treffen schon wieder so abrupt endet.«

»*Du* kannst doch nichts dafür.« Sie beugte sich über den Tisch, streichelte mit den Fingern seinen Handrücken. »Job ist nun mal Job.«

86

Tania führte den Beamten in ein benachbartes, ungleich kleineres Konferenzzimmer. Erst als sie die Tür hinter sich in den Rahmen drückte, bemerkte sie, dass es der gleiche Raum war, in dem sie sich gestern mit Robert unterhalten hatte.

»Es geht um meinen Mann, nicht wahr? Hat er tatsächlich …?« Tanias bebende Stimme versagte.

»Nein, wir haben uns geirrt. Er hat niemanden getötet.«

Tania sank auf einen der Stühle, erleichtert, aber nicht überrascht. »Mein Mann hat ein gewaltiges psychologisches Problem, aber dass er ein Mörder ist, das konnte ich mir nicht vorstellen. Haben Sie mit ihm gesprochen?«

Der Blick des Polizisten wanderte über die Schlagzeilen in den Bilderrahmen, bevor er zurück auf Tania fiel. »Es tut mir leid, Frau Herzberg, aber Ihr Mann ist tot.«

Tot? »Hat man ihn auch … getötet?«

»Es war ein Unfall. In gewisser Weise.«

Als Tanias Handy klingelte, zuckte sie zusammen. *Hagen.* Ohne zu zögern, nahm sie das Gespräch entgegen.

»Ich wollte hören, ob mit dir alles in Ordnung ist«, sagte ihr Freund.

»Ralf ist tot.«

Hagen schwieg einige Sekunden lang. »Wie ist es passiert?«

»Es ist … war ein Unfall. Gerade ist die Polizei bei mir. Lass uns später darüber reden.«

»Kommst du dann zu mir?«

»Nein, ich möchte nach Hause.« Sie atmete aus, ihre Stimme war ein Flüstern. »Nur noch nach Hause.«

»Ich werde dort auf dich warten.« Bevor Tania etwas erwidern konnte, hatte er aufgelegt.

Sie sah den Kriminalobermeister an. »In gewisser Weise? Was meinen Sie damit?«

»Er hat getrunken. Viel getrunken. Der Gerichtsmediziner, der vor Ort war, ist der Auffassung, es war zu viel.«

Damit war wohl zu rechnen.

»Frau Herzberg, ich möchte nicht pietätlos erscheinen, aber … um die Todesumstände genau zu klären, wird Ihr Mann obduziert werden müssen. Das ist in solchen Fällen so üblich, das verstehen Sie doch, oder?« Er wartete ihre Reaktion ab, die jedoch weder erschrocken noch bestürzt ausfiel. Erleichtert fuhr er fort: »Sie lebten getrennt von Ihrem Mann, und seine Schwester hat ihren Wohnsitz in Spanien. Sie wird zwar nach Berlin kommen, aber … wären Sie bereit, sich um den Nachlass und die Bestattung zu kümmern?«

»Natürlich«, sagte sie und war erstaunt, wie schnell ihr das Wort über die Lippen kam.

»Wenn es Ihnen nichts ausmacht, möchte ich Ihnen auch noch einige Fragen zu Herrn Bodkema stellen.«

»Warum mir?«

»Wir werden alle Mitarbeiter befragen.« Der Kriminalobermeister holte seinen Notizblock hervor. »Gibt es etwas, das Ihnen in letzter Zeit an Herrn Bodkema aufgefallen ist?«

»Was hätte mir auffallen sollen? Er ist mein Chef. Glauben Sie, er …«

Die Tür sprang auf, und Emma, Bodkemas Sekretärin, stöckelte aufgelöst herein. Hinter ihr drängten Sackowitz und ein älterer Herr mit akkurat gebügeltem Zweireiher und blitzblank geputzten Schuhen in den Raum.

»Bertram, Peter Bertram«, stellte er sich vor. Der Verleger des *Berliner Kurier* baute sich vor Blundermann auf. »Sie leiten die Befragungen unserer Mitarbeiter?«

Der Beamte bestätigte.

»Also gibt es immer noch keinen Hinweis auf den Verbleib von Herrn Bodkema?«

»Tut mir leid«, bedauerte der Kriminalobermeister, »aber zu den laufenden Ermittlungen darf ich Ihnen nichts sagen.

Aber vielleicht können Sie mir weiterhelfen: Ist Herr Bodkema in letzter Zeit bedroht worden?«

»Natürlich ist er das. Nach den Interviews mit dem Innensenator gab es eine Vielzahl böser Leserbriefe. Schmähschriften. Beschimpfungen.«

»Auch Morddrohungen?«

»Nicht dass ich wüsste«, antwortete Bertram.

»Und Sie? Wissen Sie, ob es Morddrohungen gab?« Der Polizist wandte sich Emma zu.

»Nein, in dieser Richtung hat er nichts erwähnt.«

Der Beamte verteilte Visitenkarten. »Falls Ihnen noch etwas einfällt.« Dann marschierte er in Bodkemas Büro, das seine Kollegen nach wie vor auf Hinweise untersuchten. Mittlerweile waren auch weitere Vernehmungsbeamte in der Redaktion eingetroffen, um die Journalisten zu befragen.

Sackowitz setzte sich neben Tania. »Was hat er von dir gewollt?«

Tania fingerte die Zigarettenschachtel aus der Hosentasche und schnippte eine *Lucky Strike* heraus. »Mir sagen, dass mein Mann tot ist.«

»Oh, mein Gott«, entfuhr es dem Verleger, der noch immer bei ihnen stand. »Mein Beileid.«

»Danke.« Tania entzündete die Zigarette.

»Was ist mit ihm passiert?«, erkundigte sich Sackowitz.

Tania nahm einen tiefen Zug. »Mach dir keine Hoffnung, Hardy, es war nur ein Unfall.«

Ihr Kollege sah sie ungläubig an.

»Und nein, Ralf war auch nicht der Mörder und Entführer. Das kannst du bitte Hans-Peter ausrichten.«

»Wie bitte?« Jetzt hob Bertram verblüfft den Kopf. »Man hat Ihren Mann verdächtigt, diese grauenhaften Taten verübt zu haben? Warum denn?«

Tania stieß den Qualm aus, und mit ihm entwich plötzlich auch all ihre Kraft. Die Wände rückten näher auf sie zu. Die

Decke senkte sich auf sie herab. Die Luft zum Atmen wurde immer knapper. Tränen stiegen ihr in die Augen.

»Entschuldigt!« Sie warf die Zigarette in den Aschenbecher, schnappte ihre Tasche und stürzte zum Fahrstuhl.

Weil der Lift auf sich warten ließ, nahm sie die Treppe nach unten. Die Stufen schienen kein Ende zu nehmen. Es dauerte eine halbe Ewigkeit, bis sie endlich auf dem Bürgersteig stand. Die frische, feuchte Luft war eine Wohltat.

Während sie darauf wartete, dass ihr Puls sich normalisierte, horchte sie in sich hinein. Da war Müdigkeit, grenzenlos und übermächtig. Und da war Trauer. *Um Bodkema.* Sie hatte ihn gemocht. Nicht auf die Weise, wie ihr manchmal unterstellt worden war, aber er war ihr ein guter Kollege und ein guter Chef gewesen.

War da auch Erleichterung? Erleichterung, weil ihr Wunsch in Erfüllung gegangen und Ralf endlich aus ihrem Leben verschwunden war? *Das ist es, was du dir ersehnt hast!*

Nein, sie schämte sich für diesen Gedanken. Ralf war krank und verzweifelt gewesen. Natürlich trug sie keine Schuld an seinem Tod. Im Gegenteil, sie hatte ihm helfen wollen, aber er hatte ihre Hilfe verweigert. Sie war nicht verantwortlich für sein Leben. *Und für seinen Tod bist du es auch nicht!* Trotzdem würde sie sich um seine Bestattung kümmern. Sie holte ihr Handy aus der Hosentasche. *Diesmal, ein letztes Mal, wird er deine Hilfe nicht abschlagen können.*

Das Mobiltelefon vibrierte in ihrer Hand.

Sie nahm den Anruf an, doch bevor sie etwas sagen konnte, erkannte sie das höhnische Keckern. Ihr Puls beschleunigte sich, Galle drängte sich ihre Kehle empor.

Das Kichern wurde lauter. »Lust auf ein Treffen?«

87

»Ob ich mich gleich mit jemandem treffe?« Amüsiert betrachtete der kleine, glatzköpfige, knapp fünfzigjährige Mann die beiden Beamten vor seinem Schreibtisch. »Weshalb möchten Sie das wissen? Wollen Sie mich zum Mittagessen einladen?«

Das ganz sicher nicht. Sera überging sein hämisches Lachen. »Es ist wichtig.«

»Warum sollte es von Bedeutung für Sie sein, was ich heute vorhabe?«

Thorsten Schulze lehnte sich lässig in seinem Stuhl zurück. Die raumhohe Fensterfront hinter dem *n-tv*-Redakteur ließ einen Blick raus auf die Spree und auf den Reichstag zu, dessen gläserne Kuppel im Sonnenlicht funkelte. Vielleicht konnte man die Überheblichkeit des Journalisten mit dem überwältigenden Ausblick erklären. Das laufende Programm des Nachrichtensenders, das auf den Flachbildfernsehern an der Wand flimmerte, tat es jedenfalls nicht. *Breaking News +++* Kurier-*Chefredakteur entführt +++ Foltervideo aufgetaucht +++ Exklusiv bei* n-tv *+++ Parallele zum Mordfall Lahnstein.*

Einige Meldungen zum Mord am Sohn des Innensenators vom Vortag wurden wiederholt. Sera sah sich selbst während der Pressekonferenz, die sie gestern mit dem Staatsanwalt gegeben hatte. *Wir gehen einigen Spuren nach. Aus ermittlungstaktischen Gründen können wir …*

»Sie haben vor einer halben Stunde die Mail mit einem Link zu dem Internetvideo erhalten«, erinnerte ihn Sera.

»Ja, richtig, aber das sagte ich Ihren Kollegen bereits.«

»Wir sind davon überzeugt, dass Sie nicht ohne Grund der Empfänger dieser Nachricht waren.«

»Selbstverständlich nicht.« Der Reporter lächelte süffisant. »Wir sind ein Fernsehsender. Wir garantieren Aufmerksamkeit. Genau das, wonach diese Irren anscheinend suchen.«

»Möglicherweise haben diese Irren Sie, Herr Schulze, ganz gezielt ausgewählt.«

»Mich?« Sein Lächeln war auf einmal wie fortgeblasen.

»Haben Sie einen Termin oder nicht?«

Der Redakteur verzog das Gesicht. Bei aller Sorge, die er plötzlich verspürte, war er dennoch nicht bereit, Informationen preiszugeben.

»Woran arbeiten Sie zurzeit, Herr Schulze?«

Skeptisch fuhr er sich mit der Hand über die Glatze, kam dann aber zu dem Entschluss, dass ihm eine Antwort auf die Frage nicht schaden konnte. »Ich bereite eine Dokumentation über die deutsche Pornobranche vor. Glauben Sie, das hat mit den Entführungen zu tun?«

»Wer weiß alles davon?«

»Ach, eine Menge Leute.«

»Wer genau?«

»Produzenten, Regisseure, Darsteller.« Er grinste mit neu erwachter Selbstsicherheit. »Und natürlich Darstellerinnen.«

»Haben Sie heute mit jemandem gesprochen, der Ihnen suspekt vorkam?«

»Suspekt?«

»Gab es einen Anruf von einer Person, die Sie nicht kannten? Hat diese Person Ihnen exklusive Informationen aus der Pornobranche versprochen?«

Das Grinsen erstarb. Stattdessen zog Schulze seine Stirn in Falten.

»Das werte ich als ein *Ja*«, stellte Sera fest. »Für wann hat der Anrufer sich mit Ihnen verabredet? Und wo?«

Schulze beugte sich über den Tisch, blickte abwechselnd Sera und Gesing an. »Dieser Termin – ist ein Fake, richtig? Es wird wie bei dem jungen Lahnstein sein, ich habe davon gehört … Ich werde die Leiche finden.«

»Sie werden gar nichts finden, weil wir Sie nicht vor die Tür lassen«, stellte Gesing klar.

»Aber das ist Freiheitsberaubung«, empörte sich Schulze.

»Zum einen haben Sie sich der Behinderung der polizeilichen Ermittlungsarbeit schuldig gemacht ...«

»Was halten Sie von einem Deal?«

»... und zum anderen der Bestechung.« Gesing schüttelte tadelnd den Kopf.

»Meine Güte, wenn dem so ist, wie Sie es sagen, werden sowieso Reporter über Sie herfallen. Was spricht also dagegen, dass ich und mein Kameramann das erste TV-Team vor Ort sind?«

Womit er nicht ganz unrecht hat. »Also gut«, willigte Sera ein. »Ich höre.«

Schulze sprang von seinem Sessel auf. »Ja, es hat einen Anrufer gegeben.«

»Hat er Ihnen seinen Namen gesagt?«

»Er sagte, er wolle lieber anonym bleiben und habe jahrelang in der Branche gearbeitet. Er könne mir einen Einblick wie kein anderer verschaffen.«

»Und wo wollte er sich mit Ihnen treffen?«

Schulze sah auf die Uhr. »In fünfzehn Minuten. In einer Kneipe mit dem merkwürdigen Namen *Ernie & Bert*.«

88

Nachdem Nadine gegangen war, schaltete Robert die Kaffeemaschine aus und räumte den Tisch ab. *Mach dir keinen Kopf. Job ist Job.* Es rührte ihn, dass Nadine Verständnis für seine Situation zeigte. Das war alles andere als selbstverständlich, wie er aus leidvoller Erfahrung wusste. Dennoch: Dass er schon wenige Tage nach seiner Rückkehr derart eingespannt war, dass er nicht mal die Zeit für ein ordentliches Frühstück fand – vom Abendessen ganz zu schweigen –, das ging ihm gewaltig gegen den Strich. *Versprich mir, dass die vier Jahre nicht vergebens waren!*

Wie auf ein Stichwort klingelte es an der Tür. Wahrscheinlich hatte Nadine etwas vergessen. Bei dem Gedanken, sie noch einmal zu sehen, wenn auch nur für einen kurzen Augenblick, wurde Robert gleich viel wohler.

Doch vor der Tür stand Max.

»Hast du schon gehört?«, fragte sein Bruder, während er sich an ihm vorbei in die Diele schob. »Dein Mörder hat wieder zugeschlagen.«

»*Mein* Mörder?«

»Du weißt schon, was ich meine. Und diesmal hat es den Chef von Tania erwischt. Das ist er doch, oder? Der Chefredakteur vom *Kurier*?«

»Ja.«

»Und was hat das zu bedeuten?«

»Was weiß ich denn!«, fauchte Robert und setzte sich an den Küchentisch.

Max sah ihn strafend an. »Du bist doch Profiler, oder etwa nicht?«

»Fallanalytiker«, korrigierte ihn Robert.

Sein Bruder verdrehte die Augen. »In den Nachrichten sagen sie, die Tat hat einen politischen Hintergrund.«

Für eine politische Tat ist das alles viel zu aufwendig. Dennoch musste er sich mit Blick auf die Indizien beider Entführungsfälle eingestehen, dass diese Schlussfolgerung sogar stichhaltiger als Roberts eigene Mutmaßung eines alle Grenzen übertretenden Stalkers war. *Aber was sagt das über den Mörder aus?*

Robert rief sich das Foltervideo ins Gedächtnis. So klar die Szenen ihm vor Augen standen, so undeutlich war das Bild, das er von dem Täter hatte, der für diese Gräueltaten verantwortlich war. *Nein, schlimmer noch: Du hattest dir ein Bild vom Täter gemacht – und es war falsch!*

Nur in einem Punkt hatte er recht behalten, und seltsamerweise empfand er deshalb Genugtuung: Die Taten des Mörders zeugten von einer außergewöhnlichen Intelligenz. *Er geht noch viel raffinierter vor, als wir angenommen haben.* Blieb nicht zuletzt die Frage: Welche Botschaft wollte der Killer mit seinen Taten übermitteln? Was war sein Ziel?

Robert überlegte, ob er vor lauter Erschöpfung etwas Wichtiges übersehen hatte. *Dieser verfluchte Jetlag.* Er rief sich die Ereignisse der letzten Tage noch einmal nacheinander in Erinnerung, aber sosehr er sich auch bemühte, er fand nichts.

Es würde ihm nichts anderes übrig bleiben, als zu warten, bis die Kommissarin ihn verständigte, wenn sie und ihre Leute die Leiche gefunden hatten.

89

»Das ist unmöglich!« Sera hechtete die Treppen im *n-tv*-Gebäude hinunter. Büros flogen an ihr vorbei, Redakteure sprangen erschrocken aus dem Weg.

Gesing konnte kaum mit ihr Schritt halten. »Was?«

»Das *Ernie & Bert* ist ein ganz normales Café mit ganz normalem Kundenverkehr.«

»Du kennst es?«

Ob ich es kenne? Sera verschluckte sich und hustete. »Wir waren schon mal dort, vor einem halben Jahr. Erinnerst du dich?«

»Nee.«

»Wir haben uns über den Namen amüsiert.«

»Stimmt, jetzt, wo du's sagst.«

»Aber das muss ein Irrtum sein. Niemand kann dort unbemerkt eine Leiche ablegen.«

Als wenn es darum geht! Sera legte noch einen Zahn zu. Mit jedem weiteren Schritt spürte sie ihre verletzte Rippe stärker.

Im Erdgeschoss entsperrte der Portier das Drehkreuz zum Ausgang. Sera überquerte den Schiffbauerdamm und hechtete in den Passat, der an der Ecke zum Gebäude der Bundespressekonferenz abgestellt war. In Seras Brust tobte ein Feuer. Sie hielt sich die schmerzende Prellung, als sie per Funk bei der Zentrale zwei Einsatzfahrzeuge anforderte.

Währenddessen schoss aus der Tiefgarage ein Transporter mit dem *n-tv*-Emblem. Thorsten Schulze umkrampfte wie ein Formel-1-Pilot das Steuer.

Gesing startete den Wagen. »Wo finden wir die Kneipe?«

»Hackescher Markt.«

Sera schmeckte Blut. In der Hektik hatte sie sich die Unterlippe aufgebissen. Schnell presste sie ein Taschentuch auf die Wunde. Warum war der Journalist zum *Ernie & Bert* bestellt worden? Ausgerechnet zu Gerrys Kneipe?

Gesing setzte das Blaulicht aufs Pkw-Dach. Das Signalhorn verjagte erschrockene Fußgänger von der Straße. Diesmal störte Sera die ruppige Fahrweise ihres Kollegen nicht, im Gegenteil. Zum Glück war Sonntag, und es gab keinen Berufsverkehr, dennoch schien es eine halbe Ewigkeit zu dauern, bis ihr Ziel endlich in Sicht kam.

Warum hast du es eilig? Sera ließ von ihrer Prellung ab, deren Schmerz langsam erlosch. *Wenn hinter der Entführung von Bodkema der gleiche Täter steckt, ist der Chefredakteur längst tot.* Aber es ging jetzt nicht mehr nur um Bodkema.

Die Tische vor den Kneipen am Zwirngraben waren hoffnungslos überfüllt, die frühlingshaften Temperaturen und der Feiertag lockten die Gäste in Scharen nach draußen. Die Polizeifahrzeuge, die bereits auf dem Platz vor dem *Ernie & Bert* parkten, taten ihr Übriges.

»Niemand darf die Kneipe verlassen!«, wies Sera die Beamten an. »Es gibt einen Hinterausgang, behalten Sie die grüne Tür im Innenhof im Auge.«

Gesing staunte noch, da stürzte Sera bereits in den Barraum.

Drinnen herrschte Hochbetrieb, selbst der Katzentisch in der Ecke war besetzt. Die Gespräche der Gäste verstummten nach und nach, gespannte Stille kehrte ein. Nur aus der Küche war Geschirrklappern zu hören.

»Sera?« Gerry trat verwundert hinter der Theke hervor. »Was ist los?«

Erleichterung überflutete Sera. »Warte einen Augenblick!«

Schon spurtete sie in den Flur, von dem die Treppe hinauf in Gerrys Wohnung führte. Die Tür zur Treppe war verriegelt. Sie folgte dem Gang, bis sie vor einer schweren Metalltür stand, hinter der sich der Keller befand. Sie rüttelte an der Klinke. Auch diese Tür war verschlossen.

Sera suchte die Damentoilette auf. Bis auf eine Kabine waren alle anderen unbesetzt. Sie beugte sich zu dem schmalen Türschlitz hinunter und sah ein Paar höchst lebendiger Frauenbeine in Jeans. Sera stürmte zurück in den Flur.

»Nichts.« Gesing kam achselzuckend von der Herrentoilette zurück. »Sag mal, kennst du den Betreiber dieser Kneipe?«

»Das spielt doch jetzt keine Rolle.«

»Da wäre ich mir nicht so sicher, denn …«

»Nicht jetzt!« Sie rannte bereits zurück in den Gastraum. »Gerry, wer hat alles Zutritt zum Keller?«

»Entschuldige, Sera, aber kannst du mir bitte erst mal sagen, was hier los ist?«

»Gerry, wer?«

»Das ist nur der Lagerraum.«

»Gib mir den Schlüssel.«

»Also, ich weiß nicht, ich …«

»Bitte!«

Widerwillig händigte er ihr den Schlüsselbund aus. Wenige Sekunden später stand sie auf der obersten Stufe einer Treppe, die aus dem Zwielicht des Flurs in einen pechschwarzen Abgrund führte. Sera tastete nach dem Lichtschalter, fand ihn. Eine Lampe flackerte auf, erhellte brüchige Steinstufen, von grauen und gelben Flecken übersät, mit einem Netz haarfeiner Risse durchzogen.

Sera war nicht klaustrophobisch veranlagt, doch als sie die Stufen hinabschritt, verspürte sie ein unheilvolles Rumoren im Magen. Als sie den Fuß der Treppe erreichte, führte ein weiterer Gang noch tiefer in die Erde. Hinter ihr raschelte etwas. Erschrocken fuhr sie herum.

Es war nur Gesing, der ihr folgte.

In der ersten Kammer, die sie öffneten, türmten sich Kartons wie schwere Ungetüme. Balken durchzogen schwarz und bedrohlich den nächsten Raum, in dem sich Bierfässer stapelten. Gesing und Sera fanden noch weitere Verschläge, in denen allerlei Kneipenbedarf lagerte, dann, am Ende des Gangs, führten einige Stufen hoch zu einer weiteren Tür. Durch zwei Fensterluken fiel Tageslicht in den Keller.

Sera brauchte mehrere Anläufe, bis sie den richtigen Schlüssel fand und endlich die Tür aufstieß. Im Innenhof sah sie sich zwei Polizeibeamten gegenüber, die ihre Waffen im Anschlag auf sie gerichtet hielten. Ringsherum erhoben sich die sauberen Fassaden frisch sanierter Altbauten.

Das Blut rauschte in Seras Ohren. *Ist alles nur ein Irrtum?* Wie zur Antwort läutete ihr Handy.

Es war Blundermann. »Wo steckt ihr?«

»In Mitte. Wieso?«

»Ich wollte gerade die *Kurier*-Redaktion verlassen, als mich Frau Herzberg aufhielt. Offenbar hat sich der Mörder bei ihr gemeldet.«

»Bei ihr?« Sera schwirrte der Kopf.

»Er hat ihr ein neues Treffen vorgeschlagen – wieder in dem Lagerhaus in Friedrichshain.«

90

»Max«, sagte Robert.

»Ja?« Sein Bruder hatte sich am Tisch ihm gegenüber niedergelassen.

»Ich habe eine Bitte an dich. Es geht um Nadine.«

»Deine Nachbarin.« Sein Bruder grinste anzüglich. »Die sich nur mal kurz entschuldigen will.«

Robert überging die Stichelei und rieb sich die müden Augen. »Ihre Freundin spielt Cello. Sie hatte schon einige Engagements, aber seit einiger Zeit läuft es nicht mehr …«

»Stopp!« Max hob warnend die Hand. »Und jetzt möchtest du bei mir ein gutes Wort für sie einlegen?«

»Es ist nur eine Frage.«

»Also ist die Sache mit deiner Nachbarin etwas Ernstes?«

»Ich kenne sie erst seit zwei Tagen und … werde ständig gestört, wenn ich sie treffe.«

»Aber immerhin triffst du sie. Und da die Sache mit Tania endlich abgehakt ist …«

»Abgehakt? Wie meinst du das?«

»Nun, es ist doch offensichtlich, dass sie nicht in diese Mordfälle involviert ist, wie du zuerst befürchtet hast.«

»Nicht nur ich. Du auch!«

»Meinetwegen. Ich auch.« Max hob die Schultern. »Jetzt ist dein Kopf also endlich frei für andere Dinge und«, er beugte sich augenzwinkernd vor, »andere Frauen.«

Robert musste lachen. Sein Bruder war und blieb ein sturer Hund. Und er hatte recht. Das Thema Tania war abgehakt. *Ist es doch, oder?* Das Telefon schrillte. Er eilte ins Behandlungszimmer. »Hallo?«

»Dr. Babicz? Wir haben Bodkema gefunden, er ist tot«, erklärte Muth mit belegter Stimme. »Sein Mörder hat die Leiche am gleichen Ort abgelegt wie die vom jungen Lahnstein.«

»Wie bitte?« Robert glaubte, sich verhört zu haben.

»Ein Wagen, der Sie abholt, ist schon unterwegs. Alles Weitere in der Lagerhalle in Friedrichshain.«

»Frau Muth!« Robert brüllte regelrecht in die Muschel, um zu verhindern, dass die Kommissarin auflegte. »Verraten Sie mir nur eins schon jetzt: Ist es wie beim jungen Lahnstein?«

»Der Gerichtsmediziner ist gerade eingetroffen.« Die Polizistin legte die Hand über ihr Telefon. »Herr Dr. Wittpfuhl, einen Augenblick, bitte.« Dann: »Soweit ich das beurteilen kann: ja.«

Es schellte an der Tür. Das musste der Wagen sein, den Muth ihm geschickt hatte. Robert eilte zurück in die Küche. »Max, ich muss jetzt …«

Aber sein Bruder war bereits gegangen.

91

»Geben Sie es doch endlich zu, Frau Muth«, maulte der Gerichtsmediziner, »Sie können mich nicht leiden.«

»Im Gegenteil«, Sera führte den schlecht gelaunten Dr. Wittpfuhl in die Lagerhalle, »ich schätze Ihr Urteil sehr. Gerade deshalb …«

»… scheuchen Sie mich gleich zu zwei Leichen an einem Sonntag, na, vielen Dank auch.«

Die Scheinwerfer der Spurensicherung verliehen der heruntergekommenen Halle die grelle Unnatürlichkeit eines Albtraums, durch den sich die Kriminaltechniker in ihren weißen Plastikoveralls wie Gespenster bewegten.

Während Dr. Wittpfuhl den toten Stanislaw Bodkema in Augenschein nahm, begab sich Sera zurück in den Vorraum, wo Dr. Salm und der leitende Oberstaatsanwalt Jürgen Heindl mit nervösen Mienen auf Erklärungen warteten.

Draußen ging der Nachmittag in den Abend über. Die Sonne versank hinter den Häuserschluchten Berlins. Die Schatten wurden länger. Ein Déjà-vu. Die Blitzlichter der Fotografen, die sich hinter der Absperrung vor dem Grundstück drängelten, zuckten in wilden Kanonaden. *Zwei prominente Mordopfer, aufgefunden am gleichen Ort.* Wenn das keine Schlagzeile wert war, was dann?

Seras Handy klingelte. Es war Gerry. Zugleich kündigten grimmig scharrende Schritte Dr. Wittpfuhl an. Sera drückte den Anruf weg.

Dr. Salm baute sich besorgt vor dem Gerichtsmediziner auf. »Und? Ist es der gleiche Täter?«

»Vieles deutet darauf hin. Die Todesumstände von Herrn Bodkema sind nahezu identisch mit denen des jungen Herrn Lahnstein.«

»Nahezu?«

»Dem Opfer wurden erneut die Hände und Füße gebrochen, anschließend die Haut bei lebendigem Leib vom Torso geschält. Letzteres aber diesmal unverschleiert fachmännisch.«

»Der Täter hat auch keinen Grund mehr, diesbezüglich ein Katz-und-Maus-Spiel mit uns zu veranstalten.« Dr. Babicz war eingetroffen, hatte die letzten Sätze gehört und betrat das Gebäude. »Wir wissen über die chirurgischen Fähigkeiten des Mörders Bescheid, und er weiß, dass wir es wissen.«

»Und was ist mit dem Motiv, Herr Dr. Babicz? Bleiben Sie dabei: keine politischen Beweggründe?«

»Ja.«

Seras iPhone schrillte erneut. Abermals war es Gerry. Dr. Salm bedachte sie mit einem genervten Blick. Sera schaltete ihr Handy auf lautlos.

»Und was, bitte, steckt dann hinter diesen abscheulichen Verbrechen?«, begehrte der Chef zu wissen. »Wie passen Frank Lahnstein und Stanislaw Bodkema zusammen? Gibt es überhaupt eine Verbindung zwischen den beiden Männern, oder sind sie am Ende nur willkürliche Opfer eines«, der Dezernatsleiter wirbelte herum, als würde er vor dem nächsten Wort die Flucht ergreifen wollen, »Serienmörders?«

»Auch ein Serienmörder tötet in den seltensten Fällen willkürlich«, hielt der Psychologe dagegen. »Er mag sich seine Opfer zwar zufällig aussuchen, aber sie folgen zumeist einem bestimmten Schema. Sie sind Frauen oder Männer, Schulkameraden oder Arbeitskollegen, Prostituierte oder Polizisten ...«

»Oder in unserem Fall: der Sohn eines einflussreichen Politikers, der Innensenator, und der Chefredakteur einer auflagenstarken Tageszeitung«, sagte Dr. Salm.

»Also geht es in Wahrheit um das, was diese Leute repräsentieren«, mutmaßte Sera. »Zwei rechtskonservative, einflussreiche Männer aus der besseren Gesellschaft.«

»Auch auf die Gefahr hin, mich zu wiederholen«, sagte Babicz, »bei den Morden geht es um Macht und Kontrolle – möglicherweise die der Opfer, ganz sicher aber die des Täters.«

»Trotzdem bleibt die Frage: *Warum* hat er sich ausgerechnet diese beiden Männer ausgesucht?«, fragte der Dezernatsleiter.

Das Schweigen, das abrupt einkehrte, machte den Anwesenden ihre Ratlosigkeit bewusst. Das Rascheln der Schutzanzüge der Kriminaltechniker in der Halle bot ebenso wenig eine Antwort wie die neugierigen Rufe der Reporter von draußen.

In Seras Jackentasche vibrierte das Handy. Gerry hatte eine SMS geschickt: *Kannst du mir bitte sagen, was das vorhin war? G.*

Auch darauf fiel die Antwort nicht leicht. Nach der Durchsuchung des *Ernie & Bert* war Sera ohne ein weiteres Wort der Erklärung verschwunden. Was hätte sie auch anderes tun sollen? Sie hatte dem Notruf nach Friedrichshain folgen müssen, in das Lagerhaus, zu der Leiche.

Selbstverständlich war sie auf der Fahrt dorthin darüber erleichtert gewesen, dass sie in Gerrys Kneipe keinen Toten gefunden hatte. Aber das Gefühl hatte nicht lange gewährt und war schon nach wenigen Minuten der Sorge gewichen. Hatte der Mörder tatsächlich den Journalisten in das *Ernie & Bert* locken wollen? *Ausgerechnet in Gerrys Kneipe!*

Mit einem mulmigen Gefühl im Magen schob Sera das Telefon zurück in die Tasche. »Wie fügen sich die anderen Beteiligten in dieses Bild? Frau Herzberg? Herr Schulze?«

»In erster Linie benutzt er sie als willfährige Helfer. Sie unterstützen ihn – unabsichtlich, aber äußerst effektiv – in seiner Absicht, größtmögliche Aufmerksamkeit für seine Taten zu erregen«, erklärte der Psychologe. »Das bedeutet aber nicht, dass er sie willkürlich ausgesucht hat. Wie ich Ihnen vorhin bereits am Telefon erklärt habe, bin ich überzeugt davon, dass die beiden Journalisten zum Plan des Mörders hinzugehörten. Sie sollten unsere Ermittlungen in falsche Richtungen lenken. Schauen Sie nur, wie wir den Ehemann von Frau Herzberg verdächtigt haben. Nach allem würde es mich nicht wundern, wenn der Mörder wusste, dass Herr Herzberg längst tot war und wir ihn deshalb auch nicht so schnell finden konnten …«

»Wieso werde ich das Gefühl nicht los, dass dieser Mistkerl ein Spiel mit uns treibt?« Dr. Salm fuchtelte entnervt mit den Armen.

Babicz schob die Hände in die Hosentaschen. »Weil er genau das tut.«

»Und dummerweise ist er uns einen Schritt voraus«, sagte Muth.

»Wie meinen Sie das?«, fragte Staatsanwalt Heindl.

»Ganz einfach: Die Entführung von Herrn Bodkema verlief wie die des jungen Lahnstein. Eine Mail mit dem Link zum Foltervideo an einen Journalisten. Ein paar Stunden zuvor bereits der Anruf eines Unbekannten, der demselben Reporter exklusive Informationen versprochen hat. Dann ein Termin, der vereinbart wurde – für genau eine Stunde nach dem Auftauchen des Videos. Nichts deutete darauf hin, dass der Mörder von seinem Schema abweichen würde.«

»Und doch hat er es getan!«, warf der Staatsanwalt ein. »Denn der Reporter hätte keine Leiche gefunden, wäre er zu dem Treffen gegangen. Der Mörder hat ihn …«

»Nein, nicht ihn. Uns!«, unterbrach Babicz und zog die Hände aus den Hosentaschen. Zwischen seinen Fingern hielt er eine silberne Scheibe, einen Schlüsselanhänger. »Denn bei dem vermeintlichen Treffen in der Kneipe ging es nicht um den Reporter, sondern um uns. Verstehen Sie? Der Mörder hat einkalkuliert, dass wir den *n-tv*-Reporter aufsuchen, den Termin in Erfahrung bringen und an seiner Stelle zum Treffpunkt fahren werden.«

»Der Mörder hat uns in die falsche Richtung gelockt.« Leise kribbelnd, wie auf Spinnenbeinen, zog sich eine Gänsehaut über Seras Nacken.

Gesing meldete sich mit einem Hüsteln. »Glauben Sie, dass er die Kneipe zufällig ausgesucht hat?«

Sera stockte der Atem.

Babicz verneinte. »Nein, der Mörder plant akribisch jeden einzelnen seiner Schritte – ich kann mir nicht vorstellen, dass er ein so wichtiges Detail dem Zufall überlässt.«

»Wir waren vor einem halben Jahr mal in dem Café«, hörte Sera Gesing sagen.

»Vor einem halben Jahr? Nein, das ist zu lange her«, hielt Babicz entgegen. Der Schlüsselanhänger zwischen seinen Fingern blitzte im Licht der Scheinwerfer auf. »Es muss einen anderen Grund geben, warum er ausgerechnet diese Kneipe ausgewählt hat.«

Sera spürte Gesings Blick auf sich.

»Ich kenne den Betreiber«, gab sie zu.

»Kennen Sie ihn gut?«, wollte der Psychologe wissen.

Diese ganze Geheimniskrämerei … »Er ist ein guter Freund.«

»Wie gut?«

… die geht mir ganz schön auf die Nerven. »Eben sehr gut.«

Babicz musterte sie. Keine Ahnung, was er ihrer Miene zu entnehmen glaubte, aber er nickte, als sähe er sich in seiner Einschätzung bestätigt. »Der Mörder spielt mit uns. Mit der Polizei. Den Ermittlern. Mit Ihnen, Frau Muth, weil Sie die leitende Beamtin der SOKO sind. Seine Botschaft ist eindeutig: *Ich weiß etwas über euch! Und ich habe Macht über euch!*«

Seras Mund war auf einmal staubtrocken.

»Der Mörder hat sich über Sie, Frau Muth, kundig gemacht, so wie er sich auch über Frau Herzberg und Herrn Schulze im Vorfeld seiner Taten informiert hat.«

Ja, das hat er, aber … Was genau hatte der Mörder über Gerry und sie herausgefunden? Natürlich musste der Mörder wissen, dass das *Ernie & Bert* mehr für Sera war als nur eine Kneipe, in der sie gelegentlich verkehrte. Aber wusste er auch, dass Gerry und sie …?

Der Psychologe unterbrach ihre Gedanken: »Und so, wie er den Journalisten Angebote machte, die sie nicht ablehnen konnten, legte er auch für Sie, Frau Muth, einen Köder aus, dem Sie nicht widerstehen konnten. Aber während Sie voller Sorge zu der Bar Ihres Freundes fuhren …«

»… rief er erneut Frau Herzberg an und verriet ihr den tatsächlichen Fundort der Leiche«, schloss Blundermann den Satz.

»Und dabei handelte es sich beileibe um keinen x-beliebigen Fundort! Damit treibt er das Spiel auf die Spitze. Wie vor nicht einmal drei Tagen hat er sein Opfer in dieser Lagerhalle entsorgt. Eine tollkühne Demonstration der Macht und Kontrolle, die er auszuüben glaubt – auch über uns, die Polizei.«

»Das ist nicht tollkühn«, Dr. Salm schnappte nach Luft, »das ist krank!«

Babicz schob nachdenklich die silberne Scheibe zurück in die Hosentasche. »Die Vergangenheit hat uns gelehrt, dass sich Genialität und eine fehlgeleitete Psyche nicht ausschließen.«

»Mir ist völlig egal, ob Sie ihn für ein Genie halten«, mischte sich Staatsanwalt Heindl erbost ein. »Wenn ich Sie daran erinnern darf: Wir haben vor wenigen Minuten erfahren, dass wir es mit einem Serientäter zu tun haben, der ein perfides Spielchen mit uns treibt. Ansonsten haben wir nichts in der Hand. Keine Spuren. Können Sie sich vorstellen, was die Presse mit uns anstellen wird, wenn sie davon erfährt?«

»Wir sollten eine Nachrichtensperre verhängen«, schlug der Dezernatsleiter vor. »Keine Videos von Entführungen mehr. Keine Berichterstattung über die Morde.«

»Schauen Sie sich die Meute doch an!« Der Staatsanwalt sah angewidert nach draußen zu den Journalisten. »Glauben Sie etwa, die werden sich daran halten? Ausgerechnet jetzt, da es einen ihrer Kollegen erwischt hat? Die Schreiberlinge werden uns die Hölle heißmachen.«

»Ich bin mir nicht sicher, ob die Presse unsere größte Sorge sein sollte«, wandte Sera ein.

»Sie hat recht«, pflichtete ihr der Psychologe bei, während er sich die Hände rieb, als hätte er sich bei dem Spiel mit dem Schlüsselanhänger verletzt.

»Sondern?«, fauchte Dr. Salm.

»*Wann* wird er wieder töten? Und *wen*?«

»Gar nicht! Und niemanden!« Dr. Salms Halsschlagader drohte zu platzen. »Weil Sie nämlich diesen Irren vorher finden!«

92

Robert sah zu, wie Staatsanwalt Heindl und Dezernatsleiter Dr. Salm im missmutigen Gleichschritt vom Grundstück marschierten. Wie hungrige Hyänen fielen die Reporter über sie her. Die erhitzten Stimmen erinnerten an ein Echo, das die Tage seit dem ersten Mord an dem jungen Lahnstein überdauert hatte.

Die Kommissarin trat neben Robert und deutete auf die Kriminaltechniker, die ihrer Arbeit in dem Lagerhaus nachgingen.

»Was meinen Sie? Werden sie Spuren finden?« Muth klang, als wüsste sie die Antwort auf ihre Frage bereits.

Der Mörder spielt mit uns. Mit der Polizei. Den Ermittlern.

»Nicht mehr als das«, sagte Robert, »was der Täter uns beim ersten Mal hinterlassen hat.«

»Was uns auch nicht weitergeholfen hat.«

War das eine Anspielung? Darauf, dass Robert bisher ebenfalls keine große Hilfe gewesen war? *Sag es ruhig: dass du dich geirrt hast!* Enttäuschung brach wie ein plötzliches Gewitter über ihn herein. *Wo ist all dein sagenhaftes FBI-Wissen hin? Und wo deine Erfahrung?*

»Frau Muth, was haben Sie jetzt vor?«

»Wir werden die Familie Bodkema aufsuchen.« Mehr sagte die Kommissarin nicht. Und sie fragte ihn ebenso wenig, ob er sie begleiten wollte.

Robert konnte ihr deswegen nicht einmal böse sein. Nachdem er anhand der jüngsten Ereignisse eine neuerliche Fallanalyse erstellt hatte, war seine Anwesenheit nicht mehr erforderlich. Jetzt folgte pure Ermittlungsarbeit.

»Sobald die Berichte der Spurensicherung und der Obduktion vorliegen, gebe ich Ihnen Bescheid«, sagte Muth. »Und selbstverständlich auch, sobald wir neue Hinweise haben.«

»Danke.«

»Soll ich Sie von einem Kollegen heimfahren lassen?«

»Nicht nötig, ich rufe ein Taxi.«

Robert schlich sich an den Reportern vorbei auf die Straße. Zum Glück nahmen sie keine Notiz von ihm, weil der Staatsanwalt noch immer eine Erklärung abgab. Nur ein kleiner, dicklicher Mann löste sich aus der Menge.

»Dr. Babicz?«

»Tut mir leid, aber ich werde mich nicht äußern.«

»Ich bin Hardy Sackowitz. Wir sind uns gestern beim *Kurier* begegnet.«

»Schon möglich.«

»Sie haben mit Frau Herzberg gesprochen.«

»Kann sein.«

»Frau Herzberg sagte mir, Sie stünden der Polizei beratend zur Seite.«

»Wie gesagt, ich werde mich nicht äußern.«

»Ja, ja, das verstehe ich, aber Frau Herzberg meinte …«

»Schönen Tag noch.« Mit ausholenden Schritten eilte Robert auf ein Taxi zu. *Frau Herzberg meinte …* Was auch immer sie gemeint hatte, er wollte es gar nicht wissen.

»Wohin soll's gehen?«, fragte der Taxifahrer.

Robert lehnte den Kopf ermattet gegen die Kopfstütze der Rückbank. Es drängte ihn nach Hause, also nannte er dem Fahrer die Adresse. Als sich der Wagen mit einem Ruck in Bewegung setzte, schloss er die Augen.

Er musste eingeschlafen sein, denn er erschrak, als eine Hand ihn an der Schulter berührte. Der Taxifahrer hatte sich zu ihm umgedreht.

»Wir sind da!«

Robert sah sich um und blinzelte verstört. »Was machen wir hier?«

»Na, hören Sie mal, das ist die Adresse, die Sie mir genannt haben.«

Habe ich das? Gähnend rieb sich Robert die rechte Schläfe. Er konnte sich nicht entsinnen. Auch der Traum, den er während der Fahrt gehabt hatte, war nur noch eine neblige Erinnerung. Er hatte von den beiden Mordfällen gehandelt – und davon, dass er etwas übersehen hatte. *Habe ich das?*

»Soll ich Sie woanders hinfahren?«

»Nein, ist schon in Ordnung.« Robert zahlte und stieg aus dem Fahrzeug.

Auf dem Bürgersteig streckte er Arme und Beine, danach betrachtete er den vertrauten Altbau in der Französischen Straße. *Nein, im Gegenteil, das ist keineswegs in Ordnung!* Rasch drehte er sich nach dem Taxi um, wollte dem Fahrer sagen, dass er sich geirrt hatte, *nicht zum ersten Mal,* aber der Wagen war bereits fort.

Also trat Robert zur Haustür und starrte unschlüssig auf die Namensschilder. *Wenn du schon mal hier bist!* Er drückte die Klingel.

93

Ein kleiner, dicker Wirbelwind fegte auf Tania zu. »Du kennst ihn doch, oder?«

»Wen?« Sie kauerte an ihrem Schreibtisch und bemühte sich, die Chronologie der Ereignisse der letzten Tage in einer kurzen Tabelle zu veranschaulichen. Wer hätte das besser erledigen können als sie? Trotzdem fiel ihr die Aufgabe nicht leicht. Ständig füllten sich ihre Augen mit Tränen.

Die Nachricht, dass die Leiche Stanislaw Bodkemas entdeckt worden war, hatte sich wie ein Lauffeuer im Verlagshaus verbreitet. Zuerst waren die sonst unaufhaltsamen Journalisten in lähmendes Entsetzen verfallen. Erst als die sensationshungrigen Reporter anderer Blätter und der Fernsehsender vorfuhren, hatte sich die Bestürzung in wütende Entschlossenheit verwandelt.

Auch Tania mobilisierte ihre letzten Kraftreserven. Nach allem, was geschehen war, wollte auch sie jetzt ihren Teil dazu beitragen, dass derjenige, der für die abscheulichen Verbrechen verantwortlich war, seiner gerechten Strafe zugeführt wurde. Obwohl das vorrangig Sache der Polizei war, konnten die Medien ihren eigenen kleinen Teil zur Jagd auf den Mörder beitragen. *Außerdem bin ich es Bodkema schuldig.*

»Ich rede von Dr. Babicz, verdammt!«, schimpfte Sackowitz. »Ich bin dem Fallanalytiker vorhin über den Weg gelaufen. Aber glaubst du, er hätte mir etwas verraten?«

»Hat er nicht?«

»Nein!«, heulte Sackowitz auf. »Und dabei geht es um unseren Kollegen, um Stan. Unerhört!«

»Du möchtest, dass ich ihn aushorche.«

»Nicht aushorchen. Mit ihm reden sollst du.«

»Vergiss es«, blaffte Hans-Peter Karrenbacher, der drei Schreibtische weiter saß. »Selbst wenn er wollte, kann er uns wahrscheinlich nichts verraten.« Er stieß sich mit seinem Stuhl vom Schreibtisch ab und rollte ihnen entgegen. »Ich habe versucht, meine Quelle anzuzapfen, aber es sieht so aus, als ob die Polizei wieder am Anfang steht.«

»Das heißt, sie haben nichts in der Hand?«

»Nun, Sie gehen von einem Serientäter aus.«

»Na super!«, stöhnte Sackowitz. »Darauf wäre ich von selbst überhaupt nicht gekommen. Eine tolle Quelle hast du.«

»Was soll der Scheiß?«, schnauzte Karrenbacher zurück. »Ich geb die Info nur weiter.«

»Und ich sage dir nur, was ich davon halte.« Sackowitz stapfte ungehalten davon.

»Ziemlich gereizt«, grunzte Karrenbacher.

»Nicht nur er«, sagte Tania und wandte sich ihrem Computer zu.

Karrenbacher hüstelte verlegen. »Wegen vorhin …«

»Ja?«

»Du darfst das nicht falsch verstehen. Ich …«

»Ich habe dich sehr gut verstanden«, fiel sie ihm ins Wort.

Verlegen wippte er auf seinem Stuhl. »Es ist nur … Also … Es tut mir leid.«

Ist da ein Lächeln in seinem Gesicht? »Nein, das tut es nicht.«

»Wie bitte?«

»Dir kommt das alles doch gerade recht.«

Karrenbachers Gesicht färbte sich vor Zorn rot. »Das muss ich mir nicht anhören!« Aufgebracht rollte er mit dem Stuhl zurück an seinen Platz.

Auch Tania war wütend – über sich selbst. Keine drei Stunden waren vergangen, seit man die grausig zugerichtete Leiche von ihrem Chef gefunden hatte. Seinen Kindern war der Vater genommen worden, seiner Frau der geliebte Ehemann. *Und ihr streitet euch um einen Job!*

Beschämt kämpfte Tania gegen die Tränen an, die in ihr aufstiegen. Gegen die Trauer, die sie erfüllte, konnte sie nichts ausrichten. Allein der Gedanke war unerträglich, einen Menschen zu verlieren, dessen Nähe man schätzte und liebte, den man nie mehr missen wollte, weil er einem täglich Kraft und Inspiration spendete.

Noch ehe sie bemerkte, wie ihr geschah, hatte sie ihr Telefon in der Hand.

»Tania«, meldete sich Hagen.

»Ich wollte hören, wie es dir geht.«

»Mit mir ist alles in Ordnung«, wiegelte er ab. »Was ist mit dir?«

Jetzt löste sich doch eine Träne aus ihrem Augenwinkel. Das Sprechen fiel ihr schwer. »Ich habe hier noch etwas zu erledigen, aber dann … dann komme ich nach Hause.«

»Ich glaube, das ist besser so.« Im Hintergrund läutete es an der Tür.

Tania wischte sich die Wange. »Hagen, wo bist du?«

»Bei dir. Ich habe doch gesagt, dass ich auf dich warten werde.«

»Und wer klingelt da?« Sorge ließ ihre Stimme zittern.

»Keine Angst, das ist nur der Pizzabote. Soll ich dir was übrig lassen?«

»Nein, beim bloßen Gedanken an Essen wird mir schlecht.« Sie hauchte einen Kuss in das Telefon. »Bis später.«

»Bis später.«

»Ach, und Hagen ...«

»Ja, mein Schatz?«

»Ich liebe dich!«

94

Als die Haustür sich öffnete, erwog Robert kurz, doch noch umzukehren und heimzufahren. *Aber wirst du Ruhe finden?* Dann erklomm er die Stufen in die vierte Etage, bis er überrascht auf dem Treppenabsatz stehen blieb.

»Oh, du bist es«, begrüßte ihn Hagen.

»Ja, ich.«

»Ich dachte, es sei der Pizzabote.«

»Sorry, keine Pizza dabei.« Robert hielt die leeren Hände hoch, dann fiel ihm etwas anderes ein. Er wühlte in seiner Hosentasche und bekam den Schlüsselanhänger zu fassen. »Dafür habe ich den für dich. Du hast ihn bei mir vergessen.«

»Danke, ich hatte ihn schon vermisst.« Hagen steckte die silberne Scheibe ein. »Und danke für deinen Anruf heute Morgen. Ich wollte mich noch bei dir melden.«

»Hat sich ja jetzt erledigt.«

»Ja, natürlich, aber bestimmt willst du nicht zu mir, oder?«

Nein, ich wusste nicht einmal, dass du hier bist. »Ja, eigentlich wollte ich mit Tania reden.« Und eigentlich gefiel ihm der beklommene Gesichtsausdruck seines Freundes überhaupt nicht.

»Ich habe gerade mit ihr telefoniert. Sie ist in der Redaktion.«

»Sie arbeitet?«

»Sie hat's zu Hause nicht mehr ausgehalten.«

»Mhm.«

Betretenes Schweigen breitete sich zwischen ihnen aus. In der nächsten Sekunde begannen beide gleichzeitig zu reden, so dass ihre Worte unverständlich blieben. Sie lachten, doch das Unbehagen blieb.

»Du zuerst«, sagte Robert.

»Also, was ist? Möchtest du reinkommen?«

»Gern.« Robert folgte ihm in Tanias Wohnung. Die Einrichtung hatte sich verändert, klar, es waren immerhin vier Jahre vergangen. *Eine Ehe. Eine Trennung. Und ein neuer Freund.* Ein Läufer bedeckte die Fliesen vor dem Wohnzimmertisch, einem modernen Glastisch, der von einem massiven Stahlbein in der Balance gehalten wurde. Zwei breite Einsitzer gruppierten sich drumherum. An der Wand hing ein expressionistisches Gemälde, ein Farbenwirrwarr, in dem nur schwerlich ein Motiv zu erkennen war.

Andere Dinge kamen ihm allerdings vertraut vor. Kleinigkeiten wie der verschnörkelte Bilderrahmen des Gemäldes, einige Bücher im Regal, die Leseleuchte mit dem Lampenschirm aus Porzellan.

Hagen kam aus der Küche und brachte eine Wasserflasche mit zwei Gläsern, die er auf den Tisch stellte.

»Und was wolltest *du* sagen?«

»Was machst du hier?«, fragte Robert.

Die Türklingel ging. Hagen wirkte erleichtert über die Störung. Er hastete in die Diele. Kurz darauf wehte Salami- und Oreganoduft ins Wohnzimmer und Kleingeld klimperte. Dann fiel die Tür ins Schloss.

Hagen trug die Schachtel ins Wohnzimmer und reichte sie Robert. »Magst du etwas essen?«

»Danke, nein.«

»Okay, dann warte kurz.« Hagen brachte die Pizza in die Küche.

»Du kannst ruhig essen!«, rief ihm Robert nach.

»Ist schon gut. Ich mach sie mir später warm.« Hagen kam zurück und setzte sich aufs Sofa. Er sah Robert an.

Dieser rückte auf dem Sessel vor. »Ist es das, was du meintest, als du bei mir warst? Dass sich einiges verändert hat?«

Hagen schob die Gläser auf dem Tisch umher, als würde ihre Anordnung einem unsichtbaren, sich immer wieder verändernden Muster folgen. »Als die Probleme mit Tanias Mann begannen …«

»Da hast du die Gelegenheit ergriffen, richtig?«

»Tania ging es nicht gut, und sie hat jemanden gebraucht. Ich war für sie da. Und dann ist es eben passiert.«

»Klingt für mich wie aus einem deiner schlechten Romane.«

»Autsch.« Hagen zuckte zurück. »Das hat gesessen!«

Robert schnaubte abfällig. »Und das ausgerechnet aus deinem Mund: *Dann ist es eben passiert.* Also bist du endlich unter der Haube? So richtig? Mit allem Drum und Dran? Treu und«, Robert fiel die Gravur des Schlüsselanhängers ein, »seit dem 12. November?«

»Bist du eifersüchtig?«

»Darum geht es doch gar nicht!«

Hagen sog Luft in seine Lungen und atmete dann hörbar aus. »Wenn nicht, dann weiß ich aber auch nicht, wo dein Problem liegt. Du bist doch derjenige, der vor vier Jahren …«

»Das ist abgeschlossen!«

»Ja, genau, und deshalb sollte es auch kein Problem sein, dass …«

»Es ist ein Problem, weil du mein bester Freund bist!« Robert griff nach einem Glas, schenkte sich Wasser ein und trank, doch die aufkeimende Wut ließ sich nicht mehr zurückdrängen. Mit einem Klirren landete das leere Glas auf dem Tisch. »Aber vielleicht habe ich mich auch geirrt, vielleicht bist du einfach nur …«

»Ich denke, es ist besser, wenn du jetzt gehst.«

»Schmeißt du mich etwa aus Tanias Wohnung?«

»Nein, ich bitte dich nur, ihre Wohnung zu verlassen.«

»Ich würde gerne auf sie warten. Ich muss mit ihr reden.«

»Ich glaube aber nicht, dass *sie* mit dir reden möchte.« Hagen wies zur Tür.

»Die Entscheidung solltest du immer noch ihr überlassen, meinst du nicht auch?«

»Geh jetzt bitte.«

Robert drängte sich an ihm vorbei.

»Robert!« Hagen legte ihm seine Hand auf die Schulter.

»Rühr mich nicht an!« Robert verpasste ihm einen Stoß.

Hagen stolperte, sein rechter Fuß verfing sich im Teppich. Er versuchte das Gleichgewicht zu halten, wobei sein linker Fuß gegen die Tischkante prallte. Die Glasplatte beschrieb einen Bogen und kippte in die Senkrechte. Bevor sie auf die Fliesen knallte, streifte sie noch die Leselampe, die wankte und ebenfalls zu Boden ging. Der Glastisch zerbrach mit einem Krachen. Die Wassergläser kullerten unversehrt über den Teppich.

»Verdammt!« Zornig beugte sich Hagen zu den Überresten des Tisches hinunter. »Autsch!« Blut sickerte aus seiner Hand, die er sich an den Glasscherben aufgeschnitten hatte. Es tropfte auf den Teppich.

Robert ging in die Knie, griff nach der Leselampe, doch das Porzellan zerbröckelte zwischen seinen Fingern. Er hob die beiden Wassergläser auf.

»Tut mir leid, Hagen, das …«

»Hau einfach ab! Okay?«

Robert stellte die Gläser auf das Regal neben die Bücher,

machte einen Satz über die roten Blutflecken, die den Teppich sprenkelten, und verließ die Wohnung. Er rannte die Stufen hinunter und blieb erst auf dem Bürgersteig stehen.

Wolken bedeckten jetzt den dämmernden Himmel, kündeten von einem baldigen Regenschauer. Passanten waren kaum unterwegs, ein Auto mit kaputtem Auspuff knatterte an ihm vorbei. Über die Friedrichstraße, ein Stück weit entfernt, schoss mit heulendem Martinshorn ein Krankenwagen.

Nur langsam beruhigte sich Roberts Puls. Als er sich zur U-Bahn-Station umdrehte, fühlte er sich beobachtet. Schnell wandte er sich um.

Max trat aus dem Schatten, die Hände grimmig in den Manteltaschen vergraben. »Bist du jetzt enttäuscht?«

95

»Es tut mir leid, falls ich vorhin etwas …« Gesing bremste vor einer Ampel am Steglitzer Damm. Betreten sah er Sera an. »Falls ich etwas verraten haben sollte.«

»Ist schon okay.«

»Ich meine, du wirst schon deine Gründe haben, warum du nie ein Wort darüber verloren hast.«

Ungeduldig wartete Sera darauf, dass die Ampel auf Grün sprang, damit sie nach Dahlem weiterfahren konnten. Dort hatte Stanislaw Bodkema mit seiner Familie gelebt.

»Aber mir war schon seit einiger Zeit klar, dass du da was am Köcheln hast.«

Sera dachte an das Frühstück mit ihrer Familie am Donnerstag zurück. An jenem Morgen hatte sie nach dem anzüglichen Telefonat mit Gerry der Verdacht beschlichen, ihre Mutter hätte eine Ahnung. *Dass du da was am Köcheln hast.* Und offenbar war das auch ihrem Kollegen nicht entgangen. Andererseits kein Wunder, sie verbrachten mehr Zeit miteinander als so manches Ehepaar.

»Glaubst du etwa, das ist mir nicht aufgefallen?« Gesing gab Gas. »Deine ständigen SMS und die Telefonate? Du magst es zwar immer wieder bestritten haben, aber … Ich bin nicht ganz so dumm, wie ich aussehe.«

»Nee, stimmt.«

Er warf ihr einen pikierten Blick zu. »Ist mir ja eigentlich auch egal, ob oder mit wem du was hast. Und wenn du da ein Geheimnis draus machen willst, okay, ist deine Sache. Aber die Aktion vorhin in der Kneipe und deine Aufregung, als wir dort eintrafen – so habe ich dich noch nie erlebt. Da war mir dann irgendwie alles klar.«

»Schön«, grummelte Sera. *Dass wenigstens einem von uns alles klar ist.*

In ihrem Kopf dagegen kreisten noch immer ein Dutzend oder mehr Gedanken und stritten um ihre Aufmerksamkeit. Vor allem eine Bemerkung von Dr. Babicz ließ sie seit ihrem Aufbruch in Friedrichshain nicht mehr los. *Das ist eine tollkühne Demonstration der Macht und Kontrolle, die er auszuüben glaubt – auch über uns, die Polizei.*

Wenn der Mörder nichts dem Zufall überließ, an wen war dann seine Botschaft gerichtet? *Ich weiß etwas über euch! Ich habe Macht über euch!* An die Ermittler? Oder – ganz speziell – an sie, Sera? *Ich weiß etwas über dich! Ich habe die Macht über dich!* Aber warum?

Weil sie etwas zu verbergen hatte? Und zwar mehr als nur die Affäre mit Gerry? Sera war schon von Anfang an tiefer in den Fall involviert gewesen, als ihr lieb war, hatte aber zu keiner Zeit mit jemandem darüber gesprochen. Woher konnte der Täter also wissen, dass sie ihren Onkel verdächtigt hatte? Darauf gab es nur eine Antwort, aber … *Nein, das ist absurd!*

Es war schlimm genug, dass sie Onkel Mergim überhaupt die Verwicklung in einen politischen Mord zugetraut hatte, aber das hier, diese abscheulichen Verbrechen, das waren keine impulsiven Taten alter, verzopfter Männer mehr, sondern kühl kalkulierte Werke eines Serientäters. *Aber macht das die Sache leichter?*

Sera nahm ihr Handy und rief die SMS von Gerry auf. *Kannst du mir bitte sagen, was das vorhin war? G.*

Unglücklicherweise hatte sie selbst keine Ahnung. Woher wusste der Mörder von Gerry und ihr? Es gab zwei Möglichkeiten: Er hatte Sera beobachtet. *Aber das wäre dir aufgefallen!* Oder ihm war von ihrer Affäre erzählt worden. *Falls ja, von wem?*

Gesing parkte in eine Lücke an der Englerallee ein. Imponierende Jugendstilvillen reihten sich in respektvollem Abstand aneinander. Vor einem der Herrenhäuser standen sich Journalisten die Beine in den Bauch.

Inzwischen waren die Wolken am Himmel dichter geworden. Sie schoben sich vor die Sterne, brachten Dunkelheit und erste Regentropfen.

Ich melde mich später bei dir. S., tippte Sera eine Textnachricht, dann schaltete sie ihr Handy aus.

96

»Max, was machst du denn hier?«, fragte Robert überrascht.

Nachdenklich schaute sein Bruder zu den Fenstern im vierten Stock empor. »Ich wollte mit Tania reden. Aber bevor ich bei ihr klingeln konnte, habe ich dich aus dem Taxi steigen und ins Haus gehen sehen.«

»Wieso wolltest *du* mit ihr reden?«

»Ich wollte endlich klare Fronten schaffen.«

»Du wolltest was? Glaubst du vielleicht, ich bekomme das nicht selbst hin?«

»Du musst dich um andere, wichtigere Dinge kümmern, nicht um eine Beziehung, die längst Vergangenheit ist.«

»Das bestreite ich ja auch gar nicht, trotzdem möchte ich nicht, dass du dich in meine Angelegenheiten mischst.«

»Wird nicht wieder vorkommen. Schließlich hast du das ja jetzt selbst erledigt.« Ein Lächeln glitt über Max' Gesicht. »Aber umgebracht hast du niemanden, oder?«

Robert sah an sich hinab. Auf seiner Hose zeichneten sich dunkle Blutflecken ab. Anscheinend hatte er sich auf den blutbespritzten Teppich gekniet, als er Hagen beim Auflesen der Scherben hatte helfen wollen. Mit einem Mal schämte er sich für seine Reaktion in Tanias Wohnung.

»Verdammt, Hagen ist mein Freund!«

Max pflichtete ihm bei. »Aber deshalb hätte er auch wissen müssen, dass er dich mit dem verletzt, was er hat geschehen lassen.«

»Er wollte mir davon erzählen.«

»Und? Hätte das die Sache besser gemacht?«

In einer fahrigen Geste strich Robert über seine Hose, aber so leicht ließen sich die Flecken nicht entfernen. Genauso wie die Freundschaft zwischen Hagen und ihm nicht einfach wieder zu kitten war. *Nein, es hätte die Sache nicht besser gemacht.*

»Andere hätten nicht so zurückhaltend reagiert wie du.«

»Woher willst du wissen, wie ich reagiert habe?«, fragte Robert.

Max grinste. »Hast du ihn also doch um die Ecke gebracht?«

Robert war nicht nach Lachen zumute, auch wenn zum Glück nur ein Glastisch und die Leseleuchte zu Bruch gegangen waren. *Nur ein Glastisch? Nur eine Leselampe?* In Wahrheit war viel mehr zerstört worden – und nicht erst heute. *Schon vor vier Jahren. Oder sogar …*

Als könnte er Roberts Gedanken lesen, sagte sein Bruder: »Was spielt es noch für eine Rolle?«

Robert stapfte los. »Gehen wir lieber, bevor …«

Max folgte ihm zur U-Bahn-Station, auch ohne dass Robert den Satz beendete. *Bevor Tania kommt.* Mit jedem Meter, den sie zurücklegten, verrauchte Roberts Zorn. Er ging am Zugang zum Bahnhof vorbei, lief weiter, immer weiter. Passanten waren kaum noch unterwegs. Die wenigen Touristen, die sich bei dem Regen auf die Straße trauten, hielten sich nahe der Schaufenster, um nicht nass zu werden. Oder sie beeilten sich, in ihr Hotel zu gelangen.

Als das *Maritim* vor ihm auftauchte, musste Robert an seine Ankunft in Berlin denken und daran, was seitdem geschehen war.

»Das Problem ist: Diese anderen, wichtigeren Dinge, die du angesprochen hast, diese Mordserie … Irgendwie hat das alles etwas mit Tania zu tun.«

»Hast du mir heute Morgen nicht erklärt, dass sie nicht in den Fall involviert ist, wie du befürchtet hast?«

»Du warst derjenige, der das gesagt hat.«

»Aber du hast nicht widersprochen.«

Schweigend setzte Robert seinen Weg fort. Er blendete die Stadt aus, die an ihm vorbeiglitt. Häuser, Autos und Passanten verschwammen zu blassen, bedeutungslosen Schemen. Irgendwann übernahm Max die Führung, und es war Robert, der ihm folgte.

Als sie den mit Graffiti beschmierten Altbau in der Weichselstraße erreichten, hatte Robert keine Ahnung, wie viel Zeit vergangen war, geschweige denn, welchen Weg sie hierher genommen hatten. Es kam ihm so vor, als würde er aus einem Traum erwachen, der von einer langen, beschwerlichen Reise gehandelt hatte – die sich aber plötzlich als höchst real entpuppte. Robert war klitschnass. Seine Beine waren taub, die Arme schmerzten. Trotzdem fühlte er sich erleichtert.

»Kommst du noch mit rein?«

»Nein«, bedauerte Max. »Ich muss mich auf den Heimweg

machen. Die Proben in der Oper beginnen morgen etwas früher.«

»Danke dir.«

»Wofür?«

»Dafür, dass du für mich da bist.«

»Hey, ich bin dein großer Bruder.« Max hob die flache Hand zum Gruß.

Glücklich erwiderte Robert die Geste. Als er ins Treppenhaus trat, tropfte das Regenwasser von seinen Kleidern auf die Schachbrettfliesen.

In seiner Wohnung nahm er ein Handtuch, rubbelte sich das Haar trocken. Er brühte einen starken Kaffee auf und legte sich frische Sachen zurecht. Er überlegte, ob er sich ein heißes Bad einlassen sollte, entschied sich aber dagegen. Stattdessen legte er eine CD ein.

Salieris *Tarare* wirbelte aus den Lautsprechern. *Sterblicher, wer du auch seist, Prinz, Brahmane oder Soldat.* Robert wollte sich gerade umziehen, als es an der Tür läutete.

Nadine stand im Rahmen. In der Hand schwenkte sie eine Einkaufstüte. »Ich habe Licht bei dir gesehen und dachte mir, vielleicht magst du noch … Bist du verletzt?«

»Wieso?«

»Du hast da Blut!«

Er wischte über die roten, im Regen zerlaufenen Spritzer auf seiner Hose. »Das war … ach, nur eine kleine Unachtsamkeit.«

»Aber dir geht es gut?«

»Es ging mir eindeutig schon mal besser. Aber das liegt wohl eher daran, dass der Tag ziemlich anstrengend war.«

»Also darf ich dich nicht mehr zu einem Glas einladen?« Sie holte eine Flasche Weißwein aus der Tüte und präsentierte ihr liebreizendes Lächeln. Sie trug das Haar offen, hatte noch immer das gleiche Outfit wie am Morgen an, Jogginghose, Boxershirt, Flip-Flops, und sah – wie schon am Morgen – hinreißend aus.

Im Wohnzimmer näherte sich Salieris *Tarare* dem tragischen, komischen Höhepunkt des ersten Akts.

Max hatte recht wie immer. *Was spielt es noch für eine Rolle?* Robert schwang die Tür weiter auf und deutete eine Verbeugung an. »Ein kleiner Gute-Nacht-Trunk kann nicht schaden.«

97

Bodkemas Familie bewohnte die obere Etage der Villa, deren ausladender Balkon mit übertrieben schwungvollen Ornamenten wie ein Fremdkörper am Gebäude wirkte.

Elke Bodkema, die Frau des Journalisten, führte die beiden Beamten ins Wohnzimmer. Auf dem Kaminbord standen dicht gedrängt Familienfotos und Schnappschüsse. Auch darüber hingen etliche Bilder an der Wand. Sie zeigten Bodkema mit seiner Gattin, den Kindern und Enkelkindern, mit prominenten Schauspielern, Musikern, Sportlern und Politikern. Auf einem schüttelte er Innensenator Dr. Lothar Lahnstein die Hand.

»Frau Bodkema«, begann Sera. »Wie war das Verhältnis Ihres Mann zu Herrn Dr. Lahnstein?«

»Wie es ... ist zwischen Journalisten und Politikern ... zweckmäßig.« Ihre Lippen zitterten, ihre Hände bewegten sich unaufhörlich.

»Kannte Ihr Mann auch Dr. Lahnsteins Sohn Frank?«

»Das ist der Junge, den sie ebenfalls ...?« Sie zuckte zusammen. »Ich weiß nicht, ob sie sich einmal begegnet sind. Er hat es zumindest nie erwähnt.«

Die Tür zum Nebenraum ging auf. Ein Mädchen tapste ins Wohnzimmer. Die Kleine war ein oder zwei Jahre alt. Eine Frau Mitte zwanzig eilte hinterher. »Entschuldige ...«

»Lass sie ruhig!« Elke Bodkema hob das Kind auf ihren Schoß. Wahrscheinlich beruhigte es sie, sich an etwas klammern zu können. Den beiden Beamten erklärte sie: »Meine Enkelin.«

»Hat Ihr Mann in letzter Zeit etwas Ungewöhnliches in seinem Umfeld bemerkt?«

Sie schüttelte den Kopf. Das Kleinkind spielte fröhlich mit einer Puppe, während seiner Großmutter Tränen über die Wangen rannen.

»Hat er von einer Bedrohung gesprochen? Zum Beispiel in der Redaktion?«

»Nein.« Sie wischte sich über die Augen. »Aber … über die Arbeit hat er sowieso selten geredet.«

Sera wandte sich der Tochter zu. »Sie hatten sich mit Ihrem Vater gestern Abend zum Essen verabredet?«

Die junge Frau antwortete mit brüchiger Stimme. »Ja, um neunzehn Uhr. Eine Stunde später haben wir uns verabschiedet. Mein Vater ist … nach Tegel gefahren, weil sein Flug um halb elf ging.«

»Und wo haben Sie sich mit ihm getroffen?«

»In der *Dachkammer*. Das ist in Friedrichshain.«

»Warum dort?«

»Weil ich direkt um die Ecke wohne.«

»War Ihr Vater anders als sonst?«

»Nein, eigentlich nicht. Aber … er erwähnte einen Mann, der ein paar Tische weiter saß. Ihm war, als habe er ihn schon mal gesehen. Dann scherzte er, dass er wohl unter Verfolgungswahn leide.«

»Haben Sie diesen Mann auch gesehen?«

»Ja, ich habe mich nach ihm umgedreht, als er im Begriff war zu gehen. Ich konnte nur einen kurzen Blick auf ihn werfen. Glauben Sie, es ist … es war …?«

Alles ist vom Mörder durchdacht. Wie wahrscheinlich war es, dass er, der alles perfekt plante, sich von einem Zeugen ertappen ließ? *Vorausgesetzt, es gehört nicht zu seinem Plan.* Mochte er noch so fehlerfreie Pläne schmieden, die Unwägbarkeiten des Lebens würden sie am Ende vereiteln. *Es gibt keinen perfekten Mord.* Früher oder später beging jeder Mörder einen Fehler.

In Sera keimte plötzlich Hoffnung auf. »Wissen Sie noch, an welchem Tisch der Mann saß?«

»Ja, es war ein Platz direkt am Fenster.«

Gesing griff zum Handy und verließ den Raum.

»Können Sie uns den Mann beschreiben?«, bat Sera.

»Ich habe ihn nur von der Seite gesehen.«

»Ist Ihnen etwas an ihm aufgefallen?«

»Er sah ganz normal aus. Eine Jeans, ein Hemd, eine Jacke … Aber ich habe nicht genauer auf ihn geachtet, weil Papa herumalberte.«

»Wie groß war der Mann?«

»Vielleicht einen Meter achtzig. Könnte aber auch größer gewesen sein.«

»Und wie alt?«

»Dreißig oder vierzig, aber das ist schwer zu sagen.«

»War er allein?«

»Das weiß ich nicht mehr.«

»Wir haben Experten, die Ihnen helfen werden, sich an die Person zu erinnern. Möglicherweise können wir dann ein Fahndungsporträt erstellen, also eine Phantomzeichnung.«

»Aber ich habe ihn doch kaum gesehen.«

Trotzdem wäre es mehr, als wir bisher in den Händen halten. Sera schaltete ihr Handy ein, um den Polizeizeichner beim Landeskriminalamt zu verständigen. Zwischenzeitlich waren zwei Anrufe eingegangen. Einer von Gerry. Einer von Blundermann.

Ihr Kollege hatte eine Nachricht hinterlassen. »Sera, wo steckst du? Melde dich. Es ist dringend!«

Sein Tonfall gefiel ihr nicht. Sie rief ihn sofort zurück.

»Sera, seid ihr schon auf dem Rückweg?«

»Nein, aber wir haben möglicherweise eine Zeugin, die den Mörder gesehen hat.«

»Werner soll sich darum kümmern. Du musst nach Mitte kommen. Es hat einen Einbruch gegeben.«

»Entschuldige, David, aber das hier ist doch wohl wichtiger als ein Einbruch?«

»Das denke ich nicht. Und du wirst mir zustimmen, wenn du hörst, bei wem eingebrochen wurde.«

98

Tania verließ das Verlagsgebäude später als geplant. In einer schnell einberufenen Redaktionssitzung war die morgige *Kurier*-Ausgabe besprochen worden.

Auf der Titelseite würde, so hatte man gemeinschaftlich entschieden, ein respektvoller Nachruf auf Stanislaw Bodkema erscheinen, außerdem ein Bericht, der unmissverständlich die Parallelen zum Fall Lahnstein aufzeigte. Im Innenteil sollten die beiden Folterfilme ausgewertet werden, illustriert mit schonungslosen Bildern, um den Druck auf die Polizei zu erhöhen. Daneben würde Tanias Chronik der Ereignisse platziert werden.

Im Anschluss hatten sie Schlagzeilen vorgeschlagen. Weil Fakten fehlten, klang eine reißerischer als die andere. Am Ende einigte man sich auf die wütende Forderung: *Schnappt die Bestie!*

Als die Kollegen sich um die Nachtschicht zu streiten begannen – jeder wollte für den Fall, dass sich in den kommenden Stunden etwas Neues ergab, der Erste sein, der die Nachricht verbreitete –, suchte Tania das Weite. Sie hatte genug von Gewalt und Mord.

Der Regen draußen störte sie nicht. Für sie fühlte er sich wie eine Reinigung an, die die Welt von allem Schmutz befreite. Freilich nur eine Illusion, aber für den Augenblick eine angenehme. *Denn Ralf ist tot.* Sie verspürte keine Angst mehr. *Wenn das kein Grund zur Erleichterung ist, was dann?* Diesmal schämte sie sich nicht für den Gedanken.

Natürlich war die Sache mit Bodkema schlimm, und Tania wünschte sich nichts sehnlicher, als dass der Mörder, *diese Bestie, die auch mit dir widerlichen Schabernack treibt,* geschnappt wurde, aber es war an der Zeit, endlich einen Schlussstrich zu ziehen. *Es ist vorbei.*

Sie winkte einem Taxi und ließ sich zur Französischen Straße kutschieren. Unterwegs nahm der Niederschlag an Heftigkeit zu, deshalb sprintete sie über den Bürgersteig zum Hauseingang.

Tania rannte die Treppe hinauf in die vierte Etage. »Hagen, ich bin da!«

Ihr Freund antwortete nicht. Doch in der Küche brannte Licht, und der Duft einer Salamipizza erfüllte die Diele.

Tania legte ihre Tasche auf die Kommode, trat ins Bad und griff nach einem Handtuch. Während sie ihr Haar trocknete, ging sie in die Küche.

»Hagen, bist du hier?«

Auf dem Backofen lag eine Pizzaschachtel. Tania hob den Deckel. Die Pizza war kalt und unangetastet. Obwohl sie gesagt hatte, dass er nicht mit dem Essen auf sie zu warten bräuchte, hatte er es getan. Sie freute sich darüber. *Er ist ein Schatz.*

»Hey, Hagen, wo steckst du?«

Mit dem Handtuch auf dem Kopf lief sie in den Raum gegenüber. Wahrscheinlich hatte er sich hingelegt und war eingenickt, während er auf sie gewartet hatte. Doch das Schlafzimmer war dunkel, das Bett leer.

Sie warf das Handtuch auf die Kissen.

»Hagen?«

Pochenden Herzens ging sie ins Wohnzimmer. Die Vorhänge waren nicht vor die Fenster gezogen. Das Licht von der Straßenlaterne fiel in einem geraden Dreieck auf den Boden. Etwas lag auf dem Teppich.

Ihre Hand fand den Lichtschalter.

99

Die Couch war auf die Seite gestürzt, der Glastisch zerbrochen, die Scherben hatten den Stoff eines Lampenschirms zerfetzt. Der Teppich war voller roter Spritzer. *Blut!*

»Das ist kein gewöhnlicher Einbruch«, argwöhnte Sera.

»Scheiße noch mal, ja! Es gab eine Auseinandersetzung – und höchstwahrscheinlich auch wieder eine Entführung.« Blundermann nahm gereizt sein Handy vom Ohr und betrachtete das Display. »Und das vor gar nicht langer Zeit. Es sind zwei Stunden vergangen, seit Frau Herzberg mit ihrem Freund telefoniert hat. Da war es kurz nach sieben und alles in Ordnung. Als sie um neun hier eintraf, entdeckte sie die Bescherung.«

Er presste das Telefon wieder ans Ohr. »Himmel, warum meldet sich denn keiner?«

Das Durcheinander in dem Zimmer war nichts, was nicht innerhalb einer halben Stunde hätte beseitigt werden können. Dass der Freund von Frau Herzberg allerdings ebenso schnell wieder auftauchte, war zweifelhaft. *Und ob er dann noch lebendig ist.* Sera beäugte die unbeschädigte Wohnungstür.

»Ja, verdammt, endlich!«, bellte Blundermann in sein Telefon. »Wie bitte? Ja, natürlich haben wir versucht, auf der Nummer von Herrn Rething anzurufen. Und nein, wir haben ihn nicht erreicht. Was meinen Sie denn, warum ich sein Handy orten lassen möchte? Sie kümmern sich darum? Danke.«

Er tat so, als wollte er sein Mobiltelefon aus dem Fenster schleudern. Seine Nerven lagen blank. »Lackaffen!«

Auf dem Bürgersteig vor dem Haus tauchten die ersten Journalisten auf, deren Schatten über den feuchten Asphalt geisterten, getrieben vom hektischen Zucken der Blaulichter.

Die Unruhe übertrug sich auf Sera. *Wo steckt Gesing?* Er war mit dem Polizeizeichner in Dahlem geblieben. Hatte die Tochter von Bodkema inzwischen eine Beschreibung liefern können? *Warum meldet er sich nicht?* Das Phantombild konnte ein erster richtiger Hinweis auf den Killer sein. *Dummerweise ist er uns einen Schritt voraus.* Noch eine Entführung. *Noch ein Mord?*

Sera nahm ihr Handy, wählte Dr. Babicz' Nummer, erreichte aber nur seinen Anrufbeantworter. »Herr Dr. Babicz, es hat eine weitere Entführung gegeben. Der Freund von Frau Herzberg. Ein Schriftsteller. Rufen Sie mich bitte zurück, sobald Sie die Nachricht abgehört haben.«

Durch die offene Wohnungstür hörte sie Dr. Salm bereits im Treppenhaus toben, bevor er die vierte Etage erreichte. »Ich sehe die Schlagzeilen schon vor mir: *Nach Doppelmord: Serienkiller schlägt wieder zu!* Oder noch besser: *Serienkiller narrt Polizei!*«

Sera schüttelte innerlich den Kopf: Die Schlagzeilen der Boulevardpresse waren nun wirklich ihr geringstes Problem.

Schwer atmend erreichte der Dezernatsleiter die Wohnungstür. »Und das ausgerechnet in Berlin! Eine derartige Verbrechensserie in der Hauptstadt schlägt bundesweit Wellen, können Sie sich das vorstellen, Muth? Herrje, wie soll ich das bloß dem Polizeipräsidenten erklären? Geschweige denn dem Herrn Senator, der uns ständig aufs Dach steigt? Dass wir immer noch nichts in der Hand haben … Oder haben wir inzwischen etwas?«

»Immerhin ist dies die erste Entführung, von der wir erfahren, noch ehe ein Video aufgetaucht ist«, erklärte Sera.

Der Chef runzelte die Stirn. »Das heißt, das Opfer könnte noch am Leben sein?«

Sera schwieg.

»Worauf warten Sie dann noch?«

»Auf die Spurensicherung!«

»Dann befragen Sie unterdessen die Nachbarn!«

»Eine Einsatzhundertschaft ist bereits unterwegs«, versicherte ihm jetzt Blundermann.

»Und?«

»Bisher nichts.«

»Ich kann nicht glauben, dass jemand aus einem Mehrfamilienhaus verschleppt wird, ohne dass es dafür Zeugen gibt!« Dr. Salm grunzte verstimmt. »Haben Sie gerade Dr. Babicz verständigt?«

»Ich habe ihm eine Nachricht hinterlassen.« Sera konnte ein Gähnen nicht unterdrücken.

Seit dem frühen Morgen war sie auf den Beinen, wurde von einem Ort zum nächsten gehetzt, ohne einen Moment der Ruhe. *Er spielt mit uns.* Sie erlaubte sich einen Gedanken an Gerry, aber auch der brachte keinen Trost. *Kannst du mir bitte sagen, was das vorhin war?*

»Wer ist das Entführungsopfer?«, fragte der Dezernatsleiter.

»Hagen Rething, der Freund von Frau Herzberg.«

»Der Freund von«, der Chef rieb sich das Ohr, als hätte er sich verhört, »von Frau Herzberg?«

»Ein Schriftsteller«, erklärte Blundermann. »Er hat mehrere Romane geschrieben, überwiegend Krimis. Haben allesamt schlechte Kritiken gekriegt. Richtig erfolgreich war nur sein Debüt, das vor …«

»Ja, ja, das reicht schon, danke«, fiel ihm Dr. Salm ins Wort. »Aber warum Frau Herzbergs Freund? Täusche ich mich, oder wäre dessen Entführung nicht einleuchtender gewesen, als wir noch Frau Herzbergs Ehemann als Täter im Visier hatten? Das hätte unseren Verdacht gegen ihn untermauert, aber jetzt?«

Alles ist vom Mörder durchdacht. Seras Augenlider flatterten vor Müdigkeit. »Ich wüsste eine Erklärung.«

»Nämlich?«

»Frau Herzberg. Alle drei Opfer standen in einer Beziehung zu ihr, und mit jedem Opfer kam ihr der Täter näher: Erst war es ein alter Schulfreund. Dann ihr Chef. Jetzt ihr Lebenspartner.«

»Da ist was dran«, stimmte der Chef zu.

»Und noch etwas«, ergänzte Sera. »Der Entführer hat sich keinen gewaltsamen Zutritt zur Wohnung verschafft. Es ist erst in der Wohnung zu einer Auseinandersetzung gekommen.«

»Was schließen Sie daraus?«

»Hagen Rething hat den Entführer freiwillig hereingelassen. Möglicherweise hat er ihn gekannt.«

Dr. Salm ließ nun seinerseits den Blick über den umgeworfenen Sessel, den kaputten Tisch und das frische Blut schweifen. »Irgendwie passt das Chaos nicht zu dem raffinierten Mörder, von dem wir ausgehen. Und mit Macht und Kontrolle hat das auch nicht mehr viel zu tun.«

Es gibt keinen perfekten Mord. »Vielleicht ist ihm ein Fehler unterlaufen?«

Wie aufs Stichwort tauchte Gesing in der Wohnung auf und präsentierte die Zeichnung, die nach den Beschreibungen von Bodkemas Tochter erstellt worden war.

»Wer soll das denn sein?«, fragte der Dezernatsleiter fassungslos.

Die Skizze gab dem Begriff Phantombild eine gänzlich neue Bedeutung. In dem konturlosen Gesicht konnte man mit etwas Fantasie Gesing erkennen. Oder Dr. Salm. *Verdammt, nicht einmal das Geschlecht ist eindeutig zu identifizieren – das könnte auch Rita sein. Oder ich.*

Weitere Stimmen hallten in die Diele. Dr. Bodde war mit ihrem Team der Spurensicherung eingetroffen.

»Ich möchte so schnell wie möglich die Ergebnisse«, verlangte Dr. Salm.

»Hören Sie«, die Kriminaltechnikerin schnappte nach Luft, »mein Personalkontingent ist nicht unerschöpflich. Eine Einsatzgruppe arbeitet bereits mit Hochdruck an der Spurenauswertung aus dieser Datsche.«

»Die kann warten«, entschied der Dezernatsleiter.

»Ein weiteres Team ist in der Lagerhalle in Friedrichshain zugange.«

»Und? Sind Sie da fündig geworden?«

»Entschuldigung, aber es sind erst fünf Stunden vergangen, seit die zweite Leiche entdeckt wurde.«

»In fünf Stunden kann man eine Menge finden, meinen Sie nicht auch?«

Dr. Bodde stöhnte. »Also gut: Die Reifenabdrücke scheinen vom selben Pkw zu stammen, aber die Vergleichsanalyse läuft zur Stunde noch. Und was den Täter betrifft, es könnte, ich betone *könnte,* sich um den gleichen Mann handeln, etwa einen Meter achtzig groß, Schuhgröße dreiundvierzig, vierundvierzig. Die Sicherung aller Spuren, die für verlässliche Informationen notwendig ist, wird jedoch nicht vor morgen früh abgeschlossen sein. Bis dahin …«

»… hat diese Entführung absolute Priorität!«, entschied Dr. Salm. »Der Mord an Herrn Bodkema ist passiert, schlimm genug, aber ihn können wir nicht mehr retten. Was ich nicht möchte, ist, mir morgen von der Presse vorwerfen zu lassen, einen weiteren Mord zugelassen zu haben, den wir hätten vereiteln können, wenn wir uns nur ein bisschen Mühe gegeben hätten. Haben Sie mich verstanden?«

»Verstanden«, parierte Dr. Bodde.

Sofort schwärmten ihre Techniker am Tatort aus. Sie vermaßen das Zimmer, nahmen Staub-, Haar- und Faserproben mit kleinen Klebebändern vom Boden und von den Möbeln, fotografierten und dokumentierten die Blutspuren. Als sie den Teppich vom Boden zu lösen begannen, ging Sera ins Nebenzimmer.

Tania Herzberg hockte wie ein Häufchen Elend auf dem Bett, die Beine an den Leib gezogen, die Arme fest darum geschlungen. Ihre Augen hielt sie geschlossen, als würde sie schlafen. Wahrscheinlich aber wollte sie ihren Blick nur vor der Wirklichkeit verschließen. Sie hatte allen Grund dazu.

Blundermann kam mit langem Gesicht ins Zimmer. »Das Handy von Herrn Rething ist ausgeschaltet«, flüsterte er. »Keine Chance, ihn zu orten.«

Sera ging vor der Journalistin in die Hocke. »Frau Herzberg«, begann sie leise, um die unter Schock stehende Frau nicht zu erschrecken. »Es tut mir leid, aber …«

Tania Herzberg öffnete die Augen wie unter Trance. Ganz langsam kehrte ihr Blick zurück ins Hier und Jetzt.

»Können Sie mir einige Fragen beantworten?«

Ihr Lächeln wirkte fremd in dem von Tränen aufgelösten Gesicht. »Beantworten *Sie* mir eine Frage: Warum?«

»Warum was?«

»Warum ich?«

Eigentlich wollte ich das fragen. »Sie haben keine Erklärung dafür?«

»Verdammt, nein!« Tania Herzberg fuhr wie eine Furie auf. »Was meinen Sie, weshalb ich Sie frage?« Ihre Worte gingen in einem gurgelnden Laut unter, und sie sackte wieder in sich zusammen.

»Haben Sie Feinde?«, fragte Sera.

Die Journalistin reagierte nicht.

»Möglicherweise jemand, über den Sie berichtet haben?«

Sie schwieg.

»Jemand, der Ihnen das antun könnte? Dem Sie solche Taten zutrauen?«

Ein schluchzender Laut löste sich aus Tania Herzbergs Kehle. Eine Antwort?

»Wie bitte?«, vergewisserte sich Sera.

Die Stimme der Journalistin war nur ein leises Krächzen. »Karrenbacher!«

»Wer ist das?«

»Mein Kollege. Er ist … hat … den Job gewollt … Ressortleiter und …« Ihre Stimme brach unter dem Beben, das ihren Körper erschütterte. Sie brauchte mehrere Anläufe, um weiterzusprechen. »Aber Stanislaw … Herr Bodkema … Ich sollte den Posten bekommen. Karrenbacher … war sauer. Er hat …« Ihre Worte erstarben in einem neuerlichen Klagelaut. Tränen rannen ihre Wangen hinab.

Sera überlegte. *Ein missgünstiger Kollege?* War das denkbar?

»Frau Herzberg, unten wartet ein Arzt, der Ihnen ein Beruhigungsmittel geben wird. Danach bringen wir Sie an einen sicheren Ort, wo Beamte zu Ihrem Schutz abgestellt werden.«

»Was mit mir ist … ach, das ist doch egal«, schluchzte die Journalistin. »Suchen Sie lieber Hagen. Oder ist er … schon …?« Ihre Augen flackerten. »Gibt es schon ein Video?«

Sera schrumpfte unter ihrem flehenden Blick zusammen. Aber noch bestand Hoffnung. »Nein.« *Noch nicht.*

100

Robert zog sich trockene Sachen an. Die nassen, verschmutzten Klamotten stopfte er in die Waschmaschine.

»Hast du einen Korkenzieher?«, rief Nadine aus dem Wohnzimmer.

Er dachte kurz nach. »In der oberen Schublade vom Sekretär müsste einer liegen.«

Er gab Waschpulver in die Trommel und schaltete die Maschine an. Während sie zu arbeiten begann, gesellte er sich zu seiner Nachbarin.

Nadine hatte die beiden Kerzen auf dem Regal angezündet, außerdem noch weitere in der Schublade des Sekretärs gefunden. Die Deckenleuchte hatte sie ausgeschaltet, so dass die flackernden kleinen Flammen den Raum in ein mildes, behagliches Licht tauchten.

»Irgendwie geht es nicht.« Nadine mühte sich mit der Weinflasche ab.

»Lass mal sehen.«

Auch Robert schaffte es nicht, die Flasche zu öffnen. Nur unter Aufbietung all seiner Kräfte konnte er zumindest das Werkzeug wieder aus dem Korken lösen. Er besah sich den Korkenzieher genauer. »Der kann auch gar nicht funktionieren. Er ist kaputt.«

»Und jetzt?«

Er durchstöberte die Küchenschubladen nach einer Alternative, fand aber keine.

»Ich glaube, ich bin ein schlechter Gastgeber«, bedauerte er.

»Bisher hast du dich ganz gut geschlagen.«

»Und mich jedes Mal aus dem Staub gemacht.«

»Du hattest deine Gründe dafür. Außerdem habe ich schon Schlimmeres erlebt.«

»Kein Kompliment«, lächelte er, »aber es tröstet mich ein wenig.«

Sie erwiderte sein Lächeln, doch zugleich huschte ein Schatten über ihr Gesicht, der nicht nur von den flackernden Kerzen stammte. Er sagte mehr als tausend Worte. Zum ersten Mal gewährte Nadine ihm einen Blick auf die Person hinter der ausgelassenen, humorvollen Fassade.

Er verspürte den Wunsch, sie in den Arm zu nehmen. Aber Mitleid war keine gute Grundlage für eine erste intime Berührung. Schnell wandte er sich der Stereoanlage zu. Salieri setzte zum zweiten Akt an. *Sterblicher, wer du auch seist, Prinz, Brahmane oder Soldat.*

Als Robert wieder zu Nadine schaute, stand sie überraschend nah vor ihm. Der frische Duft ihres Parfüms stieg ihm in die Nase. Sein Blick traf ihre Augen, die heller als die Kerzen strahlten. Er konnte sich nicht von ihnen lösen. *Was geschieht mit mir?* Er beugte sich vor, wie von magischer Hand geführt. Nur wenige Zentimeter, dann berührten sich ihre Nasen, gleich darauf ihre Münder. Nadines Lippen waren weich, und die Wärme, die von ihnen ausging, stieg Robert zu Kopf. In seinen Ohren rauschte es.

Er wusste nicht, wie lange ihr Kuss dauerte. Wenn es nach ihm gegangen wäre, hätte er eine Ewigkeit währen können. Irgendwann löste sich Nadine von ihm.

Sie lächelte.

Robert dachte an den gestrigen Abend im Restaurant und an die unverhoffte Empfindung der Vertrautheit, die er in Nadines Anwesenheit gespürt hatte. Es war ein gutes Gefühl gewesen. *So wie jetzt.*

Aus dem Lautsprecher der Hi-Fi-Anlage wirbelte Salieri. *Mensch! Deine Größe auf der Erde erwächst nicht aus deinem Stand, sondern einzig aus deinem Charakter.*

Robert konnte nicht anders, als Nadines Lächeln zu erwidern. Doch gleich darauf verblasste es schon wieder. *Wenn da nicht …*

Als hätte sie seine Gedanken geahnt, glitt ihr Finger sanft über seine Lippen. »Es kommen andere Zeiten, bessere Zeiten«, wisperte sie.

Ihre Worte erschienen ihm wie eine magische Formel. Auch in Zukunft würde er sich mit Mördern und Verbrechern auseinandersetzen müssen, *das ist mein Job,* aber es würde anders als dieses Mal ablaufen, er würde nicht persönlich involviert sein.

»Robert?«

Nadines strahlendes Gesicht schwebte vor ihm. Sie schlang

den Arm um seinen Hals, zog ihn zu sich herunter. Dann küsste sie ihn erneut, und er war ihr dankbar für die Ablenkung. Diesmal berührten sich ihre Zungen, zärtlich, spielerisch und ohne Eile.

Robert ließ sich auch nicht stören, als das Telefon klingelte. *Wozu gibt es Anrufbeantworter?* Den Lautsprecher hatte er leise gestellt, also war nichts zu hören, außer den Stimmen des Chores in *Tarare,* die mit Gefühl nach oben kletterten.

»Dein Telefon«, flüsterte Nadine, als sie von ihm abließ.

»Na und?«

»Vielleicht ist es wichtig.«

Wichtig ist das, was gerade passiert. Trotzdem stand er auf. »Ich werde den AB abhören.«

»Und ich geh währenddessen meinen Korkenzieher holen.« Nadine eilte ins Treppenhaus.

Unschlüssig stand Robert vor dem Anrufbeantworter, ließ die letzten Minuten Revue passieren. Glück durchströmte ihn. Alle Müdigkeit war fortgeblasen und der Jetlag vertrieben. *Endlich!*

Er drückte die Playtaste.

»Dr. Babicz? Es hat eine neue Entführung gegeben. Der Freund von Frau Herzberg. Ein Schriftsteller. Sein Name ist Hagen Rething. Rufen Sie mich zurück, sobald Sie die Nachricht abgehört haben.«

Freund von Frau Herzberg? Schriftsteller? Hagen Rething? Jedes einzelne Wort der Kommissarin war ein Schlag, der das Glück aus Robert wieder hinausprügelte.

Nadine kam ins Zimmer zurück. »Was ist passiert? Du bist bleich wie ein Gespenst.«

Robert wählte die Nummer von Sera Muth.

101

»Frau Muth«, tönte es ohne eine Begrüßung aus Seras iPhone, »sind Sie sicher, dass es sich um eine Entführung handelt?«

»Es ist der Freund von Frau Herzberg.«

Der Psychologe blieb einen kurzen Augenblick still. »Also gehen wir wieder davon aus, dass sie Dreh- und Angelpunkt dieser Taten ist?«

»Bei allen drei Entführungen war sie involviert, zu allen drei Opfern hat sie einen Bezug.«

»Konnten Sie schon mit ihr reden?«

»Sie steht unter Schock.«

»Soll ich das übernehmen?«, schlug Babicz vor.

»Heute nicht mehr.«

»Wollen Sie tatsächlich so viel Zeit verstreichen lassen?«

»Uns bleibt nichts anderes übrig«, bedauerte Sera. »Vorhin war ein Arzt bei ihr und hat ihr ein Beruhigungsmittel für die Nacht verabreicht.«

Gesing lenkte den Wagen über die Elsenbrücke. Der Regen hatte noch nicht nachgelassen, weshalb der Blick nicht weit über die Brüstung hinausreichte. Die Spree schlängelte sich finster wie eine heimtückische Schlange durch die nächtliche Stadt.

»Dr. Babicz, da ist noch etwas anderes, was mich nachdenklich stimmt«, sagte Sera. »Erst hat der Mörder zwei Tage bis zur nächsten Tat verstreichen lassen. Zwischen der zweiten und der dritten Entführung lagen jedoch nur noch ein paar Stunden.«

»Wenn ein Serientäter die Abstände zwischen seinen Taten verringert«, erwiderte Babicz, »wenn sich also sein Schema verändert, dann bedeutet das in der Regel, dass er unter Druck steht.«

»Was wohl auch der Grund dafür ist, dass wir von der Entführung erfahren haben, noch ehe der Mörder ein Foltervideo an die Presse schicken konnte.«

»Das könnte sein.«

»Übrigens wäre er gestern fast von einer Zeugin gesehen worden. Bodkemas Tochter erzählte, ihrem Vater sei gestern Abend im Restaurant ein Mann aufgefallen. Leider hat sie selbst ihn nicht richtig erkennen können. Ihre Beschreibung reicht nicht mal für ein aussagefähiges Phantombild.«

Der Psychologe schwieg.

»Dr. Babicz?«

»Ja, ja, das ist möglich. Der Mörder verliert also die Kontrolle. Wann, sagten Sie, soll ich mit Frau Herzberg reden?«

»Ich lasse Sie morgen früh um acht von einem Kollegen abholen, der Sie zu ihr fährt. Wir haben sie in einem sicheren Haus des LKA untergebracht. Beamte sind zu ihrem Schutz abgestellt.« Sera legte eine Pause ein und sagte dann, weil Dr. Babicz ebenso schwieg: »Wir befinden uns jetzt auf dem Weg zu einem Kollegen von Frau Herzberg. Offenbar ist er nicht gut auf sie zu sprechen.«

»Steht er unter dringendem Verdacht?«

»Dringender Verdacht ist wohl übertrieben. Sagen wir mal so: Es ist der einzige Hinweis, den wir haben. Offenbar gab es seit Wochen Spannungen zwischen den beiden, weil Stanislaw Bodkema Frau Herzberg bei der Besetzung eines Postens bevorzugt hat.«

»Und weshalb sollte er Frank Lahnstein umgebracht haben?«

»Die gleiche Frage stellen wir uns auch.«

»Nun, entweder will er uns auf eine falsche Fährte locken …«

»Was zu Ihrem Profil des Mörders passen würde«, warf Sera ein.

Der Psychologe gab einen zustimmenden Laut von sich. »… oder er hat mit den Taten nichts zu tun.«

Die Kommissarin beendete das Gespräch, weil sie das Haus in Schöneweide erreicht hatten. Es lag direkt an der Ausfallstraße zum Flughafen Schönefeld. Um diese Zeit herrschte nicht viel Verkehr, aber tagsüber musste der Lärm beträchtlich sein.

Auf ihr Klingeln hin öffnete ihnen ein knorriger Mann mit Glatze, der ein entsetzlich unmodisches Tweedsakko trug. Erstaunt inspizierte er die Dienstausweise, die die Polizisten ihm präsentierten.

»Wir haben einige Fragen an Sie«, sagte Sera.

»Nämlich?«

»Dürfen wir hereinkommen?« Sera wischte sich die Regentropfen von der Jacke.

Hans-Peter Karrenbacher schaute über die Schulter zum Küchendurchgang, in dem seine Frau erschien. Sie sah verunsichert aus.

»Alles in Ordnung, mein Schatz«, beruhigte er sie und trat beiseite.

Er führte die Beamten in ein kleines, aber gemütliches Wohnzimmer mit einem kitschigen Dekokamin in der Ecke. Auf dem Bildschirm flimmerte ein künstliches Feuer. Als Karrenbacher sich auf die Couch gesetzt hatte, lümmelte sich zu seinen Füßen ein alter Labrador und schleckte ihm genüsslich die nassen Schuhe ab.

»Sie sind gerade erst nach Hause gekommen?«, bemerkte Sera.

»Ja«, entgegnete Karrenbacher knapp. Seine Frau ließ sich neben ihm nieder. Er nahm ihre Hand und drückte sie.

»Wo waren Sie heute seit neunzehn Uhr?«

»Verstehe ich Sie richtig? Sie verdächtigen mich?«

»Nein, wir befragen Sie«, korrigierte Gesing.

»Als wenn das einen Unterschied macht.« Karrenbacher keuchte erregt, und der Hund hob verdutzt den Kopf. »Auf diesen Schwachsinn ist bestimmt die Herzberg gekommen!«

»Das tut nichts zur Sache.«

»Die ist doch nur sauer, weil sie den Posten nun doch nicht bekommt.«

»Ich glaube nicht«, widersprach Sera, »dass sich Frau Herzberg im Augenblick für ihren Job interessiert.«

»Sie meinen wegen der Entführung ihres Freundes? Ich habe eben im Radio davon gehört ...«

»Genau.«

»Damit habe ich nichts zu tun«, erklärte Karrenbacher.

»Womit dann?«, hakte Gesing nach.

»Mit gar nichts.«

»Aber es ist richtig, dass Sie sauer auf Frau Herzberg waren.«

»Ich war nicht sauer«, gab Karrenbacher zerknirscht zurück.

Gesing lehnte sich vor. »Sie waren also nicht sauer darüber, dass Stanislaw Bodkema ihr den Posten als Ressortleitung angeboten hatte – und nicht Ihnen?«

»Wir werden auch Ihre Kollegen befragen müssen«, fügte Sera hinzu.

»Ja, gut, also schön«, räumte der Journalist ein. »Ich war nicht gerade begeistert davon. Aber deswegen bringe ich doch niemanden um. Kein Mensch tötet jemanden wegen einer derartigen Lappalie.«

»Gerade Sie als langjähriger Reporter sollten wissen, dass Morde aus noch viel niedereren Beweggründen begangen werden.«

»Nein und nochmals nein, ich habe damit nichts zu tun. Überlegen Sie doch mal: Warum sollte ich meinen Chef, Frau Herzbergs Freund *und* Frank Lahnstein umbringen? Das ergibt doch keinen Sinn!«

»In den Augen eines Mörders ergibt die Tat immer einen Sinn, so unsinnig sie für Außenstehende auch scheinen mag.«

»Wie bitte?«

»Vergessen Sie's.« Seras Handy vibrierte in der Jackentasche. Eine SMS. »Verraten Sie mir nun, wo Sie heute zwischen neunzehn und einundzwanzig Uhr waren?«

»Auf dem Heimweg. Und bevor Sie mich fragen: Ja, allein. In der S-Bahn.«

»Mehr als anderthalb Stunden lang?«

»Beschweren Sie sich bei denen, die für das S-Bahn-Chaos verantwortlich sind. Mir wäre es auch lieber gewesen, wenn ich nur die Hälfte der Zeit gebraucht hätte.«

»Und wo waren Sie gestern Abend ab zwanzig Uhr?«

»In der Redaktion. Den ganzen Abend.« Er verschränkte die Arme triumphierend vor seiner Brust. »Das können mehr als zwei Dutzend Kollegen bezeugen.«

»Und am Freitagmorgen? Zwischen sechs und acht Uhr?

»Im Bett. Fragen Sie meine Frau.«

»Das stimmt«, bestätigte sie.

Sera tauschte einen raschen Blick mit ihrem Kollegen. *Gehen wir!* Sie verabschiedeten sich und eilten durch den Regen zurück zum Wagen.

»Der war's wohl nicht«, meinte Gesing resigniert.

»Scheiße«, sagte Sera und las die neue SMS. Sie stammte von Gerry. *Ich warte auf eine Antwort. Immer noch! G.*

102

Die Worte der Kommissarin hallten dumpf in Roberts Kopf wider. *Es hat wieder eine Entführung gegeben.* Wie betäubt sank er gegen den Schreibtisch. *Hagen! Ausgerechnet Hagen!*

»Geht es dir nicht gut?«

Robert brauchte einige Sekunden, bis er begriff, dass die Frage nicht den Stimmen entstammte, die in seinem Schädel durcheinanderschrien. Sie kam von Nadine, die im Zimmer stand.

»Ja ... Nein ... Entschuldige«, stammelte er. Er rief sich zur Ordnung, doch es fiel ihm schwer. *Warum Hagen?* Und handelte es sich tatsächlich um den gleichen Täter?

Muth war davon überzeugt. Natürlich, alles andere wäre auch ein großer Zufall. *Ein viel zu großer Zufall!* Wie wahrscheinlich war das? Trotzdem würden sie erst Gewissheit haben, wenn ein Foltervideo auftauchte. Oder die Leiche. *Die Hände und Füße zerschmettert. Der Oberkörper gehäutet.*

Gemeinsam mit Nadine kehrte Robert ins Wohnzimmer zurück, wo er den Fernseher einschaltete und durch die Programme zappte. Zwei Nachrichtensender brachten Sondersendungen, deren Aufhänger der Leichenfund vom Nachmittag war. *Serienmörder in Berlin?*

Staatsanwalt Heindl kam ins Bild und gab eine Stellungnahme ab. Er räumte die Verbindung zwischen dem Mordfall Bodkema und dem Tod des jungen Lahnstein ein, ohne auf nähere Details einzugehen.

Auf *Phoenix* lief eine Dokumentation zum Ausbruch des Ersten Weltkriegs. Ein Ticker am unteren Bildschirmrand hielt unterdessen auch hier die Zuschauer über die Mordserie auf dem Laufenden. *Breaking News: Schriftsteller H. Rething in Berlin entführt! Neue Tat des Serienkillers?*

Noch ergingen sich die Medien in Spekulationen – nicht anders als die Ermittler –, aber irgendwann am nächsten Morgen würde ein Berliner Journalist eine Mail mit einem Link erhalten, und dann würde der Wahnsinn von Neuem beginnen.

Angewidert schaltete Robert den Fernseher aus.

»Willst du mir sagen, was los ist?« Nadine setzte sich neben ihn auf die Couch.

Es kommen andere Zeiten, bessere Zeiten. »Es gab eine weitere Entführung.«

»Ja, das habe ich auch gerade im Fernsehen gesehen.«

»Diesmal kenne ich das Opfer.« Robert musste an seine letzte Begegnung mit Hagen denken. Hau einfach ab!

»Steht ihr euch nahe?«

»Er ist mein bester Freund«, sagte Robert.

Nadine streichelte seine Hand. Die sanfte Berührung dämpfte seinen Zorn. Übrig blieb nur noch Trauer. Er hätte nicht im Streit mit Hagen auseinandergehen dürfen. *Aber hätte das die Sache besser gemacht?* Und hätte es Hagen vor seinem schrecklichen Schicksal bewahrt? *Wenn Tania nicht gewesen wäre, dann …*

War sie tatsächlich Dreh- und Angelpunkt der Entführungen und der Morde? Im Moment deutete alles darauf hin. Aber der Mörder hatte die Polizei immer wieder auf falsche Fährten gelockt. Was, wenn er die Beamten auch diesmal in eine verkehrte Richtung lenkte? Weil der Mörder nach wie vor Kontrolle – *und Macht* – besaß? Und weil er wieder mit ihnen spielen wollte?

Robert musste an die Kommissarin denken und wie der Killer sie und ihren Freund, den Kneipenbesitzer, in sein perfides Spiel eingebunden hatte. *Aber wie passt Hagen da rein? Ausgerechnet Hagen!* Eine Stimme meldete sich aus Roberts Unterbewusstsein zu Wort. *Vielleicht geht es diesmal gar nicht um Tania?*

Ihm kam das gestrige Abendessen in der *Dachkammer* in den Sinn. Wenn Bodkemas Tochter sich nicht irrte, hatte sich auch der Mörder in dem Restaurant aufgehalten – so wie Robert und Nadine. *Der Mörder spielt mit uns. Mit der Polizei. Den Ermittlern.*

Nein, unmöglich, das musste diesmal wirklich nur ein Zufall sein. Der Killer hatte nicht wissen können, dass Robert mit Nadine in die *Dachkammer* gehen würde. Robert hatte es bis zu dem Augenblick, in dem Nadine vor seiner Tür stand, ja selbst nicht gewusst.

Und doch ließ sich der Verdacht, dass auch er nur eine Rolle im Stück des Mörders spielte, nicht wegwischen. *Vielleicht ging es von Anfang an nicht um Tania?*

Robert sah auf die Uhr. Es war kurz nach zehn Uhr abends.

Er löste sich aus Nadines Umarmung. »Warte einen Augenblick.«

Zielstrebig ging er in seine Praxis. Die Telefonnummer, die er wählte, kannte er auswendig. Das Freizeichen klang fremd und fern. Es dauerte eine halbe Ewigkeit, bis sich eine Stimme meldete.

»Hello?«

»Ich möchte mit William K. King reden, bitte«, bat Robert auf Englisch.

»Wer spricht da?«

»Dr. Robert Babicz.«

»Oh, Dr. Babicz, ich habe schon viel von Ihnen gehört. Mister King hat mir …«

»Kann ich mit ihm sprechen?«

»Nein, sorry. Mister King hat gerade einen wichtigen Termin. Ich befürchte, er ist auch nicht auf seinem Handy zu erreichen.«

»Können Sie ihm eine Nachricht hinterlassen, bitte? Er soll mich zurückrufen. Es ist dringend.«

»Natürlich. Hat er Ihre Telefonnummer?«

Robert nannte zur Sicherheit seine Praxisnummer. »Und für den Fall, dass ich nicht zu Hause bin, soll er es auf dem Berliner Polizeipräsidium versuchen.« Er gab auch diese Nummer durch.

»Okay, werde ich ihm ausrichten.«

»Bitte, noch eine Frage: Was ist mit Andrew Jacobs?«

»Der Knochenmann? Der sitzt in Gewahrsam!« Der Agent lachte. »Hey, das waren doch Sie, der ihn entlarvt hat, oder nicht?«

Robert ging nicht darauf ein, dankte ihm stattdessen für das Gespräch und legte auf. Er wartete auf ein Gefühl der Erleichterung – *Der Knochenmann? Der sitzt in Gewahrsam!* –, das sich jedoch nicht einstellen mochte.

Die einzelnen Puzzleteile – *Lahnstein, Bodkema, Hagen,*

Tania – wollten sich einfach nicht zu einem Ganzen fügen. Es würde nichts bringen, sich weiter den Kopf darüber zu zerbrechen. Er musste auf das Gespräch mit Tania warten. *Und darauf, dass …* Aber daran wollte er nicht denken. *Noch nicht.*

Nadine saß unverändert auf dem Sofa. Sie streckte die Hand nach ihm aus, zog ihn neben sich auf die Couch. Sie hatte inzwischen die Flasche Wein geöffnet, reichte ihm ein Glas. Der Wein schmeckte mild und süß, ein schwacher Trost.

Robert trank einen weiteren Schluck und ließ es geschehen, dass Nadine den Arm um ihn legte. Er sank zurück, lehnte sich dankbar an sie, schloss die Augen. So blieb er sitzen, spürte die Nähe, die Wärme, den Alkohol.

103

»Ich warte auf Antwort!«

Gerrys Stimme drang in Seras Bewusstsein. Sie lag auf dem Bett in seiner kleinen Wohnung über dem *Ernie & Bert.* Eigentlich hatte sie sich ausruhen wollen – *nur ein paar Minuten* –, war dann aber eingenickt.

Gerry saß auf dem Stuhl neben dem Bett. In seiner Kneipe unten sang Sting: *There really isn't need for bloodshed. You just do it with a little more finesse.* Der Song war über ein Vierteljahrhundert alt, aber aktueller denn je.

Sera wickelte die Decke dichter um ihren Oberkörper, nicht weil sie fror, sondern weil es ihr Zeit gab, die richtigen Worte zu finden. Doch egal, welche Antwort sie sich auch zurechtlegte, sie ahnte, wie sie für Gerry klingen würde. »Wir haben einen Hinweis darauf erhalten, dass wir bei dir … in deiner Kneipe … eine Leiche finden.«

»Eine Leiche? Bei mir?«

»Ja.«

»Wenn ich heute Mittag nicht selbst Zeuge deiner Aktion geworden wäre, würde ich jetzt behaupten, dass du mich veralberst.«

»Warum sollte ich das tun?«

»Meinst du nicht, ein Anruf hätte genügt? Anstatt mit einer Hundertschaft meine Kneipe zu stürmen?«

Sera rieb sich die müden Augen. »Es waren nur mein Kollege und ich.«

»Und zwei Streifenwagen vor der Tür. Was glaubst du, wie das bei meinen Gästen angekommen ist?«

»Tut mir leid.« Sie zog die Decke noch enger und höher, bis nur noch ihr Kopf herausschaute. Jetzt war ihr tatsächlich kalt, eine Gänsehaut überzog ihren Körper. »Ich habe mir einfach nur Sorgen gemacht.«

»Um mich?«

Ist das so abwegig? Sera trotzte seinem verblüfften Blick. Dann stand sie auf, tapste barfuß hinüber in die Küche und füllte den Wasserkocher.

»Also mal ehrlich«, murrte Gerry vom Schlafzimmer aus. »Eine Leiche in einer, also, in *meiner* Kneipe – wer sollte denn auf so eine absurde Idee kommen?«

Because murder is like anything you take to, schallte es von unten herauf. *It's a habit-forming need for more and more.* Die Erschöpfung machte es Sera schwer, sich zu konzentrieren. Sie tat einen Beutel Pfefferminztee in eine Tasse und füllte sie mit kochendem Wasser. Mit dem dampfenden Getränk in der Hand kehrte sie ins Schlafzimmer zurück. Gerry hatte sich nicht vom Bett fortbewegt.

»Du hast bestimmt von den beiden Entführungen gehört«, sagte sie. »Der Politikersohn und der Journalist ...«

»Ja, man hat sie ermordet.«

»Inzwischen gibt es eine dritte Entführung.«

»Ihr geht also von einem Serienkiller aus? Zumindest ist das der Tenor in den Nachrichten, die ... Moment mal!« Gerrys

Miene verfinsterte sich schlagartig. »Willst du etwa behaupten, dieser Killer wollte jemanden in meiner Kneipe umbringen?«

»Nein, nicht umbringen. Aber einige der Hinweise, die der Mörder uns hinterlassen hat, deuteten darauf hin, dass wir bei dir eine Leiche finden würden.«

»Offensichtlich waren diese Hinweise falsch.«

»Ja, der Mörder macht sich einen Spaß daraus, mit der Polizei – und mit mir, der Ermittlungsleiterin – zu spielen.«

»Dann sollte ich mir wohl eher Sorgen um *dich* machen. Bist du in Gefahr?«

»Ich denke nicht.«

»Sicher?«

»Ja.«

Trotzdem wirkte Gerry nicht erleichtert. »Versprich mir, dass du …« Seine Stimme erstarb. »Du sagtest, dieser Killer spielt mit dir? Und eure Spur führte ins *Ernie & Bert*?«

Sera schwieg. Sie ließ ihm Zeit, die Erkenntnis zu verarbeiten.

»Woher weiß er von dir und mir?«

»Ich hatte gehofft, dass du mir das sagen könntest.«

Gerry straffte seinen Körper. »Ich habe mit niemandem über uns gesprochen, falls du das meinst.«

»Ich auch nicht.«

»Vielleicht hat er dich beobachtet.«

»Das wäre mir aufgefallen.«

Jetzt stand Gerry auf und ging nach nebenan in die Küche. Bierflaschen klirrten im Kühlschrank, bevor er mit zwei Jever zurückkehrte. Eins stellte er vor Sera ab. »Also glaubst du, dass ich mit jemandem über uns geplaudert habe?«

»Immerhin ging dir die ganze Geheimniskrämerei auf die Nerven.«

»Das heißt aber doch nicht, dass ich das mit uns gleich an die große Glocke hänge.« Er nahm einen langen Schluck und stieß empört auf. »Glaubst du mir etwa nicht?«

Abermals schwappte eine Welle der Erschöpfung über Sera hinweg. Sie atmete ein und wieder aus. Sie wollte diese Diskussion nicht führen. Sie wollte überhaupt keine Diskussionen mehr führen. Sie sank auf die Matratze zurück, schloss die Augen und schwieg. Die Zeit verging.

Ich möchte, dass du vorsichtig bist.

Sera war sich nicht sicher, ob Gerry sprach oder ob sie selbst die Worte dachte. Vielleicht träumte sie sie auch nur.

Berliner Kurier, Montag, 16. April

Nach Mord an Kurier-Chefredakteur
tappt Polizei im Dunkeln

Schnappt die Bestie!

Von Harald Sackowitz

Berlin. Liebevoller Familienvater, engagierter Journalist – das war Stanislaw Bodkema, Chefredakteur beim Kurier. Gestern wurde er Opfer der Bestie, die bereits Frank Lahnstein, Sohn des Innensenators Dr. Lothar Lahnstein, auf dem Gewissen hat.

Wie Frank Lahnstein (der Kurier berichtete) wurde auch Stanislaw Bodkema entführt und grausam gefoltert. Erneut tauchte ein Video im Internet auf, bevor die Leiche des Journalisten gefunden wurde. Obwohl die Polizei aus ermittlungstaktischen Gründen nach wie vor keine Informationen preisgibt, sind die Parallelen offenkundig.

Stanislaw Bodkema hatte Interviews mit dem Innensenator Dr. Lothar Lahnstein geführt, der sich darin umstritten zum Umgang mit kriminellen, jugendlichen Ausländern äußerte. Seine Familie hatte daraufhin Morddrohungen erhalten.

Die Gewaltverbrechen sind nicht nur ein Akt der Unmenschlichkeit, Anschläge auf Politiker und Journalisten sind auch ein Anschlag auf die Grundfesten der Demokratie.

104

Der jungen Frau in dem Fluss steht das Wasser bis zum Hals. Sie ringt um Atem, schluckt Wasser, würgt. *Du kannst ihr nicht helfen.* Sie fuchtelt verzweifelt mit den Armen, stemmt sich gegen den reißenden Strom. Gnadenlos zerrt er sie mit sich. *Du kommst zu spät.* Die Wellen wirbeln sie herum, tauchen sie unter – bis plötzlich ein Arm nach ihr greift.

»Sera!«

Eine Hand rüttelte an ihrer Schulter. Sera kämpfte sich aus ihrem Traum.

»Sera, dein Telefon!«

Ihre Hand glitt unter der Decke hervor, tastete blindlings über die Matratze. Sie bekam nichts zu fassen. Das Handy klingelte weiter.

»Warte, ich hol's!«

Das plötzliche Licht der Nachttischleuchte blendete Sera. Mühsam blinzelte sie zum Fenster. Draußen war es noch finster. Gerry huschte auf nackten Füßen nach nebenan und kehrte gleich darauf mit dem Telefon aus der Küche zurück.

»Ja?«, sagte Sera gequält.

»Werner hier.« Gesing klang auch nicht viel besser. »Das Video ist aufgetaucht.«

»Mit Hagen Rething?«

»Nein, mit George Clooney …« Er hustete. »Natürlich mit Hagen Rething, mit wem sonst?«

Seras Augen gewöhnten sich an das Licht. Erneut spähte sie zum Fenster hinaus. Im Osten zeichnete sich ein heller, blauer Streifen am Horizont ab. »Wie spät ist es?«

»Kurz nach fünf. Viel zu früh.«

»Dann ruf doch bitte den Killer an und sag ihm, er soll noch zwei Stunden warten.«

»Sehr witzig«, blaffte Gesing. »Was ich eigentlich meinte: Es ist viel zu früh für die Aufmerksamkeit, die sich dieser Mistkerl wünscht.«

Er steht unter Druck! Sera rappelte sich auf. »Wer hat das Video diesmal bekommen?«

»Ein Journalist im Hauptstadtstudio von *RTL*. Sein Name ist Andree Surmeister.«

»Gibt es eine Verbindung zu Herzberg, Lahnstein, Bodkema – zu irgendwem?«

»Woher soll ich das denn wissen? Ich habe auch gerade erst von dem Video erfahren.«

»Dann treffen wir uns vor dem *RTL*-Gebäude.« Sera wälzte sich aus dem Bett. »In einer halben Stunde.«

»Meinst du, das hilft uns weiter?«, rief Gesing.

Sera überprüfte das Handydisplay. Keine weiteren Anrufe. »Hat sich Dr. Bodde mit einem ersten Tatort-Befund gemeldet?«

»Bisher noch nicht.«

»Hast du also einen besseren Vorschlag?« Ohne Verabschiedung beendete Sera das Telefonat.

Gerry wartete im Durchgang zur Küche, barfuß und in Shorts, dazu trug er ein kurzärmeliges Shirt, das seine muskulösen Arme betonte. Sein Haar war vom Schlaf zerzaust. »Überflüssig dich zu fragen, ob du noch etwas frühstücken magst, nehme ich an?«

»Ich muss los.«

»Ich habe Kaffee aufgesetzt. Den kannst du wenigstens mitnehmen.«

Gerry behielt sie im Auge, während sie ihre Hose anzog.

»Du hast wieder schlecht geschlafen«, sagte er.

Sera schlüpfte in ihr Kapuzenshirt. Kurz tauchten die Bilder aus dem Traum wieder in ihren Gedanken auf. Sie beugte sich zu ihren Schuhen hinab.

»Ist es wegen gestern? Diesem Killer?«, fragte Gerry.

»Nein.«

»Die Antwort kommt zu schnell.«

»Trotzdem ist es die Wahrheit.«

»Dann sag mir: Was hast du geträumt?«

Blödes Zeugs! Während sie sich die Schnürsenkel band, erzählte sie von dem Fluss, dem Wasser, den Wellen und der jungen Frau.

Als sie endete, griff Gerry nach ihren Schultern. »Diese Frau, der das Wasser bis zum Halse steht, das bist du selbst.«

»Mir steht das Wasser aber nicht bis zum Hals.« *Mir fehlt nur eine handfeste Spur zu einem brutalen Killer.*

»Diese Morde, in die du verwickelt bist ...«

»Ich bin in keine Morde verwickelt!«

»Aber der Mörder hat dich ins Visier genommen.«

»Er hat mich auch nicht ins Visier genommen!«

»Herrgott, Sera, du weißt, was ich meine. Dieser ganze Stress, von dem du mir gestern Abend erzählt hast. Und dann noch diese Sache mit der Türkin, die kürzlich niedergestochen wurde und wegen der dich ein schlechtes Gewissen plagt.«

»Woher willst du das wissen?«

»*Frauen wie du sind schuld.* Kannst du dich nicht erinnern, dass du das im Schlaf gestammelt hast?«

Sera konnte. Sie schwieg.

»Und dann ist da auch noch dein Vater, der dich einengt. Wasser, in dem man ertrinkt, steht in der Traumdeutung als Symbol dafür.«

Na schön, du Psychologe! Und wenn du mir jetzt noch erklären könntest, wer hinter dieser grausigen Mordserie steckt, dann ... »Und was ist mit *dir*?«, wich sie aus. Sie löste sich aus seinem Griff. »Hast *du* kein schlechtes Gewissen?«

Seine Miene wurde abrupt düster. »Ich habe dir gestern schon gesagt, dass ich niemandem von uns erzählt habe.«

Wortlos steuerte Sera das Badezimmer an.

»Nur einer einzigen Person.«

Sie blieb wie angewurzelt stehen. »Du hast mich gestern Abend angelogen?«

Gerry schüttelte den Kopf. »Nein, nicht so … nicht so, wie du denkst. Ich habe mit meiner Frau gesprochen.«

»Du hast deiner Frau von mir erzählt?«

»Nein, nicht von dir. Nur dass es … Ich habe ihr erzählt, dass ich eine andere Frau kennengelernt habe, dass ich sie liebe, mit ihr zusammenleben möchte und es deshalb für das Beste halte, einen Schlussstrich zu ziehen. Die Ehe ist sowieso keine mehr.«

»*Das* hast du gemacht?« Fassungslos starrte Sera ihn an.

»Ich habe gedacht, es ist an der Zeit, dass wir … Also du und ich … Ach, verdammt: Ich liebe dich.«

Sera trat rasch ins Badezimmer, schloss die Tür hinter sich und setzte sich auf die Kloschüssel. Mittlerweile war es kurz nach fünf Uhr, und ein weiterer Einsatz stand bevor. *Und ein weiterer Mord!* Es war nur noch eine Frage von Stunden. *Nein, von Minuten!* Ohne Zweifel gab es geeignetere Situationen für Liebesbezeugungen dieser Art.

Sie betätigte die Spülung, wusch sich die Hände, richtete sich mit schnellen Handgriffen das kurze Haar. Währenddessen betrachtete sie sich im Spiegel. Blass und abgekämpft sah sie aus. Und hager. Sie hatte abgenommen.

»Ich dachte, eine Scheidung sei nicht so einfach«, sagte sie, als sie zurück in den Flur trat.

Gerry stand unverändert im Durchgang zur Küche. »Mir ist klar geworden, dass es mir egal ist, welche Konsequenzen eine Scheidung für mich haben wird. Solange ich mit dir …«

»Ja, ja, natürlich, und ich mit dir. Aber hast du dir auch mal überlegt, welche Konsequenzen das für *mich* hat?«

»Ich dachte, du würdest dich freuen. Endlich klare Verhältnisse. Für deinen Vater. Deine Familie.«

»Hast du überhaupt eine Ahnung, wie beschissen das Verhältnis zu meinem Vater, zu meiner ganzen Familie, zurzeit ist? Und was, glaubst du, wird er davon halten, wenn ich jetzt auch noch einen Mann mit zwei Kindern anschleppe?«

»Aber ich bin bald nicht mehr verheiratet.«

»Dann bist du halt geschieden.« Sera tastete die Jackentaschen nach ihrem Autoschlüssel ab. »Das macht die Sache auch nicht einfacher.«

Gerry verzog seine Miene nur unmerklich. »Nicht?«

Sie schüttelte den Kopf. »Nein. Er würde kein Wort mehr mit mir wechseln, und meiner Mutter und meinen Geschwistern würde er verbieten, sich mit mir zu treffen ... Von einem Tag auf den anderen würde ich meine ganze Familie verlieren.«

»Du könntest sie trotzdem treffen.«

»Ja, heimlich.« Sera lächelte gequält. »Aber was hat sich dann für mich geändert?«

Betreten holte Gerry einen Pappbecher mit Kaffee aus der Küche. Außerdem hatte er zwei Stullen geschmiert und in Alufolie gewickelt. Er drückte sie ihr in die Hand. »Und jetzt?«

»Jetzt muss ich los.«

105

»Schlafen Sie?«, geisterte eine Stimme durch die Dunkelheit.

Tania erschrak, und der Traum, ein Sammelsurium beängstigender Bilder, entwand sich noch im selben Augenblick ihrem Gedächtnis. Für Sekunden lag sie erleichtert in der Finsternis. *Es war alles nur ein Traum.* Dann tastete sie um sich, spürte das harte Kissen, die spröde Leinenbettwäsche, die zerknitterte Bluse, die ihr schweißnass am Oberkörper klebte. *Es ist wahr.*

Die Tür ging einen schmalen Spaltbreit auf, und in dem hellen Streifen Licht, der vom Flur ins Zimmer fiel, zeichnete sich ein schwarzer Schemen ab.

»Tut mir leid, ich wollte Sie nicht wecken.«

»Und ich wollte nicht schlafen!« Tania schnappte nach Luft.

Gestern Abend, kurz bevor sie von der Polizei zu einem sicheren Haus geschafft worden war, hatte ein Arzt ihr ein Beruhigungsmittel verabreicht. Tania hatte sich dagegen gewehrt. *Was, wenn Hagen sich meldet? Oder wenn er heimkommt?* Der Doktor hatte besänftigend auf sie eingeredet, und irgendwann war die letzte Kraft, die noch in ihr steckte, aufgebraucht gewesen. Die Anstrengungen der vergangenen Wochen, die Panik der letzten Tage, waren zu viel für sie gewesen. Kaum in der Wohnung angekommen war sie eingeschlafen.

»Ist Hagen …?« Mehr traute sie sich nicht zu fragen.

Der Beamte an der Tür verneinte.

War das ein gutes Zeichen? Dass man noch nichts von Hagen gehört hatte? *Oder gesehen!*

»Ist alles in Ordnung?«, wollte der Polizist wissen. »Ich habe Sie schreien gehört.«

Ja, nach Schreien ist mir auch zumute! Tania presste die Lippen aufeinander. Tränen rannen ihre Wangen hinab. *Nichts ist in Ordnung!*

Die Gestalt verließ das Zimmer. Die Tür wurde langsam wieder geschlossen, der Lichtstreifen wurde schmaler und schmaler, bis nichts mehr von ihm übrig war. Tania wurde schlecht. Sie stand auf und eilte zur Toilette. Dort hockte sie eine ganze Weile auf der Kloschüssel, ohne sich übergeben zu müssen. Schließlich kehrte sie zurück auf ihr Zimmer.

Durch die Dunkelheit ging sie zum Bett, setzte sich auf die Matratze und lauschte den Geräuschen, die von der Straße heraufdrangen. Sie überlegte, wohin man sie gebracht hatte, aber sie konnte sich nicht mehr an den Weg erinnern, den man mit ihr gefahren war.

Es fiel ihr schwer, sich gegen die Erschöpfung zu wehren, aber sie wollte wach sein, wenn sie Hagen fanden. *Du darfst nicht resignieren! Hagen lebt! Er wird heimkehren! Das weißt du!*

Sie knipste das Licht an. Es war so grell, dass es in ihren Augen brannte, aber es hielt sie wach. Sie betrachtete den Raum: Raufasertapete, blasse Auslegware, einfache Möbel aus dem Baumarkt, auf dem Nachttischchen lagen alte Zeitungen, die irgendjemand vergessen hatte – kein Ambiente, das Hoffnung ausstrahlte. Erneut wurde ihr schlecht.

Aus ihrer Handtasche klaubte sie die *Lucky-Strike*-Schachtel. Sie enthielt nur noch ein halbes Dutzend Zigaretten. Aber lange, so beschloss sie, würde sie sowieso nicht mehr in der Wohnung bleiben. Während sie sich eine Zigarette anzündete, erinnerte sie sich daran, dass einer der Beamten, die mit ihr hierhergefahren waren, ihr erklärt hatte, dass Rauchen in den Räumen verboten sei. Aber das scherte sie in diesem Moment kein bisschen.

Tania nahm einen Zug und wartete. Die Nacht war bald vorüber. Noch immer hatte die Polizei keine Spur von Hagen. *Wo, um Himmels willen, ist Hagen? Warum finden sie ihn nicht?*

Wie zur Antwort erklang aus dem Nebenraum Gemurmel. Täuschte sie sich? *Oder lacht da jemand?* Sie schaltete den Fernseher ein, wollte einen Musikkanal suchen, irgendeinen, Hauptsache, die Musik war laut genug, um das Gekicher zu übertönen.

Plötzlich flammten Bilder eines Nachrichtensenders auf. Tania fand den Knopf zum Umschalten zu spät. Sie erkannte Hagen sofort. Schreiend ließ sie die Fernbedienung fallen. Sank auf die Matratze. Vergrub das Gesicht im Kissen, als würde sie auf diese Weise die grauenhaften Bilder verdrängen können.

Doch Hagens Anblick hatte sich bereits in ihr Gedächtnis

gebrannt. Hagen. In der dunklen Kammer. Auf dem hellen Tisch. Sein blutiger Körper.

Hagen! Tania schrie.

Den Polizisten, der in das Zimmer stürzte und die glühende Zigarette ausschlug, die schon ein Loch in das Bettlaken gebrannt hatte, hörte sie nicht.

106

Sera kam ohne Umschweife auf den Punkt. »Herr Surmeister, haben Sie jetzt gleich einen Termin?«

Andree Surmeister, ein kleiner, braun gebrannter Mann Mitte vierzig mit blondem Bürstenhaarschnitt, kniff die Augen wie ein empörtes Frettchen zusammen. »Haben Sie eine Ahnung, wie spät es ist?«

»Es ist fünf Uhr vierzig.« Sera blickte zum Fernsehschirm, der hinter dem *RTL*-Journalisten flimmerte.

Eine Dreiviertelstunde war vergangen, seit der neue Folterfilm das erste Mal über die Fernsehkanäle geflimmert war. *Bleiben noch fünfzehn Minuten, bis die Leiche von Hagen Rething entdeckt wird.*

Surmeisters Miene entspannte sich. »Mit wem um alles in der Welt sollte ich mich um diese nachtschlafende Zeit treffen?«

»Also haben Sie keinen Termin?«

»Ich wüsste nicht mit wem. Heute ist mein erster Arbeitstag, und ich ...«

»Ihr erster Arbeitstag?«

»Ich war mit meiner Familie im Urlaub«, erklärte der Reporter. »Drei Wochen Fuerteventura.«

»Demnach arbeiten Sie auch an keiner Reportage?«

Surmeister lächelte nachsichtig. »Nein, keine Reportage. Keine Telefonate. Keine E-Mails. Nur Urlaub.«

»Aber Sie haben doch den Link zum Video erhalten, oder?«, hakte Gesing nach.

»Nun ja, mehr oder minder. Empfänger war das allgemeine Postfach der Hauptstadtredaktion. Es wird von jeweils dem bearbeitet und gelesen, der gerade Dienst hat.«

»Also von Ihnen!«

»In diesem Fall: ja. Allerdings war die E-Mail bereits im Postfach eingegangen, als ich den Frühdienst antrat. Das war kurz vor fünf.«

Das erstaunte Sera noch mehr. »Kann ich mir die Mail mal ansehen?«

Surmeister drehte den Monitor seines PCs herum. Mit der Maus glitt er über den virtuellen Schreibtisch und klickte auf eine E-Mail. Sie war bereits um vier Uhr gesendet worden.

»Ich habe mich auch schon gewundert, warum mein Kollege, der für die Nachtschicht eingeteilt war, die Mail nicht entdeckt hat. Ich meine, bei diesem brisanten Inhalt ... Dann wären wir noch früher damit auf Sendung gegangen.«

Seras nachdenklicher Blick fiel erneut auf den Fernsehmonitor. Das Frühprogramm des Senders wurde bestimmt von dem neuen Internetfilm. *Drittes Foltervideo!*, tickerte ein Laufbahn am unteren Bildschirmrand. *Dritter Mord?*

Die Szenen des kurzen Films glichen denen der vorangegangenen Entführungen. Sera hatte sie noch gut vor Augen. Nur die Person auf dem Tisch war eine andere. Angeekelt wandte sie sich ab. »Ihr Kollege hätte die Mail also noch in seiner Schicht entdecken können?«

»Ja, zeitlich würde das hinkommen.«

»Ist der Kollege noch im Haus?«

»Wahrscheinlich sitzt er beim Frühstück in der Kantine.«

»Rufen Sie ihn bitte zu uns.«

Surmeister griff zum Telefon, hielt aber in der Bewegung inne. »Warum wollen Sie ...?«

»Nur für ein paar Fragen«, kam ihm Gesing zuvor.

Der Reporter runzelte die Stirn. »Wie gesagt, heute ist mein erster Tag nach dem Urlaub. Ich weiß noch nicht alles über diese Mordserie, aber ich habe so einiges gehört, zum Beispiel, dass der Killer …«

»Rufen Sie Ihren Kollegen doch einfach an«, unterbrach ihn Gesing. »Er wird Ihnen sicherlich alles erklären, was man … so hört.«

Zähneknirschend wählte Surmeister die Handynummer, und keine fünf Minuten später betrat sein Kollege den Raum. Der untersetzte Mann stellte sich als Bernd Peters vor.

»Herr Peters, haben *Sie* gleich einen Termin?«, wollte Sera wissen.

Der Journalist machte ein erstauntes Gesicht. »Äh, nein.«

»Ganz sicher nicht?«

»Hören Sie, ich habe die Nachtschicht hinter mir, werde gleich nach Hause fahren und ins Bett gehen. Ich bin froh, wenn ich am Nachmittag noch ein bisschen Zeit mit meinen Kindern verbringen kann, bevor die nächste Schicht beginnt.«

Sera schaute zu Gesing. An seiner Miene erkannte sie, dass er genauso überrascht war wie sie. Diesmal hatte es keinen vorbestimmten Empfänger des Videos gegeben. Obendrein waren seit dem Auftauchen des Folterfilms schon zwei Stunden vergangen, doch die Leiche war noch immer nicht gefunden worden. *Warum hat der Täter die Spielregeln geändert?*

»Kennen Sie Tania Herzberg?«, erkundigte sich Sera.

»Die Journalistin vom *Kurier*?«, fragte Surmeister.

»Die den toten Frank Lahnstein gefunden hat«, ergänzte Peters. »Deren Chef ermordet wurde und deren Freund in dem Film zu sehen ist?«

Seras Handy läutete. Sie schaute kurz aufs Display. Blundermann. Die Kommissarin wappnete sich für das Schlimmste.

Doch Blundermann sagte: »Ich habe eine gute Nachricht.«

Hagen Rething lebt?

»Bei der Entführung gestern gab es einen Zeugen!«

107

Ein Finger streifte Roberts Wange. Er schrak auf. Orientierungslos irrte sein Blick durch die Dunkelheit. *Wo bin ich?* Ein schmaler Streifen Licht fiel durch einen Spalt im Vorhang. Erleichtert sank Robert zurück auf das Kissen. Er befand sich in seinem Schlafzimmer. *Aber wie bist du ins Bett gelangt?* Neben ihm bewegte sich etwas auf der Matratze. Er wandte seinen Kopf zur Seite – und erkannte Nadine.

Sie lag ausgestreckt neben ihm. Auf ihrem Gesicht lagen Schatten, ihre Pupillen glänzten, zwei helle Punkte, die aufmerksam auf ihn gerichtet waren. »Geht es dir besser?«

»War ich betrunken?«

»Nein, ich glaube nur müde.« Sie streckte die Hand nach ihm aus, fuhr ihm in einer zärtlichen Geste durchs Haar.

Jetzt entsann er sich: Er hatte gestern Abend noch zwei, drei Gläser Wein getrunken, bevor er ermattet eingeschlafen war. Auf der Couch neben Nadine war er eingenickt, irgendwann hatte er sich dann zu Bett begeben. Offenbar war Nadine ihm gefolgt, doch daran fehlte ihm gänzlich die Erinnerung. Hatten sie sich noch eine Weile unterhalten? *Oder haben wir sogar …?* Wohl kaum, denn er trug noch all seine Kleidung am Leib.

Robert fragte sich, ob er ein schlechtes Gewissen haben musste. Nicht wegen Nadine, aber wie hatte er schlafen können, während sich Hagen in den Händen eines grausamen Mörders befand?

»Ja, ich war müde«, sagte er, mehr zu sich selbst.

»Und jetzt?«

»Wie? Und jetzt?«

»Jetzt bist du wach.« Die Matratze schwankte. Nadine krabbelte unter seine Decke, legte den Arm um seine Brust. Ihr Körper war noch warm vom Schlaf. Als er ihr unwillkürlich entgegenrutschte, kamen ihm Zweifel. *Wie kannst du …?*

»Nadine«, sagte er, »ich will …« Er brach ab.

Ihr Gesicht näherte sich dem seinen, bis sich ihre Nasenspitzen berührten. »Du willst?«

Er sog den Duft ihrer Haut ein, der ihm schon vertraut war, obwohl sie sich erst seit drei Tagen kannten. *Spielt das eine Rolle?* Er schob seine Hand in ihren Nacken und zog sie zu sich heran.

Ihre Lippen trafen vorsichtig aufeinander, als könnten sie bei der kleinsten Berührung zerbrechen. Hände gingen wie von selbst auf Wanderschaft, glitten unter Kleidung und berührten die heiße Haut des anderen. Bald waren sie nackt, und ihre Körper verschmolzen, als wären sie füreinander geschaffen. Der Höhepunkt war wie eine Befreiung von schwerer Last.

Danach blieben sie atemlos liegen, sprachen kein Wort, hielten sich nur fest umklammert und genossen die Nähe des anderen. Das genügte ihnen, es war ein Band, das so schnell nicht wieder zertrennt werden würde. Mit diesem Gedanken schlief Robert wieder ein.

Um halb sieben rasselte das Telefon. Robert war sofort hellwach. Auf dem Weg in die Praxis sprang er in seine Jeans und geriet ins Stolpern. Trotzdem war er am Hörer, bevor der Anrufbeantworter ansprang.

»Tut mir leid, wenn ich Sie geweckt habe«, meldete sich die Kommissarin, die, dem Rauschen im Hintergrund nach zu urteilen, in einem Auto saß. Sie klang aufgeregt.

Auch wenn Robert es nicht wahrhaben wollte, wusste er den Grund. Trotzdem traf ihn die Nachricht wie ein Schlag.

»Ein Video ist aufgetaucht. Diesmal bei *RTL*.« Muth erzählte ihm, was sie bisher herausgefunden hatte.

Robert unterdrückte den aufkommenden Würgereiz, versuchte seine Gedanken zu sammeln. »Der Täter weicht schon wieder von seinem Schema ab.«

»Ja, und normalerweise hätten wir längst die Leiche finden müssen. Was, glauben Sie, ist der Grund dafür?«

»Wie ich gestern schon sagte: Der Täter steht unter Druck. Wahrscheinlich macht er Fehler.«

Muths Stimme war plötzlich nur noch gedämpft zu hören, offenbar hielt sie die Hand über ihr Telefon. Sie wechselte einige unverständliche Worte mit einer zweiten Person, vermutlich einem ihrer Kollegen, dann war ihre Stimme wieder klar, wurde nur begleitet von Fahrtgeräuschen. »Es gibt sogar einen Zeugen der Entführung. Ich befinde mich gerade auf dem Weg zum Präsidium, wo sich mein Kollege Blundermann um eine Phantomzeichnung bemüht.«

»Das Gespräch mit Frau Herzberg soll ich trotzdem führen?«

»Selbstverständlich. Der Wagen, der Sie zu ihr fahren wird, trifft gleich bei Ihnen ein.«

Sie vereinbarten, sich anschließend auf dem Präsidium zu treffen – vorausgesetzt, es gäbe bis dahin keine neue Entwicklung.

Aus dem Wohnzimmer erklang das Geräusch des Fernsehers. Nadine hatte das Gerät eingeschaltet. Mit der Decke, die sie um ihren nackten Körper geschlungen hatte, saß sie auf der Couch. Robert selbst warf nur einen raschen Blick auf das Video. Es zeigte die bekannten, grausamen Bilder.

Er flüchtete unter die Dusche. Als er angezogen in die Küche kam, hatte Nadine den Tisch gedeckt. Während er den Kaffee trank, war ihm, als hätte er sich beim Duschen nicht nur vom Schweiß der letzten Nacht befreit, auch die gestrigen Ereignisse, die der letzten Tage und sogar die der ganzen verdammten vier Jahre waren plötzlich weit weg. Sie waren zwar geschehen, das wusste er, aber er konnte endlich akzeptieren, dass sich nichts mehr daran ändern ließ. *Unsere Eltern würden wollen, dass du endlich wieder lebst.*

Es klingelte. Das musste der Wagen sein, der ihn zu Tania bringen würde. Zum ersten Mal seit einer Ewigkeit tauchte ihr Name in seinen Gedanken auf, ohne seinen Magen in Aufruhr zu versetzen.

Er beugte sich zu Nadine und küsste sie. »Sehen wir uns wieder?«

»Unbedingt!«

Ihre Lippen fanden sich ein zweites Mal.

108

»Der Zeuge hat sich vor einer halben Stunde bei uns gemeldet«, sagte Rita, während sie mit feierlicher Miene einen Kuchen auf ihrem Schreibtisch anschnitt.

Trotz der frühen Morgenstunde herrschte in den Räumen des Kriminaldezernats Berlin-Mitte Hochbetrieb. Das Video lief in einer Endlosschleife auf dem Fernseher des Konferenzraums. *Drittes Foltervideo!* +++ *Dritter Mord?* Inzwischen war der Live-Ticker am unteren Bildschirm um weitere Meldungen ergänzt worden: *Polizei tappt im Dunkeln.* +++ *SOKO erwartet Anruf des Killers.*

Wie wohl die Schlagzeilen auf Dr. Salm wirken mochten? Ein Wunder, dass er noch nicht durch die Gänge der Mordkommission tobte. Aber vielleicht dämpfte der unverhoffte Zeuge ja wenigstens etwas seine schlechte Laune.

»Es ist ein Nachbar«, erklärte die Sekretärin. »Er sagt, er habe gestern Abend, als er das Haus verließ, eine Auseinandersetzung in der Wohnung von Frau Herzberg mitbekommen. Als er auf der Straße gerade in sein Auto steigen wollte, kam ein fremder Mann aus der Haustür.«

»Aber wie kommt er darauf, dass sich dieser Mann ausgerechnet in Frau Herzbergs Wohnung aufgehalten haben soll?«, zweifelte Gesing.

»Der Mann hatte Blut an der Hose.«

»Und dann meldet er sich erst jetzt bei uns?«

»Er ist gestern Abend zur Arbeit gefahren – Nachtschicht

bei Siemens. Er hat erst von der Entführung bei seiner Nachbarin erfahren, als er heute Morgen nach Hause kam.«

»Und wo steckt er?«

»David ist mit ihm bei den Zeichnern. Sie erstellen mithilfe seiner Beschreibungen ein Phantombild.«

»Hoffentlich ein besseres als das von gestern.«

»David ist guter Hoffnung.« Rita schob vorsichtig die Tortenstücke auf die Teller.

Sera setzte sich auf einen Stuhl. Obwohl eigentlich kein Grund dazu bestand – *Noch immer gibt es keine Spur von Hagen Rething! Lebt er? Ist er tot?* –, gestattete sie sich einen Augenblick der Hoffnung.

»Kuchen?«, bot Rita an.

»Kaffee wäre mir lieber.«

Die Sekretärin stellte einen Teller vor Sera ab und trippelte in den Nachbarraum. Was immer sich auch hinter Ritas neuester Kreation verbergen mochte, mit der kleinen Erdbeere als Verzierung schaute das Stück Kuchen ansprechender aus als die Schuheinlagen aus Apfel-Quark mit Zimt und Zucker.

Tatsächlich verspürte Sera Hunger. Sie griff in die Jackentasche, in die sie Gerrys Stullen gesteckt hatte, und wickelte eines der Brote aus dem Alu-Papier. Ein Zettel flatterte zu Boden, genau vor Gesings Schuhe. Bevor Sera ihn aufheben konnte, hatte sich ihr Kollege schon nach dem Papier gebückt und reichte ihr die Notiz – mit der roten Schrift nach oben.

Denk über meinen Vorschlag nach. Ich liebe dich. Gerry.

Sera spürte, wie ihr das Blut ins Gesicht schoss. Als sie Gesings Blick auswich, sah sie im Flur einen kleinwüchsigen Asiaten, den Kommissar Berger zum Aufzug führte. *Das kurze, schüttere Haar, die schiefen Zähne …*

»Das ist doch …« Sera legte das Brot beiseite, stopfte den Zettel in die Hosentasche und sprang auf. Als sie den Fahrstuhl erreichte, glitten die Türen bereits vor dem Mann zusammen. »Das war doch …«

»Sui Chun Zaoming.« Berger drehte sich freudestrahlend zu ihr um. »Der Koch aus dem Thai-Restaurant.«

»Der Zeuge im Fall Adile Gökcan!«

Berger trabte zur Kombüse, wie das Vernehmungszimmer von den Kollegen genannt wurde, weil es klein und eng wie eine Schiffsküche war. »Dein Hinweis war goldrichtig, Sera. Amiel Gökcan hatte sich in der Moschee versteckt.«

»Du hast ihn verhaftet?«

Berger rieb sich stolz den Schnauzbart. »Und gerade eben wieder auf freien Fuß gesetzt.«

Und darauf bist du stolz? Sera war sprachlos. Das Telefon im Vorzimmer klingelte. Rita watschelte zu dem Apparat.

»Auf freien Fuß?«, fragte Sera ungläubig.

»Wir haben Herrn Zaoming zu einer Gegenüberstellung gebeten, und er war sich sicher, dass Amiel Gökcan nicht der Mann war, der auf Adile Gökcan eingestochen hat. Ich habe Herrn Zaoming daraufhin ein Foto von Ahmet Gökcan gezeigt, Amiels Bruder, und Zaoming hat ihn als Täter identifiziert.«

Sera entsann sich der zweifelhaften Beschreibungen, die der Zeuge bei seiner Befragung geliefert hatte. »Und das reicht für einen Haftbefehl?«

»Das und die DNA-Spur, die die Kriminaltechniker an dem Messer sichergestellt haben. Du erinnerst dich? Am Tatort wurde das Messer gefunden, mit dem die junge Türkin niedergestochen wurde. Die DNA stimmt mit der des Bruders überein.« Berger zwirbelte seine spitzen Bartenden. »Und jetzt verrate du mir bitte noch, wie du von der Moschee erfahren hast?«

»Na ja, ich habe da etwas läuten hören.«

»Von wem?«

»Spielt das noch eine …?«

»Sera!« Rita winkte aus dem Vorzimmer, dann presste sie wieder den Hörer ans Ohr. »Yes, she's coming. One moment, please.« Sie reichte Sera das Telefon. »Für dich. Das FBI aus Amerika.«

109

Tania rollte sich zur Seite, als könnte sie auf diese Weise der Dunkelheit entfliehen, doch vergeblich. Sie war von ihr umgeben. *Nein, erfüllt.* Es war, als sei etwas in ihr zerbrochen und nicht mehr zu heilen. Ihr Leben hatte sich in einen Albtraum verwandelt, und sie wusste nicht einmal, warum.

Ihre Tränen tropften auf das Kissen.

»Frau Herzberg, kommen Sie bitte?«

Tania reagierte nicht auf den Beamten. Sie wollte das Bett nicht mehr verlassen. *Nie mehr.*

Sie krümmte sich wie ein Baby auf der Matratze, eingewickelt in die Bettdecke. Wie war sie überhaupt in das Zimmer gelangt? Ihr Gedächtnis blendete die Antwort aus. *Man hat dich hierhergebracht, damit du sicher bist. Sicher vor einem Mörder.*

»Sie müssen etwas essen.« Der Polizist stellte ein Tablett auf dem Nachttisch ab.

Tanias Kehle zog sich bei dem Anblick von Brot und Marmelade zusammen. Sie hatte Angst zu ersticken, schnappte nach Luft.

»Nur eine Kleinigkeit.«

Sie hatte seit Tagen kaum etwas zu sich genommen, einfach weil sie keinen Appetit gehabt hatte. Und jetzt gab es keinen Grund mehr zu essen. Sie fegte den Teller vom Tisch. Klirrend zerbrach er auf dem Boden.

Sie schlug die Hand vors Gesicht und gab einen Schrei von sich, der in ein nicht enden wollendes Wimmern überging.

Irgendwann hatte sie das Gefühl, leer und verbraucht zu

sein, keine Tränen mehr zu haben. Plötzlich bemerkte sie den Beamten, der neben ihr auf der Matratze saß. Wie lange schon? *Habe ich geschlafen?* Tania konnte sich an nichts erinnern, auch an keinen Traum. Nur an Hagen am Frühstückstisch, Hagen im Bett, Hagen beim Schreiben, in der Morena mit einem Putenburger und Pommes, Hagen in Sorge, Hagen war tot … Gedanken und Bilder brachen über sie herein, denen sie hatte entfliehen wollen, denen sie aber nicht entkommen konnte. Ihre Bluse, das Kissen und das Laken waren nass von den Tränen, die sie vergossen hatte, allein, einsam, verlassen in diesem gottverdammten Zimmer irgendwo in Berlin.

»Trinken Sie!« Der Polizist reichte ihr ein Glas Wasser.

Tanias Mund war trocken. Sie hob das Glas an die spröden Lippen. Wenn sie etwas trank, würde sie vielleicht wieder weinen können.

Der Fernseher lief noch immer. Irgendjemand hatte ihn auf MTV umgestellt.

»Soll ich ihn ausschalten?«, fragte der Beamte.

Tania reagierte nicht. *Was interessiert mich der Fernseher?*

Der Polizist machte das TV-Gerät aus und zog die Jalousie hoch. Dann kippte er das Fenster, damit etwas frische Luft in das Zimmer kam.

Als er nach nebenan verschwunden war, schaute Tania zur Straße hinunter. Sie war viel befahren, Reihenhäuser drängten sich auf beiden Seiten aneinander. Sie kannte die Gegend nicht. War das überhaupt noch Berlin? *Was spielt das für eine Rolle?*

Ihr Blick fiel in den Spiegel, der neben dem Nachttischchen an der Wand hing. Sie sah fürchterlich aus. *Aber wen kümmert das noch?*

Sie schnappte sich eine der Zeitungen, die einige Wochen alt war. Sie blätterte durch die Seiten, ohne etwas zu lesen.

Plötzlich klopfte es, und eine vertraute Stimme fragte: »Tania?«

110

Das FBI? Was hatte dieser Anruf zu bedeuten? Sie kratzte die paar Brocken Englisch zusammen, die sie noch aus Schulzeiten beherrschte. *»Hello, this is Sera Muth!«*

»William K. King. Special Agent des FBI in Washington«, meldete sich eine dunkle, sonore Stimme, die nicht nur Eindruck hinterließ, sondern auch überraschte, weil ihr Besitzer zwar mit schwerem Ostküstenakzent, aber dennoch verständlich deutsch sprach. »Ich wollte eigentlich mit Dr. Babicz reden. Er bat um Rückruf.«

»Dr. Babicz ist leider nicht hier.«

»Ich weiß, ich habe schon versucht, ihn zu Hause anzurufen. Aber dort ich habe ihn auch nicht erreicht. Er sagte, wenn ich ihn nicht erreichen kann, ich soll versuchen, Frau Muth zu sprechen.«

»Das haben Sie geschafft.«

»Wunderbar, ich freue mich, einen deutschen Polizisten zu sprechen. Wissen Sie, ich war einige Jahre Agent in Europa. Auch in Deutschland. Deshalb spreche ich Deutsch.«

»Aha. Verstehe.«

»Ich rufe an, weil Dr. Babicz mich angerufen hat. Er wollte vom Knochenmann wissen. Sie haben davon gehört? Dr. Babicz hat bei der Aufklärung des Falls geholfen ... Ursprünglich! Sagt man das bei Ihnen so?«

Sera war sich nicht ganz sicher, was genau der FBI-Mann meinte, deshalb beließ sie es bei: »Dr. Babicz erzählte davon.«

»Sie wissen, warum sein Name ist ... *Bonekiller.* Der Knochenmann?« King wartete die Antwort nicht ab. »Es ist ein seltsamer Name, aber nicht, wenn man weiß, was er getan hat. Er hat seine Opfer ... äh, gehäutet.«

Das weiß ich, sehr gut sogar. Es knisterte unheilvoll in der Leitung, weil auch der FBI-Agent schwieg.

»Aber Sie haben ihn geschnappt«, erinnerte Sera.

»Ich sagte schon: ursprünglich!«

Sera runzelte die Stirn. »Offen gestanden ist mir nicht ganz klar, was Sie damit meinen – ursprünglich?«

»Was ich sagen will: Es gibt Zweifel an der Täterschaft der gefassten Person – seit gestern. Deshalb bin ich etwas überrascht, dass mich Dr. Babicz gestern versucht hat zu erreichen.«

»Es gibt Zweifel?«

»Wir mussten Andrew Jacobs wieder laufen lassen.«

Was redet er da? »Der Mörder ist wieder auf freiem Fuß?«

»Ja, der Mörder, also, der wahre Mörder scheint noch immer auf freiem Fuß zu sein. Verstehen Sie, wir haben mit Andrew Jacobs wahrscheinlich den falschen Mann erwischt. Es gibt …«

»Guten Morgen!« Sichtlich übernächtigt betrat Dr. Bodde das Vorzimmer. »Ich weiß nicht, ob ich …!«

Gesing gab ihr ein Handzeichen. Die Kriminaltechnikerin verstummte.

King redete weiter. »… plötzlich einige Ungereimtheiten. Es scheint, als habe sich Dr. Babicz geirrt.«

Das wäre nicht das erste Mal. »Das bedeutet also: Der richtige Knochenmann ist auf freiem Fuß?«

»Das ist er. Und jetzt verstehe ich auch den Anruf von Dr. Babicz. Denn wie ich über *ViCLAS* erfahren habe, gibt es in Deutschland einen Killer, der dem Knochenmann ähnlich ist.«

»Es gibt Parallelen, ja. Aber … halten Sie es tatsächlich für möglich, dass der Knochenmann in Deutschland mordet?«

»Was glauben Sie?«

Dass nichts einen Sinn ergibt. Sera schielte zu Dr. Bodde hinüber. Die Kriminaltechnikerin erweckte mit ihrer missmutigen Miene nicht unbedingt den Eindruck, als würde sie Licht in das Dunkel der Ermittlungen bringen können. Seras Hoffnung schwand.

Sie bedankte sich bei King für den Anruf, beendete das Gespräch und entdeckte Blundermann, der ein Stück von Seras Kuchen löffelte. Sie hatte ihren Kollegen gar nicht hereinkommen sehen. Auf seinem Schoß lag ein zusammengerolltes Blatt Papier.

»Schlechte Nachrichten?«, fragte er schmatzend.

Mit wenigen Worten berichtete Sera, was sie von dem FBI-Agenten erfahren hatte. Die Gesichter der Anwesenden wurden immer bleicher.

»Ja, das klingt übel. Aber das hier«, Blundermann rollte das Papier auseinander, es war ein Phantombild, »das wird dir noch weniger gefallen.«

111

Der Beamte, der Robert abholen kam, verlor nicht viele Worte während der Fahrt. Er nuschelte nur unfreundlich seinen Namen, irgendetwas wie Ratte oder Rattner, so genau konnte Robert ihn nicht verstehen, deshalb entschied er sich spontan für Rattner.

Robert ließ sich auf den Beifahrersitz plumpsen. Auch wenn die diversen Unterbrechungen der Nachtruhe nicht alle unangenehmer Natur gewesen waren, fühlte er sich an diesem Morgen nicht ausgeschlafener als an den Tagen zuvor. Es war ihm nur recht, dass Rattner wenig Wert auf Small Talk legte, so konnte er sich auf das Gespräch mit Tania vorbereiten. Noch einmal analysierte er die Geschehnisse der vergangenen Tage.

Er begann mit der ersten Entführung, die zum Tod von Frank Lahnstein geführt hatte, und ließ die Ereignisse bis zum Auftauchen des Videos mit Hagen vor wenigen Stunden Revue passieren. Der Radiosender, den Rattner eingeschaltet hatte, kannte kein anderes Thema. *Vermisster Schriftsteller von Serienkiller ermordet?* Daran gab es inzwischen keinen Zweifel mehr. Der Folterfilm war Beweis genug. Einen Zusammenhang zwischen den drei Taten konnte Robert allerdings noch immer nicht herstellen.

Ohne dass er es bemerkt hatte, war Rattner quer durch Berlin gefahren. Sie erreichten das äußerste Ende von Charlottenburg und hielten, nachdem sie dank etlicher Baustellen den stählernen Messeturm komplett umrundet hatten, vor einem hässlich grauen Reihenhaus in der Heerstraße, einer viel befahrenen Durchgangsstraße, die direkt zur Avus führte.

Robert wollte aussteigen, doch Rattner hielt ihm am Ärmel zurück. »Moment!«

Mit dem Handy rief der Polizist einen Kollegen an und tauschte sich mit ihm über Croissants, Kaffee und Milch aus, die es heute zum Frühstück geben sollte. Offensichtlich handelte es sich dabei um Codes, die die Personenschützer in der Wohnung davon überzeugten, dass von den Neuankömmlingen keine Gefahr drohte.

Erst dann durfte Robert das Haus betreten. Die Wohnung befand sich in der ersten Etage und war karg eingerichtet wie alle Schutzwohnungen, die von der Polizei in Berlin unterhalten wurden.

Rattner begab sich zu einem Zivilbeamten, der am Küchentisch ein Sandwich mümmelte. Dieser stellte sich als Andreas Kühne vor und bedeutete Robert, einem kurzen Flur entlang zu einer Tür zu folgen.

Robert klopfte. »Tania?«

Weil niemand antwortete, öffnete er die Tür und betrat ein schmuckloses Schlafzimmer. Tania hockte eingefallen auf der Matratze. Die Decke hatte sie vor sich zu einem Haufen zusammengeschoben, auf dem eine Zeitschrift lag, in der sie wahllos herumblätterte. Dunkle Ränder zeichneten ihre Augen, die Augäpfel waren rot unterlaufen. Es konnte nicht lange her sein, dass sie geweint hatte.

»Robert«, sagte sie mit einem leichten Kopfnicken, als habe sie ihn erwartet.

Er drückte die Tür in den Rahmen und blieb in der Zimmermitte stehen. Es tat ihm leid, sie so zu sehen, doch er konnte nichts daran ändern. Was immer in den letzten vier Jahren passiert war, er hatte nichts damit zu tun. Und trotzdem war es jetzt wichtig, darüber zu reden.

»Die Polizei hat mich gebeten, mit dir …«

»Ich weiß«, unterbrach ihn Tania und schlug die Zeitung zusammen.

»Also«, sagte er und zog den einzigen Stuhl heran, den es im Zimmer gab.

»Ja, reden wir«, sagte Tania.

»Die Polizei glaubt, dass der Entführer …«

»Der Mörder!«

»Noch haben sie Hagen, Gott sei Dank, nicht gefunden.«

»Und?« Tanias Stimme gewann an Schärfe. »Was sagt dir das?«

Er schwieg. Er wollte sie nicht gegen sich aufbringen. Er wollte, dass sie, soweit es die Umstände zuließen, einen klaren Kopf bewahrte.

Doch sein Schweigen machte sie nur noch wütender. »Sag's mir, *du* bist doch der Experte! Du kennst dich doch aus mit diesen kranken Spinnern, die …« Ihre Stimme überschlug sich, die Worte erstarben in einem Schluchzen. Tränen rannen ihre Wangen herab. Tania presste die Lippen aufeinander, bis sie nur noch zwei schmale, blutleere Striche waren.

In der Küche dudelte ein Handy. Die Stimme eines der beiden Polizisten klang gedämpft durch die Tür, ohne dass einzelne Worte zu verstehen waren.

»Kannst du mir bitte etwas zu trinken holen?« Tania wischte sich die Tränen von den Wangen.

Robert ging nach nebenan.

»Ja, er ist gerade gekommen«, sagte Rattner, der sein Mobiltelefon ans Ohr presste, und bedachte ihn mit einem skeptischen Blick.

Robert fühlte sich angesprochen und wartete einen Augenblick. Doch Rattner schwieg und lauschte nur dem Anrufer.

»Haben Sie etwas zu trinken?«, fragte Robert den anderen Beamten.

»Was immer Sie möchten.« Kühne zeigte auf den Kühlschrank.

Robert fand einige Dosen Cola, Mineralwasser in Plastikflaschen und einen Orangensaft. Er wählte das Mineralwasser, zwei Gläser und kehrte ins Schlafzimmer zurück.

»Tut mir leid«, flüsterte Tania.

»Ist schon okay.«

»Also«, sagte sie, »reden wir.«

»Es muss einen Zusammenhang geben.«

»Meinst du nicht«, schon wieder klang ihre Stimme gereizt, »wenn ich einen sehen würde, hätte ich ihn längst verraten?«

»Natürlich, aber ...« Während er das Wasser in die Gläser goss, überlegte Robert, wie er seine Fragen am besten formulieren sollte. »Das Perfide dieses Täters ist, dass er uns über seinen Plan, seine Absichten und seine Motive bisher im Dunkeln lässt. Er spielt mit uns. Mit der Öffentlichkeit. Mit der Polizei. Und ganz offensichtlich auch mit dir.« Er ließ einen Moment verstreichen. »Vor allem mit dir.«

»Danke, das ist mir nicht entgangen.«

Er reichte ihr das Wasserglas. »Es muss etwas geben, was den Täter mit dir verbindet.«

»Und was soll das sein?«

»Zum Beispiel ein Artikel, den du in der Vergangenheit geschrieben hast. Ein Gespräch, das du geführt hast. Etwas, was außerdem die drei Opfer ...«

»Opfer?«, keuchte sie.

»Die drei Männer verbindet. Es *muss* eine Verbindung geben.«

»Mich«, sagte sie.

»Ja, aber warum hat er sich gerade dich ausgesucht?«

»Vielleicht, weil er mich an den Rand des Wahnsinns treiben möchte? Okay, denn das hat er hiermit geschafft.«

Robert ging zum Schreibtisch, schüttete sich selbst Wasser in ein Glas und schritt nachdenklich auf das Bett zu.

»Was ich nicht verstehe: Als du …« Er gefror in der Bewegung.

Die Zimmertür war mit einem lauten Krachen aufgeflogen. Rattner stürmte in den Raum. Sein Blick fixierte Robert, und jetzt sah er tatsächlich wie eine kleine, biestige Ratte aus.

»Babicz, nehmen Sie die Hände hoch! Sofort!«

112

Fassungslos starrte Sera auf das Porträt, das Blundermann in die Runde hielt. Es war Rita, die fassungslos flüsterte: »Das ist doch …« Sie brach ab.

»*Das* ist die Person, die der Zeuge beschrieben hat«, vollendete Blundermann ihren Satz. »Die Person, die gestern blutbefleckt das Haus in der Französischen Straße verlassen hat.«

»Na ja, eine gewisse Ähnlichkeit ist tatsächlich nicht zu leugnen«, murmelte Gesing.

»Eine gewisse Ähnlichkeit?« Blundermann klang, als stünde er kurz davor, lauthals loszulachen.

Sera wandte sich ab. Auf Ritas Schreibtisch lagen ihre Brote. Der Hunger war ihr schon wieder vergangen.

Sie marschierte in den Konferenzraum, ließ sich auf einen der Stühle fallen. Die Hitze drückte augenblicklich auf ihr Gemüt, trotzdem wartete sie, bis die Kollegen ihr in das Zimmer gefolgt waren. Erst dann fragte sie: »Dr. Bodde, Sie sind sicher gekommen, weil Sie uns einen Überblick über den vorläufigen Spurensicherungsbefund vom gestrigen Tatort geben möchten?«

Die Kriminaltechnikerin, die sich Sera gegenüber hinsetzte, nickte beklommen.

»Tun Sie sich keinen Zwang an.«

»Wir haben in Frau Herzbergs Wohnung jede Menge Spuren gefunden. Die meisten werden sich im Rahmen der Auswertung sicherlich dem persönlichen Umfeld von Frau Herzberg zuweisen lassen.« Dr. Bodde räusperte sich. »Und natürlich den Beamten, die den Tatort gestern besichtigt haben, also Sie, Frau Muth, Herr Blundermann und Dr. Babicz. Allerdings ...«

»Moment!«, unterbrach Blundermann. »Dr. Babicz war gestern nicht am Tatort.«

»Das ist das erste Problem«, gestand die Kriminaltechnikerin. Sie öffnete die Knöpfe ihres Jacketts, streifte es ab und legte es über die Rückenlehne.

»Wieso Problem?«, wandte Gesing ein. »Dr. Babicz hat doch am Samstag Frau Herzberg im Rahmen der Ermittlungen befragt. Das war eine ausdrückliche Anweisung vom Chef.«

»Richtig«, bestätigte Blundermann, »aber wenn ich mich nicht täusche, hat er sie in der Redaktion vom *Kurier* befragt. Nicht zu Hause.«

Für Sekunden erstarrten die Anwesenden in Stille.

»Frau Dr. Bodde«, brach Sera das Schweigen. »Sie sprachen von einem ersten Problem. Wie sieht das zweite aus?«

Die LKA-Beamtin schob einen Bogen mit Fingerabdrücken auf den Besprechungstisch. »Die Fingerabdrücke, die wir von Herrn Dr. Babicz in der Wohnung sicherstellen konnten, stehen im direkten Zusammenhang mit der Auseinandersetzung.«

»Sind Sie sicher?«

»Ohne Zweifel!«

»Habe ich das richtig verstanden? Dr. Babicz war an der Auseinandersetzung beteiligt?«, vergewisserte sich Gesing.

Dr. Bodde presste die Lippen aufeinander. Erneut erfüllte beklommenes Schweigen den Raum. Nur das Rascheln von Papier war zu hören, als Blundermann das Phantombild auf den Tisch legte.

Das Gesicht war unverkennbar – Dr. Babicz.

»Was hat das zu bedeuten?«, fragte Gesing.

»Mensch, ist dir das nicht klar?«, blaffte Blundermann.

Aber so klar ist das nicht, dachte Sera.

Erst der Anruf aus den USA, jetzt die Ergebnisse der Spurensicherung. Sera hatte keine Ahnung, was diese plötzliche Wendung zu bedeuten hatte. *Der Killer spielt mit uns.* Das waren Babicz' Worte gewesen. Aber der Psychologe hatte auch zur Ergreifung des Knochenmanns beigetragen. *Wir mussten den vermeintlichen Täter wieder gehen lassen.* Der Knochenmann befand sich auf freiem Fuß. *Er mordet in Deutschland. In Berlin.*

»Wo steckt Dr. Babicz?«, fragte Rita.

Sera blickte auf die Uhr. Kurz nach halb neun. Ihr gefror das Blut in den Adern. »Er ist bei Frau Herzberg.«

113

»Haben Sie den Verstand verloren?« Robert starrte entgeistert den Polizisten an, der sich breitbeinig auf der Türschwelle aufgebaut hatte.

Rattner hob herablassend die Augenbraue. »Nein, nur eine Anweisung bekommen.«

»Die da wäre?«

»Sie im Auge zu behalten, damit Sie sich nicht von der Stelle rühren.«

Robert konnte es immer noch nicht fassen. »Warum?«

»Das wird Ihnen Frau Muth sicherlich gleich erklären. Sie ist auf dem Weg hierher.«

»Da bin ich aber mal gespannt.« Ungehalten machte Robert einen Schritt auf den Schreibtisch zu, blieb aber stehen, weil Rattners Hand zum Waffenholster zuckte.

»Was soll das?«, fragte Tania. Ihr Blick irrte verstört zwischen Robert und dem Beamten hin und her.

»Ich weiß es nicht.« Robert wandte sich wieder Rattner zu. »Darf ich mich wenigstens auf den Stuhl setzen?«

»Natürlich. Aber halten Sie die Hände so, dass ich sie sehen kann.«

Robert ließ sich auf dem Hocker nieder und legte die Hände flach auf seine Knie. »So besser?«

Rattner erwiderte nichts. Hinter ihm erschien sein Kollege, ebenfalls in alarmierter Haltung.

»Robert!« Tania raffte die Decke wie einen Schutzschild an sich. »Kannst du mir bitte erklären, was hier los ist?«

»Das würde ich gerne.«

Von der Straße her näherte sich ein Martinshorn. Vor dem Haus erstarb das Heulen. Kühnes Handy klingelte, er wechselte einige Worte und öffnete gleich darauf die Tür. Stimmengemurmel erhob sich in der Diele.

Robert erkannte die Kommissarin. »Frau Muth!«, rief er.

»Dr. Babicz!« Energisch schritt die Beamtin in Begleitung von Gesing in das Schlafzimmer. »Ich muss mit Ihnen reden.«

»Ich bitte darum.« Robert stand auf. »Was soll das Theater?«

Muth warf der auf dem Bett kauernden Tania Herzberg einen raschen Blick zu. »Gehen wir nach nebenan.«

Robert erhob sich.

»Nein!«, rief Tania. »Ich will wissen, was los ist. Bleiben Sie hier!«

Die Kommissarin holte Luft. »Ich würde gerne …«

»Nein!« Tanias Stimme wurde lauter.

Muth biss sich auf die Unterlippe, dann zuckte sie mit den Schultern. »Im Prinzip haben Sie ja recht. Erstens betrifft es Sie, und zweitens möchte ich Ihnen auch Fragen stellen.«

Robert sank zurück auf den Stuhl. »Ich höre.«

Die Polizistin drehte sich zu ihm um. »Sie waren gestern Abend in Frau Herzbergs Wohnung, ist das richtig?«

»Ja, ich wollte ... Moment, woher wissen Sie das?«

»Hatte ich Ihnen gesagt, wo Hagen Rething entführt wurde?«

»Nein, das haben Sie nicht.«

»Er wurde aus der Wohnung von Frau Herzberg verschleppt.«

Robert überdachte diese Information und begann zu begreifen. Ein mulmiges Gefühl breitete sich in seinem Magen aus.

»Was wollten Sie in Frau Herzbergs Wohnung?«

Robert sah Tania an. »Ich wollte mit ihr reden.«

»Aber Sie haben nur Herrn Rething angetroffen. Und Sie haben sich mit ihm gestritten?«

»Ja.« Robert hatte einen Kloß im Hals. Das Sprechen fiel ihm schwer. Es würde nichts bringen, die Wahrheit zu verschweigen. »Ja, wir hatten eine Meinungsverschiedenheit ...«

»... bei der es zu Handgreiflichkeiten kam«, warf Gesing ein.

Robert nickte. Er spürte Tanias Blick auf sich.

»Du warst in meiner Wohnung? Gestern? Und du hast Hagen ...?«

»Ich sagte doch, ich wollte mit dir reden«, wandte er ein. Doch noch während er die Worte aussprach, wurde ihm bewusst, wie defensiv sie klangen. *Als wärst du schuldig!*

»Aber ich habe niemanden umgebracht«, presste er hervor. »Und ganz bestimmt nicht Hagen, der ...«

»Sie kennen Herrn Rething?«, fiel ihm Muth ins Wort.

»Ja, ich kenne ihn. Es ist ein alter Freund von mir.« Er

machte eine Pause. Er sah, wie die Kommissarin zu einer weiteren Frage ansetzte, und gab die Antwort sofort. »Und ja, ich kenne auch Frau Herzberg.«

»Woher?«

»Wir waren verlobt.«

»Wie bitte?«

»Bis vor vier Jahren.«

»Und das haben Sie uns verschwiegen?«, schimpfte Muth.

»Wieso denn *verschwiegen*, das spielt doch überhaupt keine Rolle für den Fall.«

»*Jetzt* spielt es aber eine Rolle.«

»Robert!«, schnappte Tania. Sie sah ihn entgeistert an.

»Dr. Babicz, in welcher Beziehung standen Sie zu Frank Lahnstein oder seinem Vater, dem Senator?«, wollte Gesing wissen. »Und zu Stanislaw Bodkema?«

»Haben Sie eine Ahnung, was Sie mir da unterstellen?« Robert wirbelte zu dem Beamten herum. Nur mit Mühe konnte er noch an sich halten.

Tania gab ein Stöhnen von sich. In ihren Augen stand jetzt helles Entsetzen. Unaufhörlich schüttelte sie den Kopf, als könnte sie sich damit vor dem Schrecken schützen, der in diesem Moment vor ihr aufzog. Sie sprang auf, rannte aus dem Raum, dann schlug die Tür zum anderen Zimmer zu.

Der Knall ging Robert durch Mark und Bein. Ihm wurde übel.

»Der Knochenmann ist noch immer auf freiem Fuß.« Muth räusperte sich. »Wussten Sie das?«

Robert zuckte zusammen. *Nehmen die schlechten Nachrichten denn überhaupt kein Ende mehr?* »Das kann nicht sein. Ich habe ...«

»Ich habe vorhin mit Ihrem Kollegen, FBI-Agent King, gesprochen. Sie kennen ihn, oder?«

Robert bejahte. »Aber was soll das heißen? Er ist *noch* auf freiem Fuß?«

»Der von Ihnen geschnappte Andrew Jacobs war nicht der Täter!«

Wie ein Blitz traf Robert die Erkenntnis. »Natürlich, der Mörder hat den Verdacht bewusst auf Jacobs gelenkt. Verdammt, ja, er hat schon in den USA mit der Polizei gespielt. Er hat mit mir gespielt, und jetzt tut er es wieder!«

»Sie denken also auch, dass er in Deutschland ist?«

»Was denken *Sie*?«

Muth reagierte nicht.

Ihr Schweigen war wie ein Schlag in die Magengrube. Roberts Miene erstarrte zu einer ungläubigen Grimasse. »Sie glauben doch nicht wirklich, ich hätte …?«

»Es tut mir leid, aber die Spuren …«

»Das ist absurd!«

»Ich warte noch auf die Antwort vom Staatsanwalt. Bis dahin muss ich …«

»Aber Frau Muth, sehen Sie es denn nicht?« Robert schrie fast. »Der Killer spielt mit uns. Gestern waren Sie es, und heute bin ich es, mit dem er spielt.« Seine Stimme versagte. »Alles dreht sich um Tania … um Frau Herzberg. Ja, ich gebe zu, Sie ist meine Exverlobte, und Hagen Rething ist ein Freund von mir. Und jetzt stehe ich unter Verdacht.«

Die Kommissarin nickte nachdenklich. »Wo waren Sie gestern Abend zwischen zwanzig Uhr und halb zehn?«

Robert schmeckte Galle. »Das ist jetzt nicht Ihr Ernst!«

»Bitte, wo waren Sie?«

»Da war ich auf dem Heimweg.« Er ließ den Kopf sinken. Dann fiel ihm etwas ein. »Aber mein Bruder war bei mir. Er kann es bezeugen. Fragen Sie ihn!«

»Und am Samstagabend? Ab etwa neunzehn Uhr?

»Um diese Zeit war ich essen. Mit meiner Freundin.«

»Wo?«, zischte Gesing.

Robert schluckte, aber der bittere Geschmack haftete an seiner Zunge. »In der *Dachkammer*.«

Er sah förmlich, wie es in den Köpfen der Beamten ratterte. Schnell fügte er hinzu: »Und ja, ich habe Herrn Bodkema in dem Restaurant gesehen. Und danach bin ich zu Tanias Wohnung gefahren und habe mit ihr gesprochen. Anschließend habe ich Sie angerufen, und wir sind zu der Wohnung ihres Mannes gefahren.«

»Ich erinnere mich«, gab die Kommissarin zu. »Danach haben wir Sie zu Hause abgesetzt. Was haben Sie dort gemacht?«

»Mein Bruder hat mich besucht. Fragen Sie ihn, bitte. Er wird alles bestätigen.«

»Wo finden wir Ihren Bruder?«

Robert nannte ihr eine Hausnummer in der Cantianstraße. Max' Wohnung lag schräg gegenüber vom Mauerpark in Prenzlauer Berg.

Muth sah ihn mitleidig an. »Dr. Babicz, es tut mir leid, aber ich muss …«

»Ich muss mich übergeben!« Robert konnte sich nicht mehr beherrschen. Er hielt sich die Hand vor den Mund, rannte in das Badezimmer und schaffte es gerade noch rechtzeitig. Während die Tür hinter ihm in den Rahmen fiel, erbrach er sich in die Kloschüssel.

»Alles in Ordnung, Dr. Babicz?«, hörte er eine Stimme vor der Tür.

»Ja.«

Aber das war gelogen. Er übergab sich noch einmal, bevor er die Spülung betätigte und sein Mageninhalt mit einem Gurgeln im Abfluss verschwand. Er klappte den Klodeckel hinunter und setzte sich. Lehnte sich an den Spülkasten, legte den Hinterkopf gegen das kühle Wasserrohr. Er schloss die Augen, atmete durch.

Der Mörder hat den Verdacht auf Jacobs gelenkt. Robert musste daran denken, wie ihn der Knochenmann in den USA ausgetrickst hatte. Jetzt trieb er erneut sein perfides Spiel – und diesmal war Robert selbst in sein Visier geraten.

Das Gefühl wurde mit einem Mal übermächtig, Robert war sich sicher, etwas übersehen zu haben. *Schon in den USA*. Bloß was? Er musste es herausfinden.

Sein verzweifelter Blick glitt durch den kleinen, gekachelten Raum und blieb an dem Fenster haften.

114

Das Würgen aus dem Badezimmer war bis in das kleine Wohnzimmer zu hören. Gesing, der sich im Durchgang zur Diele postiert hatte, rief: »Alles in Ordnung, Dr. Babicz?«

»Ja.« Der Psychologe übergab sich ein weiteres Mal, gleich darauf rauschte die Klospülung.

Überraschenderweise empfand Sera Mitleid für Babicz. *Der Killer spielt mit uns.* Ja, nach den Vorfällen der letzten Tage stand dies außer Frage, und Sera hatte eine ungefähre Ahnung, wie Babicz sich fühlen musste. *Gestern waren Sie es. Heute bin ich es.*

»Glauben Sie wirklich, Robert hat ...?« Tania Herzberg kam zurück in das Schlafzimmer, kauerte sich wieder aufs Bett und schlang die Arme verzweifelt um den Oberkörper. Ihr Blick glitt in den Flur, schrak aber vor der Badezimmertür zurück.

»Ich weiß es nicht«, antwortete Sera, und das war die Wahrheit.

»Ich kann es nicht glauben«, flüsterte die Journalistin. »Warum sollte er Frank ... Stan ... und Hagen?« Sie rang hörbar um Worte. Schließlich schloss sie die Augen, schüttelte den Kopf. »Hagen war sein Freund. Warum sollte er das tun? Ich verstehe das nicht.«

Sera erging es nicht anders. Die Wendung, die der Fall jetzt – nach dem vorläufigen Ergebnis der Spurensicherung – genommen hatte, machte ihn noch verwirrender.

»Ich glaube, ich habe Robert nie wirklich verstanden.«

Sera sah die Journalistin überrascht an. »Aber Sie waren mit ihm verlobt!«

»Na und!« Tania Herzberg öffnete die Augen und erwiderte Seras Blick. »Ist Ihnen das noch nie passiert? Dass Sie sich von einem Menschen haben täuschen lassen, obwohl Sie viel Zeit an seiner Seite verbracht haben?«

»Wie lange waren Sie mit ihm zusammen?«

Der Blick der Journalistin kehrte sich nach innen, als hätte sie Mühe, sich zu erinnern. »Fast drei Jahre.«

»Und inwiefern hat er Sie getäuscht?«

»Nicht das, was Sie jetzt denken!« Tania Herzberg tastete ihre Hosentaschen ab, holte Zigaretten hervor und zündete sich eine an. »Er war halt einfach nicht der Mann, den ich in ihm sehen wollte. Er hat mich enttäuscht.«

»Er ist fremdgegangen?«

»Wenn es wenigstens *das* gewesen wäre!« Sie schnaubte. »Das hätte ich wahrscheinlich noch verstehen können. Aber Robert ist … einfach weggegangen.«

»Er hat sich von Ihnen getrennt?«

»Wahrscheinlich war es das – eine Trennung. Aber eigentlich ist er nur weggegangen. Buchstäblich. Von einem Tag auf den anderen einfach verschwunden. Ohne ein Wort …« Sie nahm hastige, gierige Züge von der Zigarette. Ihre Hände zitterten. Im Badezimmer rauschte erneut die Klospülung. »Er ist in die USA geflogen. Er hat dort diese Ausbildung gemacht. Aber das wissen Sie ja sicherlich.«

»Von dem FBI-Lehrgang hat er Ihnen aber erzählt?«

»Nein, auch davon habe ich erst später erfahren. Und nur durch Zufall. Das war typisch für ihn: Er hat nie über sich gesprochen. Er war so … verschlossen und, ja, ich glaube auch gefühllos. Nur die Arbeit war ihm wichtig. Verbrecher und Mörder. Und seine Familie. Max, der …«

»Sein Bruder?«, unterbrach Sera.

»Ja, ständig ging es nur um seinen Bruder. Musik hier.

Oper dort. Diese ganze Sache damals und …« Tania Herzberg stöhnte auf und musterte Sera. Die Zigarette glomm vergessen zwischen ihren Fingern. Weil Sera schwieg, fuhr die Journalistin fort: »Aber was ihn selbst bewegte, Roberts Gedanken, seine Gefühle, darüber verlor er kaum ein Wort. Schon komisch, oder? Ein Psychologe sollte es besser wissen.«

»Haben Sie ihn gesprochen, nachdem er nach Amerika geflogen war?«

»Vor drei Tagen habe ich die ersten Worte seit seinem Verschwinden mit ihm gewechselt.« Tania Herzberg bemerkte jetzt wieder die Zigarette und legte sie, ehe die Asche auf ihre Kleider fallen konnte, in einen Aschenbecher.

Warum hatte Babicz seine Beziehung zu Frau Herzberg – *und Hagen Rething!* – verschwiegen?, fragte sich Sera. Und was verschwieg er noch? *Was verbindet Sie mit Frank Lahnstein? Kannten Sie Stanislaw Bodkema?* Ein Mann mit seiner Erfahrung hätte doch wissen müssen, dass derartige Verbindungen früher oder später ans Licht kamen.

Okay, zugegeben, auch Sera hatte ihren Kollegen Informationen vorenthalten. *Na ja, ich habe da was läuten hören.* Doch mit einem kleinen Unterschied: Sie war niemals unter Verdacht geraten. *Vielleicht hattest du einfach nur Glück?*

Als er vor drei Tagen das erste Mal auf Tania Herzberg traf, hätte Babicz ahnen müssen, welche verhängnisvollen Auswirkungen die Vergangenheit haben konnte – vor allem, wenn ein gerissener Verbrecher wie der … *Knochenmann* im Spiel war. Vorausgesetzt, es gab ihn tatsächlich. *Denn alle Spuren deuten nur in eine Richtung.*

Sera drehte sich zum Badezimmer um. War es möglich, dass Dr. Babicz der Killer war? *Reagiert so ein mehrfacher Mörder? Indem er aufs Klo rennt und sich übergibt?*

»Wie geht es ihm?«, fragte sie Gesing.

Ihr Kollege ging durch die Diele zum Badezimmer, klopfte an die Tür. »Dr. Babicz, alles in Ordnung mit Ihnen?«

Der Psychologe antwortete nicht.

Gesing hämmerte gegen die Tür. »Dr. Babicz?«

Keine Reaktion.

Gesing sah Sera verunsichert an. Als sie nickte, zog er das Bein an und wuchtete den Fuß schlagartig nach vorne. Es krachte, als die Tür zerbarst.

Das Badezimmer war leer.

115

Plötzlich brach um Tania herum ein hektisches Durcheinander aus. Die Kommissarin wies wütend Beamte an, den Hinterhof zu durchkämmen, die Straßen in der Nähe abzusuchen und bloß nicht den nahen U-Bahnhof zu vergessen. Im gleichen Augenblick hetzten die Polizisten schon aus dem Haus. Nur einer blieb bei Tania zurück.

Ihr Blick fiel ins Badezimmer, und erst jetzt begriff sie, was passiert war. Robert hatte durchs Toilettenfenster das Weite gesucht, war am Fensterbrett hinabgeklettert und hatte sich auf das Schuppendach fallen lassen. Von dort war es bis zum Boden und den Charlottenburger Hintergärten nur noch ein kleiner Sprung gewesen.

Ein bedrückendes Gefühl legte sich um Tanias Hals und schnürte ihr die Luft ab, ließ ihr gerade noch genug zum Atmen.

Hatte Robert tatsächlich die Gräueltaten auf dem Gewissen? *Hat er Hagen getötet?* Die Polizei schien gute Gründe für diese Annahme zu haben, und Tania besaß nichts, was Robert entlastete. Weil sie ihn nicht kannte, nie kennengelernt hatte. *Und das, obwohl du mal mit ihm verlobt gewesen bist!*

Sie griff nach dem Glas Wasser, das Robert ihr vorhin geholt hatte, und trank. Doch auch das spülte die Beklemmung nicht fort. Sie brauchte frische Luft.

Mit dem Glas in der Hand verließ sie die Wohnung. Niemand hielt sie auf. Der Polizist stand noch immer am Badezimmerfenster und spähte in den Hinterhof.

Als sie auf die Straße trat, füllte sie ihre Lungen mit Sauerstoff. Er schmeckte nach Abgasen. Das Rauschen der Avus dröhnte in ihren Ohren.

Sie nahm einen weiteren Schluck Wasser. Jetzt schmeckte es ihr besser. Sie legte ihren Kopf in den Nacken, so dass die Sonne ihr Gesicht mit ein bisschen Wärme und Zärtlichkeit streicheln konnte.

Hinter sich hörte sie ein Geräusch. Wahrscheinlich war ihr der Beamte besorgt gefolgt. Sie drehte sich um. Beschwichtigend sagte sie: »Ich möchte nur …«

Eine Hand drückte ihr ein Stück Stoff über Mund und Nase. Sie roch den süßen Duft, und gleich darauf wurde ihr schwarz vor Augen.

116

»Pass auf!«, rief Sera.

Gesing trat die Bremse durch. *Zu spät!* Schon schoss der Passat in den Kreisverkehr am Straußberger Platz und geriet ins Schlingern. Seras Kollege umklammerte das Lenkrad so fest, dass sich die Haut über seinen Knöcheln spannte. Mühsam wich er zwei tuckernden Trabis aus, bevor er nach rechts auf die Karl-Marx-Allee abbog. Kurz darauf flog das altehrwürdige *Kino International* an ihnen vorbei.

Sera hielt sich am Haltegriff des Beifahrersitzes fest und beschloss, erst wieder davon abzulassen, wenn sie Prenzlauer Berg erreicht hatten.

»Was ist?«, schnauzte ihr Kollege. »Wollen wir jetzt gleich wieder eine Diskussion über meine Fahrweise führen?«

»Dein Fahrstil ist ganz bezaubernd, das weißt du doch.«

Er jagte die Prenzlauer Allee hinauf. Immer wieder musste er abbremsen, der Verkehr staute sich vor jeder Ampel. Endlich erreichten sie die Danziger Straße, fädelten sich durch das Nadelöhr an der Schönhauser Allee. Bald darauf tauchte die Max-Schmeling-Halle vor ihnen auf. Familien, Künstler und Gaukler tummelten sich im Mauerpark gegenüber. Neugierige Blicke richteten sich auf das Polizeifahrzeug, das mit heulendem Martinshorn heranpreschte und in der Cantianstraße zum Stehen kam.

Das Gebäude mit der Hausnummer 4 war erst jüngst saniert worden. Wie ein Skelett ragte das Baugerüst noch vor der Fassade des Altbaus aus dem neunzehnten Jahrhundert auf. Basilisken zierten die Balkone, auf denen in Blumenkästen Freesien blühten. Die Fenster waren hoch und mit verschnörkelten Rahmen versehen: die passende Umgebung für Familien und Künstler. Oder für Rentnerinnen wie die alte Dame, die sich aus einem Fenster im Erdgeschoss lehnte und ihre Arme auf einem Kissen abstützte.

Gesing erreichte den Eingang vor Sera. Er nahm die drei Stufen zur Haustür in einem Schritt und überflog die Klingelschilder. »Sind wir richtig?«

»Cantianstraße 4. Das hat er gesagt.«

»Aber hier wohnt kein Babicz.«

»Sicher?«

»Sieh selbst!«

Seras Kollege hatte recht. Aber warum sollte der Psychologe ihnen eine falsche Adresse genannt haben? Er *brauchte* seinen Bruder. Er brauchte dessen Alibi. Sera schritt die Stufen wieder hinab und ging zur Rentnerin, die mit Argusaugen die Nachbarschaft überwachte.

Sera streckte ihr den Dienstausweis entgegen. »Wir sind auf der Suche nach einem Max Babicz.«

»Nach wem?«

»Max Babicz ist der Name. Wohnt der hier im Haus?«

»Nee, nicht dass ich wüsste.«

»Hat er hier mal gewohnt?« Sera klopfte gegen die Gerüststange.

Die Frau rückte ihre Arme auf dem Kissen zurecht. »Wenn der hier in den letzten Jahren gewohnt hätte, wüsste ich das.«

Was Sera ihr aufs Wort glaubte.

Gesing folgte ihr zurück zum Wagen. »Sehe ich das richtig? Dr. Babicz hat uns angelogen? Sein Bruder hat hier niemals gelebt?«

Sera blinzelte in die Sonne. »Ich glaube, ich weiß, wo wir seinen Bruder finden.«

117

Irgendwann blieb Robert stehen. Keuchend rang er um Atem. Seine Lunge drohte jeden Augenblick zu explodieren. Er beugte sich vor, stützte die Hände auf die Knie, drehte seinen Kopf nach links und rechts, nahm zum ersten Mal seine Umgebung wieder bewusst wahr. Dichte Bäume säumten einen Weg. Das ferne Rauschen einer S-Bahn drang durch das Dickicht. Er hatte den Stadtkern hinter sich gelassen.

Was zum Teufel hast du getan?

Er war aus der Wohnung des LKA abgehauen, blindlings losgestürmt, bloß weg … *Wohin?* Verzweifelt rieb er sich die Augen, als sei er aus einem schlimmen Albtraum erwacht. In seine Wohnung in der Weichselstraße konnte er fürs Erste nicht zurück. Vermutlich würde die Polizei dort zuerst nach ihm suchen. *Wohin dann?*

Er benötigte einen Plan. Aber sollte er dafür nicht wissen, worum es eigentlich ging? *Das Perfide dieses Täters ist ja, dass er uns über seinen Plan, seine Absichten, seine Motive bisher im Dunkeln lässt.* Robert brauchte Ruhe, einen klaren Kopf. *Und du brauchst Hilfe!*

Sofort dachte er an Max. Doch bei seinem Bruder durfte er sich ebenfalls nicht blicken lassen. Die Polizei war bestimmt schon bei ihm. Robert selbst hatte ihnen ja die Adresse genannt.

Und wo liegt das Problem?

Er musste nur warten, bis die Beamten mit Max gesprochen hatten, danach schied er als Verdächtiger aus. Alles Weitere würde sich klären. *Und wenn nicht?* Zu viele andere Fragen waren offen. *Wenn ich nur wüsste, wie ich an die Antworten komme!*

Plötzlich glaubte er, das Knacken eines Astes zu hören, irgendwo hinter sich, gar nicht weit entfernt. Robert stieß sich mit den Händen von den Knien ab, richtete sich auf und setzte sich wieder in Bewegung. Nach wenigen Metern konnte er durch das dichte Gestrüpp die schimmernden Mauern eines Gebäudes ausmachen. Langsam lief er darauf zu, doch als er den Eingang einer U-Bahn-Station erkannte, machte er kehrt und beschleunigte seine Schritte wieder, auch wenn sein erschöpfter Körper mit einem Zittern gegen die Anstrengung rebellierte.

Die Polizei würde die U- und S-Bahnhöfe nach ihm absuchen. Und wenn erst die Fahndung nach ihm lief, waren die Bahnhöfe sowieso tabu. *Serienkiller auf der Flucht!*

Seine Gedanken wanderten zu Nadine. *Es kommen bessere Zeiten.* Aber von denen war er so weit entfernt wie noch nie. Vielleicht sollte er Nadine vom nächstbesten Telefon aus anrufen und ihr sagen, dass … *Aber was willst du ihr sagen?* Dass er jetzt als flüchtiger Mörder gesucht wurde? Das würde sie schon bald aus den Nachrichten erfahren. Ob sie sich dann noch immer auf ein Wiedersehen mit ihm freute? Würde sie ihm glauben, dass er unschuldig war? *Bist du verletzt? Du hast da Blut!*

In seinem Magen rumorte es. Die Erschöpfung tat ein Übriges, doch Robert stemmte sich gegen die wachsende Übelkeit. Stöhnend holte er Luft und marschierte weiter.

Nach einiger Zeit erreichte er eine Querstraße, die Rominter Allee. Plötzlich hatte er eine Ahnung, wo er sich befand. Unbewusst war er wohl in die richtige Richtung gelaufen. *Nach Ruhleben.* Jetzt wusste er, wo er Unterschlupf finden und einen klaren Kopf bekommen konnte.

118

Gesing raste über die Straße des 17. Juni, als Seras Handy klingelte. Ein Blick auf das Display: Es war Blundermann. Sie wollte das Gespräch nicht entgegennehmen. *Nicht noch eine schlechte Nachricht.*

»Was ist?«, raunzte sie ins Mobiltelefon.

»Tania Herzberg ist entführt worden.«

Für einige Sekunden war Sera sprachlos. »Wie – konnte – das – passieren?«

»Sie hat das Haus verlassen.«

»Und niemand hat sie aufgehalten?«

»Sie wollte … eine Zigarette rauchen. Sie war nur einen Augenblick außer Sichtweite …«

»Diese Idioten!« Sera fluchte.

»Sie haben nur noch ihre Handtasche gefunden.«

»Verdammt!«

»Vor wenigen Minuten ist ein Video mit ihr aufgetaucht. Aber diesmal wirkt es anders. Fast wie ein Provisorium, nicht so durchdacht und kalkuliert wie die anderen.«

Er steht unter Druck.

»Außerdem ist da ein Plakat im Hintergrund an der Wand. Aber ich kann nicht erkennen, was es zeigt. Oder, Moment, doch … Es ist ein Flugzeug. Hm, keine Ahnung, ob und wie uns das weiterhilft.«

»Gib es ins Labor. Vielleicht können die Techniker mehr damit anfangen.« Sera legte auf und wandte sich Gesing zu. »Fahr schneller!«

Gesing zuckte zusammen. »Was ist passiert?«

»Fahr einfach noch schneller!«

Doch der Berufsverkehr hatte zugenommen, dementsprechend lange dauerte die Fahrt. Sie schwiegen, weil es nichts zu sagen gab.

»Wie passt ihre Entführung zu den vorangegangenen Morden?«, fragte Gesing. »Die Leiche von Hagen Rething ist doch noch nicht einmal gefunden worden.«

»Das spielt keine Rolle mehr. Es geht nur noch darum, den Plan so schnell wie möglich zu Ende zu bringen. Er steht unter Druck.«

»Wer? Babicz?«

»Der Killer!«

Gesing bremste mit quietschenden Reifen vor der Deutschen Oper. Sie sprangen aus dem Wagen. Aus dem Konzertsaal drang Musik. Die Kasse war geöffnet.

»Wir suchen Herrn Babicz.« Sera hielt der Angestellten ihren Dienstausweis unter die Nase.

»Wen?« Die Kassiererin guckte verdattert.

»Max Babicz.«

»Wer soll das sein?«

»Ein Musiker vom Orchester.« *Was hat Babicz gesagt?* »Einer der Streicher?«

»Das weiß ich nicht.«

»Wer könnte das wissen?«

»Der Intendant.«

»Holen Sie ihn!«, verlangte Gesing. »Sofort!«

Verstört griff die junge Frau zum Telefon und nuschelte einige unverständliche Worte hinein. Wenige Sekunden später hallten Schritte durch das Eingangsfoyer. Ein Mann in einem Nadelstreifenanzug stellte sich als Stefan Lascaux vor. »Die Polizei? Um was geht es?«

»Um Herrn Max Babicz. Wir müssen mit ihm reden«, forderte Sera.

»Max Babicz?« Lascaux runzelte die Stirn. »Soll das ein Witz sein?«

»Sehen wir so aus, als wären wir zu Scherzen aufgelegt?«, knurrte Gesing.

Lascaux trat erschrocken zurück. »Nein, natürlich nicht. Aber wie kommen Sie darauf, hier mit Max Babicz sprechen zu wollen?«

»Können wir nun mit ihm reden oder nicht?«

»Nein, denn ...«

»Hören Sie, wenn es darum geht, dass wir die Probe stören – kein Problem.« Sera trat einen entschiedenen Schritt auf die Tür zum Konzertsaal zu.

Der Intendant winkte sie zurück. »Eine Unterbrechung der Probe ist, glaube ich, Ihr geringstes Problem. Denn Sie werden Max Babicz nicht im Orchestergraben finden.«

»Ist er verschwunden?« Eine ungute Ahnung ergriff von Sera Besitz.

Lascaux lächelte dünn. »So könnte man das auch sagen. War das eine tragische Sache damals.«

»Tragisch? Damals?«

Lascaux nickte, und dunkle Schatten legten sich auf sein Gesicht. »Das war lange vor meiner Zeit. Deshalb kenne ich die Geschichte nur vom Hörensagen. Aber«, er ging zu einer Tür, die in einen Nebenraum führte, »ich wüsste jemanden, der damals dabei war.«

119

Robert rannte die ganze Strecke, trotzdem dauerte es eine Ewigkeit, bis er das Haus erreichte. Zumindest kam es ihm so vor.

»Robert!«, rief jemand von der anderen Straßenseite. Von Deeses Kopf schaute über die Hecke seines Grundstücks.

Robert beachtete den Nachbarn nicht, sondern kämpfte sich hastig durch das Gestrüpp, das rings um das Gebäude wucherte. Der Weg durch die dichten Büsche kam ihm beschwerlicher vor als beim letzten Mal, als wären sie in den letzten Tagen gewachsen. Er stolperte über irgendetwas, das im Unterholz verborgen lag, hielt aber das Gleichgewicht. Schließlich erreichte er das Haus.

Sein Blick fand die Auffahrt. Blätter waren von den Zweigen abgerissen worden. War das bei seinem ersten Besuch vor fünf Tagen auch schon so gewesen?

Die Worte des alten NVA-Offiziers blitzten jäh in Roberts Erinnerung auf. *Ich habe doch gestern noch jemanden auf dem Grundstück gesehen.* War es möglich, dass sich tatsächlich jemand hier herumgeschlichen hatte? Ein beängstigender Gedanke stieg in Robert empor. *Der Mörder spielt mit mir!*

Er pirschte sich zur Garage vor. Das Tor quietschte, als er es öffnete. Ihm stockte der Atem.

Im Schatten stand ein Auto. Ein Mittelklassewagen. *Michelin ZX 15 Zoll, Laufleistung etwa fünfundzwanzigtausend Kilometer.* Robert hätte einiges darauf verwettet. Und auch darauf, dass man auf der Rückbank, im Kofferraum oder anderswo Spuren der verschleppten, ermordeten Leute finden würde.

Er wandte sich um und ging ins Haus. Staub wirbelte bei jedem seiner Schritte auf. Er erkannte Fußspuren in den Zimmern. Einige stammten von seinem Besuch am Donnerstag, aber es waren mehr geworden. *Viel mehr.* Er lauschte. Nur das Gebälk krächzte.

Er folgte den Fußabdrücken durch die Diele bis zur Kellertür. Sie war unverschlossen. Der zerbrochene Bilderrahmen, dem er das Foto entnommen hatte, lag auf der Treppe, die in die erste Etage führte. Doch Robert wollte in den Keller.

Vorsichtig drückte er die Türklinke nach unten. Sie gab keinen Laut von sich. Als er die Tür aufzog, quietschte sie nicht einmal.

Er setzte einen Fuß auf die erste Stufe, horchte in die finstere Stille, die ihn von unten empfing. Seine Muskeln spannten sich an. Er atmete durch. Dann gab er sich einen Ruck und marschierte die Treppe hinunter.

Es war nicht richtig dunkel. Aus einem der Räume drang etwas Helligkeit. Es war die Abstellkammer. Das Licht fiel durch das schmale Kellerfenster knapp unterhalb der Zimmerdecke.

Robert machte einen entschlossenen Schritt, betrat die Kammer. Der Raum war leer, bis auf die Kisten mit den Flugzeugen, die er als kleiner Junge gesammelt hatte. Segelflieger, Boeings, Düsenjets, ein Rosinenbomber. In seinem Kinderzimmer im ersten Stock hatte er eine regelrechte Sammlung gehabt, bis zu jenem Tag, an dem … Aber daran wollte er nicht denken. *Die Zeit heilt alle Wunden.* Er eilte weiter zum nächsten Raum, dem Arbeitszimmer seines Vaters. Die Tür klemmte. Oder war sie verriegelt?

Robert zögerte nicht lange, nutzte seinen Körper als Rammbock und wuchtete die Schulter gegen das Holz. Es knirschte, dann krachte die Tür aus den Angeln.

Robert taumelte in einen dunklen Raum.

120

Dunkelheit.

Tania öffnete die Augen, doch die Finsternis blieb. *Wo bin ich?* Sie wandte den Kopf hin und her, Schmerz brannte hinter ihren Schläfen. *Was ist geschehen?* Sie versuchte sich zu erinnern, doch vergeblich. Ein Rascheln lenkte sie ab.

Wer ist da?, wollte sie fragen, brachte aber kein Wort heraus. Erst jetzt spürte sie den Knebel, der zwischen ihren Lippen klemmte. Ihre Zunge schmeckte den Stoff. *Der süße Geruch!*

Plötzlich setzte die Erinnerung wieder ein. *O Gott!* Sie hob die Arme zum Gesicht und brauchte einen Moment, um zu bemerken, dass sie ihrem Befehl nicht folgten. Langsam begriff sie, dass ihre Hände ebenso wie ihre Beine gefesselt waren. Sie zog an den Seilen, erst langsam, dann immer heftiger, doch sie gaben nur wenige Millimeter nach.

Tanias Bewegungen erstarben. Regungslos blieb sie auf der Bahre liegen. *Die Bahre.* Sie wusste, um welche Bahre es sich handelte – und in welchem Raum sie stand.

Seltsamerweise ließ sie das Wissen kalt. *Was nutzt es dir?* Eine innere Ruhe stellte sich ein. Vielleicht war es gut, dass es so, auf diese Weise, mit ihr endete. *Dass es endlich endet!* Es gab ohnehin nichts mehr, wofür es sich noch zu leben lohnte. Hagen war tot, daran gab es keinen Zweifel.

Draußen wurden Schritte lauter. Eine Tür wurde geöffnet, und im gleichen Augenblick flammte eine Lampe auf. *Nein, ein Scheinwerfer.* Sein grelles Licht bohrte sich in Tanias Augen. Sie war blind, doch sie hörte noch, wie sich jemand ihr näherte.

Robert, bist du das?

Aus ihrem Mund drang nur ein dumpfes Grunzen. Eine Hand legte sich beschwichtigend auf ihr Gesicht, streichelte liebevoll ihr Haar, die Stirn, verharrte über ihrer Nase. Tania hielt den Atem an. *Wird er mich ersticken?*

Dann fiel ihr ein, wie Lahnstein und Bodkema ums Leben gekommen waren. *Und Hagen!* Aber an ihren Freund wollte sie nicht denken. *Nicht an Hagen. Nicht an seinen Tod.* Doch die Bilder ließen sich nicht verdrängen, und Verzweiflung übermannte sie. Sie wollte nicht mehr sterben. *Nicht auf diese grauenhafte, schmerzhafte Weise.*

Die Hand entfernte sich abrupt, und mit hektischem Scharren eilte ihr Besitzer davon. Die Tür fiel mit einem Knall ins Schloss. Stille erfüllte wieder den Raum. Todesstille. *Wie lange?*

Wieder hörte Tania Schritte, langsam, vorsichtig. Etwas knirschte, dann zerbarst die Tür mit einem fürchterlichen Knall, und ein schwarzer Schatten taumelte auf sie zu.

121

Der Raum war finster, schwarz gestrichen, nur in einer Ecke gab es einen hellen Fleck. Das Poster eines Flugzeuges. *Eine Boeing.*

Dann bemerkte Robert an der Wand gegenüber noch mehr helle Punkte, die sich unregelmäßig über den Beton verteilten. Er brauchte einige Sekunden, bis er begriff, was dort an die Wand genagelt war: menschliche Haut, *wie ein Overall vom Leib gezogen.* Dazwischen hingen ausgeschnittene Zeitungsartikel. Auf einem kleinen Tisch vor der Wand lagen ein Laptop und ein Handy. Und in der Zimmermitte, angestrahlt von einem Baustellenscheinwerfer, stand der Foltertisch. Doch noch mehr entsetzte ihn der Anblick der Person, die gefesselt auf der Bahre lag.

»Tania!« Robert stürzte auf sie zu. »Ist alles in Ordnung?«

Sie stöhnte. Sie lebte. Nur das Stück Stoff in ihrem Mund hinderte sie am Sprechen.

»Es wird alles gut«, versicherte Robert und befühlte ihre heiße Stirn.

Schnell befreite er sie von dem Knebel. Sie japste nach Luft, würgte und spuckte. Währenddessen nahm er sich die Fesseln an ihren Händen vor. Plötzlich spürte er hinter sich die Anwesenheit einer weiteren Person. Er duckte sich, wirbelte herum, bereit, einen Angriff zu parieren.

Aber es war nur sein Bruder, der im Raum stand. Der Scheinwerfer tauchte ihn in Licht wie einen Künstler, *ein Musiker*, der sein Podium betrat. Sein Schatten fiel auf die Zeitungsartikel an der Wand.

»Max, woher …?« Roberts Stimme versagte.

Er starrte seinen Bruder an. *Ich habe doch gestern noch jemanden auf dem Grundstück gesehen.* Die Wahrheit war schwer zu begreifen. *Vielleicht haben Sie meinen Bruder gesehen.*

»Max, hast du …?«

Max nickte. »Die Zeit heilt eben nicht alle Wunden.«

»Du hast diese schrecklichen Morde begangen?«

»Irgendjemand musste doch eingreifen.«

»Robert!«, schluchzte Tania.

Ihre Stimme war nur ein entferntes Wimmern. In Robert stieg Verzweiflung auf wie ein heißes Feuer. »Was redest du da, Max?«

»Ich habe es für dich getan.«

»Du wirst dafür ins Gefängnis gehen.« Das Blut kochte in Roberts Kopf. In seinen Ohren rauschte es. Er glaubte, den Verstand zu verlieren, kämpfte gegen die Verzweiflung an.

»Robert!«, schrie Tania.

»Mach dir keine Sorgen um mich.« Mit einem Lächeln hob Max die Hand zum Gruß. »Ich bin doch dein großer Bruder.«

»Robert!« In Tanias Stimme lag helle Panik.

Endlich nahm Robert ihre Hand, streichelte vorsichtig ihre Haut. »Bo, es ist vorbei.«

»Robert!«, schrie sie. »Mit wem redest du da?«

Robert drehte sich zu seinem Bruder um. Max war verschwunden. Sein Blick streifte die Schlagzeilen an der Wand. Die meisten Artikel der Zeitungsausschnitte handelten von ihren Eltern. Einige von Max. Aber das war unmöglich. *Das ist es doch, oder?* Tanias Hand entglitt seinen Fingern, als er zu lesen begann. Artikel für Artikel. Vielleicht war es doch besser, den Verstand zu verlieren? *Vielleicht hast du ihn schon verloren.*

122

Der Intendant ging ihnen durch einen langen, schmalen Raum voran, der von nackten Glühbirnen erhellt wurde, die von der Decke baumelten. Der dumpfen Musik nach zu urteilen, die durch die Wände dröhnte, befanden sie sich neben dem Konzertraum.

»Das hier ist eine Art Wartezimmer«, verriet Lascaux. »Hier warten die Darsteller auf ihren Auftritt.«

»Aha«, machte Gesing.

Die Geräusche wurden leiser, und sie durchquerten einen weiteren Raum, in dem Bühnenrequisiten verstreut lagen, als wäre eine Bombe eingeschlagen.

»Unsere Abstellkammer.« Lascaux klang, als fühlte er sich zu einer Entschuldigung genötigt.

Sera hatte Mühe, sich zu beherrschen. Da lag jetzt irgendwo in Berlin eine junge Frau auf der Folterbank, blickte einem grausamen Tod ins Auge, und Lascaux unternahm mit ihnen eine Opernführung.

In einer offenen Tür flatterte ein Vorhang. Jetzt befanden sie sich hinter der Bühne, an der Rückseite des Gebäudes. In einer kleinen Kammer kämpften sie sich durch weitere Requisiten, bis sie einem kauzigen alten Mann gegenüberstanden, der einsam den staubigen Boden fegte. Durch seine Brille musterte er die Neuankömmlinge und lächelte dann erfreut über die Gesellschaft, die ihm unverhofft zuteilwurde.

»Arthur Beer«, stellte Lascaux ihn vor. »Unser Hauswart. Die gute Seele der Oper, wenn Sie so wollen.«

»Jederzeit gerne zu Diensten.« Der alte Mann deutete eine höfliche Verbeugung an.

»Und das sind Frau … Äh, wie war noch gleich Ihr Name?«

»Muth. Sera Muth. Kriminalhauptkommissarin. Und das ist mein Kollege Gesing.«

»Sehr angenehm.« Schmunzelnd reichte Arthur Beer ihnen die Hand. »Habe ich meinen Wagen wieder falsch geparkt? Sie müssen entschuldigen, in meinem Alter, zwei Jahre von der Rente, sieht man …«

»Nein, Arthur«, unterbrach Lascaux. »Die Beamten sind wegen der Sache damals hier.«

Der Hauswart stellte den Besen beiseite. »Welche Sache damals?«

»Dieser Junge, Max Babicz. Erinnerst du dich?«

»Ja, natürlich erinnere ich mich.« Arthur Beer setzte die Brille ab, und mit ihr schwand auch die Erheiterung auf seinem Gesicht.

»Herr Lascaux sprach von einer tragischen Sache«, drängte Sera.

»Ja, aber das ist fast zwanzig Jahre her. Max war damals … so etwas wie ein Sohn für mich. Er hatte ja sonst niemanden. Ich habe alles versucht, aber …« Der alte Mann schwieg beklommen. Nervös putzte er die Brillengläser mit einem Hemdzipfel.

Sera wurde ungeduldig. »Was *genau* ist vor zwanzig Jahren passiert?«

»Damals hat Max eine Ausbildung im Orchester der Deutschen Oper absolviert. Alle dachten, es ginge ihm gut. Auch ich. Ich war der Meinung, wenn ich mich um ihn kümmere, würde es die Sache für ihn erträglicher machen. Er litt sehr darunter, auch nach der langen Zeit. Was niemand gemerkt hat, auch ich nicht: Er hatte Angst. Furchtbare Angst.«

»Angst wovor?«

»Angst davor, so zu enden wie sein Vater.«

Je mehr der alte Mann erzählte, desto weniger verstand Sera. »Was ist mit seinem Vater passiert?«

»Er hat sich …« Beer rieb immer heftiger über die Brillengläser. »Er hat sich umgebracht. Und zuvor hat er seine Ehefrau getötet. Eines Nachts ist er an ihr Bett geschlichen, in ihrem Haus in Ruhleben. Daran kann ich mich noch ganz genau erinnern, die Zeitungen waren voll damit, jedes noch so kleine Detail hat man in die Öffentlichkeit gezerrt. Ja, das war schon eine ekelerregende Sache.«

»Weshalb hat er seine Frau umgebracht?«

»Er war krank. Und niemand hat es gemerkt. Er lebte manchmal … wie sagt man? In einer anderen Welt. Später sprachen die Ärzte von Schizophrenie.«

Sera kam ein schrecklicher Gedanke. »*Wie* hat er sie getötet?«

»Er hat sie …« Beer stockte.

»… gehäutet«, vollendete Gesing den Satz.

»Ja, bei lebendigem Leib. Aber das war nicht einmal das Schlimmste. Das Schlimme daran war, dass Max alles … mit ansehen musste. Er wurde wach, weil er ein Geräusch gehört hatte, und lief in das Zimmer seiner Eltern. Damals war er gerade zwölf oder dreizehn Jahre alt. Sie können sich vorstellen, was für ein Schock das für ihn war.«

»Ja«, war das Einzige, was Sera dazu einfiel.

»Alle dachten, Max hätte das Trauma überwunden. Allein schon wegen seines jüngeren Bruders.«

»Robert.«

»Ja, gut möglich, dass er so hieß. Aber genau weiß ich es nicht mehr.« Der Hausmeister hielt im Putzen seiner Brille inne, blickte durch die Beamten hindurch in die Vergangenheit. »Die beiden Brüder sind in verschiedenen Heimen aufgewachsen. Irgendein sturer Amtsschimmel hatte das damals so entschieden – zum Leidwesen der Jungs. Sie haben sehr unter der Trennung gelitten. Später kam Max in eine Pflegefamilie. Sein Bruder blieb, soweit ich weiß, im Heim. Als Max dann seine Ausbildung bei uns begann, erzählte er mir, er hätte seinen Bruder schon seit Jahren nicht mehr gesehen. Das hat er …« Er seufzte.

»Er hat was?«, wiederholte Sera.

»Ich glaube, er hat das alles wohl nicht mehr ausgehalten. Unbemerkt ist die Angst in ihm gewachsen. Denn Schizophrenie, wissen Sie, das ist erblich.« Überrascht bemerkte Arthur Beer, dass er die Brille noch immer putzte. Er klappte das Gestell zusammen und schob sie in seine Hemdtasche. »Vielleicht hatte die Krankheit ihn sogar schon befallen. Aber das konnte man nicht mehr herausfinden.«

»Was ist passiert?«

»Es war im Winter vor zwanzig Jahren, draußen fror und schneite es, da ist er bei den Proben einfach aufgestanden, hat die Oper verlassen und ist …« Sein Blick richtete sich auf die Beamten. Tränen funkelten in den Augenwinkeln. »Er ist einfach verschwunden, abgehauen. Zumindest dachten wir das.«

Sera spürte einen Kloß im Hals.

»Ich war es, der ihn am nächsten Morgen fand. In der Abstellkammer. Er hatte sich erhängt. Neben ihm auf dem Stuhl lag seine Geige. Es war furchtbar.«

»Das heißt, er ist tot?«, fragte Gesing.

»Ja, schon seit zwanzig Jahren.«

EPILOG

Das sanfte Licht der Nachttischleuchte schmeichelte dem Gesicht des Mannes. Er lächelte, während er aus dem Fenster blickte. Erst als Tania vor ihm am Krankenbett stand, erkannte sie, dass seine Augen leer und glasig waren.

»Was ist mit Robert?«, fragte sie den Arzt, der hinter ihr im Türrahmen lehnte.

Er räusperte sich. »Wir haben ihm ein Sedativum verabreicht.«

Trauer überkam Tania. Sie spürte die Tränen in ihren Augen, aber sie wollte nicht weinen. *Nicht um Robert.* Sie wandte sich ab und lief an dem Mediziner vorbei in den Gang. Auf einem Stuhl neben der Tür hockte ein Polizist. Daneben wartete die Kommissarin.

»Haben Sie mit ihm gesprochen?«, fragte Tania.

Sera nickte. »Er ist davon überzeugt, dass sein Bruder die Morde begangen hat.«

»Max?«

Der Arzt machte ein bedauerndes Gesicht. »Herr Babicz leidet unter einer schweren psychischen Störung. Unsere Untersuchungen sind noch nicht abgeschlossen, aber vieles spricht für eine paranoide Schizophrenie. Die Krankheit ist nicht selten, man geht sogar davon aus, dass etwa ein Prozent der Bevölkerung davon betroffen ist. Sie führt zu formalen und inhaltlichen Denk- und Wahrnehmungsstörungen. Der Patient hört Stimmen, sieht Personen, die nicht existieren. So glaubt Herr Babicz, dass sein Bruder lebt. Er behauptet sogar, Max habe ihn bereits in der Klinik besucht.«

»In seiner Vorstellung hat Max Vergeltung geübt«, fügte

Sera hinzu. »Rache für das, was den beiden Brüdern nach dem Tod ihrer Eltern zugestoßen ist.«

Tanias Blick irrte von der Kommissarin zum Arzt und zurück.

»Er hat Ihnen nie davon erzählt?«, staunte Sera.

»Ich sagte doch, er hat *nie* viel erzählt.«

Sera ließ einige Sekunden verstreichen, bevor sie erklärte: »Roberts Vater war ebenfalls krank. Er war schizophren. In einem seiner Anfälle brachte er seine Frau um, danach sich selbst – vor Max' Augen. Max selbst hat im Alter von einundzwanzig Jahren Selbstmord begangen.«

»Dafür hat Robert Vergeltung geübt?« Tania begriff nicht. »Was haben die ermordeten Personen damit zu tun?«

»Der heutige Innensenator Dr. Lothar Lahnstein war damals der verantwortliche Amtsleiter der Jugendfürsorge, der entschied, dass Max und Robert in unterschiedlichen Heimen untergebracht wurden.«

»Und warum Stanislaw Bodkema?«

»Bodkema war der erste Reporter, der alles über die Familie Babicz in die Öffentlichkeit zerrte. Daraufhin wurde er zum leitenden Redakteur befördert.«

»Und Hagen? Der war doch damals selbst noch ein Kind!«

»Zuerst dachten wir, er sei ins Visier geraten, weil er als Babicz' bester Freund mit Ihnen liiert war. Dann aber fanden wir heraus, dass sein erster Roman, *Das Opfer*, auf der Geschichte der Babiczs basiert.«

»Hagens Roman?«

Sera nickte. »Wenn Sie so wollen, hat Herr Rething seinen Erfolg als Schriftsteller dem Schicksal seines besten Freundes zu verdanken.«

Eine lange Pause entstand, in der nur das Knistern des Funkgeräts des Polizisten vor Roberts Tür die Stille füllte.

»Und«, begann Tania schließlich, »wie lange leidet er schon an dieser … *Krankheit*?«

»Schwer zu sagen«, antwortete der Arzt, »aber ich befürchte, schon sehr lange.«

»Davon ist auszugehen«, ergänzte Sera, »angesichts der Tatsache, dass er bereits mehrfach in den USA getötet hat. Es ist inzwischen so gut wie sicher, dass die Morde dort auf Roberts Konto gehen, auch wenn er das natürlich ganz anders sieht. Er ist der festen Überzeugung, nicht er habe die Menschen in Amerika ermordet, sondern Max. Sein Bruder war der Knochenmann, der ihm in die USA gefolgt ist, wo er ...«, Sera hielt inne, suchte nach dem richtigen Wort, »... *geübt* hat für seinen Racheplan in Deutschland.«

Tania starrte die Kommissarin ungläubig an. *Was für ein Albtraum.* Aus dem sie erwacht war. Ob das für sie ein Glück war oder nicht, darüber war sich Tania noch nicht schlüssig. In einem allerdings war sie sich sicher: Sie hatte genug gehört.

Schweigend lief sie zum Ausgang und wollte die U-Bahn nach Hause nehmen. Am Bahnsteigkiosk kaufte sie sich eine Tageszeitung. Der Zug fuhr ein, Tanja nahm auf einer Bank Platz und sah sich die Artikel an. Inzwischen hatten neue Dramen aus Berlin die Bestie von den Titelseiten verdrängt. Nur auf der letzten Seite fand sie noch einen kleinen Bericht über Robert, seinen Zustand in der Klinik und über die Suche nach der Leiche Hagen Rethings, die bis heute nicht entdeckt worden war. Illustriert war der Artikel mit einem Bild von Robert, wie man ihn mit wirrem Haar und verdreckter Kleidung aus dem Haus in Ruhleben geführt hatte.

Tania spürte die Tränen, die ihr über die Wangen rannen. Jetzt erlaubte sie sich endlich zu weinen. Es war ihr egal, ob jemand sie sah. Sie legte die Zeitung beiseite und beschloss, sie beim Aussteigen im Waggon zu vergessen. Sie wollte das Papier nicht mehr berühren. Es fühlte sich schmutzig an.

Jemand räusperte sich. Hardy Sackowitz saß neben ihr. Er rutschte etwas näher und reichte ihr ein Taschentuch. »Alles wird wieder gut.«

»Was willst du?« Sie mied seinen Blick.

»Mit dir reden.«

»Worüber?«

»Über Dr. Babicz und …« Der Zug fuhr in den Bahnhof Friedrichstraße ein. »Du kennst ihn doch am besten und … Tania?«

Ohne ein Wort verließ Tania die Bahn und lief die Treppe hoch zur Straße. Nieselregen hatte eingesetzt. Sie beeilte sich, das Haus am Ende der Französischen Straße zu erreichen. Kartons türmten sich bereits im Treppenhaus, morgen früh kamen die Möbelpacker. Der Umzug war beschlossene Sache.

Alles andere, der Schmerz, die Verzweiflung, die Erinnerung, würde von selbst vergehen. *Irgendwann.* Tania entriegelte die Tür und betrat die Wohnung. *Sagt man nicht: Die Zeit heilt alle Wunden?*

DANKSAGUNG

Ich habe den Job, den ich mir immer erträumt habe: Ich schreibe Bücher. Aber dies könnte ich nicht tun ohne die grenzenlose Geduld, Nachsicht und wunderbare Hilfe folgender Personen:

Meiner Freundin Antje. Meiner Eltern Thea und Heinz. Meiner Schwester Nicole. Meiner besten Freundin Anke und ihrer Tochter Celina. Meines guten Freundes Heiko und seiner Freundin Steffi. Danke, dass ihr für mich da seid. Ich liebe euch!

Bei der Entstehung von »Kalte Haut« waren mir noch eine Menge weiterer Menschen behilflich. Auch ihnen schulde ich großen Dank:

Hannes Windisch, meinem Lektor, der auch diesmal wieder ungezählte Stunden, Tage, ja Wochen mit mir über die Story diskutierte, sich geduldig mein Wehklagen anhörte, wenn meiner Meinung nach mal wieder etwas nicht passen wollte, mich dann aber innerhalb weniger Minuten darüber aufklärte, dass sehr wohl alles hinhaute. Er verlieh der Story jenen Glanz, mit dem sie jetzt gedruckt wurde.

Mark Benecke, Kriminologe, der mich gewohnt souverän in Sachen Verbrechen und Todesarten beriet (www.benecke.de).

Peter Veckenstedt, Kriminalkommissar a.D., der dafür sorgte, dass ich auf dem rechten Pfad der Kriminalistik blieb.

Tan Erbas, der mich Anteil an der Kultur türkischer Mitbürgerinnen und -bürger Berlins haben ließ – und dessen Burger die verdammt besten in der Stadt sind (www.burgeramt.net).

Selda Demirbas, die für mich die türkischen Übersetzungen vornahm (facebook.com/selda.demirbas).

Stephanie Klee (www.highlights-berlin.de), Regine Wosnitza (www.wosnitza-berlin.de), Sandra Kühn (www.animaltraining.de), von mir hoch geschätzte Leserinnen, deren ehrliche Meinung zu meinen Romanen mir sehr wichtig ist.

Paul Kalkbrenner (www.paulkalkbrenner.net) und Robert Babicz (www.robertbabicz.de), deren Musik mich immer wieder bei der Arbeit antreibt, und die mir gestatteten, sie literarisch zu verewigen.

Für all das, was richtig ist, sind genannte Personen verantwortlich. Fehler oder Über- sowie Untertreibungen gehen ausschließlich auf meine Kappe genauso wie die künstlerischen Freiheiten, die ich mir bei der Darstellung der Organisationsstruktur der Berliner Polizeibehörden erlaubt habe.

Ein ganz großer Dank geht an meine Agentin Franka Zastrow, die mir seit vielen Jahren ihr Vertrauen schenkt und an mich glaubt. Danke!

Marcel Feige, im September 2011